AF813582

কাকাবাবু সমগ্র ৫

কাকাবাবু সমগ্র ৫

সুনীল গঙ্গোপাধ্যায়

আনন্দ

কপিরাইট © সুনীল গঙ্গোপাধ্যায় ২০০৪
প্রথম সংস্করণ: এপ্রিল ২০০৪
দ্বাদশ মুদ্রণ: ডিসেম্বর ২০২৩

সর্বস্বত্ব সংরক্ষিত।

এই বইটি এই শর্তে বিক্রীত হল যে, প্রকাশকের পূর্বলিখিত অনুমতি ছাড়া বইটি বর্তমান সংস্করণের বাঁধাই ও আবরণী ব্যতীত অন্য কোনও রূপে বা আকারে ব্যাবসা অথবা অন্য কোনও উপায়ে পুনর্বিক্রয়, ধার বা ভাড়া দেওয়া যাবে না এবং ঠিক যে-অবস্থায় ক্রেতা বইটি পেয়েছেন তা বাদ দিয়ে স্বত্বাধিকারীর কোনও প্রকার সংরক্ষিত অধিকার খর্ব করে, স্বত্বাধিকারী ও প্রকাশক উভয়েরই পূর্বলিখিত অনুমতি ছাড়া এই বইটি কোনও ইলেকট্রনিক, যান্ত্রিক, ফটোকপি, রেকর্ডিং বা পুনরুদ্ধারের সুযোগ সংবলিত তথ্যসঞ্চয় করে রাখার পদ্ধতি বা অন্য কোনও যান্ত্রিক পদ্ধতিতে পুনরুৎপাদন, সঞ্চয় বা বিতরণ করা যাবে না। এই শর্ত লঙ্ঘিত হলে উপযুক্ত আইনি ব্যবস্থা গ্রহণ করা হবে। এই বইয়ের সামগ্রিক বর্ণসংস্থাপন, প্রচ্ছদ এবং প্রকাশককৃত অন্যান্য অলংকরণের স্বত্বাধিকারী শুধুমাত্র প্রকাশক।

ISBN 9788177564167

প্রকাশক: আনন্দ পাবলিশার্স প্রাইভেট লিমিটেড
হেড অফিস: ৯, প্রফুল্ল সরকার স্ট্রিট, কলকাতা ৭০০০০১
রেজিস্টার্ড অফিস: ৪৫, বেনিয়াটোলা লেন, কলকাতা ৭০০ ০০৯

CIN: U22121WB1957PTC023534

মুদ্রক: বসু মুদ্রণ, ১৯এ সিকদার বাগান স্ট্রিট
কলকাতা ৭০০০০৪

প্রচ্ছদ: সুব্রত গঙ্গোপাধ্যায়

KAKABABU SAMAGRA: Vol. V
[Adventure]
by
Sunil Gangopadhyay

Published by Ananda Publishers Private Limited
45, Beniatola Lane, Calcutta 700 009

স্নেহের
রাইপূর্ণা হালদার-কে

আমাদের প্রকাশিত
এই লেখকের অন্যান্য গ্রন্থ

আঁধার রাতের অতিথি
আগুন পাখির রহস্য
আগ্নেয়গিরির পেটের মধ্যে
আ চৈ আ চৈ চৈ
আমাদের মহাভারত
আরবদেশে সন্তু-কাকাবাবু
উদাসী রাজকুমার
উল্কা রহস্য
এবার কাকাবাবুর প্রতিশোধ
কলকাতার জঙ্গলে
কাকাবাবু আর বাঘের গল্প
কাকাবাবু ও আশ্চর্য দ্বীপ
কাকাবাবু ও এক ছদ্মবেশী
কাকাবাবু ও একটি সাদা ঘোড়া
কাকাবাবু ও চন্দনদস্যু
কাকাবাবু ও জলদস্যু
কাকাবাবু ও বজ্রলামা
কাকাবাবু ও ব্ল্যাক প্যান্থার
কাকাবাবু ও মরণফাঁদ
কাকাবাবু ও শিশুচোরের দল
কাকাবাবু ও সিন্দুক-রহস্য
কাকাবাবু বনাম চোরাশিকারি
কাকাবাবু সমগ্র (১-৬)
কাকাবাবু হেরে গেলেন?
কাকাবাবুর প্রথম অভিযান
কাকাবাবুর চোখে জল
কালোপর্দার ওদিকে
খালি জাহাজের রহস্য
গোলকধাঁধায় কাকাবাবু
জঙ্গলের মধ্যে এক হোটেল
জঙ্গলের মধ্যে গম্বুজ
জলদস্যু
জোজো অদৃশ্য
ডুংগা
তিন নম্বর চোখ
দশটি কিশোর উপন্যাস
নীলমানুষ
পাহাড়চূড়ায় আতঙ্ক
বিজয়নগরের হিরে
ভয়ংকর সুন্দর
মা, আমার মা
মিশর রহস্য
রাজবাড়ির রহস্য
সন্তু ও একটুকরো চাঁদ
সন্তু কোথায় কাকাবাবু কোথায়
সবুজ দ্বীপের রাজা
হলদে বাড়ির রহস্য ও দিনে ডাকাতি

সূচি

কাকাবাবু সমগ্র ৫

কাকাবাবু ও চন্দনদস্যু

বই পড়তে পড়তে মাঝে মাঝে একটু ঘুমিয়ে নেওয়া কাকাবাবুর অভ্যেস। একটানা বেশিক্ষণ পড়তে পারেন না। বড়জোর আধঘণ্টা পড়ার পর চোখ বুজে যায়। দশ-পনেরো মিনিট সেই অবস্থায় থাকেন, কখনও সখনও একটু একটু নাকও ডাকে। তারপর আবার পড়া শুরু হয়। তাতে নাকি তাঁর আরাম হয় চোখের।

এক-একদিন সারারাত ধরে খানিকক্ষণ ঘুমিয়ে, খানিকক্ষণ জেগে পড়ে শেষ করে ফেলেন এক-একটা বই।

এখন বেলা এগারোটা। জোজো ঘরে ঢুকে দেখল, কাকাবাবু ইজিচেয়ারে হেলান দিয়ে শুয়ে আছেন, কোলের ওপর একটা মোটা ইংরেজি বই। চক্ষু বোজা।

কিন্তু কাকাবাবুর ঘুম খুব পাতলা। ঘরে কেউ ঢুকলেই টের পেয়ে যান। জোজো কোনও শব্দ করেনি, তবু কাকাবাবু চোখ মেলে তাকালেন।

সোজা হয়ে বসে বললেন, "এসো, এসো, জোজো মাস্টার। নতুন কী খবর বলো!"

সাদা প্যান্টের ওপর একটা হলুদ রঙের টি-শার্ট পরে আছে জোজো। দু'-একদিন আগেই চুল কেটেছে। সে সবসময় বেশ ফিটফাট থাকে।

জোজো বলল, "গরমের ছুটি পড়ে গেছে। দিনগুলো নষ্ট হচ্ছে।"

কাকাবাবু বললেন, "কেন, নষ্ট হচ্ছে কেন?"

জোজো বলল, "এখন কলকাতায় থাকার কোনও মানে হয়? কোথাও বেড়াতে যাওয়া উচিত ছিল। বাবা অবশ্য আমাকে পাপুয়া-নিউগিনি পাঠাতে চেয়েছিলেন, কিন্তু সন্তু না গেলে, মানে আপনার আর সন্তুর সঙ্গে যেতেই আমার বেশি ভাল লাগে। আপনাকে এবার কোনও জায়গা থেকে কেউ ডাকেনি?"

কাকাবাবু বললেন, "না তো! অবশ্য কেউ না ডাকলেও তো এমনিই কোথাও যাওয়া যায়।"

জোজো বলল, "স্পেনে যাবেন? বার্সেলোনার আকাশে পরপর তিনদিন অন্য গ্রহের রকেট দেখা গেছে।"

কাকাবাবু সরলভাবে অবাক হয়ে বললেন, "তাই নাকি! কোন গ্রহের রকেট?"

জোজো বলল, "তা এখনও জানা যায়নি। তবে হাতির মতন শুঁড়ওয়ালা একটা মানুষকেও নাকি দেখা গেছে সেই রকেট থেকে উঁকি মারতে।"

কাকাবাবু বললেন, "গণেশ দেবতা নাকি? বোধ হয় স্বর্গ থেকে পৃথিবীতে বেড়াতে এসেছেন। কিন্তু আমাদের দেশে না এসে স্পেনে গেলেন কেন? ওরা তো আর ঠাকুর-দেবতায় বিশ্বাস করে না। তুমি এ খবর জানলে কী করে?"

জোজো বলল, "স্পেন দেশের কাগজে বেরিয়েছে। আমাদের বাড়িতে তো পৃথিবীর সব দেশের কাগজ আসে। আমার বাবা সাতাশটা ভাষা জানেন। চলুন না দেখে আসি।"

কাকাবাবু বললেন, "আমি তো অত ভাষা জানি না। অন্য গ্রহের প্রাণীদের সঙ্গে কোন ভাষায় কথা বলব? যদি গণেশ ঠাকুর হন, তাঁর সঙ্গে কথা বলতে হবে সংস্কৃত ভাষায়। আমি সংস্কৃতও ভাল জানি না। তা ছাড়া স্পেনে যাওয়ার অনেক খরচ।"

জোজো বলল, "তা হলে ইন্দোনেশিয়ায় চলুন। সত্যিকারের ড্রাগন দেখতে পাওয়া গেছে। মুখ দিয়ে আগুন বেরোয়। সেই আগুনে গাছপালা পুড়িয়ে দিচ্ছে।"

কাকাবাবু জিজ্ঞেস করলেন, "এ-খবরটা আবার কোথায় বেরিয়েছে?"

জোজো বলল, "কোথাও বেরোয়নি। আমেরিকানরা জানতে পারলেই তো ড্রাগনটা কিনে নিয়ে যাবে। আমার বাবার কাছে ইন্দোনেশিয়া থেকে এক ভদ্রলোক এসেছিলেন, তিনি চুপি চুপি বলে দিয়েছেন।"

কাকাবাবু জিজ্ঞেস করলেন, "সন্তু কোথায়? তোমার সঙ্গে দেখা হয়নি?"

জোজো বলল, "হ্যাঁ। ও কাঁচা আম মাখছে। নুন আর লঙ্কা দিয়ে। আপনি খাবেন?"

কাকাবাবু বললেন, "শুনেই তো জিভে জল আসছে। নিশ্চয়ই খাব। এখন তো আমের সিজ্‌ন নয়। কাঁচা আম কোথায় পেল!"

জোজো বলল, "ও পায়নি। আমি এনেছি। আফ্রিকা থেকে একজন পাঠিয়েছে।"

কাকাবাবু বললেন, "বাঃ! সারা পৃথিবী জুড়ে তোমার চেনাশুনো।"

জোজো এবার প্যান্টের পকেট থেকে একটা রুপোর মেডেল বার করল। ডান হাতটা বাড়িয়ে দিয়ে বলল, "এটা দেখেছেন?"

কাকাবাবু বললেন, "মেডেল? এটা কে দিয়েছে তোমায়? ইংল্যান্ডের রানি না জাপানের সম্রাট?"

জোজো হেসে ফেলে বলল, "এটা আমার নয়, সন্তুর। ও লজ্জায় আপনাকে দেখায়নি।"

কাকাবাবু হাত বাড়িয়ে সেটা নিয়ে বললেন, "সন্তুকে হঠাৎ কে দিল?"

গোল মেডেলটির মাঝখানে লেখা :

শরৎ স্মৃতি পুরস্কার

১ম

শ্রীসুনন্দ রায়চৌধুরী

কাকাবাবু কৌতূহলী হয়ে জিজ্ঞেস করলেন, "কীসের পুরস্কার বলো তো? সাঁতারের?"

জোজো বলল, "না। প্রবন্ধ প্রতিযোগিতা। সব কলেজের মধ্যে। সন্তু ফার্স্ট প্রাইজ পেয়েছে। বিষয়টা ছিল, 'পৃথিবীর আয়ু কতদিন'।"

কাকাবাবু বললেন, "খুব শক্ত বিষয় তো। আমি নিজেই জানি না। পৃথিবীর আয়ু কতদিন? জোজো, এই প্রতিযোগিতায় তুমি নাম দাওনি?"

জোজো বলল, "কী যে বলেন কাকাবাবু! একই প্রতিযোগিতায় সন্তু আর আমি দু'জনে কি একসঙ্গে নাম দিতে পারি? আমি ফার্স্ট হয়ে গেলে সন্তু দুঃখ পেত না? সন্তুকে আমি অনেক পয়েন্ট বলে দিয়েছি। আসলে একটাই মেন পয়েন্ট।"

কাকাবাবু বললেন, "কী বলো তো মেন পয়েন্ট!"

জোজো বলল, "সাবজেক্টটা হল পৃথিবীর আয়ু কতদিন। এতে কিন্তু পৃথিবী নিয়ে কিছু লিখতে হবে না। লিখতে হবে, মানুষের আয়ু কতদিন। ধরুন, কোনও কারণে যদি পৃথিবী থেকে সব মানুষ শেষ হয়ে যায়, তা হলে তার পরেও পৃথিবী থাকবে কি থাকবে না, কে তার হিসেব রাখবে?"

কাকাবাবু বললেন, "ঠিক বলেছ তো? আচ্ছা জোজো, তুমি ভূতের আয়ু কতদিন তা বলতে পারো?"

জোজো বেশ অবাক হয়ে বলল, "তার মানে?"

কাকাবাবু বললেন, "একজন মানুষ ষাট-সত্তর-আশি বছর বাঁচে। তারপর মরে গিয়ে ভূত হয়। ভূত হয়ে আবার কতদিন বেঁচে থাকে? চার-পাঁচশো বছর কি ভূতের আয়ু হতে পারে?"

জোজো ভুরু কুঁচকে তাকিয়ে রইল কয়েক মুহূর্ত। তারপর জিজ্ঞেস করল, "আপনি ভূতে বিশ্বাস করেন?"

কাকাবাবু একগাল হেসে বললেন, "আগে তো করতাম না। এখন মাঝে মাঝে বিশ্বাস করতে ইচ্ছে করে।"

এই সময় সন্তু একটা পাথরের বাটি হাতে নিয়ে ঢুকল। তাতে কাঁচা আম পাতলা পাতলা করে কেটে নুন আর কাঁচালঙ্কা দিয়ে মাখা।

কাকাবাবু একটুখানি আমমাখা তুলে নিয়ে মুখে দিয়ে বললেন, "দারুণ! অনেকদিন পরে খেলাম! আর একটু দে তো!"

জোজো বলল, "বেশি খেলে দাঁত টকে যাবে।"

কাকাবাবু বললেন, "হ্যাঁ রে সন্তু, তুই প্রবন্ধ লিখে ফার্স্ট প্রাইজ পেয়েছিস, আমাকে বলিসনি কেন?"

সন্তু লাজুকভাবে বলল, "ও এমন কিছু না।"

কাকাবাবু বললেন, "তোকে আমারও একটা প্রাইজ দেওয়া উচিত। জোজো বলছিল কোথাও বেড়াতে যাওয়ার কথা। সেটাই প্রাইজ হতে পারে। কিন্তু আমি বিদেশে নিয়ে যেতে পারব না। তাতে অনেক খরচ। কেউ তো আমাদের ডাকছে না। এমনিই বেড়ানো হবে। কোথায় যেতে চাস বল! এমন কোথাও যাওয়া যাক, যেখানে আমরা আগে যাইনি।"

সন্তু বলল, "জয়শলমির! রাজস্থানে কখনও—"

জোজো বলল, "আমি গেছি!"

সন্তু বলল, "তা হলে রাজগির?"

জোজো বলল, "তাও আমার দেখা!"

কাকাবাবু বলল, "আমি কয়েকটা জায়গার নাম বলছি, জোজো বলো তো, সেগুলো তোমার দেখা কি না! চেরাপুঞ্জি। উটকামণ্ড। কালিকট। রামটেক। পারো। মহাবলীপুরম।"

জোজো বলল, "এইসব ছোট জায়গা... না, আমার যাওয়া হয়নি।"

সন্তু বলল, "অনেক সময় ছোট জায়গাই বেশি ভাল লাগে।"

কাকাবাবু বললেন, "তা হলে এর মধ্যেই একটা বেছে নেওয়া যাক। কোথায় যাবে ঠিক করো।"

সন্তু বলল, "চেরাপুঞ্জি।"

জোজো বলল, "মহাবলীপুরম।"

কাকাবাবু বললেন, "ওভাবে হবে না। লটারির মতন একটা কিছু করা যাক।"

তিনি একটা কাগজকে ছ' টুকরো করে প্রত্যেকটাতে লিখলেন এক-একটা জায়গার নাম। তারপর কাগজগুলো উলটে দু'হাতে ধরে জোজোর দিকে এগিয়ে বললেন, "তুমি একটা টেনে নাও!"

জোজো একটা কাগজ নিয়ে পড়ে দেখে বলল, "কালিকট।"

কাকাবাবু সন্তুকে জিজ্ঞেস করলেন, "তোর কালিকট যেতে আপত্তি আছে?"

সন্তু বলল, "ঠিক আছে কালিকটেই যাব। এটা কি সেই কালিকট, যেখানে ভাস্কো দা গামা প্রথমে এসে জাহাজ ভিড়িয়েছিল?"

কাকাবাবু বললেন, "কালিকট একটাই আছে।"

জোজো বলল, "কালিকটের রাজার নাম ছিল জামোরিন। তার সঙ্গে ভাস্কো দা গামার আলাপ হয়। সেই প্রথম সমুদ্র পেরিয়ে ইওরোপের বণিকরা এসেছিল ভারতে।"

সন্তু বলল, "ভালই হল। নিশ্চয়ই ওখানে ইতিহাসের অনেক চিহ্ন দেখতে পাওয়া যাবে!"

কাকাবাবু বললেন, "তা জানি না। হয়তো এখন আর কিছুই নেই। যাই হোক, একটা নতুন জায়গা তো দেখা হবে!"

সন্তু জিজ্ঞেস করল, "কী করে যেতে হয়? ট্রেনে?"

কাকাবাবু বললেন, "ট্রেনে যেতে অনেক সময় লেগে যাবে। প্লেনেও যাওয়া যায় নিশ্চয়ই।"

কাকাবাবুর ঘরের এক দেওয়ালে সবসময় একটা বড় ম্যাপ টাঙানো থাকে ভারতের। সেখানে উঠে গিয়ে তিনি বললেন, "এই যে দ্যাখ, কেরালায় কালিকট শহর। বম্বে দিয়ে যাওয়া যায়, ম্যাড্রাস দিয়েও যাওয়া যায়।"

জোজো বলল, "বম্বে নয়, এখন মুম্বই। ম্যাড্রাস নয়, চেন্নাই।"

কাকাবাবু বললেন, "তা বটে! মনে থাকে না। ভাগ্যিস আমাদের কলকাতার নামটাও বদলায়নি। আমরা মুম্বই দিয়েই যাব।"

একটু পরেই একজন লোক দেখা করতে এল কাকাবাবুর সঙ্গে। খাকি প্যান্ট ও খাকি শার্ট পরা। কাকাবাবুর দিকে একটা লম্বা খাম এগিয়ে দিয়ে বলল, "সার, এই আপনার প্লেনের টিকিট।"

কাকাবাবু খাম খুলে একটা প্লেনের টিকিট বার করে ভাল করে দেখলেন। তারপর বললেন, "হ্যাঁ ঠিক আছে। কিন্তু রামরতন, ঠিক এইরকম আরও দুটো টিকিট যে চাই, আমি নাম লিখে দিচ্ছি, আজ বিকেলের মধ্যেই দিয়ে যেতে হবে!"

লোকটি বলল, "হ্যাঁ সার, পৌঁছে দেব।"

কাকাবাবু তাঁর প্যাডে সন্তু ও জোজোর নাম লিখে দিলেন।

লোকটি চলে যাওয়ার পর সন্তু জিজ্ঞেস করল, "কাকাবাবু, এটা কোথাকার টিকিট? তুমি অন্য কোথাও যাচ্ছ?"

কাকাবাবু মুচকি হেসে বললেন, "না তো! এটা কালিকটের টিকিট। তোদের জন্যও আর দুটো টিকিট আসছে।"

সন্তু বলল, "তার মানে? কালিকট যাওয়া তো এইমাত্র ঠিক হল। আর সঙ্গে সঙ্গে কালিকটের টিকিট এসে গেল? এটা কি ম্যাজিক নাকি?"

কাকাবাবু এবার উত্তর না দিয়ে গোঁফে আঙুল বোলালেন।

জোজো বলল, "আমি যে কালিকট লেখা কাগজটা টানলাম, আমি তো অন্য কাগজও টানতে পারতাম!"

কাকাবাবু বললেন, "না। তা পারতে না। আমি একটু একটু ম্যাজিক শিখছি। ম্যাজিশিয়ানরা একটা তাসের ম্যাজিক দেখায়, দেখোনি? তুমি যে-কোনও একটা তাস টানলে, ম্যাজিশিয়ান দূর থেকেই বলে দিল সেটা কী তাস। এটা এক ধরনের হাতসাফাই, ইংরেজিতে বলে 'ফোর্সিং'। ম্যাজিশিয়ান ইচ্ছেমতন একটা বিশেষ তাস তোমাকে গছিয়ে দেবে। দেখবে খেলাটা?"

কাকাবাবু বিভিন্ন শহরের নাম লেখা কাগজগুলো একসঙ্গে মিশিয়ে দিলেন। কয়েকবার সবক'টা ওলটপালট করার পর, আবার বিছিয়ে ধরে বললেন, "সন্তু, তুই একটা টান।"

সন্তু বেশ কয়েক মুহূর্ত চিন্তা করে একেবারে কোণের কাগজটা টেনে নিল।

কাকাবাবু বললেন, "ওটা উটকামণ্ড, তাই না?"

সন্তু দারুণ অবাক। সে জোজোর চোখের দিকে তাকাল। জোজো হাততালি দিয়ে বলল, "চমৎকার। কাকাবাবু আপনি আর কী কী ম্যাজিক শিখেছেন?"

কাকাবাবু বললেন, "আরও শিখেছি কয়েকটা। পরে দেখাব।"

জোজো বলল, "আপনি আগেই কালিকট যাবেন বলে ঠিক করে রেখেছিলেন। তার মানে, ওখানে আপনার কোনও কাজ আছে?"

কাকাবাবু খানিকটা অন্যমনস্ক ভাবে বললেন, "না, কাজ ঠিক নেই। বেড়াতেই যাচ্ছি। তবে ফাউ হিসেবে একটা চার-পাঁচশো বছরের বুড়ো ভূতের সঙ্গে দেখা হয়ে যেতে পারে।"

॥ ২ ॥

কালিকটের প্লেন মুম্বই থেকে সকাল সাড়ে আটটায় ছাড়ে। কলকাতা থেকে ভোরের প্লেনে এলেও সেটা ধরা যায় না। তাই মুম্বই যেতে হল আগের দিন রাত্তিরে।

ওখানে কাকাবাবুর চেনাশুনো অনেক মানুষ আছে। কিন্তু কারও বাড়িতে উঠলেই সে অন্তত দু'-তিনদিন ধরে রাখতে চাইবে। কিছুতেই পরের দিন যেতে পারবেন না।

সেইজন্য কাকাবাবু কাউকে কিছু না জানিয়ে মুম্বইয়ের একটা হোটেলে টেলিফোন করে দুটো ঘর বুক করে রেখেছেন।

প্লেন মুম্বই পৌঁছল রাত সাড়ে আটটায়। মালপত্র নিয়ে ট্যাক্সিস্ট্যান্ডের দিকে এগোতেই একটা চোদ্দো-পনেরো বছরের মেয়ে দৌড়ে এসে কাকাবাবুর সামনে দাঁড়াল। তার দু'চোখ ভরা বিস্ময়।

সে আস্তে আস্তে বলল, "আপনি কাকাবাবু?"

কাকাবাবু হেসে বললেন, "হ্যাঁ, তুমি চিনলে কী করে?"

মেয়েটি বলল, "আমার বাবা দূরে দাঁড়িয়ে আছেন। বাবা দেখিয়ে দিলেন।"

নিচু হয়ে সে কাকাবাবুর পা ছুঁয়ে প্রণাম করল।

তারপর সন্তু আর জোজোর দিকে তাকাল।

কাকাবাবু বললেন, "এদের চিনতে পারোনি? এই হচ্ছে সন্তু, আর এ জোজো। তোমার নাম কী?"

মেয়েটি বলল, "নিশা সেন।"

সে মুগ্ধভাবে জোজোর দিকে চেয়ে রইল কয়েক মুহূর্ত। কাঁধের ঝোলা ব্যাগ থেকে একটা ছোট্ট খাতা বার করে বলল, "একটা অটোগ্রাফ দেবেন?"

জোজো সই করে দেওয়ার পর সে সন্তু আর কাকাবাবুরও সই নিল।

কাকাবাবু তার মাথায় হাত রেখে বললেন, "ভাল থেকো। এবার আমরা যাই?"

নিশা বলল, "আমরা এখানেই থাকি। কলকাতায় বেড়াতে গিয়েছিলাম। প্লেনে আপনাদের দেখতে পাইনি। একবার আমাদের বাড়িতে চলুন না। একটু চা খেয়ে যাবেন।"

কাকাবাবু কিছু বলার আগেই পাশ থেকে আর একজন লোক বলল, "তা তো সম্ভব নয় ভাই। এখন ইনি আমার সঙ্গে যাবেন।"

কাকাবাবু মুখ ঘুরিয়ে দেখলেন কাছেই দু'জন লোক দাঁড়িয়ে আছে। তাদের মধ্যে একজন হাত বাড়িয়ে সন্তুর কাছ থেকে একটা ব্যাগ নিতে যাচ্ছে।

কাকাবাবু অবাক হয়ে বললেন, "আরে, অমল? তুমিও এই প্লেনে ফিরলে নাকি?"

সেই যুবকটি পরে আছে সাদা প্যান্ট আর সাদা শার্ট। মুখে মিটিমিটি হাসি।

সে বলল, "না। আমি আপনাদের নিতে এসেছি।"

কাকাবাবু বললেন, "তার মানে? আমরা যে আজ এখানে আসছি, তা তুমি জানলে কী করে?"

সে বলল, "বাঃ, আপনি বম্বে আসছেন, আমি জানব না? বম্বের বহু লোক জেনে গেছে।"

কাকাবাবু বললেন, "বাজে কথা বোলো না, আমি কাউকেই জানাইনি। তুমি কী করে খবর পেলে?"

সে বলল, "ধরে নিন ম্যাজিক।"

কাকাবাবু সন্তু আর জোজোর দিকে তাকিয়ে বললেন, "আজকাল দেখছি অনেকেই ম্যাজিকের চর্চা করছে। আসল ব্যাপারটা কী বলো তো?"

সে বলল, "আসল ব্যাপারটা খুব সোজা। আমি সন্ধেবেলা আপনার বাড়িতে ফোন করেছিলাম। আপনার দাদা ফোন ধরে বললেন, রাজা আর সন্তু তো আজই বম্বে গেল। একটু আগে রওনা হয়েছে। ব্যস, আমি বুঝে গেলাম, আপনারা কোন ফ্লাইটে আসছেন। আরও অনেকে জানে, এটা কেন বললাম জানেন? আপনি তো রিজেন্ট হোটেলে ফোন করে দুটো ঘর বুক করেছেন, তাই না? সেই হোটেলের ম্যানেজার বাঙালি, তার নাম শেখর দত্ত, আমার খুব চেনা। সেও একটু আগে আমায় ফোন করে বলল, অমলদা, রাজা রায়চৌধুরীর নাম শুনেছেন তো? যাঁকে সবাই কাকাবাবু বলে। তিনি আজ আসছেন আমাদের হোটেলে। দেখা করবেন নাকি? আমি শেখরকে বললাম, দেখা করব তো বটেই। তবে, তোমার হোটেলের বুকিং ক্যানসেল করে দাও। উনি হোটেলে থাকবেন না।"

কাকাবাবু বললেন, "কেন, আমরা হোটেলে..."

অমল বলল, "অসম্ভব। আপনাদের কে হোটেলে যেতে দিচ্ছে? আমার বাড়ি একদম খালি।"

নিশা নামের মেয়েটিকে তার বাবা ডাকছে, সে বিদায় নিয়ে চলে গেল।

অমল এর মধ্যেই সন্তু আর জোজোর কাছ থেকে ব্যাগ দুটো নিয়ে নিয়েছে।

কাকাবাবু বললেন, "তোদের সঙ্গে আলাপ করিয়ে দিই। এর নাম অমল ভট্টাচার্য। এঞ্জিনিয়ার আর কবি। অনেকদিন আফ্রিকায় ছিল। এখানে ও একটা ছাপার কালির কোম্পানিতে কাজ করে। তাই না অমল?"

অমল বলল, "কালি, রং, এরকম অনেক কিছু।"

কাকাবাবু বললেন, "সেইজন্যই ও সবসময় সাদা শার্ট-প্যান্ট পরে।"

এয়ারপোর্টের বাইরে এসে অমল নিজের গাড়িতে সব মালপত্র তুলল। কাকাবাবু বসলেন সামনে।

গাড়ি ছাড়ার পর অমল বলল, "একটা মজার জিনিস লক্ষ করলেন কাকাবাবু। ওই যে নিশা মেয়েটি, ও কিন্তু সন্তুর আগে জোজোর অটোগ্রাফ নিল। এমনকী আপনারও আগে। তার মানে কি জোজো আপনাদের দু'জনের চেয়েও জনপ্রিয়?"

কাকাবাবু বললেন, "তা তো হতেই পারে। আমি খোঁড়া মানুষ, আর সন্তু সবসময় লাজুকের মতন আড়ালে থাকে। আমরা তিনজন একসঙ্গে থাকলে প্রথমে জোজোর দিকেই সকলের চোখ পড়ে। জোজোর অমন সুন্দর চেহারা, মেয়েরা তো ওকে বেশি পছন্দ করবেই।"

জোজো গম্ভীরভাবে বলল, "শুধু মেয়েরা নয়, অনেক ছেলেও আমার অটোগ্রাফ নেয়। একটা মজার ঘটনা শুনবেন? মারাদোনার নাম শুনেছেন নিশ্চয়ই?"

অমল বলল, "মারাদোনা মানে, ফুটবল খেলার রাজা? তার নাম কে না শুনেছে?"

সন্তু প্রতিবাদ করে বলে উঠল, "মারাদোনাকে মোটেই ফুটবলের রাজা বলা যায় না। রাজা হচ্ছেন পেলে। অল টাইম গ্রেট। মারাদোনাকে বড়জোর সেনাপতি বলা যায়।"

কাকাবাবু বললেন, "ও তর্ক থাক। মজার ঘটনাটা কী শুনি?"

জোজো বলল, "আগেরবার যে ফুটবলের ওয়ার্ল্ড কাপ হল, সেটা তো আমি দেখতে গিয়েছিলাম। একদিন মারাদোনার মুখোমুখি পড়ে যেতেই আমি অটোগ্রাফ চাইলাম। মারাদোনা এমনিতে কাউকে অটোগ্রাফ দেয় না। অনেক টাকা চায়। আমাকেও প্রথমে দেবে না বলেও একটুক্ষণ আমার মুখের দিকে চেয়ে রইল। তারপর সই করে দিয়ে ফস করে নিজের পকেট থেকে একটা অটোগ্রাফ খাতা বার করে বলল, তুমিও আমাকে একটা সই দাও। তোমার মুখ দেখেই বোঝা যাচ্ছে, ভবিষ্যতে তুমি একজন বিখ্যাত লোক হবে!"

কাকাবাবু বললে, "বাঃ। মারাদোনার কথা এর মধ্যেই অনেকটা মিলে গেছে।"

সন্তু বলল, "তোর কাছে মারাদোনার অটোগ্রাফ আছে? একদিন আমায় দেখাস তো!"

জোজো বলল, "দুঃখের কথা কী জানিস, সেই অটোগ্রাফ খাতাটা কিছুদিন

ধরে খুঁজে পাচ্ছি না। তার মধ্যে আরও কত বড় বড় লোকের সই ছিল।"

অমল বলল, "তোমারটা হারিয়ে গেলেও মারাদোনা নিশ্চয়ই তার অটোগ্রাফ খাতা হারায়নি। তার মধ্যে তোমার সই রয়ে গেছে। শুধু সই করেছিলে, না কিছু লিখেও দিয়েছিলে?"

জোজো বলল, "বাংলায় লিখে দিয়েছিলাম, 'চালিয়ে যা পঞ্চা!'"

অমল হো হো করে হেসে উঠে বলল, "চমৎকার! জোজোর তুলনা নেই। কাকাবাবু, এই রত্নটিকে কোথায় পেলেন?"

কাকাবাবু বললেন, "জোজোর সত্যি অনেক গুণ আছে।"

জোজো বলল, "সন্তু, ওই যে মেয়েটি অটোগ্রাফ নিল, নিশা নামের মানে কী রে?"

সন্তু বলল, "রাত্রি। নিশা, নিশি, নিশীথিনী, সব মানেই এক।"

অমল বলল, "রবীন্দ্রনাথের গান আছে, ভরি দিয়া পূর্ণিমা নিশা, অধীর অদর্শন তৃষা—"।

সুর করে সে গানটা গেয়ে উঠল।

গান থামতে কাকাবাবু জিজ্ঞেস করলেন, "অমল, তোমার সঙ্গে যে আর একজন লোক ছিল, সে গাড়িতে উঠল না?"

অমল বলল, "আমার সঙ্গে তো আর কেউ ছিল না।"

কাকাবাবু বললেন, "তোমার পাশেই একজন দাঁড়িয়ে ছিল, আমাদের পেছন পেছন গাড়ির কাছাকাছিও এল—"

সন্তু বলল, "আমিও লক্ষ করেছি, জুলপিদুটো বেশ বড়, মাথার সামনের দিকে একটু টাক।"

অমল বলল, "আমার সঙ্গে আসেনি। হয়তো অন্য কোনও বাঙালি আপনাদের চিনতে পেরে দাঁড়িয়ে গিয়েছিল।"

কাকাবাবু বললেন, "একটা চকোলেট রঙের গাড়ি অনেকক্ষণ ধরে আমাদের পেছন পেছন আসছে।"

অমল বলল, "তাই নাকি? কাকাবাবু, আপনি বুঝি সবসময় রহস্য খোঁজেন? আমাদের কে ফলো করবে?"

কাকাবাবু বললেন, "কোনও কারণ নেই। তবে অনেকক্ষণ ধরে গাড়িটা দেখছি ঠিকই।"

আর খানিকটা বাদে অমলের গাড়ি থামল একটা উনিশতলা ফ্ল্যাটবাড়ির সামনে। কাকাবাবু নামতেই পাশ দিয়ে একটা চকোলেট রঙের গাড়ি বেরিয়ে গেল। কাকাবাবু সেদিকে ভুরু কুঁচকে তাকিয়ে রইলেন।

অমল থাকে সতেরোতলায়। তার বউ, ছেলেমেয়েরা গেছে কলকাতায়, ফ্ল্যাটটা ফাঁকা।

অমল দু'হাত ছড়িয়ে বলল, "আমি রান্নাবান্না সব করে রেখেছি। আপনারা আরাম করে বসুন। এখন জমিয়ে গল্প হবে।"

কাকাবাবু বললেন, "তুমি রান্না করতেও জানো নাকি?"

অমল বলল, "বাংলায় একটা কথা আছে, যে রাঁধে, সে কি চুল বাঁধে না? সেইরকমই বলা যায়, যে কবিতা লেখে, সে কি রাঁধতে পারে না? রান্নার জন্য আমি বন্ধুবান্ধব মহলে বিখ্যাত।"

কাকাবাবু বললেন, "আমি কবিতা লিখতেও পারি না, রান্নাও জানি না। আচ্ছা অমল, তুমি আজ কলকাতায় আমাকে ফোন করেছিলে কেন?"

অমল বলল, "অনেকদিন আপনার সঙ্গে দেখা হয়নি। তা ছাড়া একটা বই পড়ছিলাম, একটা জায়গা বুঝতে পারিনি। তাই ভাবলাম, কাকাবাবুকে ফোন করলে উনি ঠিক বলে দিতে পারবেন। আমার এমন সৌভাগ্য, ফোনে কথা বলার বদলে আপনাকে সশরীরে পাওয়া গেল। অফিস থেকে কাল-পরশু ছুটি নিচ্ছি, আপনাদের সারা বম্বে ঘুরিয়ে দেখাব। কাছাকাছি অনেক সুন্দর জায়গা আছে।"

কাকাবাবু বললেন, "আমরা তো বম্বে বেড়াতে আসিনি। কাল সকালে কালিকট যাব।"

"কয়েকদিন পরে সেখানে যাবেন।"

"প্লেনের টিকিট কাটা হয়ে গেছে।"

"টিকিট পালটানো খুব সোজা। কাল সকালেই ফোন করে দেব।"

"কিন্তু আমি ওদের কালিকট দেখাব বলে নিয়ে এসেছি। কী রে, তোরা কি বম্বেতে থাকতে চাস?"

জোজো ঠোঁট উলটে বলল, "আমি এখানে অন্তত দশবার এসেছি। দেখার কিছু নেই।"

সন্তু বলল, "আমি একবার এসেছি অবশ্য। সেবারেই অনেক কিছু দেখা হয়ে গেছে। কালিকট গেলেই ভাল হয়।"

অমল কয়েক মুহূর্ত অবাক হয়ে ওদের দিকে চেয়ে থেকে বলল, "কালিকটে কী আছে? সেখানে তো কেউ বেড়াতে যায় না।"

কাকাবাবু বললেন, "আমরা ঠিক করেছি, বড় বড় শহরের বদলে মাঝে মাঝে আমরা ছোটখাটো জায়গায় ঘুরে আসব।"

অমল বলল, "অফিসের কাজে আমাকে দু'-একবার যেতে হয়েছে কালিকটে। ওখানে দেখার মতন কিছু নেই।"

কাকাবাবু বললেন, "অফিসের কাজে গেলে তো আর বেড়ানো হয় না!"

হঠাৎ অমলের চোখদুটো বড় বড় হয়ে গেল। নতুন কিছু আবিষ্কার করার মতন আনন্দে সে চেঁচিয়ে উঠল, "ও বুঝেছি! বুঝেছি! নতুন অভিযান। কালিকটে নিশ্চয়ই সাঙ্ঘাতিক কিছু ঘটেছে, আপনি তার সমাধান করতে যাচ্ছেন। আমি যাব, আমি আপনাদের সঙ্গে যাব! কাকাবাবু, আমি সাঁতার জানি, বক্সিং জানি, বন্দুক চালাতে জানি, ঘোড়ায় চড়তেও জানি!"

কাকাবাবু হেসে ফেলে বললেন, "তুমি কবিতা লেখা ছাড়াও এত কিছু জানো!

কারও সঙ্গে লড়াই করতে গেলে তোমাকে তো সঙ্গে নিতেই হবে। কিন্তু কালিকটে সেরকম কোনও সম্ভাবনাই নেই। তুমি শুধু শুধু অফিস কামাই করবে কেন?"

অমল তবু জোর দিয়ে বলল, "না কাকাবাবু, আমি যাবই আপনাদের সঙ্গে। আমার অনেক ছুটি পাওনা আছে।"

এবার জোজো বলল, "আসল ব্যাপার কী জানেন তো? কালিকটে আমার এক মাসির বাড়ি। আমার এই মাসি সাউথ ইন্ডিয়ান বিয়ে করেছেন। অনেকদিন দেখা হয়নি, অনেকবার আসতে বলেছেন। নায়ারমামা চমৎকার লোক, ভাল বাংলা জানেন, বড় ব্যবসায়ী। আমরা সেখানে যাচ্ছি।"

অমল বলল, "মাসির বাড়ি বেড়াতে যাচ্ছ খুব ভাল কথা। কিন্তু ভাই মাসির বর তো মামা হয় না!"

জোজো বলল, "ও সরি সরি, নায়ারমেসো। ভুল করে মামা বলে ফেলেছি!"

অমল বলল, "আমাকে বলেছ বলেছ, ওখানে গিয়ে যেন অমন ভুল কোরো না!"

কাকাবাবু বললেন, "আমরা বরং ওখান থেকে ফেরার সময় তোমার এখানে দিন দু'-এক থেকে যাব।"

অমল বলল, "তা তো থাকতেই হবে। জানেন কাকাবাবু, বেশিরভাগ লোকেরই কালিকট বন্দরের নাম শুনলেই ভাস্কো ডা গামার নাম মনে পড়ে। সবাই ইতিহাসে পড়েছে। এখনকার কালিকটে কিন্তু সেসব ইতিহাসের কোনও চিহ্নও খুঁজে পাওয়া যাবে না। ওখানে দেখার মধ্যে আছে শুধু নারকোল গাছ। আর এই সময়টায় অসহ্য গরম!"

কাকাবাবু আর কিছু না বলে মুচকি মুচকি হাসতে লাগলেন।

॥ ৩ ॥

সকালবেলা অমলই পৌঁছে দিয়ে গেল এয়ারপোর্টে। প্লেন ছাড়ল ঠিক সময়ে। জোজো জানলার ধারে বসেছে। তারপর সন্তু, একপাশে কাকাবাবু।

সন্তু ফিসফিস করে বলল, "কাকাবাবু, সেই বড় জুলপিওয়ালা লোকটাও এই প্লেনে উঠেছে।"

জোজো বলল, "কোথায়? কোথায়?"

সন্তু বলল, "আমাদের পেছনে, দুটো সারি পরে।"

কাকাবাবু বললেন, "হয়তো ব্যাপারটা কাকতালীয়।"

জোজো জিজ্ঞেস করল, "কাকাবাবু, এই কাকতালীয় কথাটা বইতে মাঝে মাঝে পড়ি। কথাটার ঠিক মানে কী?"

কাকাবাবু বললেন, "মানে জানো না? তোমাদের দোষ নেই। যে ছেলেমেয়েরা

শুধু শহরেই থাকে, তারা তালগাছ আর নারকোল গাছের তফাত বোঝে না। শহরের লোকেরা তাল খায়ও না। আগে আমরা অনেক তাল খেয়েছি, তালের বড়া, তালের ক্ষীর—"

সন্তু বলল, "আমরা তালশাঁস খাই। খুব ভাল খেতে।"

কাকাবাবু বললেন, "হ্যাঁ তালশাঁসও ভাল। লোকে পাকা তাল পছন্দ করে না বলে কাঁচা অবস্থায় তালশাঁস বের করে নেওয়া হয়। পাকা কাঁঠালের বদলে আমরা যেমন এঁচোড়ের তরকারি খাই। তাল-কাঁঠাল নিয়ে এক সময় বাংলায় বেশ সুন্দর সুন্দর কথা তৈরি হয়েছিল। যেমন, তিলকে তাল করা। তাল পাকলে কাকের কী? গাছে কাঁঠাল গোঁফে তেল। সাধলে জামাই খায় না কাঁঠাল ভুচড়ো নিয়ে টানাটানি! এইসব কথার মধ্যে বেশ একটা করে গল্প আছে। কিন্তু ফলগুলো সম্বন্ধে ভাল করে না জানলে সেই গল্প ঠিক বোঝা যায় না।"

সন্তু বলল, "তুমি শেষেরটা যা বললে, সাধলে জামাই না কি, ওটা কখনও বইতেও দেখিনি।"

কাকাবাবু বললেন, "এখনকার লেখকরা নিজেরাই এসব জানেন না, তাই লেখেনও না। ওটার গল্পটা বেশ মজার। জামাই-আদর কাকে বলে জানিস তো? বাড়িতে জামাই এলে তাকে খুব খাতিরযত্ন করতে হয়। সেইরকমই গ্রামের এক বাড়িতে জামাই এসেছে। সে জামাই খুব লাজুক। তাকে যাই খেতে দেওয়া হয়, সে খাবে না খাবে না বলে। তার জন্য গাছ থেকে একটা পাকা কাঁঠাল পেড়ে আনা হয়েছে। জামাই কাঁঠাল খেতে ভালবাসে, কিন্তু কাঁঠাল খাওয়ার জন্য তাকে যখন সাধাসাধি করা হল, সে লজ্জায় না না বলতে লাগল। তখন বাড়ির লোকরাই কাঁঠালটা খেয়ে ফেলল। কাঁঠালের কোয়াগুলো বার করে নিলেও মোটা খোসাটার মধ্যে সরু সরু এক ধরনের জিনিস থাকে, তাকে বলে ভুচড়ো। সেগুলো কেউ খায় না। মাঝরাত্তিরে শাশুড়ি উঠে এসে দেখেন কী, বাড়ির উঠোনে ফেলে দেওয়া সেই কাঁঠালের খোসাটা থেকে ভুচড়োগুলো তুলে তুলে খাচ্ছে সেই জামাই।"

জোজো জিজ্ঞেস করল, "আর, গাছে কাঁঠাল গোঁফে তেল?"

কাকাবাবু বললেন, "কাঁঠালের মধ্যে আঠা থাকে, হাত দিয়ে ছাড়াতে গেলে চটচট করে। তাই যে কাঁঠাল ছাড়ায়, সে হাতে তেল মেখে নেয়। এখন, একটা গাছে একটা কাঁঠাল ঝুলছে, তাই দেখে একজন লোকের খুব লোভ হয়েছে। সে হাতে তেল-টেল মেখে রেডি হয়ে আছে, কিন্তু না পাকলে খাবে কী করে? হাতের তেল গোঁফে লাগিয়ে সে কাঁঠালের দিকে হাঁ করে চেয়ে আছে। এইসব কথার এখন অনেকরকম মানে হয়। যাকগে, কথা হচ্ছিল কাকতালীয় নিয়ে।"

জোজো বলল, "তালীয় মানে তালের ব্যাপার? মানে তাল ফল? আমার ধারণা ছিল গানের তাল। কিংবা এক হাতে তালি বাজে না, সেই তালি।"

কাকাবাবু বললেন, "না। পাকা তাল গাছ থেকে আপনি আপনি খসে পড়ে। মনে করো, একটা তালগাছে একটা কাক বসে আছে। এক সময় কাকটা যেই উড়ে গেল, অমনই ধুপুস করে একটা পাকা তাল খসে পড়ল। কাকটা ভাবল, সে উড়ল বলেই খসে পড়ল তালটা। তা কিন্তু নয়, ওই সময় তালটা এমনই পড়ত। অর্থাৎ একই সঙ্গে দু'টো ঘটনা ঘটল, কিন্তু তাদের মধ্যে কোনও সম্পর্ক নেই। ইংরেজিতে যাকে বলে কয়েনসিডেন্স!"

জোজো বলল, "ও কয়েনসিডেন্স? এরকম তো অনেকই হয়।"

কাকাবাবু বললেন, "সেইরকমই, বড় জুলপিওয়ালা লোকটাকে কাল এয়ারপোর্টে দেখা গেছে, আজ আবার সে আমাদের সঙ্গে এই প্লেনে চেপেছে, এর মধ্যে হয়তো কোনও যোগাযোগ নেই। যেতেই তো পারে।"

জোজো জিজ্ঞেস করল, "সাধলে জামাই... পুরো কথাটা কী রে সন্তু?"

সন্তু বলল, "সাধলে জামাই খায় না কাঁঠাল, ভুচড়ো নিয়ে টানাটানি!"

জোজো বলল, "বেশ কথাটা! আমার মনে পড়ল, একবার স্পেনের রাজা আমাদের নেমন্তন্ন করেছিল, কী দারুণ দারুণ সব খাবার। বাবা বলে দিয়েছিলেন, হ্যাংলার মতন সবকিছু খাবে না, আর কোনও জিনিসই দু'বার দিতে এলে নেবে না। বাবা যেগুলো না না বলছেন, আমিও লাগবে না বলছি। একটা খাবার দেখে এমন লোভ হয়েছিল, ছোট ছোট হাঁস, আস্ত রোস্ট করা, বাবা মাথা নেড়ে দিতেই বাধ্য হয়ে আমিও..."

সন্তু বলল, "রাত্তিরে বুঝি সেই হাঁসের পালকগুলো খেলি?"

এর মধ্যেই ঘোষণা করা হল, "প্লেন কালিকটে নামছে।"

সন্তু আর জোজো জানলা দিয়ে তাকাল বাইরে।

পরিষ্কার রোদঝলমলে দিন। নীচে দেখা যাচ্ছে সমুদ্র। একদিকে ভারতের সীমারেখা। ম্যাপে যেরকম দেখা যায়। এখানে এত সবুজ গাছপালা যে, বাড়িঘর চোখেই পড়ে না।

এয়ারপোর্ট থেকে কাকাবাবু একটা গাড়ি ভাড়া করলেন।

সন্তু সেই বড় জুলপিওয়ালা লোকটির দিকে নজর রেখেছে। সে ওদের দিকে তাকাচ্ছেই না। গাড়িতে ওঠার আগে সন্তু ইচ্ছে করে লোকটির পাশে গিয়ে একটা ধাক্কা লাগিয়ে বলল, "খুব দুঃখিত, মাপ করবেন।"

লোকটি হিন্দিতে বলল, "ঠিক হ্যায়, কুছ নেই হুয়া।"

ফিরে এসে গাড়িতে উঠে সন্তু বলল, "লোকটি বাঙালি নয়। তবু কাল রাত্তিরে এয়ারপোর্টে অমলদার পাশে দাঁড়িয়ে আমাদের কথা শুনছিল কেন?"

কাকাবাবু বললেন, "শুনছিল, না দেখছিল?"

সন্তু বলল, "কী দেখছিল?"

কাকাবাবু বললেন, "আমি খোঁড়া লোক বলে অনেকেই আমার দিকে তাকিয়ে তাকিয়ে দেখে।"

জোজো বলল, "ছাড় তো সন্তু। তুই লোকটাকে নিয়ে বেশি বেশি ভাবছিস। কাকতালীয়ই ঠিক!"

আগে থেকে হোটেল ঠিক করা ছিল না। দু'-তিনটে হোটেল ঘুরে একটা পছন্দ হয়ে গেল। হোটেলটা একেবারে নতুন, সেইজন্যই ঝকঝকে পরিষ্কার। ঘরগুলো বড় বড়। একটা ঘরের নাম ফ্যামিলি রুম, সেখানে চারজন শুতে পারে। সেই ঘরটাই নেওয়া হল।

জিনিসপত্র গুছিয়ে ফেলার পর কাকাবাবু বললেন, "গাড়িটা সারাদিনের জন্য ভাড়া করা হয়েছে, চল, এই শহরটা আর কাছাকাছি জায়গাগুলো একটু ঘুরে দেখে আসি।"

ড্রাইভারের নাম অ্যান্টনি। ত্রিশ-বত্রিশ বছর বয়েস, কুচকুচে কালো গায়ের রং, মাথায় ঝাঁকড়া ঝাঁকড়া চুল। সে ভাঙা-ভাঙা ইংরেজি জানে।

শহরটাতে সত্যি দেখার মতন কিছু নেই। ছোট শহর যেমন হয়। কিছু অফিস-টফিস, দোকানপাট আছে। শহরের বাইরেটা ঢেউখেলানো। ছোট ছোট পাহাড় আর প্রচুর নারকোল গাছ। এক এক জায়গায় মনে হয় যেন নারকোল গাছের জঙ্গল।

গরমও প্রচণ্ড। সেইসঙ্গে ঘাম। গাড়ির সবকটা জানলার কাচ নামানো, কিন্তু হাওয়া নেই, দরদর করে ঘামতে হচ্ছে।

জোজো বলল, "অমলদা তো ঠিকই বলেছিল। এখানে নারকোল গাছ আর গরম ছাড়া কিছুই নেই। খুব জলতেষ্টা পাচ্ছে।"

রাস্তার ধারে ধারে ডাব বিক্রি হচ্ছে। এক জায়গায় গাড়ি থামানো হল।

ডাবওয়ালা দৌড়ে এসে বলল, "টেন্ডার কোকোনাট। ভেরি গুড।"

তার মানে ডাবের জল খাওয়ার পর সেটা কেটে দিল। ভেতরে নরম নেওয়া। খেতে খুব ভাল।

ড্রাইভার অ্যান্টনি বলল, "আপনারা চিকিৎসা করাতে এসেছেন তো? আমি খুব ভাল নার্সিং হোমে নিয়ে যেতে পারি।"

কাকাবাবু সন্তুদের বললেন, "শুনেছিলাম বটে যে এখানকার কাছাকাছি একটা জায়গায় খুব ভাল কবিরাজি চিকিৎসা হয়। সারা ভারতের দূর দূর জায়গা থেকে শক্ত শক্ত অসুখের রুগিরা এখানে চিকিৎসা করাতে আসে। আমার খোঁড়া পা দেখে ধরে নিয়েছে, আমি এটা সারাতে এসেছি।"

তিনি অ্যান্টনিকে বললেন, "সেখানে পরে যাওয়া যাবে। এখন গরমে আর টেকা যাচ্ছে না, তুমি হোটেলে ফিরে চলো।"

হোটেলের ঘরটা এয়ার কন্ডিশনড। সেখানে ফিরে বেশ আরাম হল।

কাকাবাবু বললেন, "এ যা দেখছি, সারাদিন ঘরেই বসে থাকতে হবে। এ গরমে ঘোরাঘুরি করা যাবে না। সন্ধের পর গরম কমে কি না দেখা যাক।"

জোজো বিছানায় শুয়ে পড়েছে।

সন্তুও দমে গেছে খানিকটা। এ-জায়গাটা সত্যিই বেড়াবার মতন নয়। বিশেষত গরমকালে। এর চেয়ে চেরাপুঞ্জি গেলে কত ভাল লাগত। সেখানে গরম নেই, যখন-তখন বৃষ্টি হয়। তবু কাকাবাবু এখানেই এলেন কেন?

সে জিজ্ঞেস করল, "কাকাবাবু, তুমি সত্যিই ভূতে বিশ্বাস করো?"

কাকাবাবু বললেন, "বিশ্বাস থাক বা না থাক, ভূতের গল্প শুনতে বেশ ভাল লাগে। তাই না?"

জোজো বলল, "আমি কিন্তু ভূত দেখেছি। তিনবার। একবার মেক্সিকোতে, একবার কাঠমাণ্ডুতে, আর একবার... ইয়ে অস্ট্রেলিয়ায়..."

সন্তু জোজোর দিকে ফিরে জিজ্ঞেস করল, "তুই বাঙালি ভূত দেখিসনি?"

জোজো বলল, "হ্যাঁ, কাঠমাণ্ডুর ভূতটা বাংলায় কথা বলছিল। তবে মজা কী জানিস, বাবা আমাকে মন্ত্রপড়া একটা সুপুরি দিয়েছেন, সেটা তুলে ধরলেই ভূতগুলো একেবারে ভেঙে গুঁড়ো গুঁড়ো হয়ে যায়।"

সন্তু বলল, "কাচের মতন?"

জোজো বলল, "অনেকটা কাচের মতন, তবে দেখতে দেখতে মিলিয়ে যায়। হাতে ধরা যায় না।"

কাকাবাবু বললেন, "বাঃ। সেই সুপুরিটা সঙ্গে এনেছ তো? এখানে কাজে লাগতে পারে।"

সন্তু বলল, "কাকাবাবু, আমি আগে কক্ষনও তোমার কাছে ভূত টুতের কথা শুনিনি। কেউ ভূতের কথা বললে, তুমি হেসে উড়িয়ে দিতে।"

কাকাবাবু বললেন, "মানুষ মরে গেলে তাকে পুড়িয়ে দেওয়া হয়, কিংবা কবর দেওয়া হয়। সেখানেই সব শেষ। তার পরেও কিছু আছে কি না, তার কোনও স্পষ্ট প্রমাণ এ পর্যন্ত পাওয়া যায়নি। সেইজন্যই অনেকে ভূত-পেত্নি, স্বর্গ-নরক—এসবে বিশ্বাস করে না। আবার অনেকে মনে করে, মৃত্যুতেই সব শেষ নয়, পুনর্জন্ম আছে, স্বর্গ-নরক আছে। আমি প্রথম দলে। কিন্তু অনেক লোক মিলে যদি বলে তারা একজন মৃত মানুষকে চলাফেরা করতে দেখেছে, সেই অনেক মানুষের মধ্যে বেশ কিছু শিক্ষিত, দায়িত্বপূর্ণ লোকও থাকে, তা হলে সেই ঘটনাটা সঠিকভাবে জানার জন্য কৌতূহল হবে না?"

সন্তু আবার বলল, "তার সঙ্গে এখানে আসার সম্পর্ক কী?"

কাকাবাবু বললেন, "এটা কত সাল। ১৯৯৮ তো? আজ কত তারিখ? ২৩ মে? ঠিক পাঁচশো বছর আগে, অর্থাৎ ১৪৯৮ সালে, এই দিনটিতে ভাস্কো দা গামা কালিকট বন্দরে জাহাজ ভিড়িয়েছিল।"

সন্তু তবু ভুরু কুঁচকে বলল, "ঠিক বুঝলাম না। তেইশে মে এখানে কোনও উৎসব হয়?"

কাকাবাবু বললেন, "না, না, উৎসব হবে কেন? ভাস্কো দা গামা ভারতের বহু ক্ষতি করেছে, বহু লোককে মেরেছে, তাকে নিয়ে আবার উৎসব কীসের?"

জোজো বলল, "বুঝলি না, ভাস্কো দা গামা ভূত হয়ে এই দিনটায় ফিরে আসে।"

কাকাবাবু বললেন, "জোজো ঠিক ধরেছে। এখানে অনেকের ধারণা, প্রতি বছর তেইশে মে ভাস্কো দা গামাকে দেখা যায়। বেশ অনেকক্ষণ ধরে। গত বছর প্রায় দেড়শোজন লোক দেখেছে। তাদের মধ্যে আছে একজন ইতিহাসের অধ্যাপক, একজন পুলিশের কর্তা, দু'জন সাংবাদিক, একজন ডাক্তার। অন্তত চোদ্দো-পনেরোজন চিঠি লিখে কিংবা টেলিফোন করে ঘটনাটা আমাকে জানিয়েছে। এই লোকেরা কি নেহাত একটা আজগুবি কথা রটাবে?"

সন্তু বলল, "এরা সবাই... এত দূর থেকে তোমাকে ঘটনাটা জানাল কেন? তুমি তো ভূত ধরার ওঝা নও!"

কাকাবাবু হাসতে হাসতে বললেন, "ঠিক বলেছিস। আমার বদলে বরং জোজোকে জানানো উচিত ছিল। জোজো মন্ত্র পড়া সুপুরি দেখিয়ে ভাস্কো দা গামার ভূতকে গুঁড়ো গুঁড়ো করে দিত। তবে জোজোকে তো এরা এখনও চেনে না। আমাকে জানাবার একটা কারণ আছে অবশ্য। তোরা তো জানিস, আমি ইতিহাস নিয়ে পড়াশুনো করতে ভালবাসি। মাঝে মাঝে দু'-একটা প্রবন্ধও লিখি। গত বছর আমি বম্বের একটা কাগজে একটা প্রবন্ধ লিখেছিলাম, সেটার নাম ছিল, 'ভাস্কো দা গামা কি খুন হয়েছিলেন?' খুব আলোচনা হয়েছিল সেটা নিয়ে। অনেক লোক আমার পক্ষে-বিপক্ষে চিঠি লিখেছিল।"

সন্তু জিজ্ঞেস করল, "ভাস্কো দা গামা সত্যি খুন হয়েছিলেন?"

কাকাবাবু বললেন, "স্পষ্ট কোনও প্রমাণ নেই। তবে এদেশে তার অনেক শত্রু ছিল। আরব ব্যবসায়ীদের সঙ্গে তার ঝগড়া মারামারি হয়েছে অনেকবার। লোকটা ছিল খুব অহঙ্কারী আর নিষ্ঠুর ধরনের। এমনকী তার নিজের দেশের অনেক লোকও তাকে পছন্দ করত না। পর্তুগিজরা ক্রমে ক্রমে কোচিন, গোয়া এইসব জায়গা দখল করে বসে। সেখানে অনেক পর্তুগিজ কর্মচারী ছিল, তারা অনেকে ভাস্কো দা গামার ব্যবহার সহ্য করতে পারত না। ভাস্কো দা গামা মারা যায় কোচিনে, এক ক্রিসমাসের দিনে। জানিস তো, ক্রিসমাসের আগের রাত্তিরে খুব বড় পার্টি হয়। মদ খেয়ে হইহল্লা করার সময় কেউ তার পেটে একটা ছুরি বসিয়ে দিতেও পারে।"

সন্তু বলল, "ভাস্কো দা গামা মারা গেল কোচিনে। ভূত হয়ে থাকলে তো তাকে সেখানেই দেখতে পাওয়ার কথা। এখানে আসবে কেন?"

কাকাবাবু বললেন, "কোচিনেই তাকে কবর দেওয়া হয়েছিল বটে, কিন্তু কিছুদিন পরে তার হাড়গোড় সেখান থেকে তুলে নিয়ে যাওয়া হয়েছিল পর্তুগালে। সেখানে আবার কবর দেওয়া হয়। সেখান থেকে সাগর পেরিয়ে ভূতটা আসে, প্রথম যেখানে এসেছিল।"

সন্তু বলল, "পাঁচশো বছরের বুড়ো ভূত!"

কাকাবাবু বললেন, "ভূতেরা নাকি বুড়ো হয় না। এখানে যারা দেখেছে, তারা নাকি ভাস্কো দা গামাকে আগের চেহারাতেই দেখেছে।"

জোজো বলল, "ভাস্কো দা গামার ভূতটাকে জিজ্ঞেস করলেই তো হয়, তুমি কি খুন হয়েছিলে? না এমনি এমনি মরেছ?"

কাকাবাবু বললেন, "ঠিক বলেছ। আজ মাঝরাত্তিরে একবার যেতে হবে পোর্টে, সেখানেই যাকে বলে চক্ষুকর্ণের বিবাদ ভঞ্জন করা যাবে।"

জোজো বলল, "কী বললেন? কী বললেন? ওই কথাটার মানে কী?"

সন্তু বলল, "এর মানে আমি জানি। কান আর চোখ। লোকে অনেক কিছু বলে, তা আমরা কান দিয়ে শুনি কিন্তু চোখে তা দেখা না গেলে বিশ্বাস হয় না। এই নিয়ে চোখ আর কানের ঝগড়া। কানে যা শোনা যায়, চোখের দেখাতেও তা মিলে গেলে ঝগড়া মিটে যায়। তাকে বলে বিবাদ ভঞ্জন।"

কাকাবাবু বললেন, "এটা আগেকার বাংলা, এখন আর বিশেষ কেউ বলে না বা লেখে না। তবে মাঝে মাঝে শুনতে বেশ লাগে। তোদের খিদে পায়নি? এবারে কিছু খেলে হয়।"

জোজো বলল, "খিদে পায়নি মানে? পেটে আগুন জ্বলছে। এখানে নিশ্চয়ই চিংড়ি মাছ পাওয়া যায়?"

কাকাবাবু বললেন, "দেখা যাক। পাওয়া উচিত।"

তিনি বেল বাজিয়ে বেয়ারাকে ডেকে খাবারের অর্ডার দিতে গেলেন। বেয়ারাটি বলল, "এই হোটেলে ঘরে খাবার এনে দেওয়ার নিয়ম নেই। একতলায় ডাইনিং হল আছে, সেখানে গিয়ে খেতে হবে।"

ঘর বন্ধ করে ওরা নেমে এল নীচে।

মস্ত বড় ডাইনিং হল। কয়েকটা টেবিলে কিছু লোক খেতে শুরু করেছে। কোণের একটা টেবিলে এক ঝলক তাকিয়েই সন্তু বলল, "সেই বড় জুলপিওয়ালা লোকটা এখানেও এসেছে।"

সত্যিই সেই লোকটি আর দু'জন লোকের সঙ্গে বসে আছে। সামনে জলের গেলাস, এখনও টেবিলে খাবার দেয়নি।

সন্তু বলল, "এটাও কি কাকতালীয়?"

কাকাবাবু বললেন, "হতেও পারে। হয়তো এই হোটেলের খাবার বিখ্যাত। অনেকেই খেতে আসে।"

॥ ৪ ॥

খাবারের তালিকা দেখে জোজো খুব নিরাশ হয়ে গেল।

চিংড়ি মাছ তো নেই-ই, কোনওরকম মাছ-মাংসই পাওয়া যাবে না। এই হোটেলে সবই নিরামিষ। ইডলি, ধোসা, সম্বর এইসব, ভাতও আছে।

কাকাবাবু বললেন, "এবেলা এইসবই খেয়ে দেখা যাক। বাইরে অনেক রেস্তরাঁ আছে। রাত্তিরে সেরকম কোনও জায়গা থেকে খেয়ে এলেই হবে।"

সন্তু বলল, "আমি ধোসা খুব পছন্দ করি।"

খাবারগুলোর বেশ স্বাদ আছে। ভাতের সঙ্গে একটা তরকারি ছিল, টক-টক-ঝাল-ঝাল, চমৎকার খেতে। জোজো তিনবার চেয়ে নিল সেই তরকারি।

সন্তু মাঝে মাঝে চোরা চোখে দেখছে কোণের টেবিলটা, বড় জুলপিওয়ালা লোকটি এদিকেই তাকিয়ে আছে, তার সঙ্গীদের কী যেন বলছে ফিসফিস করে।

সন্তুদের খাওয়া শেষ হওয়ার পরেও ওরা বসে রইল।

হাত ধুয়ে ওপরে উঠে আসার পর কাকাবাবু বললেন, "তোরা দু'জনে গড়িয়ে নিতে চাস তো নে। আমাকে কয়েকটা ফোন করতে হবে।"

কাকাবাবু ব্যাগ থেকে নোটবইটা খুঁজতে লাগলেন। এই সময় দরজায় টক টক শব্দ হল।

সন্তু দরজা খুলে অবাক হলেও মুখে কোনও ভাব দেখাল না।

সেই বড় জুলপিওয়ালা লোকটি ও আর দু'জন লোক দাঁড়িয়ে আছে।

বড়জুলপি হিন্দিতে বলল, "একটু ভেতরে আসতে পারি? তোমার আঙ্কেলের সঙ্গে দুটো-একটা কথা বলতে চাই।"

সন্তু দরজার পাশ থেকে সরে দাঁড়াল।

প্রথমে বড়জুলপি ভেতরে ঢুকে কাকাবাবুর দিকে হাত তুলে নমস্কার করে খুব বিনীতভাবে বলল, "সার, খুবই দুঃখিত, অসময়ে এসে আপনাকে ডিসটার্ব করলাম। হয়তো এখন বিশ্রাম নিতেন। খুব বিপদে পড়ে আপনার সাহায্য চাইতে এসেছি। যদি অনুমতি করেন—"

কাকাবাবু বললেন, "না, না, ঠিক আছে। বসুন। কী ব্যাপার বলুন।"

ঘরে একটিমাত্র চেয়ার। বড়জুলপি বসল সেখানে। অন্য দু'জন খাটে।

বড়জুলপি পকেট থেকে একটা কার্ড বার করে বলল, "সার, আমার নাম এস প্রসাদ। আমি একটা ফিল্ম কোম্পানির প্রোডাকশান ম্যানেজার। বম্বে থেকে এসেছি। এখানে আমাদের একটা হিন্দি ফিল্মের শুটিং চলছে। সেই ব্যাপারে আপনার একটু সাহায্য চাই।"

কাকাবাবু বললেন, "ফিল্মের শুটিংয়ের ব্যাপারে আমি কী সাহায্য করব তা তো বুঝতে পারছি না?"

প্রসাদ বলল, "আপনার সঙ্গে যে ছেলেদুটি এসেছে, এদের একজনকে পেলে

বড় উপকার হয়।”

সে জোজোর দিকে ফিরে তাকাল।

কাকাবাবু বললেন, “ও কী করবে?”

সে বলল, “ব্যাপারটা কী হয়েছে, একটু খুলে বলি। আজকের রাত্তিরের শুটিংয়ে এই ছেলেটির বয়েসি একটি ছেলের পার্ট আছে। যে ছেলেটির সেই পার্ট করার কথা, আজ সকাল থেকে তার কলেরা শুরু হয়ে গেছে, তাকে হাসপাতালে পাঠাতে হয়েছে। সে কিছুতেই পারবে না। শুটিং বন্ধ রাখলে আমাদের বহু টাকা লোকসান হয়ে যাবে। তাই বলছিলাম কী, এই ছেলেটি যদি পার্টটা করে দেয়, তা হলে বেঁচে যাই। ওই পার্টে ওকে খুব মানাবে।”

কাকাবাবু হেসে ফেলে বললেন, “ ও, এই ব্যাপার! তা হলে ওকেই জিজ্ঞেস করা যাক। কী হে জোজো, সিনেমায় পার্ট করবে নাকি?”

জোজো গম্ভীরভাবে বলল, “কী ধরনের পার্ট আগে শুনি?”

প্রসাদ বলল, “হিরোইন একটা খুঁটিতে দড়ি দিয়ে বাঁধা থাকবে। রাত্তিরে ডাকাতের দল ঘুমোবে। শুধু পাহারায় থাকবে একজন। তুমি পেছন দিক দিয়ে হামাগুড়ি দিয়ে আসবে। পাহারাদারটাও ঝিমোচ্ছে। তুমি হিরোইনের বাঁধন খুলে দেবে। তারপর তার হাত ধরে দৌড়াবে। জঙ্গলের মধ্য দিয়ে দৌড়বে দৌড়বে। কাট। ব্যাস, তারপর হিরো ঘোড়ায় চড়ে এসে হিরোইনকে তুলে নেবে।”

জোজো অবজ্ঞার সঙ্গে ঠোঁট উলটে বলল, “এইটুকু পার্ট! এর মধ্যে আমি নেই।”

প্রসাদ বলল, “একটু করে দাও না ভাই!”

জোজো বলল, “হলিউড থেকে স্পিলবার্গ কতবার আমাকে অনুরোধ করেছে। আমি বলেছি, ছোট পার্ট কক্ষনও করব না। যদি সিনেমায় পার্ট করতেই হয়, প্রথমেই হিরো হব।”

প্রসাদ বলল, “তোমার বয়েসে তো হিরো হতে পারবে না। আগে ছোটখাটো পার্ট করার পরই হিরো হতে পারবে। এটায় যদি তোমার পার্ট চোখে লেগে যায়—”

জোজো বলল, “না, না, যারা ছোটখাটো পার্ট করে, তারা চিরকালই ছোটই থেকে যায়।”

প্রসাদের সঙ্গী একজন বলল, “টাকার কথাটা বলো।”

প্রসাদ বলল, “মাত্র একদিনের শুটিং, তিন-চার ঘণ্টা, তার জন্য পাঁচ হাজার টাকা দেওয়া হবে।”

জোজো তাচ্ছিল্যের সঙ্গে বলল, ‘টাকার দরকার নেই আমার। হলিউডে ওইটুকু পার্ট করলে পাঁচ লাখ টাকা দেয়, সেটাই আমি নিইনি—’

লোকটি আরও কয়েকবার অনুরোধ করল, জোজো কানই দিল না।

তখন সে সন্তুর দিকে ফিরে বলল, “তা হলে তুমি করে দেবে পার্টটা?

তোমাকে দিয়েও চলবে।"

সন্তু বলল, "আ-আ-আমি তো-তো-তো-তোতলা। ক-ক-ক-কথা বলতেই পা-পা-পা-পারি না!"

প্রসাদ একটু চমকে গেলেও বলল, "তাতে ক্ষতি নেই। ডায়ালগ খুব কম। পরে ডাব করে নেওয়া যেতে পারে।"

সন্তু বলল, "আ-আ-আ-আমা-র ভ-ভ-ভ-য় করে। ক্যা-ক্যা-ক্যা-মেরা দেখলেই ভ-ভ-ভয় করে।"

প্রসাদ কাকাবাবুর দিকে তাকাল।

কাকাবাবু বললেন, "ওরা রাজি না হলে আর আমি কী করতে পারি বলুন! আমাকে দিয়ে তো আর ওই পার্ট হবে না।"

লোক তিনটি নিরাশ হয়ে চলে গেল।

দরজা বন্ধ করার পরই কাকাবাবু হো-হো করে হেসে উঠলেন। হাসতে হাসতে বললেন, "শেষ পর্যন্ত এই? সিনেমায় পার্টের ব্যাপার। ওরে সন্তু, তোর ওই বড়-জুলপিওয়ালাটা তো নিরীহ সিনেমার লোক!"

সন্তু জোজোকে বলল, "তুই রাজি হলি না কেন রে? আমরা বেশ শুটিং দেখতে যেতাম।"

জোজো বলল, "ওইসব এলেবেলে পার্ট আমি করি না।"

সন্তু বলল, "হিরোইনের সঙ্গে পার্ট ছিল। হিরোইনের হাত ধরে দৌড়োতি। তাতেই লোকে তোকে হিরো বলত!"

জোজো বলল, "তোকেও তো বলেছিল। তুই নিলি না কেন? তুই হঠাৎ তোতলা সাজতে গেলি?"

সন্তু বলল, "পাঁচ হাজার টাকা পেলে আমার ভালই হত। রাজি হতাম। কিন্তু লোকটা আগে তোকে বলেছে, আমায় তো বলেনি! সেইজন্যই আমার রাগ হয়ে গেল।"

কাকাবাবু বললেন, "আমায় তো পার্ট দিতে চাইলই না। কলেজে পড়ার সময় দু'-তিনবার নাটকে অভিনয় করেছি! খোঁড়া লোককে আর কে চান্স দেবে!"

কাকাবাবু এবার টেলিফোন তুলে একটা লাইন চাইলেন।

একটু পরে অপারেটর জানাল যে, নম্বরে নিশ্চয়ই কিছু ভুল আছে। কোনও সাড়াশব্দ পাওয়া যাচ্ছে না।

কাকাবাবু বললেন, "ভুল আছে? এঁর নাম আবু তালেব, ইতিহাসের অধ্যাপক। আমাকে দু'-তিনবার ফোন করেছেন এখান থেকে, নিজে এই নম্বর দিয়েছেন। তা হলে কি নম্বর বদলে গেল?"

অপারেটর জানালেন, "টেলিফোন বইতে আবু তালেবের নাম নেই।"

কাকাবাবু বললেন, "মুশকিল হল, লোকটিকে খুঁজে পাব কী করে?"

তিনি বললেন, "আর একটা নম্বর দেখুন। বিক্রমন নায়ার। ইনি একজন

সাংবাদিক। এটা ওঁর বাড়ির ফোন।"

এবারে রিং হল বটে। কিন্তু একজন কেউ ধরে বলল, "এখানে বিক্রমন নায়ার নামে কেউ থাকে না।"

কাকাবাবু খানিকক্ষণ ভুরু কুঁচকে রইলেন। তারপর একজন পুলিশ অফিসারের নম্বর দিলেন, তাতেও কোনও লাভ হল না, সাড়া পাওয়া গেল না।

কাকাবাবু বললেন, "এখানকার সব টেলিফোন নাম্বার বদলে গেল নাকি? এরাই বলতে গেলে আমাকে ডেকে এনেছে। এদের দু'-একজনের সঙ্গে যোগাযোগ করা দরকার।"

ক্রাচ দুটো নিয়ে উঠে দাঁড়িয়ে তিনি সন্তুদের বললেন, "এই গরমে তোদের আর বেরোতে হবে না। আমি একটু ঘুরে আসছি।"

নীচে এসে তিনি অ্যান্টনিকে বললেন, "চলো তো এখানকার বড় থানায়।"

গরমের জন্য রাস্তা একেবারে সুনসান। থানার সামনেও বেশি লোকজন নেই। কাকাবাবু সোজা ভেতরে ঢুকে গেলেন, কেউ বাধা দিল না। বড়সাহেবের ঘরের দরজা খোলা, সেখানে দাঁড়িয়ে জিজ্ঞেস করলেন, "ভেতরে আসতে পারি?"

কাকাবাবুর চেহারাতেই এমন একটা ব্যক্তিত্বের ছাপ আছে যে কেউ তাঁকে সাধারণ মানুষ মনে করে না। অফিসারটি বললেন, "হ্যাঁ, আসুন, বসুন।"

কাকাবাবু ভেতরে এসে বললেন, "নমস্কার। সার্কল অফিসার বাসুদেবন-এর সঙ্গে একটু দেখা করতে পারি?"

অফিসারটি বললেন, "কোন বাসুদেবন?"

কাকাবাবু বললেন; "এস কে বাসুদেবন।"

অফিসারটি বললেন, "ওই নামে তো এখানে কেউ নেই।"

কাকাবাবু বললেন, "নেই? তা হলে কি ট্রান্সফার হয়ে গেছেন? আমি পনেরোদিন আগেও টেলিফোনে কথা বলেছি।"

অফিসারটি বললেন, "আমি এখানে আড়াই বছর আছি। ওই নামে কোনও সার্কল অফিসার কিংবা কোনও অফিসারই ছিল না। আপনি যার সঙ্গে কথা বলেছেন, সে কি পুলিশ হিসেবে নিজের পরিচয় দিয়েছে?"

কাকাবাবু বললেন, "হ্যাঁ। ফোন করেছেও থানা থেকে। বেশ কয়েকবার।"

অফিসারটি জিজ্ঞেস করলেন, "আপনার পরিচয়টা জানতে পারি?"

কাকাবাবু নাম বললেন, পরিচয় দিলেন। অফিসারটি চিনতে পারলেন না। তিনি আবার জিজ্ঞেস করলেন, "আপনি কি ওই বাসুদেবন নামের লোকটিকে কখনও এই থানায় ফোন করেছেন কলকাতা থেকে?"

কাকাবাবু বললেন, "না, তা অবশ্য করিনি। উনি নিজেই করতেন।"

অফিসারটি খুবই কৌতূহলী হয়ে বললেন, "ব্যাপারটা বুঝতে পারছি না। একজন লোক মিথ্যে পরিচয় দিয়ে আপনাকে ফোন করেছে। কী মতলব? কী বলেছে আপনাকে?"

কাকাবাবু কোনও উত্তর দিলেন না। পকেট থেকে একটা কাগজ বার করলেন। তাতে পনেরোজন লোকের নাম লেখা। সেই কাগজটা এগিয়ে দিয়ে বললেন, "দেখুন তো, এঁদের কাউকে আপনি চেনেন কি না?"

অফিসারটি দু'-তিনবার সেই তালিকায় চোখ বুলিয়ে বললেন, "এইসব নামের কোনও লোক কালিকটে থাকে না। আপনি নামগুলোর পাশে পাশে লিখেছেন, কেউ অধ্যাপক, কেউ সাংবাদিক, কেউ ডাক্তার। অন্তত কয়েকজনকে আমার চেনা উচিত ছিল। সাংবাদিকদের প্রত্যেককে চিনি। বিক্রমন নায়ার নামে কোনও সাংবাদিক এখানে থাকে না। তা জোর দিয়ে বলতে পারি।"

কাকাবাবু বললেন, "আশ্চর্য, বিক্রমন নায়ার নামে একজন আমাকে এখান থেকেই ফোন করেছে।"

আর একজন তরুণ পুলিশ অফিসার এই সময় একটা ফাইল নিয়ে ঢুকে টেবিলের কাছে এসে থমকে গেলেন। কাকাবাবুর দিকে তাকিয়ে থেকে বললেন, "আপনি....আপনি রাজা রায়চৌধুরী না?"

কাকাবাবু মাথা নাড়লেন।

সেই অফিসারটি বললেন, "দিল্লিতে নরেন্দ্র ভার্মার বাড়িতে আপনাকে দেখেছি। আমি ওঁর বোনের ছেলে। অর্থাৎ উনি আমার মামা। ওঁর কাছে আপনার অনেক গল্প শুনেছি। আমার নাম ওম প্রকাশ।"

কাকাবাবু বললেন, "নরেন্দ্র ভার্মা আমার বিশেষ বন্ধু।"

ওম প্রকাশ অন্য অফিসারের দিকে ফিরে বললেন, "সার, রাজা রায়চৌধুরী বিখ্যাত লোক। অনেক দারুণ রহস্যের সমাধান করেছেন। বহু অভিযানে গেছেন। এঁর একটা ডাকনাম আছে, অনেকেই এঁকে কাকাবাবু বলেন।"

অফিসারটি কাকাবাবুর দিকে হাত বাড়িয়ে দিয়ে বললেন, "আপনার সঙ্গে আলাপ করে খুশি হলাম। আমার নাম রফিক আলম। আমরা আপনাকে সাহায্য করতে পারলে খুবই খুশি হব।"

ওম প্রকাশ বললেন, "কাকাবাবু, আপনি কি এখানে কোনও রহস্য সমাধান করতে এসেছেন?"

কাকাবাবু এবারে চেয়ারে হেলান দিয়ে হাসলেন।

ওম প্রকাশের দিকে তাকিয়ে বললেন, "সেরকম কোনও উদ্দেশ্য নিয়ে আসিনি। কিন্তু আসবার পরে খুব ধাঁধায় পড়ে গেছি। কালিকট থেকে বেশ কয়েকজন লোক ফোন করে একটা ব্যাপার জানিয়েছে। ফোন করেছে, চিঠিও লিখেছে। কিন্তু রফিক আলম সাহেব বলছেন, এখানে সেরকম কোনও লোকই নেই। বাসুদেবন নামে একজন লোক এখানকার পুলিশ অফিসার বলে পরিচয় দিয়েছেন।"

ওম প্রকাশ কাগজটা নিয়ে নামগুলো পড়তে পড়তে বললেন, "আমিও তো এদের কাউকেই চিনি না। বাসুদেবনটা আবার কে?"

রফিক আলম বললেন। "এই লোকেরা ফোন করে আপনাকে কী বলেছে?"

কাকাবাবু বললেন, "সে ব্যাপারটা শুনলে হয়তো আপনারা হাসবেন। আমি বম্বের একটা কাগজে ভাস্কো দা গামা সম্পর্কে একটা প্রবন্ধ লিখেছিলাম। তাতে অনেকে ধরে নিয়েছে, আমি ভাস্কো দা গামা সম্পর্কে একজন বিশেষজ্ঞ। সেইজন্যই কালিকট থেকে কয়েকজন লোক বারবার আমাকে একটা কথা জানিয়েছে।"

আলম বললেন, "সেই কথাটা কী?"

কাকাবাবু বললেন, "প্রতি বছর এই দিনটাতে নাকি এখানকার বন্দরে ভাস্কো দা গামার ভূত দেখা যায়!"

আলম আর প্রকাশ পরস্পরের দিকে তাকালেন।

কাকাবাবু বললেন, "জানি, আপনারা ভাবছেন, ভূতের গল্পে বিশ্বাস করে আমি এতদূর ছুটে এসেছি, তার মানে আমি একজন বোকা লোক! বিশ্বাসের কোনও প্রশ্নই নেই। তবে একজন-দু'জন নয়, পনেরোজন লোক, তারা সমাজের বিশিষ্ট লোক, এরা সবাই মিলে একই কথা বললে খটকা লাগে না? এরা অনেকেই জানিয়েছে যে, এরাও ভূত-টুতে বিশ্বাস করে না, কিন্তু নিজের চোখে দেখেছে ভাস্কো দা গামার ভূত। আবার সেই ভূত নাকি বিড় বিড় করে কীসব কথাও বলে।"

আলম বললেন, "আমরা তো এরকম কখনও কিছু শুনিনি। প্রতি বছর এরকম কিছু ঘটলে পুলিশের কানে আসত না?"

প্রকাশ বললেন, "যে-লোকগুলোর নাম লিখে এনেছেন, তাদের কোনও অস্তিত্ব নেই। এরাই তো দেখছি আসল ভূত!"

আলম বললেন, "ফোন নম্বর রয়েছে। ফোন করে দেখা যেতে পারে। আমরা না চিনলেও যদি কেউ থাকে।"

কাকাবাবু বললেন, "কয়েক জায়গায় আমি ফোন করেছি। প্রত্যেকটি নম্বরই ভুল। এখন বোঝা যাচ্ছে, কেউ আমার সঙ্গে প্র্যাকটিক্যাল জোক করেছে। এতবার ফোন করে, চিঠি লিখে এতদূর টেনে এনে বোকা বানিয়েছে।"

আলম বললেন, "আপনি এখানে আসবার আগে একবার ফোন করে কনফার্ম করেননি?"

কাকাবাবু বললেন, "না, করিনি। আমি তো জানিই, এ-ভূতের গল্প সত্যি হতে পারে না। হয়তো নকল কাউকে ভূত-টুত সাজায়। এমনিই কোথাও বেড়াতে যাওয়ার ইচ্ছে হয়েছিল, তাই ভাবলাম, একবার এখানে এসে মজাটা দেখাই যাক না! এখন বুঝতে পারছি, আমাকে নিয়েই অন্য কেউ কেউ মজা করেছে।"

আলম বললেন, "এবারে একটু চা খাওয়া যাক। যে আপনার সঙ্গে প্র্যাকটিক্যাল জোক করেছে, সে নিশ্চয়ই পরে আপনার সঙ্গে দেখা করে খুব হাসবে।"

চা বিস্কুট খেতে খেতে কিছুক্ষণ গল্প হল।

হোটেলে ফিরে কাকাবাবু দেখলেন, সন্তু আর জোজো দিব্যি ঘুমোচ্ছে। তিনি ওদের জাগালেন না। গরম থেকে এসে হোটেলের ঠাণ্ডা ঘরে বেশ আরাম হল, তিনিও শুয়ে পড়লেন।

ঘুম ভাঙল সন্ধেবেলা।

জোজো সবচেয়ে আগে উঠেছে, সে একটা কেক খাচ্ছে।

কাকাবাবুকে চোখ মেলতে দেখে সে বলল, "দুপুরে নিরামিষ খেয়েছি তো, তাই খিদে পেয়ে গেল। হোটেলের সামনেই একটা দোকানে কেক পাওয়া যায়। কিনে আনলাম। কেকের মধ্যেও নারকোল। এটা একেবারে নারকোলের দেশ!"

সন্তু একটা কেকে কামড় দিয়ে বলল, "খেতে খারাপ নয়!"

জোজো বলল, "কাকাবাবু, দুপুরের স্বপ্ন কি সত্যি হয়?"

কাকাবাবু বললেন, "দুপুরে স্বপ্ন দেখেছ তুমি?"

জোজো বলল, "ভাস্কো দা গামাকে স্বপ্ন দেখলাম। একেবারে স্পষ্ট। বন্দরে একটা মস্ত বড় জাহাজ দাঁড়িয়ে আছে। তার ডেকের ওপর একলা ভাস্কো দা গামা, এক হাতে তলোয়ার, সারা গা দিয়ে যেন আগুন বেরুচ্ছে। চেঁচিয়ে চেঁচিয়ে পর্তুগিজ ভাষায় কী যেন বলছে!"

কাকাবাবু বললেন, "তুমি আগেই দেখে ফেললে? হয়তো তোমার স্বপ্নটা সত্যি হতেও পারে।"

সন্তু জিজ্ঞেস করল, "তুই কী করে বুঝলি পর্তুগিজ ভাষায় কথা বলছে? তুই পর্তুগিজ জানিস?"

জোজো বলল, "ভাস্কো দা গামা পর্তুগিজ ভাষা না বলে কি বাংলা বলবে?"

সন্তু বলল, "ভূতেরা সব ভাষা জেনে যায়! গল্পে সেরকমই থাকে।"

জোজো বলল, "কয়েকবার পাঁউ পাঁউ শব্দটা বলছিল। পর্তুগিজ ভাষায় পাউ মানে রুটি, জানিস না? সেই থেকেই আমরা বলি পাউরুটি।"

সন্তু বলল, "আহা রে, ভূতটার নিশ্চয়ই খুব খিদে পেয়েছিল। না হলে পাউরুটির কথা বলবে কেন?"

এমন সময় জানলার কাছে পটাপট শব্দ হতেই সবাই সেদিকে তাকাল।

বৃষ্টি নেমেছে খুব জোরে। সেইসঙ্গে ঝোড়ো হাওয়া।

কাকাবাবু জানলার কাছে এসে বাইরের বৃষ্টি দেখতে দেখতে বললেন, "আঃ বাঁচা গেল, এবার গরমটা আশা করি কমবে।"

সন্তু বলল, "ভাস্কো দা গামা মে মাসে এসেছিল। এই সাঙ্ঘাতিক গরম সহ্য করেছিল কী করে?"

কাকাবাবু বললেন, "স্পেন-পর্তুগালে এক-এক সময় খুব গরম পড়ে। ওদের গরম সহ্য করার অভ্যেস আছে।"

সন্তু বলল, "গরমের মধ্যেও অত জামাকাপড় পরে থাকত?"

কাকাবাবু বললেন, "অভিজাত লোকদের ওরকম পরতেই হত, না হলে সাধারণ লোকরা তাদের মানবে কেন?"

সন্তু বলল, "অভিজাত লোকদের বুঝি ঘামে গেঞ্জি ভিজে যায় না?"

জোজো বলল, "তা তো যায়ই, সেইজন্য ওদের খুব সর্দি হয়। স্বপ্নে দেখলাম, কথা বলতে বলতে ভাস্কো দা গামা কয়েকবার হ্যাঁচ্চো হ্যাঁচ্চো করে উঠল!"

সন্তু বলল, "ভূতের সর্দি!"

॥ ৫ ॥

সন্ধের পর সত্যিই গরম অনেক কমে গেল।

বৃষ্টি একেবারে থামেনি, মাঝে মাঝেই পড়ছে। আটটা বাজার পর ওঁরা হোটেল থেকে বেরিয়ে পড়লেন।

অ্যান্টনি জিজ্ঞেস করল, "সার, একটা চার্চ দেখতে যাবেন? একটু দূরে একটা ভাল চার্চ আছে।"

কাকাবাবু বললেন, "চার্চ কাল দেখব। একবার চলো তো বন্দরটা দেখে আসি।"

অ্যান্টনি বলল, "সেখানে তো দেখার কিছু নেই। এই পোর্টে এখন আর কোনও বড় জাহাজ থামে না। মাছধরার কিছু বোটের জন্য ব্যবহার করা হয়।"

কাকাবাবু বললেন, "তা জানি। তবু একবার দেখে আসতে চাই।"

কালিকট যে এককালে বিখ্যাত বন্দর ছিল, তা এখন দেখে কিছুই বোঝা যায় না। কেমন যেন নিষ্প্রাণ অবস্থা। টিম টিম করে আলো জ্বলছে, লোকজন প্রায় দেখাই যায় না। বেশ কিছু নৌকো আর দু'-একটা স্টিমার রয়েছে।"

কাকাবাবু অন্যমনস্কভাবে বললেন, "হুঁ।"

তারপর গাড়ির দিকে হাঁটতে শুরু করে বললেন, "মাঝরাত্তিরে আর একবার আসতে হবে। ভূতের দেখা না পেলেও অন্য কারও দেখা পাওয়া যেতে পারে। চলো, এখন খেয়ে নেওয়া যাক।"

অ্যান্টনি এবার অন্য একটা হোটেলে নিয়ে গেল। সেখানে মাছ-মাংস সবই পাওয়া যায়।

কাকাবাবু বললেন, "আগে দেখা যাক, জোজোর জন্য চিংড়ি মাছ।"

জোজো বলল, "চিংড়ি মাছ আমি একাই ভালবাসি না। সন্তুও ভালবাসে। এখানে কাঁকড়া পাওয়া যায় না?"

কাকাবাবু বললেন, "মেনুতে তো কাঁকড়া দেখছি না।"

সন্তু বলল, "কাকাবাবু, এখানে দেখছি, হোটেলের বেয়ারা আর ম্যানেজার, সবাই লুঙ্গি পরে!"

জোজো বলল, "লুঙ্গিটাই এদের জাতীয় পোশাক।"

সন্তু বলল, "লক্ষ করেছিস, এখানে কেউ পাঞ্জাবি পরে না। লুঙ্গির ওপর শার্ট।"

জোজো বলল, "পাঞ্জাবি পরে না?"

সন্তু বলল, "আমি সারাদিনে একজনও পাজামা পাঞ্জাবি পরা লোক দেখিনি। এখানে বোধ হয় কেউ পাজামা পরে বাইরে বেরোয় না।"

জোজো নিজেই সন্ধেবেলা পাজামা আর লাল পাঞ্জাবি পরে বেরিয়েছে। সে অন্য টেবিলের লোকদের দেখে নিয়ে বলল, "তাই তো!"

বেয়ারা টেবিলে খাবার সাজিয়ে দিচ্ছে, এই সময় কিছু দূরে খুব জোরে দুম দুম করে দু'বার শব্দ হল। বোমা কিংবা কামান দাগার মতন।

কাকাবাবু বেয়ারাটিকে জিজ্ঞেস করলেন, "ও কীসের শব্দ?"

বেয়ারাটি বলল, "সিনেমার শুটিং হচ্ছে সার। হিন্দি সিনেমা। দু'জন হিরোইন।"

সন্তু জোজোর দিকে তাকিয়ে বলল, "তোর বদলে অন্য একজনকে পেয়ে গেছে।"

জোজো বলল, "আমার সিনে তো কামান দাগা ছিল না। এটা অন্য সিন।"

অ্যান্টনি অন্য টেবিলে বসে খেয়ে নিয়েছে। কাকাবাবু তাকে বললেন, "তুমি আবার সাড়ে এগারোটার সময় এসো। এখন আমরা কিছুক্ষণ হেঁটে বেড়াব।"

বৃষ্টি থেমে গেছে, গরমও নেই। খাওয়ার পর খানিকটা হাঁটতে ভালই লাগে। রাস্তায় লোকজন প্রায় দেখাই যাচ্ছে না। আলোও জোরালো নয়। আকাশ মেঘলা, চাঁদ আছে কি না বোঝার উপায় নেই।

ওঁরা গল্প করতে করতে হাঁটতে লাগলেন। এক জায়গায় পথ একেবারে নির্জন, কাকাবাবুর ক্রাচের খট খট শব্দ ছাড়া আর কোনও শব্দও শোনা যাচ্ছে না।

হঠাৎ দুটো গাড়ি এসে থামল ওঁদের সামনে আর পেছনে। টপাটপ নেমে পড়ল পাঁচ-ছ'জন লোক, তাদের মুখে কালো রুমাল বাঁধা, হাতে রিভলভার। একজন ইংরেজিতে বলল, "হাত তোলো!"

কাকাবাবু বললেন, "কী ব্যাপার? তোমরা কারা?"

লোকটি কোনও উত্তর না দিয়ে এগিয়ে এসে কাকাবাবুর পকেট থাবড়াতে লাগল।

কাকাবাবু নিজের রিভলভার সবসময় সঙ্গে রাখেন। বার করার সময়ই পেলেন না। লোকটি কাকাবাবুর রিভলভারটা নিয়ে বলল, "গাড়িতে ওঠো।"

অন্য দু'জন সন্তু আর জোজোকে ঠেলতে শুরু করেছে।

বাধা দেওয়ার প্রশ্ন নেই। হুড়মুড়িয়ে গাড়িতে উঠতে হল। কাকাবাবুর একটা ক্রাচ পড়ে গেল বাইরে, তিনি বললেন, "আরে, আরে, ওটা তুলতে হবে।"

সন্তু কোনওরকমে ক্রাচটা তুলে নিল।

গাড়িটা একটা ভ্যানের মতন। ভেতরটা অন্ধকার। কাকাবাবুদের ভেতরে ঠেলে

দিয়ে দু'জন রিভলভারধারী বসল দরজার কাছে।

কাকাবাবু বললেন, "ব্যাপারটা কী হল বল তো? আমাদের এখানে কোনও শত্রু নেই, কারও কোনও কাজে বাধা দিতেও আসিনি। তবে শুধু শুধু আমাদের ধরে নিয়ে যাবে কেন?"

সন্তু বলল, "এক হতে পারে। জোজোকে দিয়ে জোর করে সিনেমায় পার্ট করাবে।"

জোজো বলল, "ইস! হাজার জোর করলেও আমি ওই ছোট পার্ট করব না!"

সন্তু বলল, "যদি কপালের কাছে রিভলভার ছুঁইয়ে সেটে নিয়ে যায়?"

জোজো বলল, "ওই অবস্থায় কেউ পার্ট করতে পারে নাকি? মুখ দেখেই তো বোঝা যাবে।"

কাকাবাবু পাহারাদারদের দিকে তাকিয়ে জিজ্ঞেস করলেন, "ওহে, তোমরা আমাদের কোথায় নিয়ে যাচ্ছ? আমাদের কাছে কিন্তু টাকা পয়সা বিশেষ কিছু নেই।"

একজন বলল, "শাট আপ!"

গাড়িটা চলল অনেকক্ষণ। আন্দাজে মনে হল এক ঘণ্টার বেশি। তারপর থামল এক জায়গায়।

পেছনের দরজা খুলে একজন হুকুম দিল, "নামো!"

একটা দোতলা বাড়ি, সামনে বাগান। বাইরে একটা আলো জ্বলছে। ওদের দোতলায় উঠিয়ে একটা ঘরে এনে দরজা বন্ধ করে দেওয়া হল বাইরে থেকে।

সেই ঘরের মেঝেতে দুটো বড় শতরঞ্চি পাতা। খাট বা চেয়ার-টেবিল কিছু নেই। অন্য দিকে আর একটা দরজা, সেটা খুলে দেখা গেল বাথরুম। জানলায় লোহার গরাদ।

সন্তু বলল, "সিনেমায় পার্ট করতে গেলে মুখে রং-টং মেখে মেক আপ নিতে হয়। জোজো, এবার বোধ হয় তোকে মেক আপ দিতে নিয়ে যাবে।"

জোজো বলল, "তোর অত গরজ, তুই ওই পার্ট কর না। আমি তো করবই না বলে দিয়েছি।"

বসে থাকতে থাকতে এক সময় তিনজনেরই ঘুম পেয়ে গেল। আর কেউ এল না।

জানলা দিয়ে ভোরের আলো এসে ওদের ঘুম ভাঙাল।

বেলা বাড়তে লাগল, তবু কারও দেখা নেই। কোনও সাড়াশব্দও পাওয়া যাচ্ছে না।

দু'দিকের দুটো জানলা দিয়ে বাগান আর দূরে অসংখ্য নারকোল গাছ দেখা যায়।

জোজো বলল, "টুথপেস্ট-টুথব্রাশ নেই, মুখ ধোব কী করে?"

সন্তু বলল, "শুধু জল দিয়ে ধুয়ে নে।"

জোজো বলল, "সকালবেলা ব্রেকফাস্ট দেবে না?"

কাকাবাবু বললেন, "আর কিছু না হোক, এক কাপ চা কিংবা কফি বিশেষ দরকার।"

সন্তু বলল, "জোজো, তোর দিবাস্বপ্নটা সত্যি কি না মিলিয়ে দেখা হল না!"

কাকাবাবু বললেন, "ঠিক বলেছিস। এতদূর এলাম, ভূতের গল্পটা কতখানি বানানো কিংবা কারা বানিয়েছে, সেটাও জানা গেল না।"

ভাল করে রোদ্দুর উঠতেই আবার গরমে গা চিটচিট করতে লাগল।

দশটার সময় দরজা খুলল।

দু'জন লোকের হাতে রিভলভার, তাদের পেছনে দাঁড়িয়ে আছে সেই বড় জুলপিওয়ালা লোকটি।

কাকাবাবু বললেন, "তা হলে সিনেমাওয়ালাদেরই ব্যাপার! মিস্টার প্রসাদ, আমাদের জোর করে আটকে রাখবার দরকার নেই। সন্তু রাজি হয়েছে, ওকে দিয়ে কাজ চালিয়ে নিন। সন্তু মোটেই তোতলা নয়।"

প্রসাদ বলল, "শাট আপ!"

আর একজন লোক একটা ট্রে-তে করে কিছু পরোটা আর ঢ্যাঁড়স-টম্যাটোর তরকারি রেখে গেল।

জোজো বলল, "আমি ঢ্যাঁড়স খাই না। আমার জন্য টোস্ট আর ডিম সেদ্ধ আনতে বলুন।"

প্রসাদ বলল, "শাট আপ!"

কাকাবাবু বললেন, "আপনারা সিনেমা কোম্পানির লোক। কাউকে জোর করে রাস্তা থেকে ধরে আনা যে বেআইনি, তা জানেন না?"

প্রসাদ একই সুরে আবার বলল, "শাট আপ!"

কাকাবাবু বললেন, "শুধু শাট আপ, শাট আপ বললে চলবে কী করে? কাল তো বেশ নরম সুরে কথা বলছিলেন।"

কাকাবাবু দরজার দিকে একটু এগোতেই প্রসাদ হিংস্র গলায় বলল, "আর এক পা কাছে এলে আমি গুলি করতে বাধ্য হব!"

কাকাবাবু থমকে গেলেন।

তারপর খানিকটা হালকাভাবে বললেন, "হঠাৎ কী অপরাধ করলাম আমরা। যে-জন্য এত খারাপ ব্যবহার? মশাই, একটা কিছু কারণ জানাবেন তো!"

প্রসাদ কোনও উত্তর না দিয়ে দরজাটা টেনে বন্ধ করে দিল।

কাকাবাবু দু' কাঁধ ঝাঁকিয়ে বললেন, "অদ্ভুত! কারও সঙ্গে শত্রুতা হয়, তা হলেও বুঝি! আমরা তো কিছুই করিনি।"

সন্তু একটা পরোটা তুলে নিয়ে বলল, "নে জোজো, খেতে শুরু কর।"

জোজো বলল, "বললাম না, আমি ঢ্যাঁড়স খাই না!"

সন্তু বলল, "তুই যে সিনেমা স্টারের মতন হুকুম করলি, তোকে টোস্ট আর

ডিম দিতে হবে! আমরা তো বন্দি, যা দেয় তাই খেতে হবে!"

জোজো বলল, "ওসব বাজে জিনিস আমি খাব না।"

সন্তু বলল, "দ্যাখ, আমরা এইরকমভাবে আরও অনেক জায়গায় বন্দি হয়েছি। এই অবস্থায় যা খাবার পাওয়া যায়, তাই খেয়ে নিতে হয়। পরে যদি আর কিছুই না দেয়?"

কাকাবাবুও খেতে শুরু করেছেন।

সন্তু একটা পরোটার মধ্যে খানিকটা তরকারি দিয়ে রোল বানিয়ে জোজোকে বলল, "নে, একটু খেয়ে দ্যাখ।"

জোজো একটা কামড় দিয়ে মুখ বিকৃত করে বলল, "এঃ! একে তো ট্যাঁড়স, তাতে আবার নুন বেশি!"

তারপর অবশ্য সে পর পর তিনটে পরোটা খেয়ে ফেলল।

সন্তু বলল, "দিব্যি তো খেয়ে নিলি দেখছি।"

জোজো গম্ভীরভাবে বলল, "খিদে পেলে বাঘেও ঘাস খায়।"

সন্তু বলল, "তোকে বাঘের মতনই দেখাচ্ছে বটে।"

জোজো কাকাবাবুর দিকে ফিরে জিজ্ঞেস করল, "আমরা কতক্ষণ এইভাবে বন্দি থাকব?"

কাকাবাবু গোঁফ পাকাতে পাকাতে বললেন, "কিছুতেই বুঝতে পারছি না, এরা আমাদের ধরে এনেছে কেন? তোমরা সিনেমায় পার্ট করতে রাজি হওনি বলে জোর করে গুম করবে, এ কখনও হয়? ব্যাপারটা এখনও আমার কাছে ধাঁধা মনে হচ্ছে।"

সন্তু বলল, "সিনেমায় পার্ট করার ব্যাপারটাই বোধহয় বাজে কথা। প্রথমে ওই লোভ দেখিয়ে আমাদের ধরে নিয়ে যেতে চাইছিল।"

কাকাবাবু বললেন, "তা হতে পারে। কিন্তু আমাদের ধরে এনে ওদের কী লাভ? ওই প্রসাদ নামের লোকটিকে আগে কখনও দেখিনি। আমরা ওর কোনও ক্ষতিও করিনি।"

জোজো বলল, "কাকাবাবু একটা কিছু করুন। আমার এখানে থাকতে একটুও ভাল লাগছে না।"

কাকাবাবু বললেন, "কী করা যায় বলো তো? লোকটা তো কোনও কথারই উত্তর দিচ্ছে না। রিভলভার তুলে ভয় দেখাচ্ছে।"

জোজো বলল, "ওই রিভলভারটা ফল্‌স। সিনেমার লোকদের কাছে আসল রিভলভার থাকে নাকি? খেলনা পিস্তল থাকে।"

সন্তু বলল, "যদি এরা সিনেমার লোক না হয়? আমার কিন্তু রিভলভারটা দেখে আসলই মনে হল।"

জোজো বলল, "একটা কাজ করতে হবে। এর পর যখন লোকটা আসবে, সন্তু তুই আর আমি দরজার দু'পাশে লুকিয়ে থাকব। কাকাবাবু কথায়-কথায় ভুলিয়ে

লোকটাকে ঘরের মধ্যে নিয়ে আসবেন, আমরা দু'জনে দু'দিক থেকে ঝাঁপিয়ে পড়ে ওর হাত থেকে রিভলভারটা কেড়ে নেব!"

কাকাবাবু বললেন, "অনেক গল্পের বইয়ে এরকম থাকে। অনেক সিনেমাতেও দেখা যায়। এরা কি সেইসব সিনেমা দেখে না?"

জোজো বলল, "আপনি কথা বলে বলে লোকটাকে ভুলিয়ে দেবেন। তারপর আমরা ঠিক ওকে ঘায়েল করে ফেলব।"

কাকাবাবু বললেন, "ঠিক আছে, আমি আমার পার্ট যতদূর সম্ভব ভাল করার চেষ্টা করব। আসুক লোকটা।"

এর পর ঘণ্টার পর ঘণ্টা কেটে গেল, আর কারও দেখা নেই। কোনও সাড়াশব্দও পাওয়া যাচ্ছে না। জানলা দিয়ে তাকিয়ে থেকেও একটা লোককেও দেখা যায় না।

জোজো কয়েকবার দরজার ওপর দুম দুম করে ধাক্কা দিল, তাতেও এল না কেউ।

সন্তু বলল, "জোজো অন্ত্যাক্ষরী খেলবি? গানের লাইনের শেষ কথাটা দিয়ে—"

জোজো বলল, "ধ্যাত, কিছু ভাল লাগছে না।"

কাকাবাবু বললেন, "মেজাজ খারাপ না করে অন্যদিকে মন ফেরানোই ভাল, আমি বেশি গান জানি না। অন্য খেলা করা যাক, সময় কাটাবার জন্য। কে এটা দশবার ঠিক ঠিক বলতে পারবে? 'জলে চুন তাজা, তেলে চুল তাজা'।"

জোজো প্রথমেই বলল, "কী বলতে হবে? জলে চুল তাজা, তেলে চুন তাজা?"

কাকাবাবু বললেন, "না, ঠিক এর উলটো।"

সন্তু আর জোজো দু'জনেই চেষ্টা করল বলতে। পর পর দশবার তাড়াতাড়ি ঠিক বলা মোটেই সহজ নয়। নানারকম মজার মজার ভুল হয়। জোজো একবার বলল, 'জলে তুন তাজা তেলে চুল চাজা!'

কাকাবাবুই জিতলেন এ খেলায়। তারপর বললেন, "ইংরেজিতে একটা আছে, সেটা চেষ্টা করে দ্যাখো। She sells sea-shells on the sea-shore. এটাও, তাড়াতাড়ি বলতে হবে দশবার। শি সেল্স সি-সেল্স অন দ্য সি-শোর।"

দু'-তিনবার বলতে বলতেই দরজাটা খোলার শব্দ হল। সঙ্গে সঙ্গে জোজো আর সন্তু তড়াক করে লাফিয়ে উঠে দরজার দু'পাশে গিয়ে লুকোল।

এবারেও রিভলভার হাতে প্রসাদ, দু'জন গাঁট্টাগোট্টা লোক।

কাকাবাবু কিছু বলার আগেই প্রসাদ বলল, "ছেলেদুটো গেল কোথায়? দরজার পাশে লুকিয়েছে? সামনে আসতে বলুন। বেশি চালাকি করলে কিন্তু আমি সত্যি সত্যি গুলি চালাব!"

কাকাবাবু হেসে ফেলে সন্তু আর জোজোর দিকে তাকিয়ে বললেন, "ওরে আয়

রে, আমাদের জন্য খাবার এনেছে।”

একজন লোক দুটো প্লেট নামিয়ে রাখল। একটাতে একগোছা রুটি, আর একটাতে সেই সকালবেলারই মতন তরকারি।

জোজো আর্তনাদ করে উঠল, “আবার ঢ্যাঁড়স! এ দেশে কি আর কিছু পাওয়া যায় না?”

প্রসাদ বলল, “শাট আপ!”

কাকাবাবু বললেন, “ওগো শাট আপ বাবু, একটু খাবার জলও কি পাওয়া যাবে না?”

প্রসাদ বলল, “বাথরুমের কলে জল আছে। সেই জল খাবে।”

দরজা বন্ধ হয়ে গেল আবার।

জোজো বলল, “আমি খাব না। খাব না, খাব না, কিছুতেই আর ঢ্যাঁড়স খাব না।”

সন্তু বলল, “খিদে পেলে বাঘ ঢ্যাঁড়স খায়!”

জোজো বলল, “কলের জল খেলে আমার পেট খারাপ হবে।”

সন্তু বলল, “তেষ্টা পেলে বাঘে কাদাজলও খায়।”

জোজো বলল, “তুই বারবার বাঘ বাঘ করবি না তো?”

সন্তু বলল, “তুই-ই তো প্রথমে বলেছিস।”

জোজো রাগ করে বলল, “তুই ফ্যাক ফ্যাক করে হাসছিস? আমরা এখানে দিনের পর দিন বন্দি হয়ে থাকব?”

কাকাবাবু বললেন, “এরা দিনের পর দিন আমাদের রুটি-তরকারি খাইয়ে আটকে রাখবে, এরকম মনে হয় না। একটা কিছু ঘটবেই।”

জোজো বলল, “কাকাবাবু, আপনি তো হিপনোটিজম জানেন। হিপনোটাইজ করে ওই জুলপিওয়ালাটাকে ঘুম পাড়িয়ে রিভলভারটা কেড়ে নিতে পারেন না?”

কাকাবাবু বললেন, “তা হয়তো পারা যায়। কিন্তু মুশকিল কী জানো, আমি যাঁর কাছে ওই বিদ্যেটা শিখেছি তাঁর কাছে প্রতিজ্ঞা করা আছে, আমি নিজে থেকে আগে কারও ওপর ওটা প্রয়োগ করব না! কেউ আমাকে হিপনোটাইজ করার চেষ্টা করলে তবেই আমি—”

জোজো বলল, “বাঃ, নিজের প্রাণ বাঁচাবার জন্য ওই প্রতিজ্ঞা ভাঙা যায় না? বিপদে পড়লে মানুষ সব কিছু করতে পারে।”

কাকাবাবু বললেন, “প্রতিজ্ঞা ভাঙলেও এখানে বিশেষ কিছু সুবিধে হবে না। ওরা তিনজন ছিল। একসঙ্গে তিনজন লোকের দিকে তাকিয়ে হাত ঘুরিয়ে অজ্ঞান করে দেওয়া সম্ভব নয়। ওটা গাঁজাখুরি ব্যাপার। একজন-একজন করে করতে হয়, তাও সময় লাগে। প্রসাদের সঙ্গের একটা লোকের হাতে লোহার ডাণ্ডা ছিল। আমি প্রসাদকে হিপনোটাইজ করতে গেলে ওই লোকটা যদি ডাণ্ডা দিয়ে আমার মাথায় মারত, তা হলেই আমার সব জারিজুরি ভেঙে যেত।”

জোজো অসহায় ভাবে বলল, "তা হলে কি কোনওই উপায় বার করা যাবে না?"

সন্তু বলল, "আয়, আগে খেয়ে নিই। তারপর একটু ঘুমোই। তারপর বুদ্ধি খেলাতে হবে। দরজার পাশে লুকিয়ে থাকার বুদ্ধিটা তো খাটল না।"

এক ঘণ্টা পরে আবার দরজা খুলে গেল।

এবারেও প্রসাদ, আর তার সঙ্গে দু'জন লোক। তীক্ষ্ণ নজরে সারা ঘরটা দেখে নিয়ে সে কাকাবাবুকে বলল, "তুমি বেরিয়ে এসো। শুধু তুমি। ছেলেদুটো এখানেই থাকবে।"

কাকাবাবু বললেন, "যাক বাঁচা গেল। বন্ধ ঘরে বসে থেকে থেকে দম আটকে আসছিল। চলো, কোথায় যেতে হবে?"

কাকাবাবু বেরিয়ে এলেন। আবার বন্ধ হয়ে গেল দরজা।

॥ ৬ ॥

সিঁড়ি দিয়ে নামতে হল নীচে। প্রসাদ তাঁর ঘাড়ে রিভলভারটা ঠেকিয়ে আছে।

কাকাবাবু বললেন, "রিভলভারটা সরাও। অত কিছুর দরকার নেই। আমি খোঁড়া মানুষ, আমি কি দৌড়ে পালাতে পারব নাকি?"

প্রসাদ বলল, "শাট আপ!"

কাকাবাবু বললেন, "তুমি বুঝি আর কোনও ইংরিজি কথা জানো না?"

প্রসাদ কাকাবাবুকে এমন একটা ধাক্কা দিল যে, তিনি আর একটু হলে হুড়মুড়িয়ে পড়ে যাচ্ছিলেন। কোনওরকমে সামলে নিয়ে বললেন, "আমার ওপর এত রাগ কেন বাপু? আমি তোমার কী ক্ষতি করেছি, সেটা বলবে তো!"

প্রসাদ আবার বলল, "শাট আপ!"

কাকাবাবু বললেন, "ঠিক আছে, তাই বলে যাও!"

একতলায় একটা ঘরে কাকাবাবুকে ঢুকিয়ে দিয়ে প্রসাদ দরজা বন্ধ করে দিল পেছন থেকে। সে নিজে ঘরে ঢুকল না।

ঘরটি বেশ বড়, সোফা দিয়ে সাজানো। একদিকে একটা সিংহাসনের মতন লাল ভেলভেট দিয়ে মোড়া চেয়ার। তার ওপরে বসে আছে একজন মহিলা। তিরিশ-বত্রিশ বছর বয়েস হবে, খুবই সুন্দর চেহারা। দুধে-আলতা গায়ের রং, একটা সাদা সিল্কের শাড়ি পরা, সারা গা ভর্তি গয়না। এমন ঝকমক করছে যে, মনে হয়, সবগুলোই হিরের, তাকে দেখাচ্ছে রানির মতন।

কাকাবাবু তাকে চিনতে পারলেন না। হাত জোড় করে বললেন, "নমস্কার।"

মহিলাটি কিন্তু নমস্কার করল না। তার ভুরু কুঁচকে গেল, অমন সুন্দর মুখখানা নিষ্ঠুর হয়ে উঠল। সামনের দিকে একটু ঝুঁকে বলল, "এইবার রাজা রায়চৌধুরী, তোমাকে বাগে পেয়েছি। কুকুর দিয়ে তোমার মাংস খাওয়াব!

কাকাবাবু খুবই অবাক হয়ে বললেন, "আপনাকে তো আমি চিনি না। আমার ওপর এত রাগ করছেন কেন? আমি কি আপনার কোনও ক্ষতি করেছি?"

মহিলাটি বলল, "চিনতে পারছ না? ন্যাকামি হচ্ছে। আমার পোষা ডালকুত্তা যখন তোমার মাংস ছিঁড়ে ছিঁড়ে খাবে, তখন ঠিক চিনবে!"

কাকাবাবু বললেন, "আমার মাংস কী এমন সুস্বাদু যে, আপনার ডালকুত্তার পছন্দ হবে? বাজারে অনেক পাঁঠার মাংস পাওয়া যায়, কুকুররা সেই মাংসই বেশি পছন্দ করে। আমার ওপর আপনার এত রাগ কেন? আপনি কে?"

মহিলাটি বলল, "আমি তোমার যম। আমার হাতেই তুমি মরবে।"

কাকাবাবু বললেন, "যম তো মেয়ে নয়, পুরুষ। আমি মেয়েদের সঙ্গে কক্ষনও লড়াই করি না। আমি কিছুই বুঝতে পারছি না।"

সেই সুন্দরী মহিলাটি রাক্ষুসির মতন হিংস্র মুখ করে বলল, "পাঁচ বছর ধরে আমি রাগ পুষে রেখেছি। তোমাকে ধরার অনেক চেষ্টা করেছি। এইবার বাগে পেয়েছি। আজ চোখের সামনে তোমাকে একটু একটু করে মরতে দেখে, তারপর রাত্তিরে শান্তিতে ঘুমোব!"

কাকাবাবু নকল দুঃখের ভাব করে বললেন, "অনেকেই এই কথা বলে, কিন্তু শেষ পর্যন্ত আমি মরি না। কী করব বলো! আজও তোমার শান্তিতে ঘুম হবে না!"

এই সময় পাশের দরজা দিয়ে আর একজন লোক ঢুকল। সে যেমন লম্বা, তেমনই চওড়া। মাথায় বাবরি চুল, নাকের নীচে শেয়ালের লেজের মতন মোটা গোঁফ। একটা ঝলমলে দড়ি বসানো কোট পরা, কোমরে ঝুলছে তলোয়ার।

কাকাবাবু দেখামাত্র সেই লোকটিকে চিনতে পারলেন। অস্ফুট স্বরে বললেন, "মোহন সিং।"

তারপর মহিলাটির দিকে তাকিয়ে বললেন, "এবার তোমাকেও চিনতে পেরেছি। সিনেমার নায়িকা! তোমাদের মুখের চেহারা আর সাজপোশাক এত বদলে যায় যে, চেনা মুশকিল। আমি তো সিনেমাটিনেমাও বিশেষ দেখি না। তোমার সঙ্গে সেই বিজয়নগরে দেখা হয়েছিল, তাই না? কী যেন তোমার নাম?"

মোহন সিং একটা চেয়ার টেনে নিয়ে বসে বলল, "কস্তুরীকে চিনতে পারোনি? ও এখন হিন্দি ফিল্মের দু'নম্বর নায়িকা।"

কস্তুরী বলল, "দু'নম্বর না, এক নম্বর!"

মোহন সিং বলল, "হ্যাঁ, এই নতুন ফিল্মটা রিলিজ করলে তুমি নিশ্চিত এক নম্বর হবে! যাকগে, আসল কথায় আসা যাক। রাজা রায়চৌধুরী, তোমাকে কস্তুরী বেশি বেশি ভয় দেখাচ্ছিল। অবশ্য ওর অত রাগ হওয়াই স্বাভাবিক। তুমি তো আমাদের কম ক্ষতি করোনি! তবু তোমাকে আর একবার বাঁচার চান্স দেব।"

কাকাবাবু নিজেও এবার একটা সোফায় বসে পড়ে হাঁফ ছেড়ে বললেন, "যাক এবারে নিশ্চিন্ত হওয়া গেল। এতক্ষণ ধাঁধার মধ্যে ছিলাম। কারা আমাদের ধরে এনেছে, কেন আমার ওপর এত রাগ, কিছুই বুঝতে পারছিলাম না। তোমরাই

ভাস্কো দা গামার ভূতের ধোঁকা দিয়ে আমাকে কালিকটে টেনে এনেছ?

মোহন সিং হা-হা করে হেসে উঠে বলল, "কেমন ফাঁদ পেতেছি, বলো! এর আগেও অনেকবার তোমাকে টেনে আনার চেষ্টা করেছি। একবার প্রস্তাব দেওয়া হয়েছিল, মুম্বইয়ে একটা খুনের তদন্ত করে দিলে তোমাকে পাঁচ লাখ টাকা দেওয়া হবে, তুমি আসোনি। রাজস্থানের একটা মন্দিরের মূর্তি চুরি যাওয়ার কথা জানালেও তুমি পাত্তা দাওনি। তারপর ভাস্কো দা গামা বিষয়ে তোমার প্রবন্ধটা ছাপা হওয়ার পর একজন আমাকে বুদ্ধি দিল, ওই ভূতের গুজবটা আস্তে আস্তে ছড়াও, বড় বড় লোকেদের নাম করে ফোন করাও, চিঠি লেখাও, তাতে ও টোপ গিলতে পারে। সেই বুদ্ধিটা ঠিক কাজে লেগে গেল!"

কাকাবাবু বললেন, "অন্যের বুদ্ধি! তোমার অত বড় মোটা মাথা থেকে যে এই সূক্ষ্ম বুদ্ধি বেরবে না, তা বোঝাই যায়। প্রথম রাউন্ডে আমি হেরে গেছি, ধরা পড়ে গেছি। এবার কী হবে বলো!"

মোহন সিং বলল, "তোমাকে আমরা ছেড়ে দিতে পারি, তুমি আমাদের বিজয়নগরের হিরেটা ফেরত দাও!"

কাকাবাবু বললেন, "বিজয়নগরের হিরেটা তোমাদের হল কী করে? যে-কোনও ঐতিহাসিক জিনিসই ভারত সরকারের সম্পত্তি।"

মোহন সিং বলল, "ওই হিরেটা উদ্ধার করার জন্য আমরা প্রায় কুড়ি লাখ টাকা খরচ করেছি।"

কস্তুরী চিৎকার করে বলল, "শুধু টাকা! কত অপমান সয়েছি। এই পাজি, শয়তান, খোঁড়া লোকটা আমাকে নদীর জলে চুবিয়ে আমার কাছ থেকে হিরেটা কেড়ে নিয়েছে। ওই হিরে আমার চাই—চাই—চাই! যেমন করে হোক!"

কাকাবাবু হেসে বললেন, "অত হিরের লোভ ভাল নয়। শোনো, ওই হিরেটা তোমাদের নয়, আমারও নয়। হিরেটা উদ্ধার করেছি আমি, কিন্তু নিজের কাছে তো রাখিনি। ভারত সরকারের কাছে জমা দিয়েছি। দিল্লিতে একটা মিউজিয়ামে কড়া পাহারা দিয়ে রাখা আছে। ওই বিশ্ববিখ্যাত হিরেটা দেখতে বহু লোক যায়। তোমরাও গিয়ে দেখে আসতে পারো।"

মোহন সিং বলল, "ওসব আমরা জানি। ছেলেদুটোকে জামিন রেখে তোমাকে আমরা ছেড়ে দেব। তুমি দিল্লিতে গিয়ে ওই হিরেটা আমাদের জন্য নিয়ে আসবে।"

কাকাবাবু বললেন, "আমি দিল্লিতে গেলেও হিরেটা আমাকে ফেরত দেবে কেন?"

মোহন সিং বলল, "তোমার অনেক খাতির, তুমি হিরেটা এক সময় দেখতে চাইবে। তারপর ওখানে একটা নকল ঠিক ওইরকম হিরে বসিয়ে আসলটা নিয়ে চলে আসবে। খুব সোজা।"

কাকাবাবু বললেন, "তার মানে আমাকে চুরি করতে বলছ? তোমাদের কি

মাথাখারাপ হয়েছে! তোমাদের জন্য আমি হিরে চুরি করতে যাব কেন? আমাকে ছেড়ে দিলেই তো আমি পুলিশ সঙ্গে এনে সন্তু আর জোজোকে উদ্ধার করব। তোমাদেরও ধরিয়ে দেব।"

মোহন সিং বলল, "আমরা কি এতই বোকা? তোমার ওপর নজর রাখা হবে। তুমি পুলিশের কাছে গেলেই আমরা ওই ছেলেদুটোর গলা কেটে সমুদ্রে ভাসিয়ে দিয়ে হাত ধুয়ে ফেলব! পুলিশ এলেই বা কী হবে? আমরা যে তোমাদের ধরে এনেছি তার কোনও প্রমাণ আছে? আমরা তো এখানে সিনেমার শুটিং করতে এসেছি।"

কাকাবাবু বললেন, "সন্তু আর জোজোকে যদি কেউ মারে, তা হলে সে পৃথিবীর কোনও জায়গাতেই লুকোতে পারবে না, আমি ঠিক তাকে খুঁজে বার করব, নিজের হাতে তার গলা টিপে মারব।"

কস্তুরী চেয়ার ছেড়ে নেমে এসে রাগে কাঁপতে কাঁপতে বলল, "কী, তোর এত সাহস, এখনও আমাদের ভয় দেখাচ্ছিস? তোকে এখনই যদি মেরে ফেলি, তুই কী করবি?"

সে খুব জোরে কাকাবাবুর দু'গালে দুটো চড় কষাল।

চড় খেয়েও কাকাবাবু একটুও নড়লেন না। প্রায় এক মিনিট স্থির চোখে তাকিয়ে রইলেন কস্তুরীর মুখের দিকে।

তারপর ঠাণ্ডা গলায় বললেন, "ছিঃ, এভাবে কাউকে মারতে নেই। কাউকে মারলে তুমি নিজেও যে কখনও এরকম মার খেতে পারো, সে-কথা ভাব না কেন?"

মোহন সিং ফস করে একটা রিভলভার বার করে বলল, "সাবধান কস্তুরী। ওর কাছ থেকে সরে এসো। ও লোকটা খোঁড়া হলেও ওর গায়ে অসম্ভব জোর। ও তোমাকে একবার ধরলে ছিঁড়ে ফেলতে পারে।"

কাকাবাবু মোহন সিংয়ের দিকে ঘৃণার দৃষ্টিতে তাকিয়ে বললেন, "আমি মেয়েদের গায়ে হাত তুলি না, তাই ও বেঁচে গেল!"

কস্তুরী সত্যি যেন ভয় পেয়ে পিছিয়ে গেল খানিকটা।

মোহন সিং বলল, "রাজা রায়চৌধুরী, তুমি আমার দিকে এগোবার চেষ্টা করলেই আমি গুলি করব। এখানে আরও পাঁচজন পাহারাদার আছে। তুমি পালাতে পারবে না কিছুতেই। এর পরেও তুমি আমাদের কথা শুনবে না?"

কাকাবাবু বললেন, "বিজয়নগরের হিরেটা পাওয়ার আশা ত্যাগ করো। ওটা জাতীয় সম্পত্তি। আমাদের আটকে রেখে তোমাদের কোনও লাভ নেই।"

কস্তুরী দাঁতে দাঁত চেপে বলল, "হিরেটা যদি না পাই, তা হলে তোমাকে আমি পুড়িয়ে মারব। তাতেও আমার শান্তি হবে।"

কাকাবাবু বললেন, "একবার বলছে কুকুর দিয়ে খাওয়াবে, একবার বলছে পুড়িয়ে মারবে। এর দেখছি মন স্থির নেই!

মোহন সিং বলল, "আমি ব্যবসাদার লোক। কুড়ি লাখ টাকা খরচ করেছি, সে টাকা আমি উশুল করবই। রাজা রায়চৌধুরী, তুমি আমার প্রস্তাবে রাজি না হলে কী ভুল করবে, পরে বুঝবে!"

তারপর সে চিৎকার করে ডাকল, "প্রসাদ! প্রসাদ!"

সঙ্গে সঙ্গে প্রসাদ আর দু'জন লোককে নিয়ে ঘরে ঢুকল।

মোহন সিং বলল, "প্রসাদ, একে নিয়ে যাও। তিনজনেরই হাত বেঁধে রাখবে।"

কস্তুরী বলল, "এদের কিছু খেতে দেবে না। কিচ্ছু না। জলও দেবে না।"

প্রসাদের হাতে রিভলভার, অন্য দু'জনের হাতে লোহার ডাণ্ডা। তারা ঠেলতে ঠেলতে কাকাবাবুকে নিয়ে চলল।

আগের ঘরটায় ঢুকিয়ে বন্ধ করে দিল দরজা।

সন্তু আর জোজো উদ্‌গ্রীব হয়ে বসে ছিল। কাকাবাবু বললেন, "একটা ব্যাপারে অন্তত নিশ্চিত হওয়া গেছে। কারা আমাদের ধরে এনেছে, সেটা জানা গেল। শত্রুপক্ষকে চিনতে না পারলে লড়াইয়ের পদ্ধতিটা ঠিক করা যায় না।"

সন্তু জিজ্ঞেস করল, "এরা কারা?"

কাকাবাবু বললেন, "তোদের সেই বিজয়নগরের কথা মনে আছে? মোহন সিং, কস্তুরী, ওরা সিনেমা তোলার ছুতোয় বিজয়নগরের বিশ্ববিখ্যাত হিরেটা খুঁজে বার করার চেষ্টা করেছিল?"

জোজো বলল, "হ্যাঁ মনে, আছে। সেবারে রিঙ্কুদি আর রঞ্জনদা সঙ্গে ছিল। ওরা পারেনি, বিজয়নগরের হিরে আমারই উদ্ধার করেছিলাম।"

কাকাবাবু বললেন, "ওদের মুখের গ্রাস আমরা কেড়ে নিয়েছি। ওদের চোখে ধুলো দিয়ে হিরেটা আমরা নিয়ে গিয়েছিলাম। সেই রাগ ওরা পুষে রেখেছে।"

সন্তু বলল, "সেইজন্য প্রতিশোধ নিতে আমাদের ধরে রেখেছে?"

কাকাবাবু বললেন, "শুধু প্রতিশোধ নয়। ওরা হিরেটা ফেরত চায়। কিন্তু সেটা আমি দেব কী করে? সেটা তো আমি গভর্নমেন্টের কাছে জমা দিয়ে দিয়েছি।"

জোজো জিজ্ঞেস করল, "তা হলে ওরা এখন কী করবে?"

কাকাবাবু বললেন, "সেটাই তো বোঝা যাচ্ছে না। তবে জোজো, তোমার জন্য একটা ভাল খবর আছে। তোমাকে আর ভিণ্ডি মানে ঢ্যাঁড়সের ঘ্যাঁট খেতে হবে না।"

জোজো খানিকটা উৎসাহিত হয়ে বলল, "তা হলে কী দেবে? ভাল খাবার দেবে?"

কাকাবাবু বললেন, "কিছুই দেবে না। খাবার বন্ধ।"

জোজো ভুরু তুলে বলল, "কাকাবাবু, এটাকে আপনি ভাল খবর বলছেন।?"

কাকাবাবু হাসতে হাসতে বললেন, "জলও দেবে না বলেছে। তবে বাথরুমের কলের জল আছে, তা দিয়ে তেষ্টা মেটানো যেতে পারে।"

জোজো বলল, "এইরকম সময়েও আপনি হাসছেন কী করে বলুন তো?"

কাকাবাবু বললেন, "হাসির বদলে মুখ ব্যাজার করে থাকলে কি কোনও লাভ হবে?"

সন্তু বলল, "এইজন্যই তো তোকে বলেছিলাম, বন্দি অবস্থায় যে-কোনও খাবার পেলেই চট করে খেয়ে নিতে হয়।"

জোজো বলল, "রাখ তো খাওয়ার কথা! আমি উপোস করতে মোটেই ভয় পাই না। কিন্তু এখান থেকে উদ্ধার পাব কী করে? আমাদের কাছে কোনও কিছু অস্ত্রও নেই। ইস, হোটেল থেকে খানিকটা শুকনো লঙ্কার গুঁড়ো যদি আনতাম! সেবারে খুব কাজে লেগেছিল!"

কাকাবাবু বললেন, "অস্ত্র নেই কে বলল? একটা অস্ত্র তো সব সময়ই আমাদের সঙ্গে থাকে।"

জোজো অবাক হয়ে বলল, "তার মানে? কী অস্ত্র আছে?"

কাকাবাবু বললেন, "তুমি এত বুদ্ধিমান, এটা বুঝলে না?"

কাকাবাবু নিজের মাথায় টোকা দিয়ে বললেন, "এই যে অস্ত্র!"

॥ ৭ ॥

সত্যিই, সারাদিনে আর কোনও খাবার দিল না।

বেচারি জোজো খিদের জ্বালায় কাহিল। উপুড় হয়ে শুয়ে আছে আর মাঝে মাঝে উঃ-উঃ করছে। কাকাবাবু বসে আছেন এক দিকের দেওয়ালে ঠেসান দিয়ে। চোখ বোজা।

সন্তু দাঁড়িয়ে আছে জানলার কাছে। গান গাইছে গুনগুন করে।

জোজো উঠে গিয়ে বাথরুমের কলে জল খেয়ে এল। এই পাঁচবার।

সন্তু মুখ ফিরিয়ে বলল, "অত জল খাচ্ছিস কেন? জল খেলে খিদে যায় না!"

জোজো বলল, "আমি মোটেই খিদে গ্রাহ্য করি না। এত গরমে যা ঘাম হচ্ছে, জল না খেলে শরীরে জল কমে যাবে।"

সন্তু বলল, "সারাক্ষণ চুপচাপ থাকার কোনও মানে হয় না। আয় জোজো, কবিতা মুখস্থ বলার কম্পিটিশন দিবি?"

জোজো মুখ ঝামটা দিয়ে বলল, "ধ্যাত! এখন কবিতা টবিতা কিচ্ছু ভাল লাগছে না।"

কাকাবাবু চোখ বুজেই বললেন, "খিদের রাজ্যে পৃথিবী গদ্যময়, তাই না? পূর্ণিমা চাঁদ যেন ঝলসানো রুটি! চাঁদ উঠেছে নাকি রে সন্তু?"

সন্তু বলল, "আকাশ মেঘলা।"

কাকাবাবু জিজ্ঞেস করলেন, "আকাশে কি টক-টক গন্ধ?"

সন্তু বলল, "মনে হচ্ছে এক্ষুনি বৃষ্টি নামবে। তখন সব মিষ্টি হয়ে যাবে।"

বৃষ্টি নামল না। একটু পরেই নীচে একটা কুকুরের ডাক শোনা গেল। খুব জোরালো হিংস্র মতন ডাক।

কাকাবাবু নড়েচড়ে বসে বললেন, "এইবার মনে হচ্ছে একটা কিছু শুরু হবে। কস্তুরী বোধ হয় মন ঠিক করে ফেলেছে।"

জোজো বলল, "তার মানে?"

কাকাবাবু বললেন, "ওই কুন্তী নামের নায়িকাটি একবার বলেছিল, কুকুর দিয়ে আমার মাংস ছিঁড়ে খাওয়াবে। তারপর বলল, আগুনে পোড়াবে। আবার বলল, না খাইয়ে মারবে। এখন বোধ হয় ঠিক করেছে, কুকুর দিয়েই খাওয়াবে।"

জোজো অবাক হয়ে কাকাবাবুর মুখের দিকে তাকিয়ে রইল।

সন্তু বলল, "এই সবকিছুর জন্য ওই ভাস্কো দা গামা নামে লোকটাই দায়ী। সেই সময় আমাদের দেশের অনেক ক্ষতি করেছে। এই পাঁচশো বছর পরেও ওর ভূতের জন্য আমাদের এই জ্বালাতন সহ্য করতে হচ্ছে। কাকাবাবু, তুমি ওকে নিয়ে প্রবন্ধ লিখতে গেলে কেন?"

কাকাবাবু বললেন, "তখন কি জানি, তার ফল এই হবে? খুব বুদ্ধি খাটিয়ে এরা আমাদের কালিকটে টেনে এনেছে!"

জোজো বলল, "এর চেয়ে চেরাপুঞ্জি বেড়াতে গেলে কত ভাল হত?"

দড়াম করে দরজা খুলে গেল। এবারে পাঁচজন লোক। প্রসাদ রিভলভার দোলাতে-দোলাতে বলল, "তোমাদের হাত বাঁধা হবে। কেউ নড়াচড়া করলেই মাথা ফাটবে!"

কাকাবাবু বললেন, "অনেকক্ষণ আগেই তো হাত বাঁধার কথা ছিল। ভুলে গিয়েছিলে বুঝি?"

প্রসাদ বলল, "শাট আপ!"

কাকাবাবু বললেন, "ওই এক কথা শুনতে-শুনতে কান ঝালাপালা হয়ে গেল। শোনো, আমার হাত বাঁধার দরকার নেই। আমি পালাব না। হাত বাঁধা থাকলে আমি ক্রাচ নিয়ে হাঁটব কী করে?"

দু'জন লোক দু' দিক থেকে এসে কাকাবাবুর হাত চেপে ধরল। তাদের একজন বলল, "তোমার আর ক্রাচ দরকার হবে না।"

কাকাবাবু সন্তুদের দিকে তাকিয়ে বললেন, "এরা দেখছি ভারী অভদ্র। সারাদিন খেতে দেয় না, খোঁড়া মানুষকে ক্রাচ নিতে দেয় না!"

ওদের তিনজনকে ঠেলতে-ঠেলতে নিয়ে যাওয়া হল ঘরের বাইরে। ক্রাচ ছাড়া কাকাবাবুকে এক পায়ে লাফাতে হচ্ছে।

গেটের বাইরে একটা বড় ভ্যান গাড়ি। বাগানে একটা মস্ত বড় কুকুরের চেন ধরে দাঁড়িয়ে আছে কস্তুরী, কুকুরটা ডেকেই চলেছে।

কস্তুরী বলল, "এইবার, রায়চৌধুরী? আমার কুকুরটা দু'দিন না খেয়ে আছে। আমি চেন ছেড়ে দিলেই তোমার মাংস খুবলে-খুবলে খাবে।"

কাকাবাবু বললেন, "তাই নাকি! অত সোজা? রাজা রায়চৌধুরী একটা সামান্য কুকুরের কামড় খেয়ে মরবার জন্য জন্মেছে? নাঃ, তা বোধ হয় ঠিক নয়। কুকুরটাকে ছেড়ে দাও তো, দেখি কী হয়?"

বাড়ির ভেতর থেকে মোহন সিং এই সময় বেরিয়ে এসে বলল, "না, না, কস্তুরী, কুকুরটা ধরে রাখো। রায়চৌধুরীকে..."

কস্তুরী তবু হি-হি করে হেসে হাতের চেন খুলে দিল। কুকুরটা ধারালো দাঁত বার করে ঘাউ-ঘাউ করে ডেকে তেড়ে গেল কাকাবাবুর দিকে।

জোজো ভয়ে চোখ বুজে ফেলল।

কাকাবাবু কুকুরটার চোখের দিকে একদৃষ্টিতে চেয়ে থেকে আস্তে-আস্তে শিস দিতে লাগলেন। খুব মিষ্টি সুর।

কুকুরটা কাকাবাবুর খুব কাছে এসে থেমে গেল। এখনও জোরে-জোরে ডাকছে, কিন্তু কাকাবাবুর চোখ থেকে চোখ সরাতে পারছে না। কাকাবাবু শিস দিয়েই চলেছেন।

ক্রমে কুকুরটার লাফালাফি কমে এল, হঠাৎ ডাক বন্ধ হয়ে গেল। শুয়ে পড়ল কাকাবাবুর পায়ের কাছে।

কাকাবাবু বললেন, "কুকুর খুব ভাল প্রাণী। শুধু-শুধু মানুষকে কামড়াবে কেন? কই হে কস্তুরী, তোমার আরও কুকুর থাকে তো নিয়ে এসো।"

কস্তুরী চোখ গোল গোল করে বলল, "এই লোকটা জাদু জানে!"

কাকাবাবু বললেন, "আমি আরও অনেক কিছু জানি। এখনও আমাকে চিনতে তোমাদের ঢের বাকি আছে।"

মোহন সিং কাছে এসে বলল, "ওরকম ভেলকি আমি অনেক দেখেছি। যাও রায়চৌধুরী, ওই গাড়িতে গিয়ে ওঠো!"

কাকাবাবু বললেন, "আমার ক্রাচদুটো এনে দিতে বলো!"

মোহন সিং ধমক দিয়ে বলল, "ক্রাচ-ফ্রাচ পাবে না। ওঠো গাড়িতে।"

কাকাবাবু আরও জোরে ধমক দিয়ে বললেন, "আগে আমার ক্রাচ আনো, নইলে আমি কিছুতেই গাড়িতে উঠব না।"

সন্তু-জোজোর দিকে তাকিয়ে বললেন, "তোরাও উঠবি না।"

মোহন সিং বলল, "ছেলেমানুষি কোরো না রায়চৌধুরী, তোমার দিকে তিনটে রিভলভার তাক করা আছে। এক্ষুনি ফুঁড়ে দিতে পারি।"

কাকাবাবু বললেন, "চালাও গুলি!"

মোহন সিং নিজের-নিজের রিভলভার তুলে কাকাবাবুর কপালের দিকে তাক করল। কিন্তু সঙ্গে-সঙ্গে গুলি চালাল না। মুহূর্তের পর মুহূর্ত কেটে যেতে লাগল।

একটু পরেই সে অন্য কিছু ভেবে একজনকে বলল, "এই, ওর ক্রাচদুটো নিয়ে আয়!"

একজন দৌড়ে গিয়ে ক্রাচ আনার পর সবাইকে গাড়িতে তোলা হল। মোহন সিং আর কস্তুরী উঠল না।

গাড়িটা চলতে শুরু করার পর জোজো বলল, "সন্তু, সত্যি করে বল তো, কুকুরটা যখন কাকাবাবুর দিকে তেড়ে এল, তুই ভয় পাসনি?"

সন্তু বলল, "তা একটু ভয় পেয়েছিলাম ঠিকই। তবে আমি রেডি ছিলাম। কুকুরটা কাকাবাবুকে কামড়াবার জন্য লাফ দিলেই আমি লাথি কষাতাম ওর পেটে!"

জোজো জিজ্ঞেস করল, "কাকাবাবু, আপনি বুঝি মন্ত্র পড়ে কুকুরটাকে ঘুম পাড়িয়ে দিলেন?"

কাকাবাবু বললেন, "না, মন্ত্র-টন্ত্র তো আমি জানি না। অন্য একটা উপায় আছে। লক্ষ করোনি, কুকুরটা আমার চোখ থেকে চোখ সরাতে পারছিল না? আর ওই যে শিস দিচ্ছিলাম, ওটা শুনলেই ওদের ঘুম পায়।"

জোজো বলল, "আপনি মোহন সিংকে কী করে বললেন গুলি চালাতে? যদি সত্যিই গুলি চালিয়ে দিত? ওরা যেরকম নিষ্ঠুর লোক!"

কাকাবাবু বললেন, "আমি জানতুম, ও গুলি চালাবে না। ওর আগের কথাটা লক্ষ করোনি? ও কস্তুরীকে কুকুরটা ছাড়তে বারণ করছিল। তার মানে, আমাকে এখন মারতে চায় না, ওর অন্য মতলব আছে।"

জোজো বলল, "আমাদের এখন কোথায় নিয়ে যাচ্ছে!"

দরজার ধারে দু'জন বন্দুকধারী পাহারাদার বসে আছে। তাদের দিকে তাকিয়ে কাকাবাবু বললেন, "এদের তো জিজ্ঞেস করলেই বলবে শাট আপ। ওরা কিছু বলতে জানে না। দেখাই যাক, কোথায় নিয়ে যায়!"

গাড়িটা চলছে তো চলছেই। প্রায় ঘণ্টাচারেক বাদে থামল এক জায়গায়। সেখানে নামতে হল।

ঘুটঘুটে অন্ধকার রাত। টিপিটিপি বৃষ্টি পড়ছে।

ছায়ামূর্তির মতন কয়েকজন লোক সেখানে দাঁড়িয়ে। তারা কাকাবাবুদের হাঁটিয়ে নিয়ে চলল। গাড়িটা ফিরে গেল।

অন্ধকারে কিছুই দেখা যায় না। একটা লোক মাঝে-মাঝে টর্চ জ্বেলে পথ দেখাচ্ছে। বোঝা যাচ্ছে, চারপাশে নিবিড় জঙ্গল। আগের লোকগুলো কাকাবাবুর ক্রাচদুটো ছুড়ে দিয়ে গেছে, কিন্তু কাকাবাবুর হাত বাঁধা বলে তা ব্যবহার করতে পারছেন না। লাফিয়ে-লাফিয়ে যেতে তাঁর খুবই অসুবিধে হচ্ছে। একবার হোঁচট খেয়ে পড়ে যেতেই সেই টর্চধারী কাছে এসে কাকাবাবুকে দেখল। তারপর তাঁর হাতের বাঁধন খুলে দিল।

কাকাবাবু বললেন, "থ্যাঙ্ক ইউ।"

প্রায় আধঘণ্টা হাঁটার পর একটা ফাঁকা জায়গায় সবাই থামল। সেখান থেকেও খানিকটা দূরে এক জায়গায় কয়েকটা মশাল জ্বলছে, মনে হয় প্রায় কুড়ি-পঁচিশজন লোক গোল হয়ে বসে আছে।

একটা মশাল তুলে এনে কাকাবাবুদের দিকে এগিয়ে এল দু'জন লোক।

কাছে আসতে দেখা গেল, তাদের একজনের চেহারা মোহন সিংয়ের মতনই লম্বা-চওড়া। কিন্তু সে মোহন সিং নয়, তার মুখখানা বাঘের মতন, মোটা জুলপি নেমে এসেছে প্রায় চিবুক পর্যন্ত, মোটা গোঁফ মিশে গেছে দু'পাশের জুলপিতে। কপালে লম্বা-লম্বা তিনখানা চন্দনের দাগ। টকটকে লাল রঙের একটা আলখাল্লা পরে আছে।

লোকটি কাকাবাবুদের দিকে কয়েকবার চোখ বুলিয়ে দেখল।

কাকাবাবু ইংরিজিতে বললেন, "শুভ সন্ধ্যা। আমার নাম রাজা রায়চৌধুরী। আপনার নাম জানতে পারি?"

লোকটি তার কোনও উত্তর না দিয়ে পাশের একজনকে কী একটা ভাষায় যেন কিছু নির্দেশ দিল। তারপর পায়ের আওয়াজে মাটি কাঁপিয়ে ফিরে গেল আগের জায়গায়।

অন্য একজন লোক সন্তু আর জোজোর হাতের বাঁধন খুলে দিয়ে তিনজনকেই নিয়ে গেল কাছাকাছি একটা কুঁড়েঘরে। ঘরের বেড়া গাছের ডালপাতা দিয়ে তৈরি, মেঝেতে খড় পাতা। একটা হ্যারিকেনও রয়েছে।

একটু পরেই আরও দু'জন লোক এসে একগোছা রুটি, একটা ডেকচি ভর্তি গরম মুরগির মাংস রেখে গেল। সঙ্গে এক জাগ জল। মাংস থেকে এখনও ধোঁয়া বেরোচ্ছে।

জোজো বলল, "এরা আবার কারা? এত খাতির?"

সন্তু বলল, "যারাই হোক, খুব খিদে পেয়েছে। আয়, আগে খেয়ে নিই।"

কাকাবাবু বললেন, "মনে হচ্ছে, এরা একটা অন্য দল। যে ভাষায় কথা বলল, খুব সম্ভবত সেটা তেলুগু। এরা বেশ ভদ্র বলতে হবে। দ্যাখ, হাত বাঁধেনি, ভাল খাবার দিয়েছে। দরজাটাও খোলা। খোলা মানে কী, এ ঘরের দেখছি দরজাই নেই!"

জোজো বলল, "জঙ্গলের ডাকাত!"

কাকাবাবু খানিকটা রুটি ছিঁড়ে নিয়ে খেতে-খেতে বললেন, "কাপালিকও হতে পারে। হয়তো আমাদের নরবলি দেবে। শুনেছি কোথাও-কোথাও এখনও নরবলি হয়। বলি দেওয়ার আগে আমাদের ভাল করে খাইয়ে নিচ্ছে।"

জোজো বলল, "কাকাবাবু, আপনি আমাকে ভয় দেখাচ্ছেন? আমি কি অতই ছেলেমানুষ?"

কাকাবাবু বললেন, "না, না, ভয় দেখাচ্ছি না। ওই লোকটি লাল রঙের আলখাল্লা পরে আছে কিনা, তাই কাপালিক বলে মনে হল।"

সন্তু তাড়াতাড়ি খাওয়া সেরে নিয়ে হাত ধুয়ে ফেলল। তারপর দরজার খোলা জায়গাটার কাছে গিয়ে উঁকি মারল বাইরে।

ঘরটার দরজা বন্ধ করার ব্যবস্থা নেই। বাইরে কোনও পাহারাদারও নেই।

দূরে যেখানে মশালগুলো জ্বলছে, সেখানে এখনও বসে আছে অনেক লোক। মৃদু হল্লা শুনে মনে হয়, ওরা খাওয়াদাওয়া করছে।

জোজো সন্তুর পাশে এসে বাইরেটা দেখে নিয়ে বলল, "এখান থেকে পালানো তো সোজা।"

সন্তু বলল, "নিশ্চয়ই কাছাকাছি কেউ আড়াল থেকে আমাদের ওপর নজর রাখছে।"

জোজো বলল, "আমরা যদি চট করে জঙ্গলের মধ্যে সটকে পড়ি, তা হলে আমাদের আর ধরতে পারবে?"

সন্তু জিজ্ঞেস করল, "একটা গন্ধ পাচ্ছিস?"

জোজো জিজ্ঞেস করল, "কীসের গন্ধ?"

সন্তু বলল, "ঘোড়া-ঘোড়া গন্ধ। আমি দু'-একবার ফ-র-র ফ-র-র করে ঘোড়ার নিশ্বাস ফেলারও শব্দ শুনেছি। এদের ঘোড়া আছে। ঘোড়া ছুটিয়ে আমাদের অনায়াসে ধরে ফেলবে।"

জোজো বলল, "আমি ঘোড়ার চেয়েও জোরে ছুটতে পারি ইচ্ছে করলে, কিন্তু মুশকিল হচ্ছে কাকাবাবু তো দৌড়োতে পারবেন না?"

কাকাবাবু বললেন, "যদি ঘরের দরজা খোলা থাকে, আর কাছাকাছি কোনও পাহারাদার না থাকে, তা হলে সেখান থেকে কক্ষনও পালাবার চেষ্টা করতে নেই। এরা তো বোকা নয়। নিশ্চয়ই কোনও ফাঁদ পাতা আছে। পালাতে গেলে আরও বিপদ হবে।"

জোজো তবু ঘর ছেড়ে দু'-একবার বাইরে গিয়ে দাঁড়াল। চারদিকে তাকিয়েও কিছু দেখতে পেল না।

সন্তুকে সে বলল, "তবু তো খোলা হাওয়ায় খানিকটা নিশ্বাস নেওয়া যাচ্ছে। এতক্ষণে বেশ স্বাধীন স্বাধীন মনে হচ্ছে।"

কাছাকাছি কীসের একটা খসখস শব্দ হতেই সে তড়াক করে এক লাফ দিয়ে ঢুকে এল ঘরের মধ্যে।

কাকাবাবু বললেন, "ওরা পাহারা না দিলেও আমাদের কিন্তু পালা করে রাত জেগে পাহারা দিতে হবে।"

জোজো জিজ্ঞেস করল, "কেন?"

কাকাবাবু বললেন, "যদি রাত্তিরবেলা ওদের কেউ এসে কিছু করতে চায়? সেজন্য সাবধান থাকা দরকার। জন্তু-জানোয়ারও আসতে পারে। সাপ আসতে পারে। এই গরমের সময় খুব সাপ বেরোয়। তোমরা এখন ঘুমিয়ে নাও, আমি জাগছি। পরে এক সময় তোমাদের একজনকে ডেকে দেব।"

জোজো বলল, "না, না, শেষ রাত্তিরে জাগতে আমার খুব কষ্ট হয়। আমি প্রথমে জাগছি। আপনারা শুয়ে পড়ুন।"

সন্তু আর কাকাবাবু শুয়ে পড়লেন। জোজো বলল, "একখানা গল্পের বই

থাকলে ভাল হত। এরা বোধ হয় বইটই পড়ে না!"

কাকাবাবু বললেন, "তুমিই মনে মনে গল্প বানাও না!"

আধঘণ্টা ঘুমিয়েই চোখ মেললেন কাকাবাবু। জোজো এর মধ্যেই বসে বসে ঘুমে ঢুলছে। কাকাবাবু উঠে এসে আস্তে আস্তে তাকে শুইয়ে দিলেন। তারপর নিজেই জেগে কাটিয়ে দিলেন সারারাত।

॥ ৮ ॥

সকালবেলার খাবারও বেশ লোভনীয়। হাতে-গড়া রুটি, কলা, ডিম সেদ্ধ আর কফি।

হাত-মুখ ধুয়ে, সেসব খেয়ে তিনজনেই বাইরে এসে দাঁড়াল, কাছাকাছি কোনও পাহারাদার নেই।

এবার জায়গাটা ভাল করে দেখা গেল।

চারপাশে বড় বড় গাছের ঘন জঙ্গল, মাঝখানে খানিকটা ফাঁকা জায়গা। যে-ঘরটায় কাকাবাবুরা রাত কাটালেন, সেরকম আরও কয়েকটা ঘর রয়েছে এদিকে-ওদিকে। দেখলেই বোঝা যায়, ঘরগুলো সব নতুন বানানো হয়েছে। বেশ কিছু বড় বড় গাছ কাটা হয়েছে, মাটিতে ছড়ানো রয়েছে গাছের গুঁড়ি। একটু দূরেও গাছ কাটার শব্দ শোনা যাচ্ছে।

কয়েকজন লোককেও দেখা গেল মাটিতে পড়ে থাকা গাছগুলোর ডাল-পাতা ছাঁটার কাজে ব্যস্ত, তারা কেউ কাকাবাবুদের দিকে ভ্রূক্ষেপও করল না।

এক জায়গায় একটা উনুন জ্বলছে, সেখানে কিছু রান্না করছে দুটি মেয়ে। মনে হয় যেন, একদল যাযাবর অস্থায়ী আস্তানা গেড়েছে এই জঙ্গলে।

সন্তু জিজ্ঞেস করল, "কাকাবাবু, আমরা এই জঙ্গলের মধ্যে একটু ঘুরে দেখে আসব?"

কাকাবাবু বললেন, "যা, না। আস্তে আস্তে হাঁটবি। কেউ বারণ করলে ফিরে আসবি। আমাদের এখানে কেন নিয়ে এল, তাও তো বোঝা যাচ্ছে না।"

সন্তু আর জোজো জঙ্গলে ঢুকে পড়ল। কাকাবাবু ক্রাচদুটো নামিয়ে রেখে খানিকক্ষণ ফ্রি হ্যান্ড ব্যায়াম করলেন। মাটিতে শুয়ে পড়ে কোমর বেঁকিয়ে উঠতে গিয়ে দেখলেন পাশে একটা ছায়া পড়েছে। একজন লোক এসে দাঁড়িয়েছে।

লোকটির সারা মুখে দাড়ি, মাথায় জটলা চুল। খালি গা, কিন্তু প্যান্ট পরা, কোমরের বেল্টে রিভলভার, সে কাকাবাবুকে তার সঙ্গে যাওয়ার জন্য ইঙ্গিত করল।

কাকাবাবু বিনা বাক্যব্যয়ে অনুসরণ করলেন তাকে।

জঙ্গলের আর-একদিকে কিছুটা ঢুকে দেখা গেল, দুটো বড় গাছের মধ্যে একটা দোলনা টাঙানো হয়েছে। সেই দোলনায় শুয়ে আছে লাল আলখাল্লা পরা সেই

বিশাল চেহারার লোকটি, গড়গড়ার নল মুখে দিয়ে তামাক টানছে। তার পাশেই একটা মোড়ায় বসে আছে একজন ছোট্টখাট্টো মানুষ, মাথা ভর্তি টাক।

অন্য লোকটি কাকাবাবুকে সেখানে পৌঁছে দিয়ে চলে গেল।

কাকাবাবু লাল আলখাল্লা পরা লোকটির দিকে চেয়ে ইংরেজিতে বললেন, "নমস্কার। আপনার আতিথেয়তার জন্য ধন্যবাদ। আপনার নামটি এখনও জানা হয়নি। আমার নাম কালকেই বলেছি, রাজা রায়চৌধুরী।"

সেই লোকটি কাকাবাবুর কথার কোনও উত্তর না দিয়ে তেলুগু ভাষায় বেঁটে লোকটিকে কিছু বলল।

বেঁটে লোকটি চোস্ত ইংরেজিতে বলল, "মিস্টার রায়চৌধুরী, আমাদের লিডার ইংরেজি জানেন না। আপনার যা বলবার আমাকে বলুন। আপনি কি এঁকে চেনেন?"

কাকাবাবু বললেন, "না, এঁর সঙ্গে আমার আগে দেখা বা পরিচয়ের সৌভাগ্য হয়নি।"

বেঁটে লোকটি জিজ্ঞেস করল, "আপনি বিক্রম ওসমানের নাম শোনেননি?"

কাকাবাবু চমকে গিয়ে বললেন, "বিক্রম ওসমান? হ্যাঁ, এ নাম অবশ্যই শুনেছি। মানে, চন্দনদস্যু বিক্রম ওসমান?"

লোকটি বলল, "দস্যু বলছেন কেন? খবরের কাগজের লোকরা মিথ্যেমিথ্যি দস্যু বলে লেখে। আমরা ব্যবসায়ী। চন্দন কাঠের ব্যবসা করি।"

কাকাবাবু বললেন, "তার মানে এই যে গাছগুলো কাটা রয়েছে, এগুলো চন্দন গাছ? এটা চন্দনের বন?"

লোকটি বলল, "সব নয়। তবে এই বনে অনেক চন্দনগাছ আছে, তা ঠিক।"

বিক্রম ওসমান গম্ভীর গলায় বেঁটে লোকটিকে কিছু একটা আদেশ দিল।

সে বলল, "হ্যাঁ, এবারে কাজের কথা হোক। আমার নাম ভুড়ু। আমি পুরো নাম কাউকে জানাই না। আমি ওসমান সাহেবের সেক্রেটারির কাজ করি। শুনুন মিস্টার রায়চৌধুরী, আপনার সঙ্গে আমাদের কোনও শত্রুতা নেই। আপনারা এখানে ভালভাবে থাকবেন, খাবেন, কাছাকাছি বেড়াতেও পারেন। আপনাদের এখানে নিয়ে আসা হয়েছে নিছক ব্যবসায়িক কারণে। আপনাকে একটা চিঠি লিখতে হবে।"

কাকাবাবু বললেন, "চিঠি? কার কাছে?"

এই সময় একটি পঁচিশ-ছাব্বিশ বছরের তরুণী ছুটতে ছুটতে সেখানে এল। সে পরে আছে একটা রঙিন ঘাঘরা আর কাঁচুলি, মুখখানি বেশ সুন্দর।

সে উর্দু ভাষায় বলল, "আস্সালামু আলাইকুম সর্দার। আপ্পা রাওকে তুমি বারণ করো। সে আমার কোনও কথা শোনে না।"

ওসমান জিজ্ঞেস করল, "আপ্পা রাও আবার কী করেছে?"

মেয়েটি বলল, "এই বাবুটির সঙ্গে যে ছেলে দুটি এসেছে, আপ্পা রাও তাদের

ধরে বেঁধে রেখেছে। আমি বললাম, ছেড়ে দাও, ছেড়ে দাও, তো সে আমাকে ধমকে বলল, তুমি বলার কে?"

কাকাবাবু উর্দু ভাষা বেশ ভালই জানেন, সব বুঝতে পারছেন, তিনি বললেন, "ছেলে দুটিকে বেঁধে রাখবে কেন? ওরা তো পালাবার চেষ্টা করেনি।"

ভুড়ু বলল, "আপনি কী করে বুঝলেন, ওরা পালাবার চেষ্টা করেনি?"

কাকাবাবু বললেন, "আমাকে ছেড়ে ওরা কিছুতেই পালাবে না।"

ভুড়ু বলল, "এখানে অনেকটা জায়গা আমাদের লোক দিয়ে ঘেরা আছে। ওসমান সাহেবের হুকুম ছাড়া কেউ ঢুকতেও পারবে না, বেরুতেও পারবে না।"

ওসমান তরুণীটিকে বলল, "ঠিক আছে কুলসম, তুমি যাও। আমি আপ্পা রাওয়ের সঙ্গে পরে কথা বলব। আমরা এখন কাজে ব্যস্ত আছি।"

কুলসম মাথা নেড়ে বলল, "না, এখনই বলে দাও। ছোট ছেলেদের বেঁধে রাখা আমি একদম পছন্দ করি না। ওরা কি জানোয়ার নাকি?"

ওসমান বলল, "আচ্ছা, আপ্পা রাওকে আমার নাম করে বলো ওদের ছেড়ে দিতে। যেন চোখে-চোখে রাখে।"

কুলসম ঝুঁকে পড়ে ওসমানের হাতে একটা চুমু খেয়ে আবার ছুটে চলে গেল।

ভুড়ু বলল, "রায়চৌধুরী, তা হলে চিঠিটা লিখে ফেলুন! কাগজ-কলম দিচ্ছি।"

কাকাবাবু বললেন, "কীসের চিঠি, কাকে লিখব, সেটা আগে বলবে তো!"

ভুড়ু বলল, "আগেই বলেছি, এটা ব্যবসার ব্যাপার। মোহন সিং কুড়ি লাখ টাকার জামিনে আপনাকে পাঠিয়েছে। আমরা পঞ্চাশ লাখ পেয়ে গেলেই আপনাকে ছেড়ে দেব। আপনি চিঠি লিখে পঞ্চাশ লাখ টাকা আনিয়ে নিন।"

কাকাবাবু হো হো করে হেসে উঠলেন।

ওদের দু'জনের ভুরু কুঁচকে গেল।

কাকাবাবু বললেন, "তোমরা মোহন সিং-কে কুড়ি লাখ টাকা আগেই দিয়ে দিয়েছ নাকি? এই রে, খুব ঠকে গেছ! তোমাদের নকল জিনিস গছিয়ে গেছে!"

ভুড়ু বলল, "নকল মানে? তুমি রাজা রায়চৌধুরী নও?"

কাকাবাবু বললেন, "আমি আসল রাজা রায়চৌধুরী ঠিকই। কিন্তু আমার জন্য পঞ্চাশ লাখ টাকা কে দেবে?"

"কেন, তুমি ভারত সরকারের বড় অফিসার।"

"বড় অফিসার ছিলাম, এখন নই। পা ভাঙার জন্য আগেই রিটায়ার করে গেছি। জানোই তো, যতই বড় অফিসার হোক, রিটায়ার করার পর আর কেউ পাত্তা দেয় না। আমি মরি কি বাঁচি, তা নিয়ে গভর্নমেন্ট মাথা ঘামাতে যাবে কেন?"

"তা হলে তোমার বাড়ির লোককে লেখো!"

"বাড়ির লোক মানে, আমি আমার দাদার বাড়িতে থাকি। দাদা সাধারণ মধ্যবিত্ত। পঞ্চাশ লাখ তো দূরের কথা, পাঁচ লাখও দিতে পারবে না।"

"তবে যে শুনেছি, তুমি পশ্চিমবাংলায় খুব নামকরা লোক?"

"নাম আছে, দাম নেই। আমার জন্য কেউ অত টাকা দেবে না।"

কাকাবাবু এবার ওসমানের দিকে তাকিয়ে উর্দুতে বললেন, "বিক্রম ওসমান, আপনি খুব ঠকে গেছেন। মোহন সিং ধাপ্পা দিয়েছে। কোনও বড় কোম্পানির মালিক কিংবা কোনও মন্ত্রীর ছেলেকে ধরে আনলে টাকা আদায় করতে পারবেন।"

ওসমান ধড়মড় করে উঠে বসে বলল, "কী? মোহন সিং আমাদের ধোঁকা দিয়েছে? তার কল্‌জেটা ছিঁড়ে নেব তা হলে!"

কাকাবাবু বললেন, "তাই করুন। মোহন সিংকে ধরে আনুন, আমাকে ধরে রেখে কোনও লাভ নেই।"

ভুড়ু বলল, "কিন্তু একটা মুশকিল হল, তোমাকে নিয়ে এখন কী করা যায়? তোমাকে তো এমনি এমনি ছেড়ে দেওয়া যায় না।"

কাকাবাবু বললেন, "টাকা না পেয়েও যদি আমাদের বসিয়ে বসিয়ে খাওয়াতে চাও, তাতে আমার কোনও আপত্তি নেই। এই চন্দনের বনে কয়েকটা দিন কাটিয়ে যেতে আমার ভালই লাগবে!"

ভুড়ু বলল, "খাওয়ানোর প্রশ্ন নয়। তোমার মুণ্ডুটা যে কেটে ফেলতেই হবে।"

কাকাবাবু বললেন, "ছি ছি, এ কী কথা! কারও সামনে তার মুণ্ডুটা কেটে ফেলার কথা কেউ বলে? সত্যজিৎ রায়ের একটা গান আছে, 'মুণ্ডু গেলে খাবটা কী, মুণ্ডু ছাড়া বাঁচব না কি, বাঘারে...', তোমরা বোধ হয় গানটা শোনোনি?"

ভুড়ু বলল, "কেন তোমার মুণ্ডু কাটতে হবে, বুঝিয়ে দিচ্ছি। বাজারে আমাদের একটা সুনাম আছে, আমরা কথায় যা বলি, কাজেও তা করি। কোনও একজনকে ধরে এনে তার জন্য টাকা চেয়ে চিঠি পাঠাই। টাকা না পেলে দশ দিনের মধ্যে মেরে ফেলা হবে, তা জানিয়ে দিই। সেই ভয়ে তারা টাকা দিয়ে দেয়। তোমাকে যে ধরে আনা হয়েছে, তা এ-লাইনের অনেকেই জেনে যাবে। তোমাকে এমনি এমনি ছেড়ে দিলে সবাই ভাববে, আমরা নরম হয়ে গেছি। আর আমাদের ভয় পাবে না। সেইজন্যই তোমার মুণ্ডুটা কেটে জঙ্গলের বাইরে ফেলে রাখতে হবে।"

কাকাবাবু বললেন, "তোমরা শুধু চন্দনগাছ কাটো না, মানুষ গুম করাও তোমাদের ব্যবসা?"

ভুড়ু বলল, "এটা আমাদের সাইড ব্যবসা। আমরা নিজেরা মানুষ ধরে আনি না, অন্যরা ধরে এনে আমাদের কাছে কম দামে বিক্রি করে দেয়, আমরা বেশি টাকা আদায় করি, আমাদের খরচও তো কম নয়, গ্রামের লোকদের টাকা দিতে হয়, যাতে পুলিশ আসবার আগেই তারা আমাদের খবর দিয়ে দেয়।"

কাকাবাবু বললেন, "টাকা পাওয়া যায়নি, এজন্য আগে কারও মুণ্ডু কেটেছ?"

ভুড়ু বলল, "হ্যাঁ। তিনজনের মুণ্ডু কাটা গেছে।"

কাকাবাবু বললেন, "আমার জন্যও টাকা পাওয়ার কোনও আশাই নেই। সুতরাং আমারও মুণ্ডুটা কাটতেই হবে?"

ভুড়ু হাসতে হাসতে বলল, "উপায় কী বলো, ব্যবসার খাতিরে কাটতেই হচ্ছে। তুমি নিজে না লিখতে চাও, আমরাই সরকারের কাছে পঞ্চাশ লাখ টাকা চেয়ে চিঠি পাঠাচ্ছি। দশ দিনের মধ্যে টাকাটা না এলে—"

কাকাবাবু হঠাৎ বজ্রমুষ্টিতে ভুড়ুর ঘাড়টা চেপে ধরে বেঁকিয়ে দিলেন। যে যন্ত্রণায় আঁ আঁ করে উঠল।

কাকাবাবু বললেন, "তুমি হাসতে হাসতে মানুষের মুণ্ডু কাটার কথা বলছ। নিজের মুণ্ডুটা কাটা গেলে কেমন লাগে তা ভাবো না? এক্ষুনি আমি তোমার ঘাড় মটকে দিতে পারি।"

বিক্রম ওসমান রেগে ওঠার বদলে মহাবিস্ময়ে কাকাবাবুর দিকে তাকিয়ে রইল। তারপর হেসে উঠল বাতাস কাঁপিয়ে। মাথা দুলিয়ে দুলিয়ে এমন হাসতে লাগল যে, মনে হল যেন দোলনা থেকে পড়েই যাবে।

কাকাবাবু ভুড়ুর গলাটা ছেড়ে দিয়ে দু'হাত ঝাড়লেন।

ভুড়ু কাকাবাবুর বদলে ওসমানের দিকে হতভম্বের মতন তাকিয়ে রইল।

হাসি থামিয়ে ওসমান বলল, "আরে ভুড়িয়া, তোর মুখখানা কী মজার দেখাচ্ছিল! হাসি সামলাতে পারিনি।"

তারপর কাকাবাবুকে বলল, "শাবাশ বাবুজি! আমার সামনে আমার কোনও শাগরেদের গায়ে কেউ হাত তোলে, এ আমি আগে কখনও দেখিনি। তুমি এত সাহস দেখালে কী করে? আমি যদি সঙ্গে সঙ্গে তোমায় গুলি করতাম?"

কাকাবাবু হালকাভাবে বললেন, "গুলি খেলেও আমি মরি না। আমি গুলি হজম করে ফেলতে পারি।"

ওসমান বলল, "পরখ করে দেখব নাকি? দেখি তো কেমন গুলি হজম করতে পারো।"

ওসমান কোমর থেকে রিভলভার বার করতেই কাকাবাবু একটা ক্রাচ তুলে বিদ্যুতের মতন বেগে সেই হাতটার ওপর মারলেন। রিভলভারটা ছিটকে দূরে পড়ে গেল।

ওসমান এবারও রাগ না করে ভুরু তুলে বলল, "হ্যাঁ বাবুজি, তোমার খুব এলেম আছে। কিন্তু এই করেও তো তুমি বাঁচতে পারবে না। তুমি খোঁড়া মানুষ, দৌড়বার ক্ষমতা নেই। আমি হাঁক দিলে দশজন লোক ছুটে আসবে, তোমাকে শেষ করে দেবে। তুমি এখান থেকে পালাতে পারবে না।"

কাকাবাবু বললেন, "আমি পালাতে চাইলে দৌড়বার দরকার হয় না। তোমরা আমার সঙ্গে খারাপ ব্যবহার না করলে আমার এখন পালাবার ইচ্ছেও নেই।"

মাটিতে পড়ে-থাকা রিভলভারটা তুলে নিয়ে সেটা দোলাতে দোলাতে কাকাবাবু বললেন, "এটা যদি আমি এখন তোমার বুকের ওপর চেপে ধরি, তা

হলে তোমার দশজন লোক ছুটে এসেও কি আমার গায়ে হাত দিতে সাহস করবে?"

ওসমান বলল, "হাঁ। তাতেও তোমার কোনও লাভ হবে না। আমি জানের পরোয়া করি না। আমার পরে কে সর্দার হবে, তা ঠিক করাই আছে। আমার হুকুম দেওয়া আছে, আমাকে যদি কেউ কখনও ধরেও ফেলে, তা হলেও ওরা গুলি চালাবে। আমাকে বাঁচাবার জন্য দলের ক্ষতি করা যাবে না!"

কাকাবাবু রিভলভারটা লক করে ওসমানের কোলের ওপর ছুড়ে দিয়ে বলল, "এই নাও, আমি শুধু শুধু কাউকে ভয় দেখাই না। তবে, আমার হাতে রিভলভার থাকলে দশজন লোকও আমাকে আটকাতে পারবে না। আমি দৌড়তে পারি না, কিন্তু ঘোড়া চালাতে জানি।"

রিভলভারটা হাতে নিয়ে ওসমান কাকাবাবুর দিকে একটুক্ষণ বিস্মিত ভাবে চেয়ে রইল। তারপর বলল, "তুমি একটা অদ্ভুত মানুষ বটে। পিস্তলটা পেয়েও ফেরত দিলে? এরকম আগে দেখিনি। কিন্তু বাবুজি, ভুড়ু কিছু ভুল বলেনি। আমরা এমনি এমনি কাউকে ছেড়ে দিই না। তুমি সরকারকে চিঠি লিখে দেখোই না, টাকাটা দিয়ে দিতেও পারে।"

কাকাবাবু বললেন, "না। আমি নিজের জন্য কারও কাছেই টাকা চাইব না।"

ওসমান বলল, "ঠিক আছে, আমরাই চিঠি পাঠাচ্ছি। দশ দিনের মধ্যে টাকা না পেলে তখন একটা কিছু ব্যবস্থা নিতেই হবে। এই দশ দিন তোমার ছুটি। খাও দাও, মজা করো। তুমি দাবা খেলতে জানো?"

কাকাবাবু বললেন, "তা বেশ ভালই জানি।"

ওসমান বলল, "ঠিক আছে, পরে তোমার সঙ্গে দাবা খেলব।"

ভুড়ু এতক্ষণ গলায় হাত বুলোতে বুলোতে হাঁ করে তাকিয়ে ছিল। এবারে সে বলল, "ওসমানজি, এই রায়চৌধুরীকে বাঁচিয়ে রাখার একটাই উপায় আছে। ও আমাদের দলে যোগ দিক। লোকটার বুদ্ধিও আছে, গায়ের জোরও আছে। দলের অনেক কাজে লাগবে। কী রায়চৌধুরী, তুমি থাকবে এই দলে?"

কাকাবাবু বললেন, "ভুড়ু, তুমি আমাকে পুরোপুরি চিনতে পারোনি। এখনও অনেক বাকি আছে।"

॥ ৯ ॥

চালাঘরটায় ফিরে এসে কাকাবাবু দেখলেন, সন্তু আর জোজো বসে বসে একবাটি করে ক্ষীর খাচ্ছে।

কাকাবাবু বললেন, "এ আবার কোথায় পেলি?"

জোজো বলল, "কুলসম দিয়ে গেল। খুব ভাল মেয়ে। আপনার জন্যও নিয়ে আসবে।"

কাকাবাবু বললেন, "কুলসমকে আমিও দেখেছি। দেখলেই মনে হয়, মেয়েটির বেশ দয়ামায়া আছে। হ্যাঁ রে সন্তু, তোদের নাকি বেঁধে রেখেছিল? হঠাৎ শুধু শুধু বাঁধতে গেল কেন?"

জোজো বলল, "শুধু শুধু? সন্তু যা কাণ্ড করেছিল!"

কাকাবাবু সন্তুর দিকে চেয়ে রইলেন। সন্তু লাজুকভাবে বলল, "সেরকম কিছু করিনি। আমরা জঙ্গলের মধ্যে দিয়ে হাঁটছি, এই সময় কে যেন আমাদের চেঁচিয়ে কী বলল। লোকটাকে দেখতে পাচ্ছি না, ভাষাও বুঝতে পারছি না। আর একটু এগোতেই একটা লোক একটা ঝোপ থেকে বেরিয়ে এল, তারপর আমার গালে একটা চড় মারল। অমনই আমার রাগ হয়ে গেল, আমিও সঙ্গে সঙ্গে ওকে তুলে একটা আছাড় দিলাম!"

জোজো বলল, "অতবড় চেহারার লোকটাকে যে সন্তু তুলে ফেলে আছাড় দেবে, তা ও কল্পনাই করেনি। একেবারে কুংফু স্টাইল। তারপর আরও চার-পাঁচজন লোক এসে ঘিরে ফেলে আমাদের হাত-পা বেঁধে ফেলল।"

কাকাবাবু বললেন, "বাকিটা আমি জানি। তোদের বেশিক্ষণ বাঁধা থাকতে হয়নি। কুলসম নামের ওই মেয়েটি এসে ছাড়িয়ে দিল।"

জোজো বলল, "কাকাবাবু আপনাকে আমি বলেছিলাম না, এরা জঙ্গলের ডাকাত? ঠিক তাই। এরা ডাকাতি করে আর চন্দনগাছ সব কেটে কেটে সাবাড় করে দিচ্ছে।"

কাকাবাবু বললেন, "শুধু তাই-ই নয়। এরা এক ধরনের মানুষ কেনাবেচার ব্যবসা করে। মোহন সিং আমাদের কুড়ি লাখ টাকায় বিক্রি করে দিয়ে গেছে। এরা এখন তার বদলে পঞ্চাশ লাখ টাকা আদায় করতে চায়।"

সন্তু বলল, "পঞ্চাশ লাখ টাকা? কে দেবে?"

কাকাবাবু বললেন, "কেউ দেবে না!"

জোজো বলল, "বাবাকে চিঠি লিখব? বাবা নেপালের রাজাকে বলে দিলে তিনি এককথায় দিয়ে দেবেন!"

কাকাবাবু বললেন, "খবরদার, ওরকম কথা উচ্চারণও কোরো না। নেপালের রাজার নাম শুনলেই এরা পঞ্চাশ লাখের বদলে পঞ্চাশ কোটি টাকা চাইবে!"

সন্তু বলল, "জোজো, তোদের সঙ্গে ইংল্যান্ডের রানি এলিজাবেথের চেনা নেই?"

জোজো বলল, "তিনবার দেখা হয়েছে। বাকিংহাম প্যালেসে ডিনার খেয়েছি। কাকাবাবু, এক কাজ করলে হয় না? নেপালের রাজা কিংবা ইংল্যান্ডের রানির কাছে টাকা চেয়ে চিঠি লেখা যাক। ওঁরা টাকা পাঠান বা না পাঠান, মাঝখানে কয়েকদিন সময় তো পাওয়া যাবে। সেই সুযোগে আমরা এখান থেকে পালাব!"

কাকাবাবু বললেন, "এটা গভীর জঙ্গল। এখান থেকে পালানো খুব সহজ হবে না।"

একজন লোক কাকাবাবুর জন্য একবাটি ক্ষীর নিয়ে এল। এক চামচ মুখে দিয়ে কাকাবাবু বললেন, "বাঃ, চমৎকার খেতে। অনেকদিন ক্ষীর খাইনি, খাওয়ার কথা মনেও পড়ে না। এরা যদি এত ভাল ভাল খাবার দেয়, তা হলে এখান থেকে পালাবার দরকারটাই বা কী? দিব্যি আছি।"

দুপুরবেলাও এল রুটি, মাংস আর দই।

বিকেলবেলা কফির সঙ্গে তিনরকম বিস্কুট।

সন্ধেবেলা অন্ধকারে ওরা তিনজন বাইরে বসে আছে একটা গাছের গুঁড়ির ওপর। একটা হ্যারিকেন নিয়ে এল কুলসম। ঘাঘরার বদলে সে এখন একটা কালো শাড়ি পরেছে।

কাকাবাবুর পাশে দাঁড়িয়ে সে ফিসফিস করে জিজ্ঞেস করল, "বাবুজি, তুমি উর্দু বোঝো?"

কাকাবাবু ঘাড় নাড়তে সে বলল, "কাল খুব ভোরবেলা সূর্য ওঠার আগে তোমরা তৈরি থাকবে। আমি দুটো ঘোড়া জোগাড় করে আনব, তাইতে তোমরা পালাবে। সূর্য দেখেই তোমরা চিনতে পারবে পুব দিক। সোজা পুব দিকে ঘোড়া ছোটালে তোমরা পৌঁছে যাবে জঙ্গলের বাইরে।"

কাকাবাবু খানিকটা অবাক হয়ে জিজ্ঞেস করলেন, "তুমি আমাদের পালাবার ব্যবস্থা করে দেবে? কেন?"

কুলসম বলল, "তুমি জানো না, এরা সাঙ্ঘাতিক লোক। যখন-তখন মানুষ খুন করতে পারে। আমি শুনেছি, টাকা না পেলে এরা তোমায় খতম করে দেবে।"

কাকাবাবু বললেন, "আমায় যদি খতম করে দেয়, তাতে তোমার আপত্তি হবে কেন? তুমিও তো এই দলেরই।"

কুলসম কাতরভাবে বলল, "না, বাবুজি, আমার খুব কষ্ট হয়। আমার তো আর কোথাও যাওয়ার জায়গা নেই। সর্দার আমাকে কোথাও যেতে দেবে না। তাই আমাকে এখানে থাকতেই হবে। তোমরা পালাও!"

কাকাবাবু বললেন, "তুমি আমাদের পালাতে সাহায্য করছ, এটা জানতে পারলে এরা তোমায় শাস্তি দেবে না?"

কুলসম বলল, "জানতে পারবে না। জানলেও সর্দার বড়জোর বকুনি দেবে, কিন্তু আমায় প্রাণে মারবে না। আমি সর্দারের তৃতীয় পক্ষের বউ!"

কাকাবাবু সন্তুকে জিজ্ঞেস করলেন, "কী রে, সন্তু, পালাবি নাকি?"

সন্তু বলল, "আমি জোজোকে আমার ঘোড়ায় তুলে নিতে পারি।"

কাকাবাবু বললেন, "ঠিক আছে, কাকভোরে তোরা তৈরি হয়ে থাকিস। আমি যাচ্ছি না। আমার এখানে এখনও কিছু কাজ আছে।"

জোজো বলল, "কাজ আছে? এখানে আপনার কী কাজ?"

কাকাবাবু মুচকি হেসে বললেন, "আছে আছে, পরে জানতে পারবে। তোমরা কালিকটের হোটেলে গিয়ে বিশ্রাম নাও।"

সন্তু বলল, "তা হলে আমরাও এখান থেকে যাচ্ছি না।"

কাকাবাবু কুলসমকে বললেন, "কালকেই দরকার নেই, বুঝলে। দু'-তিনদিন পরে আমরা তোমাকে জানাব।"

কুলসম খানিকটা নিরাশ হয়ে ফিরে গেল।

এর পর কেটে গেল দু'দিন। কিছুই তেমন ঘটল না। দিব্যি তিনবেলা খাওয়া আর ঘুমনো। মাঝে মাঝে কাকাবাবু সন্তু আর জোজোকে নিয়ে বেড়াতে যান জঙ্গলে। কেউ কিছু বলে না। কোনও লোকও দেখা যায় না। জঙ্গলের মধ্যে একটা ছোট্ট নদী আছে, জল খুব কম, পায়ে হেঁটেই পার হওয়া যায়। সকালবেলা সন্তু সেই নদীতে নামতেই কোথা থেকে একটা লোক এসে হাজির হল। তার হাতে একটা বর্শা।

সে কাকাবাবুকে বলল, "ওই ছেলেটি জলে নেমেছে নামুক। স্নানও করতে পারে। কিন্তু নদীর ওপারে যেন না যায়। আপনি দেখছেন। আপনি দায়ী রইলেন।"

লোকটির ব্যবহার রুক্ষ নয়। নরমভাবে এই কথা বলে আবার একটা ঝোপের আড়ালে অদৃশ্য হয়ে গেল।

বিক্রম ওসমানকে এই দু'দিন দেখতে পাওয়া যায়নি। লোকজনও কিছু কম। শুধু জঙ্গলের চন্দন গাছ কাটা চলছেই। রাত্তিরবেলা কারা যেন গাছগুলো নিয়েও চলে যাচ্ছে।

তৃতীয় দিন দুপুরবেলা একজন লোক এসে কাকাবাবুকে ডেকে নিয়ে গেল।

আজ আর দোলনা নয়। দুটো কাটা গাছের গুঁড়ির ওপর তক্তা পেতে টেবিল বানানো হয়েছে, তারা ওপর দাবার ছক পাতা। বিক্রম ওসমান সেই লাল আলখাল্লাটার বদলে এখন পরে আছে জিন্স আর টি শার্ট। কোমরে রিভলভার।

সে বলল, "এসো বাঙালিবাবু, দেখা যাক তুমি কেমন দাবা খেলতে জানো।"

কাকাবাবু বসে পড়লেন একদিকে। প্রথম চাল দিয়ে বললেন, "তোমাদের এই জায়গাটা ভারী সুন্দর। শুধু গাছ কাটার শব্দে কান ঝালাপালা হয়ে যায়। এত যে গাছ কাটা হচ্ছে, এগুলো কেনে কারা?"

ওসমান বলল, "শহরের ব্যবসায়ীরা কেনে।"

কাকাবাবু বললেন, "এইসব গাছ কাটা বেআইনি জেনেও তারা কেনে?"

ওসমান ফুঁসে উঠে বলল, "কীসের বেআইনি? সরকারের জঙ্গল নিয়ে আইন বানাবার কী এক্তিয়ার আছে? সৃষ্টিকর্তা যেমন মানুষ সৃষ্টি করেছেন, সেইরকম গাছপালাও সৃষ্টি করেছেন। মানুষ তার প্রয়োজনে গাছ কাটবে। ব্যস!"

কাকাবাবু বললেন, "সৃষ্টিকর্তা এত গাছপালার সৃষ্টি করেছেন তো মানুষেরই প্রয়োজনে। গাছ কেটে ফেললে তো মানুষেরই ক্ষতি হবে!"

ওসমান বলল, "তার মানে? মানুষের কী ক্ষতি হবে?"

কাকাবাবু বললেন, "পৃথিবী থেকে সব গাছপালা যদি শেষ হয়ে যায়, তা হলে মানুষও আর বাঁচবে না।"

"কেন?"

"আমরা এই যে শ্বাস নিচ্ছি, তাতে অক্সিজেন থাকে। সেই জন্যই আমরা বেঁচে থাকি। গাছপালাই অক্সিজেন তৈরি করে দেয়। গাছপালা শেষ হয়ে গেলে অক্সিজেনও ফুরিয়ে যাবে, মানুষরা সব দমবন্ধ হয়ে মরবে!"

"ওসব তোমাদের বই পড়া কথা, আমি বিশ্বাস করি না।"

"আমাদের দেশে এমনিতেই অনেক গাছ কমে গেছে। তুমি তার ওপর এইসব বড় বড় গাছ কেটে সারা দেশের ক্ষতি করছ!"

"বাজে কথা রাখো। চাল দাও, তোমার রাজাকে সামলাও!"

সেই দানটায় ওসমান বাজিমাত করে দিল, কাকাবাবু হারলেন।

আবার ঘুটি সাজানো হল।

ওসমান বলল, "তিন দান খেলা হবে, তুমি প্রত্যেকবার হারবে। আমার সঙ্গে দাবা খেলায় কেউ পারে না।"

কাকাবাবু একটু খেলার পর জিজ্ঞেস করলেন, "ওসমানসাহেব, তুমি মোহন সিংকে কতদিন চেনো?"

ওসমান বলল, "অনেকদিন। দশ বছর হবে। আমার সঙ্গে অনেকবার কারবার করেছে।"

"লোক ধরে এনে তোমার কাছে বিক্রি করে দেয়?"

"আমরা নিজেরা কাউকে ধরি না। মোহন সিংয়ের মতন আরও লোক আছে। তারাই ধরে আনে।"

"মোহন সিং আগে যাদের বিক্রি করে গেছে, তোমরা তাদের জন্য বেশি টাকা পেয়েছ?"

"প্রত্যেকবার। ও যে-দামে বিক্রি করে, আমরা তার অন্তত তিনগুণ টাকা আদায় করি।"

"আমাদের জন্য মোহন সিংকে কুড়ি লাখ টাকা দিয়ে দিয়েছ?"

"দশ লাখ দিয়েছি, আর দশ লাখ পরে পাবে। আমরা কথার খেলাপ করি না।"

"তার মানে ওই দশ লাখ টাকাই তোমাদের লোকসান। আমাদের জন্য তোমরা তো এক পয়সাও পাবে না। মোহন সিং জেনেশুনেই তোমাদের ঠকিয়ে গেছে।"

"জেনেশুনে? তা হতে পারে না। আমাদের এই কারবারে কেউ বেইমানি করে না।"

"শোনো ওসমান সর্দার। তোমাকে একটা কথা বলি। একেবারে খাঁটি সত্যি কথা। মোহন সিংয়ের খুব রাগ আছে আমার ওপরে। ও আমাকে খুন করতে চেয়েছিল। তার বদলে তোমাকে দিয়ে খুন করাবে বলে এখানে পাঠিয়ে দিয়েছে। দশ লাখ টাকাও পেয়ে গেল, ওর হাতে রক্তও লাগল না। আমি খুন হলে পুলিশ

এলে তোমাকেই এসে ধরবে, মোহন সিংকে কেউ সন্দেহও করবে না।”

“কোনও পুলিশের সাধ্য নেই আমাকে ছোঁয়।”

“সে-কথা হচ্ছে না। দোষটা তোমার ঘাড়েই চেপে থাকবে। মোহন সিং তোমার মাথায় কাঁঠাল ভাঙল। তুমি তাকে কিছুই করতে পারবে না।”

“মোহন সিংকে আমি ডেকে জিজ্ঞেস করতে পারি, তুমি যা বলছ তা সত্যি কি না!”

“তুমি ডাকলেই মোহন সিং আসবে? সে আর ধরাছোঁয়া দেবে না। তোমাকে দশ লাখ টাকা ঠকিয়ে গেল, এটা তো সত্যি? আমার মুণ্ডু কাটো আর যাই-ই করো, টাকাটা তো ফেরত পাচ্ছ না!”

“টাকা ফেরত দেবে না মানে? আলবাত ফেরত দেবে!”

“সে একবার মুম্বই চলে গেলে তারপর তুমি আর তাকে ছুঁতেও পারবে না।”

“আমি ইচ্ছে করলে তাকে মুম্বই থেকেও এখানে টেনে আনতে পারি।”

“এটা আমি বিশ্বাস করি না, ওসমানসাহেব। তুমি জঙ্গলের রাজা হতে পারো। কিন্তু মুম্বইয়ের মতন বড় শহরে তোমার জারিজুরি খাটবে না। মোহন সিংয়ের অনেক দলবল আছে।”

“তুমি কি ভাবছ, আমি জঙ্গলে থাকি বলে শহরের সঙ্গে আমার যোগাযোগ নেই? অনেক বড় বড় ব্যবসায়ী, পুলিশ অফিসার, মন্ত্রী পর্যন্ত আমায় খাতির করে। আমি ইচ্ছে করলেই মোহন সিংকে নাকে দড়ি দিয়ে টেনে আনতে পারি।”

“কিন্তু আমি যা দেখেছি, তোমার চেয়ে মোহন সিংয়ের ক্ষমতা অনেক বেশি!”

“বাঙালিবাবু, আমি তোমার চোখের সামনে এই জঙ্গলে মোহন সিংকে এনে হাজির করালে তুমি বিশ্বাস করবে, কার ক্ষমতা বেশি? খালি কথাই তো বলে যাচ্ছ, মন দিয়ে খেলো!”

“খেলছি, খেলছি! তবে, মুখে তুমি যতই বড়াই করো, মোহন সিংকে এখানে ধরে আনা তোমার ক্ষমতায় কুলোবে না, আমি জোর দিয়ে বলতে পারি!”

ওসমান এবার রেগে গিয়ে বলল, “ফের ওই এক কথা? তুমি খেলবে কি না বলো?”

এর পর কাকাবাবু কিছুক্ষণ মন দিয়ে খেললেন, আবার হেরে গেলেন। তিনি বললেন, “তুমি তো সত্যি বেশ ভাল খেলতে পারো দেখছি?”

ওসমানের মুখে জয়ের হাসি ফুটে উঠল। গর্বের সঙ্গে বলল, “দাবা খেলায় কেউ আমার সঙ্গে পারে না। আরও খেলার সাহস আছে?”

কাকাবাবু বললেন, “আর এক দান খেলে দেখি, তোমায় হারাতে পারি কি না!”

কিন্তু সে খেলাটা আর হল না। দু’-এক দান দিতে-না-দিতেই একজন লোক ঘোড়া ছুটিয়ে এদিকে চলে এল। এক লাফ দিয়ে ঘোড়া থেকে নেমে ওসমানের কাছে এসে কানে কানে কিছু বলতে লাগল উত্তেজিতভাবে।

ওসমানও চঞ্চল হয়ে দাবার ছক গুটিয়ে ফেলে বলল, “চলো বাঙালিবাবু, এ-

জায়গা ছেড়ে এক্ষুনি চলে যেতে হবে। একটা বড় পুলিশবাহিনী আসছে, তুমি ঘোড়া চালাতে জানো বলেছিলে। ঘোড়ায় চেপে যেতে হবে।"

কাকাবাবু বললেন, "আমার সঙ্গের ছেলেদুটো?"

ওসমান বলল, "ওদের ব্যবস্থা হবে। চিন্তা কোরো না।"

সবাই ছোটাছুটি করে জিনিসপত্র গুছিয়ে নিতে লাগল। ভেঙে ফেলা হল কুঁড়েঘরগুলো।

কাকাবাবু চাপলেন একটা ঘোড়ায়। যতজন লোক তত ঘোড়া নেই, তাই এক ঘোড়ায় দু'জন করে যেতে হবে। কাকাবাবুর ঘোড়ায় উঠে পড়ল ভুডু।

বনের মধ্যে ছুটল ঘোড়া। কাকাবাবুর পাশে পাশে আরও তিনটি ঘোড়া, তারাই রাস্তা দেখিয়ে নিয়ে যাচ্ছে। মাঝে মাঝে পার হতে হচ্ছে ছোট ছোট নদী, তারপর পাহাড়ি রাস্তায় এসে ঘোড়ার গতি কমে এল।

ভুডু নিজে ঘোড়া চালাতে জানে না। সে সামনে খানিকটা সিঁটিয়ে বসে আছে।

কাকাবাবু এক সময় তাকে জিজ্ঞেস করলেন, "তোমার নাম ভুডু কেন?"

ভুডু বলল, "ওটা মোটেই আমার নাম নয়। আমার আসল নাম কাউকে বলি না।"

কাকাবাবু বললেন, "তোমার ইংরেজি শুনলে মনে হয়, তুমি বেশ লেখাপড়া জানো। তুমি এই ডাকাতের দলে ভিড়লে কেন?"

ভুডু বলল, "ডাকাত কী বলছেন মশাই। বড় বড় ব্যবসাদারদের মতন এরাও ব্যবসা করে। আমি এদের কাছে চাকরি করি।"

কাকাবাবু বললেন, "কিন্তু তুমি নিশ্চয়ই জানো, এইসব চন্দনগাছ কাটা বেআইনি। এরা মানুষ কেনা-বেচা করে। মানুষ খুনও করে।"

ভুডু বলল, "সেসব আমি কী জানি! আমি নিজের হাতে গাছও কাটি না, মানুষও খুন করি না। আমার কোনও দায় নেই।"

"বাঃ, বেশ কথা। কিন্তু যখন এরা পুলিশের হাতে ধরা পড়বে, তখন এদের দলের লোক হিসেবে তুমিও শাস্তি পাবে।"

"এরা কখনও ধরা পড়বে না। কিছু পুলিশকে টাকা খাওয়ানো আছে। তারাই আগে থেকে খবর দিয়ে দেয়।"

"তা হলে এখন পালাতে হচ্ছে কেন?"

"মাঝে মাঝে এরকম চোর-পুলিশ খেলা হয়। খবরের কাগজে লেখা হবে যে, পুলিশ কত চেষ্টা করছে ওসমানের দলকে ধরবার!"

"তবু এরকম দল বেশিদিন টিকতে পারে না। তুমি রবিন হুডের নাম শুনেছ?"

"শুনব না কেন? সিনেমাও দেখেছি।"

"রবিন হুডকেও দল ভেঙে দিতে হয়েছিল। তুমি শিক্ষিত লোক হয়ে এই খুনিদের সঙ্গে ভিড়ে আছ, তোমার লজ্জা করে না?"

"রায়চৌধুরীবাবু, তুমি আমাকে ধমকাচ্ছ? তুমি নিজের প্রাণটা আগে বাঁচাও।

এখান থেকে তোমার পালাবার কোনও উপায় নেই। এরা হাসতে হাসতে মানুষ খুন করে। তুমি ভাবছ, ওসমান তোমার সঙ্গে দাবা খেলছে বলে তোমাকে দয়া করছে? মোটেই না। ঠিক দশদিন পর, লোককে দেখাবার জন্য সে এক কোপে তোমার মুণ্ডুটা কেটে ফেলবে। তিনদিন কেটে গেছে, মনে রেখো!"

"তুমি এর আগে কারও গলা ওইভাবে কাটতে দেখেছ?"

"হ্যাঁ। দু'বার। ওসমানের যা হাতের জোর, এক কোপের বেশি দু' কোপ লাগে না।"

"আমার কী ইচ্ছে হচ্ছে জানো? এক ধাক্কা দিয়ে তোমাকে ঘোড়া থেকে ফেলে দিই, তারপর তোমার বুকের ওপর দিয়ে ঘোড়া চালিয়ে দিই।"

"তাতে কোনও লাভ নেই। অন্য ঘোড়সওয়াররা চাবুক মেরে মেরে তোমাকে তক্ষুনি শেষ করে দেবে।"

একটা পাহাড়ের মাঝামাঝি জায়গায় সব ঘোড়া থামল।

এ-পাহাড়ে গাছ বেশি নেই। তবে পাহাড়ের খাঁজে খাঁজে লুকোবার অনেক জায়গা। ওদের দলের সবাই এখনও এসে পৌঁছয়নি। ওসমানকে দেখা যাচ্ছে না। কাকাবাবু ঘোড়া থেকে নেমে সন্তু আর জোজোর জন্য অপেক্ষা করতে লাগলেন।

খানিক পরে ওসমান এল কুলসমকে নিয়ে। সন্তু আর জোজোকে দেখা গেল না। আরও অনেকে আসেনি মনে হল।

তিনি ভুডুকে জিজ্ঞেস করলেন, "বাকি লোকরা কোথায় গেল?"

ভুডু বলল, "সবাই একসঙ্গে আসে না। নানাদিকে ছড়িয়ে যায়। একটা দল পুলিশকে ধোঁকা দেওয়ার জন্য অন্যদিকে নিয়ে যায়। একজন নতুন লোক পুলিশের বড়কর্তা হয়েছে, তাকে এখনও ঘুষ খাওয়ানো যায়নি। কয়েকদিন পরেই ঠাণ্ডা হয়ে যাবে।"

কাকাবাবু ওসমানের কাছে গিয়ে জিজ্ঞেস করলেন, "আমার সঙ্গের ছেলেদুটি কোথায় গেল?"

ওসমান তার সহচরদের কিছু নির্দেশ দিচ্ছিল, সংক্ষিপ্তভাবে উত্তর দিল, "ওদের পাঠিয়ে দেওয়া হয়েছে।"

কাকাবাবু বললেন, "পাঠিয়ে দেওয়া হয়েছে মানে? কোথায়?"

ওসমান বলল, "ওরা কালিকট পৌঁছে যাবে। কোনও চিন্তা নেই।"

কাকাবাবু রেগে গিয়ে বললেন, "তার মানে? আমাকে কিছু না জানিয়ে ওদের পাঠিয়ে দিলে কেন?"

ওসমান এবার চোখ গরম করে বলল, "আমি কী করব না করব, তার জন্য তোমার অনুমতি নিতে হবে নাকি? ছোট ছেলেদের সঙ্গে নিয়ে ঘোরায় অনেক ঝামেলা!"

কাকাবাবু বললেন, "ওরা মোটেই ছোট নয়!"

ওসমান বলল, "মোহন সিং তোমাকে বিক্রি করে গেছে। ওই ছেলেদুটি ফাল্‌তু। ওদের আমি রাখতে যাব কেন?"

কাকাবাবু বললেন, "ওরা যদি আবার মোহন সিংয়ের খপ্পরে গিয়ে পড়ে? আমাকে কষ্ট দেওয়ার জন্য মোহন সিং ওদের ওপর অত্যাচার করবে। ওসমান সাহেব, তুমি এটা কী করলে? মোহন সিংকে ধরার ক্ষমতা তোমার নেই, তুমি আমার ছেলেদুটোকে ওর দিকে ঠেলে দিলে?"

রাগে চোখ-মুখ লাল করে ওসমান বলল, "বাঙালিবাবু, তুমি আমাকে ওই কথা বারবার বলবে না। আমি যা করেছি, বেশ করেছি!"

কুলসম কাকাবাবুর কাছে এসে ব্যাকুলভাবে বলল, "বাবুজি, আপনার ওই ছেলেদুটোর কোনও ক্ষতি হবে না। ওরা ভালভাবে পৌঁছে যাবে, আপনি বিশ্বাস করুন! আপনাকে ছেড়ে দেওয়ার কথা আমি সর্দারকে বলতে পারি না। সেটা ওদের ব্যবসার ব্যাপার। কিন্তু ওরা তো কোনও দোষ করেনি। এখানে থাকলে ওদের অনেক অসুবিধে হত। আমি কসম খেয়ে বলছি, ওদের নিরাপদ জায়গায় পৌঁছে দেওয়া হবে।

কাকাবাবু একদৃষ্টিতে কুলসমের মুখের দিকে তাকিয়ে রইলেন।

॥ ১০ ॥

জোজো আর সন্তু বসে ছিল জঙ্গলের মধ্যে ছোট নদীটার ধারে। ছোট ছোট মাছ আছে নদীতে, মাঝে মাঝে ঝিলিক দিয়ে যাচ্ছে।

জোজো জলে হাত ডুবিয়ে সেই মাছ ধরার চেষ্টা করছে, একটাও ধরা যাচ্ছে না।

এক সময় সে জিজ্ঞেস করল, "হ্যাঁ রে সন্তু, এখনও কি কেউ ঝোপের আড়ালে বসে আমাদের ওপর নজর রাখছে?"

সন্তু বলল, "হতেও পারে। এদের ব্যবস্থাটা বেশ ভাল। আমাদের এরা আটকে রেখেছে বটে, কিন্তু মোটেই বন্দি-বন্দি লাগে না। বেশ খোলামেলা জায়গায় ঘুরে বেড়ানো যায়।

জোজো বলল, "তা হলেও এইভাবে কতদিন থাকব? যতই ভাল খেতে দিক। কাকাবাবু এখান থেকে পালাবার কোনও উপায় বার করছেন না কেন রে?"

সন্তু বলল, "বোধ হয় এখনও সময় হয়নি।"

পেছনে ঘোড়ার পায়ের আওয়াজ হতেই ওরা ফিরে তাকাল।

ঘোড়ায় চেপে তিনজন লোক আসছে। এরা এই দলেরই লোক, মুখ চেনা।

একজন কী একটা ভাষায় কিছু বলল, ওরা বুঝল না। অন্য একজন ভাঙা ভাঙা হিন্দিতে বলল, "আমাদের এখান থেকে চলে যেতে হবে। ঘোড়ায় উঠুন।"

সন্তুও ভাঙা হিন্দিতে জিজ্ঞেস করল, "চলে যেতে হবে মানে, কোথায় যাব?"

সে বলল, "এখানকার ডেরা তুলে দিতে হচ্ছে। পুলিশ আসছে।"

সন্তু বলল, "কাকাবাবু?"

লোকটি বলল, "তিনিও যাবেন। সবাই চলে যাবে। এখানে কিছু থাকবে না।"

ওদের দু'জনের কাঁধে রাইফেল, একজনের কোমরে রিভলভার। কথা বলার ভঙ্গিটা রুক্ষ নয়।

সন্তু বলল, "ঠিক আছে। আমি আর আমার বন্ধু এক ঘোড়ায় যেতে পারি।"

সেই লোকটি বলল, "আর ঘোড়া নেই। আপনারা দু'জন দুটো ঘোড়ায় উঠুন।"

সন্তু আর জোজো ঘোড়ায় চড়ে বসার পর সেই লোকটি বলল, "আমাদের ওপর হুকুম আছে, আপনাদের চোখ বেঁধে নিতে হবে।"

জোজো বলল, "কেন, চোখ বাঁধতে হবে কেন?"

লোকটি বলল, "সেইরকমই হুকুম।"

তর্ক করে লাভ নেই। কালো কাপড় দিয়ে ওদের দু'জনের চোখ বেঁধে দেওয়া হল।

ঘোড়াগুলো চলতে শুরু করার পর জোজো জিজ্ঞেস করল, "কী রে সন্তু, কিছু দেখতে পাচ্ছিস?"

সন্তু বলল, "না, সব অন্ধকার।"

জোজো বলল, "এরা ডাকাত বলে মনেই হয় না। কোনও ডাকাত আপনি-আপনি বলে কথা বলে? সেইজন্যই তো চোখ বাঁধতে রাজি হয়ে গেলাম।"

সন্তু বলল, "তুই, তুই বললে কী করতি?"

জোজো বলল, "আমিও তুই বলতাম। একবার কী হয়েছিল জানিস, বাবার সঙ্গে আমাজন নদীর জঙ্গলে গিয়েছিলাম। হঠাৎ একদিন ডাকাত ঝাঁপিয়ে পড়ে আমাকে তুলে নিয়ে গেল। এইরকম ভাবে চোখ বেঁধে ঘোড়ায় চড়ে পালাচ্ছিল। যে ডাকাতটা আমায় ঘোড়ায় তুলেছিল, সে প্রথম থেকেই আমাকে তুই-তুই করছিল। আমিও তাকে তুই বলতে লাগলাম। তাতে সে খুব রেগে গেল। আমি তাকে আরও রাগিয়ে দিচ্ছিলাম।"

সন্তু জিজ্ঞেস করল, "কী ভাষায় কথা হচ্ছিল?"

জোজো বলল, "স্প্যানিশ ভাষায়। তুই যেমন একটু-একটু হিন্দি জানিস, আমিও তেমনই একটু-একটু স্প্যানিশ জানতাম। মানে, ওখানে গিয়ে শিখে নিয়েছিলাম আর কী! এখন ভুলে গেছি। তারপর শোন না, ডাকাতটা তো রেগে দাঁত কিড়মিড় করছিল। তখন আমি ঘোড়াটাকে একটা রাম চিমটি কাটলাম। ঘোড়াটা অমনই লাফিয়ে উঠল। ঘোড়াটা হঠাৎ লাফিয়ে উঠতেই ডাকাতটা তাল সামলাতে না পেরে নীচে পড়ে গেল। আমি তখন ঘোড়াটাকে চালিয়ে ভোঁ ভাঁ!"

"তুই এখন ঘোড়াকে চিমটি কাটবি নাকি?"

"এদের কাছে যে রাইফেল আছে। গুলি করবে। হ্যাঁ রে সন্তু, এরা বাংলা বোঝে না তো?"

"মনে হয়, না।"

"তুই এদের কাছ থেকে একটা রাইফেল কেড়ে নিতে পারবি না?"

"চোখ বাঁধা অবস্থায় রাইফেল কাড়ব কী করে?"

"তাও তো বটে। এর আগে তো কক্ষনও চোখ বাঁধেনি। পুলিশের ভয়ে এরা পালাচ্ছে। আমরা যদি তখন চেঁচিয়ে পুলিশ ডাকতাম—"

"জোজো, পুলিশ কথাটা ওরা বুঝতে পারবে। সব কথা বাংলায় বল।"

"পু...... মানে, ওই কথাটার বাংলা কী?"

"সরকারি প্রহরী বলতে পারিস।"

"হ্যাঁ, ইয়ে, মানে, আমাদের উচিত ছিল সরকারি প্রহরীদের সাহায্য নেওয়া।"

"কাকাবাবু অন্য জায়গায় ছিলেন, তাঁর সঙ্গে দেখা হল না, আমরা নিজেরা ঠিক করব কী করে?"

পাশাপাশি দুটো ঘোড়া চলছে। বোঝাই যায় যে জঙ্গলের পথ, তাই জোরে ছুটতে পারছে না। জোজো আর সন্তু দিব্যি গল্প করতে করতে যেতে লাগল। যারা ওদের নিয়ে যাচ্ছে, তারা বাধাও দিল না, নিজেরাও কিছু বলছে না।

যাচ্ছে তো যাচ্ছেই, কতটা সময় যে কেটে গেল তা বোঝা যায় না। দু'-আড়াই ঘণ্টা তো হবেই। ঝোপঝাড় ভেদ করে যেতে হচ্ছে, ওদের গায়ে লাগছে গাছের ডালপালা।

একটা সময় থামল ঘোড়া। সন্তু জোজোকে নামিয়ে দেওয়া হল। ওরা কিছু বোঝবার আগেই বেঁধে দেওয়া হল ওদের হাত।

জোজো জিজ্ঞেস করল, "এ কী, হাত বাঁধলেন কেন! আমরা তো চোখের বাঁধন খোলার চেষ্টা করিনি!"

কেউ উত্তর দিল না। ঘোড়ার পায়ের শব্দ শুনে বোঝা গেল, ওদের দু'জনকে রেখে ঘোড়াগুলো দূরে সরে যাচ্ছে।

তারপর আর কোনও সাড়াশব্দ নেই।

জোজো বলল, "এ কী ব্যাপার হল রে সন্তু?"

সন্তু বলল, "আমাদের নামিয়ে নিয়ে চলে গেল। কী ব্যাপার বুঝতে পারছি না।"

জোজো বলল, "এ জায়গাটাই বা কীরকম?"

চোখ বাঁধা, হাত বাঁধা, জোজো একটু এদিক-ওদিক যাওয়ার চেষ্টা করতেই গুঁতো খেল একটা গাছে। সে উঃ করে উঠল!

সন্তু হাতদুটো মুখের কাছে এনে বাঁধন খোলার চেষ্টা করল। খুব শক্ত বাঁধন। নাইলনের দড়িতে দাঁতও বসানো যাচ্ছে না।

সন্তু বলল, "জোজো, আগে চোখের বাঁধনটা খোলা দরকার। কাপড়ের গিঁট খোলা শক্ত হবে না। তুই আমার পেছনে এসে দাঁড়া। আমার বাঁধনটা খোলার চেষ্টা কর।"

জোজো বলল, "তুই কোথায়?"

সন্তু বলল, "এই তো এখানে। গলার আওয়াজ শুনে বুঝতে পারছিস না?"

জোজো সন্তুর কাছে আসতে গিয়ে আরও দু'বার গাছে গুঁতো খেল। তারপর ধাক্কা খেল সন্তুর সঙ্গে।

সন্তু বলল, "এবার আস্তে-আস্তে আমার পেছনে চলে আয়।"

জোজো পেছনে গিয়ে গিঁট খোলার চেষ্টা করল।

সন্তু বলল, "এ কী রে, তুই আমার কান কামড়ে দিচ্ছিস কেন?"

জোজো হেসে ফেলে বলল, "দুর ছাই, কোনটা কান আর কোনটা গিঁট, বুঝব কী করে!"

জোজো আরও কিছুক্ষণ চেষ্টা করেও পারল না।

সন্তু অস্থির হয়ে বলল, "তোর দ্বারা কিছু হয় না। তুই আমার সামনে আয়, আমি তোরটা খুলে দিচ্ছি।"

এই সময় বেশ কাছেই গুলির আওয়াজ হল পরপর দু'বার।

ওরা চমকে গিয়ে থেমে গেল।

এরপর মনে হল যেন একটা গাড়ির আওয়াজ শোনা যাচ্ছে।

জোজো বলল, "কারা যেন আসছে।"

সন্তু বলল, "আসুক। তুই এসে দাঁড়া, তাড়াতাড়ি কর, তোর বাঁধনটা খুলে দিই, তারপর তুই দেখে দেখে..."

সে সময় আর পাওয়া গেল না। কাছেই একটা গাড়ি থামল, তার থেকে কয়েকটি লোক নেমে দৌড়ে ওদের ঘিরে দাঁড়াল।

প্রথমে একজন কিছু একটা জিজ্ঞেস করল, সে ভাষা বোঝা গেল না।

সন্তু বলল, "প্লিজ স্পিক ইন ইংলিশ। অর ইন হিন্দি।"

জোজো বলল, "অথবা বাংলায়।"

এবার একজন ইংরেজিতে জিজ্ঞেস করল। "তোমরা কে?"

প্রশ্ন শুনেই সন্তু বুঝতে পারল, এরা ডাকাত নয়।

সে বলল, "আগে আমাদের বাঁধন খুলে দিন, সব বুঝিয়ে বলছি!"

লোকগুলো ওদের শুধু চোখের বাঁধন খুলে দিল, হাত খুলল না।

সন্তু দেখল, ওরা চারজন লোক। তিনজন খাকি হাফপ্যান্ট ও হাফশার্ট পরা। আর একজন ফুলপ্যান্ট। এরা ফরেস্ট গার্ড, একজন অফিসার।

সন্তু বলল, "বিক্রম ওসমানের নাম জানেন নিশ্চয়ই। আমাদের আটকে রেখেছিল। হঠাৎ এখানে কেন ছেড়ে দিয়ে গেল জানি না।"

জোজো বলল, "বিক্রম ওসমান সাঙ্ঘাতিক ডাকাত। চন্দনগাছ কেটে বিক্রি করে, মানুষ খুন করে।"

ফরেস্ট গার্ডরা নিজেদের মধ্যে চোখাচোখি করল। তাদের মুখে ভয়ের ছাপ ফুটে উঠেছে।

অফিসারটি বললেন "তারা তোমাদের ধরে নিয়ে গিয়েও ছেড়ে দিল কেন?"

জোজো বলল, "সেটা তো আমরাও বুঝতে পারছি না।"

সন্তু বলল, "আমাদের কাকাবাবু এখনও ওদের সঙ্গে আছেন। নিশ্চয়ই তাঁকে ছাড়েনি।"

একজন গার্ড অফিসারটিকে কী যেন বলল। অফিসারটি সন্তুকে বললেন, "কাছেই আমাদের বনবিভাগের চেক পোস্ট। সেখানে চলো, তারপর তোমাদের সব কথা ভাল করে শুনব।"

সন্তু বলল, "কিন্তু কাকাবাবু.... ওখানে রয়ে গেছেন, তাঁকে খুঁজতে যেতে হবে। আপনি আমাদের সাহায্য করবেন?"

অফিসারটি বললেন, "তাকে খুঁজতে বিক্রম ওসমানের ডেরায় যাব? মাথা খারাপ নাকি? আমরা এই ক'জন গিয়ে মরব নাকি? পুলিশবাহিনীকেই বিক্রম ওসমান গ্রাহ্য করে না। আমাদের কাছে তো তেমন কিছু অস্ত্রই নেই। ওদের কাছে সাব মেশিনগান পর্যন্ত আছে।"

সন্তু বলল, "আপনারা সাহায্য করবেন না? তা হলে আমরা দু'জনেই আবার ফিরে যাব!"

অফিসারটি মাথা নেড়ে বললেন, "উঁহু! তা চলবে না। আমরা তোমাদের দু'জনকে পুলিশের হাতে তুলে দেব। তারপর তারা যা ভাল বোঝে করবে। আমাদের কোনও দায়িত্ব নেই।"

সন্তু চিৎকার করে বলল, "কাকাবাবুকে ছেড়ে আমি কিছুতেই যাব না। আপনাদের সাহায্যের কোনও দরকার নেই।"

সে দৌড়ে জঙ্গলের দিকে যাওয়ার চেষ্টা করতেই দু'জন গার্ড ছুটে গিয়ে তাকে চেপে ধরল। হাত বাঁধা অবস্থায় সন্তু ধস্তাধস্তি করেও নিজেকে ছাড়াতে পারল না।

ওদের দু'জনকে জোর করে চাপিয়ে দেওয়া হল একটা জিপ গাড়িতে।

জোজো বলল, "সন্তু, আমরা শুধু দু'জনে ফিরে গিয়ে কিছুই করতে পারব না। পুলিশের কাছে সব জানিয়েই দেখা যাক না!"

সন্তু তবু রাগে ফুঁসছে, আর কামড়ে কামড়ে হাতের বাঁধন খোলার চেষ্টা করছে।

চেকপোস্টের কাছে একটুখানি থেমে জিপটা আবার ছুটল। কিছুক্ষণ পরে শেষ হয়ে গেল জঙ্গল। একটা থানায় সন্তু আর জোজোকে জমা করে দিয়ে গেল বন বিভাগের লোকেরা।

থানাটা বেশ ছোট। সন্তুদের সব কথা শুনে সেখানকার দারোগা বললেন, "আমরা ওই জঙ্গলে ঢুকতে পারব না। কিছুদিন আগেই আমাদের একজন কনস্টেবল খুন হয়েছেন ওই ডাকাতদের হাতে। তোমাদের আমরা শহরে পৌঁছে দিচ্ছি।"

ওঠা হল আর একটা জিপে। তারপর আরও দু' ঘণ্টা পরে সেই জিপ শহরে পৌঁছল। সন্তু-জোজো দু'জনেই চিনতে পারল, সেই শহরটা কালিকট।

এই পুলিশের গাড়িটা ওদের নিয়ে এল বড় একটা থানায়। এখনও দু'জনের হাত বাঁধা। পাঁচ-ছ'দিন ধরে একই পোশাক পরে আছে বলে সেগুলো একেবারে নোংরা হয়ে আছে। মাথার চুলে চিরুনি পড়েনি এই ক'দিন। ওদের অদ্ভুত দেখাচ্ছে।

প্রথমে এই থানার একজন পুলিশ ওদের ঘটনা শুনল সংক্ষেপে। তারপর সে নিয়ে গেল বড় অফিসারের ঘরে।

সেখানে অফিসারের সামনে আর একজন লোক বসা। তাকে দেখে সন্তু আর জোজো দু'জনেই একসঙ্গে বলে উঠল, "অমলদা?"

অমল দারুণ অবাক হয়ে প্রায় লাফিয়ে উঠে বলল, "এ কী অবস্থা হয়েছে তোমাদের! আমি হঠাৎ কয়েকদিন ছুটি পেয়ে ভাবলাম এখানে এসে পড়ে তোমাদের চমকে দেব! কিন্তু তোমাদের পাত্তাই পাই না। কোনও হোটেল কিছু বলতে পারে না। শেষকালে একটা হোটেলে গিয়ে শুনলাম, তোমরা সেখানে উঠেছিলে। কিন্তু জিনিসপত্র সব ফেলে রেখে কোথাও উধাও হয়ে গেছ! তারপর এলাম এই থানায়। ইনি মিস্টার রফিক আলম, এঁর কাছে শুনলাম, কাকাবাবু এখানে এসেছিলেন। ভাস্কো দা গামার ভূত দেখার কথা কী যেন বলেছিলেন। আসলে কী হয়েছিল বলো তো?"

রফিক আলম বললেন, "আহা আগে ওদের বসতে দিন। মুখ শুকিয়ে গেছে। মনে হচ্ছে অনেকক্ষণ জলটলও খায়নি।"

জোজো ধপাস করে একটা চেয়ারে বসে পড়ে বলল, "তেষ্টায় গলা শুকিয়ে গেছে!"

এর মধ্যেই থানার সব জায়গায় রটে গেছে যে, বিক্রম ওসমানের খপ্পর থেকে কোনওরকমে পালিয়ে এসেছে দুটি হাত-বাঁধা ছেলে। বাঘের মুখ থেকেও কেউ কখনও নিস্তার পেতে পারে, কিন্তু বিক্রম ওসমানের গ্রাস থেকে কেউ এমনি এমনি ছাড়া পেয়েছে, এটা আগে কক্ষনও শোনা যায়নি।

অনেকে ভিড় করে দেখতে এল ওদের। যেন দারুণ দুই বীরপুরুষ। একজন একটা ছুরি এনে ওদের হাতের বাঁধন কেটে দিল।

জোজো দারুণ জমিয়ে ঘটনাটা বলতে শুরু করল।

সন্তু তাকে থামিয়ে দিয়ে বলল, "অমলদা, সবটা বলতে অনেক সময় লাগবে। আসল কথা হল, কাকাবাবু এখনও ওদের ওখানে রয়ে গেছেন। তাঁকে সাহায্য করার জন্য আমাদের এক্ষুনি ওখানে ফিরে যাওয়ার দরকার।"

অমল বলল, "এই তো আলমসাহেব রয়েছেন। ইনি নিশ্চয়ই সাহায্য করবেন।"

আলমসাহেব আস্তে আস্তে দু'দিকে মাথা নেড়ে বললেন, "আমরা কী সাহায্য করব? ওই জঙ্গল আমার থানার এলাকার মধ্যে পড়ে না। এখান থেকে অনেক দূরে।"

অমল বলল, "সে কী মশাই! একজন মানুষ এত বিপদে পড়েছে শুনেও আপনারা কোনও সাহায্য করবেন না? এটাই তো পুলিশের কাজ।"

আলম বললেন, "বিক্রম ওসমানের দলের বিরুদ্ধে পুলিশ অনেকবার অনেক অভিযান চালিয়েও কিছু করতে পারেনি। ওরা জঙ্গলের ঘাঁতঘোঁত সব জানে। জঙ্গলে ঢুকলে ওদের গুলিতেই পুলিশ মারা পড়ে।"

সন্তু বলল, "তার মানে কী, কাকাবাবু ওদের কাছেই আটকে থাকবেন? ওরা যদি..."

আলম বললেন, "বিক্রম ওসমানের বিরুদ্ধে অভিযান চালাতে গেলে বড় বড় কর্তাদের, এমনকী চিফ মিনিস্টারেরও অনুমতি লাগে। আমি হেড কোয়ার্টারে খবর পাঠাব, তারপর দেখা যাক ওঁরা কী বলেন। দু'-তিনদিনের আগে কিছু হবে না।"

সন্তু আঁতকে উঠে বলল, "দু-তিনদিন! তার মধ্যে কত কিছু ঘটে যেতে পারে!"

আলম চেয়ারে হেলান দিয়ে বললেন, "আমার আর তো কিছু করার নেই!"

সন্তুদের দিকে চেয়ে অমল বলল, "চলো, এখন আমরা হোটেলে যাই। তোমাদের একটু বিশ্রাম দরকার। এক্ষুনি তো কিছু করা যাচ্ছে না। ভেবেচিন্তে একটা কিছু উপায় বার করতে হবে।"

জোজো এর মধ্যেই ঘুমে ঢুলে পড়ছিল। তাকে টেনে তোলা হল।

ওরা ফিরে এল আগেকার হোটেলে। কাকাবাবুদের সব জিনিসপত্র বার করে নিয়ে সে ঘর ভাড়া দেওয়া হয়ে গেছে। আর একটা বড় ঘর অবশ্য পাওয়া গেল।

অমল বলল, "তোমরা স্নানটান করে পোশাক পালটে নাও, ততক্ষণে আমি কিছু খাবার নিয়ে আসি।"

জোজো স্নান করতে গেল, সন্তু বসে রইল মুখ নিচু করে। অমল ফিরে এসে দেখল, সন্তু একই ভাবে বসে আছে।

অমল বলল, "আগে কিছু খেয়ে নাও সন্তু। খিদে পেয়েছে নিশ্চয়ই।"

সন্তু বলল, "আমি কিছু খাব না। কাকাবাবু ওদের হাতে আটকা পড়ে আছেন। আমরা রয়েছি এখানে, এটা আমি কিছুতেই সহ্য করতে পারছি না।"

অমল বলল, "বিক্রম ওসমানের খবর প্রায়ই কাগজে বেরোয়। সাঙ্ঘাতিক লোক। পুলিশ অনেক চেষ্টা করেও ওদের ধরতে পারেনি। এত বড় জঙ্গলের মধ্যে কোথায় যে কখন লুকিয়ে থাকে!"

সন্তু বলল, "ওরা আমাদের দূরে পাঠিয়ে দিল কেন? নিশ্চয়ই এবার কাকাবাবুর ওপর অত্যাচার করবে।"

জোজো বলল, "পুলিশ যদি ধরতে না পারে, তা হলে মিলিটারি লাগাতে হবে। যদি পাঁচশোজন আর্মি একসঙ্গে জঙ্গলটা সার্চ করে—"

অমল বলল, "আর্মি তো ভারত সরকারের। এখানকার পুলিশ তো কোনও সাহায্যই করতে চাইল না। আমাদের কথায় তো আর্মি নামবে না। একটা উপায়

বার করা যেতে পারে। পুরো ঘটনাটা আগে আমাকে বলো তো!"

জোজো মহা উৎসাহে বলতে শুরু করল! সন্তু মাঝে মাঝে তাকে থামিয়ে দিয়ে সংক্ষিপ্ত করতে লাগল অনেকটা।

সব শুনে অমল বলল, "অনেক বড় বড় বিপদ থেকে কাকাবাবু বেরিয়ে আসেন, সেইজন্য আমাদের খুব বেশি দুশ্চিন্তা করার দরকার নেই। আবার এটাও ঠিক, বিক্রম ওসমানের মতন হিংস্র লোকের পাল্লায় তো কাকাবাবু আগে পড়েননি! একটা কাজ করা যেতে পারে, বড় বড় খবরের কাগজে খবরটা ছাপিয়ে দিলে সরকারের টনক নড়বে। মুম্বইয়ের কয়েকজন সাংবাদিকের সঙ্গে আমার চেনা আছে। তাদের আমি ফোন করে জানিয়ে দিচ্ছি।"

সন্তু বলল, "কাকাবাবু কিন্তু খবরের কাগজ-টাগজে নিজের নাম ছাপা পছন্দ করেন না।"

অমল বলল, "কাকাবাবু পছন্দ না করলে কী হবে, এইটাই একমাত্র উপায়। কাগজে বেরুলে পুলিশ অ্যাকশন নিতে বাধ্য হবে।"

জোজো বলল, "আরে সন্তু, বুঝতে পারছিস না! এটা পাবলিসিটির যুগ! কাগজে বেরলেই কাজ হবে।"

অমল টেলিফোনের কাছে বসল। কিন্তু এখান থেকে মুম্বইয়ের লাইন পাওয়া মুশকিল। বারবার চেষ্টা করেও বিরক্ত হয়ে অমল টেলিফোনটা একবার বেশ জোরে রেখে দিতেই দরজায় ঠক ঠক শব্দ হল।

দরজাটা খোলার পর সন্তু যাকে দেখল, তাকে একেবারেই আশা করেনি। সন্তু অবাক হয়ে চেয়ে রইল।

পুলিশ অফিসার রফিক আলম। মুখখানা গম্ভীর।

তিনি ভেতরে এসে বললেন, "আমি কোনও খারাপ খবরও আনিনি, ভাল খবরও আনিনি। পুলিশ হিসেবেও আসিনি। আমি কয়েকটা কথা বলতে চাই।"

অমল বলল, "হ্যাঁ, হ্যাঁ, বসুন, বসুন!"

আলম বললেন, "মিস্টার রায়চৌধুরীকে বিক্রম ওসমান ধরে রেখেছে শুনেও আমি কোনও সাহায্য করতে পারব না বলেছি। তা শুনে নিশ্চয়ই আপনারা আমাকে খুব বাজে লোক ভেবেছেন। সত্যিই বিশ্বাস করুন, এ-কাজ আমার এক্তিয়ারের বাইরে। আমাদের থানার কোনও ক্ষমতা নেই।"

অমল বলল, "কিন্তু রাজা রায়চৌধুরী এই কালিকটেই ছিলেন। সেখান থেকে তাঁকে ধরে নিয়ে যাওয়া হয়েছে। আপনারা তাঁর খোঁজ করার দায়িত্ব নেবেন না কেন?"

আলম বললেন, "ওই যে মোহন সিং না কে, ফিল্মের লোক, সে যদি ধরে রাখত, তা হলে আমি নিশ্চয়ই পুলিশ পার্টি পাঠাতাম। কিন্তু বিক্রম ওসমানকে নিয়ে এখানকার দু'-তিনটে রাজ্য ব্যতিব্যস্ত। সে মুখ্যমন্ত্রীদেরও হুমকি দেয়। সাধারণ পুলিশ তার চুলও ছুঁতে পারবে না!"

সন্তু বিরক্ত ভঙ্গিতে বলল, "বাঃ! সে যাকে-তাকে ধরে রাখবে, আর পুলিশ

কিছুই করবে না, এমন কথা কখনও শুনিনি!”

আলম সন্তুর চোখের দিকে কয়েক পলক স্থিরভাবে তাকিয়ে থেকে বললেন, “তুমি খুব তেজি ছেলে! আমি এখানে কেন এসেছি, সেটা বলি?”

অমল বলল, “হ্যাঁ, বলুন, বলুন!”

আলম সন্তুর দিকেই তাকিয়ে থেকে বললেন, “বিক্রম ওসমানের ডেরাটা তুমি চিনিয়ে দিতে পারবে? আমি একা সেখানে যেতে চাই। বিক্রম ওসমানের সঙ্গে আমার নিজস্ব একটা ব্যাপার আছে।”

অমল অবাক হয়ে বলল, “আপনি একা যাবেন?”

আলম বললেন, “হ্যাঁ। থানায় কিছু বলিনি। কারণ, আমার ধারণা, প্রত্যেক থানাতেই ওই লোকটার কিছু গুপ্তচর আছে। কিছু পুলিশকে ও নিয়মিত টাকা দেয়। আমরা যখনই কোনও অ্যাকশন নেওয়ার কথা ঠিক করি, তখনই কেউ না কেউ আগে থেকে ওকে খবরটা পৌঁছে দেয়। সেইজন্য ওকে ধরা যায় না।”

অমল বলল, “কিন্তু আপনি একা গিয়ে কী করবেন?”

আলম বললেন, “আমি একবার তার মুখোমুখি দাঁড়াতে চাই। তারপর যা হওয়ার তা হবে। তোমরা কি আমাকে জায়গাটা চিনিয়ে দিতে পারবে?”

জোজো বলল, “সে নাকি বারবার জায়গা বদলায়। পুলিশ এসেছে শুনেই তো আগের জায়গাটা ছাড়তে হল। সেই পুলিশ কারা?”

আলম বললেন, “তা আমি জানি না। ওরকম অনেক খেলা চলে। আগের জায়গাটা দেখিয়ে দিলেই চলবে। ও নিশ্চয়ই ওখানে আবার ফিরে আসবে।”

জোজো বলল, “আমাদের চোখ বেঁধে এনেছিল। জঙ্গলের রাস্তাটা তো আমরা চিনতে পারব না।”

সন্তু বলল, “যেখানে আমাদের ছেড়ে দিয়েছিল, সেখানে গেলে নিশ্চয়ই ঘোড়া চলার পথের একটা চিহ্ন পাওয়া যাবে। অনেক গাছের ডালপালা ভেঙেছে।”

আলম সন্তুকে জিজ্ঞেস করলেন, “তুমি আমাকে সেখানে নিয়ে যেতে পারবে? তুমি শুধু দূর থেকে আমাকে জায়গাটা দেখিয়ে দেবে। তারপর আর তোমাকে থাকতে হবে না।”

সন্তু বলল, “নিশ্চয়ই! চলুন, কখন যাবেন?”

আলম বললেন, “সন্ধে হয়ে গেছে। এখন যাত্রা করে কোনও লাভ নেই। কাল ভোরের আলো ফুটতে-না-ফুটতেই—”

অমল বলল, “সন্তু একা যাবে নাকি? আমিও যেতে চাই। এরকম অ্যাডভেঞ্চারের সুযোগ তো জীবনে পাব না। তাতে যদি আমার প্রাণটা চলে যায়, কুছ পরোয়া নেই!”

জোজো বলল, “আর আমি বুঝি একা একা এই হোটেলে বসে থাকব? তা হলে পরে সন্তু আমায় ভীরু, কাপুরুষ, কাওয়ার্ড কত কী বলবে। কাকাবাবু আর কখনও আমাকে সঙ্গে নেবেন না। আমিও যাব!”

॥ ১১ ॥

একটা গাছের তলায় শুয়ে ছিলেন কাকাবাবু। ফুরফুরে হাওয়া, নানারকম পাখির ডাক। ওপরের আকাশ দেখতে দেখতে কাকাবাবুর ঘুম এসে গেল।

খানিক বাদে ভুড়ু এসে ডাকল তাঁকে।

কাকাবাবু ধড়মড় করে উঠে বসতেই ভুড়ু বলল, "আমার সঙ্গে আসুন, একটা মজার জিনিস দেখাব।"

কাকাবাবু ভুড়ুর সঙ্গে হাঁটতে লাগলেন।

দুটো ছোট পাহাড়ের মাঝখানে খানিকটা উপত্যকা। সেখানে এর মধ্যেই কয়েকটা চালাঘর বানানো হয়েছে। মাঝখানটা ফাঁকা। সেখানে একটা লম্বা খুঁটি পুঁতে একজন মানুষকে আষ্টেপৃষ্ঠে বেঁধে রাখা হয়েছে।

কাছে গিয়ে কাকাবাবু লোকটিকে চিনতে পারলেন। মোহন সিং।

কাকাবাবু মুচকি মুচকি হাসতে লাগলেন।

আজ বিক্রম ওসমানের পোশাক অন্যরকম। সে পরে আছে শেরওয়ানি। কোমরে ঝুলছে তলোয়ার। মাথায় একটা পালক বসানো নীল পাগড়ি।

সে গর্বিতভাবে বলল, "কী বাঙালিবাবু, এবার বুঝলে তো, মোহন সিংকে ধরে আনার ক্ষমতা আমার আছে কি না!"

কাকাবাবু বললেন, "হ্যাঁ, তোমার ক্ষমতা আছে দেখছি!"

ওসমান বলল, "এবার দ্যাখো, ওকে আমি কী শাস্তি দিই!"

মোহন সিংয়ের সারা গায়ে জল-কাদা মাখা, জামা ছিঁড়ে গেছে। বোঝা যায় যে, ধরে আনার সময় তাকে বেশ চড়-চাপড়ও মারা হয়েছে।

কাকাবাবু জিজ্ঞেস করলেন, "কোথা থেকে একে ধরে আনলে?"

ওসমান বলল, "সমুদ্রের ধারে সিনেমার শুটিং করছিল। সেখান থেকে তুলে এনেছি। এবার একটা একটা করে ওর হাত আর পা আমি কেটে ফেলব নিজের হাতে। আমার সঙ্গে বেইমানি!"

সে খাপ থেকে সড়াত করে তলোয়ারটা টেনে বার করল।

কাকাবাবু বললেন, "ওকে মেরে ফেলবে? তোমাদের সঙ্গে এতকালের সম্পর্ক। একটা মোটে ভুল করে ফেলেছে। না, না, মেরে ফেলাটা ঠিক হবে না!"

মোহন সিংয়ের চোখ রাগে জ্বলজ্বল করছিল, এবার সে অবাক হয়ে কাকাবাবুর দিকে তাকাল। এই লোকটা তাকে বাঁচাতে চাইছে?

ওসমান ভুরু কুঁচকে জিজ্ঞেস করল, "এর ওপর তোমার দয়া হল কেন? এই লোকটাই তো তোমাকে বেচে দিয়েছিল আমার কাছে।"

কাকাবাবু বললেন, "তা হোক। তবু ওকে বাঁচিয়ে রাখলেই তোমাদের লাভ হবে।"

ভুড়ু বলল, "ঠিক বলেছেন। ও আমাদের দশ লাখ টাকা ঠকিয়েছে। ওর কাছ থেকে বিশ লাখ টাকা আদায় করতে হবে।"

এ-কথা শোনামাত্র মোহন সিং বলল, "আমি বিশ লাখ টাকা দিয়ে দিচ্ছি। আমাকে ছেড়ে দাও! শুটিং নষ্ট হচ্ছে, অনেক টাকার ক্ষতি হয়ে যাচ্ছে। একটা চিঠি লিখে দিচ্ছি, গেলেই ওই টাকাটা পেয়ে যাবে।"

কাকাবাবু ভুড়ুর দিকে মুখ ফিরিয়ে ভুরু তুলে একটা ইঙ্গিত করে বললেন, "মাত্র কুড়ি লাখ?"

ভুড়ু বলল, "ঠিক ঠিক। আপনার জন্য পঞ্চাশ লাখ টাকা ধরা হয়েছিল, সেই টাকাটা ওর কাছ থেকেই আদায় করা উচিত।"

ওসমান বলল, "ওর কাছ থেকে পঞ্চাশ লাখ টাকার চিঠি লিখিয়ে নে।"

কাকাবাবু এবার ওসমানের দিকে ফিরে বললেন, "ওরা হিন্দি সিনেমা বানায়। ওদের কাছে পঞ্চাশ লাখ টাকাও কিছুই না। অন্তত এক কোটি টাকা চাও!"

ওসমান বলল, "হাঁ, এটাই ঠিক কথা। পঞ্চাশ লাখ ওর মুণ্ডুর দাম, আর পঞ্চাশ লাখ ফাইন!"

মোহন সিং একটু আগে ভেবেছিল কাকাবাবু ওর জীবন বাঁচিয়ে দিচ্ছে। এবার রেগে কটমট করে তাকাল। তারপর ওসমানকে বলল, "ভাইসাব, তোমার সঙ্গে আমার এতকালের কারবার, এখন তুমি ওই শয়তান রায়চৌধুরীটার কথা শুনছ?"

ওসমান একটা আঙুল দেখিয়ে বলল, "এক কোটি! নইলে মুণ্ডু ঘ্যাচাং!"

মোহন সিং বলল, "এক কোটি টাকা জোগাড় করা কি সোজা কথা? অনেক সময় লাগবে।"

ওসমান বলল, "যতদিন না টাকাটা আসে, ততদিন তুই এই ভাবে থাকবি বেইমানের এই শাস্তি!"

তলোয়ারটা খাপে ভরে ওসমান হা হা করে একটা অট্টহাসি দিল।

কুলসম বলল, "এই লোকটাকে আমার কোনওদিনই ভাল লাগে না। একে কিছু খেতে দেওয়াও উচিত না।"

ওসমান বলল, "কিছু খেতে দিবি না। শুধু জল চাইলে জল দিবি।"

তারপর কাকাবাবুর দিকে ফিরে বলল, "আজ মেজাজটা বেশ খুশ আছে। চলো বাঙালিবাবু, তোমার সঙ্গে দাবা খেলি!"

ওসমান ভিড়ের মধ্যে দাবা খেলা পছন্দ করে না। তাই বেশ খানিকটা দূরে গিয়ে একটা নিরিবিলি জায়গায়, গাছের ছায়ায় খেলতে বসা হল।

ওসমান বলল, "তুমি ভাল বুদ্ধি দিয়েছ। আমার এত রাগ হয়েছিল, আমি আর একটু হলে মোহন সিংকে কেটেই ফেলতাম। তা হলে আর এক কোটি টাকা পাওয়া যেত না।"

কাকাবাবু বললেন, "মানুষকে কেটে ফেললে কী পাওয়া যায় জানো? জেল কিংবা ফাঁসি।"

ওসমান ঠোঁট উলটে বলল, "ওসব আমি পরোয়া করি না। আমাকে কে ধরবে?"

কাকাবাবু বললেন, "তোমার রাজা সামলাও। এই কিস্তি দিলাম!"

ওসমান দাবার গুটিগুলোর দিকে কিছুক্ষণ তাকিয়ে থেকে মহাবিস্ময়ের সঙ্গে বলল, "তুমি আমাকে এত সহজে হারিয়ে দিলে? অ্যাঁ? এর আগে তুমি বারবার হেরেছ!"

কাকাবাবু বললেন, "তখন তো ইচ্ছে করে হেরেছি।"

ওসমান বলল, "কেন, ইচ্ছে করে হেরেছ কেন?"

কাকাবাবু বললেন, "তোমাকে খুশি করার জন্য। নইলে, দাবা খেলায় তুমি আমার কাছে ছেলেমানুষ!"

ওসমান বলল, "বাজে কথা। আমি অন্যমনস্ক ছিলাম, তাই তুমি জোচ্চুরি করে এই দানটা জিতেছ। আর এক দান খেলে দ্যাখো!"

আবার ছক সাজানো হল। এবার কাকাবাবু আরও তাড়াতাড়ি ওসমানকে হারিয়ে দিলেন।

ওসমান হাঁ করে কাকাবাবুর দিকে তাকিয়ে রইল। কাকাবাবু একগাল হেসে বললেন, "তোমার খেলা দেখেই বুঝেছি। তুমি আমাকে একবারও হারাতে পারবে না।"

ওসমান বলল, "আমি দাবায় চ্যাম্পিয়ান। আমায় কেউ কখনও দাবা খেলায় হারাতে পারেনি।"

কাকাবাবু বললেন, "আমাদের বাংলায় একটা কথা আছে। বন-গাঁয়ে শিয়াল রাজা। তুমি হচ্ছ তাই। তুমি তো খেলো শুধু তোমার দলের লোকদের সঙ্গে। বাইরের লোকদের সঙ্গে তো খেলোনি!"

হঠাৎ ওসমানের চোখদুটো জ্বলে উঠল। দাঁতে দাঁত চিবিয়ে সে বলল, "তোমাকে আর বাঁচিয়ে রাখা যায় না। এক্ষুনি মেরে ফেলতে হবে।"

কাকাবাবু বললেন, "আরে আরে, অত রেগে যাচ্ছ কেন? খেলায় তো হার-জিত আছেই!"

ওসমান তবু দু' হাত বাড়িয়ে এল কাকাবাবুর গলা টিপে ধরার জন্য।

কাকাবাবু সেই হাতদুটো ধরে ফেলে ঝটকা টান দিয়ে তাকে শূন্যে তুলে ছুড়ে দিলেন দূরে!

তারপর বললেন, "এখন যাকে কুংফু-ক্যারাটে বলে, আমাদের সময় সেটাকে বলা হত যুযুৎসু! সেটা আমি ভালই জানি। এক জাপানির কাছে শিখেছিলাম।"

ওসমান রাগে কাঁপতে কাঁপতে উঠে দাঁড়াল। খাপ থেকে তলোয়ারটা বার করে বলল, "এবার?"

কাকাবাবুও উঠে দাঁড়িয়ে একটা ক্রাচ ফেলে দিয়ে আর একটা ক্রাচ তুলে বললেন, "ওতেও তুমি খুব সুবিধে করতে পারবে না। আমি এটা দিয়ে লড়ব।"

ওসমান বলল, "তুমি একটা বেওকুফ। তোমার পা খোঁড়া, ওই একটা লাঠি দিয়ে তুমি আমার তলোয়ারের সঙ্গে লড়বে? এবার তুমি মরবে। আমার সামনে কেউ দাঁড়াতে পারে না।"

কাকাবাবু বললেন, "খোঁড়া পায়ের জন্য খানিকটা অসুবিধে হয় বটে, কিন্তু তাতেও অনেকেই হেরে যায়। চেষ্টা করে দ্যাখো।"

ওসমান তলোয়ার চালাতে শুরু করলে কাকাবাবু প্রথম কয়েকবার ঠুক ঠুক করে আটকালেন শুধু। তারপর হঠাৎ যেন খেপে উঠে নিজে এগিয়ে এসে দড়াম দড়াম করে মারতে লাগলেন। একবার লাফিয়ে উঠে ওসমানের হাতে এত জোর মারলেন যে, তার হাত থেকে তলোয়ারটা ছিটকে পড়ে গেল।

ওসমান কয়েক মুহূর্ত হতভম্বের মতন দাঁড়িয়ে রইল। তারপর দূরে একজন লোককে দেখে চেঁচিয়ে ডাকল, "আপ্পা রাও! আপ্পা রাও!"

কাকাবাবু বললেন, "এবার তোমার লোকজন ডাকবে? অনেক লোক ঘিরে ফেললে কিছু করতে পারব না, আমি দৌড়তে পারি না যে! আর বন্দুক পিস্তলের বিরুদ্ধেও খালি হাতে লড়তে পারব না। কিন্তু তুমি আমাকে মারবার জন্য এত ব্যস্ত হয়ে উঠলে কেন?"

আপ্পা রাও ছুটতে ছুটতে কাছে এসে দাঁড়াল।

ওসমান বলল, "একটা ঘোড়া নিয়ে এসো। চোখ বাঁধার কাপড় আর দড়িও আনবে।"

আপ্পা রাও দৌড়ে ফিরে গেল।

ওসমান বলল, "বাঙালিবাবু, আমি তোমার সম্পর্কে মত বদলে ফেলেছি। তোমায় মারব না। তোমায় মুক্তি দিয়ে দিচ্ছি, তুমি বাড়ি ফিরে যাও।"

কাকাবাবু বেশ অবাক হয়ে বললেন, "সে কী! এমনি এমনি মুক্তি দিয়ে দেবে?"

ওসমান বলল, "হাঁ। মোহন সিংয়ের কাছ থেকে এক কোটি টাকা পেলে তোমার টাকাটাও ওতেই উশুল হয়ে যাচ্ছে। তোমাকে আর ধরে রাখার কারণ নেই। শুধু একটা শর্ত আছে। আমি যে তোমার কাছে দাবা আর তলোয়ারে হেরেছি, এ-কথা কাউকে বলতে পারবে না।"

কাকাবাবু হেসে বললেন, "ঠিক আছে, সে-কথা কাউকে বলব না। কিন্তু আমি এখন মুক্তি পেতে চাই না।"

ওসমান চোখ কপালে তুলে বলল, "তুমি মুক্তি চাও না? কেন?"

কাকাবাবু চারপাশে তাকিয়ে নিয়ে বললেন, "এই জায়গাটা আমার বেশ লাগছে। আরও কিছুদিন থেকে যেতে চাই!"

ওসমান বলল, "তোমার মাথা খারাপ? কখন রাগের চোটে আমি তোমাকে মেরে বসব তার ঠিক আছে? ছেড়ে দিচ্ছি, পালাও।"

কাকাবাবু বললেন, "পালাবার আমার একটুও ইচ্ছে নেই। বেশ আছি!"

ওসমান বলল, "এরকম কথা কোনও বন্দির মুখে আমি আগে কখনও শুনিনি। তোমাকে দেখছি জোর করে তাড়াতে হবে।"

আপ্পা রাও একটা ঘোড়ায় চড়ে ফিরে এল।

আপ্পা রাওয়ের কাছে রিভলভার আছে, সুতরাং গায়ের জোর দেখিয়ে লাভ নেই। ওরা যখন তাঁর হাত ও চোখ বাঁধল, তিনি প্রতিবাদ করলেন না।

ওসমান বলল, "আপ্পা রাও, তুমি এই বাঙালিবাবুকে হলদিঝোরা পর্যন্ত নিয়ে যাও। ওকে আমরা ছেড়ে দিচ্ছি। দেখো যেন, কোনও অসুবিধে না হয়। গাড়ির রাস্তায় পৌঁছে যায়।"

আপ্পা রাও বেশ অবাক হলেও কোনও কথা না বলে কাকাবাবুকে ঘোড়ায় তুলে নিল।

খানিক দূর যাওয়ার পর সে জিজ্ঞেস করল, "আমাদের সর্দার তোমাকে এমনি এমনি ছেড়ে দিল কেন?"

কাকাবাবু বললেন, "তা তো জানি না।"

আপ্পা রাও বলল, "আমি হলে তোমাকে কিছুতেই ছাড়তাম না। টাকা আদায় না হলে তোমাকে দিয়ে চাকরবাকরের কাজ করাতাম।"

কাকাবাবু বললেন, "তা হলে তুমি আমাকে ফিরিয়ে নিয়ে চলো!"

আপ্পা রাও বলল, "সর্দারের হুকুম। তার ওপরে কথা বলা যায় না।"

হঠাৎ কাকাবাবুর মাথায় একটা জোরে ঘুসি মেরে সে বলল, "সোজা হয়ে বোসো! আমার গায়ে হেলান দিচ্ছ কেন?"

কাকাবাবু মোটেই হেলান দেননি। আপ্পা রাওয়ের কথা শুনলেই বোঝা যায়, রাগে তার হাত নিশপিশ করছে!

খানিক বাদে সে আবার একটা ঘুসি মেরে বলল, "এই হারামজাদা, ঘুমোচ্ছিস কেন রে? সোজা হয়ে বসে থাক। না হলে গুলি করে তোকে মেরে সর্দারকে গিয়ে বলব, তুই পালাবার চেষ্টা করছিলি!"

কাকাবাবু ঘুমোননি। কোনও উত্তরও দিলেন না।

প্রায় এক ঘণ্টা চলার পর ঘোড়াটা এক জায়গায় থামল।

আপ্পা রাও বলল, "তোমাকে এখানে ছেড়ে দিয়ে যাব। ঝরনাটার ওপারে একটুখানি গেলেই একটা পাকা রাস্তা দেখতে পাবে। ওখান দিয়ে মাঝে মাঝে গাড়ি যায়। কোনও গাড়ি থামিয়ে উঠে পড়ার চেষ্টা করবে। একদিন লাগতে পারে, দু'দিনও লাগতে পারে।"

সে কাকাবাবুর চোখের বাঁধন, হাতের বাঁধন খুলে দিয়ে বলল, "নেমে পড়ো!"

কাকাবাবু ঘোড়া থেকে নামার বদলে ঘুমন্ত মানুষের মতন উলটে পড়ে গেলেন। আর উঠলেন না।

আপ্পা রাও নিজের মনেই বলল, "লোকটার কী হল? মরেই গেল নাকি?"

সে নিজে ঘোড়া থেকে নেমে কাকাবাবুকে টেনে তুলতে গেল।

কাকাবাবু ওসমানের মতন একেও ধরে তুলে এক আছাড় মারলেন। সঙ্গে সঙ্গে ওর বুকের ওপর চেপে বসে গলা টিপে ধরে বললেন, "তুমি আমাকে অকারণে ঘুসি মেরেছ, গুলি করে মারতে চেয়েছিলে। এবার দ্যাখো, কেমন লাগে।"

আপ্পা রাও আঁ আঁ করে শব্দ করতে লাগল, চোখদুটো যেন ঠেলে বেরিয়ে আসবে। কাকাবাবু আরও জোরে চাপ দিলেন। ক্রমে আপ্পা রাওয়ের গোঙানি থেমে চোখ বুজে এল।

কাকাবাবু এবারে তার গলা ছেড়ে দিয়ে নাকের কাছে হাত নিয়ে বুঝলেন নিশ্বাস পড়ছে। মরেনি, অজ্ঞান হয়ে গেছে।

ওর রিভলভারটা নিজের পকেটে পুরলেন কাকাবাবু। দড়ি দিয়ে হাত আর পা বাঁধলেন। তারপর টানতে টানতে নিয়ে চললেন রাস্তার ধারে।

এর মধ্যে আপ্পা রাওয়ের জ্ঞান ফিরে এসেছে।

কাকাবাবু বললেন, "এবারে তুমিই কোনও গাড়ি দেখলে চেঁচিয়ে উদ্ধার পাওয়ার চেষ্টা করো। বিদায়!"

কাকাবাবু ঘোড়াটায় চেপে ফেরার পথ ধরলেন। চোখ বাঁধা ছিল, তিনি পথ চেনেন না। কিন্তু তিনি জানেন, ঘোড়াকে অন্য দিকে না চালালে সে নিজে নিজে ঠিক ডেরাতে ফিরে যায়। তিনি রাশটা আলগা করে ধরে রইলেন।

ঘোড়াটা ঠিকই এক সময় সেই পাহাড়ের কাছে এসে পৌঁছল। এর মধ্যে সন্ধে হয়ে গেছে। কাকাবাবু উপত্যকা পর্যন্ত গেলেন না। এক জায়গায় একটা ছোট্ট জলাশয় আছে, তার পাশে ঘন জঙ্গল, সেখানে থামলেন। ঘোড়াটাকে এক জায়গায় বেঁধে অপেক্ষা করলেন সারারাত।

ভোরবেলা আর-একটা ঘোড়ার আওয়াজ শুনে কাকাবাবু ধড়মড় করে উঠে বসলেন। আগের দিন সকালেই তিনি দেখেছিলেন, বিক্রম ওসমান এই সময় এই নির্জন জায়গাটায় এসে প্রার্থনা করে।

কাকাবাবু একটা ঝোপের আড়ালে লুকিয়ে রইলেন।

বিক্রম ওসমান ঘোড়া থেকে নেমে জলাশয়ে হাত-মুখ ধুয়ে নিল। তারপর হাঁটু মুড়ে নমাজে বসল।

কাকাবাবু অপেক্ষা করে রইলেন। নমাজ শেষ হওয়ার পর বিক্রম ওসমান উঠে দাঁড়াতেই তিনি ঝোপ থেকে বেরিয়ে এসে বললেন, "এই যে, সুপ্রভাত!"

মুখ ঘুরিয়ে ভূত দেখার মতন চমকে উঠে ওসমান বলল, "তুমি! ফিরে এসেছ? কেন?"

কাকাবাবু বললেন, "ইচ্ছে হল, তোমাকেও সঙ্গে নিয়ে যাই।"

ওসমান বলল, "তোমার দেখছি সত্যিই মাথা খারাপ হয়ে গেছে। আমাকে কোথায় নিয়ে যাবে?"

কাকাবাবু বললেন, "আমি যেখানে যাব, সেখানে!"

ওসমান বলল, "তুমি নিতে চাইলেই বা আমি যাব কেন? কাল তোমাকে মেরে

ফেলিনি, এটাই তোমার পরম ভাগ্য। আজ তোমাকে শেষ করে দিতেই হবে! তুমি খুব জ্বালাচ্ছ।"

কাকাবাবু রিভলভারটা দেখিয়ে বললেন, "আজ যে আমার সঙ্গে এটা আছে?"

ওসমান বলল, "ওটা থাকলেই বা কী হবে? আমি হাঁক দিলেই আমার দলের লোক ছুটে আসবে।

কাকাবাবু বললেন, "তার আগেই যদি আমি গুলি চালিয়ে দিই?"

ওসমান বলল, "তোমাকে আগেই বলেছি, আমার মৃত্যুভয় নেই। আমি মরলে পরের নেতা কে হবে, তাও ঠিক করা আছে। আমাকে মারলে আমার দলের লোক এসে তোমাকে ছিঁড়ে কুটি কুটি করে ফেলবে!"

কাকাবাবু বললেন, "মৃত্যুভয় নেই? দ্যাখো তো এটা কেমন লাগে।"

তিনি একটা গুলি চালালেন। সেটা ওসমানের ডান কানের সামান্য একটু অংশ ছিঁড়ে নিয়ে গেল। ঝরঝর করে রক্ত পড়তে লাগল সেখান থেকে।

ওসমানের মুখটা বিবর্ণ হয়ে গেল। কানটা চেপে ধরে সে বলল, "তুমি সত্যি গুলি চালালে? নির্বোধ! গুলির শব্দ শুনে কয়েকজন ছুটে আসবেই।"

কাকাবাবু বললেন, "তাদের আসতে দেখলে আমার এখনও ঘোড়া নিয়ে ছুটে পালাবার সুযোগ আছে। কিংবা ধরা পড়লেও কিছু আসে যায় না। কিন্তু তার আগে কী করব জানো? আমি একটা গুলিতে তোমার ডান হাতের বুড়ো আঙুলটা থেঁতলে দেব। যাতে তুমি জীবনে আর কখনও এই হাতে তলোয়ার-বন্দুক ধরতে না পারো। আর-একটা গুলিতে একটা হাঁটু গুঁড়িয়ে দেব, যাতে চিরকালের মতন খোঁড়া হয়ে থাকবে। তুমি বেঁচে থাকবে বটে, কিন্তু ডাকাত দলের সর্দারি করা ঘুচে যাবে। আমার যে কথা, সেই কাজ। এখন বলো, তুমি আমার সঙ্গে যেতে চাও, না ওইভাবে বাঁচতে চাও? আমি পাঁচ পর্যন্ত গুনব। এক-দুই-তিন—"

ওসমান চেঁচিয়ে বলে উঠল, "না, না, গুলি কোরো না!"

কাকাবাবু বললেন, "সকলেই ভয় পায়। নাও, এবার ঘোড়ায় উঠে পড়ে ঠিক পথে চলো। কাল ফেরার সময় আমি পথ অনেকটা দেখে রেখেছি, আমায় ঠকাতে পারবে না।"

কাকাবাবু নিজেও ঘোড়ায় চড়ে ওসমানের পাশাপাশি চলতে চলতে বললেন, "তুমি নিশ্চয়ই একবার খুব জোরে ঘোড়া ছুটিয়ে কিংবা হঠাৎ অন্যদিকে বেঁকে গিয়ে আমার চোখে ধুলো দেওয়ার চেষ্টা করবে? তার ফল কী হবে জানো?"

ওসমান বলল, "কী?"

কাকাবাবু বললেন, "আমার হাতের টিপ খুব ভাল। পালাতে গেলেই আমি তোমার পায়ে গুলি করব। এ-ফোঁড় ও-ফোঁড় করে দেব। তারপর তোমার ডান হাতের বুড়ো আঙুলটা একেবারে থেঁতলে দেব ঠিকই। সুতরাং ও-চেষ্টা কোরো না।"

ওসমান বলল, "বাঙালিবাবু, আমি তোমার সঙ্গে ভাল ব্যবহার করেছি।

এমনকী তোমাকে ছেড়েও দিয়েছিলাম, তবু তুমি কেন আমায় ধরিয়ে দিচ্ছ?"

কাকাবাবু বললেন, "তুমি আমাকে ভাল খাইয়েছ-দাইয়েছ ঠিকই। কিন্তু কাল হঠাৎ রেগে গিয়ে আমায় খুন করতে গিয়েছিলে। আমার বদলে অন্য মানুষ হলে মরেই যেত। সে জন্যও নয়। তুমি মানুষ খুন করো। জঙ্গল ধ্বংস করে তুমি সারা দেশের ক্ষতি করছ, এজন্য তোমাকে শাস্তি পেতেই হবে।"

ওসমান বলল, "আমার রাগটা বেশি। যখন-তখন রাগ হয়ে গেলে আর নিজেকে সামলাতে পারি না।"

কাকাবাবু বললেন, "রাগের বশেই হোক বা যে-জন্যই হোক, যে লোক মানুষ খুন করে, তার কোনও ক্ষমা নেই!"

ওসমান বলল, "আমাকে পুলিশের হাতে ধরিয়ে দিয়ো না। এখানেই গুলি করে মেরে রেখে যাও। এই অনুরোধটা অন্তত রাখো।"

কাকাবাবু বললেন, "মানুষ মারা আমার কাজ নয়। তবে তোমার একটু সুবিধে করে দিতে পারি। তোমার অপরাধের জন্য তোমার ফাঁসি হওয়ারই কথা। তবে, আমি যদি না বলি যে তোমাকে ধরে এনেছি, তুমি যদি বলো যে তুমি নিজে থেকে ধরা দিতে এসেছ, আত্মসমর্পণ যাকে বলে, তা হলে তোমার শাস্তি কমে যেতে পারে। ফাঁসির বদলে জেল হবে।"

ওসমান বলল, "সারাজীবন জেলে কাটাতে হবে?"

কাকাবাবু বললেন, "আজকাল সারাজীবন কাটাতে হয় না। বড়জোর চোদ্দো বছর। ফুলন দেবীও তো ছাড়া পেয়ে গেছে। তুমিও একসময় ছাড়া পাবে!"

ওসমান বলল, "আমি ধরা দিলে আমার দলের লোকদের সঙ্গে বিশ্বাসঘাতকতা করা হবে না?"

কাকাবাবু বললেন, "ওদেরও ধরা দিতে হবে। নইলে ওরা নিজেদের মধ্যে মারামারি করে মরবে।"

পাহাড় ছেড়ে ঘোড়াদুটো ঢুকে গেল গভীর জঙ্গলে। কাকাবাবু বললেন, "তোমার দলের লোকরা আওয়াজ শুনতে পায়নি, কেউ তো তাড়া করে এল না।"

এর পর আর কোনও কথা হল না অনেকক্ষণ। এক সময় সেই পাকা রাস্তাটা দেখা গেল।

কাকাবাবু বললেন, "ওসমান, তুমি ঘোড়াসুদ্ধ মাঝরাস্তায় দাঁড়াও। কোনও গাড়ি এলে থামতে বাধ্য হবে।"

মিনিটদশেক পরেই একটা গাড়ি এল। তাতে শুধু একজন ড্রাইভার।

কাকাবাবু তাকে বললেন, "আমাদের একটু লিফ্‌ট দাও, সামনের শহর পর্যন্ত।"

লোকটি বলল, "হবে না, হবে না!"

কাকাবাবু রিভলভারটা দেখালেন।

লোকটি বিনা বাক্যব্যয়ে দরজা খুলে দিল। ঘোড়াদুটো ছেড়ে দিয়ে কাকাবাবু ওসমানকে বসালেন ড্রাইভারের পাশে। নিজে বসলেন জানলার দিকে।

একটু গাড়ি চলার পর ওসমান ড্রাইভারকে জিজ্ঞেস করল, "তুমি আমায় চেনো না?"

লোকটি বলল, "না।" ওসমান বলল, "বিক্রম ওসমানকে চেনে না, এই তল্লাটে এমন কেউ আছে?"

লোকটি এমনই ভয় পেয়ে গেল যে, হাত থেকে স্টিয়ারিং ছেড়ে যাওয়ার উপক্রম। সে বলল, "ওরে বাবা রে, বাবা রে! আপনি বিক্রম ওসমান? আপনাকে এই লোকটা পিস্তল দেখিয়ে ধরে নিয়ে যাচ্ছে? আমি নিয়ে যেতে পারব না।"

কাকাবাবু কঠোরভাবে বললেন, "ঠিক করে গাড়ি চালাও!"

লোকটি কাঁদো-কাঁদো হয়ে বলল, "আমায় মাপ করুন স্যার। এর পর ওঁর দলের লোক আমাকেই খতম করে দেবে। আমি গাড়ি থামাচ্ছি।"

কাকাবাবু বললেন, "গাড়ি থামালে আমি যে তোমার মাথার খুলি উড়িয়ে দেব, সেটার কী হবে?"

লোকটি বলল, "ওরে বাবা, এ যে দেখছি মহাবিপদ! হয় আপনার হাতে মরতে হবে, না হয় ওঁর দলের হাতে।"

কাকাবাবু বললেন, "ওর দলকে ভয় পাওয়ার আর দরকার নেই। আর দু'দিনেই ওর দল ভেঙে যাবে!"

জঙ্গল ফুরোবার পর আর দু'-একটা গাড়ি দেখা যেতে লাগল রাস্তায়। ড্রাইভার বলল, "কতদূর যেতে হবে সার?"

কাকাবাবু বললেন, "সামনে যেখানে বড় থানা আছে, সেখানে গাড়ি ঢোকাবে।"

ওসমান বলল, "এদিককার কোনও থানা আমাকে আটকে রাখতে পারবে না।"

কাকাবাবু বললেন, "দেখা যাক।"

আরও কিছুক্ষণ পরে উলটো দিক থেকে একটা গাড়ি পাশ দিয়ে চলে যেতে দেখে কাকাবাবু চমকে উঠলেন। মনে হল, সেই গাড়িতে সন্তুও কাকাবাবুকে দেখতে পেয়েছে। তাদের গাড়ি থেমে গেল। সবাই এদিকে দৌড়ে এল।

কাকাবাবু ওসমানকেও নামালেন। তারপর সন্তু, জোজোর সঙ্গে অমল আর রফিক আলমকে দেখতে পেয়ে খুশি হয়ে বললেন, "আলমসাহেব, আপনিও এসে গেছেন? এই নিন আপনার উপহার। বিক্রম ওসমানকে কিন্তু আমি জোর করে ধরে আনিনি। সে নিজে থেকে ধরা দিতে যাচ্ছে।"

আলমের চোখ-মুখ হঠাৎ কঠিন হয়ে গেল। ফস করে পকেট থেকে রিভলভার বার করে বিকৃত গলায় চেঁচিয়ে বলল, "মিস্টার রায়চৌধুরী, আপনি সরে দাঁড়ান। ওই নরকের কুত্তাটাকে আমি নিজের হাতে শেষ করব!"

কাকাবাবু বললেন, "সে কী! আপননি মারবেন কেন? ওর বিচার হবে, তাতেই শাস্তি পাবে।"

আলম বলল, "বিচার-টিচারের দরকার নেই। আমিই ওকে শাস্তি দেব। ওকে গুলি করে খতম করে রিপোর্ট দেব যে, ও পালাবার চেষ্টা করেছিল।"

কাকাবাবু বললেন, "তা আমি হতে দেব না। আইন আপনি নিজের হাতে নিতে পারেন না।"

আলম বলল, "ও কী করেছে জানেন? আমার ভাই, সেও পুলিশ অফিসার ছিল, তাকে এই শয়তানটা মেরেছে। বিক্রম ওসমান, তোমার মনে নেই, তুমি গত বছর পুলিশ অফিসার হাসানকে গুলি করে মেরেছ?"

কাকাবাবু ওসমানকে আড়াল করে দাঁড়ালেন।

আলম বলল, "আপনি সরে যান। নইলে আমি আপনার ওপরেও গুলি চালাতে বাধ্য হব!"

কাকাবাবু বললেন, "সন্তু!"

সঙ্গে-সঙ্গে সন্তু পেছন থেকে ঝাঁপিয়ে পড়ে আলমের গলা চেপে ধরল। তার হাত থেকে রিভলভারটা খসে পড়তেই ওসমান কাকাবাবুকে ঠেলে দিয়ে সেটা তুলতে গেল। তার আগেই জোজো এক লাথি দিয়ে সেটাকে সরিয়ে দিল দূরে।

অমল সেটা হাতে নিয়ে বলল, "আমিও কিন্তু গুলি চালাতে জানি!"

কাকাবাবু আলমের কাছে গিয়ে বললেন, "ছিঃ, অত মাথা গরম করতে নেই।"

আলম এবার কেঁদে ফেলে বলল, "ও আমার ছোট ভাইকে মেরেছে। হাসানকে আমি এত ভালবাসতাম, নতুন বিয়ে হয়েছিল।"

কাকাবাবু বললেন, "সেজন্য ওসমানকে শাস্তি পেতেই হবে।"

॥ ১২ ॥

মুম্বইয়ে অমলের ফ্ল্যাটে সকাল থেকে আড্ডা জমেছে খুব। চা খাওয়া হয়েছে দু'বার, এখন অমল লুচি ভাজছে।

টেবিলের ওপর অনেক খবরের কাগজ ছড়ানো। জোজো একটা কাগজ দেখতে দেখতে বলল, "কাকাবাবু, সব খবরের কাগজেই বিক্রম ওসমানের খবর আর ছবি ছাপা হয়েছে। আপনার ছবি কোথাও বেরোয়নি কেন?"

কাকাবাবু বললেন, "আমি আর কী করেছি? আমি শুধু ওকে ভুলিয়ে-ভালিয়ে আত্মসমর্পণ করতে রাজি করিয়েছি।"

জোজো বলল, "আপ্পা রাওটাও ধরা পড়েছে। তাতে আমি আরও খুশি হয়েছি।"

কাকাবাবু বললেন, "একবার দাও তো কাগজটা?"

উলটোদিকের পাতায় একটি সুন্দরী মেয়ের খুব বড় ছবি। সেটা দেখতে দেখতে কাকাকবাবু রান্নাঘরে গিয়ে অমলকে জিজ্ঞেস করলেন, "একে তুমি চেনো?"

অমল বলল, "বাঃ, চিনব না? বিখ্যাত নায়িকা। অনেক ফিল্মে দেখেছি।"

কাকাবাবু জিজ্ঞেস করলেন, "এর বাড়ি কোথায় জানো?"

অমল বলল, "সবাই চেনে। এখান থেকে বেশি দূরে নয়।"

কাকাবাবু বললেন, "লুচি ভাজা এখন থাক। আমাকে একবার সেখানে নিয়ে চলো তো!"

অমল বলল, "দেখা তো করতে পারবেন না। আগে ওর সেক্রেটারির সঙ্গে অ্যাপয়েন্টমেন্ট করতে হয়। তাও বড় বড় প্রোডিউসার ছাড়া কেউ দেখা পায় না।"

কাকাবাবু বললেন, "আমার সঙ্গে দেখা করবে। চেনা আছে।"

জোজো আর সন্তুকে কিছু না বলে কাকাবাবু অমলকে নিয়ে বেরিয়ে এলেন।

কস্তুরীর বাড়ির সামনে পৌঁছে তিনি বললেন, "অমল, তুমি এখানেই অপেক্ষা করো, আমি কয়েক মিনিটের মধ্যেই আসছি।"

গেটে দু'জন বন্দুকধারী দরোয়ান। কাকাবাবু নিজের ঘড়ি দেখিয়ে বললেন, "ঠিক সাড়ে ন'টায় সেক্রেটারির সঙ্গে আমার দেখা করার কথা আছে।"

তারা গেট খুলে দিল।

মোরাম বিছানো রাস্তা, একপাশে বাগান। বারান্দায় সারি সারি ঘর। একটা ঘরের দরজায় সেক্রেটারির নাম লেখা। দূরের একটা ঘর থেকে নাচের শব্দ শোনা যাচ্ছে। কাকাবাবু সেই দিকে এগিয়ে গেলেন।

একটা লোক কোথা থেকে এসে বিশ্রীভাবে বলল, "এই বুড়ো, ওদিকে কোথায় যাচ্ছ? কে তুমি?"

কাকাবাবু উগ্র মূর্তি ধারণ করে ক্রাচ দিয়ে লোকটিকে এক বাড়ি মেরে বললেন, "সরো, হঠ যাও!"

দপদপিয়ে তিনি ঢুকে পড়লেন নাচের ঘরে। সেখানে তবলা, সারেঙ্গি, আরও অনেক বাদ্যযন্ত্র নিয়ে কস্তুরী নাচের রেওয়াজ করছে। আর কয়েকটি মেয়েও রয়েছে তার পাশে।

কাকাবাবুকে দেখে কস্তুরী নাচ থামিয়ে পাথরের মূর্তি হয়ে গেল। মুখখানা একেবারে ফ্যাকাসে।

কাকাবাবু ঝট করে ঘরের দরজাটা বন্ধ করে দিয়ে পকেট থেকে রিভলভারটা বার করলেন। অন্যদের বললেন, "কেউ নড়বে না, যেমন আছ, বসে থাকো।"

কস্তুরীকে বললেন, "আমাকে চড় মেরেছিলে, মনে আছে? কুকুর দিয়ে খাওয়াবে, না আরও কীসব করবে বলেছিলে? আমার গায়ে কেউ হাত তুললে আমি প্রতিশোধ না নিয়ে ছাড়ি না। কিন্তু মুশকিল হচ্ছে, মেয়েদের গায়েও আমি হাত তুলতে পারি না। কিন্তু শাস্তি তোমায় পেতেই হবে। এখন দুটো উপায় আছে। আমি পকেটে এক শিশি অ্যাসিড এনেছি। সেটা তোমার মুখে ছুড়ে দিলে মুখখানা পুড়ে সারাজীবনের মতন কালো হয়ে যাবে। আর কখনও অভিনয় করতে পারবে না। অথবা, তুমি ক্ষমা চেয়ে মাটিতে নাকখত দাও যদি—"

কস্তুরী বিনা বাক্যব্যয়ে বসে পড়ে। মাটিতে নাক ঠেকিয়ে বলল, "ক্ষমা চাইছি!"

কাকাবাবু বললেন, "ওই কথাটা দশবার বলো, আর এদিক থেকে ওদিক পর্যন্ত নাকখত দাও। কানদুটো ধরে থাকো!"

কস্তুরী ঠিক তাই-ই করতে লাগল। ঘরের অন্য সবাই ভয়ে কাঠ হয়ে দেখছে।

বাইরের দরজায় দুম দুম আওয়াজ হচ্ছে। যেন ভেঙেই ফেলবে।

কাকাবাবুর মুখটা রাগে লালচে হয়ে গিয়েছিল। এখন হাসি ফুটল। তিনি কস্তুরীকে বললেন, "ব্যস, যথেষ্ট হয়েছে। আর বেশি করলে তোমার নাক ছোট হয়ে যাবে। কেউ নায়িকার পার্ট দেবে না! উঠে পড়ো।"

কাকাবাবু দরজাটা খুলে দিতেই হুড়মুড় করে কয়েকজন ঢুকে পড়ল। দু'জন বন্দুকধারী চেপে ধরল কাকাবাবুকে!

কাকাবাবু কস্তুরীর দিকে ফিরে বললেন, "আবার নতুন করে এসব খেলা শুরু হবে নাকি? আমাকে ধরে রাখতে পারবে?"

কস্তুরী সঙ্গে-সঙ্গে বলে উঠল, "না, না। ওকে ছেড়ে দাও। একে কেউ কিছু বলবে না। রাস্তা ছাড়ো, ওকে যেতে দাও!"

কাকাবাবু গট গট করে এমনভাবে বেরিয়ে এলেন, যেন কিছু হয়নি।

অমল জিজ্ঞেস করল, "কী কাকাবাবু, কস্তুরীকে দিয়ে সিনেমা করাবেন নাকি? বাংলা বই?"

কাকাবাবু বললেন, "নাঃ! ও আমাকে দিয়েই একটা পার্ট করাতে চাইছিল। আমি পারব না বলে এলাম। চলো, এবার লুচি খাওয়া যাক!"

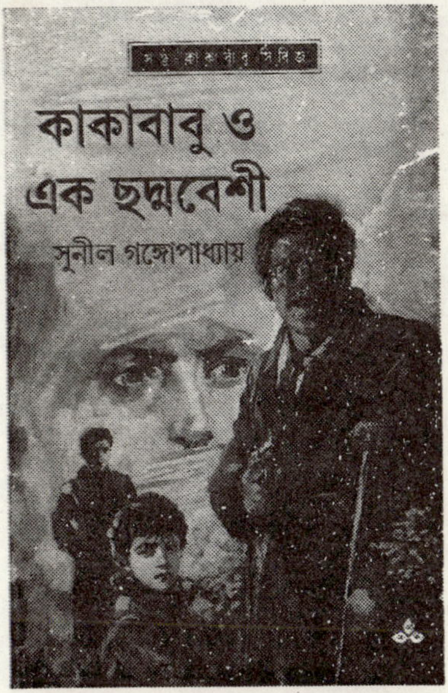

কাকাবাবু ও এক ছদ্মবেশী

ভোরবেলা হোটেলের সামনের বারান্দায় এসে দাঁড়ালেন কাকাবাবু।

বুক ভরে টাটকা বাতাসের শ্বাস নিয়ে বললেন, "আঃ! যেন মনে হল, তিনি ফুলের গন্ধ নিচ্ছেন। সত্যি, এখানকার বাতাসে যেন পবিত্র পবিত্র গন্ধ আছে।"

ডান পাশেই পাহাড়ের পর পাহাড়। চূড়ায় বরফ জমে আছে। সারাদিন বরফের রং একটু-একটু পালটায়। এখন ভোরের সূর্যের আলোয় বরফের রং লালচে মতন।

সামনের দিকে, রাস্তার ওপারে ঘন জঙ্গল। জঙ্গলের ভেতরটা এখনও অন্ধকার। কাছাকাছি কয়েকটা গাছের পাতায় ঝিলমিল করছে রোদ। একটা পাখি এক গাছ থেকে আর-একটা গাছে উড়ে গিয়ে বসল। বেশ বড় পাখি, অনেকখানি ঝোলা লেজ। কাকাবাবু পাখিটা চিনতে পারলেন, ওর নাম ম্যাগপাই। বিদেশে এই পাখি দেখেছেন। এদেশেও যে ম্যাগপাই দেখা যায়, তিনি জানতেন না। ম্যাগপাইয়ের বাংলা কী? বাংলায় এরকম পাখি নেই, তাই বাংলা নামও কেউ দেয়নি।

সন্তু আর জোজো এখনও ঘুমোচ্ছে। কাকাবাবু ওদের ডাকলেন না। হোটেলের একজন বেয়ারা এসে জিজ্ঞেস করল, "সার। চা খাবেন?"

কাকাবাবু বললেন, "হ্যাঁ, আনো। বেশি করে। অন্তত যেন দু'কাপ হয়।"

একটু পরেই বেয়ারাটি পটে করে চা নিয়ে এল। কাকাবাবু বারান্দায় বসে বেশ তৃপ্তি করে চা খেলেন। শীতের মধ্যে সকালের প্রথম গরম চা-টা খেতে আরাম লাগে বেশ।

অনেকদিন আগে কাকাবাবু চুরুট খেতেন। এখন ছেড়ে দিয়েছেন। এতদিন পর আজ আবার মনে হল, এখন এই ঠাণ্ডায়, একটা চুরুট ধরাতে পারলে বেশ হত!

সেই ইচ্ছেটাকে মন থেকে ঝেড়ে ফেলে তিনি সিঁড়ি দিয়ে নেমে এলেন রাস্তায়।

কাকাবাবু ওভারকোট পরে আছেন। তবু ঠাণ্ডা হাওয়ায় কাঁপুনি ধরিয়ে দেয়। নাকের ডগাতেই শীত লাগে বেশি। কাকাবাবু নাকটা খানিকক্ষণ ঘষে গরম করে

নিলেন। তারপর ক্রাচ বগলে নিয়ে হাঁটতে লাগলেন সামনের দিকে।

কাছেই একটা ছোট নদী আছে। ছোট হলেও খুব স্রোত। নদীটির নাম পার্বতী। কাকাবাবু ঠিক করলেন, সেই নদীর ধারে বসে থাকবেন কিছুক্ষণ।

শীতের জন্য অনেকেই এখানে অনেক বেলা পর্যন্ত ঘুমোয়। ভোরের দিকে দুটো কম্বল গায়ে দিতে হয়!

রাস্তায় আর মানুষজন নেই। শুধু দুটি ফরসা তরুণ-তরুণী একটু পরে তাঁর পাশ দিয়ে দৌড়ে গেল। ওরা বিদেশি। কাছ দিয়ে যাওয়ার সময় যে দুটো একটা কথা শোনা গেল, তাতে কাকাবাবু বুঝলেন, ওরা ইতালিয়ান।

হিমালয়ের কোলে প্রায় নাম-না-জানা এই ছোট্ট জায়গাটাতেও অনেক বিদেশি আসে বেড়াতে। কেন যেন ইতালি থেকেই ভ্রমণকারীরা এখানে আসে বেশি। অনেকে চার-পাঁচ মাস থেকেও যায় বাড়ি ভাড়া নিয়ে। পাহাড়ের গায়ে গায়ে কিছু কিছু বাড়ি রয়েছে, এক-একটা বাড়ি ঠিক সাহেবদের দেশের বাড়ির মতন দেখতে। কোনও কোনও বাড়ি এত উঁচুতে, সিঁড়ি দিয়ে ওঠানামা করতেই দম বেরিয়ে যাবে মনে হয়। তবু সাহেব-মেমরা ওইরকম বাড়িই পছন্দ করে।

রাস্তার একপাশে পাহাড়, আর একপাশে পরপর আপেলবাগান। আলাদা আলাদা মালিকরা মাঝে-মাঝে বেড়া দিয়ে রেখেছে। গাছে গাছে আপেল ফলে আছে, এখনও বেশ কচি।

এক জায়গায় নদীতে যাওয়ার পথ। পথ মানে, সেরকমভাবে কেউ তৈরি করেনি, ছোট-বড় পাথর ছড়ানো। এইরকম এবড়ো খেবড়ো রাস্তায় ক্রাচ নিয়ে হাঁটতে খুব অসুবিধে হয়। কাকাবাবু সাবধানে হাঁটতে লাগলেন। একটা পাখি সুন্দর শিস দিচ্ছে, সেই পাখিটাকেও তার চোখ খুঁজছে।

পাখিটাকে দেখতে গিয়ে কাকাবাবু আছাড় খেয়ে পড়লেন। তেমন কিছু লাগেনি, কিন্তু লজ্জা পেয়ে গেলেন খুব। কাছাকাছি কোনও বাচ্চা ছেলেমেয়ে থাকলে নিশ্চয়ই হেসে উঠত। বয়স্ক লোকদের আছাড় খেতে দেখলে সকলেরই হাসি পায়।

তাড়াতাড়ি উঠে গায়ের ধুলো ঝাড়তে ঝাড়তে কাকাবাবু এদিক তাকালেন। কেউ দেখেনি।

তখনই কাকাবাবুর মনে হল, 'আছাড় খাওয়া' কেন বলে? এর মধ্যে খাওয়ার কী আছে? বাংলা ভাষাটা বড় অদ্ভুত। 'খাওয়া' নিয়ে কত কী যে হয়। ভাত খাওয়া আর জল খাওয়া তো আছেই, যদিও ইংরিজিতে ইট আর ড্রিঙ্ক আলাদা। তার ওপর, সিগারেটও খাওয়া হয় কী করে? ধমক খাওয়া? আদর খাওয়া? বুড়োধাড়ি ছেলে মায়ের কোলে শুয়ে খুব আদর খাচ্ছে, লোকে বলে না? এমনকী হাওয়া খাওয়াও বলে।

এইসব ভাবতে ভাবতে কাকাবাবু নদীর ধারে এসে একটা বড় পাথরের ওপর বসলেন।

বসতে না বসতেই একটা গাড়ির আওয়াজ পাওয়া গেল।

এই রাস্তাটা চলে গেছে মণিকরণের দিকে। সেটা একটা তীর্থস্থান। সেইজন্য দিনের বেলা অনেক গাড়ি যায়। আজ সকালে এটাই প্রথম গাড়ি।

এরকম শান্ত, নির্জন জায়গায় গাড়ির আওয়াজ একেবারে মানায় না। বিশ্রীভাবে নিস্তব্ধতা ভেঙে দেয়। ধোঁয়া ছড়ায়।

গাড়িটা খানিকটা এগিয়েই থেমে গেল হঠাৎ। তারপর পিছিয়ে আসতে লাগল। থামল নদীর রাস্তাটার কাছে। গাড়ি থেকে দুটি লোক নেমে হন হন করে, প্রায় দৌড়ে আসতে লাগল কাকাবাবুর দিকে।

কাকাবাবু ভুরু কুঁচকে তাকিয়ে রইলেন।

এরা কারা? বন্ধু, না শত্রু?

অনেক বড় বড় অপরাধীকে শাস্তি দিয়েছেন কিংবা পুলিশের হাতে তুলে দিয়েছেন কাকাবাবু। তাদের দলের লোক, চ্যালা-চামুণ্ডাদের তো রাগ থাকবেই তাঁর ওপর। অনেকে অনেকবার প্রতিশোধ নেওয়ারও চেষ্টা করেছে। কে যে কখন কোথা থেকে উদয় হবে। তার তো ঠিক নেই।

কাকাবাবু একবার কোটের পকেট থাবড়ে দেখলেন।

রাত্তিরে ঘুমোবার আগে রিভলভারটা তিনি রাখেন বালিশের তলায়। এখন সকালে বেড়াতে এসেছেন, সঙ্গে সেটা আনেননি। ঘুম থেকে উঠেই কি মারামারি, গুলি ছোড়াছুড়ির কথা কারও মনে পড়ে?

এরা যদি শত্রু হয়, এদের সঙ্গে অস্ত্র থাকবেই। দু'জনেরই চেহারা বেশ গাঁট্টাগোট্টা। কাকাবাবু ডান হাতের ক্রাচটা শক্ত করে চেপে ধরলেন।

তারপর ওদের যেন গ্রাহ্যই করছেন না, এইভাবে মুখ ফিরিয়ে নদী দেখতে লাগলেন। এমনও তো হতে পারে, ওরাও আসছে নদীর ধারে বসবার জন্য। কিন্তু তা হলে দৌড়ে দৌড়ে আসবে কেন?

একটা আওয়াজ শুনে কাকাবাবুকে আবার মুখ ফেরাতেই হল।

ওদের মধ্যে একজন আছাড় খেয়ে পড়েছে। একটু আগে কাকাবাবু নিজে আছাড় খেয়েছেন, তবু তাঁর মুখে হাসি ফুটে উঠল। ওরা তো খোঁড়া নয়, তা হলে আছাড় খাবে কেন?

অন্য লোকটি কাছে এসে হিন্দিতে জিজ্ঞেস করল, "নমস্কার সার, আপনার নাম কি রাজা রায়চৌধুরী?"

কাকাবাবু বললেন, "আগে জানতে পারি কি, কেন আমার নাম জিজ্ঞেস করছেন?"

লোকটি বলল, "আমরা রাজা রায়চৌধুরীকে খুঁজছি। খুব দরকার। হোটেলে খোঁজ নিতে গিয়েছিলাম। একজন বেয়ারা বলল, 'আপনি এইদিকে বেড়াতে বেরিয়েছেন।"

কাকাবাবু বললেন, "হোটেলের বেয়ারাটি ঠিক কাজ করেনি। সকালবেলা

কেউ বেড়াতে বেরুলে তাকে ডিস্টার্ব করা উচিত নয়। যাই হোক, আপনাদের তো আমি চিনি না, আমার সঙ্গে আপনাদের কী দরকার থাকতে পারে?"

অন্য লোকটির আছাড় খেয়ে বেশ লেগেছে। সে একটু খোঁড়াতে খোঁড়াতে এর মধ্যে পাশে এসে দাঁড়িয়েছে। এবার সে বলল, "এস পি সাহেব আমাদের পাঠিয়েছেন। আপনাকে নিয়ে যেতে এসেছি। আপনাকে এক্ষুনি মাণ্ডি যেতে হবে।"

কাকাবাবুর এবার ভুরু কুঁচকে গেল।

অচেনা উটকো লোকদের বিশ্বাস করা যায় না। এরা পুলিশের বড়কর্তার নাম করছে। সেটা সত্যি কি না কে জানে! অনেক সময় জোর করে ধরে নিয়ে যাওয়ার বদলে এরা মিথ্যে কথা বলে ভুলিয়ে-ভালিয়ে নিয়ে যেতে চায়। সেবারে কালিকটে মোহন সিং যেরকম জোজোকে সিনেমায় পার্ট দেওয়ার লোভ দেখিয়ে ধরে নিয়ে যেতে চেয়েছিল।

খানিকটা বিরক্তভাবে কাকাবাবু বললেন, "আপনাদের এস পি সাহেবকেও আমি চিনি না। তাঁর কথায় আমাকে মাণ্ডি যেতে হবে কেন? আমার আপাতত এ জায়গাটা ছেড়ে কোথাও যাওয়ার ইচ্ছে নেই।"

প্রথম লোকটি বলল, "এস পি সাহেব বিশেষ করে বলেছেন, আপনাকে নিয়ে যেতে, গাড়ি এনেছি।"

আগেকার দিনে এখানে অনেক ছোট খাটো রাজা-মহারাজা ছিল, তাদের কথাতেই সবকিছু চলত। এখন রাজা-মহারাজাদের দিন শেষ। এখন পুলিশের বড় সাহেবরাই সব দণ্ড-মুণ্ডের কর্তা। তাদের সবাই ভয় পায়।

কাকাবাবু কিছু উত্তর দেওয়ার আগেই অন্যজন বলল, "একটা খুব জরুরি কেস আছে, সার। এস পি সাহেব আপনাকে কাজে লাগাবেন। সেইজন্যই মাণ্ডি যেতে হবে আপনাকে।"

কাকাবাবু এবার রীতিমতন ধমক দিয়ে বললেন, "কেস আছে মানে? আমি তার কী করব? আপনাদের এস পি সাহেব ভুল করেছেন, তাঁকে গিয়ে বলুন!"

লোকদুটি কাকাবাবুর দিকে একদৃষ্টিতে তাকিয়ে রইল।

কাকাবাবু ভাবলেন, এবার বোধ হয় ওরা পকেট থেকে রিভলভার কিংবা ছোরা-ছুরি বের করবে। তিনি তৈরি হয়ে রইলেন।

একজন সত্যিই পকেটে হাত দিল। কিন্তু কোনও অস্ত্রের বদলে বের করল একটা নোটবই। খানিকটা নিরাশভাবে বলল, "আপনি যে সার যেতে রাজি নন, সেটা এখানে লিখে দিন।"

কাকাবাবু বললেন, "কেন, লিখব কেন? আপনারা কি আমার নামে কোনও চিঠি এনেছেন? চিঠি আনলে লিখে উত্তর দিতাম। আপনারা মুখে বললেন, আমিও উত্তর দিলাম মুখে।"

লোকদুটি এবার নিজেদের মধ্যে বিড়বিড় করে কিছু বলল, "তারপর ফিরে গেল গাড়ির দিকে।"

কাকাবাবু মনে মনে বললেন, "জ্বালাতন! এরা ভাবে কী! কেউ এসে হুট করে কিছু বললেই তার সঙ্গে যেতে হবে? এস পি হোক বা যে-ই হোক।"

সকালবেলা ঘুম থেকে উঠে মনটা খুব ভাল হয়েছিল, এই উৎপাতে খানিকটা খিঁচড়ে গেছে। মেজাজটাকে আবার প্রসন্ন করার জন্য কাকাবাবু নদীর দিকে মন দিলেন।

ছোট নদী, কিন্তু স্রোতের জন্য বেশ কুলুকুলু শব্দ আছে। বড় বড় পাথরে ঘা খেয়ে খেয়ে বইছে নদী। ওপারের গাছপালার জন্য পাহাড়ের চুড়োগুলো আড়ালে পড়ে গেছে। নদীর জল খুব টলটলে পরিষ্কার!

কাকাবাবু ভাবলেন, আমি তো কবি নই। কোনও কবি এই নির্জন নদীর ধারে বসলে নিশ্চয়ই একটা কবিতা লিখে ফেলত। নদীর সঙ্গে সবাই মিল দেয়, যদি। আর কি কোনও মিল হয়? একটু চিন্তা করতেই মনে পড়ল আর একটা মিল, নিরবধি। আর কোনও শব্দ আছে? আর কিছু মনে পড়ল না।

এর পর তিনি গান ভাববার চেষ্টা করলেন। হেমন্ত মুখোপাধ্যায়ের একটা গান আছে, 'ওগো নদী আপন বেগে পাগল পারা......'। ওঁরই আর একটা গান, 'ও নদী রে, একটি কথা শুধাই তোমায় বলো না.....'।

কাকাবাবু দ্বিতীয় গানটা গাইতে লাগলেন গুন্‌গুন্ করে। তাঁর গলায় ঠিক সুর আসে না। কিন্তু এখানে তো আর ভুল ধরবার কেউ নেই।

ছোটবেলায় তিনি জগদীশচন্দ্র বসুর একটা লেখা পড়েছিলেন। গঙ্গার তীরে বসে বাচ্চা জগদীশচন্দ্র জিজ্ঞেস করতেন, 'নদী, তুমি কোথা হইতে আসিতেছ?' নদী উত্তর দিত, 'মহাদেবের জটা হইতে'। পৌরাণিক কাহিনীতে আছে, গঙ্গা নদী নেমেছে স্বর্গ থেকে, কিন্তু মহাদেবের মাথার বিশাল জটার মধ্যে আটকে গিয়েছিল। ভগীরথ নামে একজন রাজা সেখান থেকে গঙ্গাকে মুক্ত করে পথ দেখিয়ে সমুদ্র পর্যন্ত নিয়ে যান। সেইজন্যই গঙ্গার আর এক নাম ভাগীরথী।

এই পার্বতী নদী কোথা থেকে আসছে? নিশ্চয়ই কাছাকাছি কোনও পাহাড়ের চূড়ার বরফ থেকে। যদি পা খোঁড়া না হত, তিনি এই নদীর ধার দিয়ে হেঁটে-হেঁটে পাহাড়চূড়ায় উৎসস্থানটা দেখে আসতেন।

খানিকটা বেলা বাড়তেই রাস্তা দিয়ে অনেক গাড়ি চলাচল শুরু হয়ে গেল। কিছু লোক হেঁটেও যাচ্ছে। কাকাবাবু উঠে পড়লেন। শীত অনেকটা কমে এসেছে। ওভারকোটটা খুলে ফেলতে হল। ফিরে এলেন হোটেলে।

এই হোটেলে খুব বড় ঘর, সুইট যাকে বলে, তা নেই। তাই দুটো আলাদা ঘর নিতে হয়েছে। জোজো আর সন্তুকে ডেকে তুলবেন ভেবে তাদের ঘরের দরজায় উঁকি মারলেন কাকাবাবু।

জোজো আর সন্তু এর মধ্যে জেগে তো উঠেছেই, খাবার খেতে শুরু করে দিয়েছে। দু'জনের সামনের ট্রেতে দুধ আর কর্ন ফ্লেক্‌স, টোস্ট আর ওমলেট।

জোজো বলল, "কাকাবাবু আপনি কোথায় গিয়েছিলেন? আপনাকে ঘরে

দেখতে পেলুম না। আমাদের খুব খিদে পেয়েছিল, তাই ব্রেকফাস্ট খেতে শুরু করে দিয়েছি।"

কাকাবাবু বললেন, "বেশ করেছ।"

জোজো জিজ্ঞেস করল, "আপনার ব্রেকফাস্ট এখানে দিতে বলব?"

কাকাবাবু মুচকি হেসে বললেন, "আমি তো ব্রেকফাস্ট খেতে পারব না। আমার পক্ষে আর সম্ভব নয়।"

ওরা দু'জনেই অবাক হয়ে একসঙ্গে বলে উঠল, "কেন?"

কাকাবাবু বললেন, "ব্রেকফাস্ট মানে উপবাস ভঙ্গ। আমি তো আগেই চা পান করে ফেলেছি, তাই উপোস ভেঙে গেছে। এখন আমাকে জলখাবার খেতে হবে। আমাদের ছোটবেলায় জলখাবারই বলত, ব্রেকফাস্ট কথাটার চল ছিল না।"

জোজো আধখানা ডিম মুখে পুরে দিয়ে বলল, "জলখাবার তো বাড়িতে খাই, হোটেলে ব্রেকফাস্ট। এই যে এদের মেনুতে লেখা আছে, ব্রেকফাস্টে কী কী পাওয়া যায়, তার মধ্যে পুরি-তরকারিও আছে!"

কাকাবাবু বললেন, "কথাটা মেনু নয়, মেনিউ। আমরা বাংলা বাংলা করে নিয়েছি।"

সন্তু জিজ্ঞেস করল, "কাকাবাবু, ছোট হাজ্‌রি ঠিক কী? বিশেষ ধরনের খাবার?"

কাকাবাবু একটু অবাক হয়ে বললেন, "তুই ছোট হাজ্‌রি জানলি কী করে?"

সন্তু বলল, "একটা পুরনো বাংলা বইতে পড়েছি। একজন সাহেবকে সকালবেলা তার আর্দালি ছোট হাজ্‌রি এনে দিচ্ছে।"

কাকাবাবু বললেন, "আগেকার বইতে থাকত বটে। তোরা দীনেন্দ্রকুমার রায়ের লেখা পড়েছিস? রহস্য লহরী সিরিজ। দারুণ ডিটেকটিভ গল্প। সবই অবশ্য ইংরিজির অনুবাদ। সেই সিরিজের ডিটেকটিভের নাম রবার্ট ব্লেক। আমার খুব ভাল লাগত ওইসব লেখা, এখন আর কেউ বোধ হয় পড়ে না। ওইসব বইতে ব্রেকফাস্টের বদলে লেখা হত ছোট হাজ্‌রি। ছোট মানে তো ঠিকই আছে, হাজ্‌রি কেন বলা হত, তা আমি জানি না।"

সন্তু বলল, "ব্রেকফাস্টের বাংলা, জলখাবার? আর কোনও বাংলা নেই?"

কাকাবাবু বললেন, "হ্যাঁ, প্রাতরাশ। মানে হল সকালের খাবার। কিন্তু এটা বড্ড শুদ্ধ বাংলা, লোকের মুখে চলেনি।"

জোজো বলল, "কাকাবাবু, আপনার জন্য কী প্রাতরাশ অর্ডার দেব?"

কাকাবাবু বললেন, "তোমরা যা খাচ্ছ তাই-ই। তবে কর্নফ্লেক্‌স লাগবে না।"

জোজো উঠে গিয়ে টেলিফোন তুলল।

কাকাবাবু চেয়ার টেনে বসে পড়ে বললেন, "সন্তু, তোরা এত তাড়াতাড়ি আরামের বিছানা ছেড়ে উঠে পড়লি যে? আমি নদীর ধারে ঘুরে এলাম। তোরা ঘুমোচ্ছিলি দেখে ডাকিনি।"

সন্তু বলল, "একটা টেলিফোনের ঝনঝনানিতে ঘুম ভেঙে গেল। বাজছে তো বাজছেই। খুঁজছিল তোমাকে।"

"কে?"

"নাম বলেনি। বলল, খুব জরুরি দরকার।"

"আমরা যে এখানে এসেছি, তা তো কারও জানার কথা নয়। কাউকেই খবর দিইনি। গত বছর বিমান বলল, 'যদি সত্যিকারের নিরিবিলিতে থাকতে চান, তা হলে কসোল-এ গিয়ে কয়েকদিন থেকে আসুন। সত্যিই জায়গাটা বড় মনোরম, আর নিরিবিলিও বটে।'"

"যিনি ফোন করেছিলেন, তিনি তোমাকে না পেয়ে খানিকটা নিরাশ হয়েছেন মনে হল। বোধ হয় তোমার খোঁজে এখানে আসবেন।"

"এই রে, এইবার মনে হচ্ছে উৎপাত শুরু হবে। নদীর ধারে ও দুটো লোক আমাকে জোর করে নিয়ে যেতে চেয়েছিল।"

"জোর করে? কারা?"

"জোর করে, মানে, হাত ধরে টানাটানি করেনি। বলল তো পুলিশের লোক। আসল পুলিশ না নকল পুলিশ তার ঠিক কী! এবার এখান থেকে কেটে পড়তে হবে।"

কাকাবাবু জলখাবার খেয়ে তাড়াতাড়ি তৈরি হয়ে নিলেন। হোটেল থেকেই গাড়ির ব্যবস্থা হয়ে গেল। সেই গাড়ি ছুটল মণিকরণের দিকে।

হিমাচলপ্রদেশ ভারতের একটিমাত্র রাজ্য, যার পুরোটাই পাহাড়।

পাহাড়ের পর পাহাড়, তাই রাস্তা কখনও উঁচুতে উঠে গেছে, কখনও নিচুতে। দু'দিকের দৃশ্যে চোখ জুড়িয়ে যায়। কোনও কোনও পাহাড়ের চূড়ায় বরফ ঝলসে উঠছে রোদ্দুরে, কোথাও জঙ্গলের মধ্যে ঢুকে গেছে সরু সরু পথ। কত উঁচুতে এক-একটা গ্রাম। কোনও কোনও জায়গায় গ্রাম নেই, একটি বা দুটি বাড়ি রয়েছে চূড়ার কাছে।

রাস্তাটা চলেছে নদীর গা দিয়ে দিয়ে।

গাড়িতে যেতে যেতে নদী নিয়ে কে ক'টা কবিতা বা গান বলতে পারে, তা নিয়ে প্রতিযোগিতা চলতে লাগল জোজো আর সন্তুর মধ্যে। সন্তুর অনেক বেশি মুখস্থ থাকে, জোজো তার সঙ্গে পারবে কেন?

হেরে গিয়ে জোজো বলল, "শুধু বাংলা-ইংরিজি কেন, অন্য ভাষাতেও নদী নিয়ে অনেক গান আছে। তুই এটা জানিস, লা হিলা হুলা হাম্‌পা, গুলগুল টরে টরে, ইয়াম্‌গু হামপা...."

সন্তু নিরীহ মুখ করে জিজ্ঞেস করল, "এটা কী ভাষা?"

জোজো বলল, "এটা অস্ট্রেলিয়ার একটা আদিবাসীদের গান। বাবার সঙ্গে একবার সেন্ট্রাল অস্ট্রেলিয়ায় গিয়েছিলাম তো, সেখানকার এক শহরের মেয়রের ছোট মেয়ের একটা অদ্ভুত অসুখ হয়েছিল, তাকে বাঁচাতে। সেখানে হাম্‌পা নামের

একটা মজার নদী আছে। সেই নদীটাকে লোকে এত ভালবাসে যে, এই গানটা সবসময় শোনা যায়, ছোট ছেলেমেয়েরাও জানে।”

সন্তু জিজ্ঞেস করল, “গানটার মানে কী?”

জোজো বলল, “ওগো হাম্পা নদী, তোমাকে এত ভালবাসি, তোমার জলে স্নান করে এত আরাম পাওয়া যায়, পৃথিবীর আর কোনও নদী সেই আরাম দিতে পারে না।”

সন্তু বলল, “বাঃ! গানটা আর একবার শোনা তো!”

জোজো সুর করে গেয়ে উঠল, “লা হিলাহুলা হাম্পা, গুলগুল টরে টরে, ইয়াম্পু হাম্পা...”

সন্তুও গাইবার চেষ্টা করে বলল, “এর মধ্যে ‘গুলগুল টরে টরে’, এই জায়গাটাই আমার বেশি ভাল লাগছে।”

জোজো বলল, “গুলগুল টরে টরে মানে স্নান করে কী আরাম, স্নান করে কী আরাম! পৃথিবীর সব নদীর তুলনায় ওই নদীতে স্নান করে বেশি আরাম কেন বল তো?”

সন্তু বলল, “আমি কী করে জানব? আমি অস্ট্রেলিয়াতেও যাইনি, আর ওই হাম্পা নদীও দেখিনি।”

জোজো বলল, “ওই জায়গাটায় খুব শীত, বুঝলি। আর নদীটার জল গরম! শীতকালে চান করার সময় আমাদের গরম জল করে নিতে হয়, ওদের তা দরকার হয় না, নদীতেই গরম জল পেয়ে যায়। পৃথিবীতে আর কোনও নদী আছে, যার জল সারা বছরই গরম থাকে? পাশের দিকে কম গরম, সেখানে চান করে আরাম, আর মাঝখানে বেশি গরম, একেবারে ফুটছে, লোকে কেটলি ভরে সেই জল এনে চা বানিয়ে ফেলে!”

সামনের সিটে বসে কাকাবাবু কানখাড়া করে সব শুনছিলেন আর জোজোর গান শুনে মুচকি মুচকি হাসছিলেন। এবার বললেন, “জোজো, তোমার ওই গুলগুল টরে টরে নদীই একমাত্র গরম নয়। পৃথিবীর আরও অনেক নদী গরম হতে পারে। এমনকী, এই যে পার্বতী নদী দেখছ, এটাও আমি গরম করে দিতে পারি।”

সন্তু বলল, “এই তো পাহাড়ি নদী, বরফগলা জল, নিশ্চয়ই খুব ঠাণ্ডা, কাশ্মীরে যেমন দেখেছি।”

কাকাবাবু বললেন, “বরফগলা জলও ম্যাজিকে গরম হয়ে যেতে পারে। এই নদীর দিকে ভাল করে তাকিয়ে থাক।”

মণিকরণ নামে ছোট্ট শহরটা একেবারে কাছে এসে গেছে। দু’পারে অনেক বাড়িঘর। তবু নদীটাকে দেখা যায় গাড়ি থেকে।

কাকাবাবু বললেন, “এখন নেমে গিয়ে হাত দিয়ে দেখ!”

জোজো অবিশ্বাসের সুরে বলল, “যাঃ, কী বলছেন কাকাবাবু!”

কাকাবাবু বললেন, "ব্রিজের ওপারে নদীর ধারটার দিকে তাকাও তা হলে।"

এবারে জোজোর চোখ গোল গোল হয়ে গেল। সত্যিই নদীর ওধারে জল থেকে ধোঁয়া বেরোচ্ছে। এক জায়গায় জল ফুটছে টগবগ করে।

কাকাবাবু বললেন, "এর মধ্যে অবশ্য ম্যাজিক কিছু নেই। কোনও জায়গায় আসবার আগে সেই জায়গাটা সম্পর্কে একটু পড়েশুনে আসতে হয়। এখানে অনেক উষ্ণ প্রস্রবণ আছে। সেখান থেকে গরম জল বেরোয়, সেই গরম জল নদীতে মেশে। এই জায়গাটায় পার্বতী নদীর জল সারা বছরই গরম।"

॥ ২ ॥

মণিকরণে এক সময় গুরু নানক এসেছিলেন, তাই এটা শিখদের তীর্থস্থান। গুরুদ্বার ও মস্ত বড় অতিথিশালা আছে। এ ছাড়া আছে আরও অনেক মন্দির। অনেক তীর্থযাত্রী আসে, উষ্ণ প্রস্রবণে স্নান করার জন্যও আসে অনেকে। সেইসব লোকের ধারণা, এই গরম জলে স্নান করলে সব অসুখ সেরে যায়।

যেখানে-সেখানে মাটি ফুঁড়ে বেরোচ্ছে গরম জল।

এক এক জায়গায় জল এত গরম যে, হাঁড়িতে চাল রেখে দিলে আপনিই ভাত হয়ে যায়।

প্রচুর লোকজন, প্রচুর দোকানপাট।

কাকাবাবু ভিড় পছন্দ করেন না। জায়গাটা এমনি সুন্দর, কিন্তু যেখানে-সেখানে দোকানপাট আর বাড়িঘর গজিয়ে ওঠার জন্য ঘিঞ্জি হয়ে গেছে।

একটুখানি ঘোরাঘুরি করেই কাকাবাবু একটা চায়ের দোকানে বসলেন। দোকানের বাইরে বেঞ্চ পাতা, ঠাণ্ডা ঠাণ্ডা হাওয়া বইছে, দেখা যায় উলটো দিকের পাহাড়।

কাকাবাবু বললেন, "সন্তু, জোজো, আমি এখানেই বসছি। তোমাদের যদি ইচ্ছে হয় তোমরা মন্দিরগুলো দেখে আসতে পারো।"

সন্তু বলল, "আমরা মণিকরণ ছাড়িয়ে আরও এগিয়ে যেতে পারি না? ওদিকে কি আরও এরকম জায়গা আছে?"

কাকাবাবু বললেন, যতদূর জানি, এদিকে আর কোনও তীর্থস্থান কিংবা বড় জায়গা নেই। রাস্তাটা উঠে গেছে ওপরদিকে। পাহাড়ের গায়ে ছোট ছোট গ্রাম। ঠিক আছে, আমরা ঘুরে আসব খানিকটা। চা খেয়ে নিই।

এখানে চা বানায় পুরোটাই দুধ দিয়ে। দুধের মধ্যে চা-পাতা ফেলে দিয়ে ফোটায়। অন্যরকম স্বাদ। গেলাসে সেই চায়ে চুমুক দিতে লাগলেন কাকাবাবু।

জোজো বলল, "ওইদিকে গরম গরম জিলিপি ভাজছে, সন্তু একটা টেস্ট করবি নাকি?"

সন্তু রাজি হয়ে মাথা নাড়ল।

দু'খানা করে জিলিপি খাওয়ার পর জোজো বলল, "ঠিক স্বাদটা বোঝা যাচ্ছে না। আরও দুটো টেস্ট করা দরকার।"

জোজো মোট সাতটা জিলিপি টেস্ট করে ফেলল।

তারপর বলল, "সন্তু, ওগুলো কীরে, লাড্ডু? টেস্ট করবি নাকি?"

সন্তু আর খাবে না। জোজো টেস্ট করল তিনটে লাড্ডু! তারপর চারখানা কচুরি।

সন্তু জিজ্ঞেস করল, "তুই এত খাচ্ছিস কী করে রে জোজো?"

জোজো বলল, "মুড এসে গেছে। রোজ কি আর খাই? এক-একদিন খাওয়ার মুড হয়। এখানকার টাটকা বাতাসে খুব খিদেও পাচ্ছে।"

সন্তু বলল, "অনেক সাহেব-মেম ঘুরছে, তারাও খুব জিলিপি পছন্দ করে দেখছি।"

কাকাবাবুর কাছে ফিরে এসে দেখল, কাকাবাবু একদৃষ্টিতে তাকিয়ে আছেন রাস্তার উলটো দিকে। সেখানে একটা বাড়ির দেওয়ালে একটা বড় পোস্টার সাঁটা। একজন বিদেশি যুবকের ছবির ওপর লেখা—Reward, Ten Thousand dollars. তার তলায় লেখা আছে আরও কিছু।

কাকাবাবু বললেন, "ওই পোস্টারে কী লেখা আছে, সব পড়তে পারছি না। তোরা কাছে গিয়ে দেখে আয় তো!"

সন্তু পকেট থেকে একটা নোটবই বের করে সেদিকে চলে গেল।

ফিরে এসে বলল, "একজন লোক এখান থেকে হারিয়ে গেছে। তার নাম চার্লস শিরাক। পোস্টারটা লাগিয়েছেন ওর মা। তিনি ছেলেকে খুঁজতে এসেছিলেন এখানে। কোনও সন্ধান পাননি। তাই লিখে দিয়েছেন, কেউ তাঁর ছেলেকে খুঁজে দিতে পারলে তাকে দশ হাজার ডলার পুরস্কার দেবেন।"

কাকাবাবু জিজ্ঞেস করলেন, "কোন দেশের লোক?"

সন্তু বলল, "কানাডার।"

জোজো বলল, "দশ হাজার ডলার! অনেক টাকা। খুঁজে দেখব নাকি?"

কাকাবাবু বললেন, "চেষ্টা করে দ্যাখো না।"

জোজো বলল, "যদি আমরা খুঁজে দিতে পারি, তা হলে শুধু দশ হাজার ডলার নয়, ওই লোকটির মা নিশ্চয়ই আমাদের কানাডায় নেমন্তন্ন করবে। আমি অবশ্য কানাডায় সাতবার গেছি। সন্তু তো যায়নি।"

সন্তু বলল, "আমি ডিসকভারি চ্যানেলে কানাডা দেখেছি।"

চায়ের দোকানের মালিক গেলাসগুলো নিতে এসে বাংলায় কাকাবাবুকে জিজ্ঞেস করল, "সাহেব কি কলকাতা থেকে আসছেন?"

এখানে অনেক বাঙালি ভ্রমণকারী আসে বলে দোকানদাররা কিছু কিছু বাংলা বলার চেষ্টা করে। এই লোকটির উচ্চারণ বেশ পরিষ্কার।

কাকাবাবু বললেন, "কলকাতা থেকে এসেছি বটে, কিন্তু আমি তো সাহেব নই,

বাঙালি।”

লোকটি চওড়াভাবে হাসল।

কাকাবাবু বললেন, “এখানে অনেক সাহেব-মেম ঘুরছে। আমাদের আর সাহেব বানাবার দরকার নেই। আপনি এত ভাল বাংলা শিখলেন কোথায়?”

লোকটি বলল, “আমি সাত বছর কলকাতায় ছিলাম, বড়বাজারে কাজ করেছি। আপনাদের কলকাতাতেও অনেকে অফিসের বাবুদের সাহেব বলে। বড়সাহেব, ছোটসাহেব!”

কাকাবাবু বললেন, “তা ঠিক! সারা দেশেই এরকম বলে। আপনার দোকান কেমন চলছে? এখানে তো অনেক লোক আসে দেখছি।”

লোকটি বলল, “শীতকালে তবু কম আসে। গরমকালে এসে দেখবেন, হাজার লোক আসে। বাঙালিও অনেক আসে। শীতকালে সাহেব-মেম আসে বেশি।”

লোকটির নাম সুরেশকুমার। মোটাসোটা চেহারা। বেশ গল্প করতে ভালবাসে। তার নিজের বাড়ির উঠোনেও একটা গরম জলের ফোয়ারা মাটি ফুঁড়ে উঠেছে, সেই ফোয়ারাটাও সে লোকদের স্নান করবার জন্য ভাড়া দেয়। তাতেও রোজগার হয় ভালই।

কাকাবাবু তাকে জিজ্ঞেস করলেন, “আচ্ছা, ওই যে সাহেবটির ছবির পোস্টার রয়েছে সামনের বাড়ির দেওয়ালে, ওকে আপনি দেখেছেন?”

সুরেশকুমার বলল, “হ্যাঁ, হ্যাঁ। সিরাপসাহেব তো, অনেকবার দেখেছি।”

কাকাবাবু বললেন, “সিরাপ নয়, শিরাক।”

সুরেশকুমার বলল, “আমরা বলতাম, সিরাপসাহেব। আমার দোকানে একটা লাল শরবত হয়, সাহেব সেটা ভালবাসত খুব, দিনে তিন-চার গেলাস খেত। একটু পাগলা পাগলা ছিল। একদিন কী কাণ্ড হয়েছিল জানেন? আমার দোকানের ঠিক সামনেই, এই রাস্তার ওপরে হঠাৎ দুটো লোক ওই সিরাপসাহেবকে জাপটে ধরল, জোর করে। টেনে নিয়ে যাওয়ার চেষ্টা করছিল। সিরাপসাহেব প্রথমে ঠিক বুঝতে না পারলেও একটু পরেই গা-ঝাড়া দিল, যেন লাফিয়ে উঠে গেল ওপরে, তারপরই দমাদ্দম ঘুসি। খুব ভাল লড়তে জানত, দুটো লোকই মার খেয়ে পালাল।”

“দুটো লোক ওকে ধরতে এসেছিল কেন?”

“তা জানি না। লোক দুটো পালাবার পর অনেকে সাহেবকে ঘিরে ধরে ওই কথা জিজ্ঞেস করেছিল। সাহেব কোনও উত্তর না দিয়ে কাঁধ ঝাঁকিয়ে আমার দোকানে ঢুকে এসে বলল, “এক গেলাস শরবত দাও!”

“এ যে দেখছি সিনেমার নায়কের মতন! সেই সাহেব গেল কোথায়?”

“মরে গেছে নিশ্চয়ই। ছ'মাস হয়ে গেল, কোনও পাত্তা নেই।”

“মরে গেছে, তুমি জানলে কী করে?”

“একদিন কাঁধে ব্যাগ বেঁধে ট্রেকিং করতে চলে গেল। যাওয়ার আগে এই

দোকানে বসেছিল। আমায় বলল, এই পার্বতী নদী কোথা থেকে বেরিয়েছে, সেই পাহাড়ের গুহাটা দেখতে যাবে। অনেক সাহেবই তো এরকম যায়। কিন্তু দল বেঁধে যায়। ওই সাহেব গেল একা। কোথায় পা পিছলে টিছলে পড়ে গেছে!"

"মৃতদেহ পাওয়া গেছে?"

"নাঃ, তা পাওয়া যায়নি অবশ্য। পুলিশ অনেক খুঁজেছে। মিলিটারি থেকে সার্চ পার্টি গেছে। যাওয়া-আসা ছ'দিনের রাস্তা, কত পাহাড়ের খাঁজ, কোথায় পড়ে আছে, কে জানে! সাহেবের মা এসেছিল কানাডা থেকে। কী কান্না! একমাত্র ছেলে! ভদ্রমহিলার এখনও আশা যে, তার ছেলে বেঁচে আছে।"

"তা হতেও পারে। ডেডবডি যখন পাওয়া যায়নি, হয়তো সাধু হয়ে গেছে।"

সন্তু আর জোজো মন দিয়ে শুনছিল। জোজোর পক্ষে বেশিক্ষণ চুপ করে থাকা মুশকিল।

এবার সে বলে উঠল, "সাহেবের কুষ্ঠিটা পেলে আমি বলে দিতে পারতাম, বেঁচে আছে কি না!"

সন্তু জিজ্ঞেস করল, "তুই কুষ্ঠি বিচার করতে পারিস?"

জোজো বলল, "বাবার কাছে শিখেছি। জন্ম তারিখ জানলে কুষ্ঠি তৈরি করতেও পারি।"

সন্তু বলল, "ওই পোস্টারে শিরাকসাহেবের মায়ের ঠিকানা লেখা আছে। ওই ঠিকানায় চিঠি লিখে জন্ম তারিখটা জেনে নিতে পারিস।"

কাকাবাবু বললেন, "আপাতত ওঠা যাক। চলো, একটু গ্রামের দিকে ঘুরে আসি।"

সুরেশকুমারের কাছে বিদায় নিয়ে কাকাবাবু ব্রিজটার দিকে এগোলেন। গাড়ি রাখা আছে ওপারে।

জোজো বলল, "কাকাবাবু, আমার মন বলছে, চেষ্টা করলে আমরা ওই শিরাক সাহেবকে খুঁজে বের করতে পারব, তা হলে দশ হাজার ডলার রোজগার হয়ে যাবে!"

কাকাবাবু বললেন, "তুমি আর জোজো চেষ্টা করে দ্যাখো। আমি তো আর পাহাড়ে ওঠাউঠি করতে পারব না!"

ব্রিজের এপারে এসে গাড়ির কাছে পৌঁছবার আগেই ঝড়ের বেগে আর-একটা বড় গাড়ি এসে থামল। পুরোদস্তুর পুলিশের পোশাক পরা একজন লোক সেই জিপ থেকে নেমেই দৌড়ে এসে কাকাবাবুকে বলল, "আপনিই নিশ্চয়ই রাজা রায়চৌধুরী?"

কাকাবাবু মাথা নাড়লেন।

পুলিশটি ইংরিজিতে বলল, "আমার নাম অরুণ ভার্গব। আমি এখানকার এস পি। আপনাকে দারুণভাবে খোঁজা হচ্ছে। আপনাকে এক্ষুনি মাণ্ডিতে যেতে হবে।"

কাকাবাবু চোয়াল কঠিন করে বললেন, "আমি ব্যাপারটা কিছুই বুঝতে পারছি

না। সকালে আরও দু'জন লোক এসে আমাকে এই কথা বলেছে। আমি এখানে বেড়াতে এসেছি। কোথায় যাব না যাব, তা আমি নিজে ঠিক করব। পুলিশের কথামতন আমাকে মাণ্ডু যেতে হবে কেন? আমি দুঃখিত, এই জায়গাটাই আমাদের ভাল লাগছে, মাণ্ডিতে যাওয়ার কোনও ইচ্ছে এখন নেই।"

অরুণ ভার্গব বললেন, "ওখানে একটা বিশ্রী কাণ্ড ঘটে গেছে। আপনার সাহায্যের খুব দরকার। প্লিজ চলুন।"

কাকাবাবু বললেন, "আমি আপনাদের কীভাবে সাহায্য করব? আমি পুলিশে চাকরি করি না, চোর ধরা কিংবা খুনের তদন্ত করা আমার কাজ নয়। আমার কাছে এসেছেন কেন?"

অরুণ ভার্গব বললেন, "প্লিজ ভাববেন না, আমরা আপনার ওপর জোর করতে এসেছি। খুব বিপদে পড়েই সাহায্য চাইতে এসেছি আপনার কাছে।"

কাকাবাবু বললেন, "আপনি আমার কথা জানলেন কী করে? আমি তো এখানে কাউকে কিছু খবর দিয়ে আসিনি। আর দেখছেন তো, আমি একজন খোঁড়া মানুষ, আমার কি সাহায্য করার ক্ষমতা আছে?"

অরুণ ভার্গব এবার কাঁচুমাচু হয়ে বললেন, "সত্যি কথা বলছি মিস্টার রায়চৌধুরী, আমি আপনার কথা আগে কিছু শুনিনি, এখনও আপনার সম্পর্কে বিশেষ কিছুই জানি না। আমার কাছে অর্ডার এসেছে, যেমন করে হোক, বুঝিয়ে সুঝিয়ে আপনাকে যত তাড়াতাড়ি সম্ভব মাণ্ডিতে নিয়ে যেতে হবে। আপনি নরেন্দ্র ভার্মাকে চেনেন?"

এবারে কাকাবাবুর ভুরুদুটো সোজা হয়ে গেল। তিনি বললেন, "হ্যাঁ চিনি, নরেন্দ্র ভার্মা আমার বিশেষ বন্ধু।"

অরুণ ভার্গব বললেন, "নরেন্দ্র ভার্মা এখন সিমলায় আছেন। আমাদের এই বিপদের ব্যাপারটা ওঁকে ফোনে জানানো হয়েছিল। উনিই বলেছেন আপনাকে খুঁজে বের করতে। আপনার সাহায্য আমাদের খুব কাজে লাগবে।"

কাকাবাবু কয়েক মুহূর্ত চুপ করে রইলেন। এখানে আসবার পথে তিনি দিল্লিতে দু'দিন ছিলেন। সেখানে নরেন্দ্র ভার্মার সঙ্গে তাঁর দেখা হয়েছিল। নরেন্দ্র ভার্মা অনেকদিনের বন্ধু, একসঙ্গে দু'জনে অনেক অভিযানে গেছেন। ওঁর অনুরোধ অগ্রাহ্য করা যায় না।

অরুণ ভার্গব বললেন, "চলুন, প্লিজ চলুন, ওখানে ভাল গেস্ট হাউস আছে, আপনাদের থাকাটাকার ব্যাপারে কোনও অসুবিধে হবে না। এখানকার ডিভিশনাল কমিশনার একজন বাঙালি, খুব কাজের লোক, তাঁর সঙ্গে আলাপ হলে আপনার ভাল লাগবে!"

কাকাবাবু জিজ্ঞেস করলেন, "আপনাদের ওখানে কী হয়েছে?"

অরুণ ভার্গব বললেন, "গাড়িতে উঠুন। হোটেল থেকে আপনাদের জিনিসপত্রগুলো তুলে নিতে হবে। যেতে যেতে সব বলব।"

হোটেলে এসে জিনিসপত্র সব ভরা হল পুলিশের গাড়িতে। ম্যানেজার বিল বানাতে দেরি করছিল, অরুণ ভার্গব তাকে ধমক দিয়ে বললেন, "শিগ্‌গির, শিগ্‌গির করুন। সময় নষ্ট করছেন কেন?"

টাকাপয়সা মিটিয়ে দিয়ে সবাই মিলে ওঠা হল এক গাড়িতে।

নদীটার দিকে তাকিয়ে কাকাবাবু বললেন, "জায়গাটা খুব পছন্দ হয়েছিল। খুব ইচ্ছে ছিল, নিরিবিলিতে এখানে কয়েকটা দিন থেকে যাওয়ার।"

অরুণ ভার্গব বললেন, "বুঝতেই পারছেন, খুবই একটা বিপদের সম্ভাবনা রয়েছে বলেই আপনাকে বিরক্ত করা হচ্ছে।"

কাকাবাবু জিজ্ঞেস করলেন, "ব্যাপারটা এবার শোনা যাক।"

অরুণ ভার্গব বললেন, "একটু খুলে বলতে হবে। তবে ব্যাপারটা খুবই গোপন, বাইরের কেউ এখনও কিছু জানে না।"

তিনি সন্তু আর জোজোর দিকে তাকালেন।

কাকাবাবু বললেন, "ওরা ঠিক আছে। আলাপ করিয়ে দিই, একজন আমার ভাইপো সন্তু, আর একজন তার বন্ধু জোজো। ওদের গুণপনা ক্রমশ জানতে পারবেন।"

জোজো বলল, "কাকাবাবু, শুধু গুণপনা কেন বললেন? আমাদের কোনও দোষ নেই বুঝি?"

কাকাবাবু হাসলেন।

সন্তু বলল, "জোজো, আগে ঘটনাটা শুনতে দে!"

অরুণ ভার্গব বললেন, "পরশুদিন শিবরাত্রির পুজো জানেন নিশ্চয়ই?"

কাকাবাবু বললেন, "শিবরাত্রি? না, জানতাম না।"

অরুণ ভার্গব বললেন, "শিবরাত্তিরে এখানে বিরাট মেলা হয়। সেই উপলক্ষে গ্রাম থেকে দেবতারা নেমে আসেন। দূর দূর পাহাড়ের ওপর যেসব গ্রাম, সেখান থেকেও দেবতারা আসেন।"

কাকাবাবু খানিকটা অবাক হয়ে বললেন, "দেবতারা নেমে আসেন মানে?"

জোজো বলল, "দেবতারা কি উড়তে উড়তে আসেন? না, রথে চেপে?"

অরুণ ভার্গব বিরক্তভাবে তাকালেন জোজোর দিকে। সন্তু তার কাঁধে চিমটি কেটে বলল, "চুপ করে শোন না!"

অরুণ ভার্গব বললেন, "দেবতা মানে দেবতার মূর্তি। সব গ্রামেই মন্দির আছে, আলাদা আলাদা দেবতা আছেন। এখানে কেউ মূর্তি বলে না, শুধু দেবতাই বলে। মাণ্ডিতে সেই দেবতাদের নিয়ে শোভাযাত্রা হয়। পুরুতরা কাঁধে করে দেবতার সিংহাসন বয়ে নিয়ে যান। অনেক দূর দূর থেকে আসতে হয়, বৃষ্টি হতে পারে, রাস্তা বন্ধ হয়ে যেতে পারে, তাই শিবরাত্রির দু'-তিনদিন আগেই অনেক দেবতা পৌঁছে যান। এখানকার মন্দিরে তাঁদের ভাগ ভাগ করে রাখা হয়। প্রায় তিনশো-সাড়ে তিনশো দেবতা। এর মধ্যে লাল পাথুরে নামে একটা খুব বড় গ্রামের

দেবতার নাম ভূতেশ্বর। খুব জাগ্রত। খুব নাম। সেই ভূতেশ্বর দেবতা চুরি হয়ে গেছে।"

কাকাবাবু বললেন, "দেবতা চুরি? শুনতে কীরকম অদ্ভুত লাগে। অর্থাৎ দেবতার মূর্তি চুরি। খুব দামি বুঝি?"

ভার্গব বললেন, "দামি মানে সোনা কিংবা রুপোর নয়। পঞ্চ ধাতুতে তৈরি। খুব বেশি দামি নয়, আবার শস্তাও নয়। সেজন্য কেউ চুরি করবে না। মূর্তিটা অন্তত আড়াইশো বছরের পুরনো, সেইদিক থেকে দাম আছে, যাকে বলে অ্যান্টিক ভ্যালু। অনেক সময় এইসব মূর্তি বিদেশে পাচার হয়ে যায়। তা ছাড়া, অন্য গ্রামের লোকও চুরি করতে পারে।"

জোজো বলল, "ভূতেশ্বর মানে কি ভূতদের দেবতা?"

কাকাবাবু বললেন, "এসব নিয়ে ঠাট্টা-ইয়ার্কি করতে নেই, জোজো। মানুষের বিশ্বাসের ব্যাপার। ভূতেশ্বর মানে শিব। শিবের আর-এক নাম ভূতনাথ।"

জোজো বলল, "ও হ্যাঁ, তাই তো! আমার এক জ্যাঠামশাইয়ের নামও ভূতনাথ। আমরা বলি, ভুতুজ্যাঠা। খুব ভয় পাই তাঁকে।"

ভার্গব এমনভাবে জোজোর দিকে তাকালেন যে, মনে হল, কাকাবাবু না থাকলে এক্ষুনি তিনি জোজোকে একটা চড় কষাতেন।

কাকাবাবু বললেন, "দেবতার মূর্তি চুরি গেছে, তাতে আমি কী করব বলুন তো? চোর ধরা তো পুলিশের কাজ। আমি কোনও দিন পুলিশের চাকরি করিনি। চোর কী করে ধরতে হয়, তাও জানি না।"

ভার্গব বললেন, "মূর্তিটা যে চুরি গেছে, এটাই এখনও কাউকে জানানো হয়নি। জানাজানি হয়ে গেলেই দাঙ্গা বেঁধে যেতে পারে। পুলিশ খোঁজখবর নিতে গেলেই লোকের সন্দেহ হবে। সেইজন্য আমরা এগোতে পারছি না। মাপ করবেন, মিস্টার রায়চৌধুরী। আমি আপনার পরিচয় ঠিক জানি না। আমাদের ওপর অর্ডার এসেছে আপনার সাহায্য নেওয়ার জন্য।

কাকাবাবু বললেন, "দেখছেনই তো আমি খোঁড়া মানুষ। চোরের পেছনে ছোটাছুটি করা কি আমার পক্ষে সম্ভব?"

জোজো বলল, "কাকাবাবু, একটা কাজ করলে হয় না? এই কেসটা সন্তু আর আমাকে দিয়ে দিন। আমরা ঠিক ভূতেশ্বর ঠাকুরকে খুঁজে বের করে নেব। আমাদের কেউ সন্দেহও করবে না।"

ভার্গব চোখ দিয়ে জোজোকে ভস্ম করে দিতে চাইলেন।

কাকাবাবু বললেন, "এটা মন্দ প্রস্তাব নয়। তোমরাই চেষ্টা করে দ্যাখো। তোমরা ছোটাছুটিও করতে পারবে।"

ভার্গব খুবই অসন্তুষ্টভাবে বললেন, "আপনারা প্লিজ ব্যাপারটা হালকাভাবে নেবেন না। এটা সাধারণ চুরির ব্যাপার নয়। এখানকার মানুষ দেবতার মূর্তি ছুঁতেই সাহস করে না। চোরেরাও মন্দিরে ঢুকতে ভয় পায়। আজ পর্যন্ত এ-রাজ্যে কখনও

কোনও দেবতার মূর্তি কিংবা কোনও মূর্তির গায়ের গয়না চুরি যায়নি।”

কাকাবাবু বললেন, “অন্য রাজ্যের লোক এসে চুরি করতে পারে। ভার্গব সাহেব, আপনি বললেন, মূর্তিচুরির কথা এখনও কেউ জানে না। যে পুরোহিতরা মূর্তিটি বয়ে এনেছে গ্রাম থেকে, তারা নিশ্চয়ই টের পেয়ে গেছে?”

ভার্গব বললেন, “দু'জন পুরোহিত শুধু জানে। কিন্তু তারা আর কাউকে জানাতে পারবে না। দু'জনকেই খুব কড়া ঘুমের ওষুধ খাইয়ে ঘুম পাড়িয়ে রাখা হয়েছে। কিন্তু পরশুদিন শিব রাত্রির মিছিলে তো অন্য দেবতাদের সঙ্গে ভূতেশ্বরের মূর্তি বের করতেই হবে। হাতে মাত্র দু' দিন সময়।”

কাকাবাবু বললেন, “এই দু' দিনের মধ্যে ওরকম আর-একটা মূর্তি বানিয়ে ফেলা যায় না?”

ভার্গব বললেন, “আড়াই শো বছরের একটা পুরনো মূর্তির সঙ্গে একটা নতুন মূর্তির তফাত বোঝা যাবে না? তা ছাড়া মূর্তিটা ঠিক কীরকম দেখতে, তাও তো আমরা জানি না। ছবি তুলে রাখা হয়নি।”

কাকাবাবু এবার হেসে ফেলে বললেন, “এই রে, মূর্তিটা কী রকম দেখতে, আপনারা জানেন না। আমিও তো জানি না। না জেনে একটা জিনিস খুঁজব কী করে?”

ঠিক উত্তর দিতে না পেরে ভার্গব চুপ করে গেলেন।

কাকাবাবু জিজ্ঞেস করলেন, “নরেন্দ্র কি সিমলা থেকে আসছে এখানে?”

ভার্গব বললেন, “হ্যাঁ। সন্ধের মধ্যেই পৌঁছে যাবেন। টেলিফোনে যোগাযোগ রাখছেন আমাদের সঙ্গে।”

জোজো বলল, “দ্যাখ সন্তু, এখানে পার্বতী নদী আর একটা বড় নদীর সঙ্গে মিশেছে।”

সন্তু বলল, “এটা বিয়াস নদী। নামটা কী করে হয়েছে জানিস?”

জোজো বলল, “বিয়াস, মানে বাংলায় আমরা যাকে বলি ব্যাস। ব্যাস নামে একজন ঋষি ছিলেন না? তিনিই তো মহাভারত লিখেছেন।”

কাকাবাবু বললেন, “ব্যাসদেব মহাভারত লিখেছেন ঠিকই। কিন্তু এই নদীর নাম তাঁর নামে হয়নি।”

ভার্গব বললেন, “হ্যাঁ, বিয়াস মুনির নামেই এই নদী। এখানেই তাঁর আশ্রম ছিল।”

কাকাবাবু বললেন, “এখন লোকে তাই ভাবে, কিন্তু এই নামের আসল মানে অন্য। এ নদীর নাম ছিল বিপাশা। সেই বিপাশা থেকে বিয়াস হয়ে গেছে। বিপাশার সঙ্গে ব্যাসদেবের সম্পর্ক নেই। এখানে তো বশিষ্ঠ মুনিরও আশ্রম আছে, তাই না?”

ভার্গব বললেন, “হ্যাঁ, মানালিতে আছে। এই নদীরই ধারে।”

কাকাবাবু বললেন, “বশিষ্ঠ মুনিই এই নদীর নাম দিয়েছিলেন বিপাশা। বশিষ্ঠ

মুনির একশোটি ছেলেকে এক রাক্ষস মেরে ফেলেছিল। মনের দুঃখে তিনি আত্মহত্যা করতে চাইলেন। অনেক রকম চেষ্টা করেও তিনি মরতে পারছিলেন না কিছুতেই। শেষকালে তিনি সারা গায়ে দড়ি জড়িয়ে বেঁধে ঝাঁপ দিলেন এক নদীতে। হাত-পা বাঁধা থাকলে তো সাঁতার কাটা যায় না, ডুবে মরতেই হয়। কিন্তু বশিষ্ঠ মুনিকে সবাই দারুণ শ্রদ্ধা করত। তাই নদীটিও তাকে মরতে দিল না, সেই দড়ির বাঁধন খুলে দিল। পাশ মানে বন্ধন, সেই থেকে নদীর নাম হল বিপাশা। তুই এই গল্পটা জানতিস না সন্তু?"

সন্তু মাথা নেড়ে বলল, "হ্যাঁ।"

কাকাবাবু বললেন, "তা হলে আর আমি বলতে গেলাম কেন? তোরই বলা উচিত ছিল।"

সন্তু জিজ্ঞেস করল, "আমরা বশিষ্ঠ মুনির আশ্রম দেখতে যাব না?"

কাকাবাবু বললেন, "দাঁড়া, আগে ভূতেশ্বরের মূর্তি উদ্ধারের ব্যাপারে কী করা যায় দেখা যাক। নরেন্দ্র যে কী ঝামেলাই চাপাল!"

সমস্ত রাস্তাটাই বিয়াস নদীর ধার দিয়ে। আরও ঘণ্টাখানেক পরে ওরা পৌঁছে গেল মাণ্ডিতে।

মাণ্ডি রীতিমতন শহর। নদীর ধারেই বাজার, অনেক হোটেল, কয়েকটা মন্দির আর প্রচুর বাড়ি। ভার্গব অবশ্য ওদের যেখানে নিয়ে গেল, সে জায়গাটা ঘিঞ্জি নয়। একটা ছোট্ট টিলার ওপরে সুন্দর বাগান-ঘেরা একটা সাদা রঙের বাড়ি। সামনে অনেকখানি চওড়া একটা ঢাকা বারান্দা।

এখান থেকে অনেকদূর পর্যন্ত দেখা যায়। চতুর্দিকে ছোট ছোট টিলা, বরফঢাকা বড় পাহাড় এদিকে নেই।

দূরের কোনও মন্দির থেকে অনবরত ঘণ্টার শব্দ শোনা যাচ্ছে।

ওরা পৌঁছবার একটু পরেই আর-একটা গাড়িতে চলে এলেন কয়েকজন অফিসার। তাঁদের মধ্যে একজনের বেশ জবরদস্ত মিলিটারির মতন চেহারা। তিনি পুলিশের বড়কর্তা, তাঁর নাম ভূপিন্দার সিং। চুরির ব্যাপারটা বোঝাতে বোঝাতে তিনি এক সময় কাকাবাবুর হাত চেপে ধরে বললেন, "মিস্টার রায়চৌধুরী, দেবতার মূর্তিটা খুঁজে বের করার একটা কিছু উপায় আপনাকে বাতলাতেই হবে। নরেন্দ্র ভার্মা বলেছেন, আপনি অসাধ্য সাধন করতে পারেন।"

কাকাবাবু বললেন, "নরেন্দ্র আমার নামে বাড়িয়ে বাড়িয়ে বলেছে। আগে তো আমি কখনও চোর ধরিনি।"

ভূপিন্দার সিং বললেন, "চোর ধরা পড়ুক বা না পড়ুক, মূর্তিটা পেলেই হল।"

কাকাবাবু বললেন, "চলুন, যেখান থেকে মূর্তিটা চুরি গেছে, সেই জায়গাটা আগে দেখে আসি।"

ভূপিন্দার সিং বললেন, "আমরা তো যেতে পারব না। আমাদের সবাই চেনে। আমাদের ওখানে যেতে দেখলেই লোকে কিছু একটা সন্দেহ করবে। আপনি

টুরিস্ট, আপনি মন্দির দেখার ছুতো করে সেখানে চলে যান। ড্রাইভার আপনাকে নিয়ে যাবে। মন্দিরের বাইরে দেখবেন তিনজন গ্রামের লোক বসে আছে। বিড়ি খাচ্ছে, খৈনি খাচ্ছে। তারা কিন্তু আসলে গ্রামের লোক নয়, সাদা পোশাকের পুলিশ। ওই মন্দিরে যাতে এখন আর কেউ যেতে না পারে। তাই ওরা পাহারা দিচ্ছে। আমাদের ড্রাইভার ওকে আপনার কথা বুঝিয়ে দেবে। ভেতরের পুরুত দু'জন এখনও ঘুমোচ্ছে। সন্ধের আগে তাদের জাগবার কোনও সম্ভাবনা নেই।

কাকাবাবু বললেন, "তারপর কি ওদের আবার ঘুম পাড়িয়ে রাখবেন? ওরা খাবেটাবে না?"

ভূপিন্দর সিং বললেন, "সন্ধের পর কী করা হবে, তা তখন ভেবে দেখা যাবে।"

কাকাবাবু বললেন, "ঠিক আছে। তা হলে মন্দিরটা ঘুরে আসা যাক।"

॥ ৩ ॥

বিয়াস নদীর ওপর এখানে কয়েকটা সেতু আছে। নদীর দু' দিকেই শহর। অনেক হোটেল হয়েছে।

বাংলোর টিলাটা থেকে নেমে, নদী পার হয়ে যেতে হল উলটোদিকে। শহর ছাড়িয়ে ফাঁকা জায়গায় আর-একটা টিলার ওপর সেই মন্দির। খুবই ছোট মন্দির, শুধু পাথরের দেওয়াল, রং-টংও করা নেই। মন্দিরের সামনে অনেকখানি ফাঁকা জায়গা, সেইখান থেকে ধাপে ধাপে সিঁড়ি উঠে গেছে মন্দিরের দরজা পর্যন্ত।

গাড়িটা এসে সেই ফাঁকা জায়গাটায় থামল।

দু'জন লোক সিঁড়ির ওপর বসে বিড়ি টানছিল, তাড়াতাড়ি উঠে দাঁড়িয়ে কাকাবাবুদের দিকে চেয়ে রইল তীক্ষ্ণ চোখে। গাড়ির ড্রাইভার এগিয়ে গেল আগে আগে। সে লোকদুটির সঙ্গে কথা বলে সব বোঝাতে লাগল।

কাকাবাবু বললেন, "সন্তু, তুই আর জোজো আগে উঠে যা। আমার তো সিঁড়ি দিয়ে উঠতে সময় লাগবে।"

সন্তু বলল, "আমরাও আস্তে-আস্তে উঠছি তোমার সঙ্গে।"

কাকাবাবু বললেন, "না, আমার পাশে থাকতে হবে না। তোরা এগিয়ে যা।"

পাহারাদারদের একজন সন্তুদের নিয়ে গেল ওপরে, আর একজন রইল কাকাবাবুর সঙ্গে।

উঁচু উঁচু সিঁড়ি, ক্রাচ নিয়ে উঠতে কাকাবাবুর অসুবিধে হচ্ছে। পেছনে যাতে না যায় সেজন্য তিনি সাবধানে ক্রাচ ফেলছেন। পাহারাদারটি তাঁর হাত ধরতে এলে তিনি হিন্দিতে বললেন, "আমাকে সাহায্য করতে হবে না। আমি নিজেই উঠতে পারব। আরও তো অনেক লোক মন্দির দেখতে আসতে পারে, তাদের আপনারা আটকাচ্ছেন কী করে?"

পাহারাদারটি বলল, "আটকাচ্ছি না। মন্দিরের বাইরের দরজায় তালা দেওয়া আছে। তাই দেখে লোকেরা এসেও ফিরে যাচ্ছে।"

কাকাবাবু জিজ্ঞেস করলেন, "এই মন্দিরে তো অন্য দেবতাও আছে, তাই না? সেই দেবতার পুজো হয় না? এখানকার স্থানীয় লোক যারা এই মন্দিরে পুজো করে, তারা আসে না?"

পাহারাদার বলল, "এ মন্দিরে শুধু শনি আর মঙ্গলবার পুজো হয়, অন্যদিন কেউ সাধারণত আসে না। পরশু শনিবার।"

"আশপাশের গ্রাম থেকে কত দেবতার মূর্তি এসেছে?"

"তিনশো'র বেশি। বড়-বড় মন্দিরগুলোতে একসঙ্গে অনেক দেবতা রাখা হয়। এই মন্দিরে শুধু একটিই ছিল। ভূতেশ্বর দেবতা।"

"এর আগে কখনও দেবতা চুরি গেছে?"

"কোনওদিন শুনিনি।"

"এই ভূতেশ্বর দেবতা কখন থেকে পাওয়া যাচ্ছে না?"

"কাল দুপুর থেকে। তার আগেও হতে পারে। দেবতা পৌঁছেছেন আগের রাতে। যে দু'জন পুরুত সঙ্গে থাকে, তারা ভাঙ খেয়ে অনেক বেলা পর্যন্ত ঘুমিয়েছে। রাত্তিরে দেবতার যাতে শীত না লাগে তাই গায়ে একটা কম্বল চাপা দেওয়া থাকে। সকালে ওরা কম্বল তুলে দেখেনি। দুপুরে ওরা কম্বল সরিয়ে দেবতাকে খাবার দিতে গিয়ে দেখে, সেখানে দেবতা নেই। রয়েছে একটা পাথর।"

"তারপর কী হল?"

"প্রথমে ওরা বোঝেনি যে, দেবতা চুরি গেছে। ওরা ভেবেছিল, দেবতা ইচ্ছে করে পাথরের রূপ ধরেছেন। সেই পাথরকেই পুজো করতে লাগল। খাবার দিল। তারপর ওদের একজন এই মন্দিরের সামনে দাঁড়িয়ে চিৎকার করতে লাগল, 'সব লোগ শুনো, শুনো, ভূতেশ্বর দেওতা পাত্থর বন্‌গয়া।' এদের এমনই বিশ্বাস, এরা ভাবতেই পারে না যে, দেবতা চুরি হতে পারে। তাই ভেবেছে, এটা দেবতারই লীলা।"

"তার মানে অনেক লোক জেনে গেছে?"

"খুব বেশি লোক জানেনি। দুপুরে বেশি লোক তো থাকে না। দু'-চারজন শুনে সেই পাথর দেখেও গেছে। তারা খুব অবাক হয়নি। পাথরও তো দেবতা হয়। খবরটা খুব তাড়াতাড়ি থানায় পৌঁছে যায়। থানার বড়বাবু সঙ্গে-সঙ্গে এখানে চলে এসে ব্যাপারটা বুঝতে পারেন। তিনি পুরুত দু'জনকে আর বেরুতে দেননি। তাদের সঙ্গে এক ঘণ্টা সময় কাটান। তাদের বোঝান যে, দেবতা ইচ্ছে করে পাথর হয়েছেন। আবার শিবরাত্রির মেলায় আগে নিজের রূপ ধরবেন। এরকম দেখাও একটা পুণ্যের কাজ। সেই উপলক্ষে অনেক খাবারদাবার আনালেন, পুরুতদের সঙ্গে নিজেও খেলেন। শুধু পুরুতদের শরবতে খুব কড়া ঘুমের ওষুধ মেশানো ছিল। তারা এখনও জাগেনি।"

"থানার বড়সাহেব খুব বুদ্ধির কাজ করেছেন তো! এখন শেষ রক্ষা হলে হয়!"

"আপনি সার কোথা থেকে আসছেন? আপনি কি সেই মূর্তি উদ্ধার করতে পারবেন?"

কাকাবাবু এবার হেসে ফেলে বললেন, "চোর ধরার কোনও মন্ত্র আমি জানি না। আপনাদের বড়সাহেব জোর করে আমাকে ধরে এনেছেন। দেখা যাক, কী করা যায়!"

মন্দিরটার বাইরে একটা দেওয়াল, তার মাঝে-মাঝে ভাঙা। ভেতরে খানিকটা চত্বর। মন্দিরের সামনে একটা চৌকো রক, তাতে পাশাপাশি শুয়ে ঘুমোচ্ছে দুই পুরোহিত। নাক ডাকার পাল্লা দিচ্ছে।"

ভেতরটা খুবই ছোট, অন্ধকার মতন। মাঝখানে একটা শিবলিঙ্গ। সেটাই এই মন্দিরের দেবতা। তার পাশে একটা বেশ বড় পাথর, এবড়োখেবড়ো মতন, কোনওরকম মূর্তি বানাবার চেষ্টাই নেই। দেখলেই মনে হয়, পাহাড়ের গা থেকে কুড়িয়ে আনা। ভূতেশ্বরের মূর্তির বদলে চোরেরা ওই পাথরটা রেখে গেছে।

কাকাবাবু ভেতরে এসে পাথরটা একবার শুধু ঠেলা দিয়ে দেখলেন। আর কিছুই দেখার নেই।

সন্তু আর জোজো তখন মন্দিরটার পেছনদিকে এসে শহরের দিকে তাকিয়ে আছে। এখান থেকে বিয়াস নদী অনেক নীচে, রাস্তা দিয়ে বাস আর ট্রাক যাচ্ছে, খেলনার মতন মনে হয়।

কাছে এসে কাকাবাবু বললেন, "বেশ মজার ব্যাপার, তাই না? যে দু'জন পুরুত ভূতেশ্বরের মূর্তিটার সঙ্গে ছিল, তারা এমন ঘুমোচ্ছে যে, সন্ধের আগে জাগবে না। তাদের কোনও কথা জিজ্ঞেস করার উপায় নেই। ভূতেশ্বরের মূর্তিটা আমরা দেখিনি, এরাও কেউ ঠিক ঠিক বর্ণনা দিতে পারছে না। তা হলে সে মূর্তি আমরা খুঁজে বের করব কী করে, কিংবা চোরদেরই বা ধরার উপায় কী?"

জোজো বলল, "আমি লক্ষ করে দেখেছি, কারও পায়ের ছাপও নেই। পাথুরে জায়গা তো!"

কাকাবাবু বললেন, "পুরুতরা আসে, পুলিশের লোক এসেছে, আরও অন্য লোক এসেছে। পায়ের ছাপ থাকলেই বা কী হত?"

জোজো বলল, "ইস, কম্পাসটা যদি নিয়ে আসতুম, কোনও সমস্যাই ছিল না।"

সন্তু বলল, "কম্পাস? কম্পাস দিয়ে কী হত?"

জোজো বলল, "গ্রিসের একজন বিশপ বাবাকে একটা অদ্ভুত ধরনের কম্পাস উপহার দিয়েছেন। সেটা হাতে থাকলে কী হয় জানিস? কম্পাসটা যদি ওই পাথরটার গায়ে একবার ছোঁয়াতুম, তা হলেই কম্পাসটা কাঁটা ঘুরিয়ে ঘুরিয়ে দেখিয়ে দিত, যে পাথরটা এনেছে, সে এখন কোথায় আছে। একবার গ্যাংটকে আমাদের হোটেলের ঘর থেকে বাবার একটা ঘড়ি চুরি গেল। সেই ঘড়িটা দিয়েছিলেন জাপানের সম্রাট, তাই বাবার খুব প্রিয়। আরও কিছু টাকাপয়সা,

জিনিসপত্র চুরি গিয়েছিল, কিন্তু ঘড়িটাই আসল। চোরটা ঘরের শুধু একটা পোড়া দেশলাইকাঠি ফেলে গিয়েছিল। সেই আধখানা কাঠি ছোঁয়ানো হল কম্পাসটাতে। অমনি সেটা টিক টিক শব্দ করে উঠল। তারপর সেটা নিয়ে এগোতে হয়, ভুল দিকে গেলেই শব্দটা থেমে যায়। শব্দটা শুনতে শুনতে রাস্তা দিয়ে হেঁটে আমি চলে এলাম বাসডিপোতে। সেখানে পাঁচখানা বাস দাঁড়িয়ে। এক-একটা বাসের সামনে গিয়ে দাঁড়াই, অমনই আওয়াজটা থেমে যায়। তাতে একটু ঘাবড়ে গিয়েছিলুম, এর পর কী করব! চতুর্থ বাসটার দরজার কাছে আসতেই টিক টিক শব্দটা খুব জোর হয়ে গেল। তারপর যা হল। তুই হয়তো শুনলে বিশ্বাস করবি না, কিন্তু একেবারে খাঁটি সত্যি কথা। বাসে তিন-চারজন লোক মোটে বসে ছিল। আমি উঠতেই কোণ থেকে একজন লোক হাউমাউ করে বলে উঠল, আমি ঘড়ি দিয়ে দিচ্ছি, সব দিয়ে দিচ্ছি, আমাকে দয়া করে পুলিশে ধরিয়ে দেবেন না!"

সন্তু অম্লান মুখে বলল, "বিশ্বাস করব না কেন? পুরোটা বিশ্বাস করেছি।"

কাকাবাবু বললেন, "সেই জাদু-কম্পাস থাকলে তো সব ঝামেলাই মিটে যেত বুঝতে পারছি। সেটা যখন নেই, তখন এ চোরদের ধরার কোনও উপায় তোমরা বলতে পারো? আমার বুদ্ধিতে কুলোবে না বুঝতে পারছি!"

সন্তু জিজ্ঞেস করল, "কাকাবাবু, তুমি চোরদের বলছ কেন? একটা চোরও তো হতে পারে?"

কাকাবাবু বললেন, "এই ধরনের চুরির পেছনে সাধারণত একটা দল থাকে। তা ছাড়া, ওই পাথরটা আমি নেড়েচেড়ে দেখেছি, একজন লোকের পক্ষে ওটা বয়ে আনা সম্ভব নয়।"

জোজো ফস করে জিজ্ঞেস করল, "দুপুরে আমরা কী খাব?"

সন্তু ভুরু তুলে বলল, "হঠাৎ খাবার কথা? এর মধ্যে তোর খিদে পেয়ে গেল?"

জোজো বলল, "খিদে পাবে না? দুপুর আড়াইটে বাজে। না খেয়েদেয়ে আমরা চোরের পেছনে ছুটতে যাব কেন?"

কাকাবাবু বললেন, "তা অবশ্য ঠিক। এখানে অপেক্ষা করেও কোনও লাভ নেই। সন্ধেবেলা পুরুত দু'জন জেগে উঠলে ওদের কাছ থেকে কিছু জানার চেষ্টা করা যেতে পারে।"

জোজো বলল, "তার মধ্যে নরেন্দ্র ভার্মা এসে পড়বেন। তাঁকে বুঝিয়ে বলুন। চোর ধরার মতন সামান্য কাজ আপনাকে মানাবে না।"

কাকাবাবু বললেন, "চলো, বাংলোতে ফেরা যাক।"

ফেরার পথে অন্য একটা সেতুর কাছে এসে গাড়িটা থেমে গেল। এই সেতুটা পুরনো। একসঙ্গে দু'দিকের গাড়ি যেতে পারে না। দু'দিকে পুলিশ দাঁড়িয়ে থাকে, তারা এক-একবার এক একদিকের গাড়ি ছাড়ে।

উলটোদিক থেকে একটা গাড়ি আসছে, তাতে ড্রাইভার ছাড়া আর কোনও

লোক নেই। ড্রাইভারটির দিকে তাকিয়ে কাকাবাবুর ভুরু কুঁচকে গেল। তিনি সন্তুদের জিজ্ঞেস করলেন, "তোরা এই লোকটিকে চিনিস?"

এখানকার স্থানীয় লোকদের মতন লোকটির মাথায় সাদা রঙের মস্ত পাগড়ি। মুখভর্তি দাড়ি-গোঁফ, বেশ শক্তসমর্থ চেহারা, ডান হাতে একটা লোহার বালা।

সন্তু বলল, "না, একে কখনও দেখেছি বলে তো মনে হয় না!"

কাকাবাবু বললেন, "আমার যেন মনে হচ্ছে, কোথাও একে দেখেছি আগে।"

জোজো বলল, "মনে হচ্ছে, মোহন সিং-এর কোনও চ্যালা। কালিকটে যখন আমাদের আটকে রেখেছিল, তখন এই লোকটাই খাবার দিতে আসত না?"

সন্তু বলল, "যাঃ, সে-লোকটার তো মাথায় টাক ছিল। মুখে দাড়ি-গোঁফও ছিল না।"

জোজো বলল, "এক বছরে দাড়ি-গোঁফ গজানো যায়। টাকও ঢাকা যায় পরচুলা দিয়ে।"

সন্তু বলল, "এক বছরে কি বেঁটে মানুষকে লম্বা করা যায়? সেই লোকটা ডেফিনিটলি এর চেয়ে বেঁটে ছিল।"

জোজো বলল, "হ্যাঁ, লম্বা হওয়াও যায়। আমার বাবার কাছে তিব্বতি ওষুধ আছে। তিব্বতের লোকরা সবাই কীরকম লম্বা হয় দেখিসনি? বাবা সেই ওষুধ অবশ্য যাকে তাকে দেন না।"

সন্তু বলল, "তা হলে তুই সেই ওষুধ খেয়ে লম্বা হচ্ছিস না কেন?"

জোজো বলল, "আমার একুশ বছর বয়েস হোক, দেখবি আমি তোর চেয়ে অন্তত ছ' সেন্টিমিটার বেশি লম্বা হয়ে গেছি।"

কাকাবাবু চিন্তিত মুখে বসে রইলেন চুপ করে।

বাংলোতে এখন আর কোনও পুলিশ নেই। একজন চৌকিদারকে দেখে জোজো চেঁচিয়ে বলল, খানা দিজিয়ে জলদি! বহুৎ ভুখ লাগ গিয়া।

কাকাবাবু বললেন, "আমি স্নানটা সেরে আসি চট করে। তোমরা স্নান করবে না? দুটো বাথরুম আছে।"

জোজো বলল, "আকাশে মেঘ জমেছে। মেঘলা দিনে স্নান করলে আমার গলায় ব্যথা হয়।"

কাকাবাবু বললেন, "গরম জল তো পেতে পারো।"

জোজো বলল, "গরম জলে স্নান করতে হয় ভোরবেলা। দুপুরবেলা আমার ঠিক সহ্য হয় না।"

কাকাবাবু স্নান সেরে এসে দেখলেন, সন্তুর তখনও হয়নি, জোজো একলাই খাবার টেবিলে বসে আছে। টেবিলে তিনটে প্লেট ও জলের গেলাস সাজানো, খাবার তখনও দেয়নি। শুধু একটা প্লেট-ভর্তি স্যালাড। জোজো তার থেকেই পেঁয়াজ আর শসা খেতে শুরু করেছে। বেচারির খুবই খিদে পেয়েছে বোঝা যাচ্ছে।

একজন পরিচারক এসে কাকাবাবুকে জিজ্ঞেস করল, "সার, আপনারা কি ঝিঙে-পোস্ত খান? আপনাদের জন্য রান্না করেছি। ঝিঙে এখানে সহজে পাওয়া যায় না।"

লোকটির মুখে বাংলা কথা শুনে কাকাবাবু অবাক হয়ে জিজ্ঞেস করলেন, "আপনি বাঙালি নাকি?"

লোকটি বলল, "আজ্ঞে হ্যাঁ সার, আমার নাম নৃপেন হালদার।"

কাকাবাবু বললেন, "আপনার বাড়ি এখানেই?"

নৃপেন বলল, "না সার, আমার বাড়ি হুগলি জেলায়। চাকরিবাকরি পাইনি, তাই ঘুরতে ঘুরতে এখানে চলে এসেছি। আমি এই বাংলোর ইনচার্জ, রান্নাও করি।"

কাকাবাবু বললেন, "বাঃ, বাঙালির ছেলে এতদূরে এসে চাকরি করছেন, এ তো বেশ ভাল কথা। তা এখানে আপনার ভাল লাগছে তো?"

নৃপেন বলল, "এমনিতে তো সবই ভাল। লোকজনেরাও ভাল, তবে কী জানেন সার। দিনের পর দিন বাংলায় কথা না বলতে পারলে বুকটা যেন শুকিয়ে যায়!"

কাকাবাবু বললেন, "এখানে আর বাঙালি নেই বুঝি?"

নৃপেন বলল, "শুনেছি, আছে আরও পাঁচ-ছ' জন। দেখা তো হয় না। এখানকার কমিশনার সাহেবই তো বাঙালি, মিস্টার সুদৃপ্ত রায়, মস্ত বড় অফিসার, তিনি অবশ্য এখন এখানে নেই, দিল্লিতে কী কাজে গেছেন শুনেছি।"

জোজো অধৈর্য হয়ে বলল, "আমরা ঝিঙে-পোস্ত খাই, সব খাই। ভাত-রুটি কী আছে আগে আনুন তো!"

নৃপেন টেবিলের ওপর খাবার সাজিয়ে দিল। অনেকরকম খাবার। ভাত-রুটি, ডাল, ঝিঙে-পোস্ত, মাছভাজা, মুরগির ঝোল।

সন্তু এর মধ্যে এসে যোগ দিয়েছে।

নৃপেন দাঁড়িয়ে আছে একপাশে। কাকাবাবু খেতে খেতে তাকে জিজ্ঞেস করলেন, "এখানে চুরি-ডাকাতি কেমন হয়?"

নৃপেন বলল, "না সার, চুরি-ডাকাতি খুবই কম। খুব শান্ত জায়গা।"

কাকাবাবু বললেন, "বাঃ, আমাদের দেশে এরকম জায়গা তো কমই আছে। এখানে শিবরাত্রির দিন খুব বড় মেলা হয়, তাই না? দেবতাদের মিছিল হয়। আপনি দেখতে যাবেন নিশ্চয়ই?"

নৃপেন বলল, "তা তো যাবই। সার, আমি 'সবুজ দ্বীপের রাজা' সিনেমাটা দেখেছি। যখনই শুনলাম, এখানে রাজা রায়চৌধুরী আসছেন, তখনই বুঝেছি, আপনিই কাকাবাবু। এখানে কি কোনও রহস্য সমাধানে এসেছেন?"

কাকাবাবু বললেন, "না, না। শিবরাত্রির মিছিল দেখতে এসেছি।"

নৃপেন জিজ্ঞেস করল, "এই দু'জনের মধ্যে সন্তু?"

সন্তু মুখ নিচু করে জোজোর দিকে আঙুল দেখিয়ে বলল, "ওই যে ও!"

জোজো সঙ্গে-সঙ্গে বলল, "আমি নয়, ও!"

কাকাবাবু নৃপেনকে জিজ্ঞেস করলেন, "তুমি বুঝি জোজোর কথা শোনোনি? সন্তুর বন্ধু।"

নৃপেন আর কিছু বলার আগেই একটা গাড়ির আওয়াজ পাওয়া গেল। সবাই তাকাল সেদিকে।

গাড়ি থেকে নামলেন নরেন্দ্র ভার্মা। লম্বা, ছিপছিপে চেহারা, সুট-টাই পরা। চোখে সোনালি ফ্রেমের চশমাটা নতুন।

ধপ ধপ করে জুতোর শব্দ তুলে সরাসরি খাওয়ার ঘরে চলে এসে তিনি বললেন, "ইস, সব খেয়ে ফেললে? আমার জন্য কিছু রাখোনি?"

কাকাবাবু বললেন, "অনেক আছে, এসো, বসে পড়ো নরেন্দ্র!"

নরেন্দ্র বললেন, "নাঃ, আমার খুব খিদে পেয়েছিল, রাস্তায় একটা পাঞ্জাবি ধাবাতে খেয়ে নিয়েছি। অনেকটা পথ গাড়িতে আসতে হয়েছে।"

তারপর জোজো-সন্তুর দিকে তাকিয়ে বললেন, "হ্যালো, ইয়াং ডেভিল্‌স, তোমরা কেমন আছ? জোজো, নতুন নতুন গল্প জমেছে?"

জোজো বলল, "অনেক!"

নৃপেন জিজ্ঞেস করল, "সার, দই খাবেন তো? আর মিষ্টিও আছে।"

কাকাবাবু বললেন, "নাঃ, দই-মিষ্টি আর এখন খাব না। গুরুভোজন হয়ে গেছে। জোজো যদি ইচ্ছে করে তো খেতে পারে।"

জোজো বলল, "দই খাব না, মিষ্টি টেস্ট করে দেখতে পারি।"

নরেন্দ্র বললেন, "এই লোকটি কি বাঙালি নাকি? এখানেও একজন বাঙালি জুটিয়েছ?"

কাকাবাবু হেসে বললেন, "বাঙালি কোথায় নেই! সারা ভারতের সব জায়গায় ছড়িয়ে আছে।"

জোজো বলল, "তেনজিং আর হিলারি যখন প্রথম এভারেস্টের চূড়ায় ওঠে, তখন দেখে যে, আগে থেকেই সেখানে কয়েকজন বাঙালি বসে বসে আড্ডা দিচ্ছে।"

নরেন্দ্র বললেন, "ইতিহাসে এই কথাটা লিখতে ভুলে গেছে, তাই না? চলো, হাত ধুয়ে নাও। আমরা অন্য ঘরে বসে কথা বলব।"

সবাই মিলে বসা হল কাকাবাবুর ঘরে। নরেন্দ্র দরজাটা বন্ধ করে দিলেন।

কাকাবাবু এবার মেজাজের সঙ্গে বললেন, "কী ব্যাপার বলো তো নরেন্দ্র? আমাকে কি একটু শান্তিতে থাকতে দেবে না? দিব্যি ছিলাম কসোল নামে একটা ছোট্ট জায়গায়, সেখান থেকে আমাদের ধরে আনাল? এখানে এসেই বা আমরা কী করব? চোর ধরা কি আমাদের কাজ? পুলিশগুলো সব অপদার্থ?"

নরেন্দ্র মিটিমিটি হেসে শান্তভাবে বললেন, "তুমি এলে কেন? ওদের না বলে দিলেই পারতে।"

কাকাবাবু বললেন, "আসতে চাইনি, ওদের অনেকবার না বলেছিলাম। তারপর তোমার নাম করে অনুরোধ জানাল। তোমার নাম শুনে তো আর ঠেলতে পারি না।"

নরেন্দ্র এবার হাসিটা সারা মুখে ছড়িয়ে বললেন, "জানতাম। আমার নাম শুনে তুমি আসবেই। তুমি বাই চান্স কাছাকাছি রয়েছ, অথচ তোমার সাহায্য পাব না, এ কখনও হয়?"

"কিন্তু এখানে চুরির ব্যাপারে আমি কী সাহায্য করব?"

"বুঝতেই পারছ, এটা সাধারণ চুরি নয়। দেবতার মূর্তি চুরি। কালকের মধ্যে মূর্তিটা উদ্ধার করতে না পারলে দারুণ গোলমাল হবে। দাঙ্গা লেগে যেতে পারে। এর মধ্যে জানাজানি হলেও বিপদ। তাই পুলিশকে এত সাবধানে চলতে হচ্ছে।"

"শোনো নরেন্দ্র, সাধারণ মানুষ পাপের ভয়ে দেবতার মূর্তিকে ছুঁতেই সাহস করে না, চুরি করা তো দূরের কথা। কিন্তু যারা চোরা কারবার করে, তাদের ওসব পাপের ভয়টয় নেই। ওরা বিদেশে অনেক পুরনো মূর্তি পাচার করে দেয়। সেইরকম কোনও দলের খবর পুলিশ রাখে না? তাদের ধরে জেরা করো। আমি খোঁড়া মানুষ, আমি তো আর দৌড়োদৌড়ি করতে পারব না?"

"এখানে এরকম ঘটনা আগে ঘটেনি। আসলে উড়িষ্যা, মধ্যপ্রদেশ কিংবা কর্নাটকে কত বড় বড় মন্দির, প্রচুর ভাল ভাল মূর্তি, ওসব জায়গা থেকে কিছু মূর্তি চুরি যায়। কিন্তু এখানে অত বড় কিংবা পুরনো মন্দির নেই, তেমন কিছু দামি মূর্তিও নেই। তাই চোরাকারবারিদেরও এদিকে নজর পড়েনি। মনে হচ্ছে, মূর্তি চুরি করে কেউ কিছু একটা গোলমাল পাকাতে চাইছে।"

"আমার কাছে তোমরা কী সাহায্য আশা করো। মূর্তিটা কেমন দেখতে তাই-ই জানি না।"

"কয়েকটা ছবি জোগাড় হয়েছে শুনেছি। গত বছরের মেলার সময় তোলা। ছবিগুলো খুব পরিষ্কার নয়, তবু একটা আন্দাজ পাওয়া যাবে। একটু পরেই একজন ছবিগুলো নিয়ে আসবে এখানে।"

"সেই ছবি দেখে আর একটা দেবতার মূর্তি বানিয়ে নাও। এখন তো ঝঞ্ঝাট মিটুক। আসল মূর্তি পরে খুঁজো।"

"এত তাড়াতাড়ি পঞ্চ ধাতুর মূর্তি গড়া সম্ভব নয়। তা ছাড়া পুরনোর সঙ্গে নতুনের তফাত বোঝা যাবেই। মেলার দিন এরা ফুল আর চন্দন দিয়ে মূর্তিটাকে সাজায়।"

"পুরুত দু'জনকে তোমরা কতক্ষণ ঘুম পাড়িয়ে রাখবে? তিন দিন ধরে ঘুম পাড়িয়ে রাখা সম্ভব নাকি? যদি ওরা মরে যায়?"

"না, একটা অন্য ব্যবস্থা হয়েছে। ওদের তুলে নিয়ে রাখা হবে একটা নার্সিং হোমে। ওদের অসুস্থ সাজিয়ে চিকিৎসা করানো হত, ওখান থেকে বেরুতে পারবে না। আর দু'জন লোককে পুরুত সাজিয়ে পাঠানো হবে ওই মন্দিরে।"

"সেই গ্রামের আর অন্য লোক নেই? তারা মূর্তিটা দেখতে আসবে না? অন্য পুরুতদের দেখে সন্দেহ করবে না?"

"লালপাথর গ্রামটা অনেক দূরে। দেবতার মূর্তি নিয়ে পুরুতরা অনেক আগে চলে আসে। আর গ্রামের লোক মেলা দেখলে আসবে ওইদিন সকালে কিংবা আগের রাতে। এর মধ্যে কেউ এসে পড়লে বলা হবে, মূর্তি ঢেকে রাখা আছে। কোনওরকমে ম্যানেজ করতে হবে আর কী?"

নরেন্দ্রর কোটের পকেটে এই সময় কুরুরুং কুরুরুং শব্দ হল। তিনি একটা মোবাইল ফোন বের করে কার সঙ্গে যেন কথা বলতে লাগলেন হিন্দিতে।

কথা শেষ করে বললেন, "ছবিগুলো নিয়ে আসছে ভূপিন্দার সিং। আর একজন লোক পাহারাদারদের ফাঁকি দিয়ে মন্দিরে ঢুকে পুরোহিতদের জাগাবার চেষ্টা করছিল, তাকে ধরে ফেলেছে, তাকেও নিয়ে আসছে এখানে।"

কাকাবাবু হাত বাড়িয়ে বললেন, "দেখি ফোনটা!"

হাতে নিয়ে বললেন, "কত ছোট্ট! এগুলোর উন্নতি হচ্ছে। ভারী কাজের জিনিস। আমি কখনও ব্যবহার করিনি।"

নরেন্দ্র ভার্মা বললেন, "এখন কোনও লোককে বিশেষ দরকারে বাড়িতে না পেলেও যে-কোনও জায়গা থেকে খুঁজে বের করা যায়।"

জোজো এতক্ষণ কিছু বলেনি, সে বলল, "আমাদের বাড়িতে একটা মোবাইল ফোন আছে, সেটা দিয়ে পৃথিবীর যে-কোনও দেশের লোকেরা সঙ্গে কথা বলতে পারি, এত পাওয়ারফুল।"

সন্তু সঙ্গে সঙ্গে বলল, "কিছুদিনের মধ্যেই চাঁদ কিংবা মঙ্গলগ্রহের সঙ্গেও কথা বলা যাবে। বাড়ির টেলিফোন উঠেই যাবে, সবারই পকেটে পকেটে থাকবে ফোন।"

নরেন্দ্র বললেন, "রাজা, এটা তোমার কাছেই রাখো।"

কাকাবাবু বললেন, "না, না, আমি নিয়ে কী করব?"

নরেন্দ্র বললেন, "যে ক'দিন এখানে থাকবে, ব্যবহার করো। আমি আর-একটা জোগাড় করে নেব।"

কাকাবাবু তবু আপত্তি করলেন, কিন্তু নরেন্দ্র শুনলেন না, জোর করে সেটা গুঁজে দিলেন কাকাবাবুর পকেটে। একটা কাগজে লিখে দিলেন কয়েকটা প্রয়োজনীয় নম্বর।

একটু পরেই ভূপিন্দার সিং পৌঁছে গেলেন। সঙ্গে একটা লোক, তার হাত বাঁধা। লোকটির সাধারণ চেহারা, পাজামার ওপর একটা সোয়েটার পরে, মাথার চুল কদমছাঁট, চোখদুটো দেখলে মনে হয় বেশ বুদ্ধি আছে।

আরও দু'জন পুলিশ অফিসার পেছনে দাঁড়িয়ে। নরেন্দ্র তাদের জিজ্ঞেস করলেন, "এ লোকটা কিছু স্বীকার করেছে?"

তাদের একজন বললেন, "না সার, কোনও কথাই বলতে চায় না। অতি ধুরন্ধর লোক।"

কাকাবাবু লোকটির পা থেকে মাথা পর্যন্ত চোখ বুলিয়ে নরেন্দ্রকে জিজ্ঞেস করলেন, "এর কোনও অপরাধ প্রমাণ হয়েছে?"

নরেন্দ্র বললেন, "শুনলে তো, কোনও কিছুই স্বীকার করেনি। আমি জেরা করে দেখব।"

কাকাবাবু বললেন, "শোনো নরেন্দ্র, অপরাধ প্রমাণ না হলে কারও হাত বেঁধে রাখা বেআইনি। মন্দিরে ঢুকে পুরুতের সঙ্গে কথা বলার চেষ্টা তো অপরাধ নয়। হয়তো ও কিছুই জানে না।"

নরেন্দ্র বললেন, "তা হতেও পারে। তবে, এখন পর্যন্ত সন্দেহজনক এই একজনকেই পাওয়া গেছে।"

পুলিশদের দিকে মুখ ফিরিয়ে বললেন, "ঠিক আছে, ওর হাতের বাঁধন খুলে দাও, বসিয়ে রাখো। আগে আমরা ছবিগুলো দেখে নিই।"

লোকটি বসার সময় দু'বার হুঁ হুঁ শব্দ করল।

ভূপিন্দার সিং ছবিগুলো বের করলেন। সবাই দেখতে লাগল একসঙ্গে।

গত বছরের মিছিলের ছবি। মোট চারখানা, তার মধ্যে তিনখানাতেই দেখা যাচ্ছে মিছিলের অনেকটা, কাঁধে করে ঠাকুরের সিংহাসন বয়ে নিয়ে যাচ্ছে লোকেরা, প্রত্যেকটাতে দেবতার মূর্তি, তার মধ্যে একটা ভূতেশ্বরের, কিন্তু স্পষ্ট বোঝা যায় না। একটাই শুধু ভূতেশ্বরের, তলার দিকটা ফুলে ঢাকা, হলদে রঙের মুখ, নাক, চোখ খুব পরিষ্কার নয়, তবে কপালের ওপর একটা চোখ দেখে বোঝা যায়, সেটা শিবের।

কাকাবাবু মূর্তিটা খুঁটিয়ে লক্ষ করে বললেন, "মূর্তিটা ভাল। একটা বৈশিষ্ট্য আছে। কতদিনের পুরনো?"

ভূপিন্দার সিং বললেন, "গ্রামের লোক বলে আড়াইশো, তিনশো বছর। পরীক্ষা করে তো দেখা হয়নি।"

"কতটা উঁচু?"

"প্রায় দু' ফুট।"

"তার মানে বেশ ভারী। মাথার চুলে সাপ জড়ানো। এরকম একটা মূর্তির নকল চট করে বানানো সম্ভব নয় ঠিকই। যারা চুরি করেছে, তারা যদি এটা এর মধ্যেই মাণ্ডির বাইরে পাচার করে দিয়ে থাকে, তা হলেই তো মুশকিল।"

"খবর পাওয়ার পর থেকে আমরা মাণ্ডি থেকে যেসব গাড়ি যাচ্ছে, আর যেসব গাড়ি আসছে, চেক করে দেখছি। তার আগেও নিয়ে যেতে পারে।"

"সব গাড়ি কি আর তন্নতন্ন করে দেখা হয়। সেটা সম্ভবও নয়। এটার কত দাম হতে পারে?"

"খুব বেশি হলে চার-পাঁচ হাজার।"

"চোরাকারবারিদের কাছে এটা সামান্য টাকা। তারা এজন্য নজর দেবে না। ছিঁটকে চোরের কাজ হতে পারে। কিন্তু ছিঁচকে চোররা পাপের ভয়ে দেবতার মূর্তিতে হাত ছোঁয়ায় না।'

“বিদেশে অনেক বেশি দাম হতে পারে।”

“বিদেশে যারা পুরনো জিনিস সংগ্রহ করে, তারা অনেক টাকা দেয় বটে, কিন্তু তারা বোকা নয়। পুরনো বলা হলেই তো তারা মেনে নেবে না। কার্বন টেস্ট করে বয়েস জেনে নেবে। এটা যে আড়াইশো-তিনশো বছরের পুরনো, তার কি নিশ্চয়তা আছে? গ্রামের লোকেরা একটু পুরনো হলেই অনেক বাড়িয়ে বলে।”

“কিন্তু কেউ তো কোনও মতলবে মূর্তিটা সরিয়েছে ঠিকই!”

“হয়তো একটা গণ্ডগোল পাকানোই তার উদ্দেশ্য। ওই লালপাথর গ্রামের লোকদের ওপর কারও রাগ থাকতে পারে। অনেক সময় পাশাপাশি দুটো গ্রামের লোকদের মধ্যে ঝগড়া-মারামারি হয়। সেরকম কখনও কিছু হয়েছে কিনা, খোঁজ নেওয়া দরকার।”

“লালপাথর গ্রামটা খুব দূরে আর দুর্গম জায়গায়। পুলিশ খুব কম যায়। তবু দু'জনকে পাঠাচ্ছি আজ রাতেই।”

“এবার দেখা যাক, এই লোকটি কোন গ্রামের লোক।”

কাকাবাবু লোকটির দিকে ফিরে জিজ্ঞেস করলেন, “তুমহারা নাম কেয়া?”

লোকটি শব্দ করল, “হুঁ হুঁ হুঁ হুঁ!”

কাকাবাবু নরেন্দ্রকে বললেন, “কী বলল বুঝলাম না। তোমরা কেউ প্রশ্ন করো।”

নরেন্দ্র একজন পুলিশ অফিসারকে নির্দেশ দিলেন।

তিনি লোকটির থুতনি ধরে উঁচু করে রুক্ষভাবে বললেন, “এই তোর নাম কী রে?”

লোকটি বলল, “হুঁ হুঁ হুঁ হুঁ!”

“তুই কোন গ্রামে থাকিস?”

“হুঁ হুঁ হুঁ হুঁ!”

“ঠিক করে উত্তর দে! তুই কোথা থেকে এসেছিস?”

“হুঁ হুঁ হুঁ হুঁ!”

“এবার মার খাবি! কথা বলছিস না যে! নাম বল!”

“হুঁ হুঁ হুঁ হুঁ!”

পুলিশ অফিসারটি বিরক্ত হয়ে বলল, “সার, মনে হচ্ছে লোকটা বোবা।”

কাকাবাবু বললেন, “বোবা কিনা তা পরীক্ষা করার একটা উপায় আছে। সন্তু, ওষুধটা দে তো।”

সন্তু গিয়ে লোকটির পাশে দাঁড়িয়ে খুব জোরে তার কানে ফু দিয়ে দিল!

লোকটি অমনই ছিটকে সরে গেল একদিকে। দু'হাতে কান চাপা দিল।

কাকাবাবু বললেন, “বোবারা কানেও শুনতে পায় না। এ যে শুনতে পায় তা বোঝাই যাচ্ছে।”

জোজো বলল, “আর-একটা ওষুধ আছে, দেব?”

কাকাবাবু বললেন, "সেটা একটু পরে।"

পুলিশ অফিসারটি জোর করে লোকটির হাত সরিয়ে বললেন, "এই, কথার উত্তর দে। নাম বল, না হলে কিন্তু সত্যি মারব।"

লোকটি এবার মাথা নেড়ে নেড়ে শব্দ করল, "হুঁ হুঁ হুঁ হুঁ হুঁ হুঁ।"

কাকাবাবু বললেন, "এমন হতে পারে, এর নামই হুঁ হুঁ। হুঁ হুঁ বাবু!"

নরেন্দ্র বললেন, "লোকটা পাগল নয় তো!"

ভূপিন্দার সিং বললেন, "কিংবা ইচ্ছে করে পাগল সেজেছে!"

জোজো বলল, "পাগল সাজা খুব সোজা। আমি ইচ্ছে করলে এমন পাগল সাজতে পারি, কেউ বুঝতে পারবে না!"

নরেন্দ্র বললেন, "তুমি পাগল সাজলে ধরে কার সাধ্য!"

পুলিশ অফিসারটি বললেন, "ওর পাগলামি আমি ঘুচিয়ে দিচ্ছি।"

ঠাস করে এক চড় কষালেন লোকটির গালে।

লোকটি চড় খেয়েও কোনও শব্দ করল না।

কাকাবাবু বললেন, "এই মারধোর কোরো না। আমি দেখতে পারি না। বরং জোজো তোমার ওষুধটা এবার লাগাও।"

জোজো উঠে গিয়ে লোকটিকে কাতুকুতু দিতে লাগল। লোকটি তাতে হাসল না। মুখও খুলল না। জোজো অনেক চেষ্টা করে হাল ছেড়ে দিল।

কাকাবাবু বললেন, "এই রে, মনে হচ্ছে লোকটি সত্যিই পাগল হতে পারে। পাগলরা সহজে হাসে না। এত কাতুকুতুতেও হাসল না!"

নরেন্দ্র বললেন, "যাঃ, কী যে বলো, অনেক লোকের কাতুকুতু লাগে না। আমারও তো হাসি পায় না একটুও!"

ভূপিন্দার হেসে বললেন, "আমার কিন্তু কেউ বগলের কাছে হাত আনলেই হাসি পেতে শুরু করে।"

কাকাবাবু বললেন, "নরেন্দ্র, তোমার কাতুকুতু লাগে না? বেশ, পরীক্ষা করে দেখা যাক। জোজো—"

জোজো নরেন্দ্রকে কাতুকুতু দিতে শুরু করল।

নরেন্দ্র মুখখানা কঠিন করে থেকে বলল, "কই, দেখছ, একটুও লাগছে না।"

কাকাবাবু বললেন, "সন্তু, তুই দ্যাখ তো।"

সন্তু বলল, "জোজো, তুই আর আমি একসঙ্গে দু'দিকে—"

ওরা নরেন্দ্রর দু' বগলে কাতুকুতু দিতেই নরেন্দ্র খিলখিল করে হেসে ফেলে বলতে লাগল, "এই, এই, ছাড়ো, ছাড়ো।"

পুলিশরা নরেন্দ্রর ওই অবস্থা দেখে হাসতে লাগল মুখ ফিরিয়ে।

কাকাবাবুও হাসতে হাসতে বললেন, "ছাড়িস না, আর একটু দে!"

সেই লোকটিও মাথা দুলিয়ে দুলিয়ে হুঁ হুঁ হুঁ হুঁ করে উঠল।

॥ ৪ ॥

বাংলোর সামনে অনেকখানি বাগান। সেই বাগানে চেয়ার-টেবিল পেতে চা খেতে বসা হয়েছে। এখানে ঠাণ্ডা অনেক কম। দূরের পাহাড় রেখায় সূর্য অস্ত যাচ্ছে, এক্ষুনি ডুব দেবে।

কাকাবাবু পট থেকে তৃতীয় কাপ চা ঢেলে নিলেন।

সন্তু ঘুরে ঘুরে ফুলের গাছগুলো দেখছে। জোজো আপনমনে একটা গান গাইছে গুনগুন করে।

নরেন্দ্র আর পুলিশের দলবল ফিরে গেছে একটু আগে। আবার ফিরে আসবে সন্ধের সময়।

সন্তু একটা ফুল হাতে নিয়ে টেবিলের কাছে এসে কাকাবাবুকে জিজ্ঞেস করল, "এটা কী ফুল বলো তো? অনেকটা গোলাপের মতন দেখতে, কিন্তু গোলাপ নয়।"

কাকাবাবু বললেন, "ক্যামেলিয়া। পাহাড়ি জায়গাতেই হয়। পাহাড়ি গোলাপেও গন্ধ থাকে না। গোলাপ তো আসলে শুকনো জায়গার ফুল।"

সন্তু বলল, "তা জানি। গোলাপ ফুল এসেছে আরব দেশ থেকে। আসল নাম তো গোলাপ নয়, জোলাপ!"

জোজো গান থামিয়ে বলল, "জোলাপ? অ্যাঁ, কী বাজে শুনতে লাগে!"

সন্তু চেয়ারে বসে পড়ে জিজ্ঞেস করল, "তুই গান গাইছিলি রে জোজো?"

জোজো বলল, "কোনও গান নয়, এমনি একটা সুর।"

সন্তু বলল, "সেই অস্ট্রেলিয়ার নদীর গানটা আর একবার কর তো!"

জোজো গেয়ে উঠল, "লা হিলাহুলা হাম্‌পা, গুলগুল কিরিকিরি, ডিংডাং হাম্‌পা—"

সন্তু বলল, "যাঃ, ঠিক হচ্ছে না। তুই নিজেই কথাগুলো ভুলে গেলি? আমার মনে আছে। এইরকম : লা হিলাহুলা হাম্‌পা, গুলগুল টরে টরে, ইয়াম্‌পু হামপা..."

জোজো বলল, "আমি পরের লাইনটা গাইলাম।"

কাকাবাবু বললেন, "বেশ সুরটা, আর-একবার গাও!"

সন্তু আর জোজো দু'জনেই গাইল।

তারপর জোজো বলল, "কাকাবাবু, এই যে লোকটা শুধু হুঁ হুঁ করছিল, সেটা শুনে আমার আর-একটা গান মনে পড়ে গেল। আফ্রিকায় ওরাকু নামে একটা ট্রাইব আছে, তারা গায়। শুনবেন?"

কাকাবাবু বললেন, "হ্যাঁ, নিশ্চয়ই।"

জোজো গাইল :

হুঁ হুঁ কিলা কিলা কিলা
হুঁ হুঁ গিলা গিলা গিলা
হুঁ হুঁ ইলা কিলা টিলা
টংগো রে, টংগো রে...

কাকাবাবু উচ্ছ্বসিত হয়ে বললেন, "বাঃ বাঃ, চমৎকার! জোজো, তুমি তো অনায়াসে আধুনিক বাংলা গানের সুরকার হয়ে যেতে পারো। অনেকরকম গানের সুর নিয়েই তো আধুনিক গান হয়।"

সন্তু বলল, "তুই গানটা এইমাত্র বানালি, না রে জোজো?"

জোজো বলল, "বানাইনি। এইমাত্র মনে পড়ল।"

কাকাবাবু বললেন, "আচ্ছা জোজো, তোমার কি মনে হয়, ওই হুঁ হুঁ করা লোকটা কি সত্যি পাগল?"

জোজো বলল, "মোটেই না। সেয়ানা পাগল!"

সন্তু বলল, "আমার ধারণা, লোকটা পাগলই। নইলে তো বলতেই পারত, এমনিই মন্দির দেখতে গিয়েছিল। পুরুতরা ঘুমোচ্ছে দেখে তাদের ডেকেছিল। এটা কিন্তু কিছু দোষের কাজ নয়। সাধারণ লোকেরাই তা করত। নিজের নাম, গ্রামের নামও বানিয়ে বলে দিতে পারত।"

কাকাবাবু বললেন, "আমরা যখন ডিটেকটিভ গল্প পড়ি, তাতে দেখা যায়, সব লোকেরই যেন কিছু না কিছু মতলব থাকে। সব লোককেই সন্দেহ করতে হয়। কিন্তু অনেক লোক তো এমনিই সাধারণ লোক হয়, অনেক পাগল সত্যিই ঘুরে বেড়ায়!"

জোজো জিজ্ঞেস করল, "কাকাবাবু, আপনি কখনও খুনের মামলায় ডিটেকটিভগিরি করেছেন?"

কাকাবাবু মাথা নেড়ে বললেন, "কোনওদিন না। সাধারণ চুরি, ডাকাতি, খুন এইসব ব্যাপার নিয়ে আমি কখনও মাথা ঘামাইনি। ভাল বুঝিও না। এবারে দেখবি, আমি ঠিক হেরে যাব, এই মূর্তি উদ্ধার করা আমার দ্বারা হবে না।"

জোজো বলল, "আমি চেষ্টা করে দেখতে পারি।"

কাকাবাবু উৎসাহের সঙ্গে বললেন, "হ্যাঁ, হ্যাঁ, চেষ্টা করে দেখো! যদি ওই পাগলটার পেট থেকে কথা বের করতে পারো।"

সন্তু বলল, "পাগলটা একটা উপকার করে গেছে। জোজো একটা নতুন গান বানিয়ে ফেলেছে।"

সন্তু গানটা গাইবার চেষ্টা করল।

জোজো বলল, "আমি একসময় আমার এক পিসেমশাইয়ের কাছ থেকে ধ্যান করা শিখেছিলাম। তিনি খুব বড় তান্ত্রিক। এক মনে ধ্যান করতে করতে কোনও জিনিসের কথা ভাবলে, সেটা দেখতে পাওয়া যায়। তবে ধ্যান করতে হয় রাত দুটোর সময়। আজ চেষ্টা করে দেখব।"

সন্তু বলল, "রাত দুটো পর্যন্ত জাগতে পারবি?"

জোজো বলল, "তুই ডেকে দিবি।"

কাকাবাবুর কোটের পকেটে মোবাইল ফোনটা বেজে উঠল এই সময়।

ফোন করছেন নরেন্দ্র ভার্মা। তিনি বললেন, "রাজা, যে-লোকটাকে ধরা হয়েছিল, থানায় এনে তার আঙুলে পিন ফুটিয়েও একটা কথা বের করা যায়নি। লোকটা বোধ হয় সত্যি পাগল। ওকে ছেড়ে দিতে বলেছি। এখনও পর্যন্ত আর কোনও সূত্র পাওয়া যায়নি। তবে, এখানকার পুলিশ একটা খবর এনেছে। এখানকার শ্মশানে একজন সাধু থাকেন, তাঁর নাকি দূরদৃষ্টি আছে। খুব বড় যোগী। কোনও জিনিসের ছবি দেখালে তিনি বলে দিতে পারেন, সেই জিনিসটা কোথায় আছে। তাঁকে আনা হয়েছে এখানে। গাড়ি পাঠাচ্ছি। তোমরা চলে এসো।"

ফোনটা অফ করে কাকাবাবু বললেন, "জোজো, তোমার একজন প্রতিযোগী এসে গেছে। এখানকার একজন সাধু। তিনিও দূরের জিনিস দেখতে পান। তাঁকে দিয়ে চেষ্টা করানো হচ্ছে।"

সন্তু বলল, "এই রে জোজো, তোর চান্সটা ফসকে গেল!"

জোজো বলল, "ও পারবে না। অত সোজা নাকি? আমি আজ রাত দুটোর সময় ধ্যানে বসব। রাত্তিরে নিরামিষ খেতে হবে।"

কাকাবাবু বললেন, "চলো সাধুর ব্যাপারটা দেখে আসা যাক।"

একটু পরেই গাড়ি এসে গেল।

সাধুকে আনা হয়েছে ভূপিন্দার সিং-এর চেম্বারে। দরজা-জানলা সব বন্ধ। মেঝেতে এক বাঘছালের ওপর বসে আছেন সেই সাধুবাবা। বেশ বড়সড় চেহারা, মাথায় জটা, মুখ-ভর্তি দাড়ি। এই শীতের মধ্যেও শুধু একটা নেংটি পরা, খালি গা। তাতে ছাই মাখা। তিনি চোখ বুজে ধ্যান করছেন।

সাধুবাবাকে ঘিরে কয়েকটি চেয়ার, তাতে নরেন্দ্র ভার্মা, ভূপিন্দার সিং ও দু'জন বড় অফিসার বসে আছেন। একজন কনস্টেবল হাঁটু গেড়ে বসে আছে সাধুবাবার সামনে। কাকাবাবুরা চুপচাপ বসে পড়লেন।

তবু চেয়ার টানার সামান্য শব্দেই সাধুবাবা চোখ মেলে তাকালেন। একটা চোখ! আর-একটা চোখ একেবারে বন্ধ। বোঝা গেল, সে-চোখটা নষ্ট।

সামনের একটা ধুনিতে নারকেল ছোবড়ার আগুন জ্বলছে। কনস্টেবলটি তাতে একটু একটু ঘি দিচ্ছে আর ধোঁয়ায় ভরে যাচ্ছে ঘর।

সন্তু জোজোকে ফিসফিস করে বলল, "যাদের একটা চোখ কানা হয়, তাদের অন্য চোখটার দৃষ্টিশক্তি অনেক বেশি হয়, তাই না রে?"

জোজো অবজ্ঞার সঙ্গে ঠোঁট ওলটাল।

খানিক বাদে সাধুবাবা হুঙ্কার দিয়ে উঠল, "বোম্! বোম্! জয় বাবা ভূতেশ্বর! জয় শঙ্কর!"

আবার একটা চোখ খুললেন। জ্বলজ্বল করছে সেই চোখ। মনে হয় যেন, ওই

চোখ দিয়ে একসময় আগুন বেরোবে। অনেক ছবিতে যেমন দেখা যায়।

কনস্টেবলটি ভূতেশ্বর মূর্তির ছবিখানা সাধুবাবার মুখের সামনে তুলে ধরল।

সেদিকে কয়েক পলক চেয়েই সাধুবাবা ছবিটা সরিয়ে দিলেন। তারপর আবার চোখ বুজে এক আঙুল দিয়ে নিজের কপালটা ঘষতে লাগলেন খুব জোরে জোরে। আর সঙ্গে সঙ্গে হুঙ্কার দিয়ে যাচ্ছেন, "বোম, বোম! জয় বাবা ভূতেশ্বর!"

মিনিটের পর মিনিট তিনি কপালটা ঘষতেই লাগলেন।

সন্তু কাকাবাবুকে জিজ্ঞেস করল, "উনি ওরকম করছেন কেন?"

কাকাবাবুর বদলে নরেন্দ্র বললেন, "যোগীদের কপালের মাঝখানে একটা তিন নম্বর চোখ থাকে। সেই চোখ দিয়েই দূরের সবকিছু দেখা যায়। সেই চোখটা খোলার চেষ্টা করছেন।"

একটু পরে থেমে গিয়ে সাধুবাবা কীসব যেন বলতে লাগলেন। পাহাড়ি ভাষা, ঠিক বোঝা গেল না।

কনস্টেবলটি বুঝিয়ে দিল, মরমদগাঁও আর কিষণপুর, এই দু' জায়গায় মন্দির আছে, এই দুটোর মধ্যে কোনও একটাতে আছে ভূতেশ্বরের মূর্তি।

ভূপিন্দার সিং বললেন, "মরমদগাঁও আর কিষণপুর নামে দুটো গ্রাম আছে ঠিকই। আর গ্রাম থাকলে মন্দির থাকবেই। কিন্তু দুটো দু' দিকে।"

নরেন্দ্র বললেন, "দু' দিকে মানে কতদূর?"

ভূপিন্দার সিং বললেন, "কিষণপুর পঁচিশ কিলোমিটার হবে। আর মরমদগাঁও প্রায় চল্লিশ কিলোমিটার।"

নরেন্দ্র বললেন, "এমন কিছু দূর নয়। চলো, দুটোই দেখে আসা যাক। সাধুবাবাকে ভাল করে খাবারটাবার দাও! চলো, রাজা—"

কাকাবাবু উঠে দাঁড়িয়ে আস্তে-আস্তে বললেন, "দেখো নরেন্দ্র, এসব অলৌকিক ব্যাপারে আমার একটুও বিশ্বাস নেই। যা আমি বিশ্বাস করতে পারি না, তার পেছনে ছুটোছুটি করতে যাব কেন? তোমরা ঘুরে এসো, যদি পেয়ে যাও তো ভাল কথা, আমি ডাক বাংলোতে অপেক্ষা করব।"

নরেন্দ্র বললেন, "আমি যে খুব বিশ্বাস করি, তা নয়। তবে কী জানো, জলে ডোবার সময় মানুষ একটা তৃণখণ্ডও আঁকড়ে ধরে। অনেক সময় এইসব মিলেও যায়। তাই গিয়ে দেখতে চাই। পুরুত দু'জনের কাছ থেকেও কিছু জানা গেল না। ওরা গাঁজা খেয়ে ঘুমোচ্ছিল। চোরকে দেখেনি।"

সন্তু জিজ্ঞেস করল, "কাকাবাবু, আমরা যাব?"

কাকাবাবু বললেন, "যা না, ঘুরে আয়। খানিকটা বেড়ানোও তো হবে।"

কাকাবাবুকে বাংলোতে নামিয়ে ওরা চলে গেল।

কাকাবাবু খানিকক্ষণ ক্রাচ বগলে নিয়ে বাগানে পায়চারি করলেন। কিন্তু এর মধ্যেই বেশ ঠাণ্ডা হাওয়া বইতে শুরু করেছে, বাইরে থাকা যায় না। তিনি বারান্দায় উঠে এসে বসলেন একটা ইজিচেয়ারে।

একটু পরে নৃপেন এসে বলল, "সার, আপনাকে চা কিংবা কফি বানিয়ে দেব?"

কাকাবাবু বললেন, "এক কাপ কফি পেলে মন্দ হয় না। কালো কফি, চিনি-দুধ ছাড়া।"

নৃপেন কফি নিয়ে এসে দিল কাকাবাবুকে, তারপর দাঁড়িয়েই রইল সেখানে। সে কিছু কথা বলতে চায়।

কাকাবাবু জিজ্ঞেস করলেন, "কী খবর? রাত্তিরে কী খাওয়াবে?"

নৃপেন বলল, "ভাল খাসির মাংস পাওয়া গেছে। কোরমা বানিয়েছি। আর ছানার ডালনা। গরম গরম আলুভাজা করে দেব।"

"অত কিছুর দরকার নেই।"

"সার, ভূতেশ্বরের মূর্তিটা পাওয়া গেল?"

"অ্যাঁ? তার মানে?

"ভূতেশ্বরের মূর্তি চুরি গেছে। সেটা উদ্ধার করার জন্যই তো আপনাকে ডেকে আনা হয়েছে।"

"এসব কে বলল তোমাকে?"

"অনেকেই ভূতেশ্বর চুরির কথা জেনে গেছে।"

কাকাবাবু হাসলেন। হাজার চেষ্টা করলেও এসব গোপন রাখা যায় না। হয়তো থানা থেকেই কেউ বাইরে বলে দিয়েছে। অনেক পুলিশও তো ঠাকুর-দেবতা মানে খুব।

কাকাবাবু বললেন, "হ্যাঁ, মূর্তিটা পাওয়া যাচ্ছে না। উদ্ধার করার চেষ্টা চলছে খুব। শেষ পর্যন্ত না পাওয়া গেলে বুঝি খুব গোলমাল হবে?"

নৃপেন বলল, "তা তো হবেই। শিবরাত্রির মেলা এখানকার সবচেয়ে বড় উৎসব। কত দূর দূর থেকে মানুষ আসে। প্রত্যেক গ্রামের দেবতাদের নিয়ে আসা হয়। কোনও গ্রামের দেবতা যদি মিছিলে না থাকে, তা হলে সেটা সে গ্রামের লোকদের পক্ষে দারুণ অপমানের ব্যাপার। তারা তুলকালাম বাধাবে।"

"এক সাধুবাবা কিছু একটা সন্ধান দিয়েছেন। সেখানে পুলিশের বড় অফিসাররা খোঁজ করতে গেছেন।"

"আপনি গেলেন না?"

"আমার খোঁড়া পা, পাহাড়ে উঠতে কষ্ট হয়। আচ্ছা ঠিক আছে, পরে আবার কথা হবে।"

কাকাবাবু হাত তুলে একটা ভঙ্গি করে বুঝিয়ে দিলেন, তিনি এখন একা থাকতে চান।

নৃপেনের বোধ হয় বাংলা কথা বলার খুব ইচ্ছে হয়েছিল, সে খানিকটা নিরাশ হয়ে চলে গেল আস্তে-আস্তে।

কাকাবাবু চুপ করে সামনের দিকে চেয়ে বসে রইলেন।

সন্তু আর জোজো ফিরে এল রাত দশটার একটু পরে।

জোজো বলল, "রাবিশ! আমি জানতাম, ওই সাধুটা কিছু বলতে পারবে না!"

সন্তু বলল, "একেবারে মেলেনি, তা বলা যায় না।"

কাকাবাবু জিজ্ঞেস করলেন, "খানিকটা মিলেছে?"

সন্তু বলল, "আমরা দুটো গ্রামেই গেলাম। দু' জায়গাতেই মন্দির আছে। দুটো মন্দিরই শিবের মন্দির। একটা মন্দিরের নামও ভূতেশ্বর মন্দির। সে ভূতেশ্বরের মূর্তি অন্য একটা, বেশ ছোট। চুরি যাওয়া মূর্তিটার সঙ্গে কোনও মিল নেই।"

জোজো বলল, "শিবমন্দির তো অনেক থাকতেই পারে। সাধুদের কাজই তো ঘুরে ঘুরে মন্দির দেখা। শুধু শুধু আমাদের ঘুরিয়ে মারল।"

কাকাবাবু বললেন, "খানিকটা বেড়ানো তো হল।"

সন্তু বলল, "মরমদগাঁও-এর রাস্তাটা খুব সুন্দর। ঘন জঙ্গলের মধ্য দিয়ে। একটা ঝরনাও দেখলাম।"

জোজো বলল, "আমার খুব খিদে পেয়েছে। শীতের দেশে এলে আমার বেশি বেশি খিদে পায়।"

কাকাবাবু বললেন, "খিদে পাওয়া তো ভাল স্বাস্থ্যের লক্ষণ। এসো, তা হলে খেয়ে নেওয়া যাক।"

খাওয়ার টেবিলে বসার পর পরিবেশন করতে লাগল নৃপেন। একসময় সে জোজোকে জিজ্ঞেস করল, "সন্তুবাবু, মূর্তিটা পাওয়া গেল না এখনও?"

জোজো আঙুল দেখিয়ে বলল, "সন্তু ওর নাম। মারামারিতে চ্যাম্পিয়ান। আমার নাম জোজো, আমি বুদ্ধি খাটাই।"

সন্তু অবাক হয়ে একবার নৃপেনের দিকে, একবার কাকাবাবুর দিকে তাকাল।

কাকাবাবু বললেন, "অনেকেই জেনে গেছে। না নৃপেন, এখনও হদিস করা যায়নি। তুমি এবার মাংসটা নিয়ে এসো।"

নৃপেন চলে যেতেই সন্তু বলল, "এই জোজো, তুই ওই কথা বললি কেন রে? আমি বুঝি সবসময় মারামারি করি?"

তার কথার উত্তর না দিয়ে জোজো বলল, "জানেন কাকাবাবু, কারও সঙ্গে মারামারি করতে হচ্ছে না বলে সন্তুর হাত নিশপিশ করছে!"

সন্তু বলল, "মোটেই না! আমার তো ইচ্ছে করছে, এই জায়গাটা ছেড়ে চলে যেতে। মানালিতে কত কী দেখার আছে, তারপর সেখান থেকে রোটাং পাস। আমরা তো হিমালয় দেখতেই এসেছি এবারে।"

জোজো বলল, "মূর্তিটা উদ্ধার না হলে কাকাবাবুকে এখান থেকে ছাড়বেই না। দেখি, আমি আজ রাত দুটোর সময় চেষ্টা করে। তখন ধ্যানে বসব।"

সন্তু বলল , "তা হলে এক্ষুনি গিয়ে ঘুমিয়ে পড়।"

জোজো বলল, "না, একবার ঘুমোলে উঠতে পারব না। বই পড়ব। জেগেই থাকব আজকের রাতটা।

খাওয়ায় পর আর বাইরে বসা গেল না। শীত বেড়েছে, কনকনে হাওয়া দিচ্ছে।

কাকাবাবু নিজের ঘরে ঢুকে পড়লেন। সন্তু আর জোজো পাশের ঘরে।

খাওয়া শেষ করেই ঘুমনো অভ্যেস নেই কাকাবাবুর। কিছুক্ষণ অন্তত বই পড়েন। বই পড়তে-পড়তেই ঘুম এসে যায়।

তিনি একটা ভ্রমণকাহিনী খুলে বসলেন।

বেশিক্ষণ পড়তে পারলেন না। পাশেই বিছানাটা খুব লোভনীয় মনে হচ্ছে। ইচ্ছে করছে গরম কম্বলের মধ্যে ঢুকে পড়তে।

যতই শীত হোক, কাকাবাবু সব দরজা-জানলা বন্ধ করে ঘুমোতে পারেন না। একটা জানলা খুলে রাখলেন। পোশাক বদলে, আলো নিভিয়ে শুয়ে পড়ার পর সেই জানলা দিয়ে দেখতে পেলেন চাঁদ। আকাশে একটুও মেঘ নেই, নীল আকাশে চাঁদটা ঝকঝক করছে।

সেদিকে তাকিয়ে থাকতে থাকতে একসময় তাঁর চোখ বুজে এল।

কিছুক্ষণ পর তাঁর ঘুম ভেঙে গেল একটা শব্দ শুনে। তাঁর ঘুম খুব সতর্ক, সামান্য শব্দতেই জেগে ওঠেন। তাঁর শত্রুসংখ্যা অনেক, তাই রাত্তিরবেলা রিভলভারটা রেখে দেন বালিশের নীচে।

দরজায় ঠক ঠক শব্দ হচ্ছে।

কাকাবাবু শুয়ে-শুয়েই জিজ্ঞেস করলেন, "কে?"

কোনও উত্তর নেই। আবার সেই শব্দ।

কাকাবাবু দু'বার জিজ্ঞেস করেও কোনও উত্তর পেলেন না। এত রাতে কে আসতে পারে? পুলিশের লোক হলে সাড়া দেবে না কেন?

কাকাবাবু উঠে পড়ে আলো জ্বাললেন। রিভলভারটা হাতে নিয়ে, ক্রাচ ছাড়াই লাফিয়ে লাফিয়ে গিয়ে দরজা খুললেন।

কেউ নেই সেখানে।

কাকাবাবুর ভুরু কুঁচকে গেল। এ আবার কী ব্যাপার? তিনি মোটেই ভুল শোনেননি। বেশ কয়েকবার জোরে জোরে ঠক ঠক শব্দ হয়েছে।

কেউ কি লুকিয়ে আছে?

জ্যোৎস্নার রাত। কাছাকাছি কেউ থাকলে দেখা যাবেই। বারান্দা কিংবা সামনের বাগানটা ফাঁকা। শুনশান রাত, কোনও শব্দ নেই, শুধু আকাশের চাঁদ ছাড়া আর কেউ জেগে নেই মনে হয়। সন্তুদের ঘরেও আলো নেভানো।

একটুক্ষণ দাঁড়িয়ে থাকার পর কাকাবাবু দরজাটা বন্ধ করতে যেতেই বারান্দার এক কোণে চোখ পড়ল। চাঁদের আলোয় ওখানে কী যেন একটা চকচক করছে।

কৌতূহলী হয়ে তিনি এগিয়ে গেলেন। তারপর চমকে উঠলেন দারুণ ভাবে। একটা বেশ বড় মূর্তি। ভূতেশ্বরের মূর্তি? হ্যাঁ, কোনও সন্দেহ নেই, ছবিতে দেখা সেই ভূতেশ্বরের মূর্তির সঙ্গে হুবহু মিল!

কাকাবাবু রিভলভারটা বাগিয়ে ধরে সঙ্গে সঙ্গে পিছিয়ে গেলেন দেওয়ালের দিকে।

কে এখানে মূর্তিটা রেখে গেল?

কেউ ফাঁদ পেতেছে? মূর্তিটার লোভ দেখিয়ে কেউ কাকাবাবুকে বাইরে টেনে এনেছে, এবার গুলিটুলি চালাবে?

তিনি অপেক্ষা করতে লাগলেন। সেরকম কিছুই ঘটল না। এবার তিনি নিজেই বারান্দা পেরিয়ে নেমে এলেন বাগানে। না, কেউ নেই। মূর্তিটা যে বা যারাই আনুক, এর মধ্যে সরে পড়েছে।

আবার উঠে এসে কাকাবাবু বারান্দায় আলো জ্বালালেন। ভাল করে দেখলেন মূর্তিটাকে। বেশ পুরনো মূর্তি, দাঁড়িয়ে থাকা শিব, কপালে একটা চোখ, মাথার চুল যেন একটা কুণ্ডলী পাকানো সাপ।

কে এসে মূর্তিটা ফেরত দিয়ে গেল? চুরি করেছিল কেন, ফেরত দিলই বা কেন? মন্দিরে ফেরত না দিয়ে এখানে আনারই বা মানে কী? এটা কি তাঁকে উপহার?

তিনি এ পর্যন্ত চুরির কোনও সূত্র খুঁজে পাননি, কাউকে সন্দেহও করেননি। সুতরাং তাঁকে ভয় পাওয়ারও কোনও কারণ নেই। কিছুই বোঝা যাচ্ছে না।

তিনি সন্তু আর জোজোকে ডেকে তুললেন। সন্তু চট করে উঠে পড়ে, জোজোকে ধাক্কা মেরে জাগাতে হয়।

কাকাবাবু বললেন, "দ্যাখ সন্তু, কী কাণ্ড!"

সন্তু কাছে গিয়ে মূর্তিটা ভাল করে পরীক্ষা করে বলল, "এই সেই ভূতেশ্বর? এখানে কী করে এল?"

কাকাবাবু বললেন, "সেটাই তো রহস্য!"

তারপর তিনি হা হা করে হেসে উঠলেন।

হাসতে হাসতে বললেন, "আমার জীবনে এরকম কখনও হয়নি। আমি কোনও চেষ্টা করলাম না। কিছুই বুঝতেই পারলাম না। এমনি এমনি একটা রহস্য মিটে গেল! সন্তুকেও মারামারি করতে হল না।"

জোজো বলল, "বলেছিলাম কিনা, আমিই এই কেসটা সল্‌ভ করব!"

সন্তু বলল, "অ্যাঁ? তুই আবার কখন কী করলি?"

জোজো বলল, "ধ্যান করে লোকটাকে খুঁজে পেলাম। তারপর তাকে অ্যায়সা ভয় দেখালাম! তাকে বললাম, আজ রাত্তিরের মধ্যে মূর্তিটা ফেরত না দিয়ে গেলে তুই রক্ত আমাশায় মরবি! তাই তো ব্যাটা সুড়সুড় করে ফেরত দিয়ে গেল!"

সন্তু বলল, "তুই ধ্যান করলি কখন? তুই তো বইও পড়লি না, ঘুমিয়ে পড়লি সঙ্গে সঙ্গে। আমি কম্বল চাপা দিয়ে দিলাম তোর গায়ে।"

জোজো বলল, "ওসব তুই বুঝবি না। শুয়ে শুয়েও ধ্যান করা যায়। সত্যিকারের ধ্যান আর গভীর ঘুমের মধ্যে কোনও তফাত নেই। ওই চোরটাও ঘুমোচ্ছিল। আমি ঘুমের মধ্যে সাঁতরে সাঁতরে তাকে ছুঁয়ে ফেললাম!"

সন্তু বলল, "তুই যে বললি, রাত দুটোর আগে তোর ধ্যানের ক্ষমতা আসে না? এখন তো মাত্র পৌনে একটা বাজে!"

কাকাবাবু বললেন, "শোনো জোজো, ওই ধ্যানের ব্যাপারটা লোকজনদের বোঝানো শক্ত হবে। ওটা এখন থাক। আর অকারণে মিথ্যে কথাও আমার মুখ দিয়ে বেরোয় না।"

সন্তু বলল, "কিন্তু নরেন্দ্রকাকা, অন্য পুলিশরা তো জানতে চাইবে, কী করে মূর্তিটা উদ্ধার করা হল। তখন তুমি কী বলবে?"

কাকাবাবু বললেন, "কিছুই বলব না, শুধু মুচকি মুচকি হাসব। তোরাও তাই করবি!"

॥ ৫ ॥

ঠাণ্ডার জন্য বারান্দায় বেশিক্ষণ থাকা যায় না। মূর্তিটাও ফেলে রাখা যায় না বাইরে। সন্তু আর জোজো ধরাধরি করে মূর্তিটা নিয়ে এল কাকাবাবুর ঘরে।

মোবাইল ফোনটা হাতে নিয়ে কাকাবাবু বললেন, "এটা রেখে দিয়ে বেশ উপকারই হচ্ছে দেখছি। নরেন্দ্র রাত্তিরে কোথায় থাকছে জানি না। কয়েকটা নম্বর দিয়ে গেছে, দেখি কোথায় তাকে পাওয়া যায়।"

একটা নম্বর টিপতেই একজন লোক ধরে বলল, "সেখানে নরেন্দ্র ভার্মা নেই।"

সে একটা অন্য নম্বর দিল। সেখানে পাওয়া গেল তাঁকে।

কাকাবাবু বললেন, "কী নরেন্দ্র, ঘুমিয়ে পড়েছিলে নাকি?"

নরেন্দ্র বললেন, "না, ঘুমোইনি। কিন্তু তুমি এত রাত পর্যন্ত জেগে আছ? কী ব্যাপার, কোনও অসুবিধে হয়েছে নাকি?"

"না, কোনও অসুবিধে হয়নি। এমনিই ঘুম আসছে না। তুমি নতুন কোনও সূত্র পেলে?"

"সন্তুদের কাছে তো শুনেছই, মন্দির দুটোতে কিছু পাওয়া যায়নি। এখন আমাদের মাথায় একটা অন্য চিন্তা এসেছে। সত্যিই কি মূর্তিটা এখান থেকে চুরি গেছে, না অন্য কিছু হয়েছে? হয়তো মূর্তিটা লালপাথর গ্রাম থেকেই চুরি হয়ে গিয়েছিল, পুরুতরা সে-কথা আমাদের জানায়নি। কিংবা আসবার পথে কোথাও হারিয়ে ফেলেছে। কারণ, মূর্তিটা এখানে আনার পর তো আর কেউ দেখেনি!"

"আর কেউ দেখেনি?"

"না। পুরুত দু'জনের কথাই এতক্ষণ বিশ্বাস করা হয়েছে। সেইজন্য লালপাথর গ্রামে গিয়ে আসল খবর নেওয়া দরকার। অতি দুর্গম জায়গা, টেলিফোন নেই, জিপগাড়িতেও শেষ পর্যন্ত পৌঁছনো যায় না, কয়েক কিলোমিটার হেঁটে যেতে হয়। দু'জন খুব দক্ষ পুলিশ অফিসারকে আজ রাত্তিরেই সেখানে পাঠানো হচ্ছে। তারা কাল দুপুরের মধ্যে ফিরে আসবে।"

"তারা কি রওনা হয়ে গেছে?"

"এই তো গাড়িতে উঠতে যাচ্ছে।"

"তাদের যেতে বারণ করো।"

"বারণ করব? কেন?"

"ওদের যেতে হবে না। বরং তুমি চলে এসো এখানে। দেরি কোরো না।"

"তোমার ওখানে যাব? এত রাত্তিরে? কী ব্যাপার খুলে বলো তো?"

"নরেন্দ্র, তুমি তো আগে এত কথা জিজ্ঞেস করতে না! আসতে বলছি, চলে আসবে!"

"ঠিক আছে, আসছি!"

ফোন বন্ধ করে কাকাবাবু বললেন, "সন্তু, মূর্তিটা একটা কম্বল দিয়ে ঢেকে রাখ। নরেন্দ্র আসার পর বেশ একটা নাটক করতে হবে!"

সন্তু বলল, "আমি এখনও ভাবছি, মূর্তিটা কে ফেরত দিয়ে গেল? এখানেই বা দিল কেন? নিশ্চয়ই তোমাকে চেনে। তুমি এসেছ বলে ভয় পেয়ে গেছে!"

কাকাবাবু বললেন, "আমাকে এখানে কে চিনবে? পুলিশরাই চেনে না।"

জোজো বলল, "ওই নৃপেন হালদার চিনেছে। সে হয়তো আরও অনেককে বলে দিয়েছে।"

কাকাবাবু বললেন, "শুধু মুখের কথা শুনেই আমার মতন একজন খোঁড়া মানুষকে ভয় পাবে? চোরেরা এত ভিতু হয় না।"

সন্তু বলল, "চোর ধরা পড়ল না। অথচ চুরি করা জিনিস আপনি আপনি ফিরে এল, এরকম আমি আগে কখনও শুনিনি।"

কাকাবাবু বললেন, "চোরকে নিয়ে আমাদের আর মাথা ঘামাবার দরকার নেই। আমরা তো এখানে আসতেই চাইনি। কালই মানালির দিকে চলে যাব।"

নরেন্দ্র পৌঁছে গেলেন দশ মিনিটের মধ্যে।

খাটের ওপর কাকাবাবুর দু'পাশে সন্তু আর জোজো বসে আছে কম্বল মুড়ি দিয়ে। ঘরে একটিমাত্র চেয়ার। কাকাবাবু বললেন, "এসো নরেন্দ্র, বোসো ওই চেয়ারে।"

নরেন্দ্র বললেন, "কী ব্যাপার বলো তো? এত রাতে তোমরা সবাই জেগে বসে আছ?"

কাকাবাবু জিজ্ঞেস করলেন, "বলতে পারো, কোন জানোয়ারকে দেখলে মনে হয় গজক্ষয় কিংবা মূষিক বৃদ্ধি?"

নরেন্দ্র হকচকিয়ে গিয়ে বললেন, "অ্যাঁ? তার মানে?"

কাকাবাবু বললেন, "একটা হাতি অনেক ছোট বনে গেছে, কিংবা একটা ইঁদুর খুব বড় হয়ে গেছে, এটা কোন জানোয়ারকে দেখলে মনে হয়?"

"এটা জিজ্ঞেস করার জন্য তুমি আমায় ডেকে এনেছ?"

"পারলে না? তা হলে এটা বলো, লাল রং হয় টকটকে, কালো হয় কুচকুচে, সাদা হয় ধপধপে, হলদে কী হয়?"

"রাজা, তুমি আমার সঙ্গে ইয়ার্কি করছ?"

"আরে না, না। হঠাৎ এইসব প্রশ্ন মাথায় এলে রাত্তিরে ঘুম আসে না। আর-একটা আছে। সব পাখি বাসা বাঁধে, কোকিল কেন বাসা বাঁধে না?"

ধপাস করে চেয়ারটায় বসে পড়ে নরেন্দ্র বললেন, "প্রথমটার উত্তর, শুয়োর। দ্বিতীয়টার উত্তর, ক্যাটকেটে। আর তৃতীয়টা, পাখিদের মধ্যে কোকিলই একমাত্র শিল্পী। আর কী আছে বলো!"

কাকাবাবু জিজ্ঞেস করলেন, "জীবনে তুমি ক'বার চমকে উঠেছ?"

নরেন্দ্র বললেন, "নরেন্দ্র ভার্মা সহজে চমকায় না। অন্তত গত দশ বছর কোনও কিছুতেই চমকাইনি। আর কোনও ধাঁধাটাঁধা দিয়ে আমাকে চমকে দেবে?"

কাকাবাবু বললেন, "তোমার কান থেকে যদি একটা মুরগির ডিম বের করি, তুমি চমকাবে না?"

নরেন্দ্র কাঁধ ঝাঁকিয়ে বললেন, "ম্যাজিশিয়ানরা এরকম অনেক খেলা দেখায়, তাতে অবাক হওয়ার কী আছে?"

কাকাবাবু খাট থেকে নামলেন।

দরজার পাশে রাখা মূর্তিটার ওপর থেকে একটানে কম্বলটা সরিয়ে ফেলে বললেন, "দ্যাখো তো, এটা কীরকম ম্যাজিক?"

নরেন্দ্রর চোখ দুটো রসগোল্লার মতন গোল হয়ে গেল। লাফিয়ে উঠে বললেন, "এটা কী?"

তারপর মূর্তিটার কাছে গিয়ে হাঁটু গেড়ে বসে সেটার গায়ে হাত বুলোতে বুলোতে বললেন, "হ্যাঁ, এই তো ভূতেশ্বরের মূর্তি। একেবারে অরিজিনাল। ম্যাজিক তো নয়। রাজা এটা তুমি কোথায় পেলে?"

কাকাবাবু বললেন, "তবে নাকি নরেন্দ্র ভার্মা কখনও চমকায় না?"

নরেন্দ্র অভিভূত ভাবে বললেন, "তুমি একটা জিনিয়াস!"

কাকাবাবু গম্ভীর ভাবে বললেন, "ভেবেছিলে আমাকে জব্দ করবে। জোর করে ধরে নিয়ে এসে এমন একটা কঠিন কেস দেবে, যেটার আমি কিছুই করতে পারব না। সবাইকে বলবে, দেখেছ, দেখেছ, রাজা রায়চৌধুরী সামান্য একটা চোরের কাছেও হেরে যায়।"

নরেন্দ্র বললেন, "যাঃ, কী যে বলো! তবে সত্যি কথা বলছি, এবারে মনে হয়েছিল, আমরা কেউই পারব না। সময় যে কম। দু'দিনের মধ্যে উদ্ধার করতে না পারলে... যাক, ধড়ে প্রাণ এল! দারুণ একটা বিপদ, দাঙ্গা-হাঙ্গামা, কত কী হতে পারত! উফ! এবার বলো তো, কী করে তুমি এমন অসাধ্যসাধন করলে? আমরা যখন মন্দির দুটো দেখতে গিয়েছিলাম, তখন তুমি বুঝি একা একা অন্য জায়গায় খোঁজ করেছ?"

উত্তর না দিয়ে কাকাবাবু শুধু মুচকি হাসলেন।

নরেন্দ্র সন্তু আর জোজোর দিকে তাকালেন। তাদের দু'জনেরই ঠোঁটে হাসি আঁকা।

জোজো হঠাৎ হো হো করে হেসে উঠল। সন্তু তাকে একটা খোঁচা মেরে বলল, "এই, জোরে জোরে তো হাসার কথা নয়!"

নরেন্দ্র বললেন, "তোমরা আমাকে বোকা বানাচ্ছ? মূর্তিটা কোথা থেকে পাওয়া গেল, সেটা আমার জানা দরকার।"

কাকাবাবু বললেন, "জিনিসটা পাওয়া নিয়ে কথা। পেয়ে গেছ, ব্যস! তবে, তোমাদের যদি কোনও পুরস্কার দেওয়ার ব্যাপার থাকে, তা হলে সন্তু আর জোজোকে দিয়ো। ওদের দু'জনকেই মূর্তিটা ধরাধরি করে ঘরে আনতে আমি দেখেছি!"

নরেন্দ্র জিজ্ঞেস করলেন, "সন্তু এটা কোথায় পেলে তুমি?"

সন্তু বলল, "আমি তো জানি না। জোজো জানে।"

জোজো বলল, "ভ্যাট! আমি তো তখন ঘুমোচ্ছিলাম। তুই-ই তো আগে দেখলি।"

নরেন্দ্র একটা বড় নিশ্বাস ফেলে বললেন, "মূর্তিটা তা হলে নিয়ে যাই? কত লোক দুশ্চিন্তা করছে, আমার অফিসাররা সবাই এখনও জেগে আছে।"

ভারী মূর্তিটা গাড়িতে তোলার জন্য সন্তু আর জোজো সাহায্য করল নরেন্দ্রকে। গাড়ির দরজা বন্ধ করার আগে নরেন্দ্র বললেন, "মূর্তিটা পেয়ে এত খুশি হয়েছি যে, তোমাদের দুষ্টুমির ঠিক উত্তর দিতে পারলাম না। পরে একদিন মজা দেখাব। রাজাকে সুদ্ধু!"

ঘরে ফিরে এসে ওরা দু'জনেই হাসিতে ফেটে পড়ল। নরেন্দ্র খুবই বুদ্ধিমান মানুষ, তাঁকে হতভম্ব করে দেওয়া সোজা কথা নয়। কাকাবাবুও হাসতে হাসতে বললেন, "অনেকদিন পর বেশ খাঁটি আনন্দ পাওয়া গেল। চোরদের ধন্যবাদ দেওয়া উচিত।"

পরের দিন সকালে মানালিতে যাওয়া হল না। নরেন্দ্র কিছুতেই যেতে দিলেন না। শিবরাত্রির উৎসব দেখে যেতেই হবে। তার আগে কোনও গাড়িও পাওয়া যাবে না।

মিছিল দেখার জন্য অনেক আগে থেকে জায়গা নিতে হয়। শহর একেবারে ভিড়ে ভিড়াক্কার। সব লোক চলেছে মেলার মাঠের দিকে। দূর দূর গ্রাম থেকেও আসছে হাজার হাজার মানুষ। এত ভিড়ের মধ্যে শেষ পর্যন্ত আর গাড়িতে যাওয়া যায় না। পুলিশ এক জায়গায় সব গাড়ি থামিয়ে দিচ্ছে, বাকিটা পথ হেঁটে যেতে হবে।

ক্রাচ বগলে নিয়ে হাঁটতে অসুবিধে হচ্ছে কাকাবাবুর। লোকে ঠেলছে অনবরত। তাঁর অবস্থা দেখে একজন পুলিশ এগিয়ে এল সাহায্য করতে। এখন সব পুলিশই কাকাবাবুকে চিনে গেছে।

তবু তিনি উলটো দিকের একজন লোককে দেখে থমকে গেলেন। এই লোকটাকেই তিনি সেতুর কাছে গাড়ি চালাতে দেখেছিলেন। মাথায় মস্ত বড় সাদা

পাগড়ি, মুখ ভর্তি দাড়ি গোঁফ, হাঁটু পর্যন্ত ঢোলা জামা পরা।

কাকাবাবু সন্তুকে জিজ্ঞেস করলেন, "এই লোকটিকে চিনতে পারছিস?"

সন্তু বলল, "কাল না পরশু গাড়িতে দেখলাম।"

কাকাবাবু বললেন, "আগে কখনও দেখিসনি?"

সন্তু বলল, "মনে তো পড়ছে না।"

কাকাবাবু বললেন, "আমি কোনও মানুষের মুখ একবার দেখলে কিছুতেই ভুলি না। তবে কবে দেখেছি, কোথায় দেখেছি, তা সবসময় মনে পড়ে না। সেটা মনে না পড়লে মনটা খচখচ করে। হ্যাঁ, এই মুখ আমি কোথাও দেখেছি ঠিকই।"

সামনের দিকে কীসের জন্য যেন জ্যাম হয়ে গেছে। কেউ এগোতে পারছে না। পাগড়িওয়ালা লোকটিও দাঁড়িয়ে পড়েছে কাছেই। সে কিন্তু মেলার মাঠের দিকে যাচ্ছে না, যাচ্ছে উলটো দিকে।

কাকাবাবু পাগড়িওয়ালার একেবারে গা ঘেঁষে দাঁড়ালেন। তারপর লোকটার সঙ্গে একবার চোখাচোখি হতেই কাকাবাবু নিচু গলায় বললেন, "বঁ ঝুর!"

লোকটিও সঙ্গে-সঙ্গে বলল, "বঁ ঝুর!"

কাকাবাবু ইচ্ছে করে পা হড়কে যাওয়ার ভঙ্গি করে লোকটির গায়ে ঢলে পড়লেন। মুখে বললেন, "পারদোঁ, পারদোঁ! পারদোনে মোয়া।"

লোকটি কাকাবাবুকে সোজা হয়ে দাঁড়াতে সাহায্য করতে করতে বলল, "দা কর! দা কর!"

তারপরেই তার চোখে ফুটে উঠল দারুণ বিস্ময়। কাকাবাবুর দিকে তাকিয়েই ফিরিয়ে নিল মুখ। সঙ্গে সঙ্গে গায়ের জোরে অন্য লোকদের ঠেলেঠুলে অন্যদিকে চলে গেল।

কাকাবাবু আপন মনে বললেন, "হুঁ, শুধু চোখ দেখেও মানুষকে চেনা যায়।"

সন্তু আর জোজোর দিকে তাকিয়ে বললেন, "তোরা ওই লোকটাকে খুঁজে বের করতে পারবি? শুধু দেখবি, মেলার উলটো দিকে কোথায় যাচ্ছে, পনেরো মিনিট সময়। না পেলে চলে আসবি। দু'জনে দু'দিকে যা।"

সন্তু আর জোজো ভিড়ের মধ্যে মিশে গেল।

পুলিশটি কাকাবাবুকে একটা উঁচু জায়গায় বসিয়ে দিল। এখানে বিশিষ্ট লোকদের জন্য কয়েকটা চেয়ার রাখা আছে। সামনে রেলিং। এর মধ্যেই শোনা যাচ্ছে মিছিলের বাজনা।

এই দিনটাতে সমস্ত সরকারি কর্মচারী, পুলিশ, আগেকার রাজা ও জমিদারদের বংশধররাও আসেন দেবতাদের শোভাযাত্রা দেখতে। ধনী পরিবারের মহিলাদেরও আসতে হয় খানিকটা পায়ে হেঁটে। মেলার মাঠ লোকে গিসগিস করছে। কাকাবাবুদের জায়গাটা উঁচু বলে দেখতে অসুবিধে নেই, শোভাযাত্রা এইদিক দিয়ে ঘুরে মেলার মাঠে পৌঁছবে।

সন্তু আর জোজো ফিরে আসতে না আসতেই মিছিল শুরু হয়ে গেল।

জোজো বলল, "আমি লোকটাকে দেখতে পেয়েছি। একটা দোকানে ঢুকল চা খেতে।"

সন্তু বলল, "আমি যে দেখলাম লোকটা ভিড়ের বাইরে গিয়েই একটা গাড়িতে উঠে সঙ্গে সঙ্গে স্টার্ট দিল।"

জোজো বলল, "তুই ভুল দেখেছিস। অন্য লোককে দেখেছিস।"

সন্তু বলল, "তুই যে ঠিক দেখেছিস, তার প্রমাণ কী।"

জোজো বলল, "লোকটা বোধ হয় এখনও সেই দোকানে বসে আছে। চল, দেখিয়ে দিচ্ছি।"

কাকাবাবু বললেন, "মিছিল শুরু হয়ে গেছে, এখন আর যাওয়া অসম্ভব। যাক, দরকার নেই। এমন কিছু ইম্পর্টেন্ট নয়।"

সন্তু জিজ্ঞেস করল, "কাকাবাবু, তুমি কি মনে করতে পেরেছ, লোকটাকে কোথায় দেখেছ?"

কাকাবাবু বললেন, "বোধ হয় পেরেছি। তবে এখনও একশো ভাগ নিশ্চিত নই।"

জোজো জিজ্ঞেস করল, "আপনি কি লোকটার সঙ্গে কথা বলছিলেন তখন? কী যেন ভাষা বললেন?"

কাকাবাবু বললেন, "ওসব কথা পরে হবে। আমরা কথা বললে অন্য লোকের অসুবিধে হচ্ছে। এখন দেখো সামনের দিকে।"

মিছিলের আগে আগে আসছে বাজনদারদের দল। কতরকমের বাজনা! কাড়া-নাকাড়া, শিঙা, ভেঁপু, ঢাক-ঢোল। এক একটা পেতলের ভেঁপু কী বিরাট, একজন তা কাঁধে করে বয়ে যাচ্ছে, আর একজন বাজাচ্ছে। মানুষজনের পোশাকেরও কত রং! চতুর্দিক ঝলমল করছে একেবারে।

পুরুতদের কাঁধে চড়ে আসছেন এক-একটা গ্রামের দেবতা। পালকি কিংবা সিংহাসনে। অনেকটাই ফুলে ফুলে ঢাকা। এক একটা পালকি আবার সাজানো হয়েছে হাঁসের মতন কিংবা নৌকোর মতন। অনেক জ্যান্ত মানুষও দেবতা সেজেছে। বাঘছাল পরা, খালি গায়ে ছাই মাখা, হাতে ত্রিশূল, মাথায় সত্যি সত্যি একটা সাপ জড়ানো। সেই জ্যান্ত শিব একটা ঠেলাগাড়িতে দাঁড়িয়ে হাত তুলে সবাইকে আশীর্বাদ করছেন।

সন্তু বলল, "এই শীতের মধ্যে খালি গায়ে আছে কী করে?"

জোজো বলল, "একরকম গাছের শিকড় আছে, সেটা চিবুলে গা গরম হয়ে যায়। হিমালয়ে পাওয়া যায় কিংকারু গাছ, তার শিকড় একবার এক সাধু আমার বাবাকে দিয়েছিল। তার একটুখানি চিবিয়েছি, অমনি মনে হল, আমার গায়ে একশো পাঁচ ডিগ্রি জ্বর! জামা, গেঞ্জি সব খুলে ফেলতে হল।"

সন্তু বলল, "বিশল্যকরণীর নাম শুনেছি। কিংকারু গাছের নাম শুনিনি কখনও।"

জোজো বলল, “ওটা খুব গোপন। খুব কম লোকই জানে। তোকে বলে ফেললাম!”

কাকাবাবু বললেন, “আমাদের ভূতেশ্বর কখন আসবে? তোরা কি বুঝতে পারছিস, এই ভিড়ের মধ্যে অনেক সাদা পোশাকের পুলিশ ছড়িয়ে আছে?”

জোজো বলল, “সাদা পোশাকে থাকলে বুঝব কী করে?”

কাকাবাবু বললেন, “ধর্মীয় উৎসবে বেশি পুলিশ থাকলে ভাল দেখায় না। তবু যাতে কোনওরকম গণ্ডগোল না হয়, তাই পুলিশরা অন্য পোশাকে দর্শক সেজে থাকে। পুলিশদের মুখের মধ্যে কিছু একটা ছাপ থাকে, যে-জন্য আমি তাদের দেখলেই চিনতে পারি। ওই যে দেখ না, কোণের রেলিংয়ের ধারে যে লোকটা দাঁড়িয়ে আছে, দেখলে মনে হবে, সাদাসিধে গ্রামের লোক। ওর লম্বা জামাটা কোমরের কাছে এক জায়গায় ফুলে আছে লক্ষ করেছিস? ওখানে গোঁজা আছে রিভলভার!”

জোজো জিজ্ঞেস করল, “এই মিছিল কখন শেষ হবে?”

কাকাবাবু বললেন, “আমাদের তেত্রিশ কোটি দেবতা। তার মধ্যে তো মাত্র কয়েকশো এসেছে শুনেছি। দু’-তিন ঘণ্টা তো লাগবেই।”

জোজো বলল, “একটু একটু খিদে পেয়ে যাচ্ছে।”

সন্তু বলল, “এই ভিড় ঠেলে এখন কোথাও যাওয়ার উপায় নেই। চুপ করে বসে থাক।”

শোভাযাত্রা চলছে তো চলছেই। কোনওটা ছোট দেবতা, কোনওটা বড় দেবতা। এক এক সময় বাজনা বেড়ে যাচ্ছে। নাচছে একদল মানুষ। বহু লোক ছবি তুলছে নানারকম ক্যামেরায়। তাদের মধ্যে সাহেবও আছেন।

যদিও সবই খুব সুন্দর, তবু দেখতে দেখতে এক সময় একঘেয়ে লাগে।

ঘণ্টা দু’-এক কেটে গেছে, হঠাৎ সন্তু চেঁচিয়ে উঠল, “ওই তো আমাদের ভূতেশ্বর!”

একটা বেশ সিংহাসনে বসানো হয়েছে সেই ভূতেশ্বর মূর্তি। অন্যান্য মূর্তির চেয়ে এই মূর্তিটা আলাদা ভাবে চেনা যায়। প্রায় পঁচিশ-তিরিশ জন মানুষ সিংহাসনের সামনে আর পেছনে ধেই ধেই নাচছে। বাজনাও বাজছে খুব।

কাকাবাবু হেসে বললেন, “এই ভূতেশ্বর মূর্তিটা আমাদের হয়ে গেল, তাই না? আমরাও লালপাথর গ্রামের মানুষ!”

সন্তু বলল, “এই মিছিলে এই ভূতেশ্বর মূর্তি না থাকলে সত্যিই মানুষজন খেপে যেত। চোরটাকে ধন্যবাদ জানানো উচিত।”

জোজো বলল, “আমাদের কোনও পুরস্কার দেবে নাকি রে?”

সন্তু বলল, “যদি দেয়, তুই কী চাইবি?”

জোজো বলল, “আমরা এখানে যতবার ইচ্ছে আসব। আমাদের থাকা-খাওয়ার ব্যবস্থা করে দিতে হবে।”

কাকাবাবু বললেন, “এটা একটা ভাল ইচ্ছে। বললেই ওরা আনন্দের সঙ্গে রাজি হয়ে যাবে মনে হয়।”

জোজো বলল, “আমাদের ভূতেশ্বর তো দেখা হয়ে গেল। এবার আমরা যেতে পারি না?”

সন্তু বলল, “দাঁড়া, ভিড়টা একটু কমুক।”

কিছু কিছু লোক এর মধ্যেই মেলার মাঠের দিকে চলে যাচ্ছে। ওখানে অনেকরকম নাচ-গান হবে।

মিনিট দশেক পরে হঠাৎ পর পর দু'বার প্রচণ্ড আওয়াজ হল। খুব জোরে বাজ পড়ার মতন। কিন্তু আকাশে একটুও মেঘ নেই। যুদ্ধের সময় প্লেন থেকে যখন বোমা পড়ে, তখনও এই রকম শব্দ হয়।

কোথা থেকে শব্দটা এল, ঠিক বোঝা গেল না। মিছিলে কেউ বোমা ফেলেছে? মিছিলটা থেমে গেছে, সবাই ভয়-পাওয়া মুখে এদিক-ওদিক তাকাচ্ছে।

একটু পরেই আবার একটা ওই রকম প্রচণ্ড শব্দ। এবার বোঝা গেল, মিছিলে নয়, শব্দটা আসছে খানিকটা দূর থেকে।

জোজো জিজ্ঞেস করল, “কীসের শব্দ?”

কাকাবাবু বললেন, “এখান থেকে কিছুই বোঝা যাচ্ছে না। লোকজন দৌড়োদৌড়ি শুরু করেছে, এর মধ্যে যাওয়াটা ঠিক হবে না। এখানেই বসে থাকো।”

খানিকবাদে একজন পুলিশ অফিসার এসে কাকাবাবুদের ডেকে নিয়ে গেল।

একটা পুরনো বাড়ি, তার বাইরে লেখা আছে, সেটা রাজবাড়ি। সেই বাড়ির একটা হল ঘরে নরেন্দ্র আর চার-পাঁচজন পুলিশ অফিসার বসে আছেন। সকলেরই উৎকট গম্ভীর মুখ।

কাকাবাবুকে দেখেই নরেন্দ্র উঠে দাঁড়িয়ে বললেন, “রাজা, একটা সাঙ্ঘাতিক কাণ্ড হয়েছে।”

কাকাবাবু জিজ্ঞেস করলেন, “বোমাগুলো কোথায় ফাটল?”

নরেন্দ্র বললেন, “বোমা নয়, ডিনামাইট। জেলখানায়। অত্যন্ত শক্তিশালী। উৎসবের জন্য অনেকেই আজ এখানে এসেছে, জেলখানাতে কয়েকজন মাত্র প্রহরী। সেই সুযোগে কারা এই ডিনামাইট ফাটিয়েছে, জেলের এক দিকের দেওয়াল সম্পূর্ণ উড়ে গেছে। অন্তত বাইশ জন কয়েদি পালিয়েছে, তার মধ্যে চোদ্দোজনই বিদেশি!”

কাকাবাবু বললেন, “মাণ্ডি একটা ছোট জায়গা। এখানকার জেলে এত বিদেশি ছিল কেন?”

নরেন্দ্র বললেন, “এখানে খুব ড্রাগ স্মাগলিং হয়। সেই চোরাকারবারীদের মধ্যে কিছু দেশি লোক থাকে, বিদেশিও থাকে। মাঝে মাঝে ধরাও পড়ে। এক বছর আগে বিদেশি চোরাকারবারীদের একটা বড় গ্যাং ধরা পড়েছিল। তাদের কারুর

পাঁচ বছর, কারও সাত বছর কারাদণ্ড হয়েছে, সেই দলটাই পালিয়েছে।"

কাকাবাবু বললেন, "সময়টা ওরা ঠিক বেছে নিয়েছিল। ওদিকে কারওর নজর ছিল না।"

নরেন্দ্র বললেন, "চলো রাজা, তুমি একবার জেলখানাটা দেখে আসবে!" কাকাবাবু বললেন, "আমি দেখে কী করব?"

নরেন্দ্র বললেন, "জায়গাটা একবার নিজের চোখে দেখলে তুমি হয়তো কিছু বুঝতে পারবে।"

কাকাবাবু হাত জোর করে বললেন, "মাফ করো, নরেন্দ্র, এর মধ্যে আমি আর নিজেকে জড়াতে চাই না। এখন তোমাদের কাজ ওই পলাতক কয়েদিদের খুঁজে বার করা, তাতে আমি আর কী সাহায্য করতে পারি?

নরেন্দ্র বললেন, "এখানে এত পাহাড়, এত লুকোবার জায়গা, খুঁজে বার করা কি সোজা কথা।"

ভূপিন্দর সিং বললেন, "আপনি এত সহজে মূর্তিটা উদ্ধার করে দিয়ে আমাদের বাঁচিয়েছেন। আপনি জাদু জানেন। আপনি নিশ্চয়ই একটা উপায় বাতলে দিতে পারবেন।"

কাকাবাবু তাঁর দিকে ফিরে বললেন, "মাপ করুন সিংজি। আমি জাদু জানি না। একটা পেরেছি বলেই যে এটা পারব, তার কোনও মানে নেই। কয়েদিদের খোঁজাখুঁজি করার জন্য পাহাড়ে ছোটাছুটি করা কি আমার পক্ষে সম্ভব? আমরা বেড়াতে এসেছি, একটু নিশ্চিন্তে বেড়াতে দেবেন না?"

এর পরে প্রায় আধ ঘণ্টা ধরে সবাই কাকাবাবুকে ঝুলোঝুলি করতে লাগল।

কাকাবাবু জেদ ধরে রইলেন। তিনি আর কিছুতেই এখানে থাকতে রাজি নন। আজই মানালি চলে যেতে চান।

॥ ৬ ॥

গাড়িটা ছাড়ল সন্ধে সাড়ে ছ'টায়। এখান থেকে মানালি পৌঁছতে তিন ঘণ্টা লাগার কথা। রাস্তা ভাল, রাত্তির বেলাতেও গাড়ি চালাতে কোনও অসুবিধে নেই।

কাকাবাবুদের সঙ্গে কিছু খাবার দিয়ে দেওয়া হয়েছে, আর একটা বড় ফ্লাস্ক ভর্তি চা। টেলিফোনে মানালিতে একটা হোটেলও বুক করা হয়ে গেছে।

শহর ছাড়াবার পর সন্তু বলল, "মূর্তি-চোরটার পরিচয় আর জানা হল না। ওটা রহস্যই রয়ে গেল!"

জোজো ঠোঁট উলটে বলল, "কোনও পুরস্কারও দিল না!"

কাকাবাবু বললেন, "জেলখানার ব্যাপারটায় সবাই ব্যস্ত হয়ে পড়ল! মূর্তির ব্যাপারটা আর ওদের মনে নেই। তবু যা হোক গাড়িটার ব্যবস্থা করে দিয়েছে।"

সন্তু বলল, "ডিনামাইট দিয়ে জেলখানার পাঁচিল উড়িয়ে দিয়েছে। একবার সেটা দেখতে ইচ্ছে করছিল।"

কাকাবাবু বললেন, "না, না, একবার একটু আগ্রহ দেখালেই ওরা আমাদের জড়িয়ে ফেলত। শুধু শুধু বসে থাকতে হত মাণ্ডিতে।"

তারপর হেসে বললেন, "কোনও চেষ্টা না করেই আমরা মূর্তিটা উদ্ধার করে দিয়েছি। সে ভাবে তো আর কয়েদিদের ধরা যেত না! তাই এখান থেকে এখন সরে পড়াই ভাল!"

জোজো বলল, "কাকাবাবু, আজ সকাল থেকে নৃপেন হালদারকে দেখতে পাইনি। অন্য একজন খাবার দিল।"

কাকাবাবু বললেন, "সেই লোকটিকে আমি জিজ্ঞেস করেছি। সে বলল, আজ নৃপেনের অফ ডে। সে নিজের বাড়িতে চলে গেছে।"

জোজো বলল, "আমার মনে হয়, নৃপেন ওই মূর্তিটা ফেরত আনার ব্যাপারে কিছু জানে।"

কাকাবাবু বললেন, "জানতেও পারে, না জানতেও পারে। তাই ওকে বেনিফিট অফ ডাউট দেওয়া গেল।"

সন্তু জিজ্ঞেস করল, "কাকাবাবু, বেনিফিট অব ডাউটের বাংলা কী হবে?"

জোজো বলল, "ডাউট মানে তো সন্দেহ?"

কাকাবাবু বললেন, "এসব তো ইংরেজদের তৈরি করা আইনের কথা। ঠিক বাংলা হয়নি। কিন্তু চেষ্টা করা যেতে পারে। না, জোজো ডাউট মানে সন্দেহ নয়। ডাউট মানে সংশয়। অর্থাৎ ঠিক না ভুল বুঝতে পারা না গেলে, তখনই সংশয় হয়, সুতরাং 'বেনিফিট অব ডাউট'-কে সংশয়ের অবকাশ বলা যেতে পারে।"

সন্তু বলল, "অনেকটা রাস্তা, সময় কাটাতে হবে তো! একটা কিছু করা দরকার। বল তো জোজো, 'টুইংকল টুইংকল লিট্‌ল স্টার', এই লাইনটার বাংলা কী হবে?"

জোজো বলল, "টুইংকল মানে ঝিকমিক, তাই না? এর বাংলা বেশ সোজা, 'ঝিকিমিকি ঝিকিমিকি ছোট্ট তারা'!"

কাকাবাবু বললেন, "বাঃ, চমৎকার হয়েছে। সন্তু, তুই পরের লাইনটা বল!"

সন্তু বলল, "'হাউ আই ওয়ান্ডার হোয়াট ইউ আর'...কী যে তুমি, ভেবে আমি আত্মহারা..."

বলতে বলতে সন্তু হঠাৎ উত্তেজিত ভাবে বলল, "কাকাবাবু, সামনের গাড়িটা আমি চিনতে পেরেছি!"

কাকাবাবু বললেন, "চিনতে পেরেছিস মানে? কোন গাড়ি?"

সন্তু বলল, "সেই যে মাথায় পাগড়িওয়ালা লোকটাকে তুমি খুঁজতে বলেছিলে? সে ভিড় ঠেলে একটা গাড়িতে উঠে গেল। এইটা সেই গাড়ি। নম্বরটা আমার মনে আছে।"

কাকাবাবু কৌতূহলী হয়ে বললেন, "তাই নাকি? গাড়িটা কে চালাচ্ছে, বোঝা যাচ্ছে না।"

সন্তু বলল, "অন্ধকারে ঠিক বোঝা যাচ্ছে না। গাড়িতে দু'জন লোক আছে।"

জোজো বলল, "এটা অন্তত বোঝা যাচ্ছে, কারও মাথায় পাগড়ি নেই।"

সন্তু বলল, "পাগড়ি খুলে রাখতে পারে।"

কাকাবাবু ড্রাইভারকে বললেন, "ওই গাড়িটার পেছন পেছন চলো। হারাতে দিয়ো না।"

এই পাহাড়ি রাস্তায় সামনের গাড়িকে ওভারটেক করে যাওয়া মুশকিল। তাই এই গাড়ির লোকদের দেখার উপায় নেই। দুটো গাড়ি সমানভাবে চলল।"

খানিক বাদে দেখা গেল, সামনের অনেক গাড়ি দাঁড়িয়ে গেছে। কোনও কারণে ট্র্যাফিক জ্যাম। কাকাবাবুদের গাড়িও থামাতে হল।

সে গাড়ি থামতেই সন্তু নেমে গেল ঝট করে। দৌড়ে গেল সামনের দিকে। খানিক বাদে ফিরে এসে বলল, "হ্যাঁ কাকাবাবু, সেই লোকটাই। পাগড়ি খুলে রেখেছে। সঙ্গে অন্য একটা লোক।"

কাকাবাবু বললেন, "গাড়িগুলো এখানে আটকে গেল কেন?"

সন্তু বলল, "পুলিশ সব গাড়ি চেক করছে।"

কাকাবাবু বললেন, "জেল-ভাঙা কয়েদিরা আছে কি না দেখছে। কিন্তু তারা কি আর এইভাবে প্রকাশ্যে পালাবে?"

সব গাড়িই একে একে ছাড়া পেয়ে গেল। কাকাবাবুদের গাড়িটা নীল রঙের গাড়িটার পিছু ছাড়ল না।

আরও দশ-বারো কিলোমিটার যাওয়ার পর আগের গাড়িটা হঠাৎ ডান দিকে বেঁকল। সেটা একটা সরু রাস্তা, একটাই গাড়ি যেতে পারে, উঠে গেছে ওপরদিকে।

এ-গাড়ির ড্রাইভার জিজ্ঞেস করল, "এবার কী করব সার? এদের ফলো করব?"

কাকাবাবু চিন্তিত ভাবে বললেন, "না, গাড়িটা থামিয়ে রাখো।"

তারপর থুতনিতে হাত দিয়ে চুপ করে বসে রইলেন।

সন্তু আর জোজো কিছুই বুঝতে পারছে না। সন্তু সাধারণত এই সময় কাকাবাবুকে কিছু জিজ্ঞেস করে না। সে জানে, কিছু বলার থাকলে কাকাবাবু নিজেই বলবেন।

কিন্তু জোজোর অত ধৈর্য নেই। সে বলল, "কাকাবাবু, লোকটা কে?"

কাকাবাবু বললেন, একেবারে নিশ্চিত না হয়ে আমি কিছু বলতে চাই না। মনে হচ্ছে যেন চিনতে পেরেছি। লোকটিকে ফলো করার কোনও কারণ নেই। শুধু আমার একটা কৌতূহল হচ্ছে, একজন মানুষ কেন অন্যরকম সেজে থাকে?"

জোজো বলল, "চলুন, ওপরে গিয়ে ভাল করে লোকটাকে দেখি!"

কাকাবাবু বললেন, "এই সরু রাস্তায় আমাদের গাড়ি উঠলেই তো লোকটা টের পেয়ে যাবে। থাক, দরকার নেই। শুধু একটা কৌতূহল মেটাবার জন্য অনেক সময় নষ্ট হবে। চলো, আমরা মানালিতেই যাই।"

জোজো বলল, "আপনার কৌতূহল হলে সেটা মিটিয়ে নেওয়াই তো উচিত!"

সন্তু বলল, "কাকাবাবু, এই রাস্তাটার ওপরে একটা গেট আছে। তাতে কী যেন লেখা আছে দেখছি!"

অন্ধকারে পড়া যাচ্ছে না। সন্তু নেমে গিয়ে দেখে এসে বলল, "হিল ভিউ লজ। ওপরে একটা হোটেল আছে।"

কাকাবাবু এবার খানিকটা উৎসাহিত হয়ে বললেন, "হোটেল? তা হলে তো যে-কেউ যেতে পারে। এক কাজ করলে হয়, এখন মানালি না গিয়ে আজ রাতটা আমরা এই হোটেলেই থেকে যেতে পারি। বেশ ফাঁকা জায়গা, ভালই লাগবে মনে হয়।"

সন্তু বলল, ওই লোকটাও বোধ হয় হোটেলটাতেই গেল। আমার এখানেই থাকতে ইচ্ছে করছে।"

গাড়িটা সরু রাস্তাটায় ঢুকে উঠতে লাগল ওপরদিকে। বেশ খাড়া রাস্তা। একটু ভুল হলেই গাড়ি নীচের দিকে গড়িয়ে পড়ে যেতে পারে। বেশ উঁচুতে হোটেলটার সামনেই রাস্তাটা শেষ। আর কোনও বাড়ি নেই।

সেই নীল গাড়িটা এখানেই দাঁড়িয়ে আছে। কয়েকটা ঘরে আলো জ্বলছে, হোটেলে বেশ লোকজন আছে মনে হচ্ছে। এত উঁচুতে হোটেল, সেখানেও মানুষ আসে।

গাড়ি থেকে নামার পর ড্রাইভার বলল, "আমাকে ছেড়ে দেবেন, সার? কাল সকালে আমার ডিউটি আছে, দিল্লি যেতে হবে।"

কাকাবাবু বললেন, "ঠিক আছে, চলে যাও। হোটেল থেকে নিশ্চয়ই অন্য গাড়ির ব্যবস্থা করে দিতে পারবে!"

হোটেলের অফিসঘরের কাউন্টারে এসে দাঁড়ালেন ওঁরা তিনজন।

হঠাৎ পেছন থেকে কে যেন ডাকল, "সন্তু!"

সন্তু চমকে গিয়ে মুখ ফিরিয়ে দেখল, "একটি কিশোরী মেয়ে নামছে, লাল রঙের ওভারকোট পরা।"

কাকাবাবুও ঘুরে তাকিয়ে বললেন, "আরে, এ তো দেবলীনা!"

দেবলীনা তরতর করে নেমে এসে বলল, "ও মা, কী মজার ব্যাপার! এখানে দেখা হয়ে গেল। তোমরা আজ এলে কেন? আগে আসতে পারোনি?"

সন্তু জিজ্ঞেস করল, "তোরা এখানে কবে এসেছিস?"

দেবলীনা বলল, "তিনদিন আগে। কোনও মানে হয়, এই তিন দিন একা একা রইলাম!"

সন্তু জিজ্ঞেস করল, "একা একা মানে? তোর বাবা আসেননি?"

দেবলীনা বলল, "হ্যাঁ এসেছে। তোদের সঙ্গে দেখা হলে কত মজা হত। আমরা গুহা দেখতে গিয়েছিলাম কাল, এখানে একটা দারুণ গুহা আছে। ঠিক আছে, আমি যাব না।"

সন্তু জিজ্ঞেস করল, "কোথায় যাবি না?"

দেবলীনা বলল, "আমাদের তো একটু পরেই চেক আউট করার কথা। চলে যাচ্ছিলাম।"

একটা ব্যাগ হাতে নিয়ে সিঁড়ি দিয়ে নেমে এলেন দেবলীনার বাবা শৈবাল দত্ত।

তিনিও খুব অবাক হয়ে বললেন, "আরে, কাকাবাবু, সন্তু! ইট্স আ স্মল ওয়ার্ল্ড! এরকম একটা নামহীন জায়গাতেও চেনাশুনো কারও সঙ্গে দেখা হয়ে যাবে, ভাবা যায়?"

কাকাবাবু জিজ্ঞেস করলেন, "এ রকম নামহীন জায়গার হোটেলে তোমরা এলে কেন?"

শৈবাল বললেন, "জানেনই তো, আমার মেয়ে কেমন পাগল। পাহাড় ওকে টানে। প্রত্যেক বছর ওকে একবার অন্তত পাহাড়ে বেড়াতে নিয়ে যেতে হবেই। বেশিরভাগ হিল স্টেশনেই খুব ভিড় হয়। আমি আবার ভিড়ভাট্টা একেবারে পছন্দ করি না। তাই বেছে বেছে নির্জন জায়গার হোটেল খুঁজি।"

কাকাবাবু জিজ্ঞেস করলেন, "এ হোটেলটা ভাল?"

শৈবাল বললেন, "খুবই ভাল। অনেক পাহাড় দেখা যায়, একটা জলপ্রপাতও আছে। খাবারদাবারও ভাল। হোটেলের মালিকের ব্যবহারও বেশ ভদ্র, ওই তো মালিক, আলাপ করে দেখবেন।"

পাশেই ডাইনিং রুম। তার মাঝখানে দাঁড়িয়ে একটি লোক এ দিকেই চেয়ে আছে। এ সেই লোকটি, এখন মাথায় আবার সাদা পাগড়ি।

দেবলীনা কাকাবাবুর পিঠে একটা কিল মেরে বলল, "তোমরা খুব খারাপ! হিমাচলে আসবে, আমাকে বলোনি কেন?"

কাকাবাবু বললেন, "আমাদের তো আগে থেকে ঠিক থাকে না। যাই হোক, দেখা তো হল!"

দেবলীনা বাবার দিকে ফিরে বলল, "তোমার দরকার থাকে তুমি চলে যাও, আমি এখানে আরও থাকব।"

শৈবাল বললেন, "তা কি হয়! প্লেনের টিকিট কাটা আছে।"

কাকাবাবু বললেন, "তোমাদের আজ এই রাত্তিরে চলে যেতে হবে কেন? কোথায় প্লেন? দিল্লিতে?"

শৈবাল বললেন, "না। কুলুর কাছে একটা ছোট এয়ারপোর্ট আছে। সেখান থেকে দিল্লিতে প্লেন যায়। কাল দিল্লিতে আমার খুব জরুরি কাজ আছে।

মুশকিল কী জানেন, প্লেনটা ছাড়ে ভোর সাড়ে পাঁচটায়। এই হোটেলে থেকে অত ভোরে গিয়ে প্লেন ধরা খুব শক্ত। তাই এয়ারপোর্টের কাছে একটা হোটেলে রাত কাটাতে হবে।"

দেবলীনা বলল, "তুমি যাও, আমি যাচ্ছি না।"

শৈবাল বলল, "এই রে, আবার পাগলামি শুরু হল। কাকাবাবু, আপনি ওকে একটু বুঝিয়ে বলুন।"

কাকাবাবু বললেন, "দেবলীনা আমাদের সঙ্গে কয়েকটা দিন থেকে গেলে খুব অসুবিধে হবে? কয়েকদিন পর আমরাও দিল্লি ফিরব। ও আমাদের সঙ্গেই ফিরবে।"

শৈবাল বললেন, "ওকে রেখে যাওয়া যেত। কিন্তু আজ সকালেই টেলিফোন পেয়েছি, দিল্লিতে ওর মাসি থাকেন, হঠাৎ খুব অসুস্থ হয়ে পড়েছেন। বাঁচবেন কি না সন্দেহ। তিনি ওকে খুবই ভালবাসেন। ওকে দেখতে চান। আমার তো কাজ আছেই, তা ছাড়াও প্লেনের টিকিট কিনেছি এই জন্যই।"

মেয়ের দিকে ফিরে জিজ্ঞেস করলেন, "কী রে খুকি, তুই তোর মাসিকে শেষ দেখা দেখতে চাস না?"

দেবলীনা উত্তর না দিয়ে মুখ গোঁজ করে রইল।

কাকাবাবু বললেন, "তা হলে তো আর আটকানো যায় না। ঠিক আছে, এর পরেরবার আমরা একসঙ্গে কোনও পাহাড়ে যাব।"

শৈবাল বললেন, "আপনাদের রাত্তিরের খাওয়া হয়নি তো? চলুন, একসঙ্গে খেয়ে নিই। তারপর আমরা বেরিয়ে পড়ব।"

কাকাবাবুদের জিনিসপত্র পাঠিয়ে দেওয়া হল ওপরের দুটি ঘরে।

সবাই মিলে বসলেন ডাইনিং হলের একটি টেবিলে। প্রথমেই এল জল-জিরার শরবত।

দেবলীনা সন্তুকে জিজ্ঞেস করল, "এখানে বুঝি কোনও উল্কা পড়েছে? কিংবা চাঁদের পাথর চুরি গেছে?"

সন্তু বলল, "সেসব কিছু না। স্রেফ বেড়াতে এসেছি। আমার বন্ধু জোজোকে বোধ হয় তুমি আগে দেখনি?"

দেবলীনা বলল, "এই-ই জোজো? এ কি তোরই মতন ক্যাবলাকান্ত?"

জোজো বলল, "আমি আরও বেশি ক্যাবলা!"

দেবলীনা বলল, "তোমার মুখ দেখলেই তা বোঝা যায়। বলো তো মানুষ কতটা লম্বা হয়?"

শৈবাল কাকাবাবুকে বললেন, "দেখছেন আমার মেয়ের কাণ্ড? কীভাবে কথা বলে? সন্তু কেন যে ওকে চাঁটি মারে না!"

কাকাবাবু হাসতে হাসতে বললেন, "দেবলীনার কাছে সন্তু জব্দ!"

দেবলীনা জোজোকে খোঁচা মেরে বলল, "বলতে পারলে না, মানুষ কত লম্বা হয়? এ তো সোজা! সব মানুষই সাড়ে তিন হাত।"

জোজো বলল, "যাঃ! এক-একজন মানুষ এক-একরকম। কেউ খুব বেঁটে, কেউ লম্বা!"

দেবলীনা বলল, "সাধে কি আর বলেছি ক্যাবলাকান্ত! নিজের হাতে মাপলে সবাই সাড়ে তিন হাত। বেঁটে লোকের হাত ছোট, লম্বা লোকের হাতও বড়।"

দাড়িওয়ালা, মাথায় পাগড়ি পরা লোকটি খানিকটা দূরে দাঁড়িয়ে এই টেবিলের দিকেই তাকিয়ে আছে। শৈবাল হাতছানি দিয়ে তাকে কাছে ডাকলেন।

তারপর পরিচয় করিয়ে দিয়ে বললেন, "ইনি হোটেলের মালিক ধরমবীর সিং। ইনি ছোটবেলা বিলেতে মানুষ হয়েছেন, আর ইনি রাজা রায়চৌধুরী, এঁর পরিচয়...কী বলব।"

কাকাবাবু টেবিলের তলায় পা দিয়ে শৈবালকে একটা খোঁচা দিয়ে থামবার ইঙ্গিত করে বললেন, "আমি একজন রিটায়ার্ড লোক, এমনিই বেড়াতে এসেছি।"

কাকাবাবু আর ধরমবীর পরস্পরের দিকে নিষ্পলকভাবে তাকিয়ে রইলেন কয়েক মুহূর্ত।

তারপর ধরমবীর ইংরিজিতে বললেন, "ওয়েলকাম টু মাই হোটেল। আশা করি, আপনাদের এখানে ভাল লাগবে।"

কাকাবাবু বললেন, "আমিও তাই আশা করি। আপনার এখান থেকে গাড়িভাড়ার ব্যবস্থা করা যাবে?"

ধরমবীর বললেন, "হোটেলেরই নিজস্ব গাড়ি আছে। চাইলেই পাবেন।"

আর বিশেষ কথা হল না। খাবার এসে গেল।

দেবলীনা সন্তুকে বলল, "পাহাড়ের ওপাশটায় একটা গুহা আছে। দেখতে ভুলিস না।"

জোজো জিজ্ঞেস করল, "গুহাটাতে কী আছে?"

দেবলীনা বলল, "গুহার মধ্যে আবার কী থাকবে? জলহস্তী? গুহা তো গুহাই! অনেকটা লম্বা।"

সন্তু জিজ্ঞেস করল, "তুই ভেতরে গিয়েছিলি? শেষ পর্যন্ত?"

দেবলীনা বলল, "না, সবটা যাইনি। তুই থাকলে যেতাম। একেবারে ঘুরঘুট্টি অন্ধকার। ভয় করছিল!"

কাকাবাবু বললেন, "দেবলীনাও তা হলে ভয় পায়?"

দেবলীনা বলল, "আমি চোর-ডাকাতকে ভয় পাই না। ভূতের ভয় পাই না। বাঘ-ভালুককেও ভয় পাই না। শুধু মাকড়সা...যদি ভেতরে বড় বড় মাকড়সা থাকে।"

জোজো বলল, "ট্যারান্টুলা। তুমি ট্যারান্টুলা দেখেছ? রাক্ষুসে মাকড়সা, আমি দেখেছি, সাউথ আমেরিকায়, আমাজন নদীর ধারের জঙ্গলে, একঝাঁক,

ওদের সামনে পড়লে মানুষ বাঁচে না! ওরা গুলি করলে মরে না, ছোরা দিয়ে কাটা যায় না। আমি বুদ্ধি করে একটা স্প্রে গান নিয়ে গিয়েছিলাম, তা দিয়ে ওদের গায়ে ছিটিয়ে দিলাম কেরোসিন, ওদের খুব প্রিয় খাদ্য কেরোসিন, মাকড়সাগুলো চেটে চেটে কেরোসিন খাচ্ছে, আমি একটা দেশলাই কাঠি জ্বেলে ছুড়ে দিলাম ওদের দিকে। ব্যস!"

দেবলীনা সন্তুর দিকে তাকিয়ে বলল, "এই ছেলেটা খুব গুল মারে, তাই না?"

সন্তু হাসি চেপে বলল, "না, জোজো অনেক দেশ-বিদেশে ঘুরেছে।"

দেবলীনা বলল, "ও পকেটে দেশলাই রাখে কেন? বিড়ি খায় বুঝি?"

শৈবাল ধমক দিয়ে বললেন, "এই খুকি, কী হচ্ছে কী! চুপ কর!"

কাকাবাবু বললেন, "ওর চটাস চটাস কথা শুনতে আমার খুব ভাল লাগে।"

শৈবাল বললেন, "মেয়েটা আমার পাগল একেবারে!"

দেবলীনা বলল, "আমি পাগল? পাগল বুঝি ফার্স্ট হয়?"

জোজো সঙ্গে সঙ্গে বলল, "হ্যাঁ হয়। পাগলামিতে ফার্স্ট!"

সন্তু হাততালি দিয়ে বলল, "এইবার জোজো একখানা ভাল দিয়েছে?"

দেবলীনা উঠে পড়ে বলল, "আমি হাত ধুয়ে আসছি।"

কাকাবাবু বললেন, "সন্তু, তুই ওর সঙ্গে যা। ও মেয়েকে বিশ্বাস নেই। হঠাৎ দৌড় মারতে পারে।"

শৈবাল বললেন, "যা বলেছেন! এর মধ্যে আরও একবার বাড়ি থেকে পালিয়েছিল জানেন তো?"

কাকাবাবু বললেন, "এই নিয়ে চারবার হল?"

শৈবাল বললেন, "হ্যাঁ, চারবার। আগেরবার আপনি উদ্ধার করেছিলেন। এবারেও আপনাকে খবর দেব দেব ভাবছিলাম, তখনই খবর পেলাম আসানসোল স্টেশনে পুলিশের হাতে ধরা পড়েছে।"

একটু পরে দেখা গেল, সন্তু দেবলীনার হাত ধরে টানতে টানতে নিয়ে আসছে। কাছে এসে বলল, "হোটেল থেকে বেরিয়ে পালাবার চেষ্টা করছিল।"

দেবলীনা কাকাবাবুর কাছে এসে তাঁর বুকে মাথা রেখে বাচ্চা মেয়ের মতন কাঁদো কাঁদো গলায় বলল, "কী করি বলো তো? আমার ছোটমাসিকে দেখতেও খুব ইচ্ছে করছে, আবার তোমাদের সঙ্গে থাকতেও ইচ্ছে করছে খুব!"

কাকাবাবু তার মাথায় হাত বুলিয়ে দিতে দিতে বললেন, "পাহাড় তো পালিয়ে যাচ্ছে না। আবার আসা যাবে। মাসি তোমায় দেখতে চেয়েছেন, যদি পরে দেখা না হয়?"

কাঁদতে কাঁদতেই দেবলীনা গাড়িতে উঠল। কাকাবাবুরা বাইরে এসে বিদায় জানালেন।

ওদের গাড়ি ছাড়বার পর জোজো বলল, "বাপ রে, চলে গেছে, বাঁচা গেছে। যা বিচ্ছু মেয়ে!"

কাকাবাবু বললেন, “অল্প বয়েস থেকে ওর মা নেই। তাই খানিকটা জেদি আর খেয়ালি। কিন্তু পড়াশুনোয় দারুণ ভাল। সাহসও আছে খুব।”

সন্তু বলল, “কাকাবাবু, ধরমবীর সিং এই হোটেলের মালিক। একে আমরা আগে কোথায় দেখতে পারি?”

কাকাবাবু বললেন, “বেশ জটিল ব্যাপার। আজ রাতটা কাটুক। কাল সকালে ভাল করে খোঁজখবর নিতে হবে। যদিও, এতে আমাদের মাথা ঘামাবার কোনও দরকার ছিল না। কিন্তু কৌতূহল না মিটিয়ে যেতে পারছি না।”

ওপরে যে দু'খানা ঘর দেওয়া হয়েছে, তা পাশাপাশি নয়। বারান্দার দুই কোণে দুটো। মাঝখানের ঘরগুলো বন্ধ।

কাকাবাবু বললেন, “কোণের ঘরই ভাল। দু'দিক দেখা যায়। তোদের কোনটা পছন্দ, বেছে নে।”

সন্তুরা দুটো ঘরই দেখে নিয়ে ডান দিকেরটায় ঢুকে পড়ল।

কাকাবাবু নিজের ঘরে এসে পোশাক বদলালেন। ঘরটি বেশ বড়, পরিষ্কার-পরিচ্ছন্ন। জানলা খুলে একবার বাইরেটা দেখে নিলেন। একটা পাহাড়ের চূড়ায় বরফের ওপর জ্যোৎস্না পড়েছে। সেই জ্যোৎস্নার রং যেন অনেকটা নীল। তাকালে আর চোখ ফেরাতে ইচ্ছে করে না।

খানিকক্ষণ বই পড়ার পর শুয়ে পড়লেন কাকাবাবু।

সামান্য একটু খুট খুট শব্দেই একসময় ঘুম ভেঙে গেল তাঁর। বাইরে থেকে কেউ চাবি দিয়ে দরজা খোলার চেষ্টা করছে।

বালিশের তলা থেকে রিভলভারটা নিয়ে তিনি বিছানা থেকে নামতে না নামতেই দড়াম করে দরজাটা খুলে গেল। তিনজন লোক হুড়মুড় করে ভেতরে ঢুকে এসে দাঁড়াল তিনদিকে। একজন আলো জ্বেলে দিল।

তখন দেখা গেল, তিনজনের হাতেই রিভলভার। তাদের মধ্যে একজন ধরমবীর সিং।

কাকাবাবু বুঝতে পারলেন, এই অবস্থায় গুলি চালিয়ে কোনও লাভ নেই।

ধরমবীর গম্ভীরভাবে বলল, “ড্র দ্যাট গান!”

কাকাবাবু রিভলভারটা ফেলে দিলেন বিছানার ওপর।

ধরমবীর কাছে এসে সেটা তুলে নিয়ে জিজ্ঞেস করল, “পার্লে ভু ফ্রাঁসে?”

কাকাবাবু ইংরিজিতে বললেন, “শুনলে বুঝতে পারি। বলতে গেলে অসুবিধে হয়। তোমার যা বলার, ইংরিজিতেই বলো।”

ধরমবীর বলল, “তুমি আমার পেছনে লেগেছ কেন? আমি তো তোমার কোনও ক্ষতি করিনি।”

কাকাবাবু বললেন, “আমিও তো তোমার ক্ষতি করিনি। শুধু একটা কৌতূহল মেটাতে এসেছি।”

“কীসের কৌতূহল?”

"একজন মানুষ কেন চেহারা বদলে অন্য মানুষ সাজে। কোন উদ্দেশ্যে? আমার মুশকিল হচ্ছে, আমার স্মৃতিশক্তি বড় বেশি। একবার কিছু দেখলে ভুলতে পারি না। তোমায় আগে কোথায় দেখেছি, সেটাই শুধু মনে রাখতে অসুবিধে হচ্ছিল।"

"এখন কৌতূহল মিটেছে?"

"হ্যাঁ। তুমি ধরমবীর সিং নও। এটা তোমার ছদ্মনাম, ছদ্মবেশ।"

"তুমি আমাকে আগে কোথায় দেখেছ?"

"আসলে আমি তোমাকে আগে কখনও দেখিনি।"

"কী উলটোপালটা বকছ! এই বললে, আগে দেখেছ। আবার বলছ দ্যাখোনি।"

"তোমাকে আগে দেখিনি। তোমার ছবি দেখেছি।"

"শুধু ছবি দেখে? আমাকে এই চেহারায় চেনা যায়? অসম্ভব। তুমি মিথ্যে কথা বলছ!"

"ছদ্মবেশ ধরে মানুষ অনেক কিছু বদলাতে পারে। কিন্তু চোখ দুটো বদলানো যায় না।"

"বটে? তুমি আমাকে কতটা চিনেছ, তা পরীক্ষা করে দেখতে হবে। এখন তোমার হাত দুটো বাঁধা হবে, বাধা দেওয়ার চেষ্টা কোরো না। তাতে সুবিধে হবে না। আমি গুলি চালাব।"

ধরমবীরের ইঙ্গিতে অন্য দু'জন কাকাবাবুর হাত পিঠের দিকে নিয়ে গিয়ে বেঁধে ফেলল।

ধরমবীর এবার লোকদুটিকে বলল, "তোমরা এবার গিয়ে ওই ছেলেদুটিকে বাঁধো। এর সঙ্গে আমি কথা বলছি।"

লোকদুটি চলে যাওয়ার পর ধরমবীর একটা চেয়ারে বসে পড়ে বলল, "তোমার নাম রাজা রায়চৌধুরী, তোমার সম্পর্কে আমি কিছুই জানতাম না। সদ্য শুনেছি। তোমার সঙ্গে আমার কোনও শত্রুতা থাকার কথা নয়। কিন্তু আমি ছদ্মবেশ নিয়েছি, যাতে আমাকে অন্য কেউ চিনতে না পারে সেইজন্য। তাই তো? তবু যদি কেউ চিনে ফেলে, তাকে পৃথিবী থেকে সরিয়ে দেওয়াই আমার উচিত। ঠিক কি না? অতএব তোমাকে মেরে ফেলতেই হবে।"

কাকাবাবু একগাল হেসে বললেন, "তুমি সত্যিই আমাকে চেনো না। এর আগে অনেকেই আমাকে মেরে ফেলতে চেয়েছে। কিন্তু কেউই পারেনি। তুমিও পারবে না।"

ধরমবীর ভুরু কুঁচকে বলল, "পারব না? এই রিভলভারে ছ'টা গুলি আছে। একটা গুলি খরচ করাই যথেষ্ট। দেখবে?"

কাকাবাবু বললেন, "মরে গেলে আর দেখব কী করে? যাই হোক, তুমি চেষ্টা করে দ্যাখো।"

রিভলভারটা নামিয়ে ধরমবীর বলল, "তোমার সাহস আছে, স্বীকার করতেই হবে। তোমার স্মৃতিশক্তিও অবিশ্বাস্য! এ পর্যন্ত একজনও আমাকে চিনতে পারেনি। শুধু ছবি দেখে তুমি আমাকে চিনেছ। ঠিক আছে, চিনতে পেরেছ ঠিকই। এবার কী করতে চাও?"

কাকাবাবু বললেন, "আর একটা কৌতূহল রয়ে গেছে। একজন লোক ছদ্মবেশ ধরে নিজের পরিচয় গোপন করে কেন? নিশ্চয়ই কোনও মতলব থাকে। তুমি নিশ্চয়ই এই হোটেল চালাবার জন্য ছদ্মবেশ ধরোনি। তার কোনও দরকার ছিল না। সেই উদ্দেশ্যটা জানার জন্য কৌতূহল হচ্ছে।"

"তুমি কী ভেবেছ, সেটা আমি তোমাকে বলে দেব?"

"না বললেও জানা যায়। অনেকটা আন্দাজ করতেও পেরেছি।"

"শোনো মিস্টার রায়চৌধুরী, তুমি যাই-ই বলো, তোমাকে এক্ষুনি মেরে ফেলা শক্ত কিছু না। তারপর তোমার মৃতদেহটা কোনও একটা পাহাড়ের খাঁজে ফেলে রাখলে কেউ খুঁজে পাবে না। কিন্তু নিতান্ত বাধ্য না হলে আমি মানুষ খুন করি না। তোমাকে মুক্তি দিতে পারি এক শর্তে, কাল ভোরবেলা তুমি সোজা দিল্লি চলে যাবে। আমার ব্যাপার নিয়ে আর ঘাঁটাঘাঁটি করবে না।"

"বাঃ, তুমি যে এত সরল তা তো জানতাম না। তুমি আমাকে ছেড়ে দেবে, আমি দিল্লি না গিয়ে যদি মাণ্ডি থেকে একদল পুলিশ নিয়ে ফিরে আসি?"

"তার জন্য জামিন রাখা হবে। তোমার সঙ্গে যে দুটি ছেলে আছে, তাদের একজনকে রেখে দেব। তোমরা দু'জন দিল্লি যাবে। অন্য ছেলেটিকে তিনদিন পর আমরাই দিল্লি পৌঁছে দেব।"

"তাকে ফেরত পাওয়ার পর যদি পুলিশের কাছে যাই?"

"তখন পুলিশে খবর দিয়েও কোনও লাভ হবে না। ততদিনে দেখবে পাখি উড়ে গেছে! কী করবে ভেবে নাও। এক ঘণ্টা সময় দিলাম।"

ধরমবীর বেরিয়ে গেল, কাকাবাবু বিছানার ওপর বসলেন।

হাতদুটো এমনভাবে বেঁধেছে, খোলার উপায় নেই। একবার তিনি ভাবলেন, এই ব্যাপারটায় নাক না গলালেই হত। এখানে না এসে এতক্ষণে পৌঁছে যাওয়া যেত মানালি। কিন্তু স্বভাব যে যায় না। কোনও ব্যাপারে কৌতূহল হলে তা মেটাতেই হয়!

একটু পরেই ধরমবীর আর অন্য লোকদুটি ফিরে এল।

ধরমবীর বলল, "তোমার এ-ঘরে থাকা হবে না। অন্য একটা জায়গায় যেতে হবে।"

কাকাবাবু বললেন, "হাত বাঁধা থাকলে আমি যাব কী করে? ক্রাচ ছাড়া আমি চলতে পারি না।"

ধরমবীর বলল, "তোমায় চলতে হবে না। ওরা দু'জন তোমাকে বয়ে নিয়ে যাবে!"

কাকাবাবু এবার প্রচণ্ড জোরে ধমক দিয়ে বললেন, "তোমরা ভেবেছ কী? আমি কি ছেলেমানুষ নাকি যে আমাকে বয়ে নিয়ে যাবে? হাত খুলে দাও, তোমরা যেখানে যেতে বলবে যাব!"

ওদের মধ্যে একজন টাকমাথা লোক এক ঘুসি কষাল কাকাবাবুর মুখে। কাকাবাবুর নাক দিয়ে টপ টপ করে রক্ত পড়তে লাগল।

কাকাবাবু তার দিকে ফিরে ঠাণ্ডা কঠিন গলায় বললেন, "তোমার মালিক হুকুম দেওয়ার আগেই তুমি আমাকে মারলে কেন? আমার গায়ে কেউ হাত তুললে তাকে আমি শাস্তি না দিয়ে ছাড়ি না। তুমিও শাস্তি পাবে!"

লোকটি আবার মারবার জন্য হাত তুলতেই ধরমবীর তাকে বাধা দিয়ে বলল, "ঠিক আছে, ওর বাঁধন খুলে দাও! রায়চৌধুরী, আশা করি, তুমি ভদ্রলোকের মতন আমাদের সঙ্গে আসবে, চ্যাঁচামেচি করবে না।"

ঘর থেকে বেরিয়ে সিঁড়ি দিয়ে নেমে আসা হল একতলায়। এখন কোনও ঘরে আলো জ্বলছে না। হোটেলের পেছনদিকের একটা দরজা দিয়ে বের হয়ে হাঁটতে হল এবড়োখেবড়ো রাস্তায়। ঠিক রাস্তাও নয়, বড় বড় পাথর ছড়ানো, অন্ধকার, কাকাবাবু কয়েকবার হোঁচট খেতে খেতে সামলে নিলেন।

খানিক বাদে দেখলেন, এক জায়গায় আলো জ্বলছে।

সেটা একটা গুহার মুখ। হাতে হ্যাজাক নিয়ে দাঁড়িয়ে আছে একজন লোক। দেবলীনা কি এই গুহাটার কথাই বলেছিল?

গুহাটার মধ্যেও অনেকটা যেতে হল। মাঝে মাঝে আলো রাখা আছে। একটা জায়গা বেশ চওড়া, হঠাৎ যেন গুহাটার পেট মোটা হয়ে গেছে। সেখানে দু'দিকে দুটো লোহার বেঞ্চ পাতা। একটাতে বসে আছে সন্তু আর জোজো, পাশে একজন রিভলভারধারী পাহারাদার। সেখানে দেওয়ালে একটা মশাল জ্বলছে।

ধরমবীর বলল, "শোনো রায়চৌধুরী আমাদের এখন অনেক জরুরি কাজ আছে, তোমাকে নিয়ে বেশি মাথা ঘামাবার সময় নেই। তুমি আর একটি ছেলে কাল ভোরে দিল্লি চলে যাবে। একটি ছেলেকে আমরা রেখে দেব। তুমি কোনও গণ্ডগোল না করলে, ছেলেটি দিল্লি পৌঁছে যাবে তিনদিন পরে। কোন ছেলেটি থাকবে? আচ্ছা, একেই রেখে দেওয়া যাবে!"

সে জোজোর কাঁধে একটা চাপড় মারতেই জোজো সিঁটিয়ে সরে গেল।

সন্তু বলল, "ওকে কিছু বলার দরকার নেই, যা বলার আমাকে বলুন!"

ধরমবীর বলল, "বেশ, তুমিই থাকো। তুমি চলো আমাদের সঙ্গে।"

কাকাবাবু বললেন, "সে প্রশ্নই ওঠে না। একজনকে রেখে কিছুতেই আমি যেতে রাজি নই। হয় তিনজনই একসঙ্গে যাব, অথবা তিনজনই থাকব।"

ধরমবীর এবার গলা চড়িয়ে ধমকে বলল, "তোমাদের সঙ্গে আমি যথেষ্ট ভদ্র ব্যবহার করেছি। অন্য কেউ হলে এতক্ষণে তিনজনকেই সাবাড় করে দিত।

আমি তোমার কথা শুনে বলব নাকি? এই ছেলেটাকে আমি নিয়ে যাচ্ছি।"

এই সময় আর-একজন লোক গুহার মধ্যে এসে ধরমবীরের কানে কানে ফিসফিস করে কী যেন বলতে লাগল।

তাকে দেখে চমকে উঠল এরা তিনজন। নৃপেন হালদার!

তার কথা শুনতে শুনতে ধরমবীর বলতে লাগল, "গুড! গুড! এভরিথিং ইজ রেডি।"

সে কথা শেষ করার পর নৃপেন কাকাবাবুর দিকে আঙুল দেখিয়ে বলল, "সার, এই আদমি ভেরি ডেঞ্জারাস হ্যায়। আর এই ছেলেটা, সন্তু, ভেরি বিচ্ছু। দয়ামায়া দেখাবেন না সার!"

জোজো বাংলায় বলল, "আপনি বাঙালি হয়ে আমাদের সঙ্গে এরকম বিশ্বাসঘাতকতা করলেন?"

নৃপেন ভেংচি কেটে বলল, "ইস, বাঙালি! বাংলায় কেউ আমায় চাকরি দিয়েছে? ফ্যা ফ্যা করে ঘুরে বেড়িয়েছি। তোমাদের এ ব্যাপারে নাক গলাতে কে বলেছিল?"

কাকাবাবু বললেন, "চাকরি না পেলেই যদি কেউ খুনে-গুণ্ডাদের দলে যোগ দেয়, তা হলে সে বাঙালি না, বিহারি না, মাড়োয়ারি না, পাঞ্জাবি না, শুধুই একটা খারাপ লোক। চাকরি না করেও মানুষ নিজের পায়ে দাঁড়াতে পারে!"

নৃপেন বলল, "চোপ! আবার বড় বড় কথা! আমাদের সাহেব ইচ্ছে করলেই তোমাদের এক্ষুনি খতম করে দিতে পারে।"

ধরমবীর বলল, "রায়চৌধুরী, ইংরিজিতে একটা কথা আছে, কিউরিয়েসিটি কিল্‌স দ্য ক্যাট! বেশি কৌতূহল দেখালে অনেক সময় প্রাণ দিতে হয়। তোমরা যথেষ্ট কৌতূহল দেখিয়েছ। এখন থেকে আমি যা বলছি তাই শুনতে হবে। এই ছেলেটাকে আমি সঙ্গে নিয়ে যাচ্ছি। চলো— "

সে ইঙ্গিত করতেই রিভলভারধারী প্রহরীটি সন্তুকে জাপটে ধরল।

সন্তু ভালমানুষের মতন কয়েক পা গেল তার সঙ্গে। তারপরই হঠাৎ নিচু হয়ে লোকটির এক পা জড়িয়ে ধরে মারল এক আছাড়। তার হাতের রিভলভারটা ছিটকে পড়ে গেল।

সন্তু চেঁচিয়ে বলল, "কাকাবাবু, ওটা ধরো।"

কাকাবাবু সেদিকে ঝুঁকবার আগেই দুড়ুম করে শব্দ হল। ধরমবীরের রিভলভারের একটা গুলি কাকাবাবুর কাঁধ ঘেঁষে চলে গেল।

ধরমবীর বলল, "এনাফ ইজ এনাফ! তোমাদের যত দেখছি, ততই অবাক হচ্ছি। এইটুকু ছেলে, এত ভাল ক্যারাটে জানে! কিন্তু আমার এখন এসব কথা বলার সময় নেই।"

সন্তুর দিকে তাকিয়ে কড়া গলায় বলল, "বয়, যদি খোঁড়া না হতে চাও, আমাদের সঙ্গে চলো।"

সন্তু কাকাবাবুর দিকে তাকাল, কাকাবাবু চোখের ইঙ্গিতে তাকে বোঝালেন, "এখন আর বাধা দিয়ে লাভ নেই।"

ধরমবীর কাকাবাবুকে বলল, "এই গুহার উলটোদিকে বেরুবার কোনও পথ নেই। সামনের মুখটাও পাথর দিয়ে বন্ধ থাকবে। হাজার চ্যাঁচালেও কেউ শুনতে পাবে না। আমার শর্তে যদি রাজি না হও, তা হলে এখানেই না খেয়ে পচে মরবে! কাল ভোরে আমি একবার আসব। শুভরাত্রি, আ রেভোয়া!"

সন্তুকে ওরা ঠেলতে ঠেলতে নিয়ে চলে গেল।

॥ ৭ ॥

বেশ কিছুক্ষণ কাকাবাবু আর জোজো মুখোমুখি বসে রইল চুপ করে।

তারপর কাকাবাবু দু'হাত ছড়িয়ে আড়মোড়া ভেঙে বললেন, "সবকিছুরই একটা ভাল দিক থাকে। এরা আমাদের হাত-পা বাঁধেনি। বাঁধতেও তো পারত। তার মানে, এরা ঠিক ডাকাত নয়, অন্য কিছু। ঘুরঘুট্টি অন্ধকারও নয়, মশাল জ্বলছে। ক্রাচদুটোও দিয়ে গেছে দেখছি।"

জোজো বলল, "এরা খেতে দেবে কি? খিদে পাচ্ছে!"

কাকাবাবু বললেন, "সে কী! এর মধ্যেই খিদে পাবে কেন, আমরা তো রাত্তিরের খাবার খেয়ে নিয়েছি।"

জোজো বলল, "ও তাই তো। ভুলে গিয়েছিলাম। সকালে ব্রেকফাস্ট দেবে?"

কাকাবাবু বললেন, "এতবড় হোটেল, দেওয়াই তো উচিত! জোজো, তুমি গুহার মুখটা দেখে এসো তো, সেখানে কী অবস্থা?"

জোজো দৌড়ে চলে গেল। ফিরে এল একটু পরেই। মুখটা বিবর্ণ।

সে বলল, "কাকাবাবু, সাঙ্ঘাতিক ব্যাপার। মুখটা একেবারে বন্ধ। আমরা যে ভেতরে আছি, তা বাইরে থেকে কেউ বুঝতেই পারবে না। কী হবে?"

কাকাবাবু বললেন, "অত ঘাবড়াবার কী আছে! বাংলায় বলে, যতক্ষণ শ্বাস, ততক্ষণ আশ। যতক্ষণ নিশ্বাস পড়ে, ততক্ষণ আশা ছাড়তে নেই। সন্তু তো বাইরেই আছে। সে কি আমাদের ভুলে যাবে?"

জোজো বলল, "সন্তু লোকটাকে কী জোর আছাড় মারল! ইস, সেই সময় যদি রিভলভারটা তুলে নেওয়া যেত!"

কাকাবাবু বললেন, "সিনেমায় এসব খুব সহজ মনে হয়। কিন্তু এইসব ক্রিমিনাল, তারা কি বোকা? তারা সবসময় তৈরি থাকে। ওই লোকটা এমন গুলি চালাল, আমার কাঁধের কাছে ছুঁয়ে গেছে। ও ইচ্ছে করলে আমার বুকেও মারতে পারত!"

"আচ্ছা কাকাবাবু, ওই লোকটা আসলে কে? আপনি তো ওকে চিনতে পেরেছেন?"

"তোমরা যে ওকে কেন চিনতে পারোনি, সেটাই আমি বুঝতে পারছি না। আমরা তো একই সঙ্গে ওর ছবি দেখেছি!"

"ছবি?"

"মণিকরণে একটা বাড়ির দেওয়ালে ওর ছবি সাঁটা ছিল, মনে নেই? সেই যে, একটা লোক হারিয়ে গেছে, যার সন্ধান পেলে দশ হাজার ডলার দেওয়া হবে। তা নিয়ে কত কথা হল।"

"কিন্তু সে-লোকটা তো বিদেশি। মানে, ক্যানেডিয়ান!"

"বিদেশিরা কি এদেশি সাজতে পারে না? আমাদের দেশের কত লোক তো সাহেব সাজে! বিদেশিরাও ভারতীয় সাজতে পারে!"

"এখানে আসার সময় সন্তু বলছিল বটে যে, ধরমবীর সিংকে ঠিক ভারতীয় মনে হয় না। ওর ইংরিজি অন্যরকম। আমি তখন বললাম, দেবলীনার বাবা তো জানিয়েই গেছেন যে, ধরমবীর সিং, ছোটবেলায় বিলেতে ছিল, তাই ইংরিজি তো অন্যরকম হতেই পারে।"

"ও বিলেতেও থাকেনি, ওর নামও ধরমবীর সিং নয়। ও ক্যানেডিয়ান। ওর নামটা মনে আছে?"

"কী যেন, কী যেন, চিরাক, তাই না?"

"কারও নাম দেখলে, ছবি দেখলে, ভাল করে লক্ষ রাখতে হয়। তুমিই তো বলেছিলে ওকে খুঁজে বের করে দশ হাজার ডলারের পুরস্কার নিতে হবে?"

"মনে পড়েছে। মনে পড়েছে, চার্লস চিরাক!"

"চিরাক নয়। শিরাক। তা হলে আর চার্লস হবে না, শার্ল! ফরাসি দেশের এক রাষ্ট্রপতির নাম ছিল শিরাক। ক্যানাডার একদিকেও অনেক ফরাসি আছে। সেইজন্যই আমার মনে হয়েছিল, শার্ল শিরাক যার নাম, সে নিশ্চয়ই ফরাসি ভাষা জানবে! লোকটির চোখ দেখে আমার সন্দেহ হয়েছিল। মেলার ভিড়ের মধ্যে আমি ইচ্ছে করে ওর গায়ে ঢলে পড়ে দু'-একটা ফরাসি ভাষায় কথা বলেছিলাম। জানো তো, মানুষকে হঠাৎ তার মাতৃভাষায় কোনও প্রশ্ন জিজ্ঞেস করলে, বা যে-কোনও কথা বললে সে মাতৃভাষাতেই উত্তর দেয়। তুমি পৃথিবীর যে-কোনও দেশেই যাও, হঠাৎ যদি কেউ বাংলায় তোমায় জিজ্ঞেস করে, তুমি কেমন আছ? তুমি সঙ্গে সঙ্গে বাংলাতেই উত্তর দেবে, ভাল! তাই না? আমার ফরাসি কথা শুনে ওই লোকটাও কিছু না ভেবেই ফরাসিতে উত্তর দিয়েছিল। একটু পরে খেয়াল হতেই পালিয়ে গেল। তখনই আমি বুঝে গেলাম, লোকটা আসলে কে!"

"ছবিটা তা হলে ও নিজেই লাগাবার ব্যবস্থা করেছে?"

"নিশ্চয়ই তাই। যাতে লোকের ধারণা হয় যে, ও মরেই গেছে। এতদিন পরে কেউ ওকে খুঁজবে না।"

"এরকম ছদ্মবেশ ধরার কী কারণ থাকতে পারে?"

"দুটো কারণ থাকতে পারে। হয় ও আগে কোনও বড় ধরনের অপরাধ করেছে, যেজন্য পুলিশ ওকে খুঁজবে। তাই চেহারাটা বদলে ফেলেছে। অথবা, ছদ্মবেশ ধরে ও সাঙ্ঘাতিক কোনও কাণ্ড করে আবার সাহেব সেজে যাবে। যতদূর মনে হচ্ছে, মাণ্ডির জেলখানা ভাঙার ব্যাপারের সঙ্গে ওর কোনও যোগ আছে। জেল থেকে যারা পালিয়েছে, তাদের অধিকাংশই বিদেশি!"

কাকাবাবু একটা হাই তুললেন। তারপর বললেন, "অনেক রাত হল, এখন একটু ঘুমিয়ে নেওয়া যাক।"

জোজো বলল, "এই অবস্থায় আপনার ঘুম আসবে?"

কাকাবাবু বললেন, "আমি দুটো জিনিস মানি। এইরকম অবস্থায় পড়লেও সামনে যদি কিছু খাবার থাকে, খেয়ে নেবে। আর হাতে সময় থাকলে ঘুমিয়ে নেবে। কেন না, পরে খেতে পাবে কি না, ঘুমোতে পারবে কি না, তার তো কিছু ঠিক নেই। এখন তো কিছু দরকার নেই, ঘুমনোই ভাল।"

কাকাবাবু কোটটা খুলতে গিয়ে চমকে গেলেন। একটা পকেট চাপড়ে বললেন, "আরে! নরেন্দ্রর মোবাইল ফোনটা রয়ে গেছে। ফেরত দিতে ভুলে গেছি। নরেন্দ্রও চায়নি। এটাতেই তো খবর দেওয়া যায়।"

তিনি ফোনটা চালু করে বোতাম টিপলেন। তাঁর কাছে চারটে নম্বর আছে।

জোজো ব্যগ্রভাবে তাকিয়ে রইল। তার মুখে হাসি ফুটেছে। নরেন্দ্র ভার্মাকে খবর দেওয়া গেলে আর কোনও চিন্তা নেই। এই ফোনগুলো কী দারুণ কাজে লাগে!

কাকাবাবু সবক'টা নম্বর টিপলেন। কোনও সাড়া পাওয়া গেল না। বাজলই না। তিনি বললেন, "যাঃ, এ কী হল! কিছু শোনা যাচ্ছে না।"

জোজোর মুখ আবার শুকিয়ে গেছে। সে আস্তে-আস্তে বলল, "একটা বিশেষ এলাকার বাইরে চলে গেলে এই ফোন কাজ করে না।"

কাকাবাবু বললেন, "তা হতে পারে। অনেকে রাত্তিরবেলা বন্ধ করে রাখে। দূর ছাই! ওরা আমার রিভলভারটা কেড়ে নেওয়ার পরে আর পকেট সার্চ করেনি। এই ফোনটা থেকেও কোনও লাভ হল না।"

জোজো বলল, "ওরা আমার পকেটও সার্চ করেনি। আমার কাছে একটা ছুরি আছে।"

জোজো সেটা পকেট থেকে বের করে দেখাল, ছোট ছুরি।

কাকাবাবু বললেন, "ওইটুকু ছুরি দিয়ে তো পাথর কাটা যাবে না। তবু যা হোক একটা অস্ত্র সঙ্গে রইল!"

এর পর কাকাবাবু বেঞ্চে পা ছড়িয়ে শুয়ে পড়লেন। ঘুমও এসে গেল।

কয়েক ঘণ্টা পরে তার ঘুম ভেঙে গেল মানুষের গলার আওয়াজ শুনে। কেউ যেন তাঁকে ডাকছে, "রাজাবাবু, রাজাবাবু, উঠুন!"

মশালটা নিভে গেছে এর মধ্যে। অন্ধকারে কিছুই দেখা যায় না। ডাকটা কোনদিক থেকে আসছে, বোঝা যাচ্ছে না।

আবার কেউ ডাকল, "রাজাবাবু, শিগ্‌গির উঠুন!"

শব্দটা আসছে গুহার ছাদের দিক থেকে।

কাকাবাবু বললেন, "কে?"

সে বলল, "আমি নৃপেন। আমি একটা দড়ি ফেলে দিচ্ছি, সেটা ধরে ওপরে উঠে আসুন।"

কাকাবাবু বললেন, "কেন, ওপরে উঠব কেন?"

নৃপেন বলল, "এই গুহা থেকে বেরুবার আর কোনও উপায় নেই। সামনের মুখটা বন্ধ। এইদিকে উঠে এলে আপনারা বেঁচে যাবেন।"

কাকাবাবু চিবিয়ে চিবিয়ে বললেন, "আমাদের বাঁচাবার জন্য তোমার এত আগ্রহ কীসের? তুমি তো একটা বিশ্বাসঘাতক ছুঁচো। ওদের দলে যোগ দিয়েছ। আমাদের ওখানে তুলতে চাইছ কী মতলবে?"

নৃপেন বলল, "আমি সার পয়সার জন্য ওদের হয়ে কাজ করেছি। কিন্তু বাঙালি হয়ে কি বাঙালিদের মেরে ফেলতে পারি?"

কাকাবাবু বললেন, "অনেক বাঙালিই বাঙালিকে মারে। পয়সার লোভে মানুষ শয়তান হয়ে যেতে পারে।"

নৃপেন এবার কাতর গলায় বলল, "বিশ্বাস করুন সার, আমি আপনাদের বাঁচাতেই এসেছি। মা-কালীর দিব্যি! মা-দুর্গার দিব্যি। আমার নিজের মায়ের দিব্যি! দেরি করবেন না। তা হলে সব বানচাল হয়ে যাবে।"

জোজোও এর মধ্যে উঠে বসেছে। কাকাবাবু হাতড়ে হাতড়ে দড়িটা ধরে ফেললেন। তারপর বললেন, "ঠিক আছে, আমিই আগে উঠছি। জোজো, আমার ক্রাচদুটো তুমি তুলে দিয়ো।"

দড়ি ধরে ঝুলতে ঝুলতে, গুহার দেওয়ালে পা রেখে রেখে উঠে এলেন ওপরে। গুহায় ছাদের একপাশে একটা মস্তবড় ফাটল, সেখান থেকে একটা মানুষ গলে যেতে পারে। তবে দড়ি না থাকলে এত ওপরে এমনি এমনি কারও পক্ষে ওঠা সম্ভব নয়।

ওপাশে খানিকটা সমান জায়গা। সেখানে বসে আছে নৃপেন।

কাকাবাবু উঠে আসতেই সে কাকাবাবুর পায়ের ওপর ঝাঁপিয়ে পড়ে বলল, "আমাকে ক্ষমা করুন সার। লোভের বশে ওদের হয়ে কাজ করেছি। কিন্তু মানুষ মারাটারা... ওরে বাপরে বাপ, আমার দ্বারা তা কখনও হবে না। আপনি বিখ্যাত লোক, বাংলার গর্ব, আপনাকে ওরা মেরে ফেলতে চাইলে আমি তা সহ্য করব? তবে সার, আপনি এই হোটেলে না এলেই পারতেন, তা হলে আপনাদের কোনও বিপদ হত না।"

কাকাবাবু জোজোর জন্য দড়িটা নামিয়ে দিতে দিতে নৃপেনকে জিজ্ঞেস করলেন, "ভূতেশ্বরের মূর্তিটা তুমিই চুরি করেছিলে?"

নৃপেন জিভ কেটে বলল, "আমি ঠাকুর-দেবতা চুরি করব! আমার পাপের

ভয় নেই? ওটা ওরাই চুরি করিয়েছে। তবে কী জানেন, ওটা স্রেফ পুলিশের চোখে ধুলো দেওয়ার জন্য। মূর্তিটার দাম বড়জোর তিন-চার হাজার টাকা, তার জন্য এরা হাত গন্ধ করবে কেন? এই সাহেবদের কোটি কোটি টাকার কারবার। মূর্তিটা চুরি করা হয়েছিল, যাতে পুলিশ ওই নিয়ে ব্যস্ত থাকে!"

কাকাবাবু বললেন, "জেলখানার দেওয়াল ডিনামাইট দিয়ে উড়িয়ে দেওয়ার খবর শুনে আমারও মনে হয়েছিল মূর্তি চুরিটা শুধু পুলিশকে ধোঁকা দেওয়ার জন্যই।"

নৃপেন বলল, "ওটা যে ফেরত দেওয়া হবে, সেটাও আগে থেকে ঠিক করা ছিল। ধরমবীর বলেছিল, ওটা একেবারে পুলিশের বড়কর্তার বাড়ির সামনে রেখে আসতে। আমিই ওদের বললাম, বরং মূর্তিটা রায়চৌধুরীবাবুর বারান্দায় পৌঁছে দাও। একই তো ব্যাপার। আপনি কেসটা নিয়েছিলেন, আপনার হাত দিয়ে উদ্ধার হলে আপনার সম্মান বাড়বে, বাঙালি হিসেবে আমি তো সেটাই চাই। তারপর আপনারা আজ সন্ধেবেলা মানালির দিকে রওনা দিলেন, আমি ভাবলাম, যাক, ঝামেলা চুকে গেল। এর মধ্যে যে আপনি আবার বাঘের গুহায় ঢুকে পড়বেন সাধ করে, তা কে জানত!"

কাকাবাবু বললেন, "তুমি মূর্তি চুরি করোনি, তা হলে তুমি এদের হয়ে কী কাজ করেছ? খবরাখবর দেওয়া?"

নৃপেন বলল, "তা খানিকটা করতে হয়েছে ঠিকই। তবে আসল কাজটা শুনলে আপনি নির্ঘাত অবাক হয়ে যাবেন। আমাকে সর্বমোট পঞ্চাশ হাজার টাকা দিয়েছে, বারোজন সাহেবকে বাঙালি সাজিয়ে দেওয়ার জন্য।"

কাকাবাবু সত্যিই অবাক হয়ে বললেন, "বাঙালি সাজিয়ে দেবার জন্য?"

নৃপেন বলল, "হ্যাঁ সার। জেল্ থেকে তো বারোজন সাহেব পালিয়েছে। এখন ওরা রাস্তায় বেরোলেই ধরা পড়বে। পুলিশ সব সাহেবের ছবি মিলিয়ে দেখছে। পাসপোর্ট দেখছে। তাই ওরা বাঙালি সেজে পালাচ্ছে। এখানে অনেক বাঙালি টুরিস্ট আসে, তাদের ভিড়ে মিশে গেলে কেউ ওদের সন্দেহ করবে না। পাসপোর্টও দেখতে চাইবে না। সবারই মুখে, হাত-পায়ে একটু একটু কালো রং মাখানো হয়েছে। ধুতি, পাঞ্জাবি আনিয়ে রাখা হয়েছিল আগে থেকে। শাল, মাঙ্কিটুপি, তাও জমা করা ছিল। এর আগে আমি দু'জন অন্য সাহেবকে বাঙালি সাজিয়ে পরীক্ষা দিয়েছি। তারা রাস্তায় ঘুরে বেড়িয়েছে, কেউ কিছু বুঝতে পারেনি। বাঙালি সাজা এই বারোজন কোনওরকমে বর্ডার পেরিয়ে নেপালে পালাবে।"

প্রথমে ক্রাচদুটো, তারপর জোজোকে তুলে আনা হয়েছে। কাকাবাবু উঠে দাঁড়িয়ে বললেন, "তোমাদের ওই ধরমবীরই নাটের গুরু?"

নৃপেন বলল, "হ্যাঁ, সার, তারই তো সব প্ল্যান। দু'মাস ধরে সব ব্যবস্থা হয়েছে। সবই তো ঠিকঠাক মিলে গিয়েছিল, যদি আপনি মাঝখানে এসে না

পড়তেন! এখন এই পাহাড়ের উলটো দিক দিয়ে নেমে যান, বড় রাস্তায় গিয়ে পড়বেন, ভোর তো হয়ে এল। রাস্তায় গাড়ি পেয়ে যাবেন।"

কাকাবাবু বললেন, "নেমে যাব মানে? সন্তু কোথায়?"

নৃপেন বলল, "তাকে তো হোটেলের একটা ঘরে আটকে রেখেছে। হোটেলে ঢোকা এখন ডেঞ্জারাস ব্যাপার। সাহেবরা দু'জন-তিনজন করে বেরুবার জন্য তৈরি হচ্ছে।"

কাকাবাবু বললেন, "সন্তুকে না নিয়ে আমরা যাব নাকি?"

জোজো বলল, "কিছুতেই না।"

নৃপেন বলল, "ঠিক আছে, আপনারা এগোন। আপনার তো নামতে সময় লাগবে। আমি দেখছি যদি ছেলেটাকে বের করে আনতে পারি। তাকে বোধ হয় তিনতলায় রেখেছে।"

কাকাবাবু বললেন, "শুধু তোমার ভরসায় ছেড়ে দিতে পারি না। আমাকেও যেতে হবে।"

কাকাবাবু এগোতে শুরু করলেন।

একটু একটু করে আলো ফুটছে। পাহাড়ের আড়ালে সূর্য দেখা যাচ্ছে না। হোটেলটা দেখা যাচ্ছে আবছাভাবে। কাকাবাবু জোজোকে বললেন, "বড় বড় পাথরের পাশ দিয়ে পাশ দিয়ে চলো, যেন কেউ দেখতে না পায়।"

হোটেলের পেছনের দরজা দিয়ে একজন লোক বেরিয়ে কী যেন ফেলে দিয়ে আবার ভেতরে ঢুকে গেল।

কাকাবাবু দেওয়াল ঘেঁষে কিছুক্ষণ অপেক্ষা করে তারপর আবার এগোলেন সেই দরজার দিকে। নৃপেন এর মধ্যে অদৃশ্য হয়ে গেছে।

হাতে কোনও অস্ত্র নেই বলে কাকাবাবু খানিকটা অসহায় বোধ করছেন। আছে শুধু ক্রাচদুটো। সাবধানে দরজা দিয়ে উঁকি মেরে দেখলেন, কেউ নেই। ঢুকে পড়লেন ভেতরে।

বারান্দাটা এখনও অন্ধকার। ডান পাশেই সিঁড়ি।

কাকাবাবু ফিসফিস করে জোজোকে বললেন, "প্রথমে তিনতলাটাই দেখা যাক। কেউ যেন টের না পায়।"

কাকাবাবুর ক্রাচের তলায় রবার বসানো, তাই ঠকঠক শব্দ হয় না। কিন্তু একটু না একটু শব্দ তো হবেই। তিনি উঠতে লাগলেন এক পা এক পা করে, থেমে থেমে।

সিঁড়ির বাঁক ঘোরার মুখেই একটা লোক একেবারে সামনা সামনি এসে গেল। তার হাতে বন্দুক। সেই বন্দুকটা তুলে গুলি চালাবার আগেই কাকাবাবু ক্রাচ দিয়ে তাকে মারলেন প্রচণ্ড জোরে।

লোকটা মাটিতে পড়ে গিয়েও বন্দুকটা ছাড়ল না। কাকাবাবু আবার মারলেন তার হাতে। এবারে লোকটা বন্দুকটা ছেড়ে তড়াক করে লাফিয়ে এসে গলা

চেপে ধরল কাকাবাবুর। শুরু হল ধস্তাধস্তি।

লোকটা সিঁড়ির ওপরের ধাপে, কাকাবাবু নীচে, তাই লোকটার সুবিধে বেশি। সে কাকাবাবুকে প্রায় ঠেলে ফেলে দিচ্ছে। জোজো পেছনদিক থেকে এসে লোকটার হাত ছাড়াবার চেষ্টা করল। কাকাবাবু কোনওক্রমে বললেন, "বন্দুকটা..."

লোকটা সঙ্গে সঙ্গে কাকাবাবুকে ছেড়ে বন্দুকটা তুলতে যেতেই কাকাবাবু একটা জোর লাথি কষালেন তার পেছনে। লোকটা মুখ থুবড়ে পড়ে গেল। কাকাবাবু আবার ক্রাচ দিয়ে মারলেন তার ঘাড়ে। লোকটা আর নড়ল না।

কাকাবাবু নিচু হয়ে তাকে উলটে দিয়ে নাকের কাছে আঙুল নিয়ে নিশ্বাস পড়ছে কি না দেখলেন।

তারপর বললেন, "অজ্ঞান হয়ে গেছে। মরেনি। এ যে দেখছি সেই হুঁ-হুঁ বাবু!"

জোজো বলল, "তাই তো! আমি তখনই বলেছিলাম, ও পাগল নয়!"

কাকাবাবু বললেন, "ও থাক এখানে পড়ে! আর একটু হলে আমাকে ফেলে দিচ্ছিল আর কী!"

বন্দুকটা হাতে নিয়ে খুশি হয়ে বললেন, "অটোমেটিক রাইফেল! কাজে লাগবে।"

ক্রাচদুটো নামিয়ে রেখে বললেন, "আমাকে এক পায়ে লাফিয়ে লাফিয়ে উঠতে হবে। ক্রাচ নিয়ে বন্দুক চালানো যাবে না। জোজো, তুমি একটা হাতে রাখতে পারো, লাঠির মতন ব্যবহার করবে।"

দোতলায় উঠেই শুনতে পেলেন, একটা গাড়ির স্টার্ট দেওয়ার আওয়াজ।

সামনের বারান্দা থেকে উঁকি মেরে কাকাবাবু দেখলেন, একটা স্টেশন ওয়াগন স্টার্ট নেওয়ার চেষ্টা করছে, পাশে দাঁড়িয়ে আছে তিনজন ধুতি-পাঞ্জাবি পরা বাঙালিবাবু; একজনের মাথায় মাঙ্কি ক্যাপ।

জোজো বলল, "কাকাবাবু, ওরাই সেই ছদ্মবেশী সাহেব। পালাচ্ছে।"

কাকাবাবু বললেন, "আমি গুলি করে থামাতে পারি। কিন্তু ওরা যদি সত্যিকারের বাঙালি হয়? এ-হোটেলে অন্য কেউ আছে কি না তা তো জানি না। এমন সেজেছে, চেনাই যাচ্ছে না।"

কাকাবাবু গাড়িটার চাকা লক্ষ্য করে গুলি চালালেন।

সঙ্গে সঙ্গে লোক তিনটি শুয়ে পড়ল মাটিতে। তাদেরও একজন গুলি চালাল বারান্দার দিকে।

কাকাবাবু জোজোকে নিয়ে দেওয়ালের আড়ালে বসে পড়ে বললেন, "লড়াই শুরু হয়ে গেল। খুব সাবধান।"

ঠিক তক্ষুনি তাঁর কোটের পকেটে রুনুঝুনু শব্দ করে বেজে উঠল মোবাইল ফোন। কাকাবাবু বললেন, "আরে, এটা বাজছে দেখছি!"

কানের কাছে নিয়ে শুনলেন নরেন্দ্র ভার্মার গলা। তিনি বললেন, "গুড মর্নিং, রাজা। এত সকালে ঘুম ভাঙালাম? কাল রাত্তিরে ঠিক সময়ে মানালি পৌঁছে ছিলে তো? কোনও অসুবিধে হয়নি। সেই খবর নিচ্ছি।"

কাকাবাবু বললেন, "শোনো নরেন্দ্র, আমরা মানালিতে নেই। সেই রাস্তার মাঝপথে, একটা পাহাড়ের ওপর হিল ভিউ লজ হোটেল। এক গাড়ি পুলিশ নিয়ে সেখানে এক্ষুনি চলে এসো। জেলভাঙা কয়েদিরা সব এখানে রয়েছে। কাছাকাছি কোনও থানা থাকলে খবর দাও, যাতে তারা আগে চলে আসে। এক মিনিটও সময় নষ্ট করলে চলবে না। জীবন-মরণের প্রশ্ন। হারি আপ, প্লিজ হারি আপ!"

দোতলার ঘরের একটা দরজা খুলতেই কাকাবাবু ফোনটা ফেলে সেদিকে একটা গুলি চালালেন। তারপর চেঁচিয়ে বললেন, "কেউ কোনও ঘর থেকে এখন বেরোবেন না। বেরোলে তাঁর জীবনের দায়িত্ব আমি নিতে পারব না।"

অন্যদিকের একটা দরজার ফাঁক দিয়ে একজন মুখ বাড়াল। কাকাবাবু সেদিকেও একটা গুলি চালালেন।

একতলায় চ্যাঁচামেচি, হুড়োহুড়ি শুরু হয়ে গেছে।

কাকাবাবু এমন একটা জায়গায় দেওয়ালে ঠেস দিয়ে বসে আছেন, যেখান থেকে দোতলার বারান্দাটা পুরো দেখা যায়, একতলার সিঁড়ি আর তিনতলার সিঁড়িও দেখা যায়। তলা থেকে কেউ উঠে এলে কিংবা ওপর থেকে কেউ নামতে চাইলেই গুলি খাবে।

ওপর থেকে কেউ এল না, কিন্তু একতলা থেকে দু'জন উঠতে চেষ্টা করল একসঙ্গে। কাকাবাবু একঝাঁক গুলি চালালেন তাদের দিকে। তারা পিছু হটে গেল।

হঠাৎ দোতলার ঘরের একটা দরজা ঝট করে খুলে গেল, একজন লোক বেরিয়ে এসে একটা ছুরি ছুড়ে মারল কাকাবাবুর দিকে। কাকাবাবুর একটু দেরি হয়ে গেল, লোকটির ছুরিটাই প্রথম এসে লাগল তাঁর বাঁ কাঁধে। কাকাবাবুর গুলি খেয়ে লোকটা ঘুরে পড়ে গেল।

কাকাবাবু বললেন, "ইস, মরেই গেল নাকি লোকটা? আমি কাউকে একেবারে মেরে ফেলতে চাই না।"

জোজো ভয় পেয়ে চেঁচিয়ে বলল, "কাকাবাবু, আপনার লেগেছে! রক্ত বেরোচ্ছে।"

কাকাবাবু বললেন, "হ্যাঁ লেগেছে বটে, কিন্তু অত ভয় পাওয়ার কিছু নেই। মরব না।"

জোজো বলল, "পুলিশ কখন আসবে। আমরা কতক্ষণ লড়াই করব!"

কাকাবাবু বললেন, "যতক্ষণ না আসে, ততক্ষণ লড়াই চালিয়ে যেতে হবে। থামার তো উপায় নেই।"

ছুরিটা কাঁধে গেঁথে আছে, একটানে সেটা তিনি তুলে ফেললেন। রক্ত বেরুল গলগল করে। পকেট থেকে একটা রুমাল বের করে চেপে ধরলেন সেখানে।

তারপর বললেন, "জোজো, তিনতলা থেকে কেউ নামবার চেষ্টা করেনি। ওখানে এদের কেউ নেই মনে হয়! একতলা থেকে কেউ ওঠবার চেষ্টা করলে আমি আটকাব। দোতলার ঘরের দরজা খুলে আর কেউ বেরুচ্ছে কি না তুমি ভাল করে লক্ষ রাখো।"

কথা বলতে-বলতেই তিনি উঠে দাঁড়িয়ে গুলি চালাতে লাগলেন হোটেলের বাইরের গাড়িগুলো লক্ষ্য করে। সবক'টা গাড়ির চাকা ফেঁসে গেল।

সেখান থেকেও একঝাঁক গুলি ছুটে এল, কিন্তু ততক্ষণে কাকাবাবু আবার বসে পড়েছেন। সন্তুষ্টভাবে বললেন, "গাড়ি নিয়ে আর পালাতে পারবে না।"

একটু আগে যে লোকটা গুলি খেয়েছে, সে মরেনি। উপুড় হয়ে কাতরাচ্ছে।

মিনিট পাঁচেক পরে আবার দুটো ঘরের দরজা খুলে গেল এক সঙ্গে। দুটো লোক বেরিয়ে এল, দু'জনেরই হাতে দুটো ডাণ্ডা। কাকাবাবু এবার তৈরি ছিলেন, বন্দুকের নলটা মুহূর্তের মধ্যে ঘুরিয়ে দু'জনকেই আহত করে দিলেন। তারা আবার ঘরে পালিয়ে গেল।

কাকাবাবু বললেন, "সর্বনাশ!"

জোজো বলল, "কী হল?"

কাকাবাবু বললেন, "গুলি ফুরিয়ে গেল যে!"

জোজো সাঙ্ঘাতিক ভয় পেয়ে গিয়ে বলল, "অ্যাঁ? এখন কী হবে? এখনও পুলিশ এল না।"

কাকাবাবু বললেন, "কত কাছে থানা আছে, তা তো জানি না। খবর পেয়ে তারা তৈরি হয়ে আসবে। এসে পড়বে আশা করছি।"

জোজো বলল, "নরেন্দ্রকাকাকে আবার ফোন করুন।"

কাকাবাবু বললেন, "আর ফোন করে কী হবে। এতক্ষণে তার বেরিয়ে পড়ার কথা। সন্তুর কী হল বুঝতে পারছি না। নীচের তলা থেকে নিশ্চয়ই কেউ আমাদের ওপর নজর রেখেছে। আমরা তিনতলায় উঠতে গেলে পেছনদিক থেকে গুলি চালাবে!"

জোজো ছটফট করতে করতে বলতে লাগল, "কখন পুলিশ আসবে? কখন পুলিশ আসবে!"

কাকাবাবু বললেন, "দোতলায় আর কেউ নেই মনে হচ্ছে। বাকি সবাই একতলায়। এবার কি সত্যিই ধরা দিতে হবে। এবার ধরতে পারলে ওরা আর সময় নষ্ট করবে না।"

কিছুক্ষণের জন্য সব চুপচাপ। তারপর একতলায় সিঁড়ির পাশ দিয়ে একটা রিভলভার সমেত হাত বেরিয়ে এসে এলোপাথাড়ি গুলি চালাল দুটো। কাকাবাবু তার উত্তর দিতে পারলেন না বলে এবার মানুষটাও বেরিয়ে এল।

ধরমবীর ওরফে চার্লস শিরাক।

এক পা এক পা করে সিঁড়ি দিয়ে উঠতে উঠতে সে বলল, "জানতাম, গুলি একসময় ফুরোবেই। এবার কী করবে রায়চৌধুরী?"

কাকাবাবু মুখ তুলে দেখলেন, তিনতলার সিঁড়ি দিয়ে নেমে আসছে নৃপেন আর সন্তু। নৃপেনের জামা রক্তে ভেজা, সন্তুরও কপালে লেগে আছে রক্ত। পাহারাদারের সঙ্গে খুব একচোট মারামারি হয়েছে বোঝা গেল।

ধরমবীরকে রিভলভার হাতে উঠতে দেখেই সন্তু আবার উঠে গেল তিনতলায়।

ধরমবীর বলল, "রায়চৌধুরী, তোমার সঙ্গে আমাদের কোনও শত্রুতা ছিল না। তোমাকে ছেড়েও দিতে চেয়েছিলাম। তবু তুমি শুধু শুধু মরতে এলে।"

কাকাবাবু বললেন, "যারা ক্রিমিনাল, তারা সব মানুষেরই শত্রু। তোমার সঙ্গীরা সবাই ধরা পড়েছিল, তুমি ছদ্মবেশ ধরে পুলিশের চোখ এড়িয়েছিলে। জেল ভেঙে তাদের উদ্ধার করার প্ল্যানও করেছিলে বেশ। সব ফেঁসে গেল তো!"

ধরমবীর আর-এক সিঁড়ি উঠে এসে বলল, "কিছুই ফাঁসেনি। শুধু তুমি ঝঞ্ঝাট পাকিয়ে একটু দেরি করিয়ে দিলে। তুমি বলেছিলে, কেউ তোমাকে মারতে পারে না। এবার তোমায় কে বাঁচাবে?"

কাকাবাবু বললেন, "এখনও তো মারতে পারোনি।"

ধরমবীর বলল, "আগেরবার দয়া করেছিলাম। এবার আর দয়ামায়া নেই। আমি ঠিক তিন গুনব। এক, দুই—"

ধরমবীরের আর তিন গোনা হল না। ওপর থেকে একটা চেয়ার এসে পড়ল তার মাথায়। তারপরই সন্তু রেলিং বেয়ে সরসর করে নেমে এল। ধরমবীর উঠে দাঁড়াবার আগেই সন্তু লাফিয়ে একটা জোড়া পায়ের লাথি মারল তার মুখে।

জোজোও নেমে গিয়ে একটা ক্রাচ দিয়ে ধড়াম ধড়াম করে পেটাতে লাগল তাকে।

কাকাবাবু বললেন, "জোজো, ওর রিভলভারটা আমাকে দাও।"

সেটা হাতে পেয়ে তিনি একই জায়গায় বসে থেকে বললেন, "সন্তু, জোজো, এবার তোমরা সরে যাও।"

ধরমবীর উঠে দাঁড়িয়ে অবাক ভাবে সন্তু আর জোজোকে একবার দেখল।

তারপর কাকাবাবুকে বলল, "ওটা পেয়েও তোমার বিশেষ কিছু লাভ হবে না। ওতে আর মাত্র চারটে গুলি আছে। তা দিয়ে তুমি কতক্ষণ লড়বে? তুমি কিছুতেই নীচে নেমে পালাতে পারবে না। অন্তত দশজন নীচে তোমার জন্য তৈরি হয়ে আছে।"

কাকাবাবু বললেন, "আপাতত আমার নীচে যাওয়ার ইচ্ছেও নেই। তুমিও যেখানে দাঁড়িয়ে আছ, ওখানেই দাঁড়িয়ে থাকো। নীচ থেকে অন্য কেউ উঠে আসার চেষ্টা করলে তোমাকেই প্রথম মরতে হবে!"

ধরমবীর বলল, "রায়চৌধুরী, তুমি কত টাকা চাও?"

কাকাবাবু বললেন, "একশো কোটি। দিতে পারবে?"

ধরমবীর বলল, "একশো কোটি? এ তো পাগলের মতন কথা। এক কোটি টাকাই এদেশে অনেক টাকা। তোমাকে এক কোটি টাকা দিতে পারি।"

কাকাবাবু ঠোঁট বেঁকিয়ে বললেন, "মাত্র এক কোটি? ছোঃ! অত সামান্য টাকা নিয়ে কী করব!"

ধরমবীর বলল, "তুমি যতই চালাকি করো, এখান থেকে তোমার বেরোবার কোনও রাস্তা নেই। আমাকে মেরে ফেললেও অন্যরা তোমায় ছাড়বে না!"

কাকাবাবু বললেন, "আমাকে নিয়ে তোমাকে মাথা ঘামাতে হবে না। তোমার খেলা শেষ। আজ থেকে তুমি আবার শার্ল শিরাক। তোমার জায়গা হবে জেলে। আর বেশি ধৈর্য ধরারও দরকার নেই। জোজো দেখো তো, গাড়ির আওয়াজ পাওয়া যাচ্ছে মনে হল।"

জোজো বাইরের দিকে উঁকি মেরে লাফাতে লাফাতে বলল, "এসে গেছে! এসে গেছে! দু'খানা পুলিশের গাড়ি!"

॥ ৮ ॥

বিদেশি বারোজনের মধ্যে চারজন আহত, বাকিরা পুলিশের সঙ্গে একটুক্ষণ লড়াই চালাবার চেষ্টা করে হাল ছেড়ে দেয়।

তাদের সবাইকে বন্দি করে পাঠিয়ে দেওয়া হয়েছে দুটি গাড়িতে। আর তাদের এদেশি শাগরেদ কয়েকজনকে হাতকড়া পরিয়ে বসিয়ে রাখা হয়েছে হোটেলের সামনে।

নরেন্দ্র হোটেলের ফাস্ট এইড বক্স আনিয়ে কাকাবাবুর কাঁধে একটা ব্যান্ডেজ বেঁধে দিতে দিতে বললেন, "অনেক রক্ত বেরিয়েছে। অন্য কেউ হলে এতক্ষণে কাত হয়ে পড়ত। তুমি দিব্যি হাসিখুশি আছো কী করে?"

কাকাবাবু বললেন, "ছুরিটা যদি আর ছ' ইঞ্চি নীচে লাগত, তাতে আমার হৃৎপিণ্ডটা ফুটো হয়ে যেত। তা যে হয়নি, সেই আনন্দেই আমার কোনও যন্ত্রণার বোধ হয়নি!"

নরেন্দ্র বললেন, "তুমি পারোও বটে! এখনও চা খাওনি তো? আমিও চা খাওয়ার সময় পাইনি। এই হোটেলে এরা চা দেবে না? কুক, বেয়ারা, এরা তো আর চোর-ডাকাত নয়!"

হোটেলের সাধারণ কর্মচারীরা ভয়ে কুঁকড়েমুকড়ে এক জায়গায় বসে ছিল। নরেন্দ্র তাদের ডেকে বললেন, "তোমাদের পরিচয়পত্র পরীক্ষা করে দেখা হবে। কিছু গণ্ডগোল না থাকলে তোমাদের ভয়ের কিছু নেই। এখন আমাদের চা খাওয়াও।"

একটু পরেই চা আর টোস্ট এসে গেল।

নরেন্দ্র জিজ্ঞেস করলেন, "আচ্ছা রাজা, তুমি তো বলেছিলে এই জেলভাঙার কেসটা তুমি কিছুতেই নিতে চাও না। তবু মানালি না গিয়ে এখানে চলে এলে কেন?"

কাকাবাবু বললেন, "সে অনেক ব্যাপার আছে। নিয়তি, নিয়তি! কেন যে আমি এইসবের মধ্যে জড়িয়ে পড়ি, নিজেই জানি না।"

নরেন্দ্র বললেন, "এবারে তুমি কী দারুণ কাণ্ড করেছ, তা তুমি সত্যিই এখনও জানো না। এই চার্লস শিরাক নামে লোকটা, একটা আন্তর্জাতিক কুখ্যাত ড্রাগ স্মাগলার। ভারতে বসে ছদ্মবেশে কারবার চালাচ্ছে, আমরা কিছুই বুঝতে পারিনি। ক্যানাডা, আমেরিকায় পুলিশের হুলিয়া আছে ওর নামে। ওখানকার পুলিশ আমাদের কাছে ওর সম্পর্কে জানতে চাইলে আমরা বলেছি, মিসিং, মিসিং। পাহাড়ে হারিয়ে গেছে। ওর সেই পোস্টারের কপি পাঠিয়ে দিয়েছি। ও-ই যে ধরমবীর সেজে আমাদের নাকের ডগা দিয়ে ঘুরে বেড়াচ্ছে, তা তুমি না ধরতে পারলে কেউ বুঝতেও পারত না। পৃথিবীর সব কাগজে এ খবর ছাপা হবে। ভারত সরকার এজন্য তোমাকে পুরস্কার দেবে। তুমি তো টাকা-পয়সা নিতে চাও না, তাই একটা কিছু বিশেষ সম্মান..."

কাকাবাবু তাঁকে বাধা দিয়ে বললেন, "কে বলল টাকা-পয়সা নিতে চাই না? আমার বুঝি টাকার দরকার নেই? তোমরা দিতে চাও না, তাই মুখ ফুটে কিছু বলি না।"

নরেন্দ্র হাসতে হাসতে বললেন, "ঠিক আছে, ঠিক আছে, তুমি এত পরিশ্রম করেছ, তার জন্য একটা ফি দেওয়া হবে। আর একটা বিশেষ পুরস্কারেরও ব্যবস্থা করছি।"

কাকাবাবু বললেন, "সে পুরস্কার তোমরা জোজোকে দিয়ো। এবারে সবকিছুর জন্য জোজোরই কৃতিত্ব বেশি।"

জোজো আর সন্তু দূরে অন্য একটা টেবিলে বসে আছে। কথাটা শুনে জোজো বলল, "আমার আর সন্তুর। ভূতেশ্বরের মূর্তিটা তো আমরাই দু'জনে উদ্ধার করে বারান্দা থেকে ঘরে এনে রেখেছি!"

কাকাবাবু বললেন, "চা খাওয়া হয়ে গেছে? চলো, আর দেরি নয়। এখনই মানালির দিকে রওনা হই। এরপর বিশুদ্ধ বেড়ানো।"

উঠে দাঁড়িয়ে তিনি বললেন, "ও, একটা কাজ বাকি আছে। যাদের হাতকড়া পরিয়ে বসিয়ে রেখেছ, তাদের মধ্যে টাকমাথা একজন লোক আছে। তাকে এখানে আনো তো! ও আমার নাকে ঘুসি মেরেছিল।"

নরেন্দ্র বললেন, "বুঝেছি, বুঝেছি, তুমি ওকে নিজের হাতে শাস্তি দিতে চাও তো! দেখো রাজা, তোমার এক হাতে ব্যান্ডেজ, এখন তোমাকে গায়ের জোর ফলাতে হবে না। বরং আমি একটু হাতের সুখ করে নিই।"

লোকটিকে সামনে আনার পর নরেন্দ্র বললেন, "তুই এই সাহেবের নাকে নাকি ঘুসি মেরেছিলি, তাই না? দ্যাখ, নাকে ঘুসি খেতে কেমন লাগে!"

দড়াম করে তিনি তার মুখে একটা ঘুসি কষালেন। লোকটির নাক দিয়ে রক্ত পড়তে লাগল। লোকটি যন্ত্রণায় আঁ আঁ শব্দ করতে করতে বসে পড়ল মাটিতে।

নরেন্দ্র জোজোকে জিজ্ঞেস করলেন, "কাকাবাবু ঘুসি খেয়ে ওরকম শব্দ করেছিলেন?"

জোজো বলল, "একটুও না।"

নরেন্দ্র বললেন, "জানি। পা খোঁড়া, কিন্তু অসম্ভব ওঁর মনের জোর। চলো, তোমাদের গাড়িতে তুলে নিই।"

কয়েক পা যাওয়ার পর কিছু একটা মনে পড়ায় তিনি কোমরে দু'হাত দিয়ে হা হা করে হেসে উঠলেন খুব জোরে।

কাকাবাবু বললেন, "এ কী, হঠাৎ হাসছ কেন?"

নরেন্দ্র বললেন, "সবক'টা বিদেশি স্মাগলার ধুতি-পাঞ্জাবি পরে বাঙালি সেজেছিল! তোমাদের বাঙালিদের কীরকম সুনাম, বুঝে দ্যাখো!"

কাকাবাবুও যোগ দিলেন সেই হাসিতে।

কাকাবাবু ও শিশুচোরের দল

খবরের কাগজটা ছুড়ে ফেলে দিয়ে কাকাবাবু বললেন, "অপদার্থ!" ঘরে আর কেউ নেই, তবু তিনি যেন সামনে কাউকে বকছেন, এইভাবে ধমক দিয়ে আবার বললেন, "যতসব অপদার্থের দল! ছি, ছি!"

সন্তু তিনতলার ঘর থেকে নেমে আসছে সিঁড়ি দিয়ে, কাকাবাবুর গলা শুনে থমকে দাঁড়াল। কে এসেছে এখন? কাকাবাবু ঘুমের মধ্যে কথা বলেন সে জানে, কিন্তু এখন তো ঘুমের সময় নয়।

সে উঁকি দিল দরজার কাছে এসে।

তাকে দেখতে পেয়ে কাকাবাবু বললেন, "দেখেছিস কী কাণ্ড? ওরা দু'জনে পালিয়েছে।"

সন্তুর ভুরুদুটো একটু কুঁচকে গেল। "ওরা মানে কারা?"

কাকাবাবু মেঝে থেকে খবরের কাগজটা কুড়িয়ে নিয়ে বললেন, "পড়ে দ্যাখ। প্রথম পাতাতেই বেরিয়েছে।"

খবরটা পড়েও সন্তুর বিস্ময় কমল না। 'হাসপাতাল থেকে দুই কয়েদি উধাও!' গুরুতর অসুস্থ অবস্থায় দু'জন কয়েদিকে জেলহাজত থেকে পাঠানো হয়েছিল একটা হাসপাতালে, একজন পুলিশ তাদের পাহারাতেও ছিল, কিন্তু সেই পুলিশটির চোখে ধুলো দিয়ে আসামি দু'জন পালিয়ে গেছে। তাদের নামও অদ্ভুত, ভাংলু আর ছোটগিরি।

এরকম তো মাঝে-মাঝেই হয়, কাকাবাবু হঠাৎ এত উত্তেজিত হচ্ছেন কেন? ওই দু'জন কয়েদির নাম আগে শোনেনি সন্তু। কাকাবাবু ওদের ধরেননি। এরকম ছোটখাটো ঘটনা নিয়ে মাথাও ঘামান না কাকাবাবু। সাধারণ চোর-ডাকাত ধরা তাঁর কাজ নয়।

কাকাবাবু বেশ রেগে আছেন বোঝা যায়। রাগ হলে তিনি তাঁর থুতনিতে চিমটি কাটেন।

আপন মনে আবার বললেন, পুলিশগুলো হয়েছে যত নিষ্কর্মার দল।

মুখ তুলে সন্তুকে বললেন, "দ্যাখ তো রফিকুলকে ফোনে পাওয়া যায় কিনা! এখনও হয়তো বাড়ি থেকে বেরোয়নি!"

রফিকুল আলম সদ্য ডি আই জি হয়েছেন, বড়-বড় অপরাধীদের তাড়া করে বেড়ান। কাকাবাবুর খুব ভক্ত। এ-বাড়িতে প্রায়ই আসেন। মানুষটিকে দেখতে যেমন ভাল, কথাবার্তাও তেমনই ঝকঝকে।

এখন টেলিফোনে কাউকে পাওয়া খুব সহজ। এরকম বড়-বড় অফিসারদের সবার কাছেই মোবাইল ফোন থাকে, বাড়িতে বা অফিসে বা চলন্ত গাড়িতেও কথা বলা যায়। রফিকুল আলমের মোবাইল ফোনের নম্বরে রিং হতেই সন্তু তাদের কর্ডলেস ফোনটা কাকাবাবুর হাতে দিল। সে ধরেই নিল, আলমদা খুব ধমক খাবেন।

কাকাবাবু কিন্তু নরম আর বিনীত গলায় বললেন, "আদাব, রফিকুল আলমসাহেব। আপনাকে অসময়ে বিরক্ত করলাম। আপনার কি দু' মিনিট কথা বলার সময় হবে?"

রফিকুল বেশ হকচকিয়ে গিয়ে বললেন, "আপনি কে কথা বলছেন? কাকাবাবু তো?"

কাকাবাবু বললেন, "আজ্ঞে হ্যাঁ। আমার নাম রাজা রায়চৌধুরী।"

রফিকুল বললেন, "নমস্কার সার। আপনি হঠাৎ আমার সঙ্গে এভাবে কথা বলছেন কেন?"

কাকাবাবু বললেন, "আপনারা ব্যস্ত মানুষ, আমি একজন রিটায়ার্ড সাধারণ লোক। তবু দু' মিনিট যদি কথা বলার সুযোগ দেন!"

রফিকুল বললেন, "কাকাবাবু, আপনি নিশ্চয়ই কোনও কারণে আমার ওপর রেগে গেছেন!"

"না, না, রাগের কী আছে।"

"আমি আসছি আপনার কাছে।"

"না, না, আসতে হবে না, আসতে হবে না। শুধু দুটো কথা জিজ্ঞেস করব।"

"আমি বেশি দূরে নেই। পার্ক স্ট্রিটে। মিনিট দশেকের মধ্যে পৌঁছে যাব।"

"বলছি তো আসতে হবে না। আমার কাছে এসে কেন সময় নষ্ট করবেন?"

"আমি আপনার সময় নষ্ট করতে চাই।"

কাকাবাবু আর কিছু বলার আগেই রফিকুল ফোন বন্ধ করে দিলেন।

সন্তু জিজ্ঞেস করল, "কাকাবাবু, এই ভাংলু আর ছোটগিরি কে?"

কাকাবাবু আবার গলার আওয়াজ বদলে ফেলে রাগের সুরে বললেন, "কে আবার! দুটো মানুষ! কিংবা অমানুষও বলা যেতে পারে।"

সন্তু বুঝে গেল, এখন আর বিশেষ কিছু জানা যাবে না।

সে আবার জিজ্ঞেস করল, "তুমি কি এখন কফি খাবে?"

কাকাবাবু দেওয়ালের ঘড়ির দিকে তাকালেন। তারপর বললেন, "ওই ছোকরা আসুক, মিনিট পনেরো পরে দু' কাপ কফি পাঠিয়ে দিতে বলো।"

সন্তু নীচে নেমে গেল।

ব্যাপারটা সে কিছুই বুঝতে পারছে না।

তার মনটা কৌতূহলে ছটফট করছে। কয়েক সপ্তাহ ধরে কাকাবাবু ইজিপ্টের একটা ম্যাপ নিয়ে খুব মেতে ছিলেন। সেখানে কোনও জায়গায় মাটির তলায় খুব প্রাচীনকালের একটা বিশাল কবরখানা সদ্য আবিষ্কার করা হয়েছে। এমন কয়েকটা মূর্তিও পাওয়া গেছে, যেরকম দেখা যায়নি আগে।

ইজিপ্টের সরকার আমন্ত্রণ জানিয়েছেন কাকাবাবুকে, আর পাঁচদিন পর কাকাবাবুর কায়রো যাওয়ার কথা, সন্তুও সঙ্গে যাবে, সব ঠিকঠাক। এর মধ্যে হঠাৎ ভাংলু আর ছোটগিরি এরকম অদ্ভুত নামের দু'জন কয়েদিকে নিয়ে কাকাবাবু হঠাৎ এত মাথা ঘামাচ্ছেন কেন?

ভাংলু আর ছোটগিরি! খবরের কাগজে দেখা যায়, চোর-ডাকাতদের নামই এইরকম হয়, ছেনো, ল্যাংড়া, ছগুলাল, খোঁচন...। ওরা কি ইচ্ছে করে নিজেদের এইসব খারাপ নাম দেয়?

সন্তু বসবার ঘরে এসে দেখল, তার মায়ের সঙ্গে গল্প করছে দেবলীনা।

সন্তু জিজ্ঞেস করল, "তুই কখন এলি?"

সে প্রশ্নের উত্তর না দিয়ে দেবলীনা বলল, "এই, তুই মুখখানা ওরকম বেগুনভাজার মতন করে আছিস কেন রে?"

সন্তু বলল, "তুই একদিন একটা বেগুনভাজাকে জিজ্ঞেস করিস, তোমার মুখটা চাঁদের মতন নয় কেন?"

মা হাসতে-হাসতে বললেন, "ও মা, সন্তু, তুই মেনে নিলি যে তোর মুখখানা বেগুনভাজার মতন?"

দেবলীনা বলল, "আয়নার সামনে দাঁড়ালে ও নিজেই তো দেখতে পায়।"

মা বললেন, "আমার ছেলের মুখখানা না হয় তোর মতন এত সুন্দর নয়, তা বলে তুই ওকে বেগুনভাজা বলে কষ্ট দিবি?"

দেবলীনা বলল, "আমার বাবা শিখিয়েছেন, কানাকে কানা বলতে নেই, খোঁড়া লোককে খোঁড়া বলতে নেই, কিন্তু বেগুনভাজাকে বেগুনভাজা বলা যাবে না, তা তো জানতাম না!"

সন্তু বলল, "মা, তুমি ওর মুখটা সুন্দর বললে?"

দেবলীনা সঙ্গে-সঙ্গে বলে উঠল, "খবরদার, মাসিমা, আমার চাঁদপানা মুখ বলবেন না। শুনলেই বিচ্ছিরি লাগে। আমার মুখখানা কি গোল নাকি?"

সন্তু বলল, "হ্যাঁ, গোলই তো! তোর নাম চন্দ্রিমা হলে ভাল মানাত! একমাত্র কান্নার সময় তোর মুখটা লম্বা হয়ে যায়।"

দেবলীনা বলল, "তুই আমাকে কখনও কাঁদতে দেখেছিস?"

মা বললেন, "এই তোরা সক্কালবেলাতেই ঝগড়া করিস না! লীনা, তুই কী খাবি বল?"

দেবলীনা চেয়ার ছেড়ে উঠে গিয়ে জানলার কাছে দাঁড়াল। সে একটা ফিকে নীল রঙের শালোয়ার-কামিজ পরে-আছে, এই রংটা তার খুব পছন্দ। সন্তুর চেয়ে দু' বছরের ছোট, কিন্তু লম্বায় প্রায় সন্তুর সমান।

এই জানলা দিয়ে পাশের একটা ছোট পার্ক দেখা যায়।

সেখানে পাড়ার ছেলেদের ক্রিকেট খেলা চলছে। কিছু লোক দেখছেও সেই খেলা।

মা আবার জিজ্ঞেস করলেন, "কী খাবি বললি না?"

দেবলীনা বলল, "লুচি আর বেগুনভাজা।"

মা সন্তুর দিকে তাকিয়ে হেসে উঠলেন।

মা রান্নাঘরে চলে যাওয়ার পর দেবলীনা আবার চেয়ারে ফিরে এসে বসল, "এই সন্তু, তোরা কবে কায়রো যাচ্ছিস রে?"

সন্তু অবাক হওয়ার ভান করে বলল, "কায়রো যাচ্ছি? কে বলল তোকে?"

"যাচ্ছিস কি না বল!"

"কায়রো কিংবা কামস্কাটকাও যেতে পারি। কিংবা কেনিয়া, কিংবা কেপ অব গুড হোপ। কিংবা কেন্টাকি, কিংবা কালিকট। না, না, কালিকট বাদ, সেখানে আমরা গতবার গিয়েছিলাম, তা হলে কাঁচরাপাড়া কিংবা কেওনঝড়ও হতে পারে। কাকাবাবুর ওপর নির্ভর করছে।"

"কাকাবাবু বুঝি ক-দিয়ে যেসব জায়গার নাম, শুধু সেসব জায়গাতেই যান?"

"এক-একবার এক-একরকম।"

"এবার আমি যাবই যাব!"

"আমার তাতে আপত্তি নেই, কিন্তু জোজো রাজি হবে না।"

"ওই জোজোটাকেই এবার বাদ দিয়ে দে।"

ঠিক তখনই দরজার কাছে দাঁড়িয়ে জোজো বলে উঠল, "কে আমায় বাদ দিচ্ছে?"

দেবলীনা বলল, "এই রে, অসময়ে যমদূতের আবির্ভাব।"

জোজো গম্ভীরভাবে বলল, 'যমদূতরা যখনই আসে, তখনই অসময়।"

সন্তু বলল, "জোজো দেখ তো, এই মেয়েটার মুখটা ঠিক চাঁদের মতন সুন্দর নয়?"

বলার সময় সন্তু একটা ভুরু সামান্য কাঁপাল, তাতেই বুঝে নিয়ে জোজো বলল, "হ্যাঁ, অবিকল পূর্ণিমার চাঁদের মতন!"

সন্তু বলল, "আমরা এখন থেকে দেবলীনাকে চন্দ্রিমা বলে ডাকব!"

দেবলীনা বলল, "অ্যাই ভাল হবে না বলছি। আমিও তা হলে তোদের এমন খারাপ নাম দেব—"

সন্তু বলল, "তুই আমাকে বললি বেগুনভাজা, আর জোজোকে বললি যমদূত। এর চেয়ে খারাপ আর কী হতে পারে? আমরা কিন্তু তোর ভাল নাম দিয়েছি।"

জোজো বলল, "তোকে নিয়ে কবিতা লিখলে ভাল মিলও দেওয়া যাবে। তন্দিমা! ভঙ্গিমা! কাঁদিসনি মা!"

দেবলীনা চটি পরে নিয়ে দৌড়ে বেরিয়ে যেতে গেল।

সন্তু বলল, "ধর, ধর, জোজো।"

সদর দরজায় পৌঁছবার আগেই দেবলীনাকে ধরে ফেলল জোজো।

এই সময় সিঁড়ি দিয়ে নেমে এলেন কাকাবাবু। শার্ট-প্যান্ট-জুতো পরা, বাইরে বেরোচ্ছেন বোঝা গেল। মুখখানা গম্ভীর।

সন্তু ঘড়ির দিকে তাকাল।

রফিকুল আলম দশ মিনিটের মধ্যে এসে যাবেন বলেছিলেন, এর মধ্যে পনেরো মিনিট কেটে গেছে।

কাকাবাবু সন্তুর দিকে তাকিয়ে বললেন, "আমি ন্যাশনাল লাইব্রেরি যাচ্ছি। বউদিকে বলিস, একটু দেরি করে ফিরব, সবাই যেন খেয়ে-টেয়ে নেয়।"

সন্তু জিজ্ঞেস করল, "তুমি কফি খাবে না?"

কাকাবাবুর বললেন, "নাঃ, দরকার নেই।"

রান্নাঘর থেকে এসে মা বললেন, "রাজা, তুমি বেরোচ্ছ? একটু বসে যাও। গরম-গরম লুচি ভাজছি, খেয়ে যাও দু'খানা।"

কাকাবাবু বললেন, "লুচি? না, এখন লুচিটুচি খাব না।"

দেবলীনা জোজোর কাছ থেকে হাত ছাড়িয়ে নিয়ে বলল, "কাকাবাবু, তুমি আমাকে হাজরার মোড়ে বাসে তুলে দেবে?"

মা অবাক হয়ে বললেন, "লীনা, তুই চলে যাবি মানে? তুই-ই তো লুচি খাবি বললি!"

জোজো বলল, "এ মেয়ের রাগ হয়েছে। দু'খানা বেশি খাবে।"

কাকাবাবু ক্রাচদুটো বগলে লাগিয়ে নিলেন।

সন্তু জিজ্ঞেস করল, "আলমদা এলে কিছু বলতে হবে?"

কাকাবাবু বললেন, "আমি তো তাকে আসতে বলিনি। যদি তার নিজের কিছু বলার থাকে তো শুনে নিস।"

কাকাবাবু বেরিয়ে যাওয়ার পর জোজো বলল, "কী ব্যাপার রে সন্তু, কাকাবাবুর খুব মেজাজ খারাপ মনে হল। আমার দিকে একবার তাকালেনও না!"

দেবলীনা বলল, "তুমি কী এমন ইম্পর্ট্যান্ট লোক যে তোমার দিকে তাকতেই হবে!"

জোজো বলল, "তুই তো খুব ইম্পর্ট্যান্ট, তোর সঙ্গেও তো কথা বললেন না।"

সন্তু বলল, "সকাল থেকেই কাকাবাবুর মেজাজটা খাট্টা হয়ে আছে। খুব রেগে আছেন পুলিশদের ওপর।"

"কেন?"

"ঠিক বুঝতে পারছি না। কাগজের একটা খবর পড়ে... খুবই ছোটখাটো

ব্যাপার, হাসপাতাল থেকে দু'জন কয়েদি পালিয়ে গেছে।"

"সে খবরটা তো আমিও পড়েছি। অদ্ভুত নাম, ভোগলু আর খণ্ডগিরি।"

"ভোগলু না, ভাংলু, খণ্ডগিরি না, ছোটগিরি।"

"সে যাই-ই হোক। লোকদুটো পালিয়েছে তো তাতে কাকাবাবু রেগে যাবেন কেন? কাকাবাবুই কি ওদের ধরিয়ে দিয়েছিলেন?"

"নাঃ! তা হলে তো আমি জানতাম।"

মা দুটো বড় প্লেট ভর্তি লুচি আর বেগুনভাজা এনে রাখলেন টেবিলের ওপর। বললেন, "গরম গরম খেয়ে নাও!"

জোজো বলল, "মাত্র এই ক'খানা? মাসিমা, আরও ভাজুন।"

মা বললেন, "খেতে শুরু করো তো!"

দেবলীনা জোজোকে বলল, "এই তুই হাত না ধুয়েই খেতে শুরু করলি যে?"

জোজো বলল, "লেডি চন্দ্রিমা, তুমি আমার হয়ে তোমার দুটো হাতই ভাল করে ধুয়ে এসো। তাতেই হবে। সামনে গরম লুচি দেখলে আমার এক সেকেন্ডও দেরি সহ্য হয় না।"

ঠিক পাঁচ মিনিট পরেই এসে উপস্থিত হলেন রফিকুল আলম।

তিনি সন্তুদের দিকে তাকিয়ে হেসে হাত তুলে সিঁড়ি দিয়ে ওপরে উঠতে যাচ্ছিলেন, সন্তু ডেকে বলল, "আলমদা, এখানে এসে বসুন। লুচি খাবেন?"

রফিকুল বললেন, "দাঁড়াও, আগে কাকাবাবুর সঙ্গে দেখা করে আসি।"

সন্তু বলল, "কাকাবাবু তো বেরিয়ে গেলেন একটু আগে।"

রফিকুল থমকে গিয়ে বললেন, "আমার দেরি হয়ে গেল, পার্ক স্ট্রিটে এমন জ্যাম ছিল... কাকাবাবু এর মধ্যেই বেরিয়ে গেলেন? নিশ্চয়ই খুব রেগে গেছেন আমার ওপর!"

সন্তু বলল, "তা একটু রেগে আছেন ঠিকই।"

রফিকুল বললেন, "সন্ধেবেলা এসে ক্ষমা চেয়ে নেব।"

খাবার টেবিলের কাছে এসে বললেন, "ব্রেকফাস্ট করে এসেছি, তবু লুচি দেখে লোভ হচ্ছে। একখানা খেয়েই দৌড়তে হবে। অনেক কাজ।"

জোজো বলল, "এমন চমৎকার বেগুনভাজা দেখেও যদি অবহেলা করেন, তা হলে স্বর্গে গিয়ে কৈফিয়ত দিতে হবে।"

রফিকুল বললেন, "পুলিশরা কি আর স্বর্গে যায়? তাদের জন্য দোজখে, মানে নরকে আলাদা জায়গা করা আছে।"

সন্তু জিজ্ঞেস করল, "আলমদা, ভাংলু আর ছোটগিরি, এই দু'জন কীসের জন্য ধরা পড়েছিল?"

রফিকুল বললেন, "সন্তু, সকালবেলায় তো ওরকম বিচ্ছিরি বিচ্ছিরি নাম উচ্চারণ কোরো না। ভাল কিছু বলো, ওরা কারা?"

"ওই যে দু'জন হাসপাতাল থেকে পালিয়েছে?"

"ও হ্যাঁ, কাগজে পড়েছি বটে। ওদের নিয়ে তোমার এত মাথাব্যথা কেন?"

"আমার নয়, কাকাবাবুর। ওই খবরটা পড়েই তো তিনি পুলিশের ওপর রেগে গেলেন।"

"তাই নাকি? এই রে, আমি তো ওদের বিষয়ে বিশেষ কিছু জানি না।"

"সে কী, আপনি এতবড় অফিসার, আপনি সব খোঁজ রাখেন না?"

"সব ছোটখাটো ব্যাপার নিয়ে তো মাথা ঘামাতে পারি না। অন্য অফিসাররা দেখেন। পরশু একটা বিরাট ব্যাঙ্ক ডাকাতি হয়েছে জানো তো—"

"হ্যাঁ জানি, পার্ক সার্কাসে, কুড়ি-বাইশ লাখ টাকা।"

"তাই নিয়ে খুব ব্যস্ত আছি, একজন ডাকাত ধরাও পড়েছে। তাকে কাল জেরা করেছি প্রায় সারারাত ধরে—"

দেবলীনা বলল, "একটা ডাকাত ধরা পড়েছে? তাকে কীরকম দেখতে?"

এর মধ্যে দুটো লুচি খেয়ে ফেলেছেন রফিকুল। মা আরও লুচি এনে দিলেন।

রফিকুল বললেন, "কীরকম দেখতে? ভালই চেহারা, চব্বিশ-পঁচিশ বছর বয়েস, প্যান্ট-শার্ট পরা, খানিকটা লেখাপড়াও জানে। ওর ডাকনাম কচি। ভাল নাম গোপাল।"

দেবলীনা আবার জিজ্ঞেস করল, "সারারাত ধরে কী জেরা করলেন?"

রফিকুল বললেন, "এই, টাকাগুলো কোথায় লুকিয়েছে, তার সঙ্গী-সাথিরা কোথায়, এইসব।"

জোজো জিজ্ঞেস করল, "খুব মারলেন তাকে?"

রফিকুল বললেন, খুব না, একটু-আধটু তো মারতেই হয়। ভয় দেখাতে হয়।"

"কিছু স্বীকার করল?"

"ঝুড়ি ঝুড়ি মিথ্যে কথা বলে। ওদের মার খাওয়া অভ্যেস আছে। মাঝে-মাঝে অজ্ঞান হয়ে যাওয়ার ভান করে।"

"ভান করে? সত্যি-সত্যি অজ্ঞান হয় না?"

"দু'বার ভান করার পর আমাদের এত রাগ হয়ে যায় যে, সত্যি-সত্যি মেরে অজ্ঞান করে দিতে হয়। শেষ পর্যন্ত আমি বললাম, 'দ্যাখ কচি, তুই যেমন ধরা পড়েছিস, তেমনই তোর সঙ্গী-সাথিরাও ঠিকই ধরা পড়বে শেষ পর্যন্ত। টাকাগুলো ভোগ করতে পারবি না। তবু তোরা বোকার মতন কেন এরকম কাজ করতে যাস?"

"সব ডাকাত ধরা পড়ে?"

"বেশিরভাগই। নাইনটি নাইন পারসেন্ট। অথবা ওরা নিজেদের মধ্যে মারামারি করে মরে।"

"সব ডাকাত যে ধরা পড়ে, তা তো জানতাম না।"

"ডাকাতির খবর যেমন ফলাও করে কাগজে বেরোয়, ধরা পড়ার খবরগুলো তেমনভাবে বেরোয় না। জোজোবাবু, তোমার যদি ভবিষ্যতে ডাকাতি করার প্ল্যান

থাকে, তা হলে জেনে রেখো, বাকি জীবনটা তোমায় নির্ঘাত জেলে কাটাতে হবে।”

“ডাকাতি ফাকাতি আমার ধাতে পোষাবে না। আমি একটা হিরের খনি আবিষ্কার করব। সে খনিটা কোথায় আছে, তাও মোটামুটি জেনে গেছি।”

“চমৎকার। তখন আমাকে সঙ্গে নিয়ো।”

হঠাৎ প্রসঙ্গ বদলে রফিকুল সন্তুকে জিজ্ঞেস করলেন, “কাকাবাবু কেন ওই হাসপাতাল থেকে পালানো কয়েদিদুটো সম্পর্কে জানতে চাইছেন, তা তুমি বলতে পারো?’

সন্তু মাথা নেড়ে বলল, “না। আমারও অদ্ভুত লাগছে।”

রফিকুল বললেন, “ওই ছিঁচকে চোরদুটোর কী সৌভাগ্য, কাকাবাবুর মতন মানুষ ওদের সম্পর্কে কৌতূহলী হয়েছেন। ঠিক আছে, আমি সন্ধের মধ্যে সব খবর নিয়ে আসছি কাকাবাবুর কাছে। দেরি করে আসার জন্য তুমি আমার হয়ে মাফ চেয়ে নিয়ো।”

॥ ২ ॥

সেই যে সকালবেলা এসেছে দেবলীনা, সারাদিন তার বাড়ি ফেরার নাম নেই। তার বাবা টেলিফোন করেছেন দু'বার, সে বলে দিয়েছে, কাকাবাবুর সঙ্গে দেখা না করে যাবে না।

কাকাবাবু দুপুরে ফেরেননি।

এরকম হয় মাঝে-মাঝে। একবার ন্যাশনাল লাইব্রেরিতে গিয়ে পড়াশোনা শুরু করলে ফেরার কথা আর মনে থাকে না তাঁর। দুপুরে কিছু খেতেও ভুলে যান।

অবশ্য এমনিতেই তাঁর খাওয়া খুব কম। বাড়িতে থাকলেও দুপুরবেলা খান শুধু একটা স্যান্ডউইচ। আর কফি।

ছুটির দিনে জোজো সারাদিন সন্তুর সঙ্গেই কাটায়। ওরা একসঙ্গে বই পড়ে, কবিতা মুখস্থ করে, নানারকম খেলাও খেলে। দেবলীনা থাকলেই ঝগড়া হয় অনবরত।

সন্তু আর জোজো ইচ্ছে করে মিষ্টি-মিষ্টি কথা বলে দেবলীনাকে রাগায়। তবে, বেশি রাগালেই মুশকিল। তখন দেবলীনা দৌড়ে বাড়ি থেকে বেরিয়ে যায়, রাস্তা দিয়েও দৌড়য়। তখন সন্তু আর জোজোকেই ছুটে গিয়ে ধরে আনতে হয়।

দেবলীনার নিরুদ্দেশ হয়ে যাওয়ার স্বভাব আছে। এর মধ্যে অন্তত পাঁচবার সে বাড়ি থেকে পালিয়েছে, পুলিশের সাহায্য নিয়ে খুঁজে বার করতে হয়েছে তাকে। একবার সে একা-একা ট্রেনে চেপে দুর্গাপুর চলে গিয়েছিল।

দেবলীনার একটা মুশকিল, সে বাংলা বই তেমন পড়েইনি। সন্তু আর জোজো যখন কোনও বাংলা গল্প কিংবা কবিতা নিয়ে কথা বলে, তখন দেবলীনা অনেক

কিছুই বুঝতে পারে না, রেগে গিয়ে ওদের থামিয়ে দেওয়ার চেষ্টা করে। দেবলীনার অবশ্য একটা গুণ আছে, যা সন্তু কিংবা জোজোর নেই, সে চমৎকার ছবি আঁকে। কিন্তু সেটা তার মুডের ব্যাপার, যখন-তখন কেউ বললেও আঁকবে না।

তিনতলায় সন্তুর ঘরের একটা দেওয়াল জুড়ে একটা বোর্ড আছে। তাতে নানারকম ছবি ও লেখা সাঁটা থাকে, সেগুলো বদলেও যায় মাঝে-মাঝে। অনেক সময় প্রশ্নও থাকে।

যেমন, সন্তু একটা কাগজে বড় বড় করে লিখল, 'ঘ্যাঁঘো ভূত'!

তারপর দু'জনকে জিজ্ঞেস করল, "একে তোরা কেউ চিনিস?"

জোজো ঠোঁট উলটে জিজ্ঞেস করল, "আমি তো চিনিই। এই মেয়েটাকে জিজ্ঞেস কর।"

দেবলীনা বলল, "কী বিচ্ছিরি নাম!"

সন্তু বলল, "ভূতের নাম সুচ্ছিরি হয় নাকি? ওরা এরকম নামই পছন্দ করে।"

দেবলীনা বলল, "ভূতকে আমি চিনতে যাব কেন? ভূত বলে আবার কিছু আছে নাকি?"

সন্তু বলল, "এটা গল্পের বইয়ের ভূত। ঘ্যাঁঘো ভূত খুব বিখ্যাত।"

দেবলীনা বলল, "কী গল্পটা শুনি?"

সন্তু বলল, "ওসব চলবে না। গল্প তো শোনে বাচ্চারা। কিংবা যারা লেখাপড়া শেখে না। নিজে পড়ে নে, ত্রৈলোক্যনাথ মুখোপাধ্যায়ের লেখা চমৎকার সব ভূতের গল্প আছে।"

দেবলীনা বলল, "লেখকের নামটাও এমন বাজে...ওসব আমি পড়তে পারব না!"

জোজো বলল, "ভূত বলে কিছু নেই? আমিও আগে বিশ্বাস করতাম না। কিন্তু একবার শ্রীলঙ্কায় গিয়ে কী দেখেছি জানিস? নিজের চোখে, স্বচক্ষে যাকে বলে—"

দেবলীনা বলল, "তুই ভূত দেখেছিস? কীরকম, শুনি?"

সন্তু বলল, "এই, রাত্তির না হলে ভূতের গল্প জমে না। এখন তো সবে সন্ধে।"

দেবলীনা বলল, "তা হোক। এখনই বল।"

জোজো চোখ নাচিয়ে বলল, "যারা বলে ভূতে বিশ্বাস করি না, তারাই বেশি-বেশি ভূতের গল্প শুনতে চায়। যাই হোক, সংক্ষেপে বলছি—"

দেবলীনা বলল, "নো, নট সংক্ষেপে। পুরোটা।"

জোজো বলল, "ঠিক দু' বছর আগে, সেপ্টেম্বর মাসে বাবার সঙ্গে কলম্বোয় গিয়েছিলাম। ক্রিকেট খেলোয়াড় রণতুঙ্গার বউয়ের খুব পেটে ব্যথা, কোনও ডাক্তার কিছুই ধরতে পারছে না, অস্ট্রেলিয়ায় গিয়েও..."

গল্পে বাধা পড়ল। রঘু একটা কর্ডলেস ফোন এনে বলল, "লীনা দিদিমণিকে ওনার বাবা ডাকছেন।"

দেবলীনা ফোনটা নিয়ে বলল, "কী বাপি, এত ব্যস্ত হচ্ছ কেন? কাকাবাবুর সঙ্গে আমার জরুরি দরকার আছে। দেখা না করে যেতে পারছি না। আমি ঠিক ফিরে যাব।"

ওর বাবা বললেন, "রাত হয়ে গেলে তুই একা ফিরবি কী করে? আমি গিয়ে নিয়ে আসব?"

দেবলীনা বলল, "তোমায় আসতে হবে না। আমায় জোজো পৌঁছে দেবে।"

ওরা বাবা বললেন, "আমি এখন গিয়ে নিয়ে আসতে পারতাম।"

দেবলীনা বলল, "বাপি, তোমার কি একলা লাগছে? টিভি দ্যাখো না!"

বাবা বললেন, "কাকাবাবুর সঙ্গে তোর আজকেই এত জরুরি দরকারটা কীসের রে?"

দেবলীনা বলল, "বাঃ, মংলু আর ছোটলাটের কথা জিজ্ঞেস না করে যাব কী করে? রাত্তিরে ঘুম হবে না।"

বাবা বললেন, "মংলু আর ছোটলাট? তারা কারা?"

দেবলীনা বলল, "ওরা খুব ফেমাস চোর।"

ওর বাবা দারুণ অবাক হয়ে বললেন, "ফেমাস চোর?"

সন্তু হো-হো করে হেসে উঠল।

আর দু'-একটা কথা বলে ফোন ছেড়ে দিয়ে দেবলীনা সন্তুর দিকে চোখ পাকিয়ে জিজ্ঞেস করল, "হাসলি কেন?"

সন্তু বলল, "একে তো চোরদুটোর নাম মংলু আর ছোটলাট নয়। তারা এর মধ্যে ফেমাস হয়ে গেল? ফেমাস কাদের বলে জানিস? যাদের নাম সবাই মনে রাখে।"

দেবলীনা বলল, "তা হলে ওদের নাম কী?"

সিঁড়িতে ক্রাচের ঠকঠক শব্দ শুনে বোঝা গেল, কাকাবাবু ফিরেছেন।

জোজো উঁকি মেরে দেখে বলল, "আলমদাও একসঙ্গেই এসেছেন। চল, আলমদার বকুনি খাওয়াটা দেখি।"

ওরা হুড়মুড়িয়ে নেমে এল দোতলায়।

কাকাবাবু কিন্তু শান্তভাবেই বললেন, "বোসো রফিকুল। আমি জামা-প্যান্ট ছেড়ে নিই। সন্তু, কফি দিতে বল।"

কাকাবাবু বাথরুমে ঢুকে গেলেন।

প্রথম কয়েক মিনিট ওরা সবাই চুপচাপ।

তারপর দেবলীনা ফস করে রফিকুলকে জিজ্ঞেস করল, "তুমি গগাঁ ভূতকে চেনো?"

রফিকুল ভুরু কুঁচকে বললেন, "গগাঁ ভূত! গগ্যাঁ নামে একজন শিল্পীর কথা জানি।"

সন্তু বলল, "গগাঁ নয়, ঘ্যাঁঘো ভূত।"

রফিকুল বললেন, "ও, ত্রৈলোক্যনাথের গল্প? হ্যাঁ, পড়েছি! দারুণ মজার।"

সন্তু বলল, "তুই ছাড়া সবাই পড়েছে।"

দেবলীনা জোজোকে বলল, "তোর গল্পটা থেমে গেল...এখন বল!"

জোজো বলল, "যাঃ! অনেক সময় লাগবে, এখন বলা যাবে না।"

কাকাবাবু সাদা পাঞ্জাবি আর পাজামা পরে এসে বসলেন নিজের চেয়ারে। সকালবেলার মতন মুখে বিরক্ত ভাবটা নেই, বরং দেবলীনা আর জোজোর মুখের দিকে তাকিয়ে হাসিমুখে বললেন, "সকালবেলাতেও তোমাদের দেখে গেলাম, সারাদিন খুব গল্প হচ্ছে বুঝি?"

দেবলীনা বলল, "তুমি এত দেরি করে ফিরলে কেন? আমি তো তোমার সঙ্গে গল্প করতেই এসেছি।"

কাকাবাবু বললেন, "তা হলে তো খুব অন্যায় হয়ে গেছে। আগে ফেরাই উচিত ছিল।"

রফিকুল বললেন, "কাকাবাবু, আমাকে মাফ করবেন। সকালবেলা পৌঁছতে দেরি হয়ে গেল..."

কাকাবাবু ওঁর মুখের দিকে কয়েক পলক তাকিয়ে রইলেন।

তারপর আস্তে-আস্তে বললেন, "তোমার মাফ চাইবার কিছু নেই। কলকাতার রাস্তায় দেরি তো হতেই পারে। সকালবেলা একটা খবর পড়ে আমার মেজাজটা হঠাৎ খুব খারাপ হয়ে গিয়েছিল। জানি, এতে তোমার কোনও দায়িত্ব নেই। ওই লোকদুটোর সঙ্গে আমার কথা বলার খুব ইচ্ছে ছিল। তার আগেই তারা পালিয়ে গেল।"

রফিকুল বললেন, "যে কনস্টেবলটি হাসপাতালে রাত্তিরে পাহারায় ছিল, সে ঘুমিয়ে পড়েছিল, সেই সুযোগে ওরা পালায়। কনস্টেবলটিকে সাসপেন্ড করা হয়েছে।"

কাকাবাবু জিজ্ঞেস করলেন, "তার নাম কী?"

"বিমল দুবে। আর যে-আসামি দু'জন পালিয়েছে, তাদের আসল নাম শেখ গোলাম নবি আর গিরিনাথ দাস। ধরা পড়েছে টালিগঞ্জের এক বস্তিতে।"

"ওরা নিজেদের মধ্যে যেসব ডাকনাম চালু করে, তার বিশেষ মানে থাকে। যার নাম ভাংলু, সে নিশ্চয়ই ভাঙচুর করায় এক্সপার্ট। তালা ভাঙতে পারে, মানুষের মাথাও ভেঙে গুঁড়িয়ে দিতে পারে। আর, ওদের কারও নাম ছোটগিরি হলে বুঝতে হবে, গিরি নামে নিশ্চয়ই দলে আর একজন আছে। সে বড়গিরি।"

"ওরা অবশ্য ছোটখাটো ক্রাইমই করে। বাংলাদেশ বর্ডারে চোরাচালান, মানুষ পারাপার, চোরাই জিনিস বিক্রি, এইসব। খুন কিংবা ডাকাতির অভিযোগ নেই ওদের নামে।"

কাকাবাবু হঠাৎ দপ করে জ্বলে উঠে বললেন, "তুমি মোটেই সব খবর জানো না। ভয়ঙ্কর কোনও খুনি কিংবা ডাকাতের চেয়েও ওরা বড় অপরাধী।"

তারপর সন্তুদের দিকে তাকিয়ে বললেন, "যারা ছোট-ছোট শিশুদের জীবন নিয়ে ছিনিমিনি খেলে, তারা সমাজের সবচেয়ে বড় শত্রু! তাদের অতি কঠিন শাস্তি দেওয়া উচিত। জিনিসপত্র চোরাচালানের চেয়েও ওদের আসল কাজ ছোট ছেলেমেয়েদের বিক্রি করা। এবারে ওরা বাংলাদেশ থেকে চুরি করে এনে একডজন বাচ্চাকে বিক্রি করে দিয়েছে। সেই বাচ্চাদের বয়েস মাত্র ছ'-সাত বছর!"

দেবলীনা জিজ্ঞেস করল, "অত বাচ্চাদের এখানে কে কেনে?"

জোজো বলল, "ওদের চোখ কানা করে কিংবা হাত-পা কেটে রাস্তার ভিখিরি বানায়, তাই না?"

কাকাবাবু বললেন, "না। ওসব আগে হত, এখন হয় না। আরব দেশের লোকদের কাছে এই বাচ্চাদের বিক্রি করে দিলে অনেক বেশি লাভ হয়।"

দেবলীনা জিজ্ঞেস করল, "আরব দেশের লোকেরা ওদের নিয়ে কী করে?"

কাকাবাবু বললেন, "শুনলে তুমি ভয় পাবে না তো? ওখানে উটের দৌড় প্রতিযোগিতা হয়। ঘোড়দৌড়ের মতন। ঘোড়দৌড়ে জকিরা ঘোড়া চালায়। উটের দৌড় কিন্তু সেরকম নয়। প্রত্যেকটা উটের পিঠে একটা করে বাচ্চা ছেলেকে বসিয়ে দেওয়া হয়, তারপর চাবুক মারলেই উটগুলো দৌড়তে শুরু করে। বাচ্চাগুলো ভয়ে চিৎকার করে, কাঁদে। তাই দেখে লোকেরা আনন্দ পায়। অনেক বাচ্চা উটের পিঠ থেকে ছিটকে পড়ে গিয়ে মরেও যায়।"

দেবলীনা দু' হাতে মুখ ঢেকে বলে উঠল, "আর শুনতে চাই না। আর শুনতে চাই না!"

কাকাবাবু বললেন, "ওর সামনে বলাটা ঠিক হয়নি।"

রফিকুল বললেন, "আমি একটা ব্যাঙ্ক-ডাকাতির কেস নিয়ে খুব ব্যস্ত ছিলাম, তাই এই ব্যাপারটা ঠিক জানতাম না।"

কাকাবাবু বললেন, "ব্যাঙ্ক-ডাকাতির চেয়েও এটা আরও বড় অপরাধ নয়?"

দেবলীনা মুখ থেকে হাত সরাল। তার গাল বেয়ে কান্না গড়াচ্ছে।

সে ধরা গলায় বলল, "কাকাবাবু, মানুষ এত নিষ্ঠুর হয় কেন?"

কাকাবাবু বললেন, "সত্যি, কিছু-কিছু মানুষ বড় নিষ্ঠুর হয়। রোমান আমলে স্টেডিয়ামের মধ্যে ক্ষুধার্ত সিংহের সামনে ক্রীতদাসদের ছেড়ে দেওয়া হত, হাতে একটা অস্ত্র দিয়ে। সিংহের সঙ্গে কোনও মানুষ পারে? সিংহ সেই লোকটাকে মেরে কামড়ে-কামড়ে খেত আর হাজার হাজার মানুষ তাই দেখে আনন্দ পেত। তারপর কত বছর কেটে গেছে, মানুষ অনেক সভ্য হয়েছে, তবু অনেক মানুষের মধ্যে সেরকম নিষ্ঠুরতা রয়ে গেছে।"

সন্তু বলল, "আরব দেশের যারা এই বাচ্চাদের নিয়ে উটের দৌড় করায় তাদের অপরাধ তো আরও বেশি। তাদেরই শাস্তি দেওয়া উচিত।"

কাকাবাবু বললেন, "তা ঠিক। কিন্তু অন্য দেশের লোকদের শাস্তি দেওয়ার

ক্ষমতা তো আমাদের নেই। আমাদের দেশ থেকে যাতে শিশু বিক্রি বন্ধ হয়, আমরা সে চেষ্টা করতে পারি। এর একটা বিরাট চক্র আছে। এই ভাংলু আর ছোটগিরি সামান্য চুনোপুঁটি হতে পারে, কিন্তু ওরা সেই চক্রের অঙ্গ। ওদের জেরা করে সেই চক্রটা ভেঙে দেব ভেবেছিলাম।"

রফিকুল বললেন, "ওদের দু'জনকে আবার ঠিক ধরে ফেলব।"

কাকাবাবু বললেন, "আজকে কাগজে খবর বেরিয়েছে, তার মানে ওরা পালিয়েছে গত পরশু রাতে। মাঝখানে প্রায় দু'দিন কেটে গেছে। এখন ওরা এমন জায়গায় ঘাপটি মেরে থাকবে যে, পুলিশ কিছুতেই সন্ধান পাবে না।"

রফিকুল বললেন, "তবু আমি কথা দিচ্ছি, যথাসাধ্য চেষ্টা করে—"

কাকাবাবু বললেন, "দেরি হয়ে যাবে। আচ্ছা, যে পুলিশটাকে সাসপেন্ড করা হয়েছে, তার কী যেন নাম বললে? বিমল দুবে, সে কোথায় থাকে?"

রফিকুল বললেন, "আলিপুর পুলিশ লাইনের ব্যারাকে।"

একটুক্ষণ চুপ করে থেকে কিছু চিন্তা করে কাকাবাবু বললেন, "সাসপেন্ড হওয়া মানে তো কিছুদিন ডিউটিতে না গিয়ে বাড়িতে বসে থাকা। সেখানে গিয়ে কোনও লাভ হবে না। কলকাতা শহরে ওই বিমল দুবের কোনও আত্মীয়স্বজন থাকে কিনা খোঁজ নাও তো। খুব সম্ভবত কেউ আছে।"

রফিকুল বললেন, "এক্ষুনি জেনে নিচ্ছি।"

পকেট থেকে ফোন বার করে তিনি কার সঙ্গে যেন কথা বলতে লাগলেন।

একটু পরে ফোন বন্ধ করে তিনি কাকাবাবুকে বললেন, "আপনি ঠিক ধরেছেন। ওর ছোট বোনের স্বামী মাখনলাল আছে এখানে, ডালহৌসির একটা অফিসে কেয়ারটেকারের কাজ করে। জিপিও-র খুব কাছে। সেখানেই কোয়ার্টার।"

কাকাবাবু জিজ্ঞেস করলেন, "তোমার সঙ্গে তো গাড়ি আছে। চলো, সেখানে একবার ঘুরে আসা যাক।"

দেবলীনা সঙ্গে-সঙ্গে বলে উঠল, "আমিও যাব।"

কাকাবাবু বললেন, "তুমি কোথায় যাবে? সন্ধে সাড়ে সাতটা বেজে গেছে। এবার তোমার বাড়ি ফেরা উচিত। তোমার বাবা চিন্তা করবেন।"

দেবলীনা বলল, "আমি যাবই, যাবই, যাবই, যাব!"

কাকাবাবু বললেন, "সেখানে তো তেমন কিছু দেখার থাকবে না। হয়তো লোকটাকে বাড়িতেই পাওয়া যাবে না।"

দেবলীনা আবার জোর দিয়ে বলল, "আমি যাবই, যাবই, যাবই, যাব!"

কাকাবাবু হেসে উঠে বললেন, "এ এক পাগলি মেয়ে। চলো, তবে সবাই মিলেই যাওয়া যাক। যদি কিছু পাওয়া না যায়, তা হলে গঙ্গার ধারটায় একটু বেড়িয়ে আসা হবে।"

॥ ৩ ॥

যদিও নতুন নাম হয়েছে বিনয়-বাদল-দীনেশ বাগ, সংক্ষেপে বি-বা-দী বাগ, তবু লোকের মুখে-মুখে এখনও ডালহৌসি স্কোয়ার নামটাই চলে। ইংরেজরা এদেশ ছেড়ে চলে গেছে কত বছর আগে, এখনও রয়ে গেছে তাদের অনেক চিহ্ন।

দিনের বেলায় এই অফিসপাড়ায় কত ব্যস্ততা থাকে, কত মানুষজন, কত গাড়ি, কতরকম আওয়াজ। সন্ধের পর ফাঁকা, একেবারে শুনশান। একটা বেশ মস্তবড় চাঁদ উঠেছে। লালদিঘির জলেও সেই চাঁদটা দুলছে।

অফিসবাড়িটা খুঁজে পেতে দেরি হল না। পুরো বাড়িটা অন্ধকার, শুধু আলো জ্বলছে পেছনের কেয়ারটেকারের ঘরে।

সেখানে দরোয়ান-টরোয়ান আরও কয়েকজন থাকে। সামনের ছোট বারান্দায় একটা তোলা উনুনে রুটি সেঁকছে একজন, তার খালি গায়ে মোটা পৈতে।

একসঙ্গে এতজনের একটা দল আসতে দেখে সে লোকটি কৌতূহলী হয়ে চেয়ে রইল।

কাছে এসে কাকাবাবু বললেন, "রুটি সেঁকার গন্ধটা চমৎকার লাগে। তুমিই মাখনলাল নাকি?"

লোকটি নিঃশব্দে দু' দিকে মাথা নাড়ল।

কাকাবাবু বললেন, "মাখনলাল থাকে তো এখানে? সে কোথায়?"

লোকটি এবারেও মুখে কিছু না বলে আঙুল দিয়ে দেখিয়ে দিল বারান্দার কোণের ঘর।

সে ঘরের দরজায় এর মধ্যেই একজন এসে দাঁড়িয়েছে।

এই লোকটিরও খালি গা, বেশ একখানা ভুঁড়ি আছে। মাঝবয়েসি, মালকোঁচা মেরে ধুতি পরা, তাকিয়ে আছে ভুরু কুঁচকে।

এগিয়ে গিয়ে কাকাবাবু জিজ্ঞেস করলেন, "তুমিই মাখনলাল?"

লোকটি বলল, "হ্যাঁ, আপনারা কোথা থেকে আসছেন?"

কাকাবাবু বললেন, "ভবানীপুর থেকে। কিংবা লালবাজার থেকেও বলতে পারো। বিমল তোমার কে হয়?"

মাখনলাল বলল, "কে বিমল? অনেক বিমল আছে।"

"বিমল দুবে, পুলিশে কাজ করে। তার বোনকে তুমি বিয়ে করোনি?"

"ও সেই বিমল। হঠাৎ তার কথা জিজ্ঞেস করছেন কেন?"

"সে কি মাঝে-মাঝে আসে তোমার এখানে?"

"না তো! তার সঙ্গে আমার কোনও সম্পর্ক নেই।"

"কেন, ঝগড়া হয়েছে নাকি?"

"এসব কথা কেন জিজ্ঞেস করছেন? সে কিছু করেছে? আমি অনেকদিন তার কোনও খোঁজখবর রাখি না।"

"দু'-একদিনের মধ্যে সে তোমার কাছে আসেনি?"

"না।"

"তুমি দরজা আটকে দাঁড়িয়ে আছ কেন? আমরা একটু ভেতরে গিয়ে বসব। জল খাব। তোমার সঙ্গে আরও কথা আছে।"

"আসুন।"

লোকটি সরে দাঁড়াল।

ঘরটা বেশ বড়। একপাশে একটা চৌকি পাতা। শুধু একটা মোড়া ছাড়া আর কোনও বসার জায়গা নেই। ক্যালেন্ডার থেকে কাটা অনেক ঠাকুর-দেবতার ছবি দেয়ালে সাঁটা রয়েছে। থালা-বাসন, হাঁড়িকুড়ি ঘরের এককোণে জড়ো করা। তার পাশে একটা আলনায় ঝুলছে জামাকাপড়।

ঘরের চারদিকে চোখ বুলোতে-বুলোতে কাকাবাবু বললেন, "কই হে, এক গেলাস জল খাওয়াও!"

লোকটি কুঁজো থেকে একটা কাঁসার গেলাসে জল গড়িয়ে এনে দিল।

কাকাবাবু গেলাসটা নেওয়ার সময় লক্ষ করলেন, মাখনলালের হাত একটু-একটু কাঁপছে।

জলে একটিমাত্র চুমুক দিয়ে কাকাবাবু জিজ্ঞেস করলেন, "তোমার বউ থাকে না এখানে?"

মাখনলাল বলল, "থাকে, এখন নেই।"

"কোথায় গেছে? বাপের বাড়ি?"

"না। হাসপাতালে আছে। তার টাইফয়েড হয়েছে।"

"কোন হাসপাতালে? যেখানে বিমল দুবে পাহারায় ছিল?"

"বিমল কোথায় পাহারায় ছিল, তা আমি জানি না।"

"তোমার বউ কোন হাসপাতালে আছে?"

"পি জি।"

কাকাবাবু রফিকুলের দিকে তাকিয়ে ভুরু নাচালেন? তিনি মাথা নাড়লেন দু'বার।

কাকাবাবু সন্তুদের জিজ্ঞেস করলেন, "তোরা কেউ জল খাবি?"

আর কারও তেষ্টা পায়নি।

কাকাবাবু হঠাৎ আলনার পাশের একটা বড় মাটির জালার দিকে ক্রাচটা তুলে বললেন, "এটার মধ্যে কী আছে?"

মাখনলাল বলল, "চাল, শস্তার সময় আমি চাল কিনে রাখি।"

কাকাবাবু সেটার কাছে গিয়ে বললেন, "তুমি বুঝি রুটির চেয়ে ভাত বেশি পছন্দ করো?"

মাখনলাল বলল, "আমি দু'বেলাই ভাত খাই। আমার বউও ভাত ভালবাসে।"

কাকাবাবু বললেন, "বেশ, আমিও ভাত ভালবাসি। সেদ্ধ চাল, না আতপ চাল?"

খানিকটা চাল তিনি তুলে নিয়ে পরীক্ষা করে দেখলেন। মাখনলালের দিকে তাকিয়ে যেন অকারণেই হাসলেন একটু।

তারপর সন্তুকে বললেন, "এটার মধ্যে হাত ডুবিয়ে দেখ তো, চাল ছাড়া আর কী আছে?"

মাখনলাল সন্তুকে বাধা দিতে আসতেই তিনি ক্রাচটা তুলে তার মুখের সামনে আটকালেন।

সন্তু জালাটার মধ্যে অনেকখানি হাত ঢুকিয়ে একটা কাগজের প্যাকেট বার করে আনল। তার মধ্যে গোছা-গোছা টাকা।

কাকাবাবু হাসিটা চওড়া করে বললেন, "কী করে বুঝলাম বলো তো রফিকুল? মাখনলালের হাত কাঁপছে আর বারবার এই জালাটার দিকে না তাকিয়ে পারছিল না।"

রফিকুল বললেন, "সেটা আমিও লক্ষ করেছি। ওর ভাবভঙ্গি দেখেই বোঝা গিয়েছিল।"

কাকাবাবু বললেন, "ওহে মাখনলাল, তোমার তো দেখছি অনেক টাকা। ব্যাঙ্কে না রেখে চালের মধ্যে রেখেছ কেন? তাতে কি ভাতের স্বাদ আরও ভাল হয়?"

মাখনলালের মুখখানা শুকিয়ে গেছে। সে কোনও কথা বলতে পারল না।

সবই পাঁচশো টাকার নোট। অন্তত পঁচিশ-তিরিশ হাজার টাকা হবেই।

রফিকুল এগিয়ে এসে মাখনলালের কাঁধে হাত রেখে বন্ধুর মতন জিজ্ঞেস করলেন, "এগুলো তোমার নিজের টাকা, না কেউ রাখতে দিয়েছে?"

মাখনলাল বলল, "আমার নয় ... ও টাকা ... ওখানে কে রেখেছে, আমি জানি না!"

এবারে রফিকুল ওর কাঁধ ধরে ঝাঁকিয়ে দারুণ ধমক দিয়ে বললেন, "ফের মিথ্যে কথা বলছিস? ভূতে এসে তোর ঘরে টাকা রেখে গেছে?"

কাকাবাবু হাসতে হাসতে বললেন, "তা হলে তো ভালই হল। ও বলছে টাকাটা ওর নয়, কে রেখে গেছে তাও জানে না। তা হলে টাকাগুলো আমরাই নিয়ে যেতে পারি!"

রফিকুল মাখনলালকে বললেন, "বিমল দুবে'র সঙ্গে তোর পি জি হাসপাতালে দেখা হয়নি?"

মাখনলাল বলল, "আমি তার সঙ্গে কথা বলি না।"

"ঝগড়া হয়েছে? তোর বউ কথা বলে?"

"সে বলতে পারে।"

"টাকাটা বিমল তোকে কিংবা তোর বউকে রাখতে দিয়েছে, তাই না? সত্যি করে বল?"

কাকাবাবু হঠাৎ বলে উঠলেন, "দরজার কাছ থেকে কে সরে গেল? ধরো তো লোকটাকে।"

সন্তু আর জোজো ছুটে বেরিয়ে গেল।

সত্যিই একজন লোক দৌড়ে পালাচ্ছে। ওরা দু'জন আরও জোরে ছুটে ঝাপটে ধরল লোকটাকে। সে দু'হাতে ঘুসি চালাতে লাগল।

রফিকুলও বেরিয়ে এসেছেন। কড়া গলায় বললেন, "এই, এদিকে আয়। হাত দুটো তুলে রাখ।"

লোকটি সঙ্গে সঙ্গে সন্তুদের ছেড়ে দিয়ে ঘুরে দাঁড়াল আর পায়ে পা ঠুকে স্যালুট করল রফিকুলকে।

রফিকুল জিজ্ঞেস করলেন, "এই, পালাচ্ছিলে কেন?"

লোকটি বলল, "সার, আপনাকে দেখে ভয় পেয়েছিলাম।"

"তোমার নাম বিমল দুবে?"

"ইয়েস সার।"

"মাখনলাল তোমার ভগ্নিপতি?"

"ইয়েস সার।"

"মাখনলাল যে বলল, তোমার সঙ্গে তার ঝগড়া? তবু তুমি এখানে এসেছিলে কেন?"

"আমার বোনের অসুখ, তার খবর নিতে এসেছিলাম।"

"ঘরের মধ্যে চলো। এবার আসল কথাটা বলো। তুমি ঘুষ খেয়ে হাসপাতালের বন্দিদুটোকে পালাবার সুযোগ করে দিয়েছ?"

"ঘুষ? না, সার, আমাকে কেউ ঘুষটুস দেয়নি। আমি ঘুমিয়ে পড়েছিলাম। সেটা আমার অন্যায় হয়ে গেছে। আমার ঘুমের মধ্যে আসামিদুটো পালিয়েছে।"

"তা হলে এই টাকাগুলো এখানে এল কী করে?"

"আমার বোন ওই একই হাসপাতালে আছে। সে বলেছিল, কে যেন তার বিছানায় একটা টাকার বাণ্ডিল ফেলে গেছে। আমার বোন জিজ্ঞেস করেছিল, টাকাটা দিয়ে কী হবে? আমি বলেছিলাম, সে তোমরা যা ইচ্ছে করতে পারো। আমি কিছু জানি না!"

মাখনলাল এবার চেঁচিয়ে বলে উঠল, "মিথ্যে কথা! সার, ও টাকা আমি ছুঁইনি। কিছুই জানি না। ওই নিশ্চয়ই কখনও এসে টাকাটা এখানে লুকিয়ে রেখে গেছে।"

বিমলও আরও জোরে বলে উঠল, "বাজে কথা! আমি সাত দিনের মধ্যে এ বাড়িতে আসিনি!"

মাখনলাল বলল, "তুই পরশুই এসেছিলি। আমি তখন গোসল করতে গিয়েছিলাম, দরজা খোলা ছিল।"

বিমল আরও কিছু বলতে গেলে কাকাবাবু হাত তুলে বললেন, "চুপ! দু'জনের মিথ্যে কথা বলার প্রতিযোগিতা আমরা দেখতে চাই না। কী হয়েছে, আমরা বুঝে গেছি। বিমল, এই দেওয়ালের কাছে এসে দাঁড়াও, আমার দিকে তাকিয়ে থাকো, চোখের পলক ফেলবে না। আমার একটা অন্য খবর জানা দরকার। যা জিজ্ঞেস করছি, সত্যি উত্তর দেবে।"

রফিকুল বললেন, "এখনও মিথ্যে কথা বললে, কী করে সত্যি কথা আদায় করতে হয় তা আমি জানি।"

কাকাবাবু বললেন, "তার দরকার হবে না। মিথ্যে কথার একটা বাজে গন্ধ আছে। আমি সেটা ঠিক টের পাই। বিমল দুবে, এবার বলো, টাকাটা তোমায় কে দিয়েছে?"

বিমল একবার চোখ বুজে, আবার তাকিয়ে বলল, "আমায় কেউ টাকা দেয়নি সার!"

কাকাবাবু নাক কুঁচকে বললেন, "এঃ, বাজে গন্ধ বেরুচ্ছে।"

দেবলীনাও নাক কুঁচকে বলল, "ভীষণ বাজে গন্ধ!"

কাকাবাবু বললেন, "তোমরা কেউ এখন কথা বোলো না। বিমল, তুমি চোখ বুজবে না। আমার দিকে তাকিয়ে থাকো। টাকাটা কে দিয়েছে তোমার হাতে?"

বিমল বলল, "আমার হাতে কেউ টাকা দেয়নি।"

"হাতে দেয়নি, পকেটে গুঁজে দিয়েছে?"

"আমার পকেটে কেউ কিছু দেয়নি।"

"টাকাটা অন্য কোথাও রেখেছে, কিন্তু তোমার জন্যই রেখেছে?"

"বলছি তো, আমি কারও কাছ থেকে টাকা নিইনি!"

"তা হলে এই বারো হাজার টাকা তোমার নয়? মাখনলালের?" এবারে বিমল দারুণ চমকে উঠল। তারপর মাখনলালের দিকে ক্রুদ্ধ চোখে তাকিয়ে বলল, "মোটে বারো হাজার?"

অন্য সবাই হেসে উঠল।

কাকাবাবু বললেন, "ঘরটা মিথ্যে কথার দুর্গন্ধে ভরে যাচ্ছিল। এবার সত্যি কথাটা বেরিয়ে এল। টাকাটা যেই আমি কমিয়ে বলেছি, অমনই ওর টনক নড়ে উঠেছে। ওখানে আছে অন্তত পঁচিশ হাজার টাকা। তা হলে বোঝা যাচ্ছে, টাকাটা কেউ বিমলের হাতে বা পকেটে না দিয়ে, বিমলেরই নির্দেশ মতন ওর অসুস্থ বোনের বিছানায় রেখে গেছে। মাখনলাল টাকাটা এনে লুকিয়ে রেখেছে এখানে। সেই টাকাটা আজ নিতে এসেছে বিমল।"

রফিকুল বললেন, "কাকাবাবু, এর পর আমি কয়েকটা প্রশ্ন করব?"

কাকাবাবু মাথা নেড়ে সম্মতি জানালেন।

রফিকুল বললেন, "শোনো, তোমাকে শুধু সাসপেন্ড করা হয়েছে। এখনও সত্যি কথা না বললে, তোমার চাকরি তো যাবেই, জেল খাটতে হবে। মাখনলালকেও ছাড়া হবে না।"

মাখনলাল বলে উঠল, "সার, ভগবানের দিব্যি করে বলছি, ঘুষের টাকা না কীসের টাকা আমি জানি না। বিমল আমার কাছে রাখতে দিয়েছে। আমার কোনও দোষ নেই।"

রফিকুল বিমলকে জিজ্ঞেস করলেন, "আর কত টাকা বাকি আছে?"

বিমল চুপ।

রফিকুল বললেন, "এসব ঘুষের নিয়ম আমি জানি। প্রথমেই পুরো টাকা দেয় না। আগে আদ্ধেক দেয়, কাজ ঠিকঠাক হয়ে গেলে পরে দেয় বাকিটা। পরে আর কত দেবে?"

বিমল তবু চুপ।

রফিকুল এবার খুব জোরে একটা থাপ্পড় কষালেন ওর গালে।

কাকাবাবু বললেন, "উঁহুঁ, উঁহুঁ, রফিক তুমি নিজে পুলিশ হয়ে আর একজন পুলিশের গায়ে হাত তুলবে, এটা ভাল দেখায় না। আমার হাতে ছেড়ে দাও।"

তিনি এগিয়ে এসে বিমলের কপালে, ঠিক দুই ভুরুর মাঝখানে একটা আঙুল চেপে ধরে বললেন, "আরও আদ্ধেক বাকি আছে, তাই না? এবার মিথ্যে কথা বললে কিন্তু তোমার সাঙ্ঘাতিক পেটব্যথা শুরু হয়ে যাবে। সারা জীবনেও সেই পেটব্যথার অসুখ সারবে না।"

বিমল বলল, "আরও পঁচিশ হাজার।"

"কেউ এসে দিয়ে যাবে?"

"না।"

"তোমাকে গিয়ে আনতে হবে?"

"হ্যাঁ।"

"কবে? কোথা থেকে?"

"পরশুদিন। রাত দশটায়।"

"কোথা থেকে?"

"একটি মেয়ে ... বারাসতে থাকে ... হাসপাতালের পাশে ভাতের হোটেল ..." বিমল আর কিছু বলতে পারল না, ঝুপ করে মাটিতে পড়ে গেল অজ্ঞান হয়ে! সরে এসে কাকাবাবু বললেন, "ওকে নিয়ে চিন্তা করার দরকার নেই। মিনিট পাঁচেক বাদেই জ্ঞান ফিরে আসবে। দু'জন অতি সাধারণ কয়েদিকে ছাড়াবার জন্য পঞ্চাশ হাজার টাকা ঘুষ? তা হলেই বুঝতে পারছ, এর পেছনে কতবড় ব্যাপার আছে!"

রফিকুল বললেন, "পরশু, রাত দশটায় একটা ফাঁদ পাততে হবে।"

সন্তু, জোজো, দেবলীনা চুপ করে সব দেখছে। কিন্তু এতক্ষণ চুপ করে থাকা জোজোর স্বভাবে নেই।

সে বলল, "কয়েদি দু'জন তো পালিয়েই গেছে। এর পর যদি বাকি টাকাটা আর না দেয়?"

রফিকুল বললেন, "সাধারণত এইসব অপরাধচক্রের লোকেরা নিজেদের মধ্যে কথার খেলাপ করে না।"

জোজো আবার বলল, "পুলিশ ফাঁদ পাতলেই কি ওরা বোকার মতন ধরা দেবে? বরং কালকেই গিয়ে বারাসতে সেই মেয়েটির খোঁজ করলে হয় না?"

কাকাবাবু বললেন, "জোজো ঠিকই বলেছে। পরশু রাত পর্যন্ত অপেক্ষা করা ঠিক হবে না।"

হাতঘড়িটা দেখে নিয়ে তিনি বললেন, "কাল কেন, আজই এখন গিয়ে দেখা যেতে পারে। হাসপাতালের পাশে, ভাতের হোটেল, খুঁজে পাওয়া শক্ত হবে না।"

বিমলের চোখে-মুখে জলের ছিটে দিতেই সে ধড়মড় করে উঠে বসল। ভ্যাবাচ্যাকা খাওয়ার মতন বলল, "কী হয়েছে? কী হয়েছে?"

কাকাবাবু বললেন, "অনেক কিছু হয়েছে। আপাতত কয়েকদিন তোমায় থানায় বন্দি থাকতে হবে।"

দেবলীনা এর পরেও বারাসতে যাওয়ার জন্য আবদার ধরল, কাকাবাবু তা গ্রাহ্য করলেন না। জোজোকে বললেন ওকে বাড়ি পৌঁছে দিতে।

তারপর বিমলকে কাছাকাছি একটা থানায় জমা দিয়ে রফিকুলের গাড়ি ছুটল বারাসতের দিকে।

॥ ৪ ॥

বারাসত হাসপাতালের আশপাশে ওষুধের দোকানই বেশি। ভাতের হোটেল একটি মাত্র। খুঁজে বার করতে অসুবিধে হল না।

রফিকুলের গাড়িটা পুলিশের জিপ নয়, এমনিই সাধারণ অ্যাম্বাসাডর, দেখলে চেনা যাবে না। তবু গাড়িটা রাখা হল খানিকটা দূরে। সন্তু, রফিকুল আর কাকাবাবু হেঁটে এসে ঢুকলেন সেই হোটেলে।

রাত সাড়ে ন'টা বাজে। ভেতরে বেশি ভিড় নেই। একটাই লম্বামতন ঘর, দরজার সামনেই কাউন্টার। সেই কাউন্টারে বসে আছে একজন মহিলা, বয়েস হবে চৌত্রিশ-পঁয়ত্রিশ, বেশ সপ্রতিভ ভাবভঙ্গি, খদ্দেরদের কাছ থেকে টাকা-পয়সা সে-ই বুঝে নিচ্ছে।

একটা খালি টেবিল বেছে নিয়ে ওঁরা বসে পড়লেন।

কাকাবাবু বললেন, "সন্তু, কী খাবি বল? মফস্‌সলের এইসব ছোটখাটো হোটেলের রান্না অনেক সময় বেশ ভাল হয়। বাড়ির থেকে অন্যরকম। রফিকুল, এখানেই আমরা ডিনার সেরে নিই, কি বলো?"

রফিকুল বললেন, "কাকাবাবু, আমার দোকানের খাবার ঠিক সহ্য হয় না। আমি বরং না খেলাম।"

কাকাবাবু বললেন, "খাও, খাও, একদিন খেলে কিছু হবে না। পাশের টেবিলে দ্যাখো, বাঁধাকপির তরকারি আর কতবড় পাবদা মাছ খাচ্ছে। আমিও ওই দুটো খাব।"

সন্তু বলল, "আমি খাব মাট্‌ন কারি। আর বেগুনভাজা।"

রফিকুল খুব অনিচ্ছা সত্ত্বেও মুরগির ঝোল খেতে রাজি হলেন।

একজন লোক এসে অর্ডার নিয়ে গেল।

কাকাবাবু আড়চোখে কাউন্টারের দিকে তাকিয়ে বললেন, "বিমল, এই মহিলাটির কথাই বলেছে মনে হচ্ছে।"

রফিকুল বললেন, "আর ভাতের হোটেল নেই। এখানকার ম্যানেজারও মহিলা, দুটোই মিলে যাচ্ছে।"

সন্তু জিজ্ঞেস করল, "আচ্ছা কাকাবাবু, এই যে মহিলা হোটেল চালাচ্ছেন, নিশ্চয়ই লাভ-টাভ হয়। তবু বাচ্চা ছেলে চুরি করার মতন খারাপ কাজে জড়িয়ে পড়েন কেন? মানুষের কি লোভের শেষ নেই?"

কাকাবাবু দীর্ঘশ্বাস ফেলে বললেন, "সত্যিই কিন্তু মানুষের লোভের শেষ নেই! টাকার লোভে তারা কত অন্যায়, নিষ্ঠুর কাজ করে, শেষ পর্যন্ত শাস্তিও পায়!"

রফিকুল বললেন, "এ মেয়েটি খুব সম্ভবত এই হোটেলের মালিক নয়, কর্মচারী। বড়-বড় অপরাধচক্রের লোকেরা এইরকম কোনও হোটেল বা দোকান বা অন্য কোনও ব্যবসা খুলে রাখে। কর্মচারীদের দিয়ে কাজ চালায়, নিজেরা থাকে আড়ালে। হোটেলে সবসময় অনেকরকম মানুষজন আসে, এখানে বেআইনি জিনিসপত্র কিংবা টাকাপয়সার লেনদেন করলে কেউ সন্দেহ করবে না। কনস্টেবল বিমলকে তাই এখানে আসতে বলা হয়েছে।"

সন্তু বলল, "মহিলাকে দেখলে বোঝাই যায় না যে ইনি কয়েকটা বাচ্চা ছেলেকে মেরে ফেলার মতন নিষ্ঠুর কাজে রাজি হতে পারেন!"

কাকাবাবু আপন মনে বললেন, "হুঁ, দেখে বোঝা যায় না! আমি একটা অন্য কথা ভাবছি। এই মেয়েটিকে আমরা এখন গ্রেফতার করতে পারব না। কারণ, বিমলের মুখের কথা ছাড়া কোনও প্রমাণ নেই! ওকে জেরা করতে গেলে সব অস্বীকার করতে পারে। তাতে ওর দলবল সাবধান হয়ে যাবে।"

রফিকুল বললেন, "ওকে এখন ধরা যাবে না। ধরে নিয়ে গেলেও কোনও লাভ হবে না। বাকিরা সবাই গা-ঢাকা দেবে।"

এর মধ্যে বেয়ারা এসে খাবার দিয়ে গেল।

কাকাবাবু বললেন, "আমরা জায়গাটা দেখে গেলাম, আজ এই পর্যন্তই থাক। এবারে খাওয়ায় মন দাও!"

একটুখানি বাঁধাকপির তরকারি মুখে দিয়ে বললেন, "বেশ রেঁধেছে! সবটা খেয়ে নাও, নইলে আমাদেরই ওরা সন্দেহ করবে।"

এর মধ্যে একটা গণ্ডগোল শুরু হয়ে গেল।

তিনটি ছেলে খেয়েদেয়ে দাম না দিয়ে চলে যাচ্ছিল, একজন বেয়ারা চেঁচিয়ে উঠল, "ও দাদা, একাশি টাকা বিল হয়েছে, কাউন্টারে দিয়ে যান!"

ওদের মধ্যে একজন বেয়ারাটিকে এক ধাক্কা মেরে বলল, "ভাগ, বিল কীসের রে! আমরা পাড়ার ছেলে!"

আর একজন ফস করে একটা ছোরা বার করে বলল, "খবরদার, আমাদের

কাছে কখনও পয়সা-ফয়সা চাইবে না, তা হলে হোটেল তুলে দেব!"

কাউন্টারের মহিলা ম্যানেজারটি ছোরা দেখে একটুও ভয় পায়নি। কড়া গলায় বলে উঠল, "এই, এখানে মাস্তানি কোরো না। ভাল চাও তো পয়সা দিয়ে দাও!"

ছোরা-হাতে ছেলেটি কাউন্টারের কাছে এসে চিবিয়ে চিবিয়ে বলল, "অমন ধমকে কথা বোলো না! অমন ধমকে কথা বলতে নেই! তুমিই বরং একশোটা টাকা ছাড়ো তো! আমাদের সিগ্রেট-ফিগ্রেট কিনতে হবে। দাও, দাও, দেরি কোরো না!"

অন্য একটি ছেলে বলল, "দিয়ে দাও গো ময়নাদিদি, এই হেবোটার খুব মাথা গরম, ঝট করে ছুরি চালিয়ে দেয়।"

হেবো নামে সেই ছোরা-হাতে ছেলেটি অন্য খদ্দেরদের দিকে ফিরে বলল, "অ্যাই, যে-যার জায়গায় বসে থাকো, কেউ টুঁ শব্দটি করবে না! কেউ খামোকা মাথা গলাতে এলেই পেট ফাঁসিয়ে দেব!"

কাউন্টারের মেয়েটি এর মধ্যে একটা বেল টিপে দিয়েছে, তাতে ঝনঝন ঝনঝন শব্দ হতে লাগল।

প্রায় সঙ্গেই-সঙ্গেই রান্নাঘরের দিক থেকে দু'জন লম্বা-চওড়া লোক ছুটে এল, তাদের হাতে লোহার ডাণ্ডা।

তারপর শুরু হয়ে গেল মারামারি।

একটা ব্যাপারে বেশ মজা লাগল সন্তুর।

সে জানে, কাকাবাবু আর রফিকুল আলম, এই দু'জনের কাছেই রিভলভার আছে, শূন্যে একবার গুলি চালালেই সবাই ভয় পেয়ে ঠাণ্ডা হয়ে যেত।

কিন্তু ওঁরা দু'জন সেরকম কিছুই করলেন না, খাওয়াও বন্ধ না করে মজা দেখতে লাগলেন।

শেষ পর্যন্ত সেই ছেলে তিনটিই হার স্বীকার করল, খোঁড়াতে খোঁড়াতে পালাল দু'জন, আর একজন মাটিতে পড়ে কাতরাচ্ছে। এদিককার একজন তার জামার কলার ধরে টানতে টানতে কাউন্টারের কাছে এনে বলল, "দে, পয়সা দে!"

সে ছেলেটি বলল, "পঞ্চাশ টাকা দিচ্ছি। আমার কাছে আর নেই। দিব্যি করে বলছি, বাকিটা কাল এসে শোধ করে দিয়ে যাব।"

কাউন্টারের মেয়েটি বলল, "কম টাকা আছে তো হিসেব করে কম খাননি কেন? আবার যদি কোনওদিন দেখি..."

কাকাবাবু মাথা নিচু করে ফিসফিস করে বললেন, "হোটেল চালানো সোজা নয় দেখছি। ষণ্ডা চেহারার লোক রাখতে হয়। এ মেয়েটিও কম তেজি নয়। চলো, এবার আমরা উঠে পড়ি।"

কাকাবাবুই দাম দেওয়ার জন্য গেলেন কাউন্টারের কাছে। একটু আগে যেন কিছুই হয়নি, এইভাবে বললেন, "আপনাদের হোটেলের রান্না খুব ভাল। খেয়ে বেশ তৃপ্তি পেলাম।"

মেয়েটি বলল, "আবার আসবেন!"

পরদিন সকালে চা খেতে খেতে কাকাবাবু সন্তুকে ডেকে বললেন, "কাল সারারাত ভাল করে ঘুমোতে পারিনি। যখনই ভাবছি, কতগুলো সরল, নিষ্পাপ শিশুকে চালান দেবে আরব দেশে, সেখানে বাচ্চাগুলো বেঘোরে মারা যাবে, তখনই আমার গা জ্বলে উঠছে। বাচ্চাগুলোকে পাচার করার আগে যে-কোনও উপায়ে আটকাতে হবে!"

সন্তু বলল, "এর মধ্যেই পাঠিয়ে দিয়েছে কি না, কী করে বোঝা যাবে?"

কাকাবাবু বললেন, "পুলিশকে বলা হয়েছে, এয়ারপোর্টে আর শিয়ালদা-হাওড়ার রেলস্টেশনে কড়া নজর রাখতে। তবু আরও অনেক উপায়ে মুম্বই নিয়ে যেতে পারে। পুলিশের ওপর পুরোপুরি ভরসা করা যায় না। আটকাবার একটা উপায় আমার মাথায় এসেছে। সেজন্য তোকে খানিকটা গোয়েন্দাগিরি করতে হবে, পারবি?"

সন্তু বলল, "কেন পারব না?"

কাকাবাবু বললেন, "কালকের হোটেলের ওই মেয়েটি, ওর সম্পর্কে আরও খোঁজখবর নেওয়া দরকার। কান টানলে যেমন মাথা আসে, তেমনই ওকে দিয়ে পেছনের অপরাধচক্রের হদিস পাওয়া দরকার। পুলিশ দিয়ে খোঁজখবর নেওয়াতে গেলেই ওরা সাবধান হয়ে যাবে। পুলিশের ভেতর থেকেই আগে খবর চলে যায়। ওই মেয়েটার নাম বোধ হয় ময়না, তাই না?"

সন্তু বলল, "পাড়ার গুণ্ডারা ময়নাদিদি বলে ডেকেছিল একবার।"

কাকাবাবু বললেন, "ওর কাছে এক্ষুনি আমার যাওয়া ঠিক হবে না। আমি খোঁড়া মানুষ, ক্রাচ নিয়ে হাঁটি, আমাকে চিনে রাখা সহজ। তুই কাল প্যান্ট-শার্ট পরে গিয়েছিলি, আজ একটা পাজামা-পাঞ্জাবি পরে যা, দিনের বেলা একটা সানগ্লাসও চোখে দিতে পারিস।"

সন্তু জিজ্ঞেস করল, "কী কী খোঁজ নিতে হবে?"

কাকাবাবু বললেন, "যদি সম্ভব হয়, দেখে আসবি, ওই ময়না কোথায় থাকে। বিয়ে হয়েছে কি না, ছেলেমেয়ে আছে কি না, সে বাড়িতে আর কে কে থাকে। এইগুলো জানাই বেশি দরকার। বেশি বাড়াবাড়ি করিস না, দুপুরের মধ্যে ফিরে আসবি। ইচ্ছে করলে জোজোকেও সঙ্গে নিতে পারিস।"

জোজোকে টেলিফোন করতেই সে সঙ্গে সঙ্গে রাজি।

সন্তুর সঙ্গে সে দেখা করল হাজরা মোড়ের বাস স্টপে। সেখান থেকে দু'জনে বাসে চেপে এল এসপ্লানেড, তারপর অন্য বাসে বারাসত।

সকালবেলা সেই হোটেলটায় শিঙাড়া-কচুরি-জিলিপি পাওয়া যায়। সন্তু জোজোকে নিয়ে বসল অন্য একটা টেবিলে।

প্রথমেই সে হতাশ হল, কাউন্টারে এখন সেই মহিলাটি নেই, তার বদলে অন্য একজন দাড়িওয়ালা লোক।

জোজো এর মধ্যে সব ব্যাপারটা শুনে নিয়েছে।

প্রথমেই দুটো করে কচুরি আর জিলিপির অর্ডার দিয়ে সে সন্তুকে বলল, "ওয়েট করতে হবে। ওই ময়না নিশ্চয়ই আর একটু পরে আসবে।"

কচুরি-জিলিপি শেষ হয়ে গেল, ময়নার দেখা নেই।

জোজো বলল, "এবারে তা হলে শিঙাড়া টেস্ট করা যাক।"

শিঙাড়া শেষ হতেই বা কতক্ষণ লাগে!

সন্তু বলল, "খাওয়া শেষ হলে কি বেশিক্ষণ বসে থাকা যায়? সেটা খারাপ দেখাবে না?"

জোজো বলল, "খুবই খারাপ দেখাবে। সন্দেহ করতে পারে। পাশের টেবিলে দ্যাখ সন্তু, একজন লোক ওমলেট আর টোস্ট খাচ্ছে। কাকাবাবু বেশি করে টাকা দিয়েছেন তো? আমরাও টোস্ট-ওমলেটের অর্ডার দিয়ে আরও কিছুক্ষণ বসতে পারি।"

সন্তু বলল, "কিন্তু এত খাব কী করে?"

জোজো বলল, "খেতে হবে না। সামনে নিয়ে নাড়াচাড়া করব।"

টোস্ট আর ওমলেট নাড়াচাড়া করতে-করতেই চলে গেল পেটের মধ্যে।

কাউন্টারে এখনও সেই দাড়িওয়ালা পুরুষটি।

এর মধ্যে সবক'টা টেবিল ভরে গেছে। ওদের আর বসে থাকার উপায় নেই।

সন্তু বলল, "মহিলাটির সকালবেলা ডিউটি নেই বোঝা যাচ্ছে। কাউকে জিজ্ঞেস করাও যায় না।

জোজো বলল, "আমার মাথায় একটা বুদ্ধি এসেছে। তুই এখানে বসে থাক।"

জোজো উঠে গেল কাউন্টারের কাছে।

দাড়িওয়ালা লোকটিকে বলল, "দাদা, কাল রাত্তিরে আমরা এখানে খেতে এসেছিলাম, ভুল করে একটা প্লাস্টিকের ব্যাগ ফেলে গেছি। তার মধ্যে দামি কিছু নেই, শুধু জরুরি কিছু কাগজপত্র আছে। সেই ব্যাগটা কি আপনারা পেয়েছেন?"

লোকটি জোজোর দিকে না তাকিয়েই বলল, "না, কিছু পাওয়া যায়নি।"

জোজো গলার আওয়াজ খুব করুণ করে বলল, "দাদা, ওর মধ্যে আমার সার্টিফিকেট আছে, না পেলে খুব বিপদে পড়ে যাব। একটু দেখুন না!"

লোকটি এবার বেল বাজিয়ে একজন বেয়ারাকে ডেকে বলল, "এই ছেলেটি কাল একটা ব্যাগ ফেলে গেছে বলছে, কাল রাত্তিরে, তোরা পেয়েছিস?"

বেয়ারাটি বলল, "আমি তো কিছু পাইনি। কাল রাত্তিরে গোপাল ছিল। কিছু পেলে আমরা তো কাউন্টারে জমা দিই।"

লোকটি জিজ্ঞেস করল, "গোপাল কোথায়?"

বেয়ারাটি বলল, "গোপাল কলকাতায় গেছে।"

জোজো আরও কাঁচুমাচু মুখ করে বলল, "একটু খুঁজে দেখুন না! দামি কোনও

জিনিস নেই, অন্য কেউ নেবে না, কিন্তু খুব দরকারি কাগজপত্র, আমার পরীক্ষার সার্টিফিকেট...”

বেয়ারাটি বলল, “ময়নাবউদি জানতে পারেন।”

দাড়িওয়ালা লোকটি বলল, “ময়নাকে জিজ্ঞেস করে আয় তো!”

বেয়ারাটি বাইরের দিকের দরজা দিয়ে বেরিয়ে গেল রাস্তায়। দু' মিনিটের মধ্যে ফিরে এসে বলল, “না, ময়না বউদি ব্যাগ ট্যাগ কিছু পাননি!”

জোজো এমনভাবে কপালে চাপড় মারল, যেন তার সর্বনাশ হয়ে গেছে।

সন্তু উঠে এসে দাম মিটিয়ে দিল, তারপর দু'জনে বেরিয়ে এল বাইরে।

জোজো বলল, “দুটো জিনিস জানা গেল। ময়না থাকে খুব কাছেই কোথাও। আর তার বিয়ে হয়ে গেছে, সে ময়নাবউদি!”

সন্তু বলল, “চল, এবার তার বাড়িটা খুঁজে দেখা যাক।”

বড় রাস্তার ওপর সবই পর পর দোকানঘর। পেছনদিকে কয়েকটা টালির চাল দেওয়া বাড়ি। ওরা দু'জনে অলস ভঙ্গিতে সেই বাড়িগুলোর পাশ দিয়ে ঘুরতে লাগল। এর মধ্যে ঠিক কোন বাড়িতে ময়না থাকে, তা বোঝা যাবে কী করে?

এখন অনেক মানুষজন হাঁটছে, ওদের কেউ লক্ষ করছে না।

কয়েকবার চক্কর দিয়েও কিছু বোঝা গেল না।

একটা বাড়ির পেছনদিকে খানিকটা উঠোন মতন ফাঁকা জায়গায় তারের ওপর ভিজে শাড়ি মেলে দিচ্ছে কেউ, একবার একটু ফাঁক দিয়ে দেখা গেল একজন মহিলার মুখ।

সন্তু কনুই দিয়ে জোজোকে খোঁচা মারল।

জোজো এক পলক দেখে নিয়ে ভুরু কাঁপিয়ে জিজ্ঞেস করল, “এই?” অর্থাৎ এই মহিলাই ময়না?

পেছন ফিরে দাঁড়িয়ে সন্তু আস্তে-আস্তে বলল, “কাকাবাবু যা জানতে চেয়েছিলেন তার অনেকগুলোই জানা হয়ে গেছে। ওর নাম ময়না, থাকে এই বাড়িতে, বিয়ে হয়ে গেছে। বাকি রইল, বাড়িতে আর কে কে থাকে, ওর ছেলেমেয়ে আছে কি না।”

জোজো জিজ্ঞেস করল, “কাকাবাবু ওর সম্পর্কে এত কিছু জানতে চাইছেন কেন রে?”

সন্তু বলল, “কাকাবাবুর নিজস্ব কিছু সিস্টেম আছে। আগে থেকে বোঝা যায় না। জোজো, তুই এই মহিলার সঙ্গে কথা বলতে পারবি?”

জোজো বলল, “ইজিলি! কারও সঙ্গে ভাব জমাতে আমার এক মিনিটও লাগে না।”

সন্তু বলল, “আমাকে কাল রাত্তিরে দেখেছে, চিনেও ফেলতে পারে। তোকে তো দেখেনি।”

জোজো ফিরে এল মিনিট দশেক পরে।

গর্বের হাসি হেসে বলল, "সব জানা হয়ে গেছে। ময়নার একটা ছেলে, তার নাম কার্তিক, ডাকনাম কাতু, সাত বছর বয়েস, ক্লাস ওয়ানে পড়ে। ওই উঠোনেই সে খেলছে। বাড়িতে এক বুড়ি পিসিমা ছাড়া আর কেউ নেই। হোটেলের কাউন্টারের দাড়িওয়ালা লোকটিই ময়নার স্বামী। তবে, ওরা হোটেলটার মালিক নয়। দু'জনেই চাকরি করে।"

সন্তু রীতিমতন অবাক হয়ে বলল, "তুই এতসব কথা জিজ্ঞেস করলি?"

জোজো বলল, "আমারও নিজস্ব সিস্টেম আছে। তোকে বলব কেন? এবার আর কী করতে হবে বল?"

সন্তু বলল, "কাকাবাবু তো শুধু এগুলোই জানবার জন্য পাঠিয়েছেন। আর কিছু দরকার নেই।"

জোজো বলল, "এবার আমরা হোটেলের মালিকেরও খোঁজ করতে পারি।"

সন্তু বলল, "তার দরকার নেই!"

জোজো বলল, "ছোট ছোট বাচ্চাগুলোকে কোথায় লুকিয়ে রেখেছে, খুঁজে বার করব?"

সন্তু বলল, "আমাদের যেটুকু দায়িত্ব দেওয়া হয়েছে, সেটা আমরা সেরে ফেলেছি। বেশি বাড়াবাড়ি করার তো দরকার নেই। ওরা টের পেয়ে গেলে বাচ্চাগুলোকে মেরে ফেলতে পারে।"

জোজো বলল, "জানিস সন্তু, আমার বাবার কাছে এমন একটা ওষুধ আছে, যেটা খাইয়ে দিলে যে-কোনও মানুষ গড়গড় করে তার সব পাপের কথা স্বীকার করে ফেলে। এই ময়নাকে যদি সেই ওষুধটা খাওয়ানো যায়, ও দলের সব্বার কথা বলে দেবে।"

সন্তু বলল, "আমার ধারণা, এই ময়না বিশেষ কিছু জানে না। ওর হাত দিয়ে শুধু ঘুষের টাকাটা দেওয়াচ্ছিল। শুধু পুঁচকেদুটো কয়েদিকে ছাড়াবার জন্য বিমল দুবেকে অত টাকা ঘুষ দিতে চেয়েছিল কেন, সেটাই বোঝা যাচ্ছে না।"

জোজো বলল, "বিমল দুবে নিশ্চয়ই আরও অনেক খবরটবর ওদের দিত। ও অনেক কিছু জানে।"

সন্তু বলল, "তা হলে বিমল দুবেকেই তোর বাবার ওষুধটা খাওয়ালে হয়।"

জোজো বলল, "ঠিক বলেছিস। ও তো হাতের কাছেই আছে। দেখিস, এবার আর কাকাবাবুকে বিশেষ কিছু করতে হবে না। আমিই এই ক্রিমিনাল গ্যাঙটার সবক'টাকে ধরার ব্যবস্থা করে ফেলব!"

॥ ৫ ॥

অমূল্য নামে একটা ছেলে, তার ডাকনাম রজ্জু, একবার রেল-ডাকাতি করতে গিয়ে ধরা পড়ে। কাকাবাবু সেই সময় সেই ট্রেনের কামরায় ছিলেন। ছেলেটিকে ভাল পথে ফিরিয়ে আনার জন্য কাকাবাবু পুলিশকে বলে টলে তাকে ছাড়িয়ে আনেন, তাকে একটা চাকরি জুটিয়ে দেন। কিন্তু সে সহজে ভাল হতে চায় না। কিছু একটা চুরি-টুরি করে ফেলে, তাতে তার চাকরি যায়। এর মধ্যে তিন-চারবার এ রকম হয়েছে। প্রতিবার চাকরি গেলেই সে কাকাবাবুর কাছে এসে পায়ের ওপর ঝাঁপিয়ে পড়ে ক্ষমা চায়।

ছেলেটির ওপর কাকাবাবুর মায়া পড়ে গেছে, তিনি ওকে ক্ষমা করে আবার ঢুকিয়ে দেন অন্য চাকরিতে।

আজ কাকাবাবু তাকে টেলিফোনে ডেকে এনেছেন।

রজ্জু কাকাবাবুর কাছে এসে কক্ষনও চেয়ারে বা সোফায় বসে না। মাটিতে বসে হাত জোড় করে থাকে। কাকাবাবু অনেক বকে-বকেও তার এই স্বভাব ছাড়াতে পারেননি।

রজ্জুর বয়েস ছাব্বিশ-সাতাশ বছর, বেশ লম্বা, পেটানো চেহারা, খাকি প্যান্টের ওপর একটা কালো ডোরাকাটা জামা পরা। মাথার চুল ঘাড় ছাড়িয়ে গেছে। তাকে চা খেতে দেওয়া হয়েছে, সে দু'হাতে কাপটা ধরে চুমুক দিচ্ছে।

কাকাবাবু জিজ্ঞেস করলেন, "ওহে রজ্জু, এবারের চাকরিটা তোমার আর ক'দিন টিকবে?"

রজ্জু বলল, "এবারে টিকে যাবে। আর কোনও গোলমাল হবে না সার।"

কাকাবাবু বললেন, "যা মাইনে পাও, তাতে সংসার খরচ চলে যায়?"

"আজ্ঞে হ্যাঁ সার। মোটামুটি চলে যায়। বাড়িতে বুড়ো বাবা-মা আছেন, তাঁদের জন্যই তো চাকরি করা।"

"আগের চাকরিটা তো আরও ভাল ছিল। মাইনে বেশি ছিল। তবু সেখানেও চুরি করতে গেলে কেন?"

"ওই যে বলে না সার, 'অভাব যায় না মলে, স্বভাব যায় না ধুলে।' ছেলেবেলা থেকেই বাজে লোকদের সঙ্গে মিশে ওই স্বভাব হয়ে গেছে। মাঝে-মাঝে হাত সুলসুল করে। তবে, এবারে আমি সামলে নিয়েছি সার, নিজের হাতকে নিজেই ধমকাই!"

"চুরি ডাকাতি করলে যে শেষ পর্যন্ত ধরা পড়তে হয়, শাস্তি পেতে হয়, এটা কেন ভাবো না?"

"কী যে বলেন সার! ও-কথা যদি সবাই ভাবত, তা হলে তো গোটা পৃথিবী থেকে চুরি-ডাকাতি উঠেই যেত। জেলখানা কিংবা পুলিশ রাখার দরকারই হত না।"

"তা ঠিক। রেল-ডাকাতির সময় তোমার যেসব সঙ্গী-সাথি ছিল, তাদের কোনও খবর রাখো?"

"দু'জন জেলে পচছে। একজন পুলিশের গুলি খেয়ে পটল তুলেছে। আর কয়েকজন এখনও ছুটকো-ছাটকা কাজ চালিয়ে যাচ্ছে।"

"তাদের সঙ্গে তোমার দেখা হয়?"

"আমি দেখা করতে চাই না, তারাই আমার পেছনে ঘুরঘুর করে। আমায় কু-মতলব দেয়। বলে কী, রজ্জু, তুই ওইসব বাঁধা মাইনের চাকরি কতদিন চালাবি? আমাদের দলে ফিরে আয়। একটা বড় দাঁও মারতে পারলে একসঙ্গে অনেক টাকা হাতে আসবে, আরামসে থাকতে পারবি! আমি তাদের বলি, ভাগ, ভাগ, আমি আর ওসব লাইনে যেতে চাই না। পুলিশের পিটুনি খেলেই সব আরাম ঘুচে যাবে। তা ছাড়া লুটের জিনিসের ভাগ নিয়ে ঝগড়া, খুনোখুনি পর্যন্ত হয়! আমি এখন বেশ আছি।"

"তোমার ওই সঙ্গী-সাথিদের দিয়ে আমি একটা কাজ করাতে চাই। একটা বাচ্চা ছেলেকে চুরি করে আনতে হবে।"

রজ্জুর মুখের হাঁ-টা অনেক বড় হয়ে গেল।

চোখ গোল গোল করে বলল, "আমি কি নিজের কানে ভুল শুনছি? আপনি কী বললেন সার? একটা ছেলেকে চুরি করে ধরে আনতে হবে?"

কাকাবাবু হেসে বললেন, "ঠিকই শুনেছ। একটা ছেলেকে আমার চাই। বেশি না, এ-কাজের জন্য আমি হাজার দু'-এক টাকা দেব।"

রজ্জু বলল, "আপনি যখন বলছেন, টাকার কোনও কোশ্চেনই নেই। আপনার জন্য জান দিয়ে দিতে পারি। কিন্তু আপনি ছেলে চুরি করতে বলছেন কেন সার?"

"তা তোমাদের এখন জানার দরকার নেই। কাজটা কি খুব শক্ত?"

"মোটেই না, মোটেই না। একটা বাচ্চাকে তুলে আনা আর এমন কী ব্যাপার। তারপরে লুকিয়ে রাখাটাই শক্ত। বাচ্চারা চ্যাঁ-ভ্যাঁ করে কাঁদে, পাড়ার লোক জেনে যায়, তারাই পুলিশে খবর দেয়, তখন জায়গা পালটাতে হয়। অত হ্যাপা পোষায় না বলেই ও লাইনে বিশেষ কেউ যায় না।"

"তোমাদের সে ঝামেলা পোহাতে হবে না। বারাসত হাসপাতালের কাছে একটা ভাতের হোটেল আছে। সেখানে কাজ করে ময়না দাস। কাছেই তার বাড়ি। সেই ময়নার ছেলে কার্তিককে তুলে আনতে হবে। আমার এক ডাক্তার বন্ধুর নার্সিং হোম আছে বেহালায়, ছেলেটাকে সেখানে পৌঁছে দেবে। তারপর আর তোমাদের কোনও দায়িত্ব নেই। কতদিন সময় লাগবে?"

"অন্তত দুটো দিন সময় দিন সার।"

দু'দিনও লাগল না। পরদিন বিকেলেই রজ্জু এসে বলল, "কাজ হয়ে গেছে সার। নো গণ্ডগোল। বাচ্চাটাকে নার্সিং হোমে পৌঁছে দিয়েছি।"

কাকাবাবু জিজ্ঞেস করলেন, "কান্নাকাটি করেছে নাকি?"

রজ্জু বলল, "ঘুমের ওষুধ মেশানো লজেঞ্চুস খাওয়ানো হয়েছে তো, এখনও ঘণ্টা তিনেক ঘুমোবে। তারপর খানিকটা তো চেল্লাবেই। সে ডাক্তারবাবু বুঝবেন।"

কাকাবাবু বললেন, "বেশ। তোমার বন্ধুদের বোলো, কোনও খারাপ উদ্দেশে ছেলেটাকে চুরি করে আনা হয়নি। ভাল কাজের জন্যই। আর ওইসব বন্ধুরা যদি চুরি-ডাকাতি ছেড়ে সৎপথে আসতে চায়, আমি তাদের চাকরি জোগাড় করে দিতে পারি। এখন তোমার শুধু আর একটা ছোট কাজ বাকি আছে। আমি একটা চিঠি লিখে দিচ্ছি, এই চিঠিটা ময়না দাসের বাড়িতে গোপনে ফেলে দিয়ে আসবে।

কাকাবাবু লিখলেন :

কার্তিক নামে একটি বাচ্চা ছেলে আমার হেফাজতে আছে। সে নিজের নাম আর বাবা-মায়ের নাম বলতে পারে, কিন্তু ঠিকানা বলতে পারে না। যদি আপনাদের সন্তান হয়, উপযুক্ত প্রমাণ দিয়ে আমার কাছ থেকে নিয়ে যেতে পারেন। আমার ঠিকানা লেখা আছে প্যাডের ওপরে। সকাল ন'টা থেকে বারোটা পর্যন্ত সাক্ষাতের সময়। ছেলেটি ভাল আছে।

ইতি

রাজা রায়চৌধুরী

চিঠিখানা নিয়ে রজ্জু চলে যাওয়ার পর কাকাবাবু মনের আনন্দে গান ধরলেন গুনগুনিয়ে।

সন্তু বাড়িতে নেই। এই সময় সে সাঁতার কাটতে যায়।

বেহালার নার্সিং হোমে ফোন করে ডাক্তার বন্ধুটির সঙ্গে কিছুক্ষণ কথা বললেন কাকাবাবু।

ডাক্তার নরেন সেন বললেন, "ছেলেটিকে আমার কাছে পাঠিয়ে ভালই করেছ রাজা। এ তো দেখছি হুপিং কাশিতে ভুগছে। ঘুমের মধ্যেও কাশছে। ক'দিন চিকিৎসা করে সারিয়ে দেব।"

কাকাবাবু বললেন, "দেখো, যেন পালিয়ে না যায়। আমি তোমার নার্সিং হোমে যাব না, কারণ আমাকে ওরা ফলো করতে পারে। তুমি ওর যত্ন করবে, জানি!"

এর পর শুধু অপেক্ষা। চিঠিটা পাওয়ার পর ময়না দাস আর তার স্বামী কী করে, সেটা দেখতে হবে।

পরদিন সকালে তারা এল না।

রফিকুল ফোনে একটা খারাপ খবর দিলেন।

গঙ্গার ধারে ট্রেন লাইনে কনস্টেবল বিমল দুবের মৃতদেহ পাওয়া গেছে।

রফিকুল বললেন, "দেখে মনে হবে, ট্রেনে কাটা পড়েছে। কিন্তু অন্য জায়গায় খুন করে ট্রেন লাইনে ফেলে দেওয়াও হতে পারে। সেটাই বেশি সম্ভব। তবে ট্রেনের চাকায় লাশটা এমন ছিন্নভিন্ন হয়ে গেছে যে আর কিছু বোঝার উপায় নেই।"

কাকাবাবু জিজ্ঞেস করলেন, "থানা থেকে ও বাইরে গেল কী করে?"

রফিকুল বললেন, "আপনি তো দেখলেন, ওকে হাজতে আটকে রাখতে বলেছিলাম! অন্য পুলিশদের সঙ্গে চেনাশোনা, কিছু একটা ছুতো করে বেরিয়ে পড়েছিল নিশ্চয়ই।"

কাকাবাবু কয়েক মুহূর্ত থেকে থেকে একটা দীর্ঘশ্বাস ফেলে বললেন, "লোকটা বড় বেশি লোভী ছিল, ঘুষের বাকি টাকাটা আদায় করবার জন্যই বেরিয়েছিল। বেঘোরে প্রাণটা দিল। বুঝতেই পারছ, একটা খুব শক্তিশালী চক্র কাজ করছে। সেই চক্রের একটামাত্র সূত্র ওই ময়না দাস নামে মেয়েটি। তাও সে কতখানি জড়িত, আমরা এখনও জানি না। ওই ভাতের হোটেল আর ময়না দাসের ওপর নজর রাখার ব্যবস্থা করতে হবে।"

রফিকুল বললেন, "তা অবশ্যই করব। তবে মুশকিল হচ্ছে, এই কেসটায় আমি তেমন সময় দিতে পারছি না। আমাকে ব্যাঙ্ক-ডাকাতদের নিয়ে মাথা ঘামাতে হচ্ছে। কালও আবার সোনারপুরে একটা ব্যাঙ্ক-ডাকাতি হয়েছে। খবরের কাগজে খুব লেখালেখি হচ্ছে এই নিয়ে। আমি একটাকে ধরেছি, বাকি পুরো গ্যাঙটাকে জালে ফেলতে না পারলে আমার শান্তি নেই।"

কাকাবাবু বললেন, "তুমি থাকো তোমার ব্যাঙ্ক-ডাকাতদের নিয়ে। খুনি আর ডাকাতদের ধরা পুলিশের কাজ, সেসব নিয়ে মাথা ঘামাতে চাই না আমি। বাচ্চাগুলোকে কীভাবে উদ্ধার করা যায়, আমি সেই চিন্তা করছি।"

রফিকুল বললেন, "কাকাবাবু, আমাকে ভুল বুঝবেন না। বাচ্চাগুলোকে তো উদ্ধার করতেই হবে, এই ব্যাঙ্ক-ডাকাতগুলোও বড্ড জ্বালাচ্ছে। আপনাকে সব ব্যাপারে সাহায্য করতে আমি সব সময় রাজি আছি। বরুণ মজুমদার নামে একজন ইয়াং অফিসারকে আপনার কাছে পাঠাব? সে সবসময় আপনার সঙ্গে থাকতে পারবে।"

কাকাবাবু বললেন, "আপাতত তার দরকার নেই।"

ফোন রেখে তিনি খবরের কাগজ পড়তে লাগলেন।

সোনারপুরে ব্যাঙ্ক-ডাকাতির খবর প্রথম পাতাতেই বড় করে ছাপা হয়েছে। অন্য কোনও পৃষ্ঠায় তন্নতন্ন করে খুঁজেও তিনি বাচ্চাগুলির কোনও খবর দেখতে পেলেন না। সে খবর চাপা পড়ে গেছে।

বিরক্তিতে তাঁর ভুরু কুঁচকে গেল।

কতগুলো বাচ্চাছেলের জীবনের চেয়ে কি টাকার দাম বেশি?

বাচ্চাগুলোকে যদি মুম্বই পর্যন্ত পাচার করে দেয়, তা হলে আর তাদের হদিস করা মুশকিল হবে। সেখান থেকে তাদের তুলে দেওয়া হবে কোনও আরব দেশের জাহাজে।

কাকাবাবু মনে মনে ঠিক করলেন, দরকার হলে তিনি আরব দেশেও যাবেন। উটের দৌড়ের নিষ্ঠুর খেলাটাই বন্ধ করে দিতে হবে। চিঠি লিখতে হবে

রাষ্ট্রসঙ্ঘে।

এক সময় তাঁর চোখ বুজে এল। তন্দ্রার মধ্যে তিনি দেখতে পেলেন, মরুভূমির মধ্যে উটের দৌড় চলছে, প্রত্যেকটা উটের ওপর এক-একটা বাচ্চা ছেলে, তারা প্রাণের ভয়ে চিৎকার করছে। একটা বাচ্চা উটের পিঠ থেকে ছিটকে পড়ে গেল, মাটিতে পড়ার আগেই কাকাবাবু তাকে লুফে নিলেন। তাকে আদর করতে করতে তিনি বলতে লাগলেন, ভয় নেই, আর ভয় নেই। তাঁর মুখে বাংলা কথা শুনে বাচ্চাটি কান্না থামিয়ে অবাক হয়ে চেয়ে রইল।

বিকেলবেলা সিঁড়ি দিয়ে দুপদাপ করে শব্দ করে ঘরে এসে ঢুকল দেবলীনা।

ঢুকেই জিজ্ঞেস করল, "সন্তু কোথায়?"

কাকাবাবু বললেন, "সন্তু আজ কলেজে গেছে।"

দেবলীনা বলল, "পৌনে পাঁচটা বাজল, এখনও ফেরেনি কেন? নিশ্চয়ই বন্ধুদের সঙ্গে আড্ডা দিচ্ছে।"

কাকাবাবু বললেন, "সেটা খারাপ কিছু নয়। কলেজে পড়বে আর বন্ধুদের সঙ্গে আড্ডা দেবে না, তা কি হয়? তুমিও যখন কলেজে যাবে—"

দেবলীনা বলল, "আমি মোটেই কলেজে পড়ব না। আমি ডাক্তারি পড়ব!"

কাকাবাবু হেসে বললেন, "সেটাও তো কলেজ। ডাক্তারির ছাত্র-ছাত্রীরা বুঝি আড্ডা দেয় না?"

একটা চেয়ার টেনে কাকাবাবুর ঠিক সামনে মুখোমুখি বসে দেবলীনা জিজ্ঞেস করল, "তারপর কী হল?"

কাকাবাবু ওর মুখের দিকে চেয়ে বললেন, "তোমার চোখদুটো ছলছল করছে কেন? জ্বর হয়েছে নাকি?"

দেবলীনা এক হাত নেড়ে বলল, "ও কিছু না!"

কাকাবাবু ঝুঁকে ওর কপালে হাত দিয়ে বললেন, "হ্যাঁ, বেশ জ্বর দেখছি! কখন থেকে হল?"

"খবরদার! কাউকে কিছু বলতে পারবে না।"

"কী বলব না?"

"এই জ্বরের কথা। আমার বাবাকে বলবে না, প্রতিজ্ঞা করো!"

"এরকম প্রতিজ্ঞা করতে হবে কেন?"

"আজ সন্ধেবেলাই বাবাকে প্লেন ধরে ব্যাঙ্গালোর যেতে হবে। অফিসের কাজে। আমার জ্বর শুনলে যেতে চাইবেন না, তাতে কাজ নষ্ট হবে। জ্বর তো মানুষের হয়ই, আবার সেরে যায়। সামান্য জ্বরের জন্য বাবার কাজ নষ্ট করতে হবে কেন?"

"তা ঠিক। জ্বরের জন্য বেশি ব্যস্ত হওয়া ঠিক নয়। তবে জ্বর বাড়লে ওষুধ খেতে হবে। আমি ওষুধ দিয়ে দেব। বাড়িতে তোমার পিসিমা আছেন?"

"হ্যাঁ আছেন। পিসিমার সঙ্গে আজ আমার খুব ঝগড়া হয়েছে।"

"কার সঙ্গে তোমার ঝগড়া হয় না? শুধু আমার সঙ্গেই বাকি আছে।"

"তারপর কী হল বলো!"

"তারপর মানে, কার পর?"

"সেই যে সেদিন তোমরা বারাসত চলে গেলে, আমাকে সঙ্গে নিলে না। সেখানে কী হল?"

"তুমি পাবদা মাছ খাও?"

"কাকাবাবু, কী আজেবাজে কথা বলছ? পাবদা মাছ আমি দু'চক্ষে দেখতে পারি না। চিংড়ি ছাড়া আমি কোনও মাছই খাই না। কিন্তু হঠাৎ মাছের কথা এল কেন?"

দেবলীনার রাগমাখানো মুখটা দেখে কাকাবাবু জোরে হেসে উঠলেন। তারপর বললেন, "বাঃ, তুমিই তো জানতে চাইলে। বারাসতের ভাতের হোটেলে গিয়ে আমি পাবদা মাছের ঝোল দিয়ে ভাত খেলাম। সন্তু খেল মাংস-ভাত। বেশ ভাল রান্না করে।"

দেবলীনা নাক কুঁচকে বলল, "ওসব হোটেলগুলো খুব নোংরা হয়। তারপর? তারপর?"

কাকাবাবু বললেন, "তারপর আমরা ফিরে এলাম।"

"তার মানে?"

"খাওয়াদাওয়া সেরে আমরা ফিরে এলাম।"

"আর কোনও খোঁজখবর পেলে না?"

"নাঃ! হোটেলে আর কী খোঁজ পাওয়া যাবে?"

"কাকাবাবু, তুমি খুব বাজে ডিটেকটিভ!"

"তা তো বটেই! ডিটেকটিভগিরি আমার দ্বারা হবেই না। আমি আধখানা পায়ের ছাপ দেখে বলতে পারব না, খুনি বেঁটে না লম্বা। পোড়া দেশলাইকাঠি দেখে বলতে পারব না, ডাকাতটার দাড়ি আছে কি না!"

"আমাকে সঙ্গে নিলে আমি ঠিক বুঝে যেতাম, বাচ্চাগুলোকে কোথায় লুকিয়ে রেখেছে। বিচ্ছিরি পাবদা মাছও খেতে হত না।"

"এর পরের বার তোমাকে সঙ্গে নিতেই হবে।"

এই সময় সন্তু এসে উঁকি মারল দরজার কাছে।

কাকাবাবু বললেন, "এই তো সন্তু এসে গেছে। তোমরা ওপরে গিয়ে গল্প করো। আমাকে কয়েকটা চিঠি লিখতে হবে। তবে আজ বেশি দেরি কোরো না, দেবলীনা, তাড়াতাড়ি বাড়ি চলে যেয়ো। সন্তু, তুই বরং আজ ওকে বাড়ি পৌঁছে দিয়ে আসিস।"

দেবলীনা ঝাঁঝিয়ে উঠে বলল, "কেন, আমাকে পৌঁছে দিতে হবে কেন? আমি কি কচি খুকি নাকি?"

কাকাবাবু বললেন, "ঠিক আছে। পৌঁছে না দিলেও সন্তু তোমাকে বাসে তুলে

দেবে!"

দেবলীনা বলল, "না, আমাকে বাসেও তুলে দিতে হবে না। আমি একলা এসেছি, একলাই যেতে পারি।"

ওরা ওপরে চলে যাওয়ার পর কাকাবাবু চিঠি লেখায় মন দিলেন।

ঘণ্টাখানেক পরে দু'জন অতিথি এলেন তাঁর সঙ্গে দেখা করতে। রঘু তাঁদের পৌঁছে দিয়ে গেল ওপরে।

এঁদের মধ্যে একজন তুরস্কের রাষ্ট্রদূত আল ফারুকি, অন্যজন তাঁর দেহরক্ষী। আল ফারুকি দিল্লি থেকে কখনও কলকাতায় এলেই কাকাবাবুর সঙ্গে দেখা করেন। তিনদিন আগে জানিয়েছিলেন তাঁর আসবার কথা।

আল ফারুকি দীর্ঘকায়, সুদর্শন পুরুষ। খুব পণ্ডিত লোক, গ্রিক ও সংস্কৃত ভাষা জানেন। আলেকজান্ডারের ভারত আক্রমণ বিষয়ে কিছু নতুন তথ্য আবিষ্কার করেছেন, তাই নিয়ে আলোচনা করতে এসেছেন কাকাবাবুর সঙ্গে।

কিছুক্ষণ সে বিষয়ে কথা হওয়ার পর কাকাবাবু হঠাৎ বলে উঠলেন, "আচ্ছা, আল ফারুকিসাহেব, আপনাদের ওদিকে উটের পিঠে বাচ্চা ছেলেদের বসিয়ে দৌড় করাবার যে নিষ্ঠুর খেলা আছে, সেটা বন্ধ করতে পারেন না?"

একটুক্ষণ গম্ভীর হয়ে থেকে আল ফারুকি ধীর স্বরে বললেন, "আমাদের টার্কিতে ও খেলা হয় না। আরবের অন্য দু'-একটি দেশে এই বর্বর খেলা এখনও হয় শুনেছি।"

কাকাবাবু বললেন, "আপনাদের দেশ অনেক ব্যাপারেই খুব উন্নত আমি জানি। অন্য যে-দেশে এসব এখনও চলছে, সেখানেও বন্ধ করার জন্য আপনারা তো চাপ দিতে পারেন।"

আল ফারুকি বললেন, "হ্যাঁ, চেষ্টা করা উচিত।"

কাকাবাবু বললেন, "আমাদের দেশ কিংবা বাংলাদেশের মতন গরিব দেশ থেকেই তো এইসব হতভাগ্য বাচ্চাদের চালান দেওয়া হয়। তার জন্য অবশ্য আমাদের দেশের কিছু অতি পাজি ও বদমাইশ লোকই দায়ী। প্রয়োজন হলে আমি আরব দেশে যাব ভাবছি।"

আল ফারুকি বললেন, "আসুন, আমি আপনাকে যথাসাধ্য সাহায্য করব।"

তিনি চলে যাওয়ার পর নীচ থেকে খাবারের ডাক এল।

কাকাবাবু দরজার কাছে যেতেই বেজে উঠল ফোন।

ফিরে এসে ফোন ধরতেই শুনতে পেলেন, একজন কেউ কর্কশ গলায় বলল, "রাজা রায়চৌধুরী? দেবলীনা নামের মেয়েটি আমাদের কাছে আছে। তুমি আগে কার্তিককে বারাসতে পৌঁছে দেওয়ার ব্যবস্থা করো, তারপর তাকে ফেরত পাবে। তোমাকে ঠিক চব্বিশ ঘণ্টা সময় দিলাম!"

কাকাবাবু কিছু বলার আগেই লাইন কেটে গেল।

কাকাবাবু যেন বুকে একটা আঘাত পেলেন, ফ্যাকাসে হয়ে গেল তাঁর মুখ।

তিনি বুঝতে পারলেন, তিনি সাঙ্ঘাতিক ভুল করে ফেলেছেন।

কার্তিক নামের ছেলেটিকে হঠাৎ চুরি করে আনা ঠিক হয়নি। ওরা অত্যন্ত শক্তিশালী। আঘাতটা যে এইদিক থেকে আসবে, তিনি কল্পনাও করতে পারেননি।

দেবলীনার বদলে সন্তুকে ধরে নিয়ে গেলে তিনি মোটেই চিন্তিত হতেন না।

দেবলীনাকে কখন ধরল? এ বাড়ি থেকে বেরোবার সময়? নিশ্চয়ই ওরা এ-বাড়ির ওপর নজর রেখেছে! মেয়েটা মোটেই কথা শোনে না, সন্তু যদি ওর সঙ্গে যেত, তা হলে হয়তো দেবলীনার বিপদ হত না।

আল ফারুকির সঙ্গে যখন তিনি কথা বলছিলেন, তার মধ্যে দেবলীনা কখন বেরিয়ে গেছে, তিনি খেয়ালও করেননি। মেয়েটার জ্বর, ওষুধ খায়নি। ওকে ধরে নিয়ে গিয়ে কত কষ্ট দেবে তা কে জানে!

নিজের ওপরেই এত রাগ হল কাকাবাবুর যে, ইচ্ছে হল গালে চড় মারতে!

একবার হঠাৎ মনে হল, টেলিফোনে লোকটা মিথ্যে ভয় দেখায়নি তো?

দেবলীনার বাড়িতে তিনি ফোন করলেন।

না, মিথ্যে নয়। দেবলীনা বাড়ি ফেরেনি। দেবলীনার বাবা আগেই এয়ারপোর্ট চলে গেছেন। পিসিমা এইসব খবর জানালেন।

কাকাবাবু বললেন, "আপনি চিন্তা করবেন না। দেবলীনা আমার সঙ্গেই আছে। রাত্তিরে এখানেই থাকবে। দু'-একদিন আমার কাছেই থাকবে বলেছে। পরে আপনাকে জানাব।"

ফোন রেখে কাকাবাবু একটুক্ষণ চুপ করে বসে রইলেন।

ক্রমশ তাঁর রাগ বাড়ছে। গরম নিশ্বাস বেরোচ্ছে ঘন ঘন।

এইরকম সময় তাঁর হিতাহিত জ্ঞান থাকে না। দুনিয়ার কোনও বিপদকেই গ্রাহ্য করেন না তিনি। দেবলীনাকে উদ্ধার করার জন্য তিনি এক মুহূর্তও নষ্ট করতে রাজি নন।

রিভলভারটা পকেটে নিয়ে তিনি নেমে এলেন নীচে।

অন্য সবাই খেতে বসে গেছে। কাকাবাবু মুখ বাড়িয়ে গম্ভীরভাবে বললেন, "আমি আজ খাব না। বিশেষ কাজে আমাকে বেরোতে হচ্ছে এক্ষুনি।"

সন্তু কিছু জিজ্ঞেস করার আগেই কাকাবাবু বেরিয়ে গেলেন।

॥ ৬ ॥

ট্যাক্সি থেকে নেমে কাকাবাবু দেখলেন, ভাতের হোটেলটি বন্ধ হয়ে গেছে। দরজা বন্ধ।

রাস্তা পেরিয়ে এসে তিনি দরজাটা ঠেলতেই সেটা খুলে গেল।

ভেতরে একটামাত্র আলো জ্বলছে টিমটিম করে। হোটেলেরই দু'-তিনজন কর্মচারী বসে খাচ্ছে আর গল্প করছে নিজেদের মধ্যে।

কাকাবাবুকে ঢুকতে দেখে একজন বলে উঠল, "এখন কিছু পাওয়া যাবে না। বন্ধ হয়ে গেছে, বন্ধ হয়ে গেছে!"

কাকাবাবু তবু ক্রাচ খটখটিয়ে এগিয়ে এসে গম্ভীরভাবে সেই লোকটিকে বললেন, "আমার নাম রাজা রায়চৌধুরী, আমি ময়নার সঙ্গে দেখা করতে এসেছি!"

লোকটি খাওয়া থামিয়ে কয়েক মুহূর্ত অবাক ভাবে কাকাবাবুর দিকে চেয়ে রইল। তারপর জিজ্ঞেস করল, "কী নাম বললেন আপনার?"

কাকাবাবু আবার বেশ জোরে নিজের নাম উচ্চারণ করলেন।

লোকটি পেছন ফিরে কাউকে ডেকে বলল, "অনন্ত, অনন্ত, কে এসেছে দ্যাখো, বড় মালিককে খবর দাও!"

সেদিকের দরজা খুলে একজন লোক বেরিয়ে এল।

কাকাবাবু তাকে চিনতে পারলেন। আগের দিন এই লোকটি লোহার ডাণ্ডা দিয়ে পাড়ার বখাটে ছেলেদের পিটিয়েছিল। আজও তার হাতে একটা ডাণ্ডা আছে।

কাছে এসে সে বলল, "আসুন আমার সঙ্গে।"

পেছনদিকে একটা সিঁড়ি উঠে গেছে দোতলায়।

সেখানে এসে লোকটি কাকাবাবুকে ওপরে ওঠার ইঙ্গিত করতেই তিনি বললেন, "তুমি আগে আগে-ওঠো।"

লোকটি ভুরু কুঁচকে একবার তাকাল, কিন্তু আপত্তি করল না।

ওপরে একটি অফিসঘর। সাধারণ একটা ভাতের হোটেলের এমন সাজানো-গোছানো অফিসঘর আশা করা যায় না। খুব দামি সোফা আর চেয়ার-টেবিল। দু'জন লোক সেখানে বসে আছে পাশাপাশি, একজন পাজামা-পাঞ্জাবি পরা, আর একজনের নিখুঁত সুট-টাই, থুতনিতে ফ্রেঞ্চকাট দাড়ি, দু' হাতের আঙুলে অনেক আংটি। দু'জনেই মাঝবয়েসি।

আংটি-পরা লোকটি কাকাবাবুর আপাদমস্তক চোখ বুলিয়ে বলল, "আপনিই রাজা রায়চৌধুরী? নমস্কার। আমিই আপনাকে ফোন করেছিলাম। আমি চব্বিশ ঘণ্টা সময় দিয়েছিলাম, আপনি বেশ তাড়াতাড়ি এসে পড়েছেন তো! বসুন!"

কাকাবাবু ওদের মুখোমুখি বসে বললেন, "হ্যাঁ, দেরি করে লাভ কী? আপনি আমার নাম জানেন, আপনার নাম কী?"

লোকটি বলল, "আমার নাম জানার দরকার কী? কাজের কথা শুরু হোক। আপনি একা এসেছেন কেন? কার্তিক কোথায়?"

কাকাবাবু বললেন, "সে ভাল জায়গাতেই আছে। কিন্তু আমার কথা আপনারা যদি মেনে না চলেন, তা হলে তাকে কিছুতেই খুঁজে বার করতে পারবেন না।"

লোকটি ঠোঁট বেঁকিয়ে হেসে বলল, "আমরা কী পারি আর না পারি, সে সম্পর্কে আপনার কোনও ধারণাই নেই।"

হঠাৎ দরজা ঠেলে ঢুকে পড়ল ময়না।

কাকাবাবুর ওপর ঝাঁপিয়ে পড়ে কিল চড় মারতে-মারতে বলল, "হারামজাদা। শয়তান! কার্তিককে কেন আনিসনি! আমার কার্তিকের গায়ে যদি একটা আঁচড় লাগে, তোকে গলা টিপে মেরে ফেলব! কোথায় কার্তিক? বল, বল!"

সে কাকাবাবুকে মারছে আর কাঁদছে।

কাকাবাবু একটুও বাধা দিলেন না।

ওই দু'জন লোক ময়নাকে জোর করে সরিয়ে নিল। ক্রুদ্ধ বাঘিনীর মতন ফুঁসতে লাগল সে।

কাকাবাবু তার চোখের দিকে তাকিয়ে শান্ত গলায় বললেন, "তোমার ছেলেকে কেউ ধরে নিয়ে গেছে, তাই তোমার এত কষ্ট হচ্ছে। সব মায়েরই হয়। বাংলাদেশ থেকে যে বাচ্চাদের চুরি করে এনেছ, তাদের মায়েদের কি একই অবস্থা হয়নি? তুমি নিজে মা হয়ে তাদের কষ্ট বোঝো না?"

ময়না খানিকটা হকচকিয়ে গিয়ে বলল, "কে ছেলে চুরি করে এনেছে? বাজে কথা। মিথ্যে কথা। আমি তো কিছুই জানি না।"

কাকাবাবু বললেন, "তুমি এদের চেনো? এদের জিজ্ঞেস করে দ্যাখো। তুমি এখানে একা কাঁদছ, ওখানে দশ-বারোজন মা কাঁদছে। এদের বলো সবক'টা বাচ্চাকে ফেরত দিতে, না হলে কিন্তু তোমার কার্তিককে আর কোনওদিনই তুমি দেখতে পাবে না।"

ময়না আবার ডুকরে কেঁদে উঠে বলল, "আমার কার্তিককে এক্ষুনি ফেরত দাও, তার শরীর ভাল না, কাশির অসুখ।"

আংটি-পরা লোকটি ধমক দিয়ে বলল, "এই ময়না, চুপ কর! অনন্ত, একে বাইরে নিয়ে যাও!"

ডাণ্ডা-হাতে লোকটি বাইরেই অপেক্ষা করছিল, সে এসে ময়নাকে টানতে-টানতে নিয়ে গেল জোর করে। ময়না তখনও ছটফটিয়ে কাঁদছে।

আংটি-পরা লোকটি এবারে একটা সিগারেট ধরিয়ে চিবিয়ে-চিবিয়ে বলল, "রাজা রায়চৌধুরী, আমি আগে আপনার সম্পর্কে কিছুই জানতাম না। আজ অনেক খোঁজখবর নিয়েছি। আপনি তো পুলিশের লোক নন? আপনি আমাদের ব্যাপারে মাথা গলাতে এসেছেন কেন? এসব লাইন তো আপনার নয়। আপনার তো পাহাড়-জঙ্গলে গিয়ে ভূত তাড়া করার কথা।"

কাকাবাবু বললেন, "আমি পুলিশের লোক নই, কিন্তু আমি মানুষ। তোমাদের মতন অমানুষ নই। বাচ্চা ছেলেমেয়েরা কষ্ট পাচ্ছে শুনলে আমার কষ্ট হয়। শুধু কষ্ট নয়, মাথা গরম হয়ে ওঠে।"

আংটি-পরা লোকটি বলল, "উঁহুঁ, মাথা গরম করা মোটেই ভাল নয়। মাথা গরম করেই তুমি হুট করে এখানে চলে এসেছ! কাজটা মোটেই ভাল করোনি। এখান থেকে কী করে ফিরে যাবে, সে চিন্তা করোনি!"

পাশের লোকটি এবারে বলে উঠল, "আরে ওস্তাদ, এর সঙ্গে তুমি এত ধানাই-পানাই করছ কেন? সাফ-সাফ কথা বলে দাও। ময়নার ছেলেটাকে ফেরত না দিলে ওর ওই মেয়েটার একটা হাত কেটে ফেলা হবে!"

কাকাবাবু বললেন, "দেবলীনার বিন্দুমাত্র ক্ষতি করলে ময়নার ছেলেকে কোনওদিনই ফেরত পাবে না। আমি যা বলছি আগে শোনো, তা হলে সব গণ্ডগোল মিটে যাবে।"

সে লোকটি উঠে এসে কাকাবাবুর গলায় হাত দিয়ে বলল, "চোপ! তুই আবার কী বলবি রে? আমরা যা বলব তা তোকে শুনতে হবে।"

কাকাবাবু ধমকের সুরে বললেন, "গলা থেকে হাত সরাও! আমার গায়ে কারও হাত ছোঁয়ানো আমি পছন্দ করি না।"

লোকটি এবারে আরও জ্বলে উঠে বলল, "চোপ, হারামজাদা, ল্যাংড়া! যদি এক্ষুনি তোর গলা টিপে মেরে রেললাইনে ফেলে দিয়ে আসি, তুই কী করবি?"

কাকাবাবু বললেন, "কাউকে মেরে রেললাইনে ফেলে দিয়ে আসাই তোমাদের কায়দা?"

সে লোকটি আরও কিছু বলার আগে আংটি-পরা লোকটি হাত তুলে বলল, "দাঁড়া দাঁড়া, ডাবু, যা বলার আমি বলছি!"

ডাবু বলল, "ওস্তাদ, এ-ল্যাংড়াটা আমারই ঘরে বসে আমাকে ধমকাবে, তা আমি সহ্য করব?"

ওস্তাদ বলল, "এরা লেখাপড়া জানা ভদ্দরলোক তো, প্রথম-প্রথম এরকম চোটপাট করে। দু'-চারটে পুলিশের সঙ্গে চেনাশোনা আছে বলে মনে করে, ওদের সবাই ভয় পাবে। পেটে দু'-চারটে কোঁৎকা মারলেই দেখবি, হাউমাউ করে কেঁদে ফেলবে। পা জড়িয়ে ধরবে। ওসব ভদ্দরলোক আমার ঢের দেখা আছে।"

কাকাবাবুর ঠোঁটে বিদ্রূপের হাসি ফুটে উঠল।

ওস্তাদ বলল, "ঠিক আছে, রায়চৌধুরীবাবু, তুমি কী বলতে চাও, আগে শুনি। তারপর আমাদের কাজ শুরু হবে।"

কাকাবাবু বললেন, "আমার একটাই শর্ত আছে। তোমরা দেবলীনা দত্ত নামে মেয়েটিকে ছেড়ে দেবে, যে বাচ্চা ছেলেগুলোকে চুরি করে এনেছ, তাদেরও ছেড়ে দেবে আমার সামনে, তারপরই ময়নার ছেলেকে ফেরত পাবে।"

ওস্তাদ ভুরু তুলে অবাক হওয়ার ভান করে বলল, "আমরা ছেলে চুরি করি, তোমায় কে বলল? না, না, ওসব আমাদের কাজ নয়। আমরা জিনিস সাপ্লাই করি। বর্ডারের ওপার থেকে যেসব জিনিস পাঠায়, তা আমরা এক-এক জায়গায় পৌঁছে দিই। কখন কী জিনিস পাঠাচ্ছে, তা নিয়ে আমরা মাথা ঘামাই না।"

কাকাবাবু বললেন, "তোমরা আর কী-কী চোরাই জিনিস সাপ্লাই করো, তা নিয়ে আমিও মাথা ঘামাতে চাই না। সেসব আটকানো পুলিশের কাজ। কিন্তু বাচ্চা শিশুদের বিদেশে চালান করা আমি সহ্য করব না কিছুতেই। বারোটি

দুধের বাচ্চাকে তোমরা আটকে রেখেছ, আমি জানি!"

ওস্তাদ হো-হো করে হেসে উঠে বলল, "তুমি সহ্য করতে পারবে কি না, তাতে আমাদের কী আসে যায়? তুমি তো ভারী মজার কথা বলো!"

কাকাবাবু উঠে দাঁড়িয়ে বললেন, "আমার আর কিছু বলার নেই। বাচ্চাগুলোকে আর মেয়েটিকে ছেড়ে না দিলে তোমরা ময়নার ছেলেকে ফেরত পাবে না।"

ওস্তাদ বলল, "আরে, আরে, যাচ্ছ কোথায়?"

ডাবু নামের লোকটি এক লাফে উঠে এসে কাকাবাবুকে জাপটে ধরতে গেল।

কাকাবাবু এক ঝটকায় তাকে ফেলে দিলেন মাটিতে।

ডাবু লোকটি বেশ শক্তিশালী, কিন্তু কাকাবাবুর হাতে যে এতটা জোর, তা সে ভাবতেই পারেনি। মাটিতে পড়ে গিয়ে সে চেঁচিয়ে ডাকল, "অনন্ত, দিনু—"

ওস্তাদ পকেট থেকে রিভলভার বার করল। বাইরে থেকে দু'জন ছুটে এসে জড়িয়ে ধরল কাকাবাবুকে, তিনি নিজেকে ছাড়িয়ে নেওয়ার চেষ্টা করলেন, কিন্তু রিভলভার বার করলেন না, কাউকে ঘুসি-টুসিও মারলেন না। একবার ওদের হাত ছাড়িয়ে চলে এলেন দরজার কাছে, আবার ওরা চারজন মিলে চেপে ধরল, একজন একটা মিষ্টি গন্ধমাখা রুমাল ঠেসে দিল তাঁর নাকে। তাতেই তাঁর হাত-পা অবশ হয়ে গেল, তিনি অজ্ঞান হয়ে পড়ে গেলেন মাটিতে।

ওস্তাদ বলল, "ডাবু, দ্যাখ তো, লোকটার কাছে নিশ্চয়ই অস্তর আছে।"

ডাবু কাকাবাবুর কোটের পকেট চাপড়ে রিভলভারটা খুঁজে পেয়ে গেল।

ওস্তাদ বলল, "এটা বার করার সময় পায়নি। আমারটা দেখেছে তো, তাই বুঝে গেছে যে আর কোনও লাভ নেই।"

ডাবু জিজ্ঞেস করল, "অনন্ত, বাইরে পুলিশের গাড়ি আছে?"

অনন্ত বলল, "কাছাকাছি নেই, দেখে এসেছি।"

ওস্তাদ বলল, "গন্ধ শুঁকে-শুঁকে ঠিক আসবে। এখন হোটেলটা বন্ধ রাখতে হবে কিছুদিন। এখানে ঝামেলা বাড়িয়ে লাভ নেই। এ লোকটাকে আমাদের আসল ডেরায় নিয়ে চল। ময়নাকেও এখান থেকে সরিয়ে ফেলা দরকার। ময়না চলুক আমার সঙ্গে।"

ওদের দু'জন কাকাবাবুকে চ্যাংদোলা করে নামিয়ে নিয়ে গেল সিঁড়ি দিয়ে।

॥ ৭ ॥

ভোরবেলা ঘুম ভাঙতেই সন্তু তড়াক করে খাট থেকে নেমে সিঁড়ি দিয়ে হুড়মুড়িয়ে নেমে এল দোতলায়।

কাকাবাবুর ঘরে ঢুকে দেখল, বিছানার চাদরে একটুও ভাঁজ পড়েনি। দেখলেই বোঝা যায়, রাত্তিরে ফেরেননি কাকাবাবু।

সন্তু ঘরের মধ্যে দাঁড়িয়ে রইল।

এরকম তো হয় না। কাকাবাবু কাল ব্যস্তভাবে বেরিয়ে গেলেন, সন্তুকে কিছুই বললেন না। না খেয়েদেয়ে কোথায় চলে গেলেন অত রাত্রে?

সে টেবিলটা খুঁজে দেখল, যদি তার প্রতি কোনও নির্দেশ লিখে রাখা থাকে। তাও নেই।

আর দু'দিন বাদেই কাকাবাবুর সঙ্গে তার ইজিপ্ট যাওয়ার কথা। মনে হচ্ছে, তা আর যাওয়া হবে না। বাচ্চা ছেলেগুলোকে উদ্ধারের চিন্তায় কাকাবাবু এখন অন্য সবকিছু ভুলে গেছেন। কাল তিনি সন্তুকে সঙ্গে নিলেন না কেন?

অবশ্য সন্তুর এখন কলেজ খোলা। তাই তিনি সন্তুকে এই ব্যাপারটায় জড়াতে চাইছেন না। ইজিপ্টে গেলে এমনিতেই চার-পাঁচদিন ক্লাস নষ্ট হত।

এর পর মুখটুখ ধুয়ে সন্তু পড়তে বসল।

কিছুতেই মন বসছে না। সিঁড়িতে একটু আওয়াজ হলেই সে উঁকি দিয়ে দেখে আসছে, কাকাবাবু ফিরলেন কি না। প্রত্যেকবারই নিরাশ হতে হচ্ছে।

কাকাবাবু যে রাত্তিরে ফেরেননি, এটা আলমদাকে জানানো উচিত কিনা সে বুঝতে পারছে না। কাকাবাবু যদি রাগ করেন? যখন-তখন পুলিশের সাহায্য নেওয়া তিনি পছন্দ করেন না।

রঘু ওপরে জলখাবার দিতে এসে জানাল, "এর মধ্যে দু'জন লোক কাকাবাবুর সঙ্গে দেখা করতে এসে ফিরে গেছে। টেলিফোনেও খোঁজ করছে কয়েকজন, তাদের কী বলব? শুধু বলছি, বাড়ি নেই।"

সন্তু বলল, "তা ছাড়া আর কী বলবে? বাড়িতে নেই, এটাই তো সত্যি কথা!"

রঘু বলল, "একজন খুব নাছোড়বান্দা। দু'বার ফোন করেছে। সে বলল, কাল রাত্তিরেও ফোনে পাইনি, আজ সকালেও নেই, উনি কি বাইরে গেছেন? আমি বলে ফেলেছি, তা জানি না, রাত্তিরে ফেরেননি, কবে ফিরবেন জানি না।"

সন্তু বলল, "অত কথা বলার দরকার কী? শুধু বলবে, কখন ফিরবেন জানি না।"

কে কে ফোন করেছিল, তা জানার খুব কৌতূহল হল সন্তুর, কিন্তু রঘু নাম জিজ্ঞেস করে না।

পড়বার সময় সন্তু নিজে ফোন ধরতে যাবে না, এটা বাবার হুকুম। কর্ডলেস ফোনটাও কাছে রাখতে পারবে না।

কলেজ যাওয়ার সময় হয়ে এল, তবু কাকাবাবুর পাত্তা নেই।

সন্তু স্নানটান করে তৈরি হয়ে নিল। তারপর নীচে এসে ঝট করে টেলিফোনে রফিকুল আলমকে ধরার চেষ্টা করল।

তাঁর বাড়ি থেকে জানানো হল, রফিকুল আলম কাল রাত্তির থেকে বাড়িতে নেই, কখন ফিরবেন ঠিক নেই।

দু'জনেই রাত্তিরে ফেরেননি, তা হলে কি দু'জনেই একসঙ্গে কোথাও গেছেন? নিশ্চয়ই তাই।

রফিকুল আলমের মোবাইল ফোনে কোনও সাড়াশব্দ নেই। ফোনটা বন্ধ আছে? কিংবা কলকাতা থেকে অনেক দূরে চলে গেলে ওই ফোন কাজ করে না।

দু'জনেই কলকাতার বাইরে, তা হলে কি মুম্বই চলে গেলেন নাকি?

বাসে চেপে কলেজের সামনে এসেও নামতে পারল না সন্তু। এখন শান্তভাবে ক্লাস করা তার পক্ষে অসম্ভব। মনের মধ্যে সবসময় প্রশ্নটা ঘুরছে, কোথায় গেলেন কাকাবাবু?

বাস বদল করে সে চলে এল বারাসত হাসপাতালের সামনে। এই জায়গাটাই একমাত্র যোগসূত্র।

ভাতের হোটেলটি বন্ধ। দরজায় বাইরে থেকে তালা ঝুলছে।

একটা হাতে লেখা নোটিশে লেখা আছে যে, ভেতরে মেরামতির কাজ চলছে বলে এক সপ্তাহ হোটেল খোলা হবে না।

সন্তু একবার হেঁটে গেল হাসপাতাল পর্যন্ত। তারপর ময়নার বাড়ির চারপাশে দু'বার ঘুরল। সে বাড়িতে কোনও জনপ্রাণী আছে বলে মনে হয় না।

হতাশ হয়ে সন্তু বাসস্টপে এসে দাঁড়াল। আর তো কোনও সূত্র নেই।

বাস আসতে দেরি করছে। হঠাৎ সন্তু লক্ষ করল, খানিকটা দূরে একটি লোক যেন তার দিকেই তাকিয়ে আছে। চোখে চোখ পড়তেই সে চোখ ফিরিয়ে নিল। সিগারেট ধরাল মুখ নিচু করে।

সন্তুর মনে হল, একটু আগেও এই লোকটি তার পিছু-পিছু হাঁটছিল।

একটা ছাই রঙের শার্ট আর একই রঙের প্যান্ট পরা, বেশি লম্বাও না, বেঁটেও না, মাথায় অল্প টাক। লোকটির বয়েস চল্লিশের কাছাকাছি।

লোকটি তাকে অনুসরণ করছে নাকি?

বাস আসার পর সন্তু উঠেই ঘাড় ঘুরিয়ে দেখে নিল, অন্য দরজা দিয়ে উঠেছে সেই ছাইরঙা পোশাক পরা লোকটি। অবশ্য কাকতালীয় হতে পারে।

এসপ্লানেডে এসে সন্তু তক্ষুনি অন্য বাসে না উঠে একটা আইসক্রিম কিনে খেতে লাগল ধীরেসুস্থে। সেই লোকটিও এখানে নেমেছে, খানিক দূরে দাঁড়িয়ে সিগারেট টানছে।

এর পরের বাসেও সন্তুর সঙ্গে-সঙ্গে উঠে পড়ল সে।

এবারে সন্তু নেমে পড়ল কলেজের সামনে।

এই সময়টায় একটা পিরিয়ড অফ থাকে, সবাই টিফিন খায়। সন্তু দোতলায় উঠে এসে বারান্দা থেকে উঁকি মেরে দেখল, সেই লোকটি কলেজের গেটের উলটো দিকে, পার্কের রেলিঙে হেলান দিয়ে দাঁড়িয়ে আছে।

কলেজের পেছনদিকের মাঠ দিয়ে বেরিয়ে যাওয়ার একটা গেট আছে। সন্তু এখন ইচ্ছে করলেই লোকটাকে ওখানে দাঁড় করিয়ে রেখে কেটে পড়তে পারে। কিন্তু লোকটা কেন তাকে অনুসরণ করছে, তা জানা দরকার।

জোজোকে পাওয়া গেল কলেজ ক্যান্টিনে।

সে কয়েকজন সহপাঠীর সঙ্গে জমিয়ে গল্প করছে। বাবার সঙ্গে সে গত বছর গিয়েছিল দক্ষিণ আমেরিকার গালাপাগোস দ্বীপে, সেখানে সব অদ্ভুত-অদ্ভুত জন্তু জানোয়ার আছে, সেখানে সে এমন এক ধরনের কচ্ছপ আবিষ্কার করেছে, যার সন্ধান ডারউইন সাহেবও পাননি। সেই কচ্ছপের পিঠের খোলায় নানারকম আকিবুঁকি কাটা, ভাল করে ম্যাগনিফাইং গ্লাস দিয়ে দেখলে বোঝা যায়, সেগুলো আসলে সাঙ্কেতিক ভাষায় লেখা গুপ্তধনের হদিস। বহুকাল আগেকার জলদস্যুরা লিখে রেখে গেছে। জোজোর বাবা সেই সাঙ্কেতিক ভাষার মানে উদ্ধার করছেন—

একটুক্ষণ পাশে দাঁড়িয়ে সন্তু বুঝল, জোজোর গল্প সহজে শেষ হবে না, ঘণ্টা না বাজলে সে উঠবেও না।

একমাত্র উপায় জোজোর সঙ্গে কথা না বলা।

সে জোজোর সামনে দিয়ে হেঁটে গেল অন্যদিকে মুখ ফিরিয়ে। দরজার কাছে পৌঁছতেই জোজো ডেকে উঠল, "এই সন্তু, সন্তু—"

সন্তুর ভাল নাম সুনন্দ, কিন্তু তার ডাকনাম কলেজে সবাই জেনে গেছে। সে জোজোর ডাক শুনেও সাড়া না দিয়ে বেরিয়ে গেল।

এবারে গল্প থামিয়ে ছুটে এল জোজো।

সন্তুর হাত ধরে সে বলল, "কীরে, তুই আমার ওপর রাগ করেছিস নাকি? কী ব্যাপার? এত দেরি করে এলি?"

সন্তু জিজ্ঞেস করল, "তুই যে গল্পটা শুরু করেছিস, সেটা পরে অন্যদিন শেষ করলে চলবে?"

জোজো বলল, "হ্যাঁ, চলবে। গল্প নয়, সত্যি ঘটনা, তবে অনেক লম্বা।"

সন্তু আবার জিজ্ঞেস করল, "এর পরের ক্লাসগুলো কাট মারতে পারবি?"

জোজো বলল, "নিশ্চয়ই পারব। পরীক্ষায় আমি তো ফার্স্ট হবই, যতটা পড়েছি তাই যথেষ্ট। তুইও কাট মারবি তো?"

সন্তু বলল, "আমাকে একটা লোক ফলো করছে। তাকে জব্দ করতে হবে।"

জোজো বলল, "ফলো করছে? ভেরি ইন্টারেস্টিং।"

সন্তু বলল, "আমি আগে একা বেরোব। লোকটা যদি আমায় ফলো করে, তুইও পেছন থেকে ওকে ফলো করবি। তুই আমার কাছে আসবি না, ও লোকটা থাকবে মাঝখানে, তোকে যেন দেখতে না পায়—"

বারান্দায় এসে দেখা গেল, লোকটি এখনও একই জায়গায় দাঁড়িয়ে সিগারেট টানছে।

জোজো বলল, "ওই টাক-মাথা লোকটা! ওকে তো একটা ল্যাং মারলেই কাত হয়ে যাবে!"

সন্তু বলল, "না, না, ওসব করিস না। আগে দেখতে হবে, ও ফলো করছে কেন!"

সন্তু কলেজ থেকে বেরিয়ে হাঁটতে লাগল আস্তে-আস্তে। পেছন ফিরে তাকাল না একবারও।

কাছাকাছি বাসস্টপে এসেও বাসে না উঠে সে এগিয়ে গেল অনেকখানি। তারপর একটা ট্রামে উঠল। আড়চোখে দেখে নিল, সেই লোকটি আর জোজো উঠেছে সেকেন্ড ক্লাসে।

আবার ট্রাম বদল করে, সন্তু নেমে পড়ল ময়দানে বিড়লা প্ল্যানেটোরিয়ামের কাছে। হাঁটতে-হাঁটতে চলে এল ভিক্টোরিয়া মেমোরিয়াল পর্যন্ত। এখন দুপুর, অনেকে ভেতরে দেখতে যায়, সন্তু গেটের কাছে গিয়েও ভেতরে ঢুকল না।

উলটোদিকে গিয়ে হাঁটতে লাগল মাঠের মধ্যে। রোদ্দুর গনগন করছে, মাঠে আর একটাও লোক নেই। একপাল ভেড়া ঘাস খাচ্ছে।

ভেড়াগুলোকে পেরিয়ে গিয়ে সন্তু হঠাৎ থমকে দাঁড়িয়েই পেছন ফিরল।

লোকটিও দাঁড়িয়ে পড়েছে, খানিকটা দূরে দেখা যাচ্ছে জোজোকে।

সন্তু এবার ওর দিকে এগিয়ে যেতেই সে পেছন ফিরে দৌড়ল। আর জোজোও দু'হাত ছড়িয়ে ধরতে এল তাকে।

লোকটি বিভ্রান্তের মতন একবার সামনে আর একবার পেছনে তাকিয়ে দেখে নিল জোজো আর সন্তুকে। তারপর দৌড়ল ডানদিকে।

কিন্তু সন্তুদের সঙ্গে পারবে কেন? ওরা দু'জনে লোকটাকে প্রায় ঘিরে ফেলেছে। তবু ফাঁদে পড়া ইঁদুরের মতন এদিক-ওদিক ছোটাছুটি করতে লাগল, ওরা দু'জন শেষপর্যন্ত জাপটে ধরল তাকে।

লোকটি কোনওক্রমে নিজেকে ছাড়িয়ে নিয়ে ফস করে একটা রিভলভার বার করে বলল, "খবরদার, আমার গায়ে হাত দেবে না। আমি যা বলতে চাই, আগে শোনো।"

সন্তু লোকটির চোখে চোখ রেখে বলল, "ওটা তো মনে হচ্ছে খেলনা রিভলভার। মাঝখানটা ফাটা। ও দিয়ে গুলি বেরবে না!"

লোকটি বলল, "অ্যাঁ? ফাটা?"

লোকটি যেই রিভলভারটা ঘুরিয়ে ফিরিয়ে দেখতে গেল, সন্তু অমনই এক লাফে ঝাঁফিয়ে পড়ল ওর ওপরে। জোজোও ওর পা ধরে একটা টান দিল। এবারে লোকটি একেবারে চিতপটাং!

সেই অবস্থাতেই সে তাড়াতাড়ি বলে উঠল, "আমাকে মেরো না, মেরো না। আমি কোনও ক্ষতি করতে আসিনি!"

জোজো রিভলভারটা তুলে নিয়ে বলল, "এটা তো সত্যিই খেলনা রে!"

সন্তু মাটিতে বসে পড়ে বলল, "এবারে বলুন, কী ব্যাপার? আমাকে ফলো করছিলেন কেন?"

লোকটি আপন মনে বলল, "এখন বুঝছি ভুলই করেছি।"

সন্তু বলল, "কী ভুল করেছেন?"

লোকটি বলল, "এভাবে তোমাকে ফলো করা আমার উচিত হয়নি। কী যে করব, বুঝতে পারছিলাম না।"

জোজো বলল, "আমরাও তো কিছু বুঝতে পারছি না।"

লোকটি বলল, "মিস্টার রাজা রায়চৌধুরীর সঙ্গে আমার দেখা করার বিশেষ দরকার। কাল রাত্রে ফোন করে জানলাম, তিনি বাড়ি নেই। আজ সকালে ফোন করে শুনি, তিনি বাড়িই ফেরেননি রাতে। অথচ আমার খুব জরুরি কথা আছে। তাই ভাবলাম, তোমাকে ফলো করি, তুমি নিশ্চিত জানবে, তোমার কাকাবাবু কোথায় আছেন।"

সন্তু বলল, "এতক্ষণ ধরে আমাকে ফলো না করে, আমাকে ডেকে জিজ্ঞেস করলেই হত!"

লোকটি বলল, "তা ঠিক, কিন্তু আবার ভাবছিলাম, তুমিও যদি আমার কথায় বিশ্বাস না করো। যদি কাকাবাবুর সঙ্গে দেখা করতে না দাও!"

জোজো বলল, "কাকাবাবুর সঙ্গে আপনার কীসের জন্য এত জরুরি দরকার? আমাদের বলতে পারেন। তার আগে বলুন, আপনি কে?"

লোকটি বলল, "আমার নাম আবু হোসেন, ডাকনাম মামুন। তোমরা আমাকে মামুন বলতে পারো। আমি একজন প্রাইভেট ডিটেকটিভ! বাংলাদেশ থেকে আসছি।"

জোজো ভুরু তুলে বলল, "প্রাইভেট ডিটেকটিভ? আমি এর আগে কোনও প্রাইভেট ডিটেকটিভকে স্বচক্ষে দেখিনি। গল্পের বইতেই পড়েছি।"

মামুন বলল, "ঢাকা শহরে অনেকেই আমাকে চেনে। আমি অনেক বড় মার্ডার কেস, ডাকাতির কেস ধরে ফেলেছি। শোনো ভাই, তোমরা দু'জনে কিন্তু এত সহজে আমাকে কাবু করতে পারবে না। আমি অনেক তাগড়া জোয়ানকেও ক্যারাটের প্যাঁচ দিয়ে কুপোকাত করে দিতে পারি। তোমরা তো বয়েসে ছোট, আমার শত্রুও নও, তাই মন দিয়ে লড়িনি।"

সন্তু বলল, "তা বেশ করেছেন। কিন্তু আপনি একটা খেলনা পিস্তল নিয়ে ঘুরছেন কেন?"

মামুন বলল, "আমার তো আসল পিস্তল রাখার লাইসেন্স নাই। বিশেষত ইন্ডিয়ায় এসেছি, ধরা পড়লে মুশকিল। তবে এটা দেখালেই অনেক সময় কাজ হয়। কখন ফাটল ধরেছে, খেয়াল করিনি।"

জোজো জিজ্ঞেস করল, "মামুনসাহেব, কী উদ্দেশ্যে আপনার এখানে আগমন, তা তো এখনও বললেন না?"

মামুন বলল, "আমি একটা কেস হাতে নিয়ে এসেছি। তোমরা হয়তো জানো না, বাংলাদেশ থেকে অনেক শিশু চুরি হয়ে ভারতে চালান আসে। কলকাতা থেকে মুম্বই হয়ে সেই শিশুগুলিকে আবার চালান দেয় আরব দেশে।"

সন্তু আর জোজো চোখাচোখি করল।

সন্তু বলল, "হ্যাঁ, শুনেছি।"

মামুন বলল, "অতি জঘন্য অপরাধ, ঠিক কি না? এ ব্যাটাদের মেরুদণ্ড ভেঙে দেওয়া উচিত। আমি জেনেছি, বাংলাদেশে এই শিশু চুরির পাণ্ডা শেখ নিয়ামৎ, সে শিশুগুলিকে তুলে দেয় বর্ডারের এদিকে নিতাই মণ্ডলের হাতে। এইসব কাজে মুসলমান আর হিন্দুদের মধ্যে কোনও ভেদ নাই, একেবারে গলাগলি। ওদের ফলো করে আমি দেখে এসেছি শিশুগুলিকে কোথায় লুকিয়ে রেখেছে। বেশি দেরি করলে মুম্বই চালান হয়ে যাবে, তখন আর করার কিছু থাকবে না। কিন্তু আমার একার পক্ষে তো উদ্ধার করা সম্ভব না।"

জোজো বলল, "আপনি পুলিশের সাহায্য নিলেন না কেন?"

মামুন বলল, "চেষ্টা তো করেছি অনেক। লালবাজার হেড কোয়ার্টারে গেছি। প্রথমে তো কেউ দেখাই করতে চায় না। শেষ পর্যন্ত এক অফিসারকে ধরলাম, আমি প্রাইভেট ডিটেকটিভ শুনে তিনি পাত্তাই দিলেন না। বললেন, আমরা প্রাইভেট ডিটেকটিভের সঙ্গে কারবার করি না। আপনাদের গভর্নমেন্টকে চিঠি লিখতে বলুন!"

সন্তু জিজ্ঞেস করল, "বাচ্চাগুলোকে কোথায় আটকে রেখেছে, আপনি জানেন?"

মামুন বলল, "হ্যাঁ, লুকিয়ে গিয়ে দেখে এসেছি। পুলিশ আমার কথা বিশ্বাস করল না। তাই ভাবলাম, মিস্টার রাজা রায়চৌধুরী যদি সাহায্য করতে পারেন। ওঁর কথা অনেক বইতে পড়েছি। উনি একবার চিটাগাঙ-কক্সবাজার গিয়েছিলেন, তখন দূর থেকে দেখেছি, কিন্তু আলাপ করতে পারিনি!"

সন্তু আবার জিজ্ঞেস করল, "বাচ্চাদের কোথায় লুকিয়ে রেখেছে?"

মামুন বলল, "সুন্দরবনে। ছোট মোল্লাখালির কাছে একটা দ্বীপে।"

সন্তু উঠে দাঁড়িয়ে বলল, "চলুন, সেখানে যেতে হবে। এক্ষুনি!"

জোজো বলল, "এখন সুন্দরবন যাব? সে তো অনেক দূর।"

সন্তু বলল, "খুব দূর নয়, আমি আগে গেছি। ক্যানিং থেকে লঞ্চে দু'-তিন ঘণ্টা লাগবে।"

মামুনের দিকে ফিরে বলল, "শুনুন মামুনসাহেব, কাকাবাবু কোথায় গেছেন, আমি জানি না। কিন্তু তিনিও এই শিশু চুরি নিয়ে দারুণ রেগে আছেন, এই ক্রিমিনাল গ্যাংটাকে ধরবার চেষ্টা করছেন। বাচ্চাগুলো কোথায় আছে, সেটা জানতে পারলে খুবই খুশি হবেন কাকাবাবু। উনি তো ফিরবেনই। আমি সেখানে বসে থাকব, আপনারা ফিরে এসে কাকাবাবুকে খবর দেবেন।"

জোজো বলল, "আলমদাকে খবর দিলে হয় না?"

সন্তু বলল, "আলমদাও তো কলকাতায় নেই। তাঁকে পাওয়া গেলে খুব সুবিধে হত।"

মামুন জিজ্ঞেস করল, "আলমদা কে?"

জোজো বলল, "রফিকুল আলম, খুব বড় পুলিশ অফিসার, আমাদের খুব চেনা।"

মামুন বলল, "হ্যাঁ, নাম শুনেছি। দেখুন না, যদি তাঁকে পাওয়া যায়। পুলিশ সঙ্গে থাকলে আমরাই উদ্ধার করে আনতে পারি।"

সন্তু বলল, "টেলিফোনে ধরার চেষ্টা করব। কিন্তু সেজন্য দেরি করে লাভ নেই। আপনি লুকোনো জায়গাটার কথা জেনে এসে দারুণ কাজ করেছেন। আর এক মিনিটও সময় নষ্ট করলে চলবে না।"

জোজো বলল, "মামুনভাই, আপনাকে মনে হচ্ছে দেবদূত। কাকাবাবু আর আমরা এই ব্যাপারটা নিয়েই মাথা ঘামাচ্ছি। আর আপনিও সেই ব্যাপারে এসে সবচেয়ে প্রয়োজনীয় খবরটাই দিলেন। তা হলে এবারে শুরু হোক, অপারেশন ছোট মোল্লাখালি!"

তিনজনে দৌড়তে শুরু করল।

॥ ৮ ॥

কে যেন ঠেলছে। কে যেন কীসব বলছে। আস্তে-আস্তে চোখ মেললেন কাকাবাবু।

প্রথমে ভাল করে কিছু দেখতে পেলেন না, ভাল করে শুনতেও পারছেন না।

তারপর দেখলেন, তাঁর মুখের কাছেই ঝুঁকে আছে একটি মেয়ের মুখ। একবার চোখ রগড়ে নেওয়ার পর চিনতে পারলেম দেবলীনাকে।

দেবলীনা বলল, "ওঠো, ওঠো, কখন থেকে ডাকছি। তুমি এত ঘুমোও কেন?"

কাকাবাবু উঠে বসলেন। এটা ঘুম নয়। কোনও ওষুধ দিয়ে তাঁকে অজ্ঞান করে ফেলা হয়েছিল। এখনও মাথা ঝিমঝিম করছে।

দেবলীনা বকুনির সুরে বলল, "তুমি কী করে ভাল ডিটেকটিভ হবে বলো তো? এত ঘুমোলে চলে? চারপাশে খুনে ডাকাতরা গিসগিস করছে!"

দু'-তিনবার মাথা ঝাঁকুনি দিলেন কাকাবাবু। চোখের দৃষ্টি খানিকটা পরিষ্কার হল। তিনি দেবলীনার একটা হাত চেপে ধরে বললেন, "ওরে, তোকে দেখে আমার এত ভাল লাগছে! কী দারুণ দুশ্চিন্তা হয়েছিল। জ্বর কমেছে?"

দেবলীনা বলল, "জ্বরটর সব হাওয়া! মনটা আনন্দে ফুরফুর করছে!"

কাকাবাবু অবাক হয়ে বললেন, "আনন্দে ফুরফুর করছে? তোকে জোর করে ধরে আনেনি?"

দেবলীনা উচ্ছল গলায় বলল, "হ্যাঁ, তোমাদের বাড়ি থেকে বেরোলাম, দুটো লোক আমার মুখ চেপে ধরে গাড়িতে তুলে নিল। সেইজন্যই তো আনন্দ হচ্ছে!"

"আনন্দ হচ্ছে? তার মানে?"

"বাঃ, আনন্দ হবে না! তোমরা প্রত্যেকবার দূরে দূরে কোথায় চলে যাও। আমাকে সঙ্গে নাও না! এবারে বোঝো মজা! আমাকে ধরে এনেছে, তাই

তোমাকেও আসতেই হবে। বেশ হয়েছে, সন্তুকে ধরেনি! সন্তু আর জোজোটা কিছু জানতেই পারবে না।"

"দেবলীনা, তোর ওপর অত্যাচার করেনি তো? গায়ে হাত তুলেছে?"

"না, মারে-টারেনি! মারতে এলে আমিও ছাড়তাম নাকি?"

"খেতে-টেতে দিয়েছে কিছু?"

"হ্যাঁ, একটা মেয়ে এসে রুটি-তরকারি দিয়েছিল, বিচ্ছিরি খেতে। খুব খিদে পেয়েছিল বলে আমি আধখানা রুটি খেয়েছি।"

"এ-জায়গাটা কোথায়?"

"তা আমি কী করে জানব? শুধু কুকুর ঘেউ ঘেউ করে শুনতে পাই। তোমাকে ওরা কী করে ধরে আনল?"

কাকাবাবু যে ইচ্ছে করে ধরা দিয়েছেন, সে-কথা দেবলীনাকে জানালেন না।

তিনি দেখলেন, তাঁর কিংবা দেবলীনার হাত-পা বাঁধেনি। রিভলভারটা শুধু নিয়ে নিয়েছে।

ঘরখানা প্রায় অন্ধকার। একদিকে একটা বন্ধ জানলা, আর একটা জানলার একটা পাল্লা খোলা, সেটাও ঢেকে আছে একটা গাছের ডালপালা। মনে হয়, এখন বিকেল। রিভলভারটা নিয়েছে বলে চিন্তা করলেন না, কিন্তু তাঁর ক্রাচদুটো নেই বলে বিরক্ত বোধ করলেন। আবার ক্রাচ বানাতে হবে। এই নিয়ে যে কতবার গেল!

তিনি এক পায়ে লাফিয়ে লাফিয়ে ঘরটা ঘুরে দেখলেন। ইটের দেওয়াল, ওপরে টালির ছাদ। দরজাটা বেশ মজবুত, জানলাটাও ভাঙা যাবে না। বাইরে দু'-একজন লোকের গলা শোনা যাচ্ছে। ঘরে একখানা খাটিয়া, তার ওপর একটা ময়লা চাদর। আর কিছু নেই।

দেবলীনা বলল, "শোনো, একবার না একবার তো কেউ খাবার দিতে আসবেই। তুমি দুমদাম ঘুসি মেরে তাকে অজ্ঞান করে ফেলবে। আমি এই বিছানার চাদর দিয়ে হাত-পা বেঁধে ফেলব। তক্ষুনি কিন্তু আমরা পালিয়ে কলকাতায় ফিরে যাব না। বাইরে ঝোপের আড়ালে লুকিয়ে থেকে সব দেখব। তাড়াতাড়ি ফুরিয়ে গেলে মজা নেই।"

কাকাবাবু হাসলেন। এইসব লোক যে কী সাঙ্ঘাতিক ধরনের হয়, সে সম্পর্কে দেবলীনার কোনও ধারণাই নেই। এরা চোখের পলকে মানুষ খুন করতে পারে। কনস্টেবল বিমল দুবেকে মেরে ফেলেছে, আরও কতজনকে মেরে রেললাইনে ফেলে দেয়, কে জানে!

কাকাবাবু বললেন, "আসল কাজটা বাকি রেখে আমরা পালাব কেন?"

চোখ বড় বড় করে দেবলীনা জিজ্ঞেস করল, "আসল কাজটা কী বলো তো?"

কাকাবাবু বললেন, "যে বাচ্চাদের চুরি করে এনেছে, তাদের উদ্ধার করা!"

দেবলীনা বলল, "অ্যাঁ! বাচ্চাগুলোকে এরা চুরি করেছে! তবে তো এরা খুব

খারাপ লোক!”

কাকাবাবু বললেন, “খারাপ লোক না হলে তোকেই বা এরা ধরে আনবে কেন?”

দেবলীনা বলল, “আমাকে ধরুকগে যাক, তাতে কিছু হয়নি। বাচ্চাদের চুরি করে, এদের খুব শাস্তি দেওয়া উচিত। সকালবেলা কয়েকটা বাচ্চার কান্নার আওয়াজ শুনেছিলাম বটে।”

কাকাবাবু বললেন, “সকালে শুনেছিলি? সারাদিন আর শুনিসনি?”

দেবলীনা বলল, “না।”

কাকাবাবু বললেন, “ঘুমের ওষুধ খাইয়ে রাখে। তা হলে ওদের এখানেই রেখেছিল, এর মধ্যে সরিয়ে নিয়ে যায়নি তো?”

দেবলীনা বলল, “কেউ আসছে না কেন? জল চাইব? তা হলে ঠিক আসবে।”

সে ‘জল’ ‘জল’ বলে কয়েকবার চিৎকার করল। তখন দরজা খোলার শব্দ হল, দেখা গেল ময়নাকে।

কাকাবাবু দেবলীনাকে জিজ্ঞেস করলেন, “একে কি ঘুসি মারা উচিত?”

দেবলীনা বলল, “খবরদার না। মেয়েদের গায়ে হাত তুলবে না। একে আমি চিনি।”

কাকাবাবু বললেন, “আমিও চিনি।”

ময়নার চোখদুটি এখনও ছলছল করছে। একটা ডুরে শাড়ি পরে আছে। হাতে এক ঘটি জল।

কাকাবাবুর দিকে তাকিয়ে সে কান্না কান্না গলায় বলল, “আমার ছেলেকে তুমি ফেরত দাও!”

কাকাবাবু দেখলেন, দরজার বাইরে কেউ দাঁড়িয়ে নেই। কিন্তু দূরে মানুষের গলা শোনা যাচ্ছে।

তিনি ময়নাকে বললেন, “সময় হলেই ফেরত দেব। চিন্তা কোরো না।”

ময়না চোখ মুছে ফেলে বলল, “শোনো বুড়ো, তুমি বেশি জেদ কোরো না—”

দেবলীনা বলল, “এই, আমার কাকাবাবুকে বুড়ো বলবে না! মোটেই বুড়ো নয়!”

ময়না তাকে মুখঝামটা দিয়ে বলল, “এই খুকি, তুই চুপ কর!”

আবার সে বলল, “শোনো বুড়ো, তুমি বেশি জেদ কোরো না। আমি শুনেছি, ওরা বলাবলি করছে, তোমাকে ওরা মেরে ফেলবে! আজই!”

কাকাবাবু দু’দিকে মাথা নেড়ে বললেন, “না, মারবে না। আমাকে মারলে তোমার ছেলেকে ফেরত পাবে কী করে? আর তো কেউ জানে না। সারা জীবনেও তার সন্ধান পাবে না!”

ময়না বলল, “আমার ছেলের যদি কোনও ক্ষতি হয়, তা হলে তোমাকে আমিই খুন করে ফেলব! তোমার হাত-পা কুচি কুচি করে কাটব!”

কাকাবাবু বললেন, "তা তুমি পারবে না। শোনো, মাথা গরম কোরো না। তোমার ছেলে খুব ভাল জায়গায় আছে। তার হুপিং কাশি হয়েছে, তোমরা চিকিৎসা করাওনি। আমি ভাল ডাক্তার দেখিয়েছি, সে সুস্থ হয়ে ফিরে আসবে। তুমি ওদের গিয়ে বলো। সবক'টা বাচ্চাকে ফেরত দিক, এই দেবলীনাকে ছেড়ে দিক, আমি সঙ্গে সঙ্গে তোমার ছেলেকে ফেরত আনার ব্যবস্থা করব। আমার কথার খেলাপ হবে না।"

ময়না বলল, "বাচ্চাগুলোকে ওরা কিছুতেই ফেরত দেবে না।"

দেবলীনা বলল, "হ্যাঁ, আগে ওদের ফেরত দিতেই হবে!"

ময়না বলল, "এই খুকি, তুই আবার কথা বলছিস? জানিস, ওরা তোর হাত-পা বেঁধে ফেলে রাখতে চেয়েছিল। আমিই অনেক বলে-কয়ে ওদের বাঁধতে দিইনি।"

দেবলীনা ঠোঁট উলটে বলল, "হাত-পা বাঁধত তো বয়েই যেত। আমি বুঝি খুলতে জানি না! জানো, আমার কাকাবাবু ম্যাজিক জানে, লোহার শেকল দিয়ে ওঁর হাত বেঁধে দাও, তাও খুলে ফেলবেন এক মিনিটে!"

ময়না বলল, "নেকি! এ মেয়েটার দেখছি বুদ্ধিশুদ্ধি কিছুই হয়নি। ম্যাজিক না ছাই! যখন ফস করে পেটে ছুরি ঢুকিয়ে দেবে, তখন ম্যাজিক কোথায় থাকবে! এরা যখন-তখন ছুরি চালায়! তোকেও যে বিক্রি করে দেয়নি, এই তোর সাত পুরুষের বাপের ভাগ্যি!"

দেবলীনা বলল, "এঃ, আমাকে বিক্রি করবে! ইল্লি আর টকের আলু! সেরকম কেউ এখনও জন্মায়নি! আমাকে যে কিনবে তার চোখ খুবলে নেব না?"

ময়না বলল, "তুই থাম তো!"

তারপর কাকাবাবুকে বলল, "একের বদলে এক। আমরা এই মেয়েটাকে ছেড়ে দিচ্ছি, তুমি আমার ছেলেকে ফেরত দাও!"

কাকাবাবু বললেন, "আগে বাচ্চাগুলোকে চাই। নইলে কোনও কথা শুনব না।"

ময়না বলল, "বাচ্চা ওরা ফেরত দেবে? তুমি কি পাগল? ওদের জন্য কত টাকা পাবে তা জানো?"

কাকাবাবু বললেন, "তুমি নিজে মা হয়ে অন্য মায়েদের কষ্ট বোঝো না? এই বাচ্চাদের মেরে ফেলার জন্য পাঠাবে, ওদের মায়েরা কত কাঁদবে, তা একবারও ভেবে দ্যাখো না?"

এবার ময়না কেঁদে ফেলল। ঝরঝর করে জল পড়তে লাগল চোখ দিয়ে।

ফোঁপাতে ফোঁপাতে বলল, "আমি কী করব? আমার কথা কি ওরা শুনবে? আমি কিছু বলতে গেলে উলটে আমাকেই মারতে আসে!"

কাকাবাবু বললেন, "তা হলে তুমি এদের দলে থাকো কেন?"

ময়না উত্তর দেওয়ার আগেই দরজা ঠেলে ঢুকল দু'জন লোক।

এরা সেই ওস্তাদ আর ডাবু। ওস্তাদের হাতে একটা সরু লিকলিকে বেত।

সে ধমক দিয়ে বলল, "এই ময়না, এখানে বসে বকবক করছিস কেন? যা,

রান্নাঘরে যা।"

ময়না তবু দাঁড়িয়ে রইল।

ডাবু কাকাবাবুর দিকে তাকিয়ে বলল, "এই বুড়ো, এবার চটপট বলে ফেলো, ময়নার ছেলে কোথায় আছে? তোমাকে আমরা বসে বসে খাওয়াব নাকি?"

কাকাবাবু বললেন, "সে ভাল জায়গাতেই আছে। খাওয়ালে আর কোথায়? এ পর্যন্ত তো কিছুই খেতে দাওনি। বেশ খিদে পেয়েছে বটে!"

ডাবু বলল, "তোমাকে কচুপোড়া খাওয়াব!"

ওস্তাদ তাকে বাধা দিয়ে বলল, "বাজে বকিস না, চুপ কর। আগে কাজের কথা হোক।"

তারপর সে হাতের বেতের চাবুকটা দু'বার হাওয়ায় শপাং শপাং করে বলল, "রায়চৌধুরী, তুমি কী চাও? তোমার সামনে এই মেয়েটাকে চাবুক পেটাব?"

কাকাবাবু বললেন, "এটা কী অদ্ভুত প্রশ্ন। আমি কি তা চাইতে পারি?"

ওস্তাদ বলল, "তা হলে কি এই মেয়েটার সামনে তোমায় চাবুক মেরে রক্ত বার করে দেব?"

দেবলীনা বলল, "ইস, কাকাবাবুর গায়ে একবার হাত তুলে দ্যাখো না! কাকাবাবু তা হলে তোমাদের এমন শাস্তি দেবেন!"

ঠিক সিনেমায় বদমাশ লোকদের মতন ওরা দু'জন বিশ্রীভাবে হা-হা করে হেসে উঠল। একে বলে অট্টহাসি।

ওস্তাদ বলল, "তাই নাকি? দেখবি তবে?"

সে শপাং করে একবার চাবুক কষাল কাকাবাবুর বুকে।

কাকাবাবু একটুও নড়লেন না। ওস্তাদের চোখে চোখ রেখে তিনি শান্ত গলায় বললেন, "দেবলীনা ঠিক বলেছে। আমার গায়ে কেউ হাত তুললে তাকে আমি শাস্তি না দিয়ে ছাড়ি না!"

ওস্তাদ আবার চাবুক তুলতেই কাকাবাবু সেটা খপ করে ধরে ফেললেন। এক হ্যাঁচকা টানে সেটা ছাড়িয়ে এনে ফেলে দিলেন নিজের পায়ের কাছে।

ওস্তাদ আর ডাবু দু'জনেই ততক্ষণে রিভলভার বার করে ফেলেছে।

কাকাবাবু ধমকের সুরে বললেন, "এসব ছেলেমানুষি করছ কেন? কাজের কথা বলতে এসেছ, সে-কথা বলো! চুরি করে আনা বাচ্চাগুলোকে কোথায় রেখেছ বলো। তাদের ছেড়ে দেওয়ার ব্যবস্থা না করলে ময়নার ছেলেকে তোমরা ফেরত পাবে না। এই আমার শেষ কথা!"

ওস্তাদ বলল, "খুব তেজ দেখাচ্ছ, অ্যাঁ? তোমার হাত-পা বাঁধিনি। এখন যদি হাত-পা বেঁধে তোমায় জঙ্গলে ফেলে দিই, তা হলে কী করবে! বাঘগুলো অনেকদিন না খেয়ে আছে। তোমাকে পেলে দারুণ খুশি হবে। কিংবা তার আগেই সাপের কামড়ে খতম হয়ে যেতে পারো!"

কাকাবাবু সুর করে বললেন, "বাঘের সঙ্গে যুদ্ধ করিয়া আমরা বাঁচিয়া

আছি/আমরা হেলায় নাগেরে খেলাই, নাগেরই মাথায় নাচি..., সত্যেন দত্ত'র কবিতা পড়োনি!"

ডাবু বলল, "চোপ! ব্যাটা পদ্য শোনাচ্ছে আমাদের!"

ওস্তাদ বলল, "তুমি এমন ভাব দেখাচ্ছ, যেন কিছুতেই ভয় পাও না!"

কাকাবাবু বললেন, "'ভয়কে যারা মানে, তারাই জাগিয়ে রাখে ভয়', এটা রবীন্দ্রনাথের কবিতা।"

দেবলীনা খিলখিল করে হেসে উঠল।

ডাবু বলল, "ওস্তাদ, এ লোকটা বড্ড জ্বালাচ্ছে, খতম করে দিলেই তো হয়! পদ্য শুনলেই আমার গা জ্বালা করে!"

দেবলীনা বলল, "কাকাবাবু, আর একটা বলো!"

ওস্তাদ বলল, "যথেষ্ট হয়েছে! শোনো রায়চৌধুরী, তোমাকে আমি শেষবারের মতন বলছি, তোমার কোনও শর্ত আমরা মানব না, তুমি ময়নার ছেলেকে ছেড়ে দেবে কি না!"

কাকাবাবু বললেন, "সে প্রশ্নই ওঠে না!"

ওস্তাদ বলল, "রায়চৌধুরী, তুমি আমাদের অনেক কিছু জেনে ফেলেছ। তুমি নিজেই জোর করে মাথা গলিয়েছ। তোমাকে মেরে ফেলা ছাড়া আমাদের আর কোনও উপায় নেই!"

কাকাবাবু বললেন, "কেন বারবার এই বাজে কথা বলছ? আমাকে মারলে ময়নার ছেলেকে আর কোনওদিনই ফেরত পাবে না। এ একেবারে ধ্রুব সত্যি কথা!"

ওস্তাদ মুখখানা বিকৃত করে বলল, "ময়নার ছেলেকে পাওয়া যাক বা না যাক, তাতে আমাদের কিছু আসে যায় না।"

ময়না আঁতকে উঠে বলল, "অ্যাঁ? কী বলছ? আমার ছেলে—"

ওস্তাদ বলল, "ডাবু, এই ময়নাটাকে বাইরে নিয়ে যা তো।"

ডাবু অমনই ময়নার ঘাড় ধরে ঠেলতে ঠেলতে নিয়ে চলল। ময়না আর্ত চিৎকার করতে লাগল, "আমার ছেলে, আমার ছেলে—"

দেবলীনা বলল, "এরা বড্ড বাজে লোক!"

ওস্তাদ বলল, "রায়চৌধুরী, তুমি ময়নার ছেলের নাম করে আমাদের সঙ্গে দরকষাকষি করতে চাইছিলে! চুলোয় যাক ওর ছেলে। একটা ময়না গেলে আর একটা ময়না আসবে। কিন্তু তোমাকে মরতেই হবে।"

আর একটা লোক বাইরে থেকে "ওস্তাদ, ওস্তাদ" বলে ডাকতে ডাকতে ছুটে এল। সে হাঁপাচ্ছে।

ওস্তাদ জিজ্ঞেস করল, "কী হয়েছে রে, ছোটগিরি?"

ছোটগিরি বলল, "ওস্তাদ, জেটি ঘাটে লঞ্চ এসে গেছে!"

ওস্তাদ বলল, "এসে গেছে? ঠিক আছে, আমি যাচ্ছি। আগে এদের দু'জনের ব্যবস্থা করে যাই।"

ছোটগিরি বলল, “বড়সাহেব বললেন, এক্ষুনি জিনিস পাচার করতে হবে। পাঁচ-সাত মিনিটের বেশি দেরি করা যাবে না। একটা বাচ্চা বোধ হয় নিতে-নিতেই শেষ হয়ে যাবে!”

ওস্তাদ বলল, “বড়সাহেব নিজে এসেছে?”

ছোটগিরি বলল, “হ্যাঁ। পুরো একদিন দেরি হয়েছে বলে খুব রেগে আছে। তার ওপর বাচ্চা যদি কমে যায়—তুমি এক্ষুনি গিয়ে কথা বলো—”

ওস্তাদ বলল, “ঠিক আছে, চল, যাচ্ছি।”

কাকাবাবু ও দেবলীনার দিকে একবার জ্বলন্ত দৃষ্টি দিয়ে সে বেরিয়ে গেল। দরজাটা বন্ধ হয়ে গেল বাইরে থেকে।

এখানে ছাড়া-ছাড়া ভাবে চারখানা একই রকমের ঘর। পেছন দিকে জঙ্গল। একটা সরু ইটের রাস্তা চলে গেছে একেবারে নদীর ধারে। খুব চওড়া নদী। জোয়ারের সময় অনেকখানি জল উঠে আসে। এখন সবে জোয়ার শুরু হয়েছে, ছলাত ছলাত শব্দ হচ্ছে জলে।

খানিকটা দূরে দাঁড়িয়ে আছে একটা লঞ্চ। ওস্তাদ সেই লঞ্চের ধারে গিয়ে একজন লোকের সঙ্গে কথা বলল। সে লোকটি সাহেবদের মতন ফরসা, কিন্তু খাঁটি সাহেব নয়, কথা বলছে হিন্দিতে। খুব ধমকাতে লাগল ওস্তাদকে।

একটুক্ষণের মধ্যে সেই লঞ্চে নানা জিনিসপত্র তোলা হতে লাগল। বড়-বড় সব বাক্স। আর একটা ঘরের দরজা খুলে বার করে আনা হল কতকগুলো বাচ্চা ছেলেকে। তারপর, যেমন ভেড়ার পাল তাড়িয়ে নেওয়া হয়, সেইভাবে বাচ্চাগুলোকে নিয়ে যাওয়া হল লঞ্চের দিকে। তারা সবাই কাঁদছে।

ময়নাও কাঁদছে, কিন্তু সে শব্দ করতে পারছে না, কে যেন তার মুখটা বেঁধে দিয়েছে এর মধ্যে। তাকেও ঠেলতে ঠেলতে লঞ্চে তোলা হল।

লঞ্চের ইঞ্জিন চালু হয়ে গেছে, ছাড়বে এক্ষুনি। ওস্তাদ নামের লোকটি বলল, “দাঁড়াও এক মিনিট, আমি আসছি।”

সে একবার ফিরে এল কাকাবাবুদের ঘরটার কাছে।

তারপর আবার দৌড়তে দৌড়তে ফিরে গিয়ে লাফিয়ে উঠে পড়ল লঞ্চে।

লঞ্চটা এগিয়ে গেল মাঝনদীর দিকে।

সেই সাহেবের মতন লোকটি ওপরের ডেকে দাঁড়িয়ে কথা বলছে ওস্তাদের সঙ্গে। হঠাৎ জলে ঝপাং করে একটা জোর শব্দ হল।

কে যেন বলল, “এই রে, ময়না নদীতে ঝাঁপ দিয়েছে। লঞ্চ থামাব? না হলে তো ও মরবে!”

ওস্তাদ বলল, “না, লঞ্চ থামাতে হবে না। মরুক ময়না!”

সন্তু আর জোজো বাড়িতে খবর দিয়ে, মামুনকে নিয়ে চলে এল বালিগঞ্জ স্টেশনে। সেখান থেকে ট্রেনে চেপে ক্যানিং।

একবার সুন্দরবনের নদীতে একটা বিদেশি জাহাজ এসে ভাসছিল, সেটা ছিল একেবারে খালি। সেই খালি জাহাজের রহস্য ভেদ করার জন্য সন্তু কাকাবাবুর সঙ্গে গিয়েছিল সুন্দরবন অঞ্চলে। তাই ওদিকটা সে অনেকটা চেনে।

ক্যানিং থেকে অনেক দিকে লঞ্চ যায়। ছোট মোল্লাখালির লঞ্চ পাওয়া গেল একটু বাদেই।

মামুন বলল, "ছোট মোল্লাখালিতে নেমে একটা নৌকো ভাড়া করতে হবে। সেখান থেকে যেতে হবে একটা দ্বীপে। সে দ্বীপে অবশ্য নামা চলবে না, ওরা তিনজন খালি হাতে গেলে কিছুই করতে পারবে না, শুধু পাশ দিয়ে ঘুরে চিনে রাখা হবে।

বাড়িতে খবর দিতে যাওয়ার সময় সন্তু আশা করেছিল, তার মধ্যে কাকাবাবু ফিরে আসবেন। কিন্তু আসেননি। টেলিফোনে রফিকুল আলমকেও পাওয়া যাচ্ছে না। দু'জনেই কোথায় গেলেন?

প্যাসেঞ্জার লঞ্চ মাঝে-মাঝেই থামে। প্রচণ্ড ভিড়। ওরা তিনজন ওপরে সারেং-এর ঘরের সামনের দিকটায় কোনওরকমে বসার জায়গা পেয়েছে।

বিকেল প্রায় শেষ হতে চলেছে। ছোট মোল্লাখালি পৌঁছতে অনেকটা সময় লাগবে, আজ রাত্তিরে আর ফেরাই হবে না, ওরা বাড়িতে বলে এসেছে সেরকম। কাকাবাবুর সঙ্গে যাচ্ছে বললেই বাড়ির কেউ আপত্তি করে না।

আকাশ মেঘলা, হাওয়া দিচ্ছে ফিনফিনে। খোলা জায়গায় বসে আরামই লাগছে বেশ। লঞ্চের আওয়াজে ভাল করে কারও কথা শোনা যায় না, এর মধ্যেই চলেছে মামুন আর জোজোর গল্প বলার প্রতিযোগিতা।

মামুন ডিটেকটিভগিরি করতে করতে অনেক রোমহর্ষক ঘটনার মধ্যে গিয়ে পড়েছে। সেইসব এক-একটা ঘটনা বলছে খুব জমিয়ে। জোজোই বা ছাড়বে কেন?

মামুন খালি হাতে, ক্যারাটের প্যাঁচ মেরে তিনটে ডাকাতকে জব্দ করেছে রাঙামাটিতে। তা শুনে জোজো বলল, "আমি ক্যারাটে অত ভাল জানি না, তার দরকার হয় না, একবার আরিজোনার মরুভূমিতে একদল ডাকাতের পাল্লায় পড়েছিলাম, তারা দশ-বারোজন, তাদের মধ্যে দু'জন মাত্র প্রাণে বেঁচে ছিল, আর বাকিরা...আমার সঙ্গে ছিল ডন পেড্রো, নিশ্চয়ই নাম শুনেছেন, সে ল্যাসো ছোড়ায় বিশ্ব চ্যাম্পিয়ান, ল্যাসো হচ্ছে একরকম দড়ির ফাঁদ, ওটা আমিও ভাল জানি, আমরা দু'জনে মিলে..."

জোজোর সব গল্পই দূর বিদেশের।

সন্তু এরকম গল্প বলতে পারে না, সে চুপ করে শুধু শোনে আর মাঝে-মাঝে হাসে।

এই লঞ্চে অনেকরকম ফেরিওয়ালা ওঠে। কেউ ঝালমুড়ি, কেউ শোনপাপড়ি, কেউ চা বিক্রি করে। সেরকম কোনও ফেরিওয়ালা এলেই জোজোর গল্প থেমে যায়, এইসব খাওয়ায় খানিকক্ষণ সময় যায়।

ওদের কাছেই বসে আছে দু'জন বন্দুকধারী পুলিশ। ওরা লঞ্চ পাহারা দিচ্ছে, না ছুটিতে বাড়ি ফিরছে, তা বোঝার উপায় নেই। প্রথম থেকেই ঘুমে ঢুলছে, মাঝে-মাঝে নিজেদের মাথা ঠুকে যাচ্ছে।

মামুন একবার বলল, "এই পুলিশ দু'জনের সাহায্য নেওয়া যায় না? তা হলে আমরা সেই দ্বীপটায় নামতেও পারি।"

সন্তু বলল, "ওরা আমাদের কথা বিশ্বাস করবে কেন? অফিসারদের হুকুম ছাড়া ওরা কিছুই করে না।"

জোজো বলল, "আগে তো ছোট মোল্লাখালি পৌঁছনো যাক। তখনও যদি পুলিশ দুটো থাকে, ওদের আমি ঠিক ভজিয়ে ফেলব!"

মামুন বলল, "আমার খালি ভয় হচ্ছে, দেরি না হয়ে যায়! বাচ্চাগুলোকে একবার মুম্বই চালান করে দিলে, তারপর কি আর উদ্ধার করা যাবে?"

জোজো বলল, "সেরকম দেখলে আমরাও মুম্বই যাব। মুম্বই শহরের পুলিশ কমিশনার আমার ছোটকাকার খুব বন্ধু। আমাকে দারুণ ভালবাসেন। তাঁকে বললেই সব সাহায্য করবেন!"

মামুন বলল, "তা হলে তো খুব ভাল হয়। আমি কখনও মুম্বই যাইনি, একবার যাওয়ার ইচ্ছা আছে। আমার সঙ্গে পরিচয় করিয়ে দেবেন কমিশনার সাহেবের?"

জোজো বলল, "অবশ্যই। একটা চিঠি লিখে দেব, আপনাকে হোটেলে উঠতে হবে না, ওঁর বাড়িতেই থাকবেন।"

নদীতে অনেক নৌকো। লঞ্চটা কাছাকাছি এলে নৌকোগুলো খুব দুলতে থাকে। আবার পাশ দিয়ে অন্য লঞ্চ গেলে এই লঞ্চটাও দোলে।

আর একখানা লম্বা গল্প শেষ কোরে জোজো বলল, "সন্তু, ঝালমুড়িওয়ালা কোথায় গেল রে? স্বাদটা খুব ভাল ছিল, দ্যাখ না, আর একবার পাওয়া যায় কি না।"

সন্তু উঠে গিয়ে খোঁজাখুঁজি করে লোকটাকে পেয়ে তিন ঠোঙা ঝালমুড়ি কিনে নিয়ে এল।

সেগুলো খেয়ে আবার জোজোর তেষ্টা পেয়ে গেল।

এখানে খাবার জল নেই। সোডা-লেমনেডও বিক্রি হচ্ছে, কিন্তু সেগুলো ভেজাল হতে পারে।

একটা জায়গায় লঞ্চ থামতে পাওয়া গেল ডাব। বেশ শস্তা। জোজো খেল

দুটো। তার মধ্যে পাতলা শাঁস পেয়ে সে আরও খুশি।

সে সন্তুকে বলল, “ডাবের সঙ্গে শোনপাপড়ি দিয়ে খেতে দারুণ মজা লাগে। দ্যাখ না, শোনপাপড়িওয়ালাটা কোথায় গেল!”

জোজোর সঙ্গে কোথাও যেতে হলে অনবরত খেতে হয়।

মামুন বলল, “তোমরা একবার ঢাকায় এসো, খুব ভাল শোনপাপড়ি খাওয়াব। এগুলো তেমন ভাল না!”

সন্তু খাওয়া থামিয়ে পাশের দিকে তাকিয়ে আছে।

ডান পাশ দিয়ে আর একটা লঞ্চ যাচ্ছে। তার ওপরে, সামনের দিকে দাঁড়িয়ে আছে একজন বেশ লম্বা চেহারার পুরুষ, সাদা প্যান্ট ও সাদা শার্ট পরা, মাথার চুল উড়ছে হাওয়ায়।

সন্তু বলল, “ওই যে, ওই লোকটি...আলমদা না?”

জোজো এক পলক তাকিয়েই বলল, “হ্যাঁ, আলমদাই তো?”

সঙ্গে সঙ্গে ওরা লোকদের ঠেলেঠুলে রেলিংয়ের কাছে এসে চিৎকার করে ডাকতে লাগল, “আলমদা! আলমদা!”

পাশাপাশি দুটো লঞ্চের আওয়াজে কিছুই শোনা যায় না। চিৎকারের সঙ্গে-সঙ্গে সন্তু আর জোজো হাত নাড়ছে, তবু সেই লোকটি তাকাচ্ছে না এদিকে।

পাশের লঞ্চটির গতি বেশি, এগিয়ে যাচ্ছে সামনের দিকে।

সন্তু এই লঞ্চের সারেং-এর কাছে এসে বলল, “ওই লঞ্চটা থামান। আমাদের বিশেষ দরকার।”

সারেং বললেন, “ওটা তো পুলিশের লঞ্চ। আমি থামাব কী করে?”

জোজো বলল, “ভোঁ দিন। জোরে জোরে কয়েকবার ভোঁ দিন!”

সারেংসাহেব দু’দিকে মাথা নাড়লেন।

সন্তু আর জোজো কাকুতি-মিনতি করতে লাগল, সারেংসাহেব কিছুতেই রাজি হলেন না।

অন্য লঞ্চটা এগিয়ে যাচ্ছে।

সন্তু দারুণ হতাশ হয়ে গেল। এত কাছে পেয়েও রফিকুল আলমকে ধরা যাবে না?

কয়েক মুহূর্ত পরে সে একটা সাঙ্ঘাতিক কাণ্ড করে ফেলল।

ঘুমন্ত পুলিশ দু’জনের ওপর ঝাঁপিয়ে পড়ে সে একজনের বন্দুক কেড়ে নিল। সেটা বাগিয়ে ধরে অন্য পুলিশটিকে বলল, “আপনার বন্দুকটা ফেলে দিন। জোজো, ওটা তুলে নে।”

সমস্ত যাত্রী ভয় পেয়ে চিৎকার করে উঠল।

সন্তু চেঁচিয়ে বলল, “কেউ এক পা এগোবেন না। কারও কোনও ভয় নেই।”

এর পর সে বন্দুকটা আকাশের দিকে তুলে ফায়ার করল দু’বার।

এখন সারেংসাহেবও ভোঁ বাজাতে লাগলেন ঘন ঘন।

সন্তু অন্য বন্দুকটা হাতে তুলে নিয়েছে।

পুলিশের লঞ্চটা বন্দুকের গুলির শব্দ শুনে থেমে গেছে।

সন্তু নিজেদের সারেংকে হুকুম দিল, "আপনি ওই লঞ্চটার গায়ে গিয়ে লাগান!"

এবার কাছাকাছি আসতেই জোজো আর সে একসঙ্গে চেঁচিয়ে উঠল, "আলমদা!"

রফিকুল আলম দারুণ অবাক হয়ে বললেন, "সন্তু, জোজো, তোমরা এখানে? কে গুলি চালাল?"

সন্তু বলল, "সব বলছি। আমরা আপনার লঞ্চে যাচ্ছি!"

গায়ে গায়ে লাগতেই ওরা মামুনকে সঙ্গে নিয়ে লাফিয়ে চলে গেল অন্য লঞ্চে। যাওয়ার আগে বন্দুক ফেরত দিয়ে পুলিশ দু'জনকে বলল, "ধন্যবাদ!"

দুটো লঞ্চ আবার আলাদা হয়ে গেল।

সন্তু প্রথমেই জিজ্ঞেস করল, "আলমদা, কাকাবাবু কোথায়? আপনার সঙ্গে আছে?"

রফিকুল বললেন, "না তো! আমি অন্য কাজে ব্যস্ত ছিলাম। কেন, কাকাবাবুর কী হয়েছে?"

সন্তু বলল, "আপনার সঙ্গে যোগাযোগ হয়নি? কাল রাত্তির থেকে কাকাবাবু বাড়ি ফেরেননি। কিছু বলেও যাননি।"

রফিকুল চিন্তিতভাবে বললেন, "কেউ ধরে-টরে নিয়ে গেল নাকি? তোমাকেও কিছু বলে যাননি যখন...আমি দিনতিনেক কোনও খবর নিতে পারিনি...তবে, জানো তো সন্তু, একটা বেশ দারুণ ব্যাপার হয়েছে, সবক'টা ব্যাঙ্ক-ডাকাত একসঙ্গে ধরা পড়েছে। এইদিকে ওদের আস্তানা। পর পর তিনটে ডাকাতি করে একটা দ্বীপে ঘাপটি মেরে ছিল। আমরা ধরতে গেলে গুলিও চালিয়েছে। তাতে ওদেরই একটা মরেছে, আর সাতটাকে বেঁধে এনেছি। টাকাও উদ্ধার হয়েছে অনেক। চলো, নীচে গিয়ে ডাকাতগুলোকে দেখবে?"

সন্তু বলল, "আলমদা, এই হচ্ছে মামুনভাই। বাংলাদেশের ডিটেকটিভ। বাংলাদেশ থেকে চুরি করে আনা বাচ্চাগুলোকে এখানে একটা দ্বীপে লুকিয়ে রাখা হয়েছে, ইনি সে দ্বীপটা চেনেন। আমরা সেখানেই যাচ্ছিলাম।"

রফিকুল ভুরু কুঁচকে মামুনের দিকে তাকিয়ে জিজ্ঞেস করলেন, "এখানে কোনও দ্বীপে রেখেছে? আপনি তা জানলেন কী করে?"

মামুন বলল, "আমি বাংলাদেশ থেকে ওদের দলটাকে ফলো করছি। এখানে একটা নৌকোয় করে দ্বীপটা দেখেও এসেছি। কিন্তু আমার একার পক্ষে তো কিছু করা সম্ভব নয়।"

রফিকুল বললেন, "ঠিক আছে। দু'রাত আমার ভাল ঘুম হয়নি। এখন বসিরহাট গিয়ে ডাকাতগুলোকে ওখানকার জেলে রাখব। আজকের রাতটা বিশ্রাম নিতে

হবে। কাল সকালে দেখা যাবে, আপনি কোন দ্বীপের কথা বলছেন।”

মামুন মিনমিন করে বলল, “কাল সকাল পর্যন্ত অপেক্ষা করলে...যদি দেরি হয়ে যায়? যদি মুম্বই চালান দেয়?”

সন্তু বলল, “আলমদা, সত্যি যদি দেরি হয়ে যায়? কাকাবাবু কোথায় গেছেন জানি না। কিন্তু আমরা যদি বাচ্চাগুলোকে উদ্ধার করতে পারি, তিনি কত খুশি হবেন! জানেন তো, এদের নিয়ে কাকাবাবু কত চিন্তা করছেন?”

রফিকুল একটা হাই তুলে বললেন, “সত্যি কথা বলতে কী, প্রাইভেট ডিটেকটিভদের ওপর আমি ঠিক আস্থা রাখতে পারি না। তবে সন্তু, তুমি যখন বলছ, তখন আজ রাতেই চেষ্টা করে দেখা যাক। বিশ্রাম পরে হবে, বাচ্চাগুলোকে উদ্ধার করতে পারলে কাকাবাবুকে খুশি করা তো যাবেই, আরও একটা বড় কাজ হবে, এ রকম ভাবে শিশু চালান দেওয়াই থামানো যাবে।”

এ লঞ্চের সারেংকে তিনি নির্দেশ দিলেন, “চলো, ছোট মোল্লাখালি!”

॥ ১০ ॥

দেবলীনা বলল, “হঠাৎ সব কেন চুপচাপ হয়ে গেল বলো তো? সবাই চলে গেল নাকি?”

কাকাবাবু বললেন, “চলে গেলেও আবার ফিরে আসবে।”

দেবলীনা বলল, “তুমি কী করে জানলে যে ফিরে আসবে?”

কাকাবাবু বললেন, “ওই যে ওস্তাদ নামে লোকটা বলে গেল, আমাকে বাঁচিয়ে রাখবে না, মেরে ফেলবে? মারার জন্যই আবার আসবে নিশ্চয়ই!”

“তখন তুমি কী করবে?”

“সে তখন দেখা যাবে! এ পর্যন্ত তো কতবার কতজন আমাকে খুন করতে চেয়েছে, কেউ তো শেষ পর্যন্ত পারেনি!”

“তোমার গায়ে কখনও গুলিও লাগেনি?”

“একবার লেগেছিল, বাঁ কাঁধে। সে এমন কিছু নয়।”

“কাকাবাবু, তুমি সত্যি-সত্যি ম্যাজিক জানো?”

“একটু-আধটু জানি তো বটেই। কিন্তু কেউ সত্যি-সত্যি সোজাসুজি বুকে গুলি চালালে ম্যাজিক দিয়ে তা আটকানো যায় না। কিন্তু আমি অন্য কথা ভাবছি। তুই একটু আগে বাচ্চাদের কান্নার আওয়াজ শুনেছিস?”

“হ্যাঁ, শুনেছি।”

“একটা লঞ্চের শব্দও শুনেছি। তবে কি ওরা বাচ্চাগুলোকে এখান থেকে নিয়ে গেল?”

“তা হতে পারে!”

“ময়নার ছেলেকে আর ওরা ফেরত চায় না। ময়না যতই কান্নাকাটি করুক,

ওরা গ্রাহ্য করবে না। কী সাঙ্ঘাতিক লোক! ময়নার স্বামীই বা কোথায় গেল? সে হয়তো অন্য জায়গায় আছে।"

"আমার একটা অন্য কথা মনে হচ্ছে।"

এই বলে দেবলীনা বসে পড়ল খাটিয়ায়। ময়না যে ঘটিটা রেখে গেছে, তার থেকে একটু জল খেয়ে নিয়ে বলল, "আমাদের কোনও খাবার দেয়নি। যদি ওরা আর ফিরে না আসে? আমাদের না খাইয়ে মারতে চায়?"

কাকাবাবু দেওয়ালে ভর দিয়ে দাঁড়িয়ে বললেন, "সেটা ওদের পক্ষে বোকামিই হবে! না খেয়েও কি আমরা সহজে মরব?"

দেবলীনা বলল, "আমি না খেয়ে অনেকদিন থাকতে পারি। একবার পিসির ওপর রাগ করে দেড়দিন খাইনি।"

কাকাবাবু বললেন, "দেড়দিন, না এক বেলা?"

দেবলীনা জোর দিয়ে বলল, "দেড়দিন! দেড়দিন! শনিবার বিকেল থেকে রবিবার রাত্তির পর্যন্ত। ভাত-টাত কিছু খাইনি, শুধু চকোলেট!"

কাকাবাবু বললেন, "এখানে চকোলেটই বা কোথায় পাবে বলো! তা ছাড়া, বাড়িতে খাবার আছে, তুমি রাগ করে খাচ্ছ না, সেটা তবু পারা যায়। কিন্তু খাবার নেই ভাবলেই খিদে পায় খুব। আমার তো এর মধ্যেই বেশ খিদে পাচ্ছে!"

দেবলীনা বলল, "তুমি তো সারাদিন কিছুই খাওনি!"

কাকাবাবু বললেন, "কাল রাত্তিরেও খেয়েছি বলে মনে পড়ছে না। আমারও দেড়দিন হয়ে গেল। এই জায়গাটা যে কোথায়, তা এখনও বুঝতে পারছি না। কাছাকাছি মানুষজন নেই?"

তিনি দরজাটার কাছে গিয়ে একবার ধাক্কা দিলেন।

তারপর ওপরের দিকে তাকিয়ে বললেন, "দরজাটা শক্ত। জানলাটা অনেক উঁচুতে। টালির ছাদ ভেঙেও তো বেরনো যাবে না।"

দেবলীনা বলল, "আমার কিন্তু বেশ মজা লাগছে। এর পর কী হবে, কিছুই জানি না! সন্তু-জোজোরাও জানে না আমাদের কথা।"

কাকাবাবু নাক দিয়ে বড় বড় শ্বাস নিয়ে বললেন, "কীসের যেন পোড়া পোড়া গন্ধ পাচ্ছি। দেবলীনা, হঠাৎ খুব গরম লাগছে না?"

দেবলীনা বলল, "কাকাবাবু, ওই দ্যাখো আগুন!"

কাকাবাবু তাকিয়ে দেখলেন, যে-জানলাটা বন্ধ ছিল, সেখান দিয়ে লকলক করছে আগুনের শিখা। জানলাটা পুড়ছে। আগুনের শিখা টালির চালের একদিকেও দেখা যাচ্ছে।

কাকাবাবুর মুখখানা উৎকট গম্ভীর হয়ে গেল। তিনি বুঝে গেলেন ওস্তাদের মতলব। তাঁদের আগুনে পুড়িয়ে মারবে ঠিক করেছে। তা হলে আর খুন মনে হবে না, মনে হবে দুর্ঘটনা।

ইটের দেওয়ালে সহজে আগুন লাগার কথা নয়। নিশ্চয়ই কেরোসিন ছিটিয়ে

দিয়েছে। টালির ছাদ বাঁশের পাল্লা দিয়ে বাঁধা থাকে, সেখানে সহজেই আগুন ধরে যাবে, তারপর ছাদ ভেঙে পড়বে মাথায়!

কয়েক মিনিটের মধ্যেই ঘরের একটা দিক দাউ দাউ করে জ্বলতে লাগল।

এতক্ষণে ভয় পেয়েছে দেবলীনা, সে কাকাবাবুকে জড়িয়ে ধরল, বিবর্ণ হয়ে গেছে তার মুখ।

এরকম অবস্থায় কাকাবাবু আগে কখনও পড়েননি। শেষপর্যন্ত খাঁচায় বন্দি প্রাণীর মতন আগুনে পুড়ে মরতে হবে!

দেবলীনাকে অন্তত যে-কোনও উপায়ে বাঁচাতেই হবে।

আর বেশিক্ষণ সময়ও পাওয়া যাবে না।

তিনি গম্ভীরভাবে বললেন, "দেবলীনা, ভয় পাসনি। মাথা ঠিক রাখ, আমি ব্যবস্থা করছি।"

তিনি খাটিয়াটা তুলে আছাড় মারতে লাগলেন মেঝেতে। কয়েকবার জোরে আছাড় মারার পর একটা পায়া খুলে এল।

সেটা হাতে নিয়ে তিনি চলে এলেন অন্য জানলাটার কাছে।

দেবলীনাকে বললেন, "এবারে তুই আমার কাঁধের ওপর উঠে দাঁড়া।"

দেবলীনা কাকাবাবুর গা বেয়ে কাঁধে উঠে গেল।

কাকাবাবু বললেন, "জানলাটা ধরেছিস তো? এবার তুই খাটিয়ার পায়াটা দিয়ে মেরে মেরে ছাদের টালি ভাঙার চেষ্টা কর। আগুন এখনও এদিকে আসেনি। একটা টালি ভাঙতে পারলেই অন্যগুলো আলগা হয়ে যাবে।"

দেবলীনা গায়ের সমস্ত জোর দিয়ে টালিতে আঘাত করতে লাগল।

খুব বেশি চেষ্টা করতে হল না, ভেঙে পড়ল একটা টালি।

কাকাবাবু ব্যস্তভাবে বললেন, "আর দেরি করিস না। তুই ছাদ দিয়ে গলে গিয়ে পাশের গাছটা দিয়ে নেমে পড়!"

দেবলীনা ছাদের ওপর উঠে গিয়ে জিজ্ঞেস করল, "কাকাবাবু, তুমি কী করে ওপরে উঠবে?"

কাকাবাবু জানলার কাছ থেকে সরে এসে বললেন, "আমি অন্য ব্যবস্থা করছি, তুই নেমে পড় শিগ্‌গির!"

দেবলীনা বলল, "না, তুমি না এলে আমি যাব না!"

কাকাবাবু বললেন, "পাগলামি করিস না। দরজাটায় আগুন লাগলে আমি তার ভেতর দিয়ে বেরিয়ে যাব। তুই নেমে গিয়ে দরজাটার কাছে গিয়ে দ্যাখ, ওটা এখনও খোলা যায় কি না!"

দেবলীনা বলল, "আমি যদি খুলতে না পারি? যদি তার আগেই ছাদ ভেঙে পড়ে?"

কাকাবাবু ধমক দিয়ে বললেন, "যা বলছি, তাই শোন! বাইরে অন্য লোক থাকতে পারে, তোকে যেন কেউ দেখতে না পায়। গাছটা ধরেছিস? নামতে শুরু করেছিস?"

হুড়মুড় করে একদিকের ছাদ ভেঙে পড়ল।

ইটের দেওয়াল সহজে ভাঙবে না, ছাদই ভাঙবে। কাকাবাবু মাথা বাঁচিয়ে এগিয়ে গেলেন দরজাটার দিকে। কাঠের দরজাটায় সবে আগুন লেগেছে। দেবলীনা পৌঁছবার আগেই যদি দরজাটা পুরোপুরি জ্বলে ওঠে, তা হলে আর সে কাছাকাছি আসতে পারবে না।

কাকাবাবু ঠিক করলেন, সেই জ্বলন্ত দরজার মধ্য দিয়েই তিনি লাফিয়ে বেরিয়ে যাওয়ার চেষ্টা করবেন, তাতে শরীর খানিকটা ঝলসে গেলেও বাঁচার আশা থাকবে।

তার আগেই দরজাটা দড়াম করে খুলে গেল। কাকাবাবু সঙ্গে সঙ্গে লাফ দিয়ে পড়লেন বাইরে। উঠে দাঁড়াবার আগেই একটা মেয়ে তাঁর হাত ধরে টেনে নিয়ে গেল দূরে।

সেই মুহূর্তেই ভেঙে পড়ল ছাদ।

দেবলীনাও অন্যদিক থেকে এসে পৌঁছে বলল, "এ তো ময়না!"

ময়নার সারা গা, পরনের শাড়ি জবজবে ভেজা। সে ব্যাকুলভাবে বলল, "আমার ছেলেকে ফিরিয়ে দেবেন তো? আমি আপনাদের জন্য ফিরে এসেছি।"

জ্বলন্ত বাড়িটা থেকে সবাই সরে এল দূরে।

দেবলীনা বলল, "আমি জানতাম, কাকাবাবর সঙ্গে থাকলে ঠিক রেঁচে যাব।"

সে-কথায় কান না দিয়ে কাকাবাবু ময়নাকে জিজ্ঞেস করলেন, "বাচ্চাগুলো কোথায়?"

ময়না বলল, "তাদের নিয়ে গেছে।"

কাকাবাবু বললেন, "কোথায়?"

ময়না বলল, "তা জানি না। লঞ্চে নিয়ে গেল। আমি নদীতে ঝাঁপ দিয়ে সাঁতরে এসেছি!"

কাকাবাবু সমস্ত মুখটা কুঁচকে বললেন, "ইস! ধরা গেল না! এখন কী করা যায়? সামনে একটা নদী দেখছি। এটা কী নদী?"

ময়না বলল, "রায়মঙ্গল।"

কাকাবাবু বললেন, "তার মানে এটা সুন্দরবনের একটা দ্বীপ। এখান থেকে যাওয়া যাবে কী করে?"

ময়না বলল, "সকালবেলা কোনও নৌকো গেলে ডাকতে হবে।"

কাকাবাবু বললেন, "তার মানে এখানে বসে থাকতে হবে সারা রাত? ছি ছি ছি ছি!"

দেবলীনা বলল, "দূরে একটা কীসের আলো দেখা যাচ্ছে?"

কাকাবাবু দেখলেন, অন্ধকার নদীর বুকে দেখা যাচ্ছে একটা লঞ্চের সার্চ লাইট। সেটা আসছে এদিকেই।

কাকাবাবু বললেন, "ওটা কাদের লঞ্চ? ওস্তাদদের নাকি?"

ময়না বলল, "সেটার তো অনেক দূরে চলে যাওয়ার কথা! কিংবা ফিরেও আসতে পারে। রাত্তিরে এদিক দিয়ে অন্য লঞ্চ চলে না।"

দেবলীনা বলল, "হয়তো দামি কোনও জিনিস ফেলে গেছে।"

ময়না বলল, "আমাকে ধরার জন্যও আসতে পারে।"

কাকাবাবু বললেন, "লঞ্চটা যে এখানেই আসছে, তাতে কোনও সন্দেহ নেই। গাছপালার আড়ালে গা-ঢাকা দিয়ে থাকো। দেখা যাক।"

সেই বাড়িটায় এখনও আগুন জ্বলছে। কাছে এক জায়গায় অনেক কাঠ জমা করা ছিল, সেখানেও ছড়িয়ে পড়েছে আগুন।

ধক ধক শব্দ করতে করতে লঞ্চটা এসে থামল এই দ্বীপে। সঙ্গে সঙ্গে কেউ নামল না। কারা যেন কথা বলছে। সার্চ লাইটটা ঘুরিয়ে ঘুরিয়ে দেখা হচ্ছে চতুর্দিকে।

দেবলীনা ফিসফিস করে বলল, "কাকাবাবু, ওই লঞ্চে সন্তু আছে, আমি গলা চিনতে পেরেছি।"

ময়না বলল, "এটা পুলিশের লঞ্চ।"

সার্চ লাইটের রেখা আবার এদিকে আসতেই কাকাবাবু দু'হাত তুলে উঠে দাঁড়ালেন।

সঙ্গে-সঙ্গে সন্তু আর জোজোর উল্লাসধ্বনি শোনা গেল। এবার ওরা লঞ্চ থেকে নেমে ছুটে এল এদিকে।

কাকাবাবু দাঁড়িয়ে রইলেন এক জায়গায়।

সন্তু আর জোজো তাঁকে ডাকতে ডাকতে আসছে, তিনি যেন তা শুনতেও পেলেন না। তাকিয়ে রইলেন, ওদের পেছনে রফিকুল আলমের দিকে।

তিনি কাছে আসতেই কাকাবাবু বললেন, "আশ্চর্য! যতসব অপদার্থের দল।"

রফিকুল কাঁচুমাচু হয়ে বললেন, "কেন, কিছু ভুল করে ফেলেছি?"

কাকাবাবু বললেন, "এলেই যখন, আর একটু আগে আসতে পারোনি? পাখি উড়ে গেল। সব ব্যাটা পালিয়েছে, বাচ্চাগুলোকে সঙ্গে নিয়ে গেছে।"

সন্তু বলল, "যাঃ! পালিয়ে গেছে? কীসে করে গেল?"

ময়না বলল, "লঞ্চে। ওদের নিজেদের লঞ্চ আছে।"

সন্তু বলল, "আপনি এখন আর ওদের দলে নেই?"

রফিকুল জিজ্ঞেস করলেন, "কতক্ষণ আগে গেছে?"

ময়না বলল, "অন্তত আধঘণ্টা তো হবেই!"

রফিকুল সঙ্গে সঙ্গে ব্যস্ত হয়ে বললেন, "সবাই এক্ষুনি উঠে পড়ুন। আমাদের লঞ্চের স্পিড অনেক বেশি। এখনও ওদের ধরে ফেলতে পারি।"

দু'মিনিটের মধ্যে ছেড়ে দিল পুলিশের লঞ্চ। আগের লঞ্চটা কোন দিকে গেছে, তা দেখিয়ে দিল ময়না।

রফিকুল বললেন, "কাকাবাবু, দৈবাৎ সন্তুদের সঙ্গে দেখা না হয়ে গেলে আমি কিছুই জানতে পারতাম না।"

সন্তু বলল, “সব কৃতিত্ব মামুনভাইয়ের। ইনিই তো জায়গাটা চিনিয়ে দিলেন।”

কাকাবাবু বললেন, “ওসব কথা পরে শুনব। এখন কথা বলতে ইচ্ছে করছে না। আগে দেখা যাক, কার্য উদ্ধার করা যায় কি না।”

সবাই দাঁড়িয়ে রইল লঞ্চের সামনের দিকে। কেউ কোনও কথা বলছে না।

কিছুক্ষণ পরেই একটা লঞ্চ দেখা গেল দূরে।

রফিকুল একটা চোঙা মুখে দিয়ে বলল, “পুলিশ বলছি। সারেন্ডার করো। সারেন্ডার। পুলিশ।”

লঞ্চটা অমনই দাঁড়িয়ে গেল।

এই লঞ্চটা খানিকটা এগিয়ে যেতেই ময়না বলল, “এটা ওদের নয়। ওদেরটার নাম সাংগ্রিলা।”

অন্য লঞ্চের সারেংয়ের কাছ থেকে জানা গেল যে, সমুদ্রের মোহনার দিকে আর-একটা লঞ্চকে সে যেতে দেখেছে কিছুক্ষণ আগে।

রফিকুল বললেন, “সমুদ্রে পড়লেও এ লঞ্চ নিয়ে তো মুম্বই যেতে পারবে না। মাঝপথে কোথাও নেমে গাড়িতে উঠবে। তার আগেই ধরতে হবে ওদের।”

কাকাবাবু বললেন, “স্পিড বাড়াতে বলো!”

রফিকুল বললেন, “যদি ওরা টের পেয়ে যায় যে, আমরা ফলো করছি, তা হলে কোনও খাঁড়িতে ঢুকে পড়বে। তাতে খুঁজে পাওয়া শক্ত হবে।”

কাকাবাবু বললেন, “দরকার হলে সারারাত প্রত্যেকটা খাঁড়ি খুঁজে দেখতে হবে। ওদের কিছুতেই পালাতে দেওয়া হবে না।”

এর পর যে লঞ্চটি দেখতে পাওয়া গেল, সেটি বেশ আস্তে-আস্তেই যাচ্ছে। পুলিশ যে তাদের তাড়া করতে পারে, তা তারা স্বপ্নেও ভাবেনি।

এবারেও রফিকুল একটা চোঙায় মুখ দিয়ে পুলিশের নাম করে সারেন্ডার করতে বললেন। সঙ্গে সঙ্গে ওদিক থেকে একঝাঁক গুলি ছুটে এল।

রফিকুল বললেন, “কাকাবাবু, শুয়ে পড়ুন, শুয়ে পড়ুন। সন্তু, তোমরাও। এবার ব্যাটাদের পাওয়া গেছে!”

ডেকের ওপর উপুড় হয়ে শুয়ে কাকাবাবু বললেন, “তোমার সঙ্গে ক'জন পুলিশ আছে?”

রফিকুল বললেন, “পাঁচজন। এদের খুব ভাল ট্রেনিং আছে। আজ সকালেই ক'জন ব্যাঙ্ক-ডাকাতকে কাবু করেছি।”

কাকাবাবু বললেন, “তোমাদের পুলিশদের হাতে তো মান্ধাতার আমলের রাইফেল। স্মাগলারদের কাছে অনেক আধুনিক অস্ত্র থাকে। সাব মেশিনগান থাকলে আমরা পারব না ওদের সঙ্গে।”

দু'পক্ষেই গুলিচালনা শুরু হয়ে গেছে। ওদিক থেকে শুধু বন্দুক-রিভলভারের গুলির শব্দই শোনা যাচ্ছে। ওদের সাব মেশিনগান থাকলে এতক্ষণ পুলিশের লঞ্চ ঝাঁঝরা হয়ে যেত।

রফিকুল এক-একবার মাথা তুলে নিজের রিভলভার দিয়ে গুলি চালিয়েই আবার লুকোচ্ছেন একটা ট্যাঙ্কের আড়ালে।

মিনিট পাঁচেক পরই তিনি বললেন, "কাকাবাবু, ওদের ফায়ার পাওয়ার কম। বোধ হয় দু'-তিনটের বেশি বন্দুক নেই। এর মধ্যে কয়েকজন জখম হয়েছে মনে হচ্ছে, কেউ কেউ নদীতে ঝাঁপ দিচ্ছে।"

জোজো বলল, "ওরা পালাবে? ধরা যাবে না?"

রফিকুল বললেন, "এতবড় নদী, জোয়ারের সময় দারুণ স্রোত, তার ওপর কুমির আর কামঠ আছে। কামঠ মানে ছোট ছোট হাঙর, পা কেটে নেয়।"

কাকাবাবু বললেন, "ওদের ধরার জন্য এখন চিন্তা করতে হবে না। বাচ্চাগুলোকে উদ্ধার করাই বড় কথা।"

ওদিকের লঞ্চের গুলিচালনা হঠাৎ থেমে গেল।

পুলিশের লঞ্চটা এগিয়ে গেল সামনের দিকে। রফিকুল আবার চোঙা নিয়ে বললেন, "পুলিশ থেকে বলছি। সারেন্ডার। অস্ত্র ফেলে দাও, নইলে সবাই মরবে।"

এবার ওদিক থেকে কেউ একজন চেঁচিয়ে বলল, "আপনারা গুলি চালানো বন্ধ করুন। আমার কথা শুনুন!"

সার্চ লাইট ফেলে দেখা গেল, ডেকের ওপর আহত হয়ে কাতরাচ্ছে ফরসা সাহেবের মতন লোকটি। আর ওস্তাদ দাঁড়িয়ে আছে, তার বুকে চেপে ধরে আছে একটা পাঁচ-ছ' বছরের বাচ্চা ছেলেকে, তার একটা কানের মধ্যে গোঁজা রিভলভারের নল।

সে বলল, "আমি জানের পরোয়া করি না। মরব, তবু ধরা দেব না। কিন্তু তার আগে, তোমরা একটা গুলি চালালেই আমি এই বাচ্চাটাকে খতম করব। কিংবা, তোমাদের গুলিতে ও আগে মরবে!"

বাচ্চাটা ঠিক বুঝেছে, তীব্র স্বরে কেঁদে উঠল।

রফিকুল জিজ্ঞেস করলেন, "কাকাবাবু, কী করব?"

কাকাবাবুর মুখখানা ফ্যাকাসে হয়ে গেছে। তিনি আস্তে-আস্তে বললেন, "ওরা পারে! ওরা বাচ্চাদেরও মেরে ফেলতে পারে।"

রফিকুল বললেন, "ঝুঁকি নিতে পারি। একটা বাচ্চা যদি যায়ও, অন্যগুলো বেঁচে যাবে।"

কাকাবাবু বললেন, "না, না, না, আমি একটা বাচ্চারও মৃত্যু সহ্য করতে পারব না। ছেড়ে দাও! তবু তো বাচ্চারা আরও কিছুদিন অন্তত বেঁচে থাকতে পারবে!"

রফিকুল বললেন, "ছেড়ে দেব?"

এদিক থেকে কোনও উত্তর না পেয়ে ওস্তাদ আবার বলল, "আমাদের পিছু ধাওয়া করতে পারবে না। তা হলে আমি নিজে মরার আগে সব ক'টা বাচ্চাকে খতম করব, তোমাদের হাতে তুলে দেব না কিছুতেই।"

রফিকুল কিছু বলতে পারলেন না।

ওস্তাদ হাঃ হাঃ করে জয়ের হাসি হেসে বলল, "সারেংসাহেব, চালাও!"

পুলিশের লঞ্চটা থেমে রইল। অন্য লঞ্চটা চলতে শুরু করল। দূরে সরে যাচ্ছে, দূরে সরে যাচ্ছে। কাকাবাবু একদৃষ্টিতে চেয়ে আছেন সেদিকে।

রফিকুল বললেন, "আমার হাত কামড়াতে ইচ্ছে করছে। এত কাছে পেয়েও—"

কাকাবাবু বিদ্যুদ্বেগে রফিকুলের হাত থেকে রিভলভার কেড়ে নিয়ে গুলি চালালেন। অব্যর্থ লক্ষ্য। ওস্তাদ সামান্য পাশ ফিরে ছিল, গুলি খেয়ে দড়াম করে পড়ে গেল!

কাকাবাবু রিভলভারটা ধরে রেখে বললেন, "মনে হচ্ছে আর কেউ বাকি নেই। আমি মানুষ মারতে চাই না। দ্যাখো তো, ও লোকটা এখনও বেঁচে আছে কি না!"

পুলিশের লঞ্চটা অন্য লঞ্চটার গা ঘেঁষে দাঁড়াল।

সন্তু, জোজো, মামুনরা লাফিয়ে-লাফিয়ে চলে গেল সেই লঞ্চে। ওস্তাদের বুকে-ধরা বাচ্চাটা আছড়ে পড়েছে মাটিতে, কিন্তু তার গায়ে গুলি লাগেনি। ওস্তাদের হাতের রিভলভারটা ছিটকে পড়ে গেছে খানিকটা দূরে। সে যন্ত্রণায় চিৎকার করছে আহত পশুর মতন। সেই অবস্থাতে এদিক-ওদিক খুঁজছে রিভলভারটা।

সন্তু সেটা দেখতে পেয়ে পা দিয়ে চেপে রইল।

ওস্তাদ ছ্যাঁচড়াতে ছ্যাঁচড়াতে সন্তুর পায়ের কাছে এসে কাতরভাবে বলল, "আমায় মেরে ফেলো! আর-একটা গুলি চালাও! আমি ধরা দিতে চাই না।"

সন্তু রিভলভারটা ঠেলে দিল পেছনে।

রফিকুল আলম কাকাবাবুর কাছে এসে বললেন, "ওঃ, কী সাঙ্ঘাতিক টিপ আপনার! তবে, এবারেও মানুষ মারেননি। ওস্তাদের ঠিক ডান কাঁধে গুলি লেগেছে, চিকিৎসা করলে বেঁচে যাবে।"

বাচ্চাটা দারুণ কাঁদছে, তাকে কোলে তুলে নিয়েছে ময়না। আদর করে, চুমো দিয়ে চেষ্টা করছে কান্না থামাতে।

একটু পরে সে কাকাবাবুর কাছে এসে বলল, "দেখুন, দেখুন, এই বাচ্চাটাকে অনেকটা আমার কেতোর মতন দেখতে। মুখের খুব মিল আছে।"

কাকাবাবু আস্তে-আস্তে বললেন, "এর মা যখন কাঁদে, তখন তাকেও বোধ হয় তোমার মতনই দেখায়!"

কাকাবাবু ও মরণফাঁদ

সকাল থেকে সন্তু আর জোজো নিজেদের মধ্যে কী যেন বলছে ফিসফিস করে। কাছাকাছি কাকাবাবুকে দেখলেই থেমে যাচ্ছে হঠাৎ। যেন তাদের একটা কিছু গোপন কথা আছে।

বাড়ির সামনে অনেকখানি জায়গা জুড়ে বাগান। বড় বড় সব ফলের গাছ। মাঝখানটায় মখমলের মতন সবুজ ঘাসে ভরা লন। ওখানে ব্যাডমিন্টন খেলার জন্য জাল টাঙানো আছে। কিন্তু ব্যাডমিন্টন খেলা শীতকালেই ভাল জমে। এখন ভরা বর্ষা, বৃষ্টি নামে যখন-তখন। বৃষ্টি না থাকলেও প্রবল হাওয়া দেয়। সন্তু আর জোজো এরই মধ্যে খেলার চেষ্টা করেছে কয়েকবার, কিন্তু খেলার বদলে হেসেই কুটি কুটি হয়েছে। পালকের কক উড়ে চলে যায় কোর্টের বাইরে, র‍্যাকেটে ছোঁয়াই যায় না।

একবার সন্তু সার্ভ করল জোজোর দিকে, ককটা ডান দিকে ঘুরে গিয়ে অনেকটা দূরে আটকে গেল একটা আমগাছের ডালে! গাছে উঠে সে ককটা পাড়তে গিয়ে জোজো পা পিছলে পড়ে গেল মাটিতে। যদিও তেমন কিছু লাগেনি, তবু জোজো ইচ্ছে করে খোঁড়াতে লাগল অনেকক্ষণ।

সেই লনের পাশেই একটা জামরুল গাছের নীচে একটা টেবিল ও চেয়ার পাতা। কাকাবাবু প্রায় সারাদিনই বসে থাকেন সেখানে। বই পড়েন। বই পড়তে পড়তে ঝিমুনিও আসে। তখনই হেঁকে বলেন, "ওরে রঘু, এক কাপ কফি দিয়ে যা!"

বৃষ্টি এসে গেলে অবশ্য উঠে আসতেই হয়। তখন এসে বসেন বারান্দায়। সেখানেও বৃষ্টির ছাঁট আসে। বাইরে কোথাও বেড়াতে এসে কাকাবাবু ঘরের মধ্যে বসে থাকতে চান না।

এটা সন্তুর মামার বাড়ি। জায়গাটার নাম টাকি। একসময় বেশ বড়সড় গ্রাম ছিল, এখন প্রায় শহরই হয়ে গেছে। তবে এখনও অনেক ফাঁকা ফাঁকা জায়গা আর অনেক গাছপালা আছে। এই বাড়িটা থেকে ইছামতী নদীটাও খুব দূরে নয়।

নদী পেরিয়ে খানিকটা গেলেই বাংলাদেশের সীমানা। ওদিকে সাতক্ষীরা শহর। এত কাছে বলেই সন্তু আর জোজোর বাংলাদেশে বেড়িয়ে আসার ইচ্ছে ছিল।

কিন্তু এমনি এমনি তো যাওয়া যায় না। পাসপোর্ট আর ভিসা লাগে। এ-বাড়ির কাজের লোক রঘু অবশ্য বলেছে যে ওঁদিক থেকে, এদিক থেকে অনেক লোক ভিসা-পাসপোর্ট ছাড়াই যাওয়া-আসা করে, সকালে আসে, বিকেলে চলে যায়, কিংবা দু'-একদিন থেকেও যেতে পারে। রঘুই সন্তু আর জোজোকে নিয়ে যেতে পারে বাংলাদেশে!

ওরা তাতে রাজি হয়নি। মনে মনে খানিকটা ইচ্ছে জাগলেও সন্তু জানে এ-কথা শুনলেই কাকাবাবু বকুনি লাগাবেন।

একটু আগে বৃষ্টি থেমে গেছে। কাকাবাবু গিয়ে আবার বসেছেন গাছতলার নীচের চেয়ারে। বারান্দায় দাঁড়িয়ে সন্তু আর জোজো গুজগুজ করতে শুরু করেছে আবার।

সন্তুর ছোটমামা ভেতর থেকে বেরিয়ে এসে জিজ্ঞেস করলেন, "কী রে, সন্তু, তোরা কিছু ঠিক করলি?"

সন্তু আমতা আমতা করে বলল, "না, মানে, আমাদের তো সোমবারই ফিরে যাওয়ার কথা। কলেজ খুলে যাচ্ছে।"

ছোটমামা বললেন, "কলেজ খুলে যাবে তো কী হয়েছে? এখান থেকেই কলেজে যাবি! সন্ধেবেলা ফিরে আসবি।"

সন্তু খানিকটা অবিশ্বাসের সুরে বলল, "এখান থেকে...মানে এত দূর থেকে কলেজে যাওয়া যায়?"

ছোটমামা বললেন, "কেন যাবে না? কত ছেলে যায়। কলকাতা কি খুব দূর নাকি? বাস বা ট্রেনে বড়জোর দু' ঘণ্টা লাগে।"

জোজো বলল, "কত লোক বর্ধমান থেকে, আসানসোল থেকে কলকাতায় চাকরি করতে আসে। আমার এক পিসতুতো দাদা প্রত্যেকদিন দিল্লি থেকে কলকাতা যাওয়া-আসা করে।"

এবারে অবিশ্বাসের ছাপ ফুটে উঠল ছোটমামার মুখে। তিনি জিজ্ঞেস করলেন, "কী কাজ করেন তোমার পিসতুতো দাদা?"

জোজো বলল, "পাইলট!"

থতমত খেয়ে ছোটমামা বললেন, "ও, সেটা আলাদা কথা!"

সন্তু বলল, "কাকাবাবুকে কিছু বলা হয়নি। কাকাবাবু সোমবারই ফিরবেন ঠিক করেছেন।"

ছোটমামা বললেন, "আরে, তোর কাকাবাবুকে তো আর কলেজে যেতে হয় না, কোথাও যাতায়াতও করতে হবে না। আরও কিছুদিন থেকে গেলে ক্ষতি কী? মোটে তো দশটা দিন। মাঝখানে আমার তিনদিন ছুটি। তোরা কয়েকটা দিন একটু কষ্ট করে কলেজে ক্লাস করে আসবি, তারপর সন্ধেবেলা রিহার্সাল। আমি গিয়ে রাজাদাকে বলব?"

সন্তু বলল, "না, না, আমি বললেই ভাল হয়।"

কিছুদিনের জন্য গ্রামের বাড়িতে এসে থাকতে ভালই লাগে। যেমন টাটকা বাতাস, তেমনই টাটকা মাছ আর ফল আর তরিতরকারি। তা বলে কি আর খুব বেশিদিন থাকা যায়? কয়েকদিন পরই কলকাতার জন্য মন ছটফট করে। এরমধ্যেই এখানে আটদিন কেটে গেছে।

সন্তুর মামা আর মাসিদের মধ্যে আর কেউ থাকেন না এখানে। সবাই চলে গেছেন শহরে। শুধু ছোটমামা একলা পড়ে আছেন এখানে। ছোটমামা আদর্শবাদী, তিনি এখানে থেকে গ্রামের সাধারণ মানুষদের জন্য অনেক কাজটাজ করেন। কেউ বিপদে-আপদে পড়লেই ছুটে আসে তাঁর কাছে। ছোটমামার নাম চন্দ্রশেখর। সবাই বলে চাঁদুবাবু!

এখানকার একটা স্কুলবাড়ি গত বছর বন্যায় ডুবে গিয়েছিল। অনেক ক্ষতি হয়েছে, তিনখানা ঘর হেলে পড়ে গেছে। ছোটমামা স্কুলটাকে নতুনভাবে গড়ে তুলতে চান। সেজন্য অনেক টাকা লাগবে। ছোটমামা নিজে তো কিছু দিচ্ছেনই, আরও টাকা জোগাড় করার জন্য মাঝে মাঝে চ্যারিটি শো করছেন। একটা বিরাট গানবাজনার জলসা হবে, কলকাতা থেকে বড় বড় শিল্পীরা আসবেন।

কিন্তু ছোটমামা বলছেন, "সবই শহরের শিল্পীরা এসে করবে কেন? গ্রামের মানুষও কিছু করতে পারে না ইস্কুল বাড়িটার জন্য? তাই তাঁর ইচ্ছে, ছোটদের দিয়ে একটা থিয়েটার করাবেন। তাঁর নিজের অনেক কাজ, সন্তু আর জোজো যদি একটা নাটক বেছে নিয়ে অন্য ছেলেদের সঙ্গে নিজেরাও পার্ট করে, তা হলে বেশ ভাল হয়।"

কিন্তু কলেজ কামাই করে গ্রামে বসে থিয়েটার করলে, মা-বাবারাই রেগে যাবেন। আর কাকাবাবু রাজি না হলে তো প্রশ্নই ওঠে না।

বাগানের গেটের কাছে একটা সাইকেল রিকশা এসে থামল। একজন কেউ ডেকে উঠল, "চাঁদুদা, চাঁদুদা।"

ছোটমামা চলে গেলেন সেদিকে।

কাকাবাবু বারান্দার দিকে পেছন ফিরে বসে আছেন। তাঁর হাত থেকে বইটা পড়ে গেল। তার মানে ঘুমিয়ে পড়েছেন। সন্তু দৌড়ে গেল মাটি থেকে বইখানা তুলে দিতে। মাটি এখনও ভেজা।

সন্তু বইটা টেবিলে রাখতেই কাকাবাবু চোখ মেলে বললেন, "তোরা দুটিতে আজ সকাল থেকে কী করছিস রে? আমার সঙ্গে তো একবারও কথা বলিসনি!"

সন্তু বলল, "তুমি বই পড়ছিলে—"

কাকাবাবু বললেন, "আজ বুঝি তুই আর জোজো ঝগড়া করিসনি?"

জোজো কাছে এসে বলল, "দেখুন না কাকাবাবু, সন্তুটা এমন ভিতু, আপনাকে একটা কথা বলা দরকার, আমাকেও বলতে দিচ্ছে না!"

কাকাবাবু হেসে বললেন, "সন্তু, আমাকে কিছু বলতে ভয় পায়? এ তো নতুন কথা শুনছি! তুমি তো ভিতু নও, তুমিই বলে ফেলো! আমি তোমাদের কাকাবাবু,

তোমাদের জ্যাঠামশাই তো নই! ছেলেরা জ্যাঠামশাইদের ভয় পায়।”

জোজো বলল, “কাকাবাবু, আমরা এখানে থিয়েটার করতে পারি?”

কাকাবাবু একটু অবাক হয়ে বললেন, “থিয়েটার মানে? কী থিয়েটার?”

জোজো বলল, “এখানকার ইস্কুল বাড়িটা ভাল করার জন্য চ্যারিটি শো হচ্ছে। কলকাতা থেকে অনেক আর্টিস্ট আসবেন। ছোটমামা বলছেন, গ্রামের ছেলেদের নিয়ে আমরাও একটা নাটক করি।”

কাকাবাবু বললেন, “থিয়েটার করতে গেলে রিহার্সাল দিতে হয়, পার্ট মুখস্থ করতে হয়। অনেক সময় লাগে। হুট করে কি থিয়েটার করা যায়?”

জোজো বলল, “এখনও দশদিন সময় আছে।”

কাকাবাবু বললেন, “দশদিন? আমাদের যে সোমবারই ফিরে যাওয়ার কথা।”

এবারে সন্তু বলল, “সেইজন্যই তো ভাবছি...আমাদের কলেজ খুলে যাবে।”

জোজো বলল, “এখান থেকেও কলেজে ক্লাস করা যায়। সকালে গিয়ে বিকেলে ফিরে আসব! যেতে দু' ঘণ্টা, আসতে দু' ঘণ্টা, তারপর সন্ধে থেকে টানা রিহার্সাল!”

কাকাবাবু চোখ বড় বড় করে বললেন, “যেতে দু' ঘণ্টা, আসতে দু' ঘণ্টা? তার মানে, আরও বেশি সময়ও লাগতে পারে। কখন বাস বন্ধ হয়, ট্রেন বন্ধ হয়, তার কি কোনও ঠিক আছে?”

তারপর গম্ভীরভাবে বললেন, “না, হবে না, অসম্ভব!”

সন্তু আর জোজো পরস্পরের চোখের দিকে তাকাল। সন্তুর মুখের ভাবখানা এমন, যেন জোজোকে সে বোঝাচ্ছে, তোকে আগেই বলেছিলুম না যে কাকাবাবু রাজি হবেন না!

কাকাবাবু আবার মুখ তুলে বললেন, “অত ধকল আর সময় নষ্ট করে কলেজে যাওয়ার বদলে আট-দশদিন কলেজে না গেলেও এমন কিছু ক্ষতি হয় না। তার চেয়ে থিয়েটার করা অনেক বেশি উপকারী!”

সন্তু আর জোজো দু'জনেই হকচকিয়ে গেল। কাকাবাবু কলেজে যেতে বারণ করছেন?

কাকাবাবু জিজ্ঞেস করলেন, “কী নাটক হবে?”

জোজো বলল, “আপনি পারমিশান দিচ্ছেন? নাটক এখনও ঠিক হয়নি। এখানকার লাইব্রেরি থেকে কয়েকটা বই আনিয়েছি।”

কাকাবাবু বললেন, “নাটক বাছাই করতে দেরি করলেই তর্কাতর্কি হবে। এ বলবে ওটা, সে বলবে সেটা! বড়রাও থাকবে, না ছোটরা?”

জোজো বলল, “আমরা বড়দের নেব না!”

কাকাবাবু বললেন, “যাঃ, তা হলে তো আমার পার্ট পাওয়ার আশা রইল না। তোদের নাটকে একটা খোঁড়া লোকের যদি পার্ট থাকত!”

জোজো বলল, “সত্যি আপনি করবেন?”

কাকাবাবু বললেন, "ভেবেছ বুঝি পারি না? ছেলেবেলায় আমি অনেক শখের থিয়েটার করেছি, তখন তো খোঁড়া ছিলাম না! যাকগে, এখানকার ছোটরা করছে, সেটাই ভাল। নিজেদের স্কুলের জন্য একটা কিছু সাহায্য করা হবে। তোমরা তাদের সঙ্গে যোগ দেবে, তোমরাও তো কলকাতার আর্টিস্ট হয়ে গেলে!"

সন্তু বলল, "ছোটমামা যে বললেন!"

কাকাবাবু বললেন, "ঠিক আছে। ইস্কুলের জন্য যে-কেউ সাহায্য করতে পারে। নাটকের পরিচালক কে? সেটা ঠিক করা খুব জরুরি।"

জোজো বলল, "আমি আর সন্তু দু'জনে মিলে ম্যানেজ করব!"

কাকাবাবু বললেন, "দু'জন পরিচালক? সর্বনাশ! পদে পদে ঝগড়া হবে। তোমাদের এমনিতেই ঝগড়া হয়—"

জোজো বলল, "সন্তুকেও লাগবে না। আমি একলাই পারব।

কাকাবাবু বললেন, "তোমার যোগ্যতা কী? তুমি আগে কখনও পরিচালনা করেছ?"

জোজো বলল, "আমার বাবা শম্ভু মিত্র আর উৎপল দত্তকে আবৃত্তি শিখিয়েছিলেন!"

কাকাবাবু হেসে ফেলে বললেন, "তোমার বাবা অত বড় বড় অভিনেতাদের আবৃত্তি শিখিয়েছিলেন, সেটা তোমার বাবার যোগ্যতা হতে পারে, তোমার হবে কী করে?"

জোজো বলল, "সৌমিত্র চট্টোপাধ্যায় আমাদের বাড়িতে প্রায়ই আসেন, আমার সঙ্গে ভাব আছে।"

কাকাবাবু বললেন, "সে তুমি যাই-ই বলো জোজো, তুমি পরিচালক হলে সবাই কি তোমাকে মানবে? পরিচালকের কথার ওপর কথা চলে না। সেইজন্যই ভাবছি পরিচালনার দায়িত্বটা আমারই নেওয়া উচিত। আমার কথা সবাই শুনবে!"

সন্তু বলল, "তা হলে তো খুব ভাল হয়!"

জোজো বলল, "কিন্তু কাকাবাবু, আপনার যোগ্যতা কী? আপনি কি কখনও পরিচালনা করেছেন?"

কাকাবাবু বললেন, "না, নাটক পরিচালনা করিনি বটে, তবে অভিনয় তো করেছি অনেকবার। অভিনয় করতে করতেও অনেকে পরিচালক হয়।"

জোজো বলল, "ঠিক আছে, আপনাকে পরিচালনার ভারটা ছেড়ে দিচ্ছি, কিন্তু আমাকে বড় পার্ট দিতে হবে!"

কাকাবাবু বললেন, "এই তো, কে কোন পার্ট করবে, তা নিয়ে মনোমালিন্য শুরু হয়ে যায়। সবাই বড় পার্ট চায়। আগে তো নাটক ঠিক হোক! আমি সাজেস্ট করছি, তোমরা 'লক্ষ্মণের শক্তিশেল' নাটকটা করো।"

জোজো বলল, "রামায়ণ?"

সন্তু বলল, "না, না, সুকুমার রায়ের লেখা!"

জোজো সেটা পড়েনি। সন্তু পড়েছে, অনেক আগে।

কাকাবাবু বললেন, "এ নাটকটা দারুণ মজার। একটু ভুলভাল করলেও জমে যায়। আর একটা সুবিধে হল, আমি নিজে এ নাটকে কয়েকবার অভিনয় করেছি তো। অনেক সংলাপ এখনও মুখস্থ আছে। আমাদের পরিচালক যেমন শিখিয়েছিলেন, তোমাদেরও তেমনই শেখাব।"

সন্তু বলল, "কাকাবাবু, এ নাটকে যে অনেক গান আছে?"

কাকাবাবু বললেন, "তোরাই গেয়ে দিবি! শক্ত কিছু নয়।"

সন্তু বলল, "গানের সুর কী করে জানব?"

কাকাবাবু বললেন, "আমি গাইতে পারি না। কিন্তু সুর সব জানি। তোদের মোটামুটি শিখিয়ে দেব। এ এমনই নাটক, ভুল সুরে গান গাইলেও ঠিক খাপ খেয়ে যাবে।"

তারপর উঠে দাঁড়িয়ে তিনি বললেন, "আমি করেছিলাম রাবণের পার্ট, বড়সড় চেহারা তো আমার। গদা ঘুরিয়ে সুগ্রীবের সঙ্গে যুদ্ধ করতে করতে গান গেয়েছি। শুনবি?"

মাথার ওপর হাত ঘুরিয়ে ঘুরিয়ে তিনি গাইতে লাগলেন হেঁড়ে গলায়!

ওরে পাষণ্ড, তোর ও মুণ্ড খণ্ড খণ্ড করিব।
যত অস্থি-হাড়, হবে চুরমার, এমনই আছাড় মারিব।
ব্যাটা গুলিখোর, বুদ্ধি নেই তোর, নেহাত তুই চ্যাংড়া
আয় তবে আয় যষ্টির ঘায় করিব তোরে ল্যাংড়া...

॥ ২ ॥

রিহার্সালের জন্য বড় বৈঠকখানা ঘরটিকে ঠিক করা হয়েছে। পুরনো আমলের ঢাউস ঢাউস সোফাগুলোকে ঠেলে সরিয়ে দেওয়া হয়েছে দেওয়ালের পাশে। ওগুলো সবই এখন ছেঁড়াখোঁড়া। হাড়গোড় বার করা অবস্থা, ফেলে দিলেই ভাল হয়।

টাকিতে বেশ কয়েকটি দল যাত্রা করে, নাটক করে, তাদের ডাকা হয়নি। শুধু বেছে নেওয়া হয়েছে ইস্কুলের কিছু ছেলেকে।

কাকাবাবুর উৎসাহ দেখে সন্তুর খুব মজা লাগছে। আগে তিনি বলেছিলেন, সামনের মঙ্গল-বুধবার তাঁর জরুরি কাজ আছে কলকাতায়। এখন সেসব ভুলে গিয়ে মেতে উঠেছেন নাটক নিয়ে।

প্রথমে তিনি পুরো নাটকটি সবাইকে পড়ে শোনালেন। গানগুলোও গাইলেন একটু একটু। তারপর বললেন, "এবারে ঠিক করতে হবে, কে কোন পার্ট করবে। শোনো, অভিনয়ের সময় নাটকের ছোট-বড় সব পার্টই গুরুত্বপূর্ণ। সাধারণ একটা পার্টও খারাপ হলে নাটক ঝুলে যায়। আমি প্রত্যেককে দু'-তিন লাইন করে বলতে

বলে টেস্ট নেব। তারপর আমি যাকে যে পার্ট দেব, মেনে নিতে হবে। কোনও আপত্তি চলবে না।”

তিনি ভূমিকা বাছাই শুরু করার আগেই ছোটমামা এসে বললেন, “রাজাদা, এক মিনিট একটু বাইরে এসো, একটা কথা বলব।”

কাকাবাবু উঠে গেলেন।

ছোটমামা বললেন, “আমার একটা অনুরোধ আছে, এখানকার পুলিশসাহেবের ছেলে সুকোমলকে রামের পার্টটা দিতে হবে। ওর মায়ের খুব ইচ্ছে!”

কাকাবাবু বিরক্ত হয়ে বললেন, “এই রে, তুমি প্রথম থেকেই এসব শুরু করলে? আমার কাজে মাথা গলালে আমি এর মধ্যে থাকতে চাই না। এই করে নাটক নষ্ট হয়? সবাই যোগ্যতা অনুসারে পার্ট পাবে।”

ছোটমামা মিনতি করে বললেন, “আমি আর কিছুতে মাথা গলাব না। পুলিশসাহেব আমাদের অনেক উপকার করেন। উনি সাহায্য করলে আমাদের টিকিটও বেশি বিক্রি হবে।”

কাকাবাবু বললেন, “রামের পার্টে যাকে-তাকে মানায় নাকি? চেহারাটা সুন্দর হওয়া দরকার।”

ছোটমামা বললেন, “তুমি ছেলেটাকে আগে দেখো। আমার ধারণা, বেমানান হবে না। মফস্‌সলে এইসব অনুরোধ একটু রাখতেই হয়।”

প্রথমেই ডাকা হল সেই ছেলেটিকে।

তার চেহারা বেশ ভালই। বারো-তেরো বছর বয়েস, সেই তুলনায় বেশ লম্বা, ফরসা রং, টানা টানা চোখ। পুলিশসাহেবের ছেলে হলেও তার মুখে অন্ধকারের ভাব নেই। শান্ত, কোমল মুখখানি, তার নামের সঙ্গে মিল আছে।

কাকাবাবু তাকে কয়েকটা লাইন বলতে দিলেন :

পিঁপড়ের পাখা উঠে মরিবার তরে।
জোনাকি যেমতি হায়, অগ্নিপানে রুষি
সত্বরে খদ্যোত লীলা—

ছেলেটির গলার আওয়াজও ভাল। দোষের মধ্যে এই, সে একটু তোতলা।

কাকাবাবু মনে মনে একটু হাসলেন। সুকুমার রায়ের নাটকে সব কিছুই উলটোপালটা, তা হলে রাম একটু তোতলা হলেই বা ক্ষতি কী?

অন্য সবাই হেসে উঠেছে, কাকাবাবু তাদের থামিয়ে দিয়ে বললেন, “চুপ! একেই রাম মানাবে।”

তারপর একে একে অন্য পার্ট দেওয়া হতে লাগল। কাকাবাবু জোজোকে বললেন, “তুমি হবে হনুমান!”

জোজো দাঁড়িয়ে উঠে বলল, “হনুমান? না, না, আমি এ পার্ট চাই না!”

কাকাবাবু বললেন, “আগেই বলেছি না, আমার কথায় আপত্তি করা চলবে না? নাটক সাকসেসফুল হয় কীসে জানো? যদি হাসির কথায় দর্শক হেসে ওঠে আর

ভাল ভাল জায়গায় হাততালি দেয়। থিয়েটারের ভাষায় হাততালিকে বলে ক্ল্যাপ। এই নাটকে হনুমানের পার্টেই সবচেয়ে বেশি হাসির কথা আছে, আর সবচেয়ে বেশিবার ক্ল্যাপ পেতে পার! রাম-লক্ষ্মণের চেয়েও হনুমানই এখানে আসল হিরো!”

জোজো বলল, “তা বলে আমাকে হনুমান সাজতে হবে? মুখে মুখোশ?”

কাকাবাবু বললেন, “না, না, সেরকম কিছুই না। শুধু একটা লম্বা ল্যাজ থাকবে আর মাঝে মাঝে তুমি হুপ হুপ শব্দ করে লাফাবে!”

জাম্বুবানের পার্ট পেয়ে সন্তু কোনও আপত্তি করেনি।

সব পার্ট দেওয়া হয়ে গেল। নিচু ক্লাসের কয়েকটি বাচ্চা ছেলেকে সাজানো হবে বানর-সেনা, তাদের কোনও কথা নেই।

তারপর কাকাবাবু বললেন, “শোনো সবাই, দু'দিনের মধ্যে সবাইকে যার যার পার্ট মুখস্থ করে ফেলতে হবে। এখন কয়েকদিন ইস্কুল-কলেজের পড়া না করলেও চলবে। শুধু পার্ট মুখস্থ। ইস্কুলের পড়া প্রতি বছর বদলে যায়, পরে অনেক কিছু মনেও থাকে না। কিন্তু দেখো, এই থিয়েটারের কথা তোমাদের সারাজীবন মনে থাকবে! আর একটা কথা, রিহার্সালের সময় এক মিনিটও দেরি করে হাজির হলে চলবে না। যার দেরি হবে, তাকে আমি কান ধরে ওঠ-বোস করাব, আর পর পর দু'দিন যে দেরি করে আসবে, সে থিয়েটার থেকে বাদ!”

পর পর দু'দিন বেশ ভালই রিহার্সাল হল। সকাল থেকে সন্ধে পর্যন্ত। মাঝখানে দুপুরবেলা এ-বাড়িতেই সবাই মিলে একসঙ্গে খিচুড়ি-মাংস খাওয়া।

তৃতীয় দিনে হঠাৎ দেখা দিল এক উপদ্রব।

বিকেলবেলা গাড়ি নিয়ে উপস্থিত হল দেবলীনা।

রিহার্সাল বেশ জমে উঠেছে, তার মধ্যেই সে ঢুকে পড়ে এগিয়ে গেল কাকাবাবুর দিকে। টকটকে লাল রঙের ফ্রক পরেছে, তাকে মনে হচ্ছে আগুনের হলকা।

কাকাবাবুকে সে জিজ্ঞেস করল, “কী ব্যাপার, তোমাদের সোমবারে ফেরার কথা ছিল না? আমি দু'দিন ধরে টেলিফোন করে করে পাচ্ছি না।”

কাকাবাবু বললেন, “নাঃ, ফেরা হল না।”

দেবলীনা সন্তুর দিকে ফিরে চোখ পাকিয়ে বলল, “অ্যাই সন্তু, খুব কলেজে ফাঁকি দেওয়া হচ্ছে? লেখাপড়া গোল্লায় গেছে। বেশিদিন গ্রামে থাকলে গেঁয়ো ভূত হয়ে যায়, জানিস না?”

জোজো বলল, “এই রে, এসে গেছে মূর্তিমতী ঝঞ্ঝা!”

দেবলীনা তার দিকে ফিরে বলল, “কী বললি, কী বললি?”

সন্তু জোজোকে বলল, “এত শক্ত শক্ত বাংলা এ বোঝে না!”

দেবলীনা বলল, “আমি বাংলা বুঝি না? আমি ঝঞ্ঝা মানে জানি, কুজ্ঝটিকা

মানেও জানি! তুই কিংকর্তব্যবিমূঢ় মানে বলতে পারবি?"

সময় নষ্ট হচ্ছে বলে, কাকাবাবু অস্থির হয়ে বললেন, "দেবলীনা, তুমি একটু পাশে বসে থাকো। আমরা একটা কাজ করছি।"

এতক্ষণ ঘরের মধ্যে আর কে আছে, না আছে, তা লক্ষই করেনি দেবলীনা। এবার সে মুখ ঘুরিয়ে সবাইকে দেখল। তারপর বলল, "এরা সবাই একটা করে বই হাতে নিয়ে বসে আছে কেন? ইস্কুল হচ্ছে বুঝি?"

কাকাবাবু বললেন, "না, আমরা নাটকের রিহার্সাল দিচ্ছি।"

দেবলীনা বলল, "নাটকের রিহার্সাল মানে?"

জোজো বলল, "কাকাবাবু, ও রিহার্সাল মানেও জানে না।"

কাকাবাবু বললেন, "এখানে থিয়েটার হবে।"

দেবলীনা ভুরু কুঁচকে, জোর দিয়ে বলল, "থিয়েটার? থিয়েটার? আমাকে বাদ দিয়ে? ও সেইজন্য তোমরা গ্রামে লুকিয়ে বসে আছ? ঠিক সময়ে এসে পড়েছি। আমাকেও পার্ট দিতে হবে।"

জোজো বুড়োআঙুলে কলা দেখিয়ে বলল, "উপায় নেই! উপায় নেই, সব পার্ট দেওয়া হয়ে গেছে!"

দেবলীনা সে-কথা গ্রাহ্য না করে কাকাবাবুর দিকে ফিরে বলল, "ওসব আমি জানি না। আমাকে পার্ট দিতেই হবে। ওই সন্তুটা তো কিছু পারে না, ওর পার্টটা আমাকে দাও!"

সন্তু সঙ্গে সঙ্গে বলল, "আমি আমার পার্ট ছেড়ে দিতে রাজি আছি। তোকে কিন্তু পুরুষ সাজতে হবে!"

দেবলীনা বলল, "পুরুষ সাজতে হবে কেন? তোর ইচ্ছে হয়, তুই মেয়ে সাজ গিয়ে। আমি মেয়ের পার্টই চাই!"

সন্তু বলল, "এ নাটকে তো একটাও মেয়ের পার্ট নেই!"

দেবলীনা বলল, "কেন, মেয়ের পার্ট নেই কেন?"

সন্তু বলল, "তা আমি কী জানি! নাট্যকারকে জিজ্ঞেস করতে হবে।"

কাকাবাবু বললেন, "নাট্যকারকে জিজ্ঞেস করার একটু অসুবিধে আছে। সুকুমার রায় আমারও জন্মের আগে স্বর্গে চলে গেছেন!"

দেবলীনা সন্তুর হাত থেকে বইটা নিয়ে ছুড়ে ফেলে দিয়ে বলল, "মেয়েদের পার্ট নেই, তার মানে এটা বিচ্ছিরি নাটক! অন্য বই করো।"

কাকাবাবু বললেন, "অনেকদূর এগিয়ে গেছে, এখন তো আর বদলানো যায় না। আমরা বরং কলকাতায় গিয়ে আবার থিয়েটার করব। তখন তোমাকে—"

দেবলীনা বলল, "ওসব শুনতে চাই না। আমাকে এই থিয়েটারেই পার্ট দিতে হবে!"

জোজো বলল, "কাকাবাবু, ওকে কাটা সৈনিকের পার্ট দেওয়া যেতে পারে। স্টেজে মরে পড়ে থাকবে!"

দেবলীনা জিজ্ঞেস করল, "কাকাবাবু, এই জোজোটা কীসের পার্ট করছে?"

কাকাবাবু বললেন, "হনুমান!"

দেবলীনা ভেংচি কেটে বলল, "হনুমান? ঠিক মানিয়েছে। নিশ্চয়ই মস্ত বড় ল্যাজ থাকবে? থিয়েটারের দিনে আমি ওর ল্যাজে আগুন ধরিয়ে দেব!"

জোজো বলল, "বোকা মেয়ে, হনুমান বুঝি আগুনকে ভয় পায়? রামায়ণ পড়িসনি?"

গ্রামের অন্য ছেলেরা দেবলীনার কাণ্ডকারখানা দেখে হাঁ হয়ে আছে। অনেক সময় নষ্ট হচ্ছে বলে কাকাবাবু একরকম জোর করেই দেবলীনাকে টেনে এনে নিজের পাশের একটা চেয়ারে বসিয়ে দিলেন।

দেবলীনার মুখখানা থমথমে হয়ে আছে। মনে হয় যেন রাগে আর দুঃখে সে কেঁদেই ফেলবে।

তারপর রিহার্সালে মজার মজার কথাগুলো শুনে একটু একটু বদলাতে লাগল তার মুখের রং।

একসময় বিভীষণ হনুমানের উদ্দেশে গান ধরল :

শোন রে ওরে হনুমান
হও রে ব্যাটা সাবধান
আগে হতে স্পষ্ট বলে রাখি।
তুই ব্যাটা জানোয়ার
নিষ্কর্মার অবতার
কাজেকম্মে দিস বড় ফাঁকি!

তা শুনতে শুনতে হি হি করে হেসে ফেলল দেবলীনা। এবার সেও দুই আঙুলে কলা দেখাল জোজোর দিকে।

॥ ৩ ॥

চারদিনের মধ্যেই সবার বেশ পার্ট মুখস্থ হয়ে গেল।

কাকাবাবুর নিজেরও সব মনে পড়ে গেছে। গানগুলো তিনি বই না দেখেই গেয়ে শোনাতে পারেন।

ছোটমামা এরমধ্যে পোস্টার ছাপিয়ে ফেলেছেন। টাকি থেকে বসিরহাট পর্যন্ত অনেক দেওয়ালে দেওয়ালে সেই পোস্টার। পরিচালক হিসেবে বড় বড় অক্ষরে লেখা : রাজা রায়চৌধুরী, ব্রাকেটে কাকাবাবু।

সকালবেলা বেড়াতে বেরিয়ে সেই পোস্টার দেখে কাকাবাবু লজ্জা পেয়ে গেলেন।

বাড়িতে ফিরে এসে তিনি ছোটমামাকে বললেন, "আরে চাঁদু, এটা কী করেছ, তুমি আমার নামটা দিতে গেলে কেন?"

ছোটমামা বললেন, "তোমার নামে বেশি টিকিট বিক্রি হবে!"

কাকাবাবু বললেন, "ধ্যাত, আমাকে এখানে কে চিনবে? লোকে ভাববে বুঝি, কোনও যাত্রাদলের অধিকারী!"

ছোটমামা বললেন, "তুমি জানো না রাজাদা, তুমি কতটা বিখ্যাত। অনেকেই আমাকে জিজ্ঞেস করেছে, ইনিই কি সেই 'সবুজ দ্বীপের রাজা'র কাকাবাবু? অনেকেই তো টিভি-তে তোমার আরও সিনেমা দেখেছে!"

কাকাবাবু বললেন, "বেশি লোকে আমাকে চিনে ফেলুক, আমি মোটেই তা চাই না। আমার শত্রুরও তো অভাব নেই!"

সব পোস্টার দেওয়ালে দেওয়ালে সেঁটে দেওয়া হয়েছে, এখন তো আর তুলে ফেলাও যায় না।

বৃষ্টির জন্য রিহার্সালে ব্যাঘাত হচ্ছে খানিকটা। এক এক সময় এত জোর বৃষ্টি নামে, কেউ বাড়ি থেকে বেরোতেই পারে না। তবু কিছু কিছু ছেলে এমনই মজা পেয়ে গেছে যে, সেই বৃষ্টির মধ্যেও দৌড়ে দৌড়ে এসে হাজির হয়।

আজ সকাল ও দুপুরে একটানা বৃষ্টি হল।

এরমধ্যেই বাড়িতে বাড়িতে খবর পাঠিয়ে দেওয়া হয়েছে, বিকেলবেলা ঝড়, বৃষ্টি, বজ্রপাত যাইই হোক, চারটে থেকে রিহার্সাল শুরু করতেই হবে। থিয়েটার করতে গেলে ভালভাবে করা উচিত।

সৌভাগ্যবশত দুপুর সাড়ে তিনটের পরই বৃষ্টি থেমে গেল। আকাশ পরিষ্কার। চারটে বাজতেই কাকাবাবু বললেন, "সন্তু, দ্যাখ, সবাই এসেছে কিনা!"

"হ্যাঁ। প্রত্যেকেই এসেছে বলতে গেলে, শুধু সুকোমল ছাড়া।"

অন্যদিন কিন্তু সুকোমল আগে আগেই এসে হাজির হয়।

অনেক নাটকের দলে, কেউ একজন অনুপস্থিত থাকলে প্রক্সি দিয়ে রিহার্সাল শুরু হয়ে যায়। কাকাবাবু সেটা পছন্দ করেন না। তিনি মাঝখান থেকেও রিহার্সাল দেন না। প্রত্যেকদিন একেবারে প্রথম দৃশ্য থেকে টানা শেষ পর্যন্ত।

রাম আছে প্রথম দৃশ্যেই। কিছুক্ষণ তার জন্য অপেক্ষা করা হল।

পাঁচ মিনিট, দশ মিনিট, আধঘণ্টা কেটে গেল, সুকোমল এল না।

যে ছেলেটি লক্ষ্মণের পার্ট করছে, তার নাম দিবাকর। সে সুকোমলকে পছন্দ করে না। এক সময় সুকোমলের সঙ্গে তার কী নিয়ে যেন ঝগড়া হয়েছিল, অর্থাৎ রাম আর লক্ষ্মণের মধ্যে ভাব নেই।

দিবাকর উঠে দাঁড়িয়ে জিজ্ঞেস করল, "কাকাবাবু, সুকোমল এলে আপনি তাকে কান ধরে ওঠ-বোস করাবেন?"

কাকাবাবু গম্ভীর মুখে বললেন, "নিশ্চয়ই!"

পুলিশসাহেবের ছেলেকে সত্যি সত্যি কান ধরে ওঠ-বোস করানো হবে কি না তা নিয়ে অনেকেরই কৌতূহল আছে। সবাই ঘন ঘন তাকাচ্ছে দরজার দিকে।

আরও দশ মিনিটের মধ্যেও সুকোমল এল না।

কাকাবাবু বেশ বিরক্ত হয়েছেন। বইটার পাতা থেকে চোখ তুলছেন না।

একটু বাদে বললেন, "আর তো দেরি করা যাবে না। ততক্ষণ গানগুলো প্র্যাকটিস হোক। সুকোমলের বাড়ি কত দূরে? কেউ গিয়ে খবর নিয়ে আসতে পারবে?"

দিবাকরই উঠে দাঁড়াল। সাইকেলে যেতে-আসতে দশ মিনিটও লাগবে না।

কয়েকটা কোরাস গান আছে, সেগুলো এখনও ঠিক তৈরি হয়নি। কাকাবাবু সে-গুলোই ভাল করে শেখাতে লাগলেন।

দিবাকর ফিরে এসে জানাল, "সুকোমল বাড়িতেও নেই। তার মা বলেছেন, সে রিহার্সাল দেওয়ার জন্য চারটের আগেই বেরিয়ে গেছে।"

তবে কি সুকোমল নাটকের রিহার্সাল দেওয়ার নাম করে অন্য জায়গায় আড্ডা দিতে গেছে? ছি ছি ছি। নাটক সম্পর্কে তার উৎসাহ নেই? তা হলে জোর করে সে রামের পার্ট নিতে গেল কেন?

এর পরেও একঘণ্টা, দেড়ঘণ্টা কেটে গেল, সুকোমল আর এলই না। রিহার্সাল শেষ হল সাড়ে সাতটায়।

এখানে প্রায়ই লোডশেডিং হয়। অন্ধকারে রাস্তায় হাঁটা বিপজ্জনক। এই বর্ষাকালে সাপটাপ বেরোয়, তাই ছেলেদের আর আটকে রাখা যায় না।

সবাই চলে যাওয়ার পর কাকাবাবু বারান্দায় বসলেন এক কাপ কফি নিয়ে।

জোজো আর সন্তু এসে বসল কাছে।

জোজো বলল, "কাকাবাবু, আপনি যে 'লক্ষ্মণের শক্তিশেল' নাটকে অভিনয় করেছিলেন, কেমন হয়েছিল? ভাল? না কি কোনও গণ্ডগোল হয়েছিল?"

কাকাবাবু বললেন, "সে অনেকদিন আগের কথা, কিন্তু আমার মনে আছে সব। একটু-আধটু গণ্ডগোল হয়েছিল ঠিকই, কিন্তু সেসব কথা এখন বলতে ইচ্ছে করছে না। পরে সে গল্প শোনাব। আমি ভাবছি সুকোমলের কথা। কেন সে আজ এল না? তাকে এমনিতে বেশ সিনসিয়ার মনে হয়েছিল। রিহার্সালের নাম করে সে অন্য কোথাও যাবে আড্ডা দিতে?"

জোজো বলল, "নিশ্চয়ই ট্র্যাফিক জ্যামে পড়েছে!"

কাকাবাবু বললেন, "সাইকেলে যার বাড়িতে যেতে পাঁচ মিনিট লাগে, তার মধ্যে ট্র্যাফিক জ্যাম?"

সন্তু জানে, কাকাবাবু কোনও একটা কাজে হাত দিলে সেটা ঠিকঠাক শেষ না করা পর্যন্ত কিছুতেই স্বস্তি বোধ করেন না। আজ রাত্তিরে সুকোমলের কথা চিন্তা করে ঘুমোতেই পারবেন না তিনি।

কথা ঘোরাবার জন্য সে বলল, "কাকাবাবু, শিশির ভাদুড়ি নামে একজন বড় অভিনেতার কথা আমরা বইতেই পড়েছি। তুমি কি তার থিয়েটার দেখেছ?"

কাকাবাবু কিছু বলার আগেই জোজো বলল, "আরে শিশির ভাদুড়ি তো আমার বাবার শিষ্য ছিলেন। একবার তাঁর গলায় এমন ব্যথা হল—"

জোজো গল্পটা শেষ করতে পারল না।

ছোটমামা এসে বললেন, "রাজাদা, একটা খুব চিন্তার ব্যাপার হল। সুকোমল বাড়ি থেকে বেরিয়েছিল রিহার্সালে আসবে বলে। এখানে সে আসেনি। বাড়িতেও সে ফেরেনি। কেউ তার কোনও খবর বলতে পারছে না!"

কাকাবাবু বললেন, "বাড়িতে ঝগড়াটগড়া করেছিল নাকি?"

ছোটমামা বললেন, "না, সেসব কিছু হয়নি। বাড়ি থেকে দুধ-কলা আর মুড়ি খেয়ে বেরিয়েছিল। ওর মা বলল, সবটা খায়নি, রিহার্সালের দেরি হয়ে যাচ্ছে বলে তাড়াতাড়ি জামাটামা পরে নিয়ে দৌড়ে বেরিয়ে গেল, আবার ফিরেও এল, বইটা নিয়ে যায়নি। তখন চারটে বাজতে ঠিক দশ মিনিট বাকি।"

কাকাবাবু বললেন, "ধরা যাক, রিহার্সালে না এসে সে মিথ্যে কথা বলে অন্য কোথাও গেছে। এত রাত পর্যন্ত সে বাড়ির বাইরে থাকে?"

ছোটমামা বললেন, "এখানে তো সন্ধের পর আর করার কিছু নেই। কোথায় থাকবে? অন্য সময় সে বাবলু নামে তার এক বন্ধুর বাড়িতে ক্যারাম খেলতে যায়। সে ছেলেটির জ্বর হয়েছে ক'দিন থেকে। তার বাড়িতেও খোঁজ নেওয়া হয়েছে, সেখানেও সে যায়নি।"

সামনের রাস্তা দিয়ে বিকট শব্দে একটা মোটরসাইকেল ছুটে গেল।

তারপরেই দেখা গেল, বাগানের মধ্যে গোলমতন কী একটা জিনিস এসে পড়েছে, তাতে চিড়িক চিড়িক করে আগুন জ্বলছে।

সন্তু আর জোজো সেদিকে যাওয়ার চেষ্টা করতেই কাকাবাবু চেঁচিয়ে উঠলেন, "যাবি না, কাছে যাবি না!"

সঙ্গে সঙ্গে সেটা প্রচণ্ড শব্দে ফেটে গেল।

ছোটমামা দারুণ অবাক হয়ে বললেন, "কী, আমার বাড়িতে বোমা? কার এত সাহস?"

কাকাবাবু বললেন, "আওয়াজ শুনেই বুঝতে পেরেছি, ওটা আসল বোমা নয়। বোমাবাজি। এমনি কেউ ভয় দেখাবার চেষ্টা করেছে।"

ছোটমামা বললেন, "আমাকে কে ভয় দেখাবে? কীসের জন্য ভয় দেখাবে?"

কাকাবাবু বললেন, "তুমি গ্রামের মানুষের জন্য অনেক কাজ করছ। অনেকে তোমায় ভালবাসে। আবার তোমার বিরুদ্ধপক্ষও আছে নিশ্চয়ই!"

ছোটমামা বললেন, "তা তো থাকবেই। কেউ কেউ আমার পেছনে লাগতে যায়। সে আমি গ্রাহ্য করি না।"

কাকাবাবু বললেন, "তুমি যে এত বড় অনুষ্ঠানের আয়োজন করেছ, কলকাতা থেকে বড় বড় আর্টিস্ট আনাচ্ছ, সে ব্যাপারে সবাই তোমাকে সাহায্য করছে?"

ছোটমামা বললেন, "সবাই কি আর একমত হয়? গগন সাহা নামে এখানে একজন পাণ্ডাগোছের লোক আছে, মাছের ব্যবসায় অনেক টাকা করেছে, সে চেয়েছিল কমিটির সেক্রেটারি হতে। এখানে জানেন তো, কিছু করতে গেলেই

একটা কমিটি হবে, আর তার সেক্রেটারি হওয়ার জন্য কিছু লোক ব্যস্ত হয়ে পড়ে।”

কাকাবাবু জিজ্ঞেস করলেন, “সেই গগন সাহাকে সেক্রেটারি করা হয়নি?”

ছোটমামা বললেন, “গগন এমনিতে বেশ কাজের লোক, খুব খাটতে পারে, কিন্তু একটাই ওর দোষ। কিছু হলে তার থেকে ও টাকা চুরি করবেই। এমনিতে ওর এখন খুব ভাল অবস্থা, গ্রামে মস্ত বাড়ি, শহরে বাড়ি। তবু পাবলিকের টাকা চুরি না করে পারে না। সেইজন্যই গগন সাহাকে নিলে অন্য অনেকে আপত্তি করত।”

কাকাবাবু বললেন, “তাতে গগন সাহা নিশ্চয়ই চটে গেছে। সে তোমার অনুষ্ঠান ভণ্ডুল করার চেষ্টা করতেই পারে। অনুষ্ঠানটা শেষ পর্যন্ত ঠিকঠাক না হলে তোমারই তো বদনাম হবে।”

সন্তু জিজ্ঞেস করল, “ওই গগন সাহার কি মোটরসাইকেল আছে?”

ছোটমামা একটু থমকে গিয়ে বললেন, “ঠিক বলেছিস তো! আজকাল গগন একটা নতুন মোটরবাইক হাঁকিয়ে বেড়ায়!”

তারপরই তিনি আবার বললেন, “তা বলে গগন আমার বাগানে বোমা ছুড়ে যাবে, এত সাহস তার হবে না। আমাকে সে ভয়ও পায়।”

কাকাবাবু বললেন, “তোমাকে ভয় পাবে কেন? তোমার কীসের জোর? পুলিশ তোমাকে সাহায্য করে?”

ছোটমামা বললেন, “না, না, আমি নিজের কোনও ব্যাপারে পুলিশের সাহায্য নিই না। সুকোমলের বাবাকেও কখনও বাড়িতে ডাকিনি। গ্রামের মানুষ আমাকে ভালবাসে। আমার মুখের কথায় হাজার হাজার মানুষ ওর বাড়ি ঘিরে ফেলতে পারে। দু'-একবার এমনিই গ্রামের মানুষ ওকে মারতে গেছে। শেষ পর্যন্ত আমিই ওকে বাঁচিয়েছি।”

কাকাবাবু বললেন, “তুমি ওকে বাঁচিয়েছ, সেইজন্য তোমার ওপর ওর আরও রাগ বাড়বে। সেটাই তো নিয়ম!”

জোজো জিজ্ঞেস করল, “সুকোমলের বাবা কোথায়?”

কাকাবাবুও মনে মনে এই কথাটাই ভাবছিলেন অনেকক্ষণ ধরে। সুকোমলের বাবা এর মধ্যে একবারও আসেননি। সন্তু আর জোজোও জানে, কাকাবাবু যেখানে যান পুলিশের কর্তারা এসে তাঁর সঙ্গে দেখা করে যায়।

ছোটমামা বললেন, “সুকোমলের বাবার নাম নিখিল মাহাতো। উনি বিশেষ কাজে বারাসত গেছেন, টেলিফোনেও তাঁকে ধরা যায়নি। উনি এখনও কিছু খবর পাননি!”

কাকাবাবু উঠে দাঁড়িয়ে বললেন, “চলো, একবার গগন সাহার সঙ্গে দেখা করে আসি!”

ছোটমামা বললেন, “এখন যাবেন? অনেক রাত হয়ে গেছে। খাওয়াদাওয়া হয়নি।”

কাকাবাবু বললেন, "খাওয়াদাওয়া পরে হবে। কীরে সন্তু, জোজো, তোদের খিদে পায়নি তো? আজ রাত্তিরের মধ্যেই সুকোমলের খোঁজ বার করতে হবে। কাল রিহার্সাল বন্ধ রাখা চলবে না।"

॥ ৪ ॥

রাস্তা একেবারে অন্ধকার। এদিকে গাড়ি বিশেষ চলে না, সাইকেল রিকশাও কমে এসেছে। ছোটমামা সাইকেল চালিয়ে গিয়ে দুটো সাইকেল রিকশা ডেকে আনলেন।

রাস্তার পাশের বাড়িগুলোতে মানুষজন জেগে আছে, না এরই মধ্যে ঘুমিয়ে পড়েছে তা বোঝার উপায় নেই। লোডশেডিং, কয়েকটা বাড়িতে টিম টিম করে হ্যারিকেন জ্বলছে।

বাজারের কাছে অবশ্য এখনও অনেক লোক আছে। কিছু কিছু দোকান খোলা রেখেছে হ্যাজাক জ্বালিয়ে। বাজারের বাইরের রাস্তায় বসা তরকারিওয়ালারা চেঁচাচ্ছে, 'নিয়ে যান, শস্তায় পটল! শস্তায় ঝিঙে! দেড় টাকায় একটা লাউ, নিয়ে যান, নিয়ে যান!'

বাজার পেরিয়ে আরও খানিকটা যাওয়ার পর গগন সাহার বাড়ি।

নতুন বাড়ি, দোতলা। পাঁচিল দিয়ে ঘেরা, সামনে লোহার গেট। একতলা অন্ধকার, দোতলায় আলো জ্বলছে, অর্থাৎ এদের নিজস্ব জেনারেটার আছে। গ্রামে সেটাই বড়লোকদের চিহ্ন।

লোহার গেটে তালাবন্ধ। ছোটমামা কয়েকবার ঘটাঘট শব্দ করলেন, কেউ এল না। তখন হাঁক দিলেন, "গগন, গগন!"

এবারে ভেতর থেকে একজন বলল, "দাদা নেই!"

ছোটমামা বললেন, "একবার গেটটা খোলো। আমি চাঁদুবাবু বলছি!"

ভেতর থেকে আবার উত্তর এল, "বলছি তো দাদা বাড়ি নেই।"

"কোথায় গেছে?"

"তা জানি না।"

"একবার গেটটা খুলতে পারছ না?"

"কী মুশকিল! দাদা বাড়ি নেই। গেটে তালা পড়ে গেছে, এখন খোলা বারণ!"

"ওপরে তো আলো জ্বলছে দেখছি!"

"আলো জ্বালা কি নিষেধ নাকি?"

"গগন বাড়িতে নেই বলছ!"

"বাড়িতে নেই, তবু কি আছেন বলব? দাদার জ্যাঠাবাবু এসে এখানে রয়েছেন, তাই তেনার ইচ্ছেতে আলো জ্বালিয়েছেন!"

কাকাবাবু বললেন, "এরপর একমাত্র পুলিশই জোর করে বাড়িতে ঢুকতে

পারে। আমরা তা পারি না।”

জোজো বলল, “অন্যভাবেও ঢোকা যায়। পেছনের জলের পাইপ বেয়ে সন্তু অনায়াসে ছাদে উঠে যেতে পারে।”

সন্তু বলল, “আমি তো পারবই। তুই পারবি না?”

জোজো বলল, “আমিও পারি। কতবার দশতলা-বারোতলা উঠে গেছি, এ তো মোটে দোতলা। আমার শুধু একটাই মুশকিল। যদি কুকুর থাকে? আমি কুকুর ম্যানেজ করতে পারি না।”

কাকাবাবু বললেন, “থাক, অতটা দরকার নেই।”

সন্তু বলল, “ভেতর থেকে যে-লোকটা কথা বলল, তার দাড়ি আছে, আর একটা চোখ ট্যারা।”

জোজো বলল, “তুই কী করে জানলি?”

সন্তু বলল, “তুই গিয়ে দেখে আয় মেলে কিনা!”

জোজো বলল, “শার্লক হোম্‌স হলে এখান থেকেই প্রমাণ করে দিত।”

ছোটমামা বললেন, “আমার মনে হয়, গগন সত্যিই বাড়ি নেই। এতটা বাড়াবাড়ি সে করবে না। তবে, আজ বিকেলেও আমি তাকে দেখেছি।”

কাকাবাবু বললেন, “ভেতরের লোকটি তো বলল, রাত্তিরে আর সে ফিরবে না।”

ছোটমামা বললেন, “এক হতে পারে, গগনের গ্রামেও একটা বাড়ি আছে। এখন সে শহরে থেকে ব্যবসা করলেও গ্রামের সঙ্গে যোগাযোগ রাখে। সেখানকার বাড়িটা আরও বড় করে, সুন্দর করে সাজিয়েছে। মাঝে মাঝে সেখানে গিয়ে থাকে দু’-একদিন।”

কাকাবাবু বললেন, “চলো, সেই বাড়িতে।”

ছোটমামা প্রায় আঁতকে উঠে বললেন, “এখন? অসম্ভব!”

কাকাবাবু শান্ত গলায় জিজ্ঞেস করলেন, “অসম্ভব কেন? অনেক দূর!”

ছোটমামা বললেন, “না, অনেক দূর নয়। কিন্তু রাস্তা খারাপ। বর্ষাকালে কাদায় ভরা। সাইকেল রিকশা যেতে পারবে না।”

কাকাবাবু বললেন, “গগন যায় কী করে?”

ছোটমামা বললেন, “মোটরসাইকেল যেতে পারে। জিপগাড়িও যেতে পারে। এমনিতে রাস্তা চওড়া, তবে—”

কাকাবাবু বললেন, “একটা জিপগাড়ি জোগাড় করো!”

ছোটমামা বললেন, “তুমি কী বলছ রাজাদা? এত রাতে আমি জিপ জোগাড় করব কোথা থেকে?”

কাকাবাবু এবার প্রচণ্ড রেগে উঠে বললেন, “দ্যাখো চাঁদু, তুমি এত বছর ধরে গ্রামে আছ। জিপ কোথা থেকে জোগাড় করবে, তা কি আমাকে বলে দিতে হবে? যেখান থেকে পারো একটা জিপ নিয়ে এসো!”

কাকাবাবুর ধমক খেয়ে ছোটমামা কুঁকড়ে গেলেন। খানিকটা কাজও হল। সবাইকে সেখানে দাঁড় করিয়ে রেখে ছোটমামা একটা সাইকেল রিকশা নিয়ে চলে গেলেন বাজারের দিকে।

জোজো বলল, "সন্তু, বাজি ধরবি, ছোটমামা জিপ আনতে পারবেন কিনা।"

সন্তু বলল, "ঠিক পঁয়তিরিশ মিনিটের মধ্যে জিপ নিয়ে এসে পড়বেন।"

কাকাবাবু বললেন "তোমরা বরং আর একটা বাজি ধরো। গগন সাহা এ-বাড়িতেই লুকিয়ে আছে, না গ্রামের বাড়িতে আছে?"

জোজো বলল, "এ-বাড়িতেই আছে।"

সন্তু জিজ্ঞেস করল, "তুই কী করে বুঝলি?"

জোজো বলল, "তুই যেভাবে তখন বুঝলি যে, ভেতরে লোকটার দাড়ি আর এক চোখ ট্যারা।"

সন্তু বলল, "এত সাততাড়াতাড়ি গেটে তালা দেওয়ার কী মানে হয়? মোটে তো ন'টা বাজে!"

কাকাবাবু বললেন, "তোদের কী মত? এই রাত্তিরেই গ্রামের বাড়িটা একবার দেখে আসা উচিত।"

দু'জনে প্রায় একই সঙ্গে বলে উঠল, "নিশ্চয়ই!"

কাকাবাবু বললেন, "কিছু না পাওয়া গেলেও রাত্তিরবেলা গ্রাম তো ঘুরে আসা হবে। তাই বা মন্দ কী?"

দূরে একটা মোটরসাইকেলের আওয়াজ শোনা গেল।

তীব্র হেডলাইট জ্বেলে সেটা এদিকেই আসছে।

জোজো বলল, "এইবার গগন সাহা ধরা পড়বে! ওর কাছে যদি বোমা থাকে?"

কাকাবাবু বললেন, "তোমরা একটু দূরে সরে গিয়ে অন্ধকারে গা-ঢাকা দিয়ে থাকো।"

অন্য সাইকেল রিকশাটা এর মধ্যে চলে গেছে। কাকাবাবু একলা দাঁড়িয়ে রইলেন মাঝরাস্তায়।

মোটরসাইকেলটা গর্জন করতে করতে এসে থামল এই বাড়ির সামনে। যে চালাচ্ছে, তার মাথায় হেলমেট। এবার সেটা খুলতেই, অল্প আলোয় বোঝা গেল, তার বয়েস মাত্র তেইশ-চব্বিশের বেশি নয়। অর্থাৎ সে গগন সাহা হতেই পারে না।

সঙ্গে সঙ্গে খুলে গেল বাড়িটার ভেতরের দরজা, বেরিয়ে এল দু'জন। তাদের মধ্যে একজন গাঁট্টাগোট্টা লোক, আর একজন মেয়ে। উনিশ-কুড়ির মতন বয়েস।

গেটও খোলার পর মেয়েটি এসে বসল মোটরবাইকের পেছনের সিটে।

যে-চালাচ্ছে, সে চেঁচিয়ে বলল, "সব ঠিক আছে তো নিবারণদা?"

অন্য লোকটি কী বলল তা শোনা গেল না। মোটরসাইকেলটি আবার বেরিয়ে গেল হুস করে।

এবার সে বাড়ির দোতলার আলোও নিভে গেল।

সন্তু আর জোজো কাছে চলে আসার পর কাকাবাবু জিজ্ঞেস করলেন, "কী রে, কী বুঝলি?"

জোজো বলল, "যাকে বলে, রহস্য ঘনীভূত! এই কি সেই মোটরসাইকেলের লোকটা, যে বোমা ছুড়েছে? ও আসতেই গেট খুলে গেল কেন?"

কাকাবাবু বললেন, "অনেক সময় অনেক সাধারণ ঘটনাও রহস্যময় মনে হয়। আরও অনেক লোক মোটরসাইকেল চালাতে পারে। হয়তো এই মেয়েটা এই বাড়িতে কোনও কাজ করে। এই ছেলেটি রোজ এইসময় তাকে নিয়ে যায়!"

জোজো বলল, "ছেলেটা যে বলল, সব ঠিক আছে তো?"

কাকাবাবু বললেন, "তারও অনেক রকম মানে হতে পারে।"

সন্তু বলল, "অন্য যে-লোকটা বাড়ি থেকে বেরিয়ে এল, তার দাড়ি ছিল। সে-ই নিশ্চয়ই আগে কথা বলছিল।"

জোজো বলল, "হ্যাঁ, দাড়ি ছিল, আমি দেখেছি। কিন্তু ট্যারা ছিল কি?"

সন্তু বলল, "ট্যারা হতে বাধ্য। কাল এসে দেখে যাস।"

দূরে চোখে পড়ল একটা গাড়ির হেডলাইট।

সন্তু বলল, "ওই যে ছোটমামা জিপ নিয়ে আসছেন। পঁয়তিরিশি মিনিট হয়েছে—"

সন্তুর কথা পুরোপুরি মিলল না।

সামনে এসে যে-গাড়িটা দাঁড়াল সেটা জিপ নয়। অ্যাম্বাসাডর। সেটা থেকে নেমে ছোটমামা বললেন, "ওঃ রাজাদা, এই ড্রাইভারকে ডেকে তুলতে আমাকে কী কাণ্ডই না করতে হয়েছে। ও একেবারে ঘুমিয়ে কাদা হয়ে ছিল। নেহাত আমি ওর ব্যাঙ্কের ঋণের পক্ষে দাঁড়িয়েছি, তাই আসতে রাজি হয়েছে। ওর নাম সুধীর।"

সবাই মিলে ওঠা হল গাড়িতে।

ড্রাইভার রুক্ষ গলায় বলল, "শুনুন স্যার, আমি কিন্তু হাফ অ্যান আওয়ারের বেশি দেরি করতে পারব না। কাল সকালেই আমাকে ভাড়া খাটতে যেতে হবে।"

কাকাবাবু খুব মোলায়েম গলায় বললেন, "সুধীর, তুমি যে আসতে রাজি হয়েছ, তাতেই আমরা তোমার কাছে কৃতজ্ঞ! তুমি তোমার গাড়ি ভাড়া খাটাও? তোমার লাইসেন্স আছে?"

সুধীর বলল, "নিশ্চয়ই লাইসেন্স আছে! আমি বেআইনি কোনও কাজ করি না।"

কাকাবাবু বললেন, "তা হলে তুমি এই আইন জান নিশ্চয়ই, যে মুহূর্তে আমি তোমার গাড়িতে চাপলাম, তারপর থেকেই তুমি আমার ড্রাইভার হয়ে গেলে?

এখন আমি যেখানে যাব, তোমাকে নিয়ে যেতে হবে! এমনকী, যদি দার্জিলিং যেতে চাই—"

লোকটি মুখ ফিরিয়ে তাকাতেই কাকাবাবু হেসে বললেন, "আমি এমনি এমনি তোমাকে ভয় দেখাচ্ছি। আমরা বেশিক্ষণ তোমাকে আটকাব না। বড়জোর এক ঘণ্টা। ডবল ভাড়া পাবে!"

ছোটমামা বললেন, "বাজারে সবাই জেনে গেছে যে, পুলিশসাহেবের ছেলেকে পাওয়া যাচ্ছে না, তার মা কান্নাকাটি শুরু করেছে।"

কাকাবাবু বললেন, "ছেলেটা যদি অবাধ্য, ছটফটে হত, তা হলেই না হয় মনে করা যেত সে নিজেই কোথাও চলে গেছে। কিন্তু শান্তশিষ্ট, নরম স্বভাবের ছেলে, খুব উৎসাহের সঙ্গে রিহার্সাল দিচ্ছিল!"

জোজো বলল, "কাকাবাবু, দেবলীনা সুকোমলকে ভুলিয়ে ভালিয়ে নিয়ে যায়নি তো? ও বলেছিল, আমাদের থিয়েটার ভণ্ডুল করে দেবে!"

সন্তু বলল, "সুকোমল কি বাচ্চা ছেলে যে, ভুলিয়ে ভালিয়ে নিয়ে যাবে?"

কাকাবাবু বাইরে তাকিয়ে বললেন, "রাস্তাটা তো বেশ চওড়া দেখছি।"

ছোটমামা বললেন, "গগন নিজে উদ্যোগ নিয়ে রাস্তাটা সারিয়েছে। তার গ্রামের বাড়িতে অনেকে বেড়াতে আসে!"

সারা সকাল বৃষ্টি হলেও তেমন কাদা নেই, গাড়ি চালাতে অসুবিধে হচ্ছে না। মাঝে মাঝে কুকুর ডাকছে। এ ছাড়া আর কোনও শব্দ নেই।

ড্রাইভার গগনের বাড়ি চেনে। একটু বাদেই সে বলল, "এই তো এসে গেছি!"

বেশ বড় বাড়ি, পাকা বাড়ি। এটাও পাঁচিল দিয়ে ঘেরা। গেটের সামনে আলো। একজন লোক টুলের ওপর বসে ঢুলছিল, এত লোকজনের শব্দ পেয়ে উঠে দাঁড়াল। তার হাতে বন্দুক।

কাকাবাবু বললেন, "বেশ পাহারার ব্যবস্থা আছে দেখছি!"

ছোটমামা বললেন, "গ্রামে যারা হঠাৎ বড়লোক হয়, তাদের ওপর ডাকাতদের নজর থাকে। পাহারা তো রাখতেই হয়। এখানে ডাকাতি হয় প্রায়ই।"

তিনি এগিয়ে গিয়ে দরোয়ানটিকে বললেন, "গগনবাবুকে খবর দাও! বলো, চাঁদুবাবু এসেছেন।"

দরোয়ানটি বলল, "আভি কুছু হবে না।"

কাকাবাবু জিজ্ঞেস করলেন, "গগনবাবু এ বাড়িতে আছেন?"

দরোয়ানটি একই ভাবে বলল, "বলছি তো, আভি কুছু হবে না। রাত হো গিয়া।"

ছোটমামা বললেন, "তোমার বাবু আমাকে চেনেন। নাম বলো গিয়ে—"

দরোয়ানটি বলল, "নাম বলনে সে কেয়া হোগা? ইতনা রাত মে গেট খুলনে কা হুকুম না আছে! যাইয়ে যাইয়ে!"

লোকটি বন্দুকটি তুলে বলল, "কাল সকালমে আইয়ে। আভি কুছু হবে না!"

কাকাবাবু বললেন, "আমরা যদি ডাকাত হতাম, তা হলে কি ওই বন্দুকটা আমাদের আটকাতে পারত?"

সন্তু হঠাৎ চেঁচিয়ে উঠল, "বাদুড়! বাদুড়! ওই যে একটা বাদুড়!"

সবাই মুখ তুলে তাকাল ওপরের দিকে।

তারই মধ্যে সন্তু এক ঝটকায় দরোয়ানের হাত থেকে বন্দুকটা ছিনিয়ে নিয়েছে!

লোকটি একেবারে ভ্যাবাচ্যাকা খেয়ে গেছে।

সন্তু বলল, "রাগ মাত কিজিয়ে দরোয়ানজি, আমি শুধু একটু মজা করেছি!"

বাড়ি থেকে একজন লোক বেরিয়ে এসে জিজ্ঞেস করল, "কে ওখানে? কারা এসেছে?"

গলার আওয়াজ চিনতে পেরে ছোটমামা বললেন, "গগন, আমি চাঁদুদা।"

গগন নামের লোকটি বেশ লম্বা-চওড়া। পাজামার ওপর গেঞ্জি পরা। এগিয়ে আসতে আসতে বলল, "চাঁদুদা? কী ব্যাপার, এত রাতে?"

ছোটমামা বললেন, "হ্যাঁ, রাত হয়ে গেছে বটে। একটা বিশেষ কারণে তোমার সঙ্গে একজন একটু কথা বলতে চান। এঁর নাম রাজা রায়চৌধুরী, নাম শুনেছ বোধ হয়।"

গগন বলল, "আমি নাম শুনিনি, তবে নিশ্চয়ই খুব বিখ্যাত মানুষ। আসুন, আসুন, ভেতরে আসুন!"

ভেতর থেকে একটা বেশ বড় কুকুরের ঘাউ ঘাউ ডাক শোনা গেল।

জোজো জিজ্ঞেস করল, "কুকুরটা বাঁধা আছে!"

গগন বলল, "বাঁধা না থাকলে এতক্ষণ এসে ঝাঁপিয়ে পড়ত। আমার এই দরোয়ানটা কোনও কম্মের না। কিন্তু এই কুকুরের ভয়ে রাত্তিরে কেউ আমার বাড়ির ধারে কাছে আসে না।"

ভেতরে বেশ সাজানো গোছানো বসবার ঘর। কয়েকখানা চেয়ার আর জাজিম পাতা। এদিকের দেওয়ালে কয়েকখানা লক্ষ্মীর সরা আটকানো।

গগন বলল, "বসুন, বসুন!"

ছোটমামা বললেন, "বেশি সময় নেব না। গ্রামের ছেলেদের নিয়ে আমরা একটা নাটক করছি জান তো?"

গগন বলল, "জানব না কেন? চতুর্দিকে পোস্টার পড়েছে।"

তারপর কাকাবাবু দিকে তাকিয়ে বলল, "সেই পোস্টারেই তো আপনার নাম দেখেছি। আপনি বুঝি কলকাতায় থিয়েটার করেন?"

কাকাবাবু হাসিমুখে দু'দিকে মাথা নাড়লেন।

তিনি কথা না বলে গগনকে লক্ষ করে যাচ্ছেন।

ছোটমামা বললেন, "সারারাত ধরে ফাংশান হবে, কলকাতার শিল্পীরা আসবেন, আমাদের গ্রামের স্কুলের টাকা তোলার জন্য আমাদের কেউ কিছু করবে না? তাই ছেলেদের নিয়ে এই থিয়েটার।"

"সে তো ভাল কথা।"

"তুমি তো আমাদের কোনও সাহায্য করলে না।"

"আপনার অনেক চ্যালা আছে, আকবর আলি, নিতাই ঘোষ, তারাই তো খুব খাটাখাটনি করছে। আমি আর কী সাহায্য করব? আপনি কি আমার কাছে কোনও বিশেষ সাহায্য চাইতে এসেছেন?"

"হ্যাঁ। এই নাটকে রামের পার্ট করছে আমাদের সার্কেল অফিসারের ছেলে সুকোমল।"

"পুলিশের কর্তার ছেলে হিরোর পার্ট পাবে, এটাই তো স্বাভাবিক।"

"সেজন্য নয়। ওর মতন সুন্দর চেহারায় ছেলে আর কে আছে?"

"বেশ, মানলাম।"

"সেই সুকোমলকে আজ বিকেল থেকে খুঁজে পাওয়া যাচ্ছে না।"

"তাই নাকি?"

ছোটমামার সঙ্গে কথা বলতে বলতে গগন বারবার তাকাচ্ছে কাকাবাবুর দিকে। এই ভদ্রলোক তার সঙ্গে দেখা করতে এসেছেন, অথচ কোনও কথা বলছেন না, এতে তার খটকা লেগেছে।

সুকোমলকে পাওয়া যাচ্ছে না শুনে গগন তেমন কিছু অবাক হয়নি, কাকাবাবু সেটাও লক্ষ করলেন।

ছোটমামা বললেন, "আমাদের থিয়েটার যাতে না হয়, সেইজন্য কেউ ছেলেটাকে কোথাও লুকিয়ে রেখেছে মনে হচ্ছে।"

"চিঠি আসেনি?"

"চিঠি?"

"চাঁদুদা, যারা ছেলে চুরি করে, তারা এসব থিয়েটার ফিয়েটার গ্রাহ্য করে না। তারা টাকা চায়। এমনি এমনি কেউ অতবড় একটা ছেলেকে লুকিয়ে রাখার ঝুঁকি নিতে যাবে কেন? তাও পুলিশের ছেলে।"

"সুকোমলকে চুরি করেছে কেউ?"

"তাই তো মনে হয়। আজকাল এরকম আকছার হচ্ছে।"

"কী সর্বনাশ!"

এইবারে কাকাবাবু উঠে দাঁড়িয়ে বললেন, "আমি একটু বাথরুমে যেতে পারি?"

গগন বলল, "হ্যাঁ, হ্যাঁ, আসুন। কাছেই আছে, আমি দেখিয়ে দিচ্ছি।"

বাথরুমের দরজার কাছে এসে কাকাবাবু গগনের কাঁধে হাত রেখে নিচু গলায় বললেন, "অন্যদের সামনে বলতে চাইনি, আমি স্পষ্ট জিজ্ঞেস করছি। আপনি সুকোমলকে লুকিয়ে রেখেছেন?"

গগন ভুরু তুলে বলল, "আমি? এরকম একটা বাজে কাজ আমি করতে যাব কেন?"

কাকাবাবু বললেন, "থিয়েটার বন্ধ হয়ে যাবে। তাতে চন্দ্রশেখরের বদনাম হবে। আপনি ওকে পছন্দ করেন না।"

গগন বলল, "চাঁদুদা আমাকে পছন্দ করে না, আমিও ওকে গুরুঠাকুর মনে করি না। সেটা অন্য ব্যাপার! আমি মশাই মাছের ব্যবসা করি, ছেলেচুরির ব্যবসা করি না।"

কাকাবাবু বললেন, "সুকোমলকে এ বাড়ির কোথাও লুকিয়ে রাখা হয়নি?"

গগন বলল, "বাড়ি সার্চ করে দেখতে চান? আপনি কি পুলিশ?"

কাকাবাবু বললেন, "না, আমি পুলিশ নই। জোর করে সার্চ করার অধিকার আমার নেই। আমি আপনাকেই জিজ্ঞেস করছি।"

গগন এবার হো হো করে হেসে উঠল।

তারপর বলল, "আরে মশাই, থিয়েটার বন্ধ করার ব্যাপারে আমার কোনও হাত থাকলে সবচেয়ে বেশি কে রেগে যাবে জানেন? আমার বউ! সে আমাকেই বাড়ি থেকে তাড়িয়ে দেবে।"

কাকাবাবু বললেন, "আপনার স্ত্রী বুঝি থিয়েটার খুব পছন্দ করেন?"

গগন বলল, "সে তো পছন্দ করে বটেই। আমি ওসব দেখি না। আপনাদের এই নাটকে তো আমার ছেলেও পার্ট করছে। আমার বউ দিনরাত তার পার্ট মুখস্থ করাচ্ছে।"

তারপর সে হাঁক দিল, "বিল্টু বিল্টু! ঘুমিয়ে পড়ল নাকি!"

মোটেই ঘুমিয়ে পড়েনি, ভেতর দিকের দরজার আড়ালে দাঁড়িয়ে ছিল সে। বেরিয়ে এল ডাক শুনে। বারো-তেরো বছরের ছেলে।

তাকে দেখেই সন্তু বলে উঠল, "এ তো আমাদের সুগ্রীব!"

ছোটমামাও খুব অবাক হয়ে গগনকে বললেন, "এ তোমার ছেলে? তোমার বড় ছেলেটিকে চিনি, একে আগে দেখিনি!"

গগন বলল, "আমার ছোট ছেলে। কী যেন বাঁদরটাঁদরের পার্ট করছে। এমনিতেও বেশ বাঁদর। মানাবে ভাল।"

এই সময় বাইরে শোনা গেল একটা মোটরসাইকেলের শব্দ!

॥ ৫ ॥

সকালবেলাতেই সুকোমলের বাবা নিখিল মাহাতো এসে হাজির।

বেশ গড়াপেটা, কালো রঙের লম্বা চেহারা, ছেলের মতনই ইনিও খুব বিনীত আর ভদ্র, মুখে একটা লাজুক ভাব। দেখলে পুলিশ বলে মনেই হয় না।

কাকাবাবু ভোরেই উঠেছেন, দ্বিতীয় কাপ চা খাচ্ছেন বাগানে বসে।

আজ আকাশে মেঘ নেই।

নিখিল মাহাতো নমস্কার করে বললেন, "সার, আপনার সব কথাই জানি, কিন্তু

আপনার সঙ্গে আগে আমি দেখা করতে আসিনি ভয়ে।"

কাকাবাবু বললেন, "ভয়ে কেন?"

নিখিল মাহাতো বললেন, "পুলিশের সব বড় বড় কর্তাদের সঙ্গে আপনার চেনাশোনা। আই জি, ডি আই জি'রা আপনার ভক্ত। আমি অতি সাধারণ অফিসার। আমি এসে আপনার সময় নষ্ট করতে চাইনি! এখন আসতেই হল।"

একটা চেয়ার খালি পড়ে আছে, নিখিল মাহাতো তবু বসছেন না।

কাকাবাবু বললেন, "বসুন! বসুন! আমি নিজে কিন্তু একজন সাধারণ মানুষ।"

চেয়ারে বসে, পকেটে হাত দিয়ে একটা কাগজ বার করে নিখিল মাহাতো শুকনো গলায় বললেন, "বিশেষ কাজে বারাসত গিয়েছিলাম, ফিরেছি অনেক রাতে। তার আগেই ডাকবাক্সে কেউ এই চিঠিটা দিয়ে গেছে।"

কাকাবাবু হাত বাড়িয়ে চিঠিটা নিলেন।

কাগজটার চারপাশে মোটা, কালো বর্ডার দেওয়া। ওপরের ডান দিকের কোণে একটা মানুষের খুলির ছাপ। ভেতরে গোটা গোটা অক্ষরে হাতে লেখা :

তোমার ছেলে সুকোমলের কোনও ক্ষতি হবে না। ৭ তারিখ রাত ন'টার মধ্যে পাঁচ লাখ টাকা নিয়ে এলে তাকে ফেরত পাবে। মাঝনদীতে নৌকো নিয়ে একজনমাত্র লোক টাকা নিয়ে আসবে। আমাদের নৌকো থেকে টর্চ জ্বালিয়ে সিগন্যাল দেওয়া হবে নদীর ঠিক বাঁকের মুখে। টাকা না পেলে কিংবা পুলিশ দিয়ে ঘেরাওয়ের চেষ্টা করলে ছেলের দায়িত্ব আমাদের নয়। আর কেউ যেন এর মধ্যে কেরদানি দেখিয়ে নাক গলাতে না আসে। আমরা নজর রাখছি। টাকা দে, তা হলে ছেলে পাবি, না হলে পাবি না।

ইতি—
শঙ্খচূড়

চিঠিটা টেবিলের ওপর রেখে কাকাবাবু বললেন, "লেখাটা দেখলে মনে হয়, কোনও লেখাপড়া জানা লোকই ইচ্ছে করে খারাপভাবে লিখেছে।"

নিখিল মাহাতো বললেন, "একেবারে অশিক্ষিত চোর-ডাকাতরা এসব কাজ করে না। আগের কয়েকটা কেসে দেখা গেছে, এর মধ্যে চেনাজানা লোকরাও জড়িত থাকে।"

কাকাবাবুর মনে পড়ল, সুকোমলের খবরটা শুনে গগন সাহা প্রথমেই চিঠির কথা বলেছিল। চিঠি যে আসবে, সে জানত। যারা এ চিঠি পাঠিয়েছে তাদেরও হয়তো সে চেনে!"

নিখিল মাহাতো দু'হাত দিয়ে মুখ ঢেকে ফেললেন।

একজন পুলিশ অফিসারকে এরকম ভাবে কেঁদে ফেলতে কখনও দেখা যায় না। কিন্তু এখন তো তিনি পুলিশ নন, একটি ছেলের বাবা।

অন্য কাউকে কাঁদতে দেখলে কাকাবাবুরও চোখে জল এসে যায়। তিনি অন্যদিকে মুখ ফেরালেন।

একটু পরেই নিখিল মাহাতো রুমাল দিয়ে চোখ মুছে বললেন, "মাফ করবেন, হঠাৎ দুর্বল হয়ে পড়েছিলাম। এখন কী করি বলুন তো সার? আমার পাঁচ লাখ টাকা নেই। সে তো অনেক টাকা। তবু যদি ধরুন আমার স্ত্রীর গহনা বিক্রি করে, আত্মীয়স্বজন, বন্ধুবান্ধবদের কাছ থেকে ধার করে টাকাটা জোগাড় করাও যায়, তবু তো সেভাবে আমি ছেলেকে ছাড়িয়ে আনতে পারব না। আমি সরকারি কাজ করি। এভাবে মুক্তিপণ দেওয়ায় সরকারের নিষেধ আছে, আমাকে ওপরওয়ালাদের কাছে জানাতেই হবে।"

কাকাবাবু ওঁর মুখের দিকে চেয়ে রইলেন।

নিখিল মাহাতো আবার বললেন, "মুশকিল হয়েছে কী জানেন, আমার স্ত্রী দারুণ কান্নাকাটি করছেন। পুলিশের সাহায্য নিতে তাঁর ঘোর আপত্তি। মাস দু'-এক আগে এরকম একটা কেস হয়েছিল, পুলিশ খোঁজখবর পেয়ে একটা বাড়ি ঘিরে ফেলল। তারপর দেখা গেল, বদমাশগুলো ছেলেটার গলা টিপে মেরে রেখে গেছে!"

কাকাবাবু বললেন, "একটা ব্যাপারে খটকা লাগছে। সাধারণত দেখা যায়, খুব বাচ্চা ছেলেদেরই কিডন্যাপ করা হয়। ফিরে এসে তারা বিশেষ কিছু বলতে পারে না। তেরো-চোদ্দো বছরের ছেলেকে আটকে রাখাও তো মুশকিল। সন্তুকে এই বয়েসে কয়েকবার ধরে নিয়ে গিয়েছিল, ও নিজেই পালিয়ে এসেছে!"

নিখিল মাহাতো বললেন, "আপনার ভাইপো সন্তু সম্পর্কেও সবাই জানে। তার মতন সাহসী ছেলে ক'জন হয়? আমার ছেলেকে তো দেখেছেন, স্বভাবটা খুব নরম। এখন আপনি সাহায্য না করলে ওকে উদ্ধার করা যাবে না।"

কাকাবাবু বললেন, "নিখিলবাবু, আমি কী সাহায্য করব বলুন তো। আমি বনে-জঙ্গলে, পাহাড়ে-পর্বতে ঘুরে বেড়াতে ভালবাসি, চোর-ডাকাত ধরার ক্ষমতা তো আমার নেই। ওসব তো আপনাদেরই কাজ।"

নিখিল মাহাতো বললেন, "আপনি অনেক কিছুই পারেন।"

কাকাবাবু দু'দিকে মাথা নাড়তে নাড়তে বললেন, "তা ঠিক নয়। লোকে বাড়িয়ে বাড়িয়ে ভাবে। তা ছাড়া এই চিঠির মধ্যে আমার সম্পর্কে ইঙ্গিত আছে। আর কেউ যেন এর মধ্যে কেরদানি দেখিয়ে নাক গলাতে না আসে। এই 'আর কেউ' বলতে বোধ হয় আমাকেই বোঝাচ্ছে।"

এইসময় জোজো দূর থেকে চেঁচিয়ে বলল, "কাকাবাবু, একবার পুকুরধারে আসুন। শিগগিরই!"

জোজোর গলায় আওয়াজ শুনে মনে হল, সে খুবই উত্তেজিত, আর কোনও কারণে ভয় পেয়েছে।

বাড়ির পেছন দিকে একটা পুকুর। খুব বড় নয়। একদিকে বাঁধানো ঘাট। আর একদিকে কয়েকটা তালগাছ।

জোজোর সঙ্গে নিখিল মাহাতো আর কাকাবাবু তাড়াতাড়ি পুকুরের কাছে এসে দেখলেন, ঘাটের একটা সিঁড়িতে চিত হয়ে শুয়ে আছে সন্তু। হাত-পা ছড়ানো। দেখলে প্রথমেই মনে হয়, তার প্রাণ নেই।

কাকাবাবু থমকে দাঁড়িয়ে জিজ্ঞেস করলেন, "কী হয়েছে, জোজো?"

জোজো ফ্যাকাশে মুখে বলল, "কিছুই বুঝতে পারছি না। পুকুরে লাল রঙের একটা বল ভাসছিল। সন্তু জলে নেমে সেটা তুলতে গেল। আমি ওদিকের একটা গাছে অনেক কামরাঙা হয়েছে, কয়েকটা পাড়তে গেলাম। হঠাৎ ফটাস করে একটা শব্দ হল! কীসের শব্দ বুঝতেই পারিনি। সন্তুকে ডাকলাম দু'বার। কোনও সাড়া না পেয়ে দৌড়ে এসে দেখি, সন্তু এইভাবে পড়ে আছে। কেউ গুলি করেছে?"

কাকাবাবু জোরে জোরে কয়েকবার শ্বাস নিয়ে বললেন, "কীসের যেন গন্ধ পাওয়া যাচ্ছে না!"

নিখিল মাহাতো বললেন, "হ্যাঁ, মনে হচ্ছে কোনও গ্যাসের গন্ধ।"

কাকাবাবু বললেন, "আপনারা দাঁড়ান। আগে আমি দেখি—"

পকেট থেকে রুমাল বার করে জোজোকে বললেন, "এটা ভিজিয়ে নিয়ে এসো তো! ঘাটের কাছে যেয়ো না। অন্য জায়গা থেকে।"

জোজো ছুটে গিয়ে সেই রুমালটা ভিজিয়ে আনল।

কাকাবাবু সেটা মুখে বেঁধে, নাকচাপা দিয়ে এগিয়ে গেলেন। ক্রাচ নামিয়ে রেখে হাঁটু গেড়ে বসলেন সন্তুর পাশে।

তার সারা গায়ে হাত বুলিয়ে দেখলেন, কোথাও রক্ত নেই, গুলির চিহ্ন নেই, ক্ষতও নেই। পাশে পড়ে আছে একটা লাল রঙের ফাটা বল।

কাকাবাবু শান্তভাবে দু'বার ডাকলেন, "সন্তু, সন্তু!"

সন্তুর দু'চোখ বোজা।

কাকাবাবু এবার নিজের নাক থেকে ভিজে রুমালটা খুলে ফেলে সেটা দিয়ে সন্তুর চোখ মুছে দিতে লাগলেন।

জোজো আর নিখিল মাহাতো কৌতূহল সামলাতে না পেরে এগিয়ে এসেছে কাছে।

কাকাবাবু বললেন, "জোজো, রুমালটা আবার ভিজিয়ে আনো।"

সেই ভিজে রুমাল দিয়ে সন্তুর মুখ মুছিয়ে দিতে দিতে কাকাবাবু আবার ডাকলেন, "সন্তু, সন্তু!"

একটু পরেই সন্তু চোখ মেলে তাকাল।

জোজো বলল, "উঃ বাবা, বাঁচলুম!"

সন্তু ধড়মড় করে উঠে বসে বলল, "কী হয়েছে?"

কাকাবাবু বললেন, "এক্ষুনি উঠিস না। আর একটু শুয়ে থাক। তুই জল থেকে একটা লাল বল তুলে এনেছিলি?"

সন্তু বলল, "হ্যাঁ, বলটা জলে ভাসছিল। ঘাটের কাছেই। আমি সেটা তুলে আনতেই ফটাস করে ফেটে গেল আর ভেতর থেকে বিশ্রী ধোঁয়া বেরুতে লাগল।"

নিখিল মাহাতো বললেন, "বলটার মধ্যে গ্যাস ভরা ছিল। পুকুরে এরকম একটা বল এল কী করে?"

জোজো চেঁচিয়ে উঠল, "ওই যে, আর একটা। আর একটা!"

কাকাবাবুরা মুখ তুলে তাকালেন। সত্যিই পুকুরে আর একটা লাল রঙের বল ভাসছে। পাঁচ নম্বরি ফুটবলের মতন। তবে সেটা ঘাট থেকে অনেকটা দূরে, প্রায় মাঝখানে।

সন্তু বলল, "আগের বলটা ঠিক এইরকমই ছিল।"

নিখিল মাহাতো বললেন, "এরকম বল আমরা আগে এদিকে কোথাও দেখিনি।"

কাকাবাবু বললেন, "এরকম গ্যাসভরা বল তো এখানে ভাসতে দেওয়া যায় না। অন্য কেউ দেখলেই ওটা ধরতে যাবে। সন্তু ঘাটের ওপর তুলে আনার পর ওটা ফেটেছে। তাই বেঁচে গেছে। অন্য কেউ যদি মাঝপুকুরে সাঁতরে গিয়ে ওটা ধরতে চায়, তখন ফেটে গেলে তো সে অজ্ঞান হয়ে জলে ডুবে যাবে।"

নিখিল মাহাতো বললেন, "ওটাকে আগেই ফাটিয়ে দেওয়া দরকার।"

জোজো বলল, "আমি এক্ষুনি ফাটিয়ে দিচ্ছি।"

সে একটা ইটের টুকরো ছুড়ে মারল। লাগল না, সেটা চলে গেল বলটার অনেক ওপর দিয়ে।

নিখিল মাহাতোও একটা ঢিল ছুড়লেন, লাগাতে পারলেন না।

জোজো বলল, "এখানে ভাল ঢিল নেই। একটা গুলতি পেলে আমি একবারেই—"

কাকাবাবু নিখিল মাহাতোকে জিজ্ঞেস করলেন, "আপনার সঙ্গে রিভলভার নেই?"

নিখিল মাহাতো বললেন, "না, সার, সঙ্গে আনিনি।"

কাকাবাবু বললেন, "জোজো, আমার ড্রয়ার থেকে রিভলভারটা নিয়ে এসো তো!"

জোজো দৌড়ে চলে গেল।

সন্তু মাথায় হাত দিয়ে বসে আছে। তার মাথাটা এখনও ঝিমঝিম করছে।

বলটা ভাসছে পুকুরের জলে। দুলছে একটু একটু। দুটো ফড়িং সেটাকে ছুঁয়ে ছুঁয়ে যাচ্ছে।

জোজো রিভলভারটা নিয়ে ফিরে এল।

কাকাবাবু সেটা হাতে নিয়ে টিপ করে ট্রিগারে আঙুল দিলেন।

সঙ্গে সঙ্গে ফেটে গেল বলটা। ভুস ভুস করে সেটা থেকে বেরোতে লাগল

ধোঁয়া।

নিখিল মাহাতো মুগ্ধভাবে কাকাবাবুকে বললেন, "দারুণ! একবারেই হিট।"

কাকাবাবু ভুরু কুঁচকে বললেন, "এটা কী হল? আমি তো গুলি চালাইনি। ট্রিগার টেপার আগেই ওটা নিজে নিজে ফেটে গেল।"

নিখিল মাহাতো অবাক হয়ে বললেন, "নিজে নিজে ফেটে গেল? ঠিক এই মুহূর্তে!"

পুকুরের ওপারে ঝোপের আড়াল থেকে কে যেন হেসে উঠল বিশ্রীভাবে হিহি করে।

তারপরই শোনা গেল একটা মোটর বাইকের স্টার্ট দেওয়ার শব্দ। কালো জামা পরা একজন লোক পুকুরের ওপাশের রাস্তা দিয়ে সেই বাইকে চেপে চলে গেল হুস করে।

জোজো আর নিখিল মাহাতো খানিকটা দৌড়ে গিয়েও লোকটিকে দেখতে পেল না ভাল করে।

কাকাবাবুর হাতে রিভলভার, তিনি ইচ্ছে করলে গুলি চালাতে পারতেন। কিন্তু শুধু হিহি করে হেসেছে বলেই তো একটা লোককে গুলি করে মারা যায় না।

তিনি সন্তুর হাত ধরে তুলে দাঁড় করিয়ে বললেন, "এখন ঠিক আছিস তো?"

সন্তু দু'বার মাথাটা ঝাঁকিয়ে বলল, "হ্যাঁ, ঠিক হয়ে গেছে। শুধু একটু বমি বমি ভাব হচ্ছে।"

কাকাবাবু বললেন, "ভেতরে গিয়ে অনেকটা জল খেয়ে নে। তার পরেও যদি বমি পায়, বমি করে নিবি।"

তিনি ফাটা লাল বলটা তুলে নিয়ে বললেন, "এটার ভেতরে কী গ্যাস ছিল, পরীক্ষা করে দেখতে হবে।"

নিখিল মাহাতো ফিরে এসে বললেন, "লোকটা পুকুরের ওপাশে কেন লুকিয়ে বসে ছিল, তা কিছুই বোঝা গেল না।"

জোজো বলল, "লোকটার মুখে মুখোশ পরা ছিল।"

নিখিল মাহাতো বললেন, "মুখোশ? আমরা তো শুধু পিঠের দিকটা দেখলাম!"

জোজো বলল, "একবার মুখ ফিরিয়েছিল। ওর হাতে একটা মোবাইল ফোন ছিল।"

কাকাবাবু জিজ্ঞেস করলেন, "মোবাইল ফোন? তুমি ঠিক দেখেছ?"

জোজো বলল, "আমি কিছু ভুল দেখি না!"

কাকাবাবু নিখিল মাহাতোকে বললেন, "কাল থেকে একটা মোটরসাইকেল আমাদের আশেপাশে ঘোরাফেরা করছে। এখানে কার কার মোটরসাইকেল আছে, খবর নিতে পারবেন? গগন সাহার একটা আছে জানি।"

নিখিল মাহাতো বললেন, "আরও বেশ কয়েকজনের আছে। এসব জায়গায়

যারা হঠাৎ বড়লোক হয়, তারা আগে গাড়ি কেনে না, মোটরসাইকেল কেনে। মোটরসাইকেল বিকট আওয়াজ করে পাড়া কাঁপিয়ে যায়, সবাই তাকিয়ে দেখে, তাতেই মালিকের গর্ব হয়। আপনি গগন সাহাকে চেনেন?"

কাকাবাবু বললেন, "হ্যাঁ, কাল রাত্তিরে আলাপ হয়েছে।"

নিখিল মাহাতো বললেন, "গগন সাহা আজ সকালেই এসে ডায়েরি করে গেছে, তার মোটরসাইকেলটা চুরি হয়েছে।"

॥ ৬ ॥

বিকেল থেকেই দারুণ মেঘ করে আছে। আকাশ একেবারে কালো, নেমে আসছে অন্ধকার।

সুকোমলের কোনও খোঁজ পাওয়া যায়নি। দুপুরে পুলিশের দু'জন বড় অফিসার এসে দেখা করে গেছেন কাকাবাবুর সঙ্গে। তাঁদের ধারণা, ছেলেটাকে পাচার করে দেওয়া হয়েছে বাংলাদেশের সীমান্তের ওপারে। এখানকার পুলিশ ওদিকে যেতে পারবে না।

তাঁরা আরও বললেন, "এসব ব্যাপারে পুলিশ বাড়াবাড়ি করতে সাহস পায় না। ছেলেটাকে ওরা মেরে ফেলতে পারে। এরা এতই নিষ্ঠুর। আগে দু'-একবার এরকম হয়েছে। এখন কাকাবাবু যদি কিছু বুদ্ধি দিতে পারেন!"

কাকাবাবু মাথা নাড়তে নাড়তে বলেছিলেন, "আমি কী বুদ্ধি দেব? ছেলেটার প্রাণের ঝুঁকি রয়েছে! আমার কোনও ভুলের জন্য যদি ছেলেটার প্রাণ যায়, তা হলে আমি সারাজীবনেও নিজেকে ক্ষমা করতে পারব না।"

পুলিশের এস পি বলেছিলেন, "টাকা দিয়ে যদি ছেলেটাকে ছাড়িয়ে নিতে হয়, তা হলে ওরা লাই পেয়ে যাবে। বার বার এরকম করবে!"

"তাও ঠিক!"

সারাদুপুর কাকাবাবু শুয়ে শুয়ে চিন্তা করলেন।

জোজো আর সন্তুর মুখেও কথা নেই। থিয়েটার তো বন্ধ হয়ে গেলই, এখন সুকোমলকে ভালয় ভালয় ফিরিয়ে আনাই বড় কথা।

জোজো বেশিক্ষণ চুপ করে থাকতে পারে না।

একসময় সে বলল, "এক কাজ করলে হয় না? মনে কর, পাঁচ লাখ টাকা দিয়ে সুকোমলকে ছাড়িয়ে আনা হল। তারপর ব্যাটাগুলোকে ধরে এমন মার মারব!"

সন্তু বলল, "পাঁচ লাখ টাকা পাবি কোথায়? তারপর ব্যাটাগুলোকে ধরবিই বা কী করে?"

জোজো বলল, "পি সি সরকারকে খবর দিলে হয়! উনি তো ম্যাজিকে হাওয়া থেকে টাকা বানাতে পারেন। উনি টাকা বানিয়ে দেবেন, সেই টাকা ওদের দেওয়া হল, একটু পরেই টাকাগুলো আবার অদৃশ্য হয়ে যাবে!"

সন্তু বলল, "তোর আইডিয়াটা মন্দ নয়। কিন্তু কাগজে পড়েছি, পি সি সরকার এখন ইন্ডিয়াতেই নেই, রাশিয়ায় ম্যাজিক দেখাচ্ছেন!"

জোজো বলল, "ইস, তা হলে তো খুব মুশকিল!"

সন্তু জিজ্ঞেস করল, "টাকা দেওয়ার পর তুই লোকগুলোকে ধরবি কী করে?"

জোজো বলল, "সেটা খুব সহজ। আমি এমন একটা মজার মন্ত্র জানি, সেটাতেই ধরা পড়ে যাবে। মন্ত্রটা শুনবি?"

সন্তু বলল, "শুনি।"

জোজো বলল, "পাগলা কুকুর কামড়ে দিল, দুম পট পট পটাস! মাসির বাড়ি ফাটল হাঁড়ি, খুট খট খট খটাস!"

সন্তু বলল, "এটা মন্ত্র নাকি?"

জোজো তার হাতে একটা চাপড় মেরে বলল, "তুই বল, একবার বলে দ্যাখ!"

সন্তু বলল, "পাগলা কুকুর কামড়ে দিল, দুম পট পট পটাস! মাসির বাড়ি ফাটল হাঁড়ি, খুট খট খট খটাস! এই তো বললাম, তাতে কী হল?"

জোজো বলল, "বললি তো। এবার এটা ভুলে যাওয়ার চেষ্টা কর। কিছুতেই ভুলতে পারবি না। খানিক বাদে এটা মনে মনে বিড়বিড় করবি। তারপর জোরে জোরে বলবি। তারপর রাস্তা দিয়ে নিজেই পাগলের মতন চ্যাঁচাবি, পাগলা কুকুর কামড়ে দিল...। যে লোক রাস্তায় এটা চ্যাঁচাতে চ্যাঁচাতে যাবে, পুলিশ তাকে ধরতে পারবে না।"

সন্তু বলল, "সর্বনাশ! আমারও সেই অবস্থা হবে নাকি?"

জোজো বলল, "তোকে আমি উলটো মন্ত্র দিয়ে চুপ করিয়ে দেব!"

সন্তু বলল, "ছেলেচোরেরা যদি রাস্তা দিয়ে চ্যাঁচাতে চ্যাঁচাতে এটা বলতে বলতে যায়, তা হলে তো আরও অনেক লোক শুনবে! সেই লোকেরাও তা হলে চ্যাঁচাবে?"

জোজো বলল, "তা হবে না। এই যে আমি তোর হাতে চাপ মারলাম! আমি যাকে ছুঁয়ে এই মন্ত্র দেব, তারই শুধু মাথায় এটা গেঁথে যাবে!"

সন্তু বলল, "তা হলে পাঁচ লাখ টাকা জোগাড় করাই আগে দরকার।"

গুঁড়ি গুঁড়ি বৃষ্টি শুরু হয়েছে, বাগানে বসা যাবে না। কাকাবাবু বিকেলে চা খেতে বসেছেন বারান্দায়।

সন্তুর হাতে বিস্কুটের কৌটো। একবার সেটা পড়ে গেল, মাটিতে ছড়িয়ে গেল কয়েকটা বিস্কুট।

সন্তু সেগুলো তুলতে গিয়ে একদিকে তাকিয়ে বলল, "আরেঃ, এটা এখানে কোত্থেকে এল? আগে তো ছিল না।"

বারান্দায় কয়েকটা ফুলগাছের টব রয়েছে, তার মধ্যে দাঁড় করানো রয়েছে একটা মূর্তি। কাঠের কিংবা ফাইবার গ্লাসের। মূর্তিটা হাত দেড়েক লম্বা, সারা গা কালো রং করা, শুধু মুখখানা লাল রঙের।

মূর্তিটা সত্যিই আগে এখানে ছিল না।

জোজো সেটা ধরতে যেতেই সন্তু বলল, "এই, এই, এই ধরবি না!"

কাকাবাবু বললেন, "হ্যাঁ, কোনও নতুন জিনিস দেখলে ছুঁয়ো না। সকালবেলা লাল বলটার কথা মনে নেই? এটা এখানে এল কী করে?"

সন্তু ভেতর থেকে একটা টর্চ নিয়ে এল।

সেই আলোয় ভাল করে দেখা গেল। মূর্তিটার মুখখানা বীভৎস রকমের, ঠিক যেন একটা রাক্ষস। হাতদুটো দু'দিকে ছড়ানো। হাতদুটো শরীরের তুলনায় বেশি লম্বা।

কাকাবাবু বললেন, "এটা কি বাড়ির ভেতর থেকে কেউ এখানে এনে রেখেছে? রঘুকে ডাক তো।"

রঘু এল, ছোটমামাও বেরিয়ে এলেন।

তিনি দেখে বললেন, "এটা তো আমাদের বাড়ির জিনিস নয়। আমি কখনও দেখিইনি! এমন বিচ্ছিরি একটা পুতুল এখানে কে রাখল?"

কাকাবাবু বললেন, "সেটা বোঝা যাচ্ছে না। তবে, ওটা ধরা ঠিক হবে না!"

এর পরেই অদ্ভুত কাণ্ড শুরু হল।

মূর্তিটা ঠক করে পড়ে গেল মাটিতে। তারপর নিজে নিজেই আবার উঠে দাঁড়াল।

জোজো বলল, "আরিব্বাস! এটা জ্যান্ত নাকি?"

যেন সেই কথা শুনেই মূর্তিটা ঠক ঠক করে এগিয়ে এল দু'পা।

কাকাবাবু ছাড়া আর সবাই পিছিয়ে গেল ভয় পেয়ে। কাকাবাবু তীক্ষ্ণ চোখে তাকিয়ে রইলেন মূর্তিটার দিকে।

সেটা এবারে ঠক ঠক করে শুরু করে দিল নাচ। ঠিক পুতুল নাচের মতন। কিন্তু মূর্তিটায় কোনও সুতো বাঁধা নেই।

একবার বড় লাফ দিয়ে মূর্তিটা উঠে গেল শূন্যে। তারপর সবার মাথার ওপর দিয়ে ঘুরতে লাগল বোঁ বোঁ করে।

কাকাবাবু ছাড়া আর সবাই মাথা বাঁচাতে ব্যস্ত।

রঘু বলল, "লাঠি দিয়ে এটাকে মারব?"

কাকাবাবু বললেন, "না। তার দরকার নেই।"

কয়েকবার ঘোরার পর মূর্তিটা বারান্দা থেকে বেরিয়ে গেল বাইরে। তারপর বাগান পেরিয়ে একটা পাখির মতন উড়তে উড়তে চলে গেল রাস্তার দিকে।

তারপরেই শোনা গেল একটা মোটরবাইরের স্টার্ট দেওয়ার শব্দ!

ছোটমামা হতভম্বের মতন বললেন, "ব্যাপারটা কী হল?"

কাকাবাবু বললেন, "ছেলেখেলা!"

ছোটমামা বললেন, "তার মানে কী রাজাদা? একটা কাঠের মূর্তি নিজে নিজে উড়তে লাগল আমাদের চোখের সামনে? না কি চোখে ভুল দেখলাম।"

কাকাবাবু বললেন, "ঠিকই দেখেছ। তবে এমন কিছু আশ্চর্যের ব্যাপার নয়। রিমোট কন্ট্রোল। অনেক খেলনা, রেলগাড়ি, এরোপ্লেন রিমোট কন্ট্রোলে চালানো যায়। বাগানের বাইরে থেকে এটাও কেউ চালাচ্ছিল। সকালে পুকুরের লাল বলটা এরকম রিমোট কন্ট্রোলেই ফাটানো হয়েছে। জোজো, তুমি মোটরবাইকে চড়া লোকটির হাতে যা দেখেছিলে সেটা মোবাইল ফোন নয়, রিমোট কন্ট্রোল।"

জোজো বলল, "খুব চমকে দিয়েছিল কিন্তু!"

কাকাবাবু বললেন, "আমাদের সঙ্গে এরকম ছেলেখেলা করার মানে কী?"

ছোটমামা বললেন, "কে করছে এসব।"

কাকাবাবু বললেন, "সেটাই তো পুলিশের বার করার কথা।"

সন্তু বলল, "বার বার যে লোকটা মোটরসাইকেল চেপে আসছে আর পালাচ্ছে, ওকে আগে ধরা দরকার।"

জোজো জিজ্ঞেস করল, "সন্তু, তুই মোটরসাইকেল চালাতে জানিস?"

সন্তু বলল, "না, কখনও চেষ্টা করে দেখিনি।"

জোজো বলল, "আমি খুব ভাল পারি। একটা মোটরসাইকেল পেলে আমি তাড়া করে লোকটাকে ঠিক ধরে ফেলতাম। একবার সিডনিতে একটা লোক একজন ভদ্রমহিলার হ্যান্ডব্যাগ কেড়ে নিয়ে মোটরসাইকেলে চেপে পালিয়ে যাচ্ছিল। ভদ্রমহিলা অসহায়ভাবে চ্যাঁচামেচি করছেন, আমি আর থাকতে পারলাম না। পাশেই অন্য কার একটা মোটরসাইকেল রাখা ছিল, লাফিয়ে সেটায় উঠে পড়ে তাড়া করলাম চোরটাকে। সিডনির উঁচু-নিচু রাস্তা, চোরটা যত স্পিড দিচ্ছে, আমিও তত স্পিড বাড়াচ্ছি। চোরটা ট্র্যাফিকের লাল বাতি মানছে না, আমিও মানছি না। রাস্তার সব লোক অবাক হয়ে আমাদের দেখছে।"

সন্তু বলল, "ঠিক সিনেমার মতন।"

জোজো বলল, "লোকটাকে কিছুতেই চোখের আড়াল হতে দিচ্ছি না। সিডনি শহরে তো গলিঘুঁজি নেই, সব বড় রাস্তা, লোকটা লুকোবে কোথায়! খানিক পরে দেখি, রাস্তাটা অনেক উঁচু থেকে খাড়া নেমে গেছে, সামনেই সমুদ্র। ইন্ডিয়ান ওশান!"

কাকাবাবু বললেন, "সিডনি শহরের পাশে তো ইন্ডিয়ান ওশান দেখতে পাওয়া সম্ভব নয়, ওটা প্রশান্ত মহাসাগর হতে বাধ্য।"

জোজো বলল, "তা হতে পারে। সব মহাসাগরের চেহারাই তো এক!"

সন্তু বলল, "তারপর কী হল? তোরা দু'জনেই সমুদ্রে গিয়ে পড়লি!"

জোজো বলল, "তখন এত স্পিডে চালাচ্ছি যে, থামবার উপায় নেই। সোজা গিয়ে সমুদ্রে পড়তেই হবে। তখন চোরটাকে ধরা যাবে ঠিকই, কিন্তু ভদ্রমহিলার হ্যান্ডব্যাগটা যদি ডুবে যায়! সেটা উদ্ধার করার জন্যই তো তাড়া করেছি চোরটাকে। তাই শেষ মুহূর্তে আমি মোটরসাইকেলের ওপর দাঁড়িয়ে উঠে ঝাঁপিয়ে পড়লাম লোকটার ঘাড়ের ওপর। সমুদ্রের ধারে অনেক লোকজন ছিল, তারা ছুটে

এল!”

সন্তু বলল, “সমুদ্রে গিয়ে পড়লে তোরও মুশকিল হত, তুই তো আবার সাঁতার জানিস না।”

কাকাবাবু বললেন, “বাঃ, বেশ ভাল গল্প। শোনো, আমি ভাবছি আমার একবার কলকাতায় যাওয়া দরকার।”

সন্তু বলল, “আমরাও যাব?”

কাকাবাবু বললেন, “না, তোরা এখানে থাকতে পারিস। আমি আবার ফিরে আসব। পুলিশের ওপর মহলের সঙ্গে এই ব্যাপারে একটু কথা বলে দেখি। বাংলাদেশের পুলিশের সঙ্গেও যোগাযোগ করতে হবে মনে হচ্ছে।”

এই সময় বাড়ির সামনে একটা গাড়ি এসে থামল।

জোজো বলল, “আমি চোখ বুজে বলে দিতে পারি, দেবলীনা এসেছে।”

ঠিক তাই, গাড়ির দরজা খুলে ছুটতে ছুটতে এল দেবলীনা। জিন্‌স আর শার্ট পরা, মাথায় একটা স্কার্ফ বাঁধা। কাঁধে ঝোলা-ব্যাগ।

বারান্দায় উঠেই বলল, “কই, তোমাদের রিহার্সাল হচ্ছে না?”

জোজো আর সন্তু চোখাচোখি করল। কাকাবাবু বললেন, “না, রিহার্সাল বন্ধ আছে।”

দেবলীনা বলল, “ভালই হয়েছে। তোমরা নাটক বদলাও!”

ঝোলা-ব্যাগ থেকে সে একটা পাতলা বই বার করল। সে আবার বলল, “আমি অন্য নাটকের বই এনেছি। 'সুলতানা রাজিয়া'। এর নাম-ভূমিকায় আমি পার্ট করব।”

সন্তু বলল, “বাঃ! সুলতানা রিজিয়া, তোকে ভাল মানাবে!”

জোজো বলল, “ 'গৈরিক পতাকা' কিংবা 'লাল কেল্লা' নাটকের নামভূমিকায় ওকে আরও ভাল মানাত।”

সন্তু বলল, “কিংবা 'বঙ্গে বর্গি' নাটকটা আরও ভাল। দেবলীনা হবে বর্গি।”

দেবলীনা কয়েক মুহূর্ত ভুরু কুঁচকে বুঝে নেওয়ার পর বলল, “ইয়ার্কি হচ্ছে আমার সঙ্গে?”

সন্তু বলল, “পাগলা কুকুর কামড়ে দিল, দুম পট পট পটাস। মাসির বাড়ি ভাঙল হাঁড়ি, খুট খট খট খটাস!”

দেবলীনা বলল, “ওটা আবার কী?”

সন্তু বলল, “এটা মুখস্থ বলতে পারবি? বল তো একবার!”

দেবলীনা বলল, “ওরকম বিচ্ছিরি কবিতা মোটেই আমি বলতে চাই না।”

কাকাবাবু মুচকি মুচকি হাসছেন।

দেবলীনা তাঁর দিকে ফিরে বলল, “কাকাবাবু, তুমি ছেলেদুটোকে বড্ড লাই দিচ্ছ! তুমি সুলতানা রিজিয়া নাটকটা করবে কিনা বলো।”

জোজো বলল, “লাল কেল্লা!”

সন্তু বলল, "বঙ্গে বর্গি!"

কাকাবাবু বললেন, "এই, তোরা ওকে কেন রাগাচ্ছিস! শোনো দেবলীনা, যে-কোনও নাটকে তুমি খুব ভাল পার্ট করতে পারবে জানি, কিন্তু মুশকিল হচ্ছে নাটক আপাতত বন্ধ। আমাকে জরুরি কাজে কলকাতায় যেতে হবে। ভাবছি, তোমার সঙ্গেই চলে যাব।"

দেবলীনা বলল, "এই পাজিদুটোও যাবে নাকি?"

কাকাবাবু বললেন, "না, সন্তু আর জোজো থাকবে। আমি আবার ফিরে আসব।"

দেবলীনা বলল, "বেশ হবে। ওরা এই ধ্যাদ্ধেড়ে গোবিন্দপুর গ্রামে পড়ে থাকুক। এমন বৃষ্টি হবে, ওরা কোথাও যেতেও পারবে না।"

জোজো বলল, "নদী থেকে ইলিশ মাছ ধরা হয়েছে, আমরা সেই টাটকা ইলিশ মাছ ভাজা আর গরম গরম খিচুড়ি খাব।"

সন্তু বলল, "অনেক বড় বড় চিংড়িও এনেছে, তুই দেখিসনি বুঝি!"

দেবলীনা বলল, "কলকাতাতেও অনেক ভাল ইলিশ আর চিংড়ি পাওয়া যায়।"

একটু বাদেই কাকাবাবু তৈরি হয়ে নিলেন।

দেবলীনাকে বললেন, "চলো, বেরিয়ে পড়ি। বেশি রাত করার দরকার নেই।"

দেবলীনা তখনও সন্তু আর জোজোর সঙ্গে ঝগড়া করে যাচ্ছিল, এবার সে উঠে দাঁড়াল। তারপর ঝোলা-ব্যাগ থেকে দুটো বড় চকোলেটের প্যাকেট বার করে বলল, "তোদের জন্য এনেছিলাম, এখন আর দেব না ভাবছি।"

জোজো ঠোঁট উলটে বলল, "চকোলেট? অ্যাঃ! আমরা মোটেই ভালবাসি না, তাই না রে সন্তু?"

দেবলীনা এবার ফিক করে হেসে ফেলে প্যাকেটদুটো ওদের হাতে গুঁজে দিল।

জোজো দেবলীনার একটা হাত চেপে ধরে বলল, "থ্যাঙ্ক ইউ! পাগলা কুকুর কামড়ে দিল দুম পট পট পটাস! মাসির বাড়ি ভাঙল হাঁড়ি; খুট খট খট খটাস!"

কাকাবাবু বললেন, "আর দেরি কোরো না! চলো—"

দেবলীনাদের গাড়ির ড্রাইভার অনেক দিনের পুরনো। তার নাম লছমন সিংহ, ওদের বাড়িতেই থাকে। দেবলীনাকে সে খুব ছোট্টবেলা থেকে দেখেছে বলে তাকে সে খুকুমণি বলে ডাকে।

কাকাবাবুকে দেখে সে নমস্কার করে বলল, "ভাল আছেন সার?"

কাকাবাবু বললেন, "হ্যাঁ, লছমন, তুমি ভাল আছ তো? ক'দিন ধরে বর্ষা হচ্ছে, রাস্তার অবস্থা কীরকম?"

লছমন বলল, "খুব খারাপ। আসবার সময় জ্যাম পেয়েছিলাম।"

গাড়িটা স্টার্ট দিয়ে বড় রাস্তায় পড়তেই একটু পরে পাশ দিয়ে একটা মোটরসাইকেল বেরিয়ে গেল জোর শব্দ করে।

কাকাবাবু কৌতূহলী চোখে তাকিয়ে রইলেন। চালকের মুখটা দেখতে পেলেন না।

দেবলীনা বলল, "পাগলা কুকুর কামড়ে দিল, দুম পট পট পটাস! মাসির বাড়ি ভাঙল হাঁড়ি খুট খট খট খটাস! কাকাবাবু, এর মানে কী?"

কাকাবাবু বললেন, "মানে আবার কী? কিচ্ছু নেই! জোজোর মাথা থেকে উদ্ভট বুদ্ধি বেরোয়!"

দেবলীনা আবার বলল, "পাগলা কুকুর কামড়ে দিল...নাঃ, এটা আর কিছুতেই বলব না! কিন্তু মুখস্থ হয়ে গেল যে!"

কাকাবাবু বললেন, "অন্য কবিতা ভাবো। তা হলে ওটা ভুলে যাবে।"

দেবলীনা একটু চিন্তা করে বলল, "গান জুড়েছে গ্রীষ্মকালে ভীষ্মলোচন শর্মা, আওয়াজখানা দিচ্ছে হানা দিল্লি থেকে বর্মা—তারপর কী যেন?"

কাকাবাবু অন্যমনস্ক হয়ে পড়েছেন, উত্তর দিলেন না। মোটরসাইকেলটার শব্দ আর একবার শোনা গেল। আওয়াজটা খুব জ্বালাচ্ছে। লোকটা কি বাড়ির কাছাকাছি কোথাও লুকিয়ে থেকে লক্ষ রাখছিল?

দেবলীনা বলল, "পাগলা কুকুর কামড়ে দিল দুম পট পট...এই রে, আবার সেই বিচ্ছিরি পদ্যটা মনে আসছে! ও কাকাবাবু, বলো না, এটাকে মাথা থেকে তাড়াই কী করে?"

কাকাবাবু বললেন, "একটা গান গাও, তা হলে ভুলতে পারবে!"

দেবলীনা বলল, "ধ্যাত! আমি কি গান জানি নাকি?"

কাকাবাবু বললেন, "এই গানটা শিখে নাও, খুব সহজ। জোজোকে দেখলেই গাইবে। 'শোন রে ওরে হনুমান, হও রে ব্যাটা সাবধান, আগে হতে স্পষ্ট বলে রাখি! তুই ব্যাটা জানোয়ার, নিষ্কর্মার অবতার, কাজেকম্মে দিস বড় ফাঁকি!"

দেবলীনা উঁচু গলায় হেসে উঠল।

বড় রাস্তা দিয়ে যেতে যেতে গাড়িটা থেমে যাচ্ছে মাঝে-মাঝে। সামনে পর পর অনেক ট্রাক। একে তো অন্ধকার, আবার শুরু হয়েছে বৃষ্টি।

এক জায়গায় গাড়ি একেবারে থেমেই গেল। সামনে অনেকখানি জ্যাম। লছমন উঁকি মেরে দেখে বলল, "লেভেল ক্রসিং। আসবার সময়ও এখানে অনেকক্ষণ দাঁড়াতে হয়েছিল। সামনের লরিটা কিছুতেই জায়গা ছাড়ছে না।"

সে দু'-একবার হর্ন বাজাতেই কাকাবাবু বললেন, "শুধু শুধু হর্ন বাজিয়ো না। তাতে কী লাভ হবে?"

বৃষ্টির জন্য সব জানলার কাচ তোলা। একটা বাচ্চা ছেলে ধূপকাঠি বিক্রি করার জন্য কাকুতিমিনতি করছে।

দেবলীনা হাত নেড়ে বলল, "চাই না। চাই না।"

ছেলেটা তবু যাচ্ছে না।

লছমন তার দিকের জানলার কাচ নামিয়ে আর একবার সামনে উঁকি দিল।

বাচ্চা ছেলেটা দৌড়ে সেদিকে গিয়ে জানলা দিয়ে হাত বাড়িয়ে বলল, "নিন না দিদি, ভাল ধূপ, নিন না, আমি সারাদিন কিছু খাইনি—"

দেবলীনা হাত-ব্যাগ খুলে পয়সা বার করতে গেল।

তখনই একজন লোক বাচ্চা ছেলেটাকে টেনে সরিয়ে দিয়ে দাঁড়াল জানলার কাছে। তার হাতে একটা ছোট গ্যাস সিলিন্ডারের মতন জিনিস।

সেটা থেকে সে ফোঁস-ফোঁস করে কী যেন স্প্রে করে দিতে লাগল গাড়ির মধ্যে।

কাকাবাবু বললেন, "এই, কী করছ, কী করছ?"

তারপরই গ্যাসের গন্ধ পেয়ে তিনি চেঁচিয়ে উঠলেন, "দেবলীনা, শিগগির নাকে রুমাল চাপা দাও—"

কিন্তু তিনি নিজেই পকেট থেকে রুমাল বার করার সময় পেলেন না। ঢলে পড়লেন অজ্ঞান হয়ে।

দেবলীনা আর লছমনও জ্ঞান হারিয়ে ফেলেছে।

একজন লোক গাড়ির সামনের দরজা খুলে লছমনকে ঠেলে সরিয়ে নিজে বসল স্টিয়ারিং হাতে নিয়ে।

অন্য একজন লোক পেছনের দরজা দিয়ে উঠে কাকাবাবুর হাত বেঁধে ফেলল লোহার চেন দিয়ে।

সে লোকটি সামনের লোকটিকে জিজ্ঞেস করল, "মেয়েটাকে নিয়ে কী করব?"

সামনের লোকটি বলল, "থাক, এখন অমনিই থাক।"

তারপর সে গাড়িতে স্টার্ট দিয়ে রাস্তা ছেড়ে নেমে পড়ল পাশের মাঠে। গাড়িটা লাফাতে লাফাতে মিলিয়ে গেল অন্ধকারে।

॥ ৭ ॥

জোজো আরাম করে বিছানায় শুয়ে গল্পের বই পড়ে যাচ্ছে, কত বেলা হল তার হুঁশই নেই।

পাশের একটা ছোট টুলে রাখা আছে পেঁয়াজ-লঙ্কা দিয়ে মাখা একবাটি মুড়ি, মাঝে মাঝে সেই মুড়ি খাচ্ছে মুঠো করে।

বইটা শেষ হয়নি, কিন্তু মুড়ি শেষ হওয়ার পর তার খেয়াল হল, অনেকক্ষণ সন্তুর সাড়াশব্দ নেই। সন্তু কোথায় গেল?

বিছানা থেকে নেমে পড়ল সে।

পাশের ঘরে গিয়ে দেখল, সন্তু খুব কাজে ব্যস্ত।

সারা ঘরে পুরনো খবরের কাগজ ছড়ানো। একটা কাঁচি নিয়ে সন্তু সেই খবরের কাগজ কাটছে।

জোজো অবাক হয়ে জিজ্ঞেস করল, "কী করছিস রে সন্তু?"

সন্তু বলল, "পাগলা কুকুর কামড়ে দিল, দুম পট পট পটাস!"

জোজো তার পাশে বসে পড়ে বলল, "কাগজ কাটছিস কেন?"

সন্তু এবার গম্ভীরভাবে বলল, "টাকা বানাচ্ছি! আজ সন্ধের মধ্যেই পাঁচ লাখ টাকা চাই!"

পাশে তিনখানা একশো টাকার নোট। সন্তু খবরের কাগজ কাটছে সেই নোটের সাইজে।

জোজো বলল, "এই খবরের কাগজের টাকা দিয়ে তুই ছেলেচোরদের ঠকাবি? এত সহজ নাকি?"

সন্তু বলল, "সহজ নয় ঠিকই। খুব কঠিন। সেই কঠিন কাজটাই চেষ্টা করতে হবে। শঙ্খচূড় আবার চিঠি দিয়েছে, টাকাটা আজই রাতে নিয়ে যেতে হবে নৌকোয় করে। কোনও পুলিশের লোক থাকলে সুকোমলকে আর জ্যান্ত ফেরত পাওয়া যাবে না। তাই পুলিশের লোকের বদলে আমি যাব টাকা নিয়ে। সুকোমলের বাবার সঙ্গে আমার কথা হয়ে গেছে।"

জোজো বলল, "কিন্তু এই খবরের কাগজের টাকা ওরা বুঝি ব্যাগ খুলে দেখবে না?"

সন্তু বলল, "তা দেখবে নিশ্চয়ই। প্রথম তিনটে বান্ডিলের ওপর এই সত্যিকারের একশো টাকার নোট থাকবে একটা করে। ছোটমামার কাছ থেকে তিনশো টাকা চেয়ে নিয়েছি। এই দেখে যদি ওরা সন্তুষ্ট থাকে তো ভাল কথা।"

জোজো বলল, "আর যদি সব বান্ডিল দেখে?"

সন্তু বলল, "তখন অন্য ব্যবস্থা করতে হবে।"

জোজো জিজ্ঞেস করল, "অন্য ব্যবস্থা মানে?"

সন্তু বলল, "সে তখন দেখা যাবে। অবস্থা বুঝে ব্যবস্থা।"

জোজো বন্ধুর মুখের দিকে একটুক্ষণ একদৃষ্টিতে চেয়ে থেকে আড়ষ্ট গলায় বলল, "সন্তু, তুই এই নকল টাকা নিয়ে একা যাবি?"

সন্তু বলল, "তুই তো যেতে পারবি না। তুই সাঁতার জানিস না। নৌকোটা যদি উলটেফুলটে যায়!"

জোজো বলল, "কাকাবাবু ফিরলেন না—"

সন্তু বলল, "কাকাবাবু ফেরেননি, কোনও খবর পাঠাননি। নিশ্চয়ই কোনও কাজে ব্যস্ত হয়ে পড়েছেন। এখন আমাদের বুদ্ধিমতন কাজ করা উচিত।"

জোজো বলল, "পাঁচ লাখ টাকা তৈরি হয়নি? তার মানে কত টুকরো জানিস?"

সন্তু বলল, "জানব না কেন? পাঁচ লাখ মানে পাঁচ হাজার একশো টাকার নোট!"

জোজো বলল, "এরকমভাবে কাঁচি দিয়ে কাটলে সারাদিনেও পাঁচ হাজার হবে না।"

সন্তু বলল, "তুইও একটা কাঁচি জোগাড় করে আন। হাত লাগা।"

জোজো বলল, "আমি একসঙ্গে দশখানা নোট বানাবার টেকনিক শিখিয়ে দিচ্ছি তোকে—"

প্রায় ঘণ্টাখানেক ধরে দু'জনে দর্জির মতন কাঁচি চালাতে লাগল কচাকচ শব্দে।

তারপর পরোটা আর বেগুনভাজা খাওয়ার বিরতি।

ছোটমামা এসে বললেন, "গগন এসেছে। রাজাদা'র খোঁজ করছে। বললাম, রাজাদা নেই, তোদের সঙ্গে কথা বলতে চায়।"

সন্তু আর জোজো বারান্দায় বেরিয়ে এল।

গগন সাহা খাকি প্যান্ট আর হলুদ রঙের শার্ট পরে আছে, হাতে একটা গোল করে পাকানো খবরের কাগজ। চেয়ারে বসেনি, দাঁড়িয়ে আছে এক কোণে, মুখে একটা ছটফটে ভাব।

ওদের দেখে বলল, "কী হে, কেমন আছ তোমরা? তোমাদের কাকাবাবু কলকাতায় গেছেন শুনলাম।" আজ ফিরে আসবেন?"

সন্তু বলল, "ঠিক বলতে পারছি না।"

"তোমাদের থিয়েটার আর হচ্ছে না তা হলে?"

"সুকোমলকে পাওয়া গেলে এখনও হতে পারে।"

"আমার ছেলে বিল্টু তো খুব মুষড়ে পড়েছে।"

"ওকে বলবেন, একা-একাই পার্ট মুখস্থ করতে।"

"সে আর বলতে হবে না। সর্বক্ষণই তো সুগ্রীব সেজে বিড়বিড় করছে। পড়াশোনায় মন নেই।"

তারপর সে ছোটমামার দিকে ফিরে জিজ্ঞেস করল, "চাঁদুদা, নিখিল মাহাতোর ছেলের কোনও খোঁজ পাওয়া গেল?"

ছোটমামা বললেন, "নাঃ! টাকা চেয়ে আর-একটা চিঠি এসেছে।"

গগন বলল, "নিখিল মাহাতো টাকা দেবে না ঠিক করেছে। খুবই বিপজ্জনক ব্যাপার।"

ছোটমামা বললেন, "টাকা জোগাড় করার একটা চেষ্টা হচ্ছে শুনেছি।"

গগন বলল, "তা হলে তো খুব ভাল কথা। সে যাই হোক, আমার বউ আজ রাত্তিরে আপনাদের সবাইকে আমাদের বাড়িতে নেমন্তন্ন করেছে। সেদিন তো আপনারা গিয়ে এক কাপ চাও খেলেন না। রাজা রায়চৌধুরী বিখ্যাত মানুষ। তিনি নিজে থেকে আমাদের বাড়িতে এলেন, কোনও খাতির-যত্ন করা হল না। আমার ভেড়ি থেকে বড় বড় চিংড়ি আনিয়েছি, আজ আপনারা সবাই খেতে যাবেন আমাদের বাড়িতে।"

ছোটমামা বললেন, "রাজাদা ফিরবেন কিনা তার তো ঠিক নেই। তুমি তো তাঁর জন্যই ব্যবস্থা করছ!"

গগন বলল, "ফিরবেন নিশ্চয়ই। এই ছেলেরা এখানে রয়ে গেছে। তা হলে আসবেন কিন্তু। আমার বউ সকাল থেকেই রান্না করতে লেগে গেছে।"

সিঁড়ি দিয়ে একধাপ নেমে সে আবার বলল, "এখানকার পুলিশরা একেবারে অপদার্থ। আমার মোটরসাইকেলটা চুরি গেছে, এখনও উদ্ধার করতে পারল না!"

বাগানের বাইরে একটা সাইকেল রিকশা দাঁড় করানো ছিল। গগন উঠে গেল তাতে।

জোজো বলল, "আরে, উনি খবরের কাগজটা ফেলে গেলেন যে!"

গগনের হাতে যে পাকানো খবরের কাগজটা ছিল, সেটা পড়ে আছে বারান্দার বেদির ওপর।

ততক্ষণে সাইকেল রিকশাটা মিলিয়ে গেছে রাস্তার বাঁকে।

সন্তু বলল, "দৌড়ে গিয়ে দিয়ে আসব?"

ছোটমামা বললেন, "তার দরকার নেই, খবরের কাগজ তো পড়া হলে লোকে এমনিই ফেলে দিয়ে যায়।"

জোজো কাগজটা খুলে বলল, "ওরেব্বাস, এ যে দেখছি দারুণ খবর!"

এটা কলকাতার কাগজ নয়। স্থানীয় সংবাদপত্র, নাম 'বসিরহাট বার্তা', ধ্যাবড়া কালিতে ছাপা। প্রথম পাতায় নীচের দিকে, হাতে-আঁকা একটা মস্তবড় সাপের ছবি। তার তলার দিকটা কুণ্ডলী পাকানো, ওপরে ফণা তুলে আছে। নীচে লেখা : 'শঙ্খচূড়'। তারপর বড় বড় অক্ষরে লেখা : আজই সুকোমল মাহাতোর উদ্ধারের শেষ দিন। আজ রাতের মধ্যে টাকা না পৌঁছে দিলে শঙ্খচূড়ের দংশন থেকে কেউ তাকে রক্ষা করতে পারবে না। আমরা সবদিকে নজর রাখছি। পুলিশ কিংবা কোনও ফোঁপরদালাল কোনওরকম চালাকির চেষ্টা করলে ছেলেটির লাশ নদীর জলে ভাসবে। মনে থাকে যেন, ঠিক রাত ন'টায় মাঝনদীতে বাঁকের মুখে।

সবাই লেখাটা পড়ে একটুক্ষণ এ-ওর মুখের দিকে তাকাল। ছোটমামা বললেন, "গগন কি ইচ্ছে করে কাগজটা এখানে রেখে গেল?"

সন্তু বলল, "নাও হতে পারে।"

ছোটমামা বললেন, "বলা যায় না। ভারী ধূর্ত লোক। একদিকে আমাদের কত খাতির দেখিয়ে নেমন্তন্ন করে গেল, আবার ভয় দেখিয়েও গেল মনে হচ্ছে?"

॥ ৮ ॥

হাটবার ছাড়া নদীর এই ঘাটে সন্ধের পরই নৌকো চলাচল প্রায় বন্ধ হয়ে যায়। যাত্রী থাকে না বলে ফেরিনৌকোও চলে না। দু'-তিনটে যে খাবারের দোকান আছে, তারাও ঝাঁপ ফেলে দেয় তাড়াতাড়ি।

কৃষ্ণপক্ষের রাত, একেবারে ঘুটঘুটে অন্ধকার।

একটিমাত্র নৌকোয় বসে তামাক খাচ্ছে একজন মাঝি। তার নৌকোয় টিমটিম

করে জ্বলছে একটা কেরোসিনের লণ্ঠন।

ঠিক পৌনে ন'টার সময় একটা সাইকেল রিকশায় চেপে সন্তু পৌঁছোল সেই নদীর ঘাটে। তাকে নামিয়ে দিয়েই সাইকেল রিকশাটা ফিরে গেল পোঁ পোঁ করে।

সন্তুর হাতে একটা ঢাউস ক্যাম্বিসের ব্যাগ।

ঘাটের কাছটায় কাদা কাদা হয়ে আছে। সন্তু পা টিপে টিপে নেমে নৌকোটায় চড়ে বসল। কাদা লাগবেই জেনে সে খালি পায়ে এসেছে। সন্তু ফুলপ্যান্টই পরে কলেজে ভর্তি হওয়ার পর থেকে, কিন্তু এখন পরে আছে হাফপ্যান্ট ও শুধু একটা গেঞ্জি।

এ-নৌকোর মাঝি কোনও কথা না বলে নৌকো ছেড়ে দিল। সে আগে থেকেই যেন জানে কোথায় যেতে হবে।

আকাশে ঘন ঘন বিদ্যুৎ চমকাচ্ছে, যে-কোনও সময় বৃষ্টি আরম্ভ হবে। এ নৌকোটায় ছই নেই, বৃষ্টি এলে ভিজতে হবে। সবচেয়ে বড় কথা, টাকার থলেটা ভিজে গেলেই মুশকিল।

জলের কুলুকুলু ধ্বনি ছাড়া আর কোনও শব্দ নেই।

নৌকোটা নদীর বাঁকের মুখে পৌঁছোবার পর মাঝিটি জিজ্ঞেস করল, "এবারে কী করব?"

সন্তু বলল, "আর যেতে হবে না, এইখানেই চুপ করে বসে থাকতে হবে কিছুক্ষণ।"

নদীতে তেমন স্রোত নেই, নৌকোটি একটু একটু দুলছে, সরে যাচ্ছে মাঝখান থেকে, মাঝি আবার নৌকোটাকে নিয়ে আসছে মাঝনদীতে। ভরা বর্ষার নদীতে এখন প্রচুর জল।

এখন শুধু প্রতীক্ষা।

সন্তুর একটু বুক দুরু দুরু করছে ঠিকই।

একেবারে শেষ মুহূর্তে ছোটমামা বেঁকে বসেছিলেন, সন্তুকে তিনি এই বিপদের মধ্যে একা যেতে দেবেন না। জোজোও বন্ধুর বিপদের কথা ভেবে কাঁদো কাঁদো হয়ে গিয়েছিল। এমনকী নিখিল মাহাতো পর্যন্ত বলেছিলেন, তাঁর ছেলেকে বাঁচাবার জন্য অন্য একজনের ছেলেকে তিনি এমন ঝুঁকির মধ্যে পাঠাতে চান না। সন্তুকেও যদি মেরে ফেলে, তা হলে সারাজীবন তাঁকে দ্বিগুণ শোক সইতে হবে।

কিন্তু সন্তু জেদ ধরে ছিল আগাগোড়া।

কাকাবাবু ফিরে আসেননি, কোনও খবরও পাঠাননি। তবু সন্তুর দৃঢ় ধারণা, কাকাবাবু যে-কোনও উপায়েই হোক, এই ছেলেচোরদের সঙ্গে দেখা করার চেষ্টা করতেন। ওদের টাকা না দিয়ে।

এমনও হতে পারে, কাকাবাবু এই নদীর ধারে কোথাও অন্ধকারে লুকিয়ে রয়েছেন।

মাঝিটি ধৈর্য ধরতে না পেরে হঠাৎ বলে উঠল, "খোকাবাবু, এখানকার চোর-

ডাকাতগুলি অতি সেয়ানা। আর যখন-তখন ছুরি-বন্দুক চালায়। তুমি একা একা এদের মুকাবেলা করতে পারবে?"

সন্তু বলল, "দেখা যাক!"

মাঝিটি বলল, "আহা রে, কার বাড়ির দুধের বাছা। কেন মরতে এলি?"

এত উত্তেজনার মধ্যেও সন্তু হেসে ফেলল। হাফপ্যান্ট পরে এসেছে বলে তাকে 'খোকাবাবু' তবু বলা যেতে পারে। কিন্তু একেবারে দুধের বাছা! বড্ড বাড়াবাড়ি!

একসময় দূরে ভটভট শব্দ হল। এখন বেশিরভাগ নৌকোই ডিজেল এঞ্জিনে চলে, তাই এগুলির নামই হয়ে গেছে ভটভটিয়া।

আওয়াজটা আসছে উলটো দিক থেকে, এদিকেই। একটু পরে দেখা গেল একটা জোরালো টর্চের আলো জ্বলছে আর নিভছে।

সন্তুর কাছে টর্চ নেই, সে দাঁড়িয়ে রইল চুপ করে। অন্য নৌকোর টর্চের আলো এসে পড়ছে তার মুখে।

ভটভটিয়াটা একেবারে পাশে এসে দাঁড়াল। একজন কেউ কর্কশ গলায় জিজ্ঞেস করল, "টাকা এনেছিস?"

সন্তু বলল, "হ্যাঁ, এনেছি।"

লোকটি বলল, "পুরো টাকা এনেছিস তো? আমরা ধারে কারবার করি না।"

সন্তু একটুও নার্ভাস না হয়ে বলল, "হ্যাঁ, পুরো পাঁচ লাখ।"

লোকটি বলল, "তোর সঙ্গে আর কে আছে?"

সন্তু বলল, "আর কেউ না।"

লোকটি টর্চ ফেলে নৌকোটা ভাল করে দেখল। খোলা নৌকোয় কারও লুকোবার কোনও জায়গা নেই।

মাঝির মুখের ওপর আলো ফেলে ভাল করে দেখে ওদিকের লোকটি বলল, "এ তো বদরু শেখ।"

তারপর সেই লোকটি অন্য একটি লোককে বলল, "ভয়ের চোটে ওরা একটা পুঁচকে ছেলেকে পাঠিয়েছে।"

অন্য লোকটি সন্তুকে বলল, "এই ছোঁড়া, টাকার থলেটা আগে এই নৌকোয় ছুড়ে দে।"

সন্তু বলল, "না, আগে আমি সুকোমলকে দেখতে চাই। হাতে হাতে দেব আর নেব।"

অন্য লোকটি বলল, "আমরা কথার খেলাপ করি না। তুই মাথার ওপর দু'হাত তুলে দাঁড়া।"

সন্তু বাধ্য ছেলের মতন দু' হাত তুলল মাথার ওপর।

ওদিক থেকে বন্দুক হাতে একজন লোক লাফিয়ে এ-নৌকোয় এসে সন্তুর সারা গা থাবড়ে থাবড়ে দেখল।

তারপর বলল, "তুই অস্তরটস্তর কিছু আনিসনি তা হলে? একটা পেনসিল কাটা ছুরিও না? এবার তুই টাকার থলেটা নিয়ে ওই নৌকোয় চলে যা।"

সন্তু অন্য নৌকোটায় গিয়ে দাঁড়াতেই লোকটি সন্তুর নৌকোর মাঝিকে বলল, "বদরু তুই ফিরে যা! এদের আমরা নামিয়ে দেব।"

সন্তু ব্যাগটা বুকে চেপে ধরে রইল।

মাঝি ছাড়া এ-নৌকোয় রয়েছে দু'জন লোক, আর সুকোমল বসে আছে হাঁটুতে থুতনি ঠেকিয়ে। সন্তুর দিকে সে তাকালও না। বোধ হয় সে ঘুমিয়ে আছে।

একজন লোকের হাতেই শুধু বন্দুক।

সে হাত বাড়িয়ে টাকার থলিটা নিয়ে চেন টেনে খুলে ভেতরটা দেখল। বলল, "ঠিক আছে। তোদের নামাব তেঁতুলতলার ঘাটে।"

অন্য লোকটি বলল, "ক'টা বান্ডিল আছে গুনে দেখবি না?"

বন্দুকধারী বলল, "ডেরায় গিয়ে গুনে নেব। এখন নৌকোয় স্টার্ট দে!"

অন্য লোকটি বলল, "এখনই গুনে নে। একটা দুটো কম পড়লে ওস্তাদ আমাদের নামে দোষ দেবে।"

বন্দুকধারীটি আবার ব্যাগ খুলল।

বন্দুকটা পাশে নামিয়ে রেখে বার করতে লাগল বান্ডিলগুলো। একটা, দুটো, তিনটে—প্রত্যেকটারই ওপরে আসল একশো টাকার নোট।

চতুর্থ বান্ডিলটা বার করতেই সন্তু এক লাফে সুকোমলের কাছে গিয়ে তার একটা হাত ধরে লাফিয়ে পড়ল নদীতে।

তার পায়ের ঝাঁকুনিতে দারুণভাবে দুলে উঠল নৌকোটা, প্রায় ডুবে যাওয়ার মতন অবস্থা।

ঘটনার আকস্মিকতায় এই নৌকোর দু'জন লোক হকচকিয়ে গিয়ে তাল সামলাতে সামলাতেই কেটে গেল কয়েক মুহূর্ত, তার মধ্যে সন্তু ডুব দিয়ে চলে গেছে অনেক নীচে।

সুকোমল ভয় পেয়ে জাপটে ধরেছে সন্তুকে।

সন্তু সাঁতারের চ্যাম্পিয়ান, পরপর দু'বছর সে অল বেঙ্গল সুইমিং কম্পিটিশানে ফার্স্ট হয়েছে।। তা ছাড়া লাইফ সেভিং-এর ট্রেনিং নেওয়া আছে, সাঁতারের সুবিধে হবে বলেই তো সে আজ ফুলপ্যান্ট পরেনি, খালি পায়ে এসেছে।

শ্বাস নেওয়ার জন্য একবার ভুস করে মাথা তুলে সন্তু বলল, "সুকোমল, ভয় পাসনি! শরীরটা আলগা করে রাখ। আমরা ঠিক পৌঁছে যাব!"

এ-নৌকোর লোকদুটো ধারণাই করতে পারেনি যে, এই ভরা বর্ষার নদীতে সন্তুর মতন একটা অল্পবয়েসি ছেলে ইচ্ছে করে ঝাঁপ দিতে পারে। এমনিতেই এ-নদীতে ভয়ে কেউ নামে না, এখানে কামঠ নামে একরকম ছোট ছোট হাঙর আছে, তারা মানুষের পা কেটে নেয়। কুমিরও আছে।

সন্তু আর একবার মাথা তুলতেই ওরা গুলি চালাল।

সঙ্গে সঙ্গে নদীর ধার থেকেও ছুটে এল গুলি। নৌকোর দিকে।

সন্তুর ধারণা হল, কাকাবাবু এসে গেছেন, তা হলে আর কোনও চিন্তা নেই!

গুলি চলতে লাগল দু'দিক থেকে।

একটা গুলি নৌকোর মাঝির গায়ে লাগতেই সে আর্তনাদ করে উঠল। তখন একজন চালিয়ে দিল ভটভটি। গুলি চালাতে চালাতে তারা পালাল।

সন্তু সুকোমলকে নিয়ে চলে এল পাড়ের কাছে।

সেখানে ঘাট নেই, খুব কাদা। তার মধ্য থেকে সে সুকোমলকে টানতে টানতে উঠে এল ওপরে।

তারপর ডাকল, "কাকাবাবু!"

কাকাবাবু নয়, রিভলভার হাতে নিয়ে ছুটে এলেন নিখিল মাহাতো।

তিনি সুকোমলের দিকে ভাল করে না তাকিয়েই জল-কাদা-মাখা সন্তুকে বুকে জড়িয়ে ধরে কেঁদে ফেললেন ঝরঝর করে। আবেগের সঙ্গে বলতে লাগলেন, "সন্তু, সন্তু, তুমি আমার ছেলেকে উদ্ধার করে আনলে... তোমার ঋণ যে কী করে শোধ করব—"

কেউ সামনা-সামনি প্রশংসা করলে সন্তুর খুব অস্বস্তি হয়। সে নিজেকে ছাড়িয়ে নিয়ে বলল, "সুকোমলকে দেখুন। ও কথা বলছে না কেন?"

"পেটে জল ঢুকে যায়নি তো!"

নিখিল মাহাতো এবার ছেলের পাশে বসে পড়ে বললেন, "সুকু, তুই ঠিক আছিস তো? তোকে ওরা কষ্ট দিয়েছে?"

তারপরই তিনি চেঁচিয়ে উঠলেন, "এ কী? এ কে?"

সন্তুও দারুণ চমকে উঠল। যাকে সে উদ্ধার করে এনেছে, সে সুকোমল তো নয়। অন্য একটি ছেলে।

সে-ও ছেলেটির পাশে বসে পড়ে বলল, "এই, তুমি কে?"

ছেলেটি কাঁচুমাচু ভাবে বলল, "আমি লুতফর!"

নিখিল মাহাতো বললেন, "লুতফর? তুই ওদের নৌকোয় কী করছিলি? তুই-ও ওদের দলের?"

লুতফর বলল, "আমি কিছু জানি না সার। আমি নদীতে মাছ ধরছিলাম, দু'জন জোয়ান লোক জোর করে আমারে ধরে টেনে নিয়ে গেল। তারপর সন্দেশ খেতে দিল নৌকোয় তুলে। ধমকাতে ধমকাতে বলল, 'খা, খা!' সেই সন্দেশ খেয়ে, কী যেন হল, ঘুম এসে গেল, আর আমি কিছু জানি না!"

নিখিল মাহাতো দারুণ হতাশভাবে বললেন, "যাঃ! ওরাও আমাদের ঠকিয়েছে!"

॥ ৭ ॥

কাকাবাবু ভাল করে চোখ চাইতে পারছেন না, সবই অস্পষ্ট দেখছেন।

যা দেখছেন, তারও মানে বুঝতে পারছেন না। একবার মনে হল, উলটো দিকে একজন লোক দাঁড়িয়ে আছে, তার চেহারা অবিকল তাঁর মতন। যেন আর একজন রাজা রায়চৌধুরী। ঠিক তাঁর মতন গোঁফ, তাঁর মতন দু'বগলে ক্রাচ।

কাকাবাবু ভাবলেন, তাঁর তো কোনও যমজ ভাই ছিল না কখনও। তা হলে এ লোকটা এল কোথা থেকে?

কয়েক মুহূর্তের মধ্যেই লোকটা যেন কুঁকড়ে ছোট হয়ে গেল।

আবার সব কিছু অন্ধকার।

সেই অন্ধকারের মধ্যে একজন কেউ গম্ভীর গলায় বলল, "ওয়েক আপ! ওয়েক আপ! মিস্টার রায়চৌধুরী, অনেক ঘুমিয়েছেন, এবার উঠুন!"

আবার আলো জ্বলে উঠল। কে যেন একবাটি জল ছিটিয়ে দিল কাকাবাবুর মুখে। কনকনে ঠাণ্ডা জল। এবার তিনি জোরে মাথা ঝাঁকুনি দিলেন। তাকালেন পুরো চোখ মেলে।

ফের আলো নিভে গিয়ে জ্বলে উঠেছে একটা স্পটলাইট। তাতে দেখা যাচ্ছে মস্তবড় একটা সাপের ফণা। সেটা দুলছে আর ফোঁস ফোঁস শব্দ হচ্ছে।

সেই সাপ মানুষের মতন কথা বলে উঠল। তাও ইংরেজিতে। ফোঁস ফোঁস করতে করতে বলল, "মিস্টার রায়চৌধুরী, মিট শঙ্খচূড়।"

কাকাবাবু হাত তুলতে গিয়ে টের পেলেন তাঁর দুটো হাত পেছন দিকে বাঁধা।

কয়েক মুহূর্ত পরেই জায়গাটা ভরে গেল ঝলমলে আলোয়।

এবার দেখা গেল, সেটা একটা বড় ঘর। তার চারদিকে কয়েকটা কম্পিউটার আর অন্য নানারকম যন্ত্রপাতি। মাঝখানে একটা চেয়ারে সেই মস্তবড় সাপের ফণা।

সেটা যে আসল সাপ নয়, একটা মুখোশ, তা বুঝতে কাকাবাবুর অসুবিধে হল না।

তিনি ভাবলেন, তিনি যে দ্বিতীয় একজন রাজা রায়চৌধুরীকে দেখেছিলেন, সে কোথায় গেল? নাকি সেটা চোখের ভুল?

টেবিলের ওপাশের লোকটি এবার মাথা থেকে সাপের ফণার মুখোশটা খুলে ফেলে রাখল টেবিলের ওপর। একটা চিরুনি দিয়ে চুল আঁচড়াতে লাগল।

লোকটির বয়েস চল্লিশ থেকে পঁয়তাল্লিশের মধ্যে। রং ফরসা। খুব মোটা ভুরু, সেরকমই অনেকখানি লম্বা জুলপি। হরতনের গোলামের মতন তার মোটা গোঁফ মিশে গেছে জুলপির সঙ্গে। মাথায় বাবরি চুল। চোখের মণিদুটো নীল।

লোকটিকে দেখলে বাঙালি বলে মনে হয় না।

সে মাথার চুল আঁচড়াবার পর ভুরু আর গোঁফও আঁচড়ে নিল।

তারপর চওড়াভাবে হেসে বলল, "আপনার সঙ্গে একটু ছেলেমানুষি করছিলাম, তাই না? মাঝে মাঝে এরকম ছেলেমানুষি করতে আমার ভাল লাগে।"

কাকাবাবুর মাথাটা আস্তে আস্তে পরিষ্কার হয়ে যাচ্ছে। তিনি কোনও কথা না বলে সোজা তাকিয়ে রইলেন লোকটির দিকে।

লোকটি বলল, "মিস্টার রাজা রায়চৌধুরী, আমি আপনার পরিচয় সবই জানি। আপনি আমার সম্পর্কে কিছুই জানেন না। আমি সংক্ষেপে জানাচ্ছি। আমার অনেক নাম। শঙ্খচূড়, কার্লোস, রুস্তম, মহাবীর সিং, ভ্যাম্পায়ার, ডেভিল ইনকারনেট, হলাকু, এইরকম আরও আছে। এখানে আমি শঙ্খচূড়, এর ঠিক আগেই ছিলাম হলাকু। আপনি আমাকে এর যে-কোনও একটা নাম ধরে ডাকতে পারেন।"

টেবিলের ওপর লোকটির বাঁ হাত রাখা। কাকাবাবু দেখলেন, বুড়োআঙুল ছাড়া ওর সব আঙুলেই দুটো-তিনটে করে আংটি।

ওর মুখোশটা খুলে ফেললেও কাকাবাবু বুঝতে পারলেন, লোকটি এখনও ছদ্মবেশ ধরে আছে। ওর ভুরু, গোঁফ, মাথার চুল সবই নকল। খুব সম্ভবত চোখেও কনটাক্ট লেন্স পরা, তাই মণিদুটো নীল দেখাচ্ছে।

লোকটি বলল, "আপনাকে বেশি বেশি গ্যাস দিয়ে অজ্ঞান করা হয়েছিল। আপনি কতক্ষণ ঘুমিয়েছেন জানেন? পাকা চব্বিশ ঘণ্টা।"

তারপর সে একটা বেল বাজাতেই পেছন দিকের দরজা খুলে ঢুকল একজন লোক। তার মুখে একটা নীল রঙের মুখোশ।

লোকটি বলল, "রাজা রায়চৌধুরী চব্বিশ ঘণ্টা ঘুমিয়ে আছেন, না খেয়ে আছেন। ওঁকে কিছু খেতে দেবে না? আমাদের বদনাম হয়ে যাবে যে! শিগগির কফি আর কেক-বিস্কুট নিয়ে এসো!"

একটা কম্পিউটারে পিঁ পিঁ করে শব্দ হতেই লোকটি সেটার কাছে চলে গিয়ে টেপাটিপি করতে লাগল কি-বোর্ডে।

দু' মিনিটের মধ্যে নীল মুখোশপরা লোকটি একটা ট্রে-তে সাজিয়ে দু'কাপ কফি আর এক প্লেট খাবার এনে রাখল টেবিলের ওপর।

শঙ্খচূড় লোকটিকে ধমক দিয়ে বলল, "আরে বেওকুফ, ওঁর হাত বাঁধা থাকলে উনি খাবেন কী করে? আনটাই হিজ হ্যান্ডস্!"

নীল মুখোশপরা লোকটি কাকাবাবুর হাতের বাঁধন খুলে দিল।

রক্ত জমে গিয়ে হাতদুটো প্রায় অসাড় হয়ে গেছে। কাকাবাবু হাতে হাত ঘষতে লাগলেন।

কম্পিউটারের কাছ থেকে ফিরে এসে শঙ্খচূড় বলল, "আপনি আমার সঙ্গে বাংলা, ইংরেজি, স্প্যানিশ, অ্যারাবিক, ফ্রেঞ্চ যে-কোনও ভাষায় কথা বলতে পারেন। আমি বাংলা কেমন বলছি, ঠিক হচ্ছে না? অবশ্য আপনাদের মতন উচ্চারণ হবে না।"

কাকাবাবু এবারও কোনও মন্তব্য করলেন না।

শঙ্খচূড় বলল, "নিন, খেতে আরম্ভ করুন।"

সে নিজেও কফিতে চুমুক দিয়ে একটা লম্বা চুরুট ধরাল।

এতক্ষণ পরে কাকাবাবু বললেন, "আপনি চুরুটটা নিভিয়ে ফেলুন। চুরুটের গন্ধ আমি সহ্য করতে পারি না।"

লোকটি কয়েক মুহূর্ত অবাক হয়ে তাকিয়ে রইল কাকাবাবুর দিকে। তারপর হো হো করে হেসে উঠল।

হাসতে হাসতে বলল, "আপনি তো দেখছি, সত্যিই অদ্ভুত লোক! আমার ঘরে বসে আমাকেই হুকুম করছেন?"

কাকাবাবু বললেন, "হুকুম নয়, অনুরোধ। আমার প্লিজ বলা উচিত ছিল। একসময় আমি খুব চুরুট খেতাম। অনেকদিন ছেড়ে দিয়েছি। এখন চুরুটের গন্ধই সহ্য হয় না।"

লোকটি চেয়ার ছেড়ে কাকাবাবুর কাছে চলে এসে বলল, "যদি আপনার হাত আবার বাঁধি আর আপনার নাকের কাছে এই জ্বলন্ত চুরুটটা ধরে রাখি, তা হলে বেশ মজা হয়, তাই না?"

কাকাবাবু বললেন, "ওটাকে মজা বলে না। ওটা অভদ্রতা।"

লোকটি বলল, "আমার নাম শঙ্খচূড়। আমি যে কত অভদ্র নিষ্ঠুর হতে পারি, আপনি তা ধারণাই করতে পারবেন না। যাক গে, এখন কাজের কথা হোক। কফিটা খেয়ে নিন।"

কাকাবাবু এবার কফিতে এক চুমুক দিলেন।

শঙ্খচূড় বলল, "মিস্টার রায়চৌধুরী, আপনার সঙ্গে আমার পার্সোনালি কোনও শত্রুতা নেই। আমি প্রফেশনাল লোক। আমি টাকার বিনিময়ে অন্যদের হয়ে নানারকম কাজ করি। সেরকম একটা কাজের জন্যই—"

তাকে থামিয়ে দিয়ে কাকাবাবু জিজ্ঞেস করলেন, "গাড়িতে আমার সঙ্গে একটি ছোট মেয়ে ছিল। সে কোথায়?"

শঙ্খচূড় ভুরু কুঁচকে বলল, "ছোট মেয়ে? ছিল নাকি? ফরগেট ইট। তা নিয়ে এখন মাথা ঘামাতে হবে না। আপনাকে একটা বিশেষ উদ্দেশ্যে ধরে আনা হয়েছে। আমার কথামতন আপনাকে একটা কাজ করে দিতে হবে।"

কাকাবাবু বললেন, "অন্যের কথামতন কিছু কাজ করার অভ্যেস যে আমার নেই!"

শঙ্খচূড় বলল, "এক্ষেত্রে আপনার বাঁচবার যে এই একটাই রাস্তা। অন্য কোনও উপায় নেই।"

কাকাবাবু বললেন, "এর আগে আরও অনেকেই আমাকে মেরে ফেলার হুমকি দিয়েছে। কিন্তু কেউ তো পারেনি শেষ পর্যন্ত!"

শঙ্খচূড় বলল, "এই রে, আপনি এখনও আমার ক্ষমতাই বুঝতে পারেননি।

অন্যদের সঙ্গে তুলনা করছেন? আমার সম্পর্কে আপনার কী ধারণা হয়েছে বলুন তো!"

কাকাবাবু বললেন, "আপনি তো বললেন, আপনি প্রফেশনাল লোক। টাকার বিনিময়ে কাজ করেন। তার মানে মারসিনারি?"

শঙ্খচূড় বলল, "আরে না, না। আমাকে অত ছোট ভাববেন না। মারসিনারি মানে তো ভাড়াটে সৈন্য। বিভিন্ন দেশে গিয়ে লড়াই করে। আমি লড়াই করি না, অনেক বড় বড় কাজের দায়িত্ব নিই। যেমন ধরুন, হাওড়া ব্রিজের মতন কোনও ব্রিজ উড়িয়ে দেওয়া, প্লেন ধ্বংস করা কিংবা কোনও দেশের প্রাইম মিনিস্টার কিংবা প্রেসিডেন্টকে খুন করা, এইসব। এখানে আমার কাজটা আরও বড়। প্রায় একশো কোটি টাকার প্রজেক্ট। সব ঠিক হয়ে যাবে, শুধু মাঝখানে ছোট একটা বাধার সৃষ্টি হয়েছে। আপনাকে দিয়ে সেই বাধাটা দূর করাব। কাঁটা দিয়ে কাঁটা তোলা বোঝেন তো!"

কাকাবাবু বললেন, "আপনি ধরেই নিচ্ছেন, আপনার কথা অনুযায়ী আমি কাজ করব!"

শঙ্খচূড় বলল, "ওই যে বললাম, আপনার অন্য কোনও উপায় নেই! এই কাজ শুরু করার আগে আমি আপনাকে খুব ভালমতন স্টাডি করেছি। এই দেখুন!"

একটা কম্পিউটারের বোতাম টিপতেই তাতে ফুটে উঠল কাকাবাবুর ছবি। পরপর অনেক। সঙ্গে সন্তু আর জোজোর ছবিও আছে। পাশে পাশে অনেক কিছু লেখা।

শঙ্খচূড় বলল, "অনেক কেসে দেখেছি, আপনি ইচ্ছে করে শত্রুর ডেরায় ঢুকে পড়েন। কখনও তারা ধরে নিয়ে আসে কিংবা আপনি নিজে থেকে ধরা দেন। তারপর নানারকম বুদ্ধি খাটিয়ে বেরিয়ে আসেন সেখান থেকে, শত্রুরাও ধরা পড়ে যায়। এই তো? কিন্তু এবারে আপনাকে আর বুদ্ধি খাটিয়ে কিংবা গায়ের জোর দেখিয়ে বেরোতে হবে না।"

কাকাবাবু বললেন, "বেরোতে পারব না?"

শঙ্খচূড় একগাল হেসে বলল, "আপনাকে আমিই ছেড়ে দেব। আপনি এখান থেকে সুস্থ অবস্থায় বেরিয়ে যাবেন, হাত-পা বাঁধা থাকবে না, রাস্তা দিয়ে হাঁটবেন। কিন্তু তখনও আপনি মুক্তি পাবেন না। আমার কথা অনুযায়ীই আপনাকে চলতে হবে।"

কাকাবাবুও হেসে বললেন, "ম্যাজিক নাকি? অথবা আমাকে হিপনোটাইজ করা হবে? তাতে কিন্তু বিশেষ সুবিধে হবে না!"

শঙ্খচূড় বলল, "ওসব হিপনোটিজম ফিজমের আমি ধার ধারি না। বিজ্ঞান, স্রেফ বিজ্ঞান। দেখুন তা হলে ব্যাপারটা কীরকম হবে।"

টেবিলের ওপাশ থেকে সে একটা মূর্তি তুলে আনল। সেটা দেখে চমকে গেলেন কাকাবাবু। মূর্তিটা তাঁরই, অবিকল রাজা রায়চৌধুরী। সেরকম গোঁফ,

সেরকম দু' বগলে ক্রাচ। পুরোপুরি জ্ঞান হওয়ার আগে এটা দেখেই তিনি জীবন্ত মানুষ মনে করেছিলেন।

মূর্তিটা প্রায় দু'হাত লম্বা। ফাইবার গ্লাস কিংবা ওই ধরনের কোনও হালকা জিনিস দিয়ে তৈরি।

শঙ্খচূড় সেটাকে নিয়ে রাখল ঘরের এক কোণে। একটা দরজার কাছে। কাকাবাবুর চেয়ারটাও সরিয়ে দিল অন্য এক কোণে, সে চেয়ারের পায়ায় চাকা লাগানো।

তারপর বলল, "ওই হচ্ছে রাজা রায়চৌধুরীর রেপ্লিকা। আমি যা বলব, তাই শুনবে। আর যদি না শোনে, তা হলে কী হবে? দেখুন কী হয়।"

সে কম্পিউটারের কাছে গিয়ে দু'বার কি-বোর্ড টিপতেই প্রচণ্ড শব্দ হল। সেই মূর্তিটা ছিন্নভিন্ন হয়ে টুকরোগুলো ছড়িয়ে গেল চতুর্দিকে। ঘর ভরে গেল ধোঁয়ায়।

সেই আওয়াজে কাকাবাবু চমকে উঠলেও মুখে কোনও রেখা ফুটল না।

শঙ্খচূড় বলল, "দেখলেন তো কী হবে?"

কাকাবাবু বললেন, "ওটা তো একটা পুতুল। রিমোট কন্ট্রোলে বেলুন ফাটানো যায়, একটা পুতুল ধ্বংস করা যায়, কিন্তু আমি তো মানুষ। আমার কী ক্ষতি হবে?"

শঙ্খচূড় এবারে চিবিয়ে চিবিয়ে বলল, "রাজা রায়চৌধুরী, এখন থেকে তুমিও আমার হাতের পুতুল!"

॥ ১০ ॥

লুতফরকে ধরে রেখে কোনও লাভ নেই। তাকে অনেক জেরা করে বোঝা গেল, সে কিছুই জানে না। সে নদীর ওপারের হাঁসখালি গ্রামের ছেলে। তাকে সত্যিই জোর করে ধরে আনা হয়েছে।

তাকে ভাল করে খাইয়েদাইয়ে ফেরত পাঠিয়ে দেওয়া হল পরদিনই।

তা হলে সুকোমলকে কোথায় রাখা হয়েছে?

টাকাগুলো নকল না হয়ে আসল পাঁচ লাখ টাকা হলেও কি ওরা সুকোমলকে ফেরত দিত না?

সুকোমলের মা দারুণ কান্নাকাটি শুরু করেছেন। নিখিল মাহাতোরও মুখখানা শুকনো। অনেকেরই ধারণা হয়েছে, নকল টাকা দিয়ে ওদের ঠকাবার চেষ্টা করার জন্য শঙ্খচূড় এমন রেগে যাবে যে, সুকোমলকে হয়তো খুন করে ফেলবে।

কেউ মুখে কিছু না বললেও সন্তুর মনে হচ্ছে, সবাই যেন তাকেই দোষ দিচ্ছে। সে যেন বাড়াবাড়ি করে ফেলেছে। নকল টাকা দিয়ে কি চোর-ডাকাতদের ঠকানো যায়?

কিন্তু পুলিশ তো এর মধ্যে শঙ্খচূড়ের দলবলের কোনও খোঁজই পায়নি। সুকোমলকে উদ্ধার করার আর কী উপায় আছে।

নিখিল মাহাতো অবশ্য সন্তুর নামে একটুও দোষ দিচ্ছেন না। বার বার বলছেন, সন্তু যেরকম সাহস দেখিয়েছে, তার কোনও তুলনাই হয় না।

তিনি মামার বাড়িতে পুলিশ পাহারার ব্যবস্থা করেছেন। ছোটমামা বলে দিয়েছেন, সন্তু একা একা বাড়ি থেকে বেরোতে পারবে না। ওর ওপরে শঙ্খচূড়ের দলের নিশ্চয়ই খুব রাগ হয়ে আছে। ওরা প্রতিশোধ নেওয়ার চেষ্টা করবে।

এর মধ্যেই খবর এসে গেছে যে, কাকাবাবুকে খুঁজে পাওয়া যাচ্ছে না।

বারাসতের কাছাকাছি একটা ধানখেতের মধ্যে পড়ে ছিল দেবলীনাদের গাড়ি, তার মধ্যে দেবলীনা ও গাড়ির ড্রাইভার অজ্ঞান, কোনও চিহ্ন নেই কাকাবাবুর।

দেবলীনাকে ওই অবস্থায় ফেলে কাকাবাবু নিশ্চয়ই নিজে কোথাও চলে যাবেন না। তাঁকে কেউ ধরে নিয়ে গেছে।

সন্তু অবশ্য এটা জেনেও বিশেষ বিচলিত হয় না। তার ধারণা, কাকাবাবুকে আটকে রাখার সাধ্য পৃথিবীতে কারও নেই। তার বেশি চিন্তা সুকোমলের জন্য।

জোজো বলল, "চল সন্তু, আমরা কলকাতায় ফিরে যাই। এখানে আর বসে থেকে কী করব?"

সন্তু বলল, "কাকাবাবু আমাদের এখানেই অপেক্ষা করতে বলেছিলেন।"

জোজো বলল, "কাকাবাবু তো একদিন পরে ফিরে আসবেনও বলেছিলেন। ফিরে তো এলেন না! কলকাতায় গিয়ে বরং দেবলীনাকে জিজ্ঞেস করে শোনা যাক। গাড়িটা মাঠের মধ্যে গেল কী করে?"

সন্তু বলল, "পুলিশ নিশ্চয়ই সেসব খোঁজখবর নিয়েছে। তুই বরং কলকাতায় চলে যা জোজো। আমি এখানে থাকি।"

জোজো বলল, "আমরা হচ্ছি লরেল হার্ডির মতন। একজনকে বাদ দিলে চলে না। ইউনাইটেড উই স্ট্যান্ড, ডিভাইডেড উই ফল!"

সন্তু বলল, "চল, আমরা একবার নদীতে সাঁতার কেটে আসি।"

জোজো বলল, "ওরে বাবা, সাঁতার? এই নদীতে? হাঙর আছে, কুমির আছে। তুই খুব জোর প্রাণে বেঁচে গেছিস! কী করে বাঁচলি বল তো? রাত্তিরবেলা হাঙর-কুমিরেরা ঘুমোয়।"

সন্তু বলল, "তাই নাকি? আসল কথা, তুই সাঁতার জানিস না। তা হলেই বুঝতে পারতিস, সব কাজ আমরা একসঙ্গে করতে পারব না!"

জোজো বলল, "সব কাজ কি একসঙ্গে করা যায় রে? মনে কর, তুই হঠাৎ পা পিছলে আলুর দম হলি। তা বলে কি সঙ্গে সঙ্গে আমিও আছাড় খাব? তোর হাত ধরে টেনে তুলব। তুই সাঁতার কাটবি, আমি পাড় থেকে দেখব!"

এইসময় গেটের কাছে একটা জিপগাড়ি থেকে নামলেন নিখিল মাহাতো।

কাছে এসে বললেন, "তোমরা তৈরি হয়ে নাও। কলকাতা থেকে আমাদের

থানায় ফোন এসেছে। তোমাদের দু'জনকে পুলিশ পাহারায় পাঠিয়ে দিতে বলা হয়েছে কলকাতায়।"

জোজো সন্তুকে বলল, "দেখলি, দেখলি, আমি ঠিকই ভেবেছিলাম।"

নিখিল মাহাতো হঠাৎ রাগে ফেটে পড়ে বললেন, "পুলিশের ওপর মহল থেকে আমার ছেলের ব্যাপারে কোনও গুরুত্বই দেওয়া হল না! কলকাতায় বড়কর্তারা আমাদের মতন মফস্‌সলের লোকদের নিয়ে মাথাই ঘামাতে চায় না!"

জোজো বলল, "আঙ্কল, আপনার ছেলে সুকোমল ভাল আছে।"

ঝট করে তার দিকে ফিরে নিখিল মাহাতো চিবিয়ে চিবিয়ে বললেন, "তাই নাকি? তুমি কী করে জানলে?"

জোজো বলল, "আমি একটা মন্ত্র জানি। সেই মন্ত্রটা পড়ে ধ্যান করলে আমি যে-কোনও মানুষকে দেখতে পাই। কাল রাত্তিরে আমি সুকোমলকে দেখেছি, তার সঙ্গে কথাও বলেছি!"

নিখিল মাহাতো জোরে ধমক দিয়ে বললেন, "চুপ করো! ওসব বাজে কথা শোনার সময় নেই আমার। এখন তোমাদের আঙ্কল মিস্টার রাজা রায়চৌধুরী ধরা পড়েছেন, এখন গোটা পুলিশ ডিপার্টমেন্ট তাঁকে নিয়েই ব্যস্ত হয়ে পড়বে, আমার ছেলের কথা ভুলেই যাবে। কিন্তু আমার কাছে আমার ছেলের জীবনই সবচেয়ে গুরুত্বপূর্ণ।"

সন্তু বলল, "আমি এখন কলকাতায় যেতে চাই না।"

নিখিল মাহাতো গলার আওয়াজ একটু নরম করে বললেন, "তুমি আর থেকে কী করবে? তুমি খুবই চেষ্টা করেছিলে।"

সন্তু বলল, "আঙ্কল, আমি একবার নদীর ঘাটে যেতে চাই। সেদিন যেখান থেকে নৌকোয় উঠেছিলাম।"

নিখিল মাহাতো বললেন, "সেখানে গিয়ে আর কী হবে? লোকগুলো কি সেখানে বসে থাকবে?"

সন্তু বলল, "তবু একবার যাওয়া দরকার। একটা ব্যাপার যাচাই করে নিতে চাই।"

জোজোর দিকে ফিরে বলল, "জোজো, তুই এখানে থাক, যদি কোনও খবর আসে। আমি সাঁতার কাটতে যাচ্ছি না, অন্য কাজে যাচ্ছি।"

সন্তু গিয়ে নিখিল মাহাতোর জিপে চড়ে বসল।

নদীর ঘাটে দিনেরবেলা অনেক লোকজন। বেশ কয়েকটি নৌকো রয়েছে, যাতায়াত করছে এপার থেকে ওপারে। কয়েকটি দোকানেও মানুষের বেশ ভিড়। এক দোকান থেকে ভেসে আসছে জিলিপি ভাজার গন্ধ।

জিপ থেকে নেমে নিখিল মাহাতো জিজ্ঞেস করলেন, "এখানে কী করতে চাও, সন্তু?"

সন্তু বলল, "সেদিন আমি যে নৌকোয় উঠেছিলাম, তার মাঝির নামটা আমার

মনে আছে। বদরু শেখ। তার সঙ্গে একটু কথা বলতে চাই।"

নিখিল মাহাতো বললেন, "সে তো তোমাকে অন্য নৌকোটায় তুলে দিয়ে ফিরে এসেছিল। আমি দেখেছি। সে কী জানবে?"

সন্তু বলল, "আমি তাকে একটা নাম জিজ্ঞেস করব।"

কয়েকটি নৌকোর মাঝিরা বসে বসে বিড়ি খাচ্ছে। তাদের মধ্যে বদরু শেখ নেই।

অন্য মাঝিরা ঠিক কিছু বলতে পারে না। একজন বলল, "এই তো ছিল এখানে। আর-একজন বলল, ওপারে চলে গেল মনে হয়। অন্য একজন বলল, বদরুর নৌকোটা তো রয়েছে দেখছি।"

একটু পরে তাকে পাওয়া গেল একটা চায়ের দোকানে।

সন্তুকে দেখেই সে বলল, "আমি এখন ভাড়া যাব না!"

নিখিল মাহাতো পুলিশের পোশাক পরে আসেননি, এমনি প্যান্ট-শার্ট, তাঁকে কেউ চিনতে পারেনি। তিনি বললেন, "কেন, ভাড়া যাবে না কেন?"

বদরু শেখ বলল, "আমার অন্য খদ্দের ঠিক করা আছে।"

নিখিল মাহাতো আবার জিজ্ঞেস করলেন, "সে খদ্দের কখন আসবে?"

বদরু শেখ ঝাঁঝের সঙ্গে বলল, "সে যখনই আসুক। মোট কথা এখন ভাড়া যাব না। আমার মর্জি।"

আশপাশে অনেক লোক দেখে সন্তু নিচু গলায় বলল, "ভাড়া না যেতে চান, ঠিক আছে। আপনার নৌকোয় বসে একটু কথা বলতে পারি?"

প্রবল বেগে দু'দিকে মাথা নেড়ে সে বলল, "না। ওসব হবে না। আমার সময় নেই!"

নিখিল মাহাতো বললেন, "তা হলে তো তোমায় একবার থানায় যেতে হয়!"

এবারে বদরু শেখ ভয় পেয়ে চোখ বড় বড় করে বলল, "থানায়?"

সন্তু তার হাত ধরে খুব নরম সুরে বলল, "চলুন না, আপনার নৌকোয় গিয়ে একটু বসি!"

এবারে আর বদরু আপত্তি করল না।

নৌকোয় ওঠার পর সন্তু বলল, "দু'দিন আগে রাত্তিরবেলা আমি আপনার নৌকো ভাড়া নিয়েছিলাম, মনে আছে?"

বদরু বলল, "কত মানুষে ভাড়া নেয়, সবার কথা কি মনে থাকে?"

সন্তু বলল, "মাত্র দু'দিন আগেকার কথা।"

বদরু এক হাত দিয়ে দাড়ি চুলকোতে চুলকোতে বলল, "মনে আছে।"

সন্তু বলল, "আপনি আমাকে মাঝনদীতে নিয়ে গেলেন, তারপর খানিক বাদে একটা ভটভটি এল উলটো দিক থেকে!"

বদরু বলল, "আপনারে সে লৌকোয় লামায়ে দিয়ে আমি ফিরে এসেছি।"

সন্তু বলল, "তা ঠিক। অন্য নৌকোয় মাঝি ছাড়াও দু'জন লোক ছিল, আপনি তাদের চেনেন?"

বদরু বলল, "আমি তাদের দেখি নাই, শুনি নাই, চিনব কী করে? অন্ধকার ছিল।"

সন্তু বলল, "তাদের মধ্যে একজন আপনার নাম ধরে ডেকেছিল। বলেছিল, এ তো বদরু শেখ। বলেনি?"

বদরু বলল, "কী জানি, শুনি নাই আমি। যদি বা ডেকেও থাকে, সে আমারে চিনলেও আমাকেও কি তাকে চিনতে হবে?"

নিখিল মাহাতো বললেন, "তুমি খুব বিখ্যাত লোক বুঝি? তোমাকে অন্য অনেকে চেনে, তুমি তাদের চেনো না! কে তোমার নাম ধরে ডেকেছিল?"

এবারে বদরু হাউহাউ করে কেঁদে নিখিল মাহাতোর হাঁটু চেপে ধরে বলল, "আমারে মাপ করেন সার। আমি কিছু জানি না। আমি কোনও কথা বললে ওরা আমাকে মেরে ফেলবে। আমি বউ-বাচ্চা নিয়ে ঘর করি। আমারে ছেড়ে দ্যান সার।"

সন্তু বলল, "সেদিনের ঘটনা বার বার চিন্তা করতে করতে আমার এই খটকা লেগেছে। ওদের একজন এই মাঝির নাম জানে। তা হলে এই মাঝিও ওদের নাম জানতে পারে। এর কাছ থেকে ওদের খোঁজ পাওয়া যেতে পারে। একই দলেরও হতে পারে।"

বদরু আবার বলল, "আমি কোনও দলে নাই সার। আমি কিছু জানি না সার।"

নিখিল মাহাতো বললেন, "ওরা তোমাকে ভয় দেখিয়েছে। গুন্ডা-ডাকাতরা অনেক মানুষকে ভয় দেখিয়ে বেড়ায়। সবাই যদি ভয় পেয়ে মুখ না খোলে, তা হলে সমাজ-সংসার চলবে কী করে? ওরাই তো রাজত্ব করবে!"

বদরু বলল, "আমারে বিপদে ফেলবেন না সার। দয়া করুন সার।"

নিখিল মাহাতো বললেন, "আমিও তো তোমায় ভয় দেখাতে পারি। থানায় ধরে নিয়ে গিয়ে তোমায় পেটাব। মারতে মারতে অজ্ঞান করে দেব। তাতেও যদি মুখ না খোল, তোমার নামে চুরি-ডাকাতির মিথ্যে কেস দিয়ে ভরে দেব হাজতে। তাতে তোমার বউ-ছেলেমেয়ে তো আরও বিপদে পড়বে!"

বদরু ফুঁপিয়ে ফুঁপিয়ে কাঁদতে লাগল।

নিখিল মাহাতো বললেন, "বদরু, তুমি ভাল লোক, না খারাপ লোক?"

বদরু মুখ তুলে বলল, "সার, আমি নিরীহ মানুষ, জীবনে কখনও চুরি-জোচ্চুরি, অন্যায়, পাপের কার্য করি নাই বিশ্বাস করেন। আল্লার দয়ায় এই নৌকো চালিয়ে যা রোজগার হয়, তাতেই আমি সন্তুষ্ট।"

নিখিল মাহাতো বললেন, "তোমার কথায় বিশ্বাস করলাম। তুমি যদি সৎ মানুষ হও, তবে যারা অসৎ, বদমায়েশ, তাদের ধরিয়ে দিয়ে শাস্তি দেওয়াও তোমার কর্তব্য। তোমার যাতে বিপদ না হয়, আমরা দেখব। এই ছেলেটিকে দ্যাখো, তোমার চেয়ে বয়েসে কত ছোট। ও যদি বিপদের ভয় না পায়, তুমি জোয়ান পুরুষ হয়ে এত ভয় পাচ্ছ কেন? কারা ছিল সেই নৌকোয়?"

বদরু কাঁধের গামছা দিয়ে চোখ মুছে বলল, "একজনকে চিনি। তার নাম বিশাই সামন্ত।"

নিখিল মাহাতো বললেন, "বিশাই সামন্ত! নামটা চেনা চেনা মনে হচ্ছে। আগে কোনও একটা কেসে বোধ হয় ধরা পড়েছিল। এই বিশাই সামন্ত'র বাড়ি কোথায়?"

বদরু বলল, "কোথায় বাড়ি তা জানি না। তবে কবুতরডাঙায় তারে কয়েকবার দেখেছি।"

নিখিল মাহাতো বললেন, "কবুতরডাঙা? খুব বেশি দূর নয়। আমি এক্ষুনি সেখানে যেতে চাই। খোলো খোলো, নৌকো খোলো!"

বদরু বলল, "সে অতি সাঙ্ঘাতিক লোক সার। সঙ্গে বন্দুক-পিস্তল রাখে। এখন যাবেন না সার। আরও পুলিশ নিয়ে আসেন—"

নিখিল মাহাতো অস্থিরভাবে বললেন, "না, না, দেরি করার উপায় নেই। যত সময় নষ্ট হবে, ততই বিপদ বাড়বে। কী সন্তু, তুমি এক্ষুনি কবুতরডাঙায় যাওয়া উচিত মনে কর না? তুমি রাজি?"

সন্তু বলল, "হ্যাঁ, রাজি।"

॥ ১১ ॥

কাকাবাবুর হাত বাঁধা, পা দুটোও বাঁধা। দু'জন লোক কাকাবাবুকে প্রায় চ্যাংদোলা করে বয়ে নিয়ে এল।

লম্বা বারান্দার একেবারে শেষে একটা ঘর। এই ঘরটাতেই সাজানো রয়েছে কয়েকটা কম্পিউটার ও নানারকম যন্ত্র। টেবিলের ওপাশে বসে আছে শঙ্খচূড়। এখন সে পরে আছে একটা রঙিন ড্রেসিং গাউন। তার পাশে রয়েছে একটা মস্ত বড় কুকুর।

লোকদুটি কাকাবাবুকে বসিয়ে দিল একটা চেয়ারে।

শঙ্খচূড় বলে উঠল, "আরে ছি ছি, ভদ্দরলোককে ওইভাবে নিয়ে এসেছ? উনি কি অসুস্থ না বাচ্চা ছেলে? হাঁটিয়ে আনতে পারনি?"

একজন বলল, "আপনি তো অর্ডার দেননি সার।"

শঙ্খচূড় বলল, "উনি দারুণ চালাক লোক। তোমাদের জব্দ করতে পারেন বলে অন্য সময় হাত-পা বেঁধে রাখতে বলেছি। তা বলে আমার সামনে ওইভাবে নিয়ে আসবে? দাও, দাও, হাত, পা খুলে দাও।"

লোকদুটি সঙ্গে সঙ্গে শিকলের বাঁধন খুলে নিল।

শঙ্খচূড় একজনকে জিজ্ঞেস করল, "ওঁকে কিছু খেতে দিয়েছ তো?"

সে আমতা আমতা করে বলল, "আপনি কিছু বলেননি—"

শঙ্খচূড় ধমক দিয়ে বলল, "বলিনি মানে কী? আমি কি কখনও অর্ডার দিয়েছি

যে অতিথিদের না খাইয়ে রাখবে? কিছু না খেলে দুর্বল হয়ে পড়বে, তাতে কোনও কাজ হবে না। যাও, শিগগির খাবার নিয়ে এসো—।”

লোকদুটো চলে যাওয়ার পর শঙ্খচূড় বলল, “সরি মিস্টার রায়চৌধুরী, খুব খিদে পেয়েছে নিশ্চয়ই?”

কাকাবাবু বললেন, “আমি কি আপনার অতিথি?”

শঙ্খচূড় বলল, “এক হিসেবে অবশ্যই। গভর্নমেন্ট যাদের জেলখানায় ভরে রাখে, তারাও তো গভর্নমেন্টের অতিথি। তাদের দু'বেলা খাবার দেওয়া হয় না?”

কাকাবাবু বললেন, “হ্যাঁ, ফাঁসি দেওয়ার আগেও খাবার দেওয়া হয়।”

হাহা করে হেসে উঠল শঙ্খচূড়।

হাত নাড়তে নাড়তে বলল, “না, না, আমি আপনাকে ফাঁসি দিতে চাই না মোটেই। আগেই তো বলেছি, আপনাকে ছেড়ে দেব। তার আগে আপনাকে শুধু একটা ছোট্ট কাজ করে দিতে হবে।”

কাকাবাবু বললেন, “ছোট কাজের জন্য তো আমাকে দরকার হয় না!”

শঙ্খচূড় বলল, “এ-কাজটা শুধু আপনিই পারবেন। এ-রাজ্যের হোম সেক্রেটারি মিস্টার এম এম রায় তো আপনার খুব ভক্ত, তাই না?”

“হ্যাঁ, ওঁর সঙ্গে আমার পরিচয় আছে।”

“আপনাকে আমরা কলকাতায় রাইটার্স বিল্ডিংসের সামনে নামিয়ে দেব। আপনি ভেতরে ঢুকে যাবেন।”

“রাইটার্স বিল্ডিংসের মধ্যে ঢুকে যাব? সেখানে তো আমি নিরাপদ। তারপর আর আপনার কাজ করতে যাব কেন?”

“করবেন, করবেন, করতেই হবে। কাজটাও খুব সহজ। এম এম রায়ের কাছে একটা ইলেকট্রনিক নোটবুক আছে। সেটা আপনি চেয়ে নেবেন।”

“ইলেকট্রনিক নোটবুক? নিশ্চয়ই খুব গোপন ব্যাপার। সেটা তিনি আমাকে দেবেন কেন?”

“দেবে, দেবে, আপনাকেই একমাত্র বিশ্বাস করে দিতে পারে। সেটা নিয়ে এসে আপনি আমার হাতে তুলে দেবেন, তা হলেই আপনার ছুটি হয়ে যাবে, মিস্টার রায়চৌধুরী।”

“এবার বলুন তো মিস্টার শঙ্খচূড়, আপনার এই কাজটা আমি করতে বাধ্য হব কেন?”

“আপনাকে তো আমি আগেই বলেছি, এখন আপনি আমার হাতের পুতুল। একবার নিজের পিঠে হাত দিয়ে দেখুন তো।”

কাকাবাবু আগেই অনুভব করছিলেন তাঁর পিঠে কী যেন একটা লেগে আছে। এবার হাত দিয়ে দেখলেন, তাঁর জামার নীচে বাঁধা আছে একটা চাকতি।

শঙ্খচূড় মিটিমিটি হেসে বলল, “ওটা কী জানেন? আর ডি এক্স-এর কথা

জানেন নিশ্চয়ই। এটা প্রায় সেইরকমই আমারই আবিষ্কার করা প্রচণ্ড এক বিস্ফোরণ। কাল পুতুলটাকে যেরকম উড়িয়ে দিলাম, সেইরকম। আমি রিমোট কন্ট্রোল টিপলেই আপনি ঠিক সেইরকম ছিন্নভিন্ন হয়ে যাবেন। আপনার হাত, পা, ধড়, মাথা এমন টুকরো টুকরো হয়ে যাবে যে, আপনাকে আর চেনাই যাবে না!"

কাকাবাবু কয়েক মুহূর্ত চুপ করে থেকে বললেন, "কিন্তু মাঝখানে যদি দেওয়াল থাকে, তাতেও রিমোট কন্ট্রোল কাজ করে? আমি থাকব রাইটার্স বিল্ডিংসের তিনতলায়, আপনি থাকবেন বাইরে, অতদূর থেকে আপনি কী করে আমায় মারবেন?"

"এটা এত শক্তিশালী যে, এক মাইল দূর থেকেও কাজ করবে।"

"কিন্তু ঘরের মধ্যে আমি কী করছি, তা তো আপনি দেখতে পাবেন না। ঘরে ঢুকেই যদি হোম সেক্রেটারিকে সব জানিয়ে পিঠের জিনিসটা খুলে ফেলি?"

"সে-কথা কি আমি ভাবিনি রাজা রায়চৌধুরী? আমি এত বোকা? প্রথম কথা, এটা খুলতে যাওয়াই খুব বিপজ্জনক। তাতে আপনিও মরবেন, যে খুলতে যাবে, সেও মরবে। দ্বিতীয় কথা, ঘরের মধ্যে আপনি কী করছেন, তা দেখতে না পেলেও কাকে কী বলছেন, সব শুনতে পাব।"

"কী করে শুনবেন?"

"এমন কিছুই শক্ত নয়। এবার দেখুন, আপনার জামার নীচে বুকের সঙ্গে একটা ছোট্ট বোতাম আটকানো আছে। ওটা একটা মাইক্রো-রিসিভার। আপনি যেখানে বসে যা কথা বলবেন, সব আমি শুনতে পাব। সব রেকর্ডও হয়ে যাবে। প্রমাণ চান?"

সে একটা যন্ত্রের সুইচ টিপলেই শোনা গেল কাকাবাবুর গলা। এই একটু আগে তিনি ওই লোকটির সঙ্গে যা কথা বলছিলেন, সব রেকর্ড হয়ে গেছে।

যন্ত্রটা বন্ধ করে শঙ্খচূড় বলল, "অর্থাৎ এখন আপনি একটি মানব-বোমা। আপনার ব্যবহারে কোনও গণ্ডগোল দেখলেই আপনাকে আমি উড়িয়ে দিতে পারি।"

কাকাবাবু আবার একটুক্ষণ চুপ করে রইলেন।

তারপর জিজ্ঞেস করলেন, "আপনি আমাকে রাইটার্স বিল্ডিংসে পাঠাচ্ছেন। হোম সেক্রেটারির ঘরে। সেখানে আমাদের দু'জনকেই যে একসঙ্গে উড়িয়ে দিতে চান কিনা, তা বুঝব কী করে? রাইটার্স বিল্ডিংসেরও ক্ষতি করতে পারেন।"

শঙ্খচূড় বলল, "তাও পারি ঠিকই। কিন্তু ওই যে ইলেকট্রনিক নোটবুকটার কথা বললাম, সেটা ফেরত পাওয়াটাই আমার কাছে সবচেয়ে জরুরি। ওটা আমার চাই-ই চাই। আর সেটা আপনাকেই এনে দিতে হবে।"

একজন মুখোশধারী এইসময় খাবার নিয়ে এল ট্রে-তে করে। একটা

ডিমসেদ্ধ, গোটা চারেক টোস্ট, দুটো সন্দেশ, এক কাপ কফি ও এক গেলাস জল।

কাকাবাবুর সত্যিই খিদে পেয়েছে। এ-পর্যন্ত শুধু এক কাপ কফি ছাড়া আর কিছুই খাননি। এখন তিনি প্রথমেই ডিমটা দু'টুকরো করে একটা টুকরো মুখে পুরে দিলেন।

অন্য টুকরোটাও খেয়ে নিয়ে তিনি তুলে নিলেন একটা টোস্ট। তারপর বললেন, "তা হলে যা বুঝতে পারছি, আপনার কথা শুনতেই হবে, নইলে আমাদের মরতে হবে।"

শঙ্খচূড় বলল, "এই তো ঠিক বুঝেছেন। হঠাৎ গোঁয়ারের মতন মারামারি করার চেষ্টা করে কোনও লাভ নেই। আপনার পিঠে যা বাঁধা আছে, তা ছুরি বা বন্দুক-পিস্তলের চেয়েও অনেক বেশি ডেঞ্জারাস। ছুরি কিংবা গুলি ঠিকমতন গায়ে না লাগতেও পারে, কিন্তু রিমোট কন্ট্রোল একেবারে নির্ভুল। চোখের নিমেষে আপনি শেষ হয়ে যাবেন।"

কাকাবাবু বললেন, "কিন্তু একটা ব্যাপার এখনও বুঝতে পারিনি। ইলেকট্রনিক নোটবুক জিনিসটা কী? সেটা এত মূল্যবান কেন? এসব না জানলে আমি হোম সেক্রেটারির কাছে সেটা চাইব কী করে?"

শঙ্খচূড় বলল, "ইলেকট্রনিক নোটবুক একটা ডায়েরির মতন। ডায়েরিতে যেমন হাতে লিখতে হয়, এতে তা হয় না, কি-বোর্ডে টাইপ করলে সব মেমরিতে বসে যায়।"

কাকাবাবু বললেন, "অর্গানাইজার?"

শঙ্খচূড় বলল, "তারও উন্নত সংস্করণ। আমার আবিষ্কার। আমাদের একজন লোক ধরা পড়েছে, পুলিশ তার কাছ থেকে এটা কেড়ে নিয়েছে। অবশ্য এতে কী লেখা আছে, তা পুলিশ এখনও কিছুই বুঝতে পারেনি, কারণ সবই কোডে লেখা। আমরা খবর পেয়েছি, দিল্লি থেকে দু'জন এক্সপার্ট আসছে সেই কোড উদ্ধার করার জন্য। তার আগেই সেটা আমার ফেরত চাই। যে-কোনও মূল্যে।"

কাকাবাবু বললেন, "এটা যদি এতই মূল্যবান জিনিস হয়, তা হলে হোম সেক্রেটারি আমাকে দেবেন কেন?"

শঙ্খচূড় বলল, "আপনি একদিনের জন্য চেয়ে নেবেন। আপনিও যে একজন সাংকেতিক লিপি পাঠ করার এক্সপার্ট তা অনেকেই জানে। এর আগে অনেক শক্ত শক্ত কোড পড়ে ফেলেছেন।"

কাকাবাবু জিজ্ঞেস করলেন, "আপনার লোকটি কোথায় ধরা পড়েছে?"

শঙ্খচূড় বলল, "নিউ জলপাইগুড়ি রেল স্টেশনে। তার পেট থেকে অবশ্য কোনও কথা বার করার উপায় নেই। সে এর মধ্যেই খুন হয়ে গেছে জেলখানার ভেতরে। ইলেকট্রনিক নোটবইটা পরীক্ষা করার সুযোগ আপনাকেও দেওয়া হবে

না। সেটা পাওয়ার পরই সোজা নিয়ে আসবেন আমার কাছে। অন্য কারও হাতেও দেওয়ার দরকার নেই।"

কাকাবাবু একটা সন্দেশ খাওয়ার পর জলের গেলাসটা হাতে নিতে যেতেই শঙ্খচূড় ঝুঁকে নিজেই গেলাসটা তুলে নিল।

কাকাবাবু অবাক হয়ে তার দিকে তাকাতেই সে বলল, "জল খেতে হবে না, কফি খান। ঠাণ্ডা হয়ে যাচ্ছে।"

মস্ত বড় কুকুরটা একটা হাই তুলে উঠে দাঁড়াল। তারপর কাকাবাবুর কাছে চলে এসে গন্ধ শুঁকতে লাগল চারপাশে ঘুরে ঘুরে।

কাকাবাবু কুকুরটার দিকে পলক চেয়ে থেকে তার মাথায় হাত দিয়ে আদর করলেন।

শঙ্খচূড় চেঁচিয়ে বলল, "ওর গায়ে হাত দেবেন না। ও দারুণ হিংস্র।"

কাকাবাবু বললেন, "কুকুররা আমায় ভালবাসে। আমাদের বাড়িতেও কুকুর আছে।"

সত্যিই কাকাবাবু কুকুরটাকে আদর করায় সে কোনওরকম হিংস্রতা দেখাল না।

শঙ্খচূড় ডাকল, "টবি, টবি, কাম হিয়ার!"

কুকুরটা ফিরে গেল তার মালিকের কাছে।

কাকাবাবু আর-একটা সন্দেশও খেয়ে নিয়ে বললেন, "এটাও যেন ঠিক ফাঁসির খাওয়া। ইলেকট্রনিক ডায়েরিটা এনে দিলেই আপনি আমাকে মেরে ফেলবেন, তাই তো?"

শঙ্খচূড় বলল, "কেন, মারব কেন? বলেছিই তো, এই কাজটা করে দিলেই আপনাকে মুক্তি দেব।"

কাকাবাবু বললেন, "কেন, মুক্তি দেবেন কেন? মুক্তি পেলেই তো আমি পুলিশকে সব জানিয়ে দেব। আমাকে বাঁচিয়ে রেখে তো আপনার কোনও লাভ নেই।"

শঙ্খচূড় বলল, "আপনাকে সত্যিই মারব না। আমাকে যারা এই কাজের ভার দিয়েছে তাদের ইচ্ছে আপনাকে ছেড়ে দেওয়া হোক। ইলেকট্রনিক নোটবুকটা ফেরত পাওয়ার তিনদিন পরই সাঙ্ঘাতিক সব কাণ্ড শুরু হয়ে যাবে এই রাজ্যে। তখন দেখতে পাবেন শঙ্খচূড়ের আসল খেলা। তার মধ্যেই আমি রটিয়ে দেব, এক কোটি টাকার বিনিময়ে রাজা রায়চৌধুরী হোম সেক্রেটারির চোখে ধুলো দিয়ে ওই নোটবুকটা আমাদের হাতে তুলে দিয়েছে। আপনি হয়ে যাবেন চোর, লোভী, বিশ্বাসঘাতক। সবাই আপনাকে ছি ছি করবে! বাকি জীবনটা আপনাকে এই বদনাম নিয়ে কাটাতে হবে।"

বাইরে কোথাও একটা কুকুরের ডাক শোনা যেতেই এ ঘরের কুকুরটা বিকট শব্দে ঘেউ ঘেউ করে উঠল।

শঙ্খচূড় তাকে সামলে নিয়ে বলল, "তা হলে আর দেরি করে লাভ নেই। এবার বেরিয়ে পড়তে হবে। রাজা রায়চৌধুরী, মনে রাখবেন, আপনার প্রাণ আমার হাতের মুঠোয়। আমার কথায় এক চুল এদিক-ওদিক হলে সঙ্গে সঙ্গে আপনি ধ্বংস হয়ে যাবেন।"

॥ ১২ ॥

গাড়িটার কাচ কালো রঙের। কাকাবাবুর চোখ বাঁধা, হাত বাঁধা। গাড়িটা কোন রাস্তা দিয়ে যাচ্ছে, তা কাকাবাবুর পক্ষে বোঝার কোনও উপায় নেই।

এটুকু বোঝা গেছে, পেছনের সিটে তাঁর পাশে বসে আছে একজন, আর সামনে ড্রাইভারের পাশে বসে আছে আর একজন। আর ওদের মাঝখানে টবি নামের কুকুরটা। এই লোক দু'জনের একজন শঙ্খচূড় নিজে কিনা তা বোঝা যাচ্ছে না।

কাকাবাবু বসে আছেন শক্ত হয়ে কাঠের মতন। তাঁকে হেলান দিয়ে বসতে বারণ করা হয়েছে।

এরকম অস্বস্তিতে তিনি জীবনে কখনও পড়েননি। তিনি অন্যের হাতের পুতুল। মুক্তি পাওয়ার কোনও চেষ্টা করাও বৃথা।

একটু বাদে তাঁর পাশের লোকটি চেঁচিয়ে বলল, "এই যে, ঢুলছেন নাকি? খবরদার ঘুমোতে পারবেন না। ঘুমোতে দেখলেই কিন্তু আমি কান ধরে টেনে জাগিয়ে দেব।"

কাকাবাবু আপন মনে বললেন, "সেই ইস্কুলে পড়বার সময় অঙ্কের মাস্টারমশাই একদিন আমার কান মলে দিয়েছিলেন। তারপর এত বছরে আর কেউ আমার কানে হাত দেয়নি।"

লোকটি বলল, "একবার কান মলে দিলেই তক্ষুনি একেবারে ঘুম ভেঙে যায়।"

সামনে থেকে ড্রাইভারটি বলল, "আমাদের মতন ড্রাইভারদের যখন গাড়ি চালাতে চালাতে হঠাৎ ঘুম আসে, তখন আমরা নিজেরাই নিজেদের কান মলে দিই ভাল করে।"

টবি হঠাৎ ঘেউ ঘেউ করে উঠল। নিশ্চয়ই রাস্তায় কোনও কুকুর দেখেছে।

পাশের লোকটি বলতে লাগল, "টবি, টবি, নো, নো।"

ঝনঝন শব্দ শুনে কাকাবাবু বুঝলেন, টবির গলায় চেন বাঁধা।

কুকুরটা তবু হিংস্রভাবে ডেকেই চলেছে। কাকাবাবুর ইচ্ছে হল, ওর মাথায় হাত বুলিয়ে আদর করতে। কিন্তু তাঁর হাত যে বাঁধা।

ড্রাইভার আর অন্য দু'জন লোকের গলার আওয়াজ শুনে কাকাবাবু বুঝলেন, শঙ্খচূড় নিজে আসেনি।

এদের মধ্যে রিমোট কন্ট্রোলটা কার কাছে?

গাড়িটা চলছে, কিছুক্ষণ সবাই চুপচাপ।

একটু পরে ড্রাইভার বলল, "এই রে, সামনের রাস্তায় জল জমে আছে। কাল সারারাত বৃষ্টি হয়েছে।"

সামনের সিটের লোকটি বলল, "থামাও, থামাও, গাড়ি থামাও!"

ড্রাইভার বলল, "বেশি জল নয়, ওপর দিয়ে চলে যেতে পারব।"

সামনের লোকটি বলল, "না, না, না, জলের ওপর দিয়ে গাড়ি চালানো নিষেধ আছে। ব্যাক করো, ব্যাক করো।"

ড্রাইভারটি বলল, "অন্য গাড়ি তো যাচ্ছে, অসুবিধে হবে না।"

এবারে সামনের লোকটি কঠোরভাবে বলল, "বললাম না, জলের ওপর দিয়ে যাওয়ার অর্ডার নেই। খানিকটা ব্যাক করো, বাঁ দিক দিয়ে একটা সরু রাস্তা আছে—।"

এর মধ্যে পেছনে অন্য গাড়ি এসে গেছে। একজন লোক নেমে গিয়ে সেইসব গাড়ি সরিয়ে এ-গাড়িটাকে ব্যাক করানো হল। তারপর ঢুকে পড়ল একটা গলিতে।

যে নীচে নেমেছিল সে গাড়িতে উঠে পড়ে বলল, "এই জ্যামের মধ্যে গাড়ি ব্যাক করানোর কত ঝামেলা। ওইটুকু জলের ওপর দিয়ে চলে গেলে কী হত?"

অন্যজন বলল, "শাট আপ! সারের অর্ডারের ওপর কোনও কথা নয়।"

কাকাবাবু বললেন, "আমাদের পৌঁছোতে কতক্ষণ লাগবে?"

অন্য লোকটি আবার বলল, "শাট আপ! কোনও প্রশ্নের উত্তর দেওয়া হবে না!"

গাড়িটা আস্তে চলছে, মাঝে মাঝে থেমে যাচ্ছে, মনে হয় রাস্তায় কিছুটা জ্যাম আছে। এক জায়গায় গাড়িটা কয়েক মিনিট থামার পর কাকাবাবু একটা ট্রেনের শব্দ শুনতে পেলেন। তার মানে, এ-জায়গাটা লেভেল ক্রসিং।

আবার কিছুক্ষণ চলার পর গাড়ি থামল। দরজা খুলে নেমে গেল ওদের একজন। টবিও আবার ঘেউ ঘেউ করতে শুরু করেছে।

গাড়ির দরজা খোলা-বন্ধের শব্দ পেয়ে কাকাবাবু বুঝলেন, লোকটি ফিরে এসেছে। তারপর ওরা কী যেন খেতে শুরু করল।

একজন বলল, "টবিকে একটা দে। টবি মিষ্টি খেতে ভালবাসে।"

অন্যজন বলল, "রায়চৌধুরীকেও একটা দিবি নাকি?"

তার সঙ্গী বলল, "এ-ব্যাপারে কোনও অর্ডার নেই। তবে, সার তো নিজেই ওকে খাবার খাইয়েছেন।"

অন্যজন কাকাবাবুকে একটু ঠেলা দিয়ে জিজ্ঞেস করল, "এই যে, একটা মিষ্টি খাবেন?"

কাকাবাবু মাথা নেড়ে বললেন, "না।"

সে বলল, "খেয়ে দেখুন না, ভাল মিষ্টি।"

সে জোর করে কাকাবাবুর মুখে কিছু একটা চেপে ধরল। কাকাবাবু বাধ্য হয়ে একটুখানি খেলেন। তাঁর ভালই লাগল, খেয়ে নিলেন সবটা।

এরপর গাড়ি চলতে লাগল অনেকক্ষণ ধরে, না থেমে।

কাকাবাবুর সত্যিই ঘুম এসে যাচ্ছে। কিন্তু হেলান দেওয়ার উপায় নেই। পিঠে যে জিনিসটা বাঁধা, সেটা মনে হচ্ছে ভারী হয়ে উঠছে ক্রমশ।

একবার তিনি সামনের দিকে ঢুলে পড়তেই পাশের লোকটি তাঁর একটা কান চেপে ধরল।

কাকাবাবু বললেন, "দাও, ভাল করে কানটা মলেই দাও, আমি ঘুমোতে চাই না।"

সামনের লোকটি বলল, "আর-একটা মিষ্টি খাবেন?"

কাকাবাবু এবারে আর আপত্তি না করে বললেন, "দাও।"

সেটা খেয়ে তিনি একটু জল চাইলেন। লোকটি বলল, "গাড়িতে জলের বোতল নেই, এখন আর থামাও যাবে না, দেরি হয়ে যাবে।"

ক্রমশ রাস্তায় অন্য গাড়ির হর্নের আওয়াজ বাড়তে লাগল। তারপর ট্রামের আওয়াজ পেয়ে কাকাবাবু বুঝলেন, গাড়িটা কলকাতা শহরে এসে পড়েছে।

এবারে পাশের লোকটি তাঁর চোখের বাঁধন আর হাতের শিকল খুলে দিল।

দু'পাশে কালো কাচ, সামনের দিকে তাকিয়ে কাকাবাবু বুঝলেন, গাড়িটা ছুটছে ময়দানের মধ্য দিয়ে। পাশ দিয়ে যাচ্ছে আলিপুরের ট্রাম।

গাড়িটা লালদিঘি ঘুরে এসে থামল রাইটার্স বিল্ডিংসের সামনে।

পাশের লোকটি দরজা খুলে বলল, "নামুন।"

কাকাবাবু বললেন, "আমার ক্রাচ কোথায়? ক্রাচ না পেলে আমি হাঁটতে পারব না।"

লোকটি বলল, "ক্রাচ আনা হয়েছে। আধঘণ্টার মধ্যে অবশ্যই ফিরবেন, আমি এখানে অপেক্ষা করব। আমাদের সার কী বলে দিয়েছেন শুনুন। আপনাকে শেষবারের মতন সাবধান করে দিচ্ছি। আপনি মুখে যা বলবেন, সব আমরা শুনতে পাব। আপনি লিখেলিখে কিছু জানাবার চেষ্টা করলেও কোনও লাভ হবে না। আপনার পিঠ থেকে ওই জিনিসটা খোলার চেষ্টা করলে আপনি কিছুতেই বাঁচবেন না। সঙ্গে সঙ্গে রিমোট কন্ট্রোল চালু হয়ে যাবে। আপনি ছাতু হয়ে যাবেন! আধঘণ্টার বেশি দেরি হলেও তাই হবে।"

কাকাবাবু বললেন, "হোম সেক্রেটারি যদি এখন ঘরে না থাকেন?"

লোকটি বলল, "তা হলে ফিরে আসবেন সঙ্গে সঙ্গে। পরে আবার চেষ্টা করা হবে।"

কাকাবাবু বুঝতে পারলেন, এরা সবদিক ভেবে রেখেছে। হোম সেক্রেটারিকে লিখে জানাবার কথাটা তাঁরও মনে এসেছিল। জানালেও এই বিপদ থেকে উদ্ধার পাওয়ার সময় মিলবে না।

একতলার অভ্যর্থনাকক্ষে গিয়ে কাকাবাবু হোম সেক্রেটারির সঙ্গে দেখা করতে চাইলেন। সেখানকার একজন বলল, "আপনার অ্যাপয়েন্টমেন্ট আছে? নেই? তা হলে আজ দেখা হবে না। উনি সারাদিন ব্যস্ত থাকবেন।"

কাকাবাবু বললেন, "হোম সেক্রেটারি মৃগাঙ্ক আমার ভাই। আমি বিশেষ দরকারে এসেছি। ওকে আমার নামটা শুধু বলুন, তাতেই কাজ হবে।"

কর্মচারীটি টেলিফোনে হোম সেক্রেটারির সঙ্গে একটু কথা বলেই ফোন রেখে দিল। তারপর ব্যস্ত হয়ে বলল, "হ্যাঁ, হ্যাঁ, উনি এক্ষুনি আপনার সঙ্গে দেখা করতে চান। আপনি লিফ্‌টে উঠে চলে যান।"

লিফ্‌টে অনেক লোক উঠে পড়েছে, কাকাবাবু প্রথমবার উঠলেন না। অন্যদের সঙ্গে যদি ধাক্কাধাক্কি হয়, তাতেও তিনি ভয় পাচ্ছেন।

লম্বা বারান্দা দিয়ে ক্রাচ নিয়ে হাঁটতে লাগলেন কাকাবাবু। দু'-চারজন লোক তাঁকে চিনতে পেরে নমস্কার করল।

কাকাবাবু মনে মনে ভাবলেন, আমি যে একটি সাঙ্ঘাতিক মানব-বোমা, তা কেউ বুঝতে পারছে না।

হোম সেক্রেটারি মৃগাঙ্কমৌলী রায় ব্যস্ত হয়ে ঘরের বাইরে এসে দাঁড়িয়ে আছেন। কাকাবাবুকে দেখেই বললেন, "কী ব্যাপার রাজাদা, আপনি কোথায় ছিলেন? আপনাকে খুঁজে পাওয়া যাচ্ছে না। মুখ্যমন্ত্রীও আপনার জন্য চিন্তিত।"

কাকাবাবু বললেন, "চলো, তোমার ঘরে বসে বলছি।"

হোম সেক্রেটারির ঘরে আর একজন লোক বসে আছেন। পুরোদস্তুর পুলিশের পোশাক পরা।

হোম সেক্রেটারি কাকাবাবুকে বললেন, "এঁর সামনে সব বলতে পারেন। ইনি ডি আই জি শামসুল আলম।"

আলম হাতজোড় করে নমস্কার করে বললেন, "আমি আপনাকে অনেকবার দেখেছি।"

কাকাবাবুও নমস্কার করে বললেন, "আগে এক গেলাস জল খাওয়াও। খুব তেষ্টা পেয়েছে।"

ঢক ঢক করে পুরো গেলাস জল খেয়ে ফেলার পর কাকাবাবু জিজ্ঞেস করলেন, "আগে বলো, দেবলীনার কী খবর?"

মৃগাঙ্কমৌলী বললেন, "তাকে তো মাঠের মধ্যে পাওয়া গেছে। গাড়িতে অজ্ঞান হয়ে পড়ে ছিল। ড্রাইভারেরও একই অবস্থা। ওরা দু'জনেই বলেছে, গাড়ির জানলা দিয়ে একজন ফুস ফুস করে কী একটা গ্যাস স্প্রে করে দিল। সঙ্গে সঙ্গে অজ্ঞান। তারপর কী হয়েছে কিছু জানে না।"

কাকাবাবু বললেন, "কী আশ্চর্য, ওরা দেবলীনাকে কিছু করল না। শুধু আমাকে অজ্ঞান অবস্থায় ধরে নিয়ে গেল।"

মৃগাঙ্কমৌলী জিজ্ঞেস করলেন, "কোথায় ধরে নিয়ে গেল?"

কাকাবাবু বললেন, "তা তো জানি না। বুঝতে পারিনি।"

আলম বললেন, "হঠাৎ এ-রাজ্যে অ্যাবডাকশানের কেস খুব বেড়ে গেছে। এই মুহূর্তে একত্রিশ জনকে পাওয়া যাচ্ছে না। এদের মধ্যে যেমন বয়স্ক লোক আছে, তেমনই অল্পবয়েসি ছেলেমেয়েও আছে। এক-একজনের জন্য পাঁচ লাখ, দশ লাখ মুক্তিপণ চাওয়া হয়েছে।"

মৃগাঙ্কমৌলী বললেন, "এসব একই দলের কাজ না আলাদা আলাদা দল, তাও ঠিক বোঝা যাচ্ছে না। কোনও চিঠিতে লেখা শঙ্খচূড়, কোনওটাতে রুস্তম, কোনওটাতে ভ্যাম্পায়ার। তবে চিঠির ধরনগুলো একই রকম।"

কাকাবাবু বললেন, "আমার মতন একজন খোঁড়া লোককে ধরে নিয়ে গিয়ে ওরা ভুল করেছিল। আমি ওদের বললাম, আমার মুক্তিপণের দশ লাখ, পাঁচ লাখ দূরে থাক, কেউ এক টাকাও দেবে না!"

আলম বললেন, "এই শুনেই আপনাকে ওরা ছেড়ে দিল?"

কাকাবাবু বললেন, "তা কী আর দেয়! কিছু অত্যাচার টত্যাচার করবে ভেবেছিল।"

মৃগাঙ্কমৌলী বললেন, "আপনাকে ওরা চিনতে পারেনি? আপনিই যে বিখ্যাত কাকাবাবু, রাজা রায়চৌধুরী।"

কাকাবাবু বললেন, "তা জানত বোধ হয়। তবে অনেকবার তো দেখলাম, আমাকে কেউ বেশিদিন আটকে রাখতে পারে না।"

মৃগাঙ্কমৌলী বললেন, "আপনাকে আটকাবে কার সাধ্য!"

মৃগাঙ্কমৌলীর সামনে টেবিলের ওপর একটা খাতার সাইজের চৌকো জিনিস রয়েছে।

সেটার দিকে তাকিয়ে কাকাবাবু বললেন, "আমি কী করে পালালাম, সেসব কথা বিস্তারিতভাবে পরে বলব, এখন বাড়ি গিয়ে ভাল করে ঘুমোনো দরকার। দেবলীনার সঙ্গেও একবার দেখা করতে হবে। তোমার কাছে আগে এসেছি অন্য কারণে। এইটাই কি সেই জিনিস?"

মৃগাঙ্কমৌলী বললেন, "সেই জিনিস মানে? আপনি এটার সম্পর্কে কিছু জানেন? আমরা এটার কথা যথাসম্ভব গোপন রাখার চেষ্টা করেছি।"

কাকাবাবু বললেন, "এটা যার কাছে পাওয়া গেছে, সে ধরা পড়েছিল নিউ জলপাইগুড়ি স্টেশনে। তারপর সে খুন হয় জেলের মধ্যে। এ-খবর তো বেরিয়েছে দিল্লির এক কাগজে।"

আলম বললেন, "তাই নাকি? দেখিনি তো। কলকাতার কাগজে কিছু বেরোয়নি। লোকটির কাছ থেকে কোনও কথাই বার করা যায়নি। কিন্তু তার মুখ-চোখ দেখে মনে হয়েছিল, এই জিনিসটা তার কাছে খুবই দামি।"

কাকাবাবু জিজ্ঞেস করলেন, "লোকটি খুন হল কী করে?"

আলম বললেন, "খুন না আত্মহত্যা, সেটাও ঠিক বোঝা যাচ্ছে না।"

মৃগাঙ্কমৌলী বললেন, "এটা একটা অর্গানাইজার। খুবই আধুনিক ধরনের। পার্সোনাল কম্পিউটারের সঙ্গে লিঙ্ক করা যায়। জলপাইগুড়ি থেকে এটা পুলিশের গাড়িতে আনবার সময় কোনও একটা দল এটা কেড়ে নেওয়ার চেষ্টা করেছিল। গাছের গুঁড়ি দিয়ে আটকে দিয়েছিল রাস্তা। তারপর বোমা ছুড়তে ছুড়তে এগোচ্ছিল। দৈবাৎ সেই সময় আর-একটা পুলিশের গাড়ি এসে যায় উলটো দিক থেকে। আমাদের পুলিশের গুলিতে ওদের একজন মারাও যায়। সেইজন্যই এটাকে এত সাবধানে রাখা হয়েছে।"

আলম বললেন, "এর মেমরিতে অনেক তথ্য ঠাসা আছে। তার কিছু বার করতেও পেরেছি। কিন্তু কিছুই মানে বোঝা যাচ্ছে না। শুধু কিছু অক্ষর আর সংখ্যা।"

মৃগাঙ্কমৌলী বললেন, "এটা বোঝা যাচ্ছে, কোনও সাংকেতিক ভাষায় কিছু তথ্য রয়েছে। এটাকে দিল্লিতে পাঠাতেও ভরসা পাচ্ছি না। যদি মাঝপথে খোয়া যায়! তাই দিল্লি থেকে দু'জন এক্সপার্ট আসছেন—"

কাকাবাবু বললেন, "দিল্লি থেকে এক্সপার্ট আনতে হবে? এখানে কেউ পারবে না?"

মৃগাঙ্কমৌলী বললেন, "এখানে কয়েকজন তো অনেক চেষ্টা করে দেখল, কেউ,—।" বলতে বলতে থেমে গেলেন মৃগাঙ্কমৌলী। তারপর লজ্জা পেয়ে গিয়ে বললেন, "আপনিই তো রয়েছেন। আপনি এর আগে কত সাংকেতিক লিপি উদ্ধার করেছেন, এমনকী ইজিপ্টের পিরামিডের মধ্যে হিয়েরোগ্লিফিক্স পর্যন্ত— আপনার কথা মনে পড়েনি।"

আলম বললেন, "উনি তো এখানে ছিলেন না।"

কাকাবাবু বললেন, "পারব কিনা জানি না, তবু একবার চেষ্টা করে দেখতে পারি। দেখব?"

মৃগাঙ্কমৌলী সেটা কাকাবাবুর হাতে তুলে গিয়ে ব্যগ্রভাবে বললেন, "দেখুন না, দেখুন না—।"

কাকাবাবু জিনিসটা ঘুরিয়ে-ফিরিয়ে দেখতে দেখতে আপনমনে বললেন, "২৫৬ কে বি মেমরি, প্রচুর জিনিস থাকতে পারে। কিন্তু এখানে তো হবে না। বাড়িতে গিয়ে ঠাণ্ডা মাথায় দেখা দরকার। এটা আমি বাড়িতে নিয়ে যেতে পারি?"

মৃগাঙ্কমৌলী আড়ষ্টভাবে বললেন, "সেটা তো সম্ভব নয়, রাজাদা!"

কাকাবাবু বললেন, "সম্ভব নয়? কেন?"

মৃগাঙ্কমৌলী বললেন, 'টপ সিকিউরিটি। চিফ মিনিস্টারের অর্ডার ছাড়া এটা কোনওক্রমেই বাইরে নেওয়া যাবে না।"

আলম বললেন, "চিফ মিনিস্টার এখন দিল্লিতে।"

কাকাবাবু বললেন, "তোমরা কি আমাকে বিশ্বাস করতে পার না?"

মৃগাঙ্কমৌলী বললেন, "বিশ্বাসের প্রশ্ন নয়। রাজাদা, আপনাকে আমি অবিশ্বাস করতে পারি? কিন্তু আমাদের ওপর যা অর্ডার আছে।"

কাকাবাবু ঘড়ির দিকে তাকালেন। এর মধ্যেই প্রায় কুড়ি মিনিট কেটে গেছে। ওরা সময় দিয়েছে মাত্র আধঘণ্টা।

সেই আধঘণ্টা পার হয়ে গেলে ওরা কী করবে? রিমোট কন্ট্রোল চালু করে দেবে। তাতে কাকাবাবু শুধু নিজে মরবেন না, এই মৃগাঙ্কমৌলী আর আলমও খতম হয়ে যেতে পারে।

অন্তত ওদের বাঁচবার জন্যও কাকাবাবুকে এখানে থেকে বেরিয়ে যেতে হবে আর দশ মিনিটের মধ্যে।

মৃগাঙ্কমৌলী বললেন, "রাজাদা, আপনাকে দারুণ ক্লান্ত দেখাচ্ছে। মুখখানা কালো হয়ে গেছে। শরীর খারাপ হয়নি তো?"

কাকাবাবু বললেন, "না। সেরকম কিছু না। ভাল করে ঘুম হয়নি।"

মৃগাঙ্কমৌলি বললেন, "আপনি বাড়িতে গিয়ে ভাল করে ঘুমিয়েটুমিয়ে নিন। আমি বরং সন্ধের পর আপনার সঙ্গে দেখা করতে যাব।"

কাকাবাবু বললেন, "আমরা আজকাল সব ব্যাপারেই দিল্লির ওপর নির্ভর করি। আমরা বাঙালিরা নিজেরা বুঝি কিছু পারি না? চিফ মিনিস্টার যদি এখানে উপস্থিত থাকতেন, তিনি কি ওটা একদিনের জন্য আমাকে দিতে আপত্তি করতেন?"

মৃগাঙ্কমৌলী তাকালেন আলমের দিকে।

আলম বললেন, "দিল্লির এক্সপার্ট দু'জন আসবেন কাল মর্নিং ফ্লাইটে। এখানে পৌঁছোতে পৌঁছোতে দশটা সাড়ে-দশটা বেজে যাবে। তার আগেই যদি কাকাবাবু এই কোডগুলো পড়ে দিতে পারেন, তা হলে কিন্তু আমাদের খুব ক্রেডিট হবে। আমাদের এখানেও কাকাবাবুর মতন এমন গুণী মানুষ রয়েছেন।"

কাকাবাবু বললেন, "আমি পারব কিনা জানি না। তবে, কাল সকাল দশটার মধ্যে আমি এটা ফেরত দিয়ে যাব, এই কথা দিতে পারি।"

মৃগাঙ্কমৌলী বললেন, "এটা বাড়িতে নিয়ে যেতেই হবে? এখানে বসে চেষ্টা করতে পারেন না?"

কাকাবাবু অধৈর্যভাবে বললেন, "না, তা সম্ভব না।"

তারপর আর একবার ঘড়ির দিকে তাকিয়ে বললেন, "ঠিক আছে, আমি উঠছি। তোমাদের ব্যাপার তোমরা বুঝবে।"

মৃগাঙ্কমৌলী বললেন, "ঠিক আছে, আলমসাহেব এটা আপনার বাড়ি পৌঁছে দিচ্ছেন।"

কাকাবাবু বললেন, "দিচ্ছ তা হলে? আলমসাহেবকে পৌঁছে দিতে হবে না, আমার সঙ্গে একটা গাড়ি আছে।"

আলম বলল, "সে-গাড়ি ছেড়ে দিন। আপনি আমার গাড়িতে যাবেন।"

কাকাবাবু বললেন, "বলছি তো, তার কোনও দরকার নেই।"

আলম বলল, "কাকাবাবু, এরকম একটা সাঙ্ঘাতিক জিনিস আপনি একলা নিয়ে যেতে চাইছেন? যদি রাস্তায় আপনার ওপর হামলা হয়?"

কাকাবাবু বললেন, "সে-কথা কি আমি ভাবিনি? তোমাদের থেকে আমার অভিজ্ঞতা অনেক বেশি। যদি কেউ সামনের রাস্তায় দাঁড়িয়ে নজর রাখে, তা হলে পুলিশের পোশাকে তোমাকে আমার সঙ্গে দেখলেই সন্দেহ করবে। আর আমি যদি জিনিসটা পকেটে নিয়ে একলা এমনিই বেরিয়ে পড়ি, কেউ কিছুই ভাববে না।"

মৃগাঙ্কমৌলী বললেন, "তা হলে আলমসাহেব আপনাকে একটু দূর থেকে ফলো করুক।"

কাকাবাবু বললেন, "সেটাও ঠিক হবে না। আমি চলে যাওয়ার পর আলম এখানে অন্তত পনেরো মিনিট অপেক্ষা করুক। তারপর সোজা চলে আসুক আমার বাড়িতে।"

মৃগাঙ্কমৌলী বললেন, "আমিও এক ঘণ্টার মধ্যে পৌঁছে যাব আপনার বাড়ি।"

কাকাবাবু ঘড়িতে দেখলেন, আর সময় আছে মাত্র চার মিনিট।

তিনি বললেন, "বাইরে হঠাৎ হঠাৎ বৃষ্টি আসছে। এটাতে যদি জল লেগে যায়— একটা পলিথিনের প্যাকেটে ভাল করে মুড়ে দাও তো।"

পলিথিনের প্যাকেটে মোড়ার পর কাকাবাবু ইলেকট্রনিক নোট বুকটা পকেটে নিলেন না। পকেটে রাখার পক্ষে সেটা একটু বড়। জামার বোতাম খুলে তিনি সেটাকে বুকের কাছে রেখে আবার বোতাম আটকে দিলেন।

ওঁদের দু'জনের দিকে তাকিয়ে বললেন, "কেউ বুঝতে পারবে যে আমার কাছে কিছু আছে? তোমরা তা হলে আমার বাড়িতে চলে এসো, সেখানে আমাকে পাহারা দেবে, আমি কাজ করব।"

আলম আর মৃগাঙ্কমৌলী কাকাবাবুকে এগিয়ে দিলেন লিফ্‌ট পর্যন্ত।

কাকাবাবু রাইটার্স বিল্ডিংস থেকে বেরোতেই দেখলেন, টবির গলায় চেন ধরে দাঁড়িয়ে আছে একজন লোক।

সে বলল, "আর ঠিক দেড় মিনিট বাকি ছিল। কাজ উদ্ধার হয়েছে?"

কাকাবাবু জামার বোতাম খুলে প্যাকেটটা দেখিয়ে বললেন, "হ্যাঁ।"

সে হাত বাড়িয়ে বলল, "দিন।"

কাকাবাবু বললেন, "না তো। একেবারে তোমাদের সারের হাতে তুলে দেওয়ার কথা।"

লোকটি বলল, "ঠিক আছে। এখানে গাড়ি রাখা যায় না। গাড়িটা আছে ওই যে লালদিঘির পার্কিং লটে। ওখানে যেতে হবে।"

কাকাবাবু বললেন, "জানি।"

লাল আলো জ্বলবার পর কাকাবাবু রাস্তা পার হলেন। পাশে পাশে টবি আর সেই লোকটি।

ভেতরে অনেক গাড়ি। অন্য লোকটি এগিয়ে এসে বলল, "আমাদের গাড়ির পেছনে আর একটা গাড়ি রেখেছে। আপনি এখানে দাঁড়ান, আমি গাড়িটা বার করে আনছি।"

যে লোকটি টবির গলায় চেন ধরে আছে, সেও মুখ ফিরিয়ে গাড়িটা বার করা দেখছে।

কাকাবাবু একবার টবির মাথায় মৃদু চাপড় মেরে আদর করলেন। তারপর আস্তে আস্তে এগিয়ে গেলেন রেলিংয়ের কাছে। দেখতে লাগলেন পুকুরটা।

তারপর তিনি হঠাৎ এক কাণ্ড করলেন।

ক্রাচদুটো পাশে নামিয়ে রেখে তিনি প্রায় চোখের নিমেষে রেলিং ডিঙিয়ে চলে গেলেন ওপাশে। ঝাঁপ দিয়ে পড়লেন জলে।

টবি ঘাউ ঘাউ করে ডেকে উঠল।

একজন লোক ছুটে এল এদিকে। তার এক হাতে রিমোট কন্ট্রোল, অন্য হাতে রিভলভার।

ভরা বর্ষার লালদিঘিতে অনেক জল। কাকাবাবু ডুবতে ডুবতে নেমে গেলেন অনেক নীচে।

শঙ্খচূড়ের অনুচর দু'জনই রেলিংয়ের কাছে এসে গেছে। কাকাবাবু জলের মধ্যে আছেন বলে সম্ভবত রিমোট কন্ট্রোলে কোনও কাজ হচ্ছে না। দিশেহারা হয়ে একজন গুলি চালাতে লাগল।

সেই গুলির শব্দে ভয় পেয়ে পালাতে লাগল অনেক লোক। আবার রাইটার্স বিল্ডিংসের সামনে থেকে পুলিশ ছুটে এল এদিকে।

কাকাবাবু শ্বাস নেওয়ার জন্য একবার সামান্য মাথা তুলেই আবার ডুব দিলেন। ডুব-সাঁতার দিয়ে এগিয়ে যেতে লাগলেন দিঘির মাঝখানে।

॥ ১৩ ॥

কবুতরডাঙায় সপ্তাহে দু'দিন হাট হয়। তখন কত লোকজন, কত চ্যাঁচামেচি, কতরকম তরিতরকারি আর মাছের গন্ধ। অন্য দিনগুলোতে সব শুনশান। চালাঘরগুলো ফাঁকা পড়ে থাকে, ঘুরে বেড়ায় কয়েকটা কুকুর।

শুধু এক কোণে খোলা থাকে একটা মুদিখানা, আর একটা চায়ের দোকান। গ্রামের বড় বড় ছেলেরা বিকেলের দিকে সেই চায়ের দোকানে বসে আড্ডা মারে।

বদরুর নৌকোটা এসে লাগল ঘাটে।

সন্তু ও নিখিল মাহাতো উঠে এলেন ওপরে।

একটু একটু সন্ধে হয়ে এসেছে। চায়ের দোকানে রয়েছে ছ'-সাতজন ছেলে। তারা ক্রিকেট খেলা নিয়ে কথা বলছে। সচিন তেন্ডুলকর আর সৌরভ গাঙ্গুলির

মধ্যে কে বেশি ভাল ক্যাপ্টেন তা নিয়ে তর্ক বেঁধে গেছে প্রায়।

সেই তর্কের মাঝখানেই নিখিল মাহাতো একজনকে জিজ্ঞেস করলেন, "ভাই, বিশাই সামন্ত'র বাড়িটা কোথায় বলতে পারো?"

সেই লোকটি কয়েক মুহূর্ত তাকিয়ে থেকে বলল, "বিশাই সামন্ত? সে কে? চিনি না তো?"

সে পাশের লোকটিকে জিজ্ঞেস করল, "কী রে, তুই চিনিস?"

সে লোকটি পিক করে থুতু ফেলে বলল, "বাপের জন্মে নাম শুনিনি।"

আর-একজন নিজের থেকেই বলল, "এ-গ্রামে কোনও সামন্ত থাকে না।"

নিখিল মাহাতো বললেন, "এ-গ্রামে তার বাড়ি না হতে পারে, কিন্তু সে এখানে প্রায়ই আসে শুনেছি।"

প্রথম লোকটি বলল, "যারা আসে, সবাইকে আমরা চিনি। ও নামে কাউকে দেখিনি কখনও।"

নিখিল মাহাতো সন্তুর দিকে তাকালেন।

সন্তুর মনে হল, এই লোকগুলো সবাই বিশাই সামন্তকে চেনে। কোনও কারণে তাকে ভয় পায় বলেই কিছু বলছে না।

সন্তু বলল, "আসুন, আমরা এখানে একটু চা খেয়ে নিই!"

চায়ের দোকানদারটি বার বার তাকাচ্ছে এঁদের মুখের দিকে। সে বলল, "আপনারা কে? কোথা থেকে আসছেন?"

নিখিল মাহাতো গম্ভীরভাবে বললেন, "তোমার দোকানে চা খেতে গেলে পরিচয় দিতে হয় নাকি?"

সে থতমত খেয়ে বলল, "আজ্ঞে তা নয়। এমনিই জিজ্ঞেস করছিলাম।"

নিখিল মাহাতো বললেন, "তুমি বিশাই সামন্তকে চেনো?"

লোকটি বলল, "আজ্ঞে না। নাম শুনিনি।"

এখানে কাপের বদলে গেলাসে চা দেয়। সন্তু আর নিখিল মাহাতো গেলাসদুটি নিয়ে বসলেন একটু দূরে।

সন্তু বলল, "বিশাই সামন্তকে এরা অনেকেই চেনে, তা বোঝাই যাচ্ছে।"

নিখিল মাহাতো বললেন, "আমারও তাই মনে হচ্ছে।"

সন্তু বলল, "আপনি কে, তা এরা জানে না।"

নিখিল মাহাতো বললেন, "থানার দারোগাদেরই লোকে চেনে। আমি তো দারোগা নই। এখানে বাংলাদেশ থেকে অনেক জিনিস চোরাচালান হয়ে আসে। এই ছেলেগুলোর মধ্যে দু'-একজন তাতে জড়িত থাকতে পারে। এরা যদি বিশাই সামন্ত সম্পর্কে কিছু বলতে না চায়, তা হলে একটাকে থানায় ধরে নিয়ে গিয়ে ভয় দেখাতে হবে।"

সন্তু বলল, "একটু ভিড় কমলে এই চা-ওয়ালাকে ভাল করে জিজ্ঞেস করা দরকার।"

নিখিল মাহাতো বললেন, "চা-টা মন্দ করেনি। আরও এক গেলাস করে খেলে হয়।"

একটু পরেই একটা মোটরসাইকেলের শব্দ শোনা গেল।

কাছে আসার পর দেখা গেল, চালাচ্ছে একজন। পেছনে বসে আছে আর-একজন। দু'জনেই প্যান্ট আর শার্ট পরা।

চালকটি চেঁচিয়ে জিজ্ঞেস করল, "এখানে কে বিশাই সামন্তর খোঁজ করছে?"

নিখিল মাহাতো একবার কোমরে হাত দিলেন। বোঝা গেল, ওখানে রয়েছে তাঁর রিভলভার।

মোটরসাইকেলের পেছনের লোকটি এদিকে এসে জিজ্ঞেস করল, "আপনারা বিশাই সামন্তকে খুঁজছেন?"

নিখিল মাহাতো উঠে দাঁড়িয়ে বললেন, "হ্যাঁ।"

লোকটি বলল, "কেন খুঁজছেন?"

নিখিল মাহাতো বললেন, "সেটা তাকেই বলব।"

লোকটি বলল, "সে তো অসুস্থ। তার জ্বর হয়েছে। এ-গ্রামে তার মামাবাড়ি, সেখানেই শুয়ে আছে।"

নিখিল মাহাতো বললেন, "তার সঙ্গে একবার দেখা করা যায় না? খুব জরুরি দরকার।"

লোকটি বলল, "তা যেতে পারে। আসুন আমার সঙ্গে।"

এই লোকটি পথ দেখিয়ে নিয়ে চলল, মোটরসাইকেল চলে গেল অন্যদিকে।

নদীর ধার দিয়ে কাঁচা রাস্তা। সন্ধে হয়ে গেছে। আকাশে একটু একটু জ্যোৎস্না ছাড়া আর কোনও আলো নেই। লোকটি মাঝে মাঝে টর্চ জ্বালছে।

হাঁটতে হল বেশ কিছুক্ষণ।

ক্রমশ গ্রামের বাড়ি-ঘর শেষ হয়ে গেল। একদিকে নদী, আর একদিকে শুধু মাঠ। মাঝে মাঝে রাস্তার পাশে ঝোপজঙ্গল।

এক জায়গায় এসে লোকটি থমকে দাঁড়াল। দাঁড়িয়েই রইল।

নিখিল মাহাতো জিজ্ঞেস করলেন, "কী হল?"

লোকটি বলল, "সামনে দিয়ে একটা সাপ যাচ্ছে। ওটা চলে যাক।"

নিখিল মাহাতো বললেন, "কোথায় সাপ? দেখতে পাচ্ছি না তো!"

লোকটি বলল "আমরা ঠিক দেখতে পাই। ভারী বিষধর সাপ। শঙ্খচূড়!"

নিখিল মাহাতো চমকে উঠে বললেন, "কী বললে? তুমি আমাদের কোথায় নিয়ে যাচ্ছ বলো তো? এদিকে তো কোনও বাড়ি নেই।"

লোকটি বলল, "তোমাদের নিয়ে যাচ্ছি যমের বাড়ি!"

নিখিল মাহাতো কোমর থেকে রিভলভারটা বার করতে করতে বললেন, "আমি কে জান না? সবক'টাকে—"

তিনি আর কিছু বলতে পারলেন না। শুধু আঃ বলে পড়ে গেলেন মাটিতে।

পেছন থেকে একজন লোক তাঁর মাথায় একটা ডাণ্ডা মেরেছে। ঝোপ থেকে বেরিয়ে এল আরও তিনজন লোক।

তাদের একজন বলল, "এঃ পুলিশ বলে যেন মাথা কিনে নিতে চায়। ওরকম কত পুলিশ দেখেছি!"

আর-একজন বলল, "এই তো সেই শয়তানের বাচ্চাটা। বাঁধ এটাকে।"

প্রথম যে লোকটি সন্তুকে ধরতে এল, তাকে এক ধাক্কায় উলটে ফেলে দিয়ে দৌড় লাগাল সন্তু।

কিন্তু বেশিদূর যেতে পারল না। দপ করে জ্বলে উঠল একটা মশাল। সামনের দিকে সেই মশাল হাতে দাঁড়িয়ে আছে একজন লোক।

সন্তু অন্যদিকে ফিরল।

কিন্তু ওরা চারদিক থেকে তাকে ঘিরে ফেলেছে। ফাঁদে পড়া ইঁদুরের মতন এদিক-ওদিকে ছোটাছুটি করেও কোনও লাভ নেই।

একজন লোক কাছে এসে পড়ে জ্বলন্ত মশাল দিয়ে তাকে মারতে যেতেই সে শুয়ে পড়ল মাটিতে। আগুনের সঙ্গে সে লড়াই করতে পারবে না।

একজন তার পিঠের ওপর পা রেখে বলল, "এবার বাঁধ এটাকে।"

আর-একজন নিচু হয়ে সন্তুর হাত বাঁধতে বাঁধতে বলল, "এটার ওপর আমাদের বাবুর খুব রাগ। এটার জন্য ভাল টাকা পাওয়া যাবে।"

শুধু হাত নয়, সন্তুর সারা শরীরে দড়ি বাঁধা হল পেঁচিয়ে পেঁচিয়ে। তারপর তাকে দাঁড় করিয়ে টেনে নিয়ে যেতে লাগল। মাঝে মাঝে সে আছাড় খেয়ে পড়ছে, ওরাই তার চুলের মুঠি ধরে দাঁড় করাচ্ছে।

নদীর ধারে একটা গাছতলায় হ্যাজাক বাতি জ্বলছে। সেখানে দাঁড়িয়ে আছে দু'জন লোক। একজনের হাতে রাইফেল। তার পায়ের কাছে ফেলে দেওয়া হল সন্তুকে।

রাইফেলধারী লোকটি বেশ লম্বা-চওড়া। গম্ভীর গলায় সে বলল, "ধরেছিস বিচ্ছুটাকে? বাঃ!"

গলার আওয়াজ শুনে দারুণ চমকে উঠল সন্তু। এ তো গগন সাহা!

সে তার সঙ্গীদের জিজ্ঞেস করল, "সেই পুলিশটার কী হল?"

একজন বলল, "সে পড়ে আছে রাস্তায়।"

গগন বলল, "ওখানেই থাক। ওকে জানে মারিস না। তার দরকার নেই। ও আর কিছু করতে পারবে না। গাধা আর কাকে বলে, একখানা মোটে অস্তর নিয়ে এসেছে ছেলেকে উদ্ধার করতে!"

সন্তু এখনও যেন বিশ্বাস করতে পারছে না। এই গগন সাহার ছেলে তাদের সঙ্গে থিয়েটারের রিহার্সাল দিচ্ছিল। এই লোকটা সেই থিয়েটার নষ্ট করে অন্যের ছেলেকে চুরি করেছে!

গগন সন্তুকে জুতো দিয়ে একটা ঠোক্কর মেরে বলল, "কী রে শয়তানের

বাচ্চা, নকল টাকা দিয়ে আমাদের ঠকাবি ভেবেছিলি? আমরা ঘাসে মুখ দিয়ে চলি? ওই ছেলেকে ফেরত পেতে হলে এখন পাঁচের বদলে দশ লাখ দিতে হবে!"

একজনকে এক তাড়া নোট দিয়ে সে বলল, "কাশেম, এটা তোরা ভাগ করে নে। এ-ছেলেটাকে তুলে দে আমার ভটভটিতে।"

সন্তুকে দাঁড় করাবার পর গগন চিবিয়ে চিবিয়ে বলল, "কী রে, সেদিন তো খুব নদীতে সাঁতারের কেরদানি দেখিয়েছিলি। আজ তোকে এইরকমভাবে বেঁধে জলে ফেলে দিলে বাঁচতে পারবি? চল, দেখি!"

একজন বলল, "একেবারে তলিয়ে যাবে, হাঙরে-কুমিরে খেয়ে নেবে।"

আর-একজন বলল, "কিংবা জোয়ারের টান এলে টেনে নিয়ে যাবে একেবারে সুমুদ্দুরে।"

সন্তুকে ধরাধরি করে শুইয়ে দেওয়া হল ভটভটিতে। গগন হাল ধরে বসল।

তার সঙ্গী জিজ্ঞেস করল, "আমি যাব না?"

গগন বলল, "না, আমি একাই পারব। তোরা ক'দিন গা-ঢাকা দিয়ে থাক। হ্যাজাকটা আমার সঙ্গে দে।"

ভটভটিটা চালু হওয়ার পর একজন চেঁচিয়ে বলল, "একেবারে মাঝগাঙে ফেলে দেবেন সার। কম পানিতে ফেললে কিনারায় এসে ঠেকে যেতে পারে।"

ভটভটিটা চলল মাঝনদীর দিকে।

এই অবস্থাতেও সন্তু ভাবল, "কাকাবাবু কোথায়? তিনি কোনও খবরও দিলেন না। তা হলে তিনিও কি বন্দি? কাকাবাবুকে কেউ বন্দি করে বেশিদিন রাখতে পারে?"

হাত-বাঁধা অবস্থায় সাঁতার কাটা সম্ভব নয়। আজই তার জীবনের শেষ? মা-বাবা, কাকাবাবুর সঙ্গে, জোজোর সঙ্গে, দেবলীনার সঙ্গেও আর দেখা হবে না।

অনেকখানি দূরে এসে মাঝনদীতে ভটভটিটা থেমে গেল।

তারপর আবার একটা চমক লাগল সন্তুর। গগন সাহা হঠাৎ ফুঁপিয়ে ফুঁপিয়ে কেঁদে উঠল। তারপর বেশ জোরে, ওঃ আঃ শব্দ করে। যেন তার বুকের মধ্যে খুব কষ্ট হচ্ছে।

সেইরকম কাঁদতে কাঁদতেই সে বলল, "আমি আর বাঁচতে চাই না সন্তু। আমি মহাপাপী। আজ এইখানে আমি মরব।"

সন্তু কিছু না বুঝতে পেরে বলল, "কী হয়েছে?"

গগন বলল, "দাঁড়াও, আগে তোমার বাঁধন খুলে দিই।"

পকেট থেকে একটা ছোট ছুরি বার করে কচকচ করে কেটে ফেলল সব দড়ি।

তারপর বলল, "সন্তু, তুমি ভটভটি চালাতে পারবে? শক্ত কিছু নয়। এখানে এসে মোটর চালু করে হাল ধরে থাকবে। একটু এদিক-ওদিক হবে, কিন্তু ওলটাবে না। আমি তোমার কাছ থেকে শেষ বিদায় নিচ্ছি।"

সন্তু আবার জিজ্ঞেস করল, "কী হয়েছে আপনার?"

গগন বলল, "আমি মহাপাপী। তোমাদের রিহার্সাল শুরুর অনেক আগেই ওই পুলিশের ছেলেকে চুরি করার প্ল্যান করা হয়েছিল। আমার ছেলেও যে তোমাদের সঙ্গে থিয়েটার করতে যাবে, তা আমি ঘুণাক্ষরেও জানতাম না। তবে বিশ্বাস করো, মানুষ চুরি করে টাকা রোজগার করা আমার পেশা নয়। আগে কখনও এ-কাজ করিনি। ওই শঙ্খচূড় মহা শয়তান। সে আমাকে ভয় দেখিয়ে জোর করে এর মধ্যে জড়িয়েছে। আমার বউ বা ছেলে কিছুই জানে না।"

রাইফেলটা তুলে নিয়ে গলার কাছে ঠেকিয়ে সে বলল, "ওই যে দূরে দেখছ একটা মিটিমিটি আলো, ওটা একটা দ্বীপ। ওখানে আমার একটা খামারবাড়ি আছে। সুকোমল ওইখানে আছে। আরও তিনজন মানুষকে ওখানে আটকে রাখা হয়েছে। তুমি একা যেয়ো না, অনেক পুলিশ সঙ্গে নিয়ে যেয়ো। আমি চললাম।"

সন্তু বলল, "দাঁড়ান, দাঁড়ান, এটা কী করছেন?"

গগন বলল, "শঙ্খচূড় আমাকে দিয়ে এই জঘন্য কাজ করিয়েছে। আমার বউ-ছেলে যদি কখনও টের পায়, তাদের কাছে আমি মুখ দেখাব কী করে? তাই আমি মরতে চাই। আর দেরি করে লাভ নেই।"

সন্তু বলল, "দাঁড়ান, আর-একটা কথা। শঙ্খচূড় জোর করে ভয় দেখিয়ে আপনাকে দিয়ে অন্যায় কাজ করিয়েছে। সেজন্য শঙ্খচূড়কে তো শাস্তি দিতে হবে। আপনি সেই শাস্তি দিতে সাহায্য করুন, তা হলেই আপনার দোষ কেটে যাবে।"

গগন বলল, "শঙ্খচূড়ের যে কী সাঙ্ঘাতিক শক্তি, তা তুমি ধারণাও করতে পারবে না। এই ছেলে চুরি, মানুষ চুরি এগুলো তার আসল কাজ নয়। অন্য লোকদের দিয়ে এই কাজ করিয়ে অনেক টাকা তুলছে। সেই টাকায় আবার অনেক লোক জোগাড় করেছে। একটা কোনও বিদেশি শক্তি আছে ওর পেছনে। সারা দেশে সাঙ্ঘাতিক সব কাণ্ড ঘটবে শিগগিরই। কত মানুষ যে মরবে, কত কিছু যে ধ্বংস হবে, তার ঠিক নেই। তোমার কাকাবাবুকেও বোধ হয় এতক্ষণে মেরে ফেলেছে।"

সন্তু বলল, "অনেকেই চেষ্টা করেছে। কাকাবাবুকে এ পর্যন্ত কেউ মারতে পারেনি।"

গগন বলল, "আমি আর এই পাপের ভাগী হতে চাই না। বিদায় সন্তু!"

গগন ট্রিগার টেপার আগেই সন্তু স্প্রিং-এর মতন লাফিয়ে ঝাঁপিয়ে পড়ল তার ওপর। দু'জনে ধস্তাধস্তি করতে করতে রাইফেলটা পড়ে গেল জলে।

গগন তবু হাত বাড়িয়ে সেটা ধরতে যেতেই সন্তু আবার একটা ধাক্কা দিল তাকে। রাইফেলটা জলে তলিয়ে গেল।

গগন নিরাশভাবে বলল, "এ কী, ফেলে দিলে?"

সন্তু মুখে হাসি ফুটিয়ে বলল, "এবার কী করে আত্মহত্যা করবেন? সাঁতার

জানেন নিশ্চয়ই। নদীতে ঝাঁপ দিলেও ডুববেন না।”

গগন বলল, “আমি আর সত্যিই বাঁচতে চাই না সন্তু! এত অপরাধ করেছি—”

সন্তু বলল, “চলুন, আগে সুকোমলকে উদ্ধার করি। একটা একটা করে ভাল কাজ শুরু করলেই খারাপ কাজগুলোর দোষ একটা একটা করে কেটে যাবে।”

॥ ১৪ ॥

কাকাবাবু বসে আছেন একটা জেলখানার মধ্যে। সেখানে টেবিল ও চেয়ার রয়েছে অবশ্য। টেবিলের ওপর অনেক কাগজ ছড়ানো। তিনি একমনে লিখে যাচ্ছেন কীসব।

লোহার দরজা খোলার শব্দ হতে তিনি ফিরে তাকালেন।

মৃগাঙ্কমৌলী আর আলম এসেছেন দেখা করতে।

নমস্কার জানিয়ে মৃগাঙ্কমৌলী জিজ্ঞেস করলেন, “কোনও অসুবিধে হচ্ছে না তো রাজাদা?”

কাকাবাবু চেয়ারে হেলান দিয়ে বললেন, “না, অসুবিধে কিছু নেই। প্রথমে আমি রাজি হইনি। এখন দেখছি জেলের মধ্যে আমাকে রেখে ভালই করেছ।”

আলম বললেন, “এখন আপনার নিজের বাড়িতে থাকা কোনওক্রমেই সেফ নয়। আপনি একবার বেঁচে গেছেন, ওরা আপনাকে মেরে ফেলার আবার চেষ্টা করবেই। আপনার বাড়ির লোকেরও বিপদ হতে পারত।”

কাকাবাবু বললেন, “তা ঠিক। এখানে বেশ নিরিবিলিতে কাজ করা যাচ্ছে। খাবারদাবারও ভাল দিচ্ছে। জেলখানায় বুঝি এত ভাল খাবার দেয়?”

মৃগাঙ্কমৌলী হেসে বললেন, “না, এ-খাবার শুধু আপনার জন্য।”

আলম বললেন, “আপনাকে তো আর ক্রিমিনাল হিসেবে আটকে রাখা হয়নি। আপনি আমাদের অতিথি। ওই সাংকেতিক লিপি কিছু উদ্ধার করতে পারলেন? দিল্লির এক্সপার্টরা তো এখনও কিছু বুঝতে পারছে না।”

কাকাবাবু বললেন, “একটা সূত্র পেয়েছি। এরপর আর বেশি সময় লাগবে না।”

মৃগাঙ্কমৌলী বললেন, “রাজাদা, আপনার পিঠে যে জিনিসটা বাঁধা ছিল তা ল্যাবরেটরিতে পরীক্ষা করে দেখা হয়েছে। সাঙ্ঘাতিক একটা বিস্ফোরক আর ডি এক্স নয়, ওই ধরনেরই এক্সপ্লোসিভ। একসঙ্গে দশ-বারোজন লোককে মেরে ফেলতে পারে।”

আলম বললেন, “বাপরে বাপ, আপনি রাইটার্স বিল্ডিংসে যখন আমাদের সামনে বসে ছিলেন, তখন আপনার পিঠে ওটা বাঁধা ছিল। আমাদের কিছু বলেননি।”

কাকাবাবু বললেন, "বলার উপায় ছিল না। ওটা খুলতে গেলে রিমোট কন্ট্রোলে ফাটিয়ে দিতে পারত। তাতে তোমরাও বাঁচতে না। মাত্র আধঘণ্টা সময় দিয়েছিল আমাকে।"

মৃগাঙ্কমৌলী বললেন, "অতদূর থেকে কি রিমোট কন্ট্রোল কাজ করে?"

কাকাবাবু বললেন, "তা জানি না। ওরা তো সেইরকমই ভয় দেখিয়েছিল। ঝুঁকি নেওয়া যায় না। যদি সত্যি হয়? আজকাল বিজ্ঞান তো অনেক অসম্ভবকে সম্ভব করে দিচ্ছে।"

আলম বললেন, "তা হলে জলে ঝাঁপ দিলেন কী করে? সেখানেও তো বিস্ফোরণ হতে পারত।"

কাকাবাবু বললেন, "তা হলেও শুধু আমি মরতাম, আর কারও ক্ষতি হত না। ওরা আমাকে মৃত্যুভয় দেখিয়েছিল। কিন্তু নিজে বাঁচবার জন্য আমি কি এরকম একটা সাঙ্ঘাতিক জিনিস ওদের হাতে তুলে দিতে পারি? তা ছাড়া, আমার সন্দেহ হয়েছিল, ওই জিনিসটা জলের মধ্যে কাজ করে না। শঙ্খচূড় নামের লোকটা জলকে ভয় পায়। সত্যিই তো, জলের মধ্যে ওটা ফাটল না। জলের মধ্যে গা ডুবিয়ে রেখে ওটা খুলে ফেললাম।"

মৃগাঙ্কমৌলী বললেন, "রাজাদা, আপনি অসাধ্যসাধন করেছেন বলা যায়। আপনি একবারও ভয় পাননি?"

কাকাবাবু বললেন, "ভয়? হ্যাঁ, মানে, মনে হয়েছিল, এবার বুঝি আর বাঁচা যাবে না। আমি মৃত্যুর জন্য তৈরি হয়েছিলাম। মানব-বোমা তো সত্যি অনেক দেশে দেখা যাচ্ছে।"

আলম বললেন, "দিল্লি থেকে রিপোর্ট এসেছে, কোনও একটি বিদেশি শক্তি আমাদের সারা দেশে দারুণ সব ধ্বংসের কাজ চালাবে। একসঙ্গে একই দিনে কোনও এয়ারপোর্ট উড়িয়ে দেবে, ব্রিজ উড়িয়ে দেবে, বহু মানুষ মরবে। আগে থেকে জানতে না পারলে আমরা তো আটকাতেও পারব না।"

কাকাবাবু বললেন, "এই সাঙ্ঘাতিক লেখাগুলোয় সেইরকমই একটা পরিকল্পনার ইঙ্গিত পাওয়া যাচ্ছে।"

মৃগাঙ্কমৌলী বললেন, "আপনি কতটা পড়তে পেরেছেন?"

কাকাবাবু বললেন, "আমি অনেকরকম পরীক্ষা করে অতি কষ্টে একটা নিয়ম ধরে ফেলেছি। তোমাদের বুঝিয়ে দিচ্ছি। যেমন ধরো, একটা লেখা ফুটে উঠেছে ZHQONQS, এর কোনও মানেই হয় না। এখানে এর ইংরেজি পরের অক্ষর দিয়ে বদলে দিতে হবে। Z-এর পর কী? আবার A, তাই না? H এর পর I, Q-এর পর R, এইভাবে এটা হয়ে গেল AIRPORT. তারপর রয়েছে AZFCNFQZ, এটা হয়ে যাবে BAGDOGRA, তারিখগুলোও লেখা আছে সংখ্যা দিয়ে নয়। অক্ষরে। বাগডোগরা এয়ারপোর্টটা উড়িয়ে দেওয়ার পরিকল্পনা করা আছে ২৪ তারিখ, তার মানে আর চারদিন পরে। পাঁচজন লোকের নামও দেওয়া আছে।"

আলম বললেন, "এরকম তো অনেক লেখা আছে দেখছি।"

কাকাবাবু বললেন, "সবগুলির জন্য একই নিয়ম খাটবে না। বার করতে সময় লাগবে। মৃগাঙ্ক, তোমরা এক কাজ করো। আজই প্রেস কনফারেন্স করে ঘোষণা করে দাও যে, আমরা সবই সাংকেতিক অক্ষর পড়ে ফেলেছি। জায়গার নাম, লোকগুলোর নাম জেনে গেছি। তাতে ওরা পরিকল্পনা বাতিল করবে নিশ্চয়ই।"

আলম বললেন, "তা ছাড়া এক্ষুনি তো বাগডোগরা এয়ারপোর্ট ঘিরে ফেলার ব্যবস্থা করতে হয়।"

কাকাবাবু বললেন, "ওই পাঁচটা লোক খুব সম্ভবত শিলিগুড়িতে লুকিয়ে আছে; তাদের ধরে ফেলার ব্যবস্থা করো।"

মৃগাঙ্কমৌলী বললেন, "এয়ারপোর্ট উড়িয়ে দিতে চায়? এদের এত ক্ষমতা! রাজাদা, ওই শঙ্খচূড় নামের লোকটা যদি মানব-বোমা পাঠায়? তাদের তো আটকানো যায় না?"

কাকাবাবু বললেন, "ঠিকই বলেছ, ওই শঙ্খচূড়ের ডেরাটা খুঁজে বার করতেই হবে।"

আলম বললেন, "আপনাকে কোথায় আটকে রেখেছিল, সেই জায়গাটা চিনতে পেরেছেন?"

কাকাবাবু বললেন, "না। আমাকে অজ্ঞান করে নিয়ে গিয়েছিল। বেরিয়ে আসার সময় চোখ বাঁধা ছিল। তবে গাড়ি করে রাইটার্স বিল্ডিংসের সামনে নিয়ে এসেছে, তাতে মোটামুটি সময় লেগেছে চার ঘণ্টা। আস্তে আস্তে গাড়ি চালিয়েছে, যাতে আমার ঝাঁকুনি না লাগে। তা হলে ধরে নেওয়া যেতে পারে, কলকাতা থেকে সেই জায়গাটার গাড়িতে দূরত্ব অন্তত সাড়ে তিন ঘণ্টা।"

মৃগাঙ্কমৌলী বললেন, "কিন্তু কোন দিকে, তা বোঝা যাবে কী করে? মুর্শিদাবাদ-বহরমপুরের দিকে হতে পারে, দুর্গাপুরের দিকে কিংবা আসানসোল যেতেও ঘণ্টাচারেক লাগে। কোন দিকে খোঁজ করব?"

কাকাবাবু বললেন, "সবদিকেই। তবে আমার একটা সন্দেহ হচ্ছে, বর্ধমান-দুর্গাপুরের মাঝামাঝি কোথাও হতে পারে।"

মৃগাঙ্কমৌলী বললেন, "কী করে আপনার এই সন্দেহ হল? আপনার চোখ বাঁধা ছিল বললেন—"

কাকাবাবু বললেন, "কী করে সন্দেহ হল, তা শুনলে হয়তো তোমরা হাসবে। অনেক ছোটখাটো জিনিস থেকেই বড় ব্যাপার জানা যায়। আমাকে যখন নিয়ে আসে, তখন সঙ্গের লোকেরা মাঝপথে গাড়ি থামিয়ে এক জায়গা থেকে মিষ্টি কিনেছিল—"

আলম ব্যগ্রভাবে জিজ্ঞেস করল, "ওরা জায়গাটার নাম বলেছিল?"

কাকাবাবু বললেন, "না, জায়গাটার নাম বলেনি। সেই মিষ্টি আমাকে একটা

খেতে দিয়েছিল। সেটার স্বাদ আমার চেনা চেনা মনে হল। সেটা ল্যাংচা। কোথাকার ল্যাংচা বিখ্যাত?"

মৃগাঙ্কমৌলী বললেন, "শক্তিগড়ের।"

কাকাবাবু বললেন, "বর্ধমানের দিকে যারা গাড়িতে যাতায়াত করে, তারা অনেকেই শক্তিগড়ে গাড়ি থামিয়ে ল্যাংচা কেনে, তাই না?"

আলম বললেন, "আপনি চোখ-বাঁধা অবস্থায় একটা মিষ্টি খেয়েই বুঝে গেলেন, সেটা শক্তিগড়ের ল্যাংচা?"

কাকাবাবু বললেন, "আমি অনেকরকম বিখ্যাত মিষ্টি খেয়েই মোটামুটি বলে দিতে পারি কোথাকার তৈরি। হয়তো দু'-একটা ভুলও হতে পারে। যাই হোক, বর্ধমানের দিকেই প্রথম খোঁজাখুঁজি শুরু করতে হবে। শোনো, এখন খুব জরুরি হচ্ছে দুটো ব্যাপার। সমস্ত খবরের কাগজ আর টিভি চ্যানেলগুলোকে জানিয়ে দাও যে, আমরা ইলেকট্রনিক নোট বুকটা থেকে সমস্ত গুপ্ত সাংকেতিক লিপি উদ্ধার করে ফেলেছি, বিদেশি চক্রান্ত ফাঁস হয়ে গেছে। তাতে ওরা থমকে যাবে। আর শঙ্খচূড় যাতে নতুন কিছু শুরু করতে না পারে, তার ডেরাটা খুঁজে বার করতেই হবে।"

মৃগাঙ্কমৌলী বললেন, "আমি প্রেসে আর টিভি চ্যানেলগুলোয় এক্ষুনি খবর পাঠাবার ব্যবস্থা করছি।"

কাকাবাবু বললেন, "যে-গাড়িটা আমাকে নিয়ে এসেছিল, সেটাকে আটকানো যায়নি শেষ পর্যন্ত?"

আলম বললেন, "না, গেল না। দুটো লোক গুলি চালাতে লাগল, গাড়িটা দারুণ স্পিডে, একটা লোককে চাপা দিয়ে পালিয়েছে। তবে ওদের সঙ্গে বোধ হয় একটা কুকুর ছিল, সেটাকে গাড়িতে তোলার সময় পায়নি। সেটা সাঙ্ঘাতিক হিংস্র কুকুর, পাগলের মতন ছোটাছুটি করছিল ডালহৌসি স্কোয়ারে, লোকজন ভয়ে পালাচ্ছিল, শেষ পর্যন্ত দু'জন ডগ-ক্যাচারকে দিয়ে কুকুরটাকে ধরা হয়েছে।"

কাকাবাবু দারুণ উত্তেজিতভাবে উঠে দাঁড়িয়ে বললেন, "কুকুর? খুব বড় সাইজের কুকুর?"

আলম বললেন, "হ্যাঁ, ডোবারম্যান, দারুণ হিংস্র। ডাক শুনলে বুকের রক্ত হিম হয়ে যায়।"

কাকাবাবু বললেন, "টবি, টবি! শঙ্খচূড়ের পোষা কুকুর। ওই কুকুরটাই তো ওর প্রভুর ডেরায় আমাদের পৌঁছে দিতে পারবে।"

আলম বললেন, "কুকুর, কি একশো-দুশো মাইল দূরের বাড়িও খুঁজে বার করতে পারে? সেটা বোধ হয় অসম্ভব!"

কাকাবাবু বললেন, "আপাতত শক্তিগড় পর্যন্ত তো গাড়িতে যাওয়া যাক!"

আধঘণ্টার মধ্যে সব ব্যবস্থা হয়ে গেল।

মৃগাঙ্কমৌলী রয়ে গেলেন প্রেস কনফারেন্স ডাকার ব্যবস্থা করার জন্য। টবি

কুকুরকে নিয়ে কাকাবাবু আর আলম চাপলেন একটা স্টেশন ওয়াগনে। পেছন পেছন আর-একগাড়ি পুলিশ।

টবি আর সবাইকেই কামড়াতে যায়, কিন্তু কাকাবাবু তাকে একটু আদর করে দিলেই সে চুপ করে।

কাকাবাবু বললেন, "ও একমাত্র আমাকেই চেনে এখন। এমনিতেই কোনও কুকুর আমাকে কামড়ায় না, ওরা বোঝে আমি কুকুর ভালবাসি।"

আলম বললেন, "আমিও কুকুর পছন্দ করি, কিন্তু ছোট কুকুর। এত বড় কুকুর দেখলে আমার ভয় লাগে।"

কাকাবাবু বললেন, "মজার ব্যাপার এই, কুকুরটাকে পাঠানো হয়েছিল আমাকে পাহারা দেওয়ার জন্য, এখন সে-ই আমাদের পথ দেখিয়ে নিয়ে যাবে।"

শক্তিগড় পৌঁছোতে পৌঁছোতে বিকেল হয়ে গেল।

টবিকে নিয়ে কাকাবাবু গাড়ি থেকে নামলেন। টবি অমনই খুব জোরে ডাকতে ডাকতে চেন ছাড়িয়ে নেওয়ার চেষ্টা করতে লাগল।

কাকাবাবু আলমকে বললেন, "তা হলে শক্তিগড় পর্যন্ত ঠিকই এসেছি।"

তিনি টবির চেন ছেড়ে দিলেন। টবি ছুটতে লাগল সামনের দিকে।

কাকাবাবু চট করে গাড়িতে উঠে পড়ে বললেন, "ওকে ফলো করো, দেখা যাক, ও কোথায় যায়!"

টবি সোজা ছুটল জি টি রোড ধরে।

কাকাবাবু বললেন, "দ্যাখো আলম, টবি থামছে না, ডাইনে-বাঁয়ে বেঁকছে না, তার মানে ও এদিককার রাস্তাঘাট চেনে।"

আলম বললেন, "অদ্ভুত ওদের ঘ্রাণশক্তি।"

কাকাবাবু বললেন, "কিছু কিছু ব্যাপার মানুষও পারে না। কুকুর পারে। মানুষ বিশ্বাসঘাতক হয়, কুকুর হয় না। টবি ওর প্রভুকে খুঁজে বার করবেই।"

বর্ধমানের কাছে এসে টবি শহরের দিকে গেল না। ছুটল বাইপাস ধরে।

আলম জিজ্ঞেস করলেন, "একটা কুকুর কতক্ষণ ছুটতে পারে?"

কাকাবাবু বললেন, "ঘণ্টা দু'-এক তো পারবেই।"

একসময় টবি বড় রাস্তা ছেড়ে ঢুকে পড়ল একটা ছোট রাস্তায়। দুটো গাড়ি যাচ্ছে তার পেছনে পেছনে কিছুটা দূরত্ব রেখে।

একদিকের আকাশ লাল হয়ে গেছে, একটু পরেই সূর্যাস্ত হবে।

হঠাৎ খানিক দূরে দুম দুম শব্দ হতে লাগল। সেইসঙ্গে বহু লোকের চিৎকার। সামনে খানিকটা জঙ্গলের মতন। তার পেছনে লাল আভা।

আর একটু এগোতেই দেখা গেল আগুনের শিখা।

অনেকখানি জায়গা জুড়ে একটা বাড়ি, তার সবটা জুড়ে জ্বলছে আগুন দাউ দাউ করে।

দেখলেই বোঝা যায়, হঠাৎ আগুন লাগেনি। খুব সম্ভবত ইচ্ছে করে আগুন

লাগানো হয়েছে, কেউ নেভাবারও চেষ্টা করছে না।

কাকাবাবু বললেন, "এটাই শঙ্খচূড়ের আস্তানা। সব পুড়িয়ে প্রমাণ নষ্ট করে দিচ্ছে!"

আলম হতাশভাবে বললেন, "যাঃ!"

আগুন দেখে টবি থমকে দাঁড়িয়ে গেছে আর ডাকছে তারস্বরে।

আলম বললেন, "আর কি শঙ্খচূড়কে ধরা যাবে?"

কাকাবাবু বললেন, "সে নানারকম ছদ্মবেশ ধরতে পারে।"

আগুন দেখতে কাছাকাছি গ্রাম থেকে লোক ছুটে আসছে এদিকে। তার মধ্যে একটা মোটরবাইকের শব্দ শুনে কাকাবাবু ফিরে তাকালেন।

সেই বাইক চালাচ্ছে গগন সাহা। তার পেছনে সন্তু।

সন্তুই আগে বাইক থেকে প্রায় লাফিয়ে নেমে ছুটে এল কাকাবাবুর দিকে।

কাকাবাবু রীতিমতো অবাক হয়ে জিজ্ঞেস করলেন, "তোরা এ সময়ে কী করে এখানে এলি?"

সন্তু বলল, "তোমাকে খুঁজতে।"

কাকাবাবু বললেন, "এই জায়গাটা চিনলি কী করে?"

সন্তু বলল, "এটাই তো শঙ্খচূড়ের ডেরা। গগনদা চিনিয়ে এনেছেন। কাকাবাবু, সুকোমলকে আমরা উদ্ধার করেছি। আরও তিনজনকে। গগনদা সাহায্য করেছেন।"

গগন কাছে এসে কাঁচুমাচু মুখ করে বলল, "কাকাবাবু, আপনার কাছে আমার অপরাধের শেষ নেই।"

কাকাবাবু বললেন, "সেসব কথা পরে শুনব। এদিকে যে পাখি উড়ে গেল মনে হচ্ছে। কোনও চিহ্নও রাখল না।"

হাওয়ায় সেই প্রচণ্ড আগুনের আঁচ খানিকটা দূর থেকেও টের পাওয়া যাচ্ছে।

আলম বললেন, "এদিক দিয়ে আমরা কোনও গাড়ি যেতে দেখিনি। পেছন দিকের রাস্তা দিয়ে যদি সে পালায়, তা হলে আমাদের এক্ষুনি ধাওয়া করা উচিত।"

আলমের গাড়ির ড্রাইভার বলল, "সার, আমি এদিকটা চিনি। এর পরে আর পাকা রাস্তা নেই। গ্রামের কাঁচা রাস্তা।"

কাকাবাবু বললেন, "সে রাস্তা দিয়েও সে পালাবার চেষ্টা করতে পারে। কিংবা ছদ্মবেশে গ্রামের লোকদের মধ্যে মিশে থাকতেও পারে। সে ভাল বাংলা জানে। কিংবা লোকটা হয়তো আসলে বাঙালি, আমার সঙ্গে ইচ্ছে করে বেঁকিয়ে বেঁকিয়ে বাংলা বলছিল। পেছনের রাস্তাটায় যাওয়ার আগে টবিকে নিয়ে আর-একটা পরীক্ষা করা যাক।"

টবি জ্বলন্ত বাড়িটার দিকে এগোচ্ছে না, এক জায়গায় দাঁড়িয়ে চিৎকার করে যাচ্ছে।

কাকাবাবু একটা ক্রাচ ফেলে দিয়ে শুধু একটা ক্রাচ নিয়ে খোঁড়াতে খোঁড়াতে গিয়ে টবির গলার চেনটা ধরলেন। তারপর তাকে টেনে নিয়ে চললেন সামনের দিকে।

আগুন দেখতে গ্রামের লোক একদিকে ভিড় করে আছে। জ্বলন্ত বাড়িটার একপাশে দাঁড়িয়ে রয়েছে আট-দশজন নারী-পুরুষ। তাদের পোশাকও সাধারণ, তবু ভাবভঙ্গি দেখে মনে হয়, তারা ঠিক এখানকার গ্রামের লোক নয়।

কাকাবাবু সেই দলটার দিকেই এগোতে এগোতে আলমদের বললেন, "তোমরা আমার পেছনে পেছনে এসো!"

অনেকটা কাছে গিয়ে কাকাবাবু টবির মাথায় চাপড় মেরে বললেন, "গো টবি, গো টু ইয়োর মাস্টার!"

তার চেনটা ছেড়ে দিতেই সে তীব্রবেগে ছুটে গেল, তারপর সেই দলটার মধ্যে একজন মহিলার পায়ের কাছে গিয়ে মাথা ঘষতে লাগল, লুটিয়ে পড়ে কুঁইকুঁই শব্দ করতে লাগল।

আলম কাকাবাবুর কাছে এসে বললেন, "একজন মহিলা! এ কি শঙ্খচুড়ের বউটউ নাকি?"

কাকাবাবু বললেন, "বউ হোক বা না হোক, শঙ্খচূড়ের ঘনিষ্ঠ কেউ নিশ্চয়ই। নইলে সকলের মধ্যে শুধু এর কাছে গিয়েই টবি এরকম করত না। এ-মহিলাকে ধরে রাখতে হবে। এর কাছ থেকে অনেক কিছু জানা যাবে।"

আলম রিভলভার তাক করে সেই মহিলাকে বললেন, "ইউ আর আন্ডার অ্যারেস্ট। আপনি এগিয়ে আসুন।"

মহিলাটি নাকি নাকি গলায় বলল, "আমি কিছু জানি না। আমি আগুন দেখতে এসেছি। এই কুকুরটা কেন এরকম করছে, আমি বুঝতে পারছি না।"

আলম বললেন, "আপনি এগিয়ে আসুন, নইলে হাতকড়া পরাতে বাধ্য হব। আপনাকে থানায় যেতে হবে।"

তখন সেই মহিলা মাথার ঘোমটা সরিয়ে ফেলে গম্ভীর পুরুষের গলায় বলল, "খবরদার, কেউ আমার কাছে আসবে না। সবাই আমার পাশ থেকে সরে যাও!"

কাকাবাবুর দিকে তাকিয়ে সে বলল, "রায়চৌধুরী, আমাকে জীবন্ত ধরার সাধ্য কারও নেই। আমি কিছুতেই ধরা দেব না। ধরা দেওয়ার আগেই মরব। আমার গায়ে আর ডি এক্স বাঁধা আছে। আমাকে কেউ ছুঁলেই প্রচণ্ড বিস্ফোরণে আমি যেমন খতম হয়ে যাব, তেমনই যে আমাকে ছোঁবে সেও ছিন্নভিন্ন হয়ে যাবে!"

কাকাবাবু তবু এক পা এগোলেন তার দিকে।

শঙ্খচূড় বলল, "রায়চৌধুরী, তুমি একবার বেঁচে গেছ, এবার কিন্তু বাঁচবে না। যদি আমাকে ধরার চেষ্টা কর, তা হলে আমরা দু'জনেই একসঙ্গে মরব। এত জোর বিস্ফোরণ হবে যে, এই পুলিশটুলিস এরাও কেউ বাঁচবে না।"

কাকাবাবু বললেন, "আমি তোমার কথা বিশ্বাস করি না। যারা নির্মমভাবে

অন্য মানুষ মারে, তারা নিজেরা মরতে ভয় পায়। তারা কাপুরুষ। তুমি নিজের গায়ে আর ডি এক্স বাঁধার ঝুঁকি নেবে না।"

শঙ্খচূড় বিদ্রূপের হাসি দিয়ে বলল, "তা হলে এসোই না, আমাকে ধরার চেষ্টা করে দ্যাখো! আমি এখনও সাবধান করে দিচ্ছি, এখান থেকে সরে যাও, আমাকে গাড়িতে উঠতে দাও।"

হঠাৎ পেছন থেকে ছুটে এল গগন। সে কাকাবাবুকে থামিয়ে দিয়ে বলল, "কাকাবাবু, আপনারা পিছিয়ে যান, আমি ওকে ধরছি। যদি আমি মরি, তাতে ক্ষতি নেই! আপনারা সরে যান।"

আলমের কাছ থেকে রিভলভারটা চেয়ে নিয়ে এক পা এক পা করে সে এগোতে লাগল শঙ্খচূড়ের দিকে।

শঙ্খচূড় বলল, "তুই? তুই এসেছিস আমার সঙ্গে বিশ্বাসঘাতকতা করতে। তুই কিছুতেই প্রাণে বাঁচবি না।"

গগন বলল, "আর আমাকে কী প্রাণের ভয় দেখাচ্ছ! আমি মরতে রাজি আছি। কিন্তু তোমাকেও আর বাঁচতে দেব না।"

গগন একেবারে কাছাকাছি পৌঁছোতেই শঙ্খচূড়ের মুখ শুকিয়ে গেল। সে পেছন ফিরে দৌড় লাগাতেই গগন বাঘের মতন লাফিয়ে পড়ল তার ঘাড়ে।

কোনও বিস্ফোরণ হল না।

কাকাবাবু ঠিকই বলেছিলেন, এইসব নিষ্ঠুর খুনিরা নিজেরা মরতে ভয় পায়।

টবি গগনকে হিংস্রভাবে আক্রমণ করে কামড়াতে শুরু করেছিল, কাকাবাবু দ্রুত এসে তার চেনটা ধরে টেনে সরিয়ে নিলেন।

গগন রিভলভারের বাঁট দিয়ে শঙ্খচুড়ের মাথায় এমন মারতে শুরু করেছে যে, তার মাথাটা চৌচির হয়ে যেতে পারত, আলম এসে তাকে চেপে ধরে বললেন, "ও কী করছেন, ও কী করছেন? ওকে আমরা জ্যান্ত ধরতে চাই।"

শঙ্খচূড় ততক্ষণে অজ্ঞান হয়ে গেছে।

॥ ১৫ ॥

গগনের মোটরবাইকটা তুলে দেওয়া হয়েছে পুলিশের জিপে।

আলমের গাড়িতে কাকাবাবুর সঙ্গে বসেছে সন্তু আর গগন।

কাকাবাবু সন্তুকে জিজ্ঞেস করলেন, "হ্যাঁ রে, সুকোমল ভাল আছে? তাকে কোথায় পেলি?"

সন্তু এক পলক গগনের দিকে তাকিয়ে বলল, "একটা দ্বীপে। না, ওকে মারধর করেনি। এমনই ভাল আছে।"

কাকাবাবু গগনকে জিজ্ঞেস করলেন, "তুমি এর মধ্যে জড়িয়ে পড়লে কী করে? তোমার তো নিজস্ব ভালই ব্যবসাট্যাবসা আছে।"

গগন বলল, "বিশ্বাস করুন, কাকাবাবু, টাকার লোভে যাইনি। এদের সঙ্গে হাত মেলাতে হয়েছে প্রাণের ভয়ে। একটা বিরাট গ্যাং ছড়িয়ে আছে সারা দেশে। তাদের সব কাজ ভাগ ভাগ করা। আমাকে বলেছিল, মানুষ ধরে ধরে এনে মুক্তিপণের ব্যবস্থা সব ওরা নিজেরাই করবে, আমাকে শুধু লুকিয়ে রাখার জায়গাটা দিতে হবে। যদি রাজি না হই কিংবা পুলিশের কাছে মুখ খুলি, তা হলে আমাকে খুন করে ফেলবে। ওরা এমনই সাঙ্ঘাতিক যে, ওদের হাত ছাড়িয়ে বাঁচার উপায় নেই। তাই বাধ্য হয়ে রাজি হয়েছিলাম। একসময় নিজের ওপর ঘেন্না হল, মনে হল, এ আমি কী করছি, মুক্তিপণ আদায় করতে না পারলে এরা ছোট ছেলে কিংবা বয়স্ক লোক যে-ই হোক, তাকে মেরে ফেলে, আমি তাতে সাহায্য করছি! নিজের ওপর ঘেন্না হতেই প্রাণের ভয়টা কেটে গেল।"

কাকাবাবু বললেন, "শুধু মানুষ চুরি নয়, এদের পরিকল্পনা ছিল আরও সাঙ্ঘাতিক। এয়ারপোর্ট উড়িয়ে দেওয়া, রেল স্টেশন, ট্রেন ধ্বংস করা, অনেক কিছু। দেখো, বেশিরভাগ মানুষ শান্তিই চায়, শুধু কিছু কিছু মানুষ টাকার জন্য, ক্ষমতার জন্য সারা পৃথিবী জুড়েই অশান্তির সৃষ্টি করে চলেছে। যাক গে, সেসব কথা পরে হবে। সন্তু, আমাদের 'লক্ষণের শক্তিশেল' নাটকটা কিন্তু বন্ধ করা চলবে না। আবার রিহার্সাল দিয়ে স্টেজে নামাতেই হবে?"

সন্তু বলল, "হ্যাঁ, আর কয়েকদিন রিহার্সাল দিলেই সব ঠিক হয়ে যাবে।"

গগন বলল, "কাকাবাবু, আমাকে একটা পার্ট দেবেন?"

কাকাবাবু বললেন, "আর তো পার্ট বাকি নেই। তা ছাড়া এটা ছোটরাই করবে। তুমি প্রম্পটার হতে পারো। উইংসের পাশে দাঁড়িয়ে প্রম্পট করবে, যদি কেউ পার্ট ভুলে যায়—"

গগন বলল, "আমি তাতেই রাজি।"

কাকাবাবু বললেন, "তোর পার্ট মনে আছে সন্তু, তুই তো জাম্বুবান। আচ্ছা এই জায়গাটা বল তো, রামের সামনে সবাই মিলে খুব জরুরি আলোচনা হচ্ছে, এর মধ্যে মন্ত্রী জাম্বুবান ঘুমিয়ে পড়লেন। তখন ধাক্কাধাক্কি করে তাকে জাগিয়ে দেওয়ার পর তুই কী বলবি?"

সন্তু বলল, "হ্যাঁ রে, আমার কাঁচা ঘুম ভাঙিয়ে দিলি! ব্যাটা বেল্লিক, বেআক্কেল, হাঁড়িমুখো ভূত!"

কাকাবাবু বললেন, "হ্যাঁ, ঠিক হয়েছে। আচ্ছা, সেই গানটা মনে আছে? সবাই মিলে গাইবে, রাবণ ব্যাটায় মারো—"

সন্তুর সঙ্গে সঙ্গে কাকাবাবুও গান করলেন :

রাবণ ব্যাটায় মারো, সবাই রাবণ ব্যাটায় মারো
(তার) মাথায় ঢেলে ঘোল, (তারে) উলটো গাধায় তোল
(তার) কানের কাছে পিটতে থাকো চোদ্দো হাজার ঢোল।
কাজ কি ব্যাটার বেঁচে, (তার) চুল দাড়ি দাও চেঁচে

নস্যি ঢোকাও নাকে ব্যাটা মরুক হেঁচে হেঁচে।
(তার) গালে দাও চুনকালি, (তারে) চিমটি কাটো খালি
(তার) চোদ্দো পুরুষ উড়িয়ে দাও পেড়ে গালাগালি
(তারে) নাকাল করো আরও, যে-যেরকম পারো
রাবণ ব্যাটায় মারো সবাই রাবণ ব্যাটায় মারো—

গগন বলল, "ওই শঙ্খচূড় ব্যাটাকেও এইভাবে মারা দরকার!"
কাকাবাবু শুরু করলেন আর-একটা গান।"

কাকাবাবু ও
ব্ল্যাক প্যান্থার

সদর দরজা খুলে দিয়ে সন্তু দেখল, বাইরে একটি ছেলে দাঁড়িয়ে আছে। তারই সমবয়েসি। জিন্স আর হলুদ টি-শার্ট পরা। খুব ফরসা রং, মাথার চুল পাট করে আঁচড়ানো। কাঁধে একটা ব্যাগ ঝুলছে।

প্রথম দেখেই সন্তুর মনে হল, এ কলকাতার ছেলে নয়। কেন এরকম মনে হয়, তা ব্যাখ্যা করা যায় না। তার মুখের ভাবে কিংবা দাঁড়াবার ভঙ্গিতে যেন খানিকটা আড়ষ্টতা আছে। কয়েক পলক সোজাসুজি তাকিয়ে থেকে ছেলেটি বুকের কাছে হাতজোড় করে বলল, "নমস্কার। আমার নাম পুডু হ্যালডার। আমার বাবার নাম জি সি হ্যালডার। আমি কাকাবাবু ভদ্রলোকের সঙ্গে মিট করটে, না, ভিজিট করটে, না, সাক্ষাৎ করটে এসেছি।"

এর কথা বলার ভঙ্গিও শুধু যে আড়ষ্ট তাই নয়, মনে হয় যেন মুখস্থ বলছে।

অ-বাঙালিরা যখন ভাঙা-ভাঙা বাংলা বলে, তা একরকম শোনায়। আর সাহেবদের দেশের লোকরা যে ভাঙা-ভাঙা বাংলা বলে, তা অন্যরকম। বোঝাই যায়, এ-ছেলেটি এসেছে সাহেবদের দেশ থেকে।

সন্তু বলল, "ভেতরে আসুন।"

ছেলেটি বলল, "আপনার নাম জানটে পারি কি?"

"হ্যাঁ। সুনন্দ রায়চৌধুরী।"

"গ্ল্যাড টু মিট য়ু। না, না, আপনার সঙ্গে পরিচিত হয়ে ভেরি প্লিজ্‌ড, না, খুব খুশি হয়েছি। কোথায় ঝুটো খুলতে হবে?"

"কী খুলতে হবে?"

"ঝুটো, ঝুটো!"

ছেলেটি আঙুল দিয়ে পায়ের দিকে দেখাতে সন্তু বলল, "ও, জুতো? না, খুলতে হবে না।"

ছেলেটি বলল, "কাডা।"

সন্তু বলল, "কাডা? মানে, কাদা লেগেছে? তা হলে দরজার পাশে খুলে রাখুন।"

ছেলেটি নিচু হয়ে জুতো খোলার পর কাঁধের ব্যাগ থেকে একটা সুদৃশ্য প্যাকেট বার করে বলল, "দিস ইজ আ গিফ্ট ফর ইউ।"

সন্তু বলল, "আমার জন্য? থ্যাঙ্ক ইউ। কাকাবাবুর সঙ্গে আপনার কী দরকার, তা আমাকে বলবেন কি? এই সময় উনি একটু ব্যস্ত থাকেন।"

ছেলেটি বলল, "আমার বাবা কাকাবাবু ভদ্রলোককে একটা মেসেজ, না, না, একটা চিঠি পাঠিয়েছেন। আমি সেটা নিজের হাটে দিটে চাই।"

"ঠিক আছে, ওপরে চলুন।"

সিঁড়ি দিয়ে উঠতে উঠতে ছেলেটি জিজ্ঞেস করল, "ইফ আই রিমেম্বার কারেক্টলি, এ-বাড়িটে সন্তু নামে কেউ থাকে?"

সন্তু বলল, "আমারই ডাকনাম সন্তু।"

ছেলেটি সন্তুর হাত ধরে ঝাঁকুনি দিয়ে বলল, "আমি পুড়ু। আমার কোনও নিক নেইম নেই। আপনাকে আমি টুমি বলতে পারি?"

সন্তু বলল, "নিশ্চয়ই। আমিও তুমি বলব। তুমি কোথা থেকে এসেছ?"

ছেলেটি বলল, "ডাক্কি, ডাক্কি। ডাক্কিনেশোয়ার।"

সন্তু বলল, "দক্ষিণেশ্বর? এখন সেখান থেকে আসছ? তার আগে কোথায় ছিলে?"

ছেলেটি বলল, "কানেটিকাট!"

কাকাবাবু যথারীতি বসে আছেন ইজি চেয়ারে। পাজামা আর গেঞ্জি পরা। সামনের একটা টেবিলে অনেক বই আর কাগজপত্র ছড়ানো। আর একটা কফির কাপ। কার সঙ্গে যেন কথা বলছেন টেলিফোনে।

ছেলেটি দাঁড়িয়ে রইল দরজার কাছে। কাকাবাবু সন্তুর সঙ্গে একটি অচেনা ছেলেকে দেখে চোখের ইঙ্গিতে চেয়ারে বসতে বললেন, কিন্তু ছেলেটি বসল না।

টেলিফোনে কথা শেষ করার পর কাকাবাবু জিজ্ঞেস করলেন, "সন্তু, এ ছেলেটি কে?"

সন্তু কিছু বলার আগেই ছেলেটি এগিয়ে গিয়ে হাঁটু গেড়ে বসে কাকাবাবুর পায়ে হাত দিয়ে প্রণাম করল।

কাকাবাবু বললেন, "তুমি কে?"

ছেলেটি বলল, "মাই নেইম, সরি। আমার নাম পুড়ু হ্যালডার। কাকাবাবু, আপনি আমার রেসপেক্ট, রেসপেক্ট, আই মিন, রেসপেক্ট..."

সন্তুর দিকে মুখ ফিরিয়ে সে কাতরভাবে জিজ্ঞেস করল, "হোয়াট ইজ দা বাংলা ফর রেসপেক্ট?"

সন্তু বলল, "শ্রদ্ধা, ভক্তি।"

ছেলেটি বলল, "থ্যাঙ্কস! ইয়েস, কাকাবাবু, আপনি আমার শ্রড্ডা আর ভক্টি গ্রহণ করবেন।"

কাকাবাবু বললেন, "বেশ। তা তুমি কার কাছ থেকে এসেছ?"

ছেলেটি বলল, "মাই ফাদা... আমার বাবার নাম জি সি হ্যালডার। আপনি নিশ্চিট ভাল থাকসেন?"

কাকাবাবু বললেন, "হ্যালডার? তার মানে হালদার। জি সি? জি সি?"

ছেলেটি তার ব্যাগ থেকে একটা বড় সাদা খাম বার করে এগিয়ে দিল কাকাবাবুর দিকে।

খামটা সেলোটেপ দিয়ে আঁটা। খোলার বদলে সেটা ছিঁড়ে ফেলতে হল।

একটা সাদা কাগজে শুধু গোটা গোটা বাংলা অক্ষরে লেখা :

ওরে শেয়াল,
বনগাঁয়ে কেমন রাজত্ব চালাচ্ছিস?

কাকাবাবু ভুরু কুঁচকে একটুক্ষণ তাকিয়ে রইলেন সে-দিকে। তারপর চিঠিটা সন্তুকে দেখিয়ে বললেন, "কিছু বুঝতে পারছিস?"

সন্তু কিছু বুঝতে পারল না, কিন্তু কাকাবাবু হো-হো করে হেসে উঠলেন। ছেলেটিকে বললেন, "তুমি বোসো।"

ছেলেটি বসল না, পাশের টেবিলটার দিকে আঙুল দেখিয়ে জিজ্ঞেস করল, "ইজ দ্যাট ইয়োর কম্পিউটার?"

কাকাবাবু বললেন, "হ্যাঁ।"

ছেলেটি বলল, "মে আই, আমি কি, ইউজ, আই মিন ব্যবহার করটে পারি?"

কাকাবাবু মাথা নেড়ে সম্মতি জানালেন।

ছেলেটি প্রায় ছুটে গিয়ে কম্পিউটারের সামনের চেয়ারটায় বসে পড়ল। কম্পিউটারটা চালুই ছিল, সে কি-বোর্ডটা টেনে নিয়ে শুরু করে দিল খটাখট।

সন্তুও এখন কম্পিউটার ব্যবহার করতে শিখেছে। সে গিয়ে দাঁড়াল ছেলেটির পাশে। তখনই আবার বেল বেজে উঠল নীচের সদর দরজার। রঘু এই সময় বাজারে যায়, সন্তুকেই দরজা খুলতে হয়।

এবারে দরজা খুলে দেখল, মাঝবয়েসি এক ভদ্রলোক দাঁড়িয়ে আছেন। বেশ লম্বাচওড়া চেহারা, পাজামা-পাঞ্জাবি পরা। তাঁর পেছনে একজন শাড়ি পরা মহিলা, গায়ের রং মেমসাহেবদের মতন ফরসা, তবু বাঙালি বলে বোঝা যায়।

সন্তু ভদ্রলোকটিকে চিনতে পারল না, কিন্তু মহিলাটিকে একটু একটু চেনা মনে হল।

ভদ্রলোক বললেন, "কী রে, তুই সন্তু না? ইস, কত বড় হয়ে গেছিস!"

মহিলাটি বললেন, "বড় হবে না? বয়েস কি কারুর থেমে থাকে? প্রায় আট বছর পরে এলাম।"

ভদ্রলোক বললেন, "আট না, ন' বছর। কেমন আছিস রে সন্তু? তোর মা-বাবা কেমন আছেন? তোর বাবা আমার মাস্টারমশাই ছিলেন, চল আগে তাঁকে প্রণাম করব।"

সন্তু বলল, "মা-বাবা ভাল আছেন। ক'দিনের জন্য বেড়াতে গেছেন শান্তিনিকেতনে।"

ভদ্রলোক বললেন, "ওঁরা বাড়ি নেই? আর তোর কাকা, সে-ও গেছে?"

সন্তু বলল, "না, কাকাবাবু আছেন। ওপরে চলুন।"

ভদ্রলোক জিজ্ঞেস করলেন, "সে কী করছে?"

সন্তু বলল, "বনগাঁয়ে রাজাগিরি করছেন।"

ভদ্রলোক হেসে ফেলে বললেন, "বুঝেছিস তা হলে? স্মার্ট বয়!"

ভদ্রমহিলা জিজ্ঞেস করলেন, "মানে কী হল?"

ভদ্রলোক বললেন, "ওর কাকার সঙ্গে আমি এক ইস্কুলে এক ক্লাসে পড়েছি। ওর নাম তো রাজা, আমরা ওকে বলতাম বনগাঁয়ে শিয়াল রাজা! তবে, ও ছিল সব ব্যাপারে আমাদের লিডার। ইস্কুলের বন্ধুরা আমাকে কী বলে ডাকত জানো? গোবর্ধন! গৌ থেকে গোবর, তার থেকে গোবর্ধন!"

মহিলা বললেন, "বাবা রে বাবা, কীসব অদ্ভুত নাম!"

সন্তুর তৎক্ষণাৎ মনে পড়ে গেল। সে বলল, "আপনি তো মিলিকাকিমা?"

দু'জনকে পায়ে হাত দিয়ে প্রণাম করল। ভদ্রলোক বললেন, "এতক্ষণ চিনতে পারিসনি বুঝি? কাকিমাকে আগে চিনলি কী করে? আমি গৌতমকাকু।"

এক-একজনকে এক-একটা বিশেষ কারণে মনে থেকে যায়। মিলিকাকিমা মাঝে-মাঝেই বলেন, "বাবা রে বাবা!" তখন তাঁর নীচের ঠোঁটটা উলটে যায়, তাঁকে আরও সুন্দর দেখায়।

ওঁদের দু'জনকে দেখেই কাকাবাবু উঠে দাঁড়ালেন। গৌতমকাকুকে জড়িয়ে ধরে বললেন, "কী রে কেমন আছিস? কবে এলি, আগে থেকে কোনও খবরও দিসনি! মিলি, তুমি তো একই রকম আছ দেখছি।"

গৌতমকাকু বললেন, "খবর দিইনি, তোকে চমকে দেওয়ার জন্য। ফোনও করিনি। আমাদের ছেলেটা এসেই কম্পিউটারে বসে গেছে? দক্ষিণেশ্বরে মামার বাড়িতে উঠেছি। সে-বাড়িতে কম্পিউটার নেই, তাই ছটফট করছিল। এই বয়েসের এরা তো কম্পিউটারের পোকা!"

কাকাবাবু বললেন, "তোর ছেলেকে চিঠিটা দেখার আগে চিনতে পারিনি। বাবার নাম বলেছে জি সি হ্যালডার। যদি বলত গোবর্ধন..."

মিলিকাকিমা বললেন, "এই, ওরকম বিচ্ছিরি নামে ডাকবে না।"

গৌতমকাকু বললেন, "গোবর্ধন বিচ্ছিরি তো নয়। আমার বেশ ভাল লাগে। আমাদের ছেলেটা ঠিকঠাক এসে বাংলায় কথা বলেছে?"

কাকাবাবু বললেন, "হ্যাঁ, ও তো সুন্দর বাংলা কথা বলে।"

গৌতমকাকু বললেন, "ওদেশের ছেলেমেয়েরা বাংলা শিখতেই চায় না। আমরা অবশ্য সবসময় ছেলের সঙ্গে বাংলায় কথা বলি। এখানে কোনও বাড়িতে যাওয়ার আগে আগে ওকে একলা পাঠিয়ে দিয়ে দেখি সব ঠিকঠাক বলতে পারে কি না!"

কাকাবাবু বললেন, “সবই ঠিক বলেছে। তবে ওর নামটা বুঝতে পারলাম না। পুড়ু? এটাই ওর ভাল নাম?”

গৌতমকাকু বললেন, “পুড়ু নয়, পুরু। ও যখন জন্মায়, তখন আমরা গ্রিসে ছিলাম। অনেকে বলল, ছেলের নাম রাখো আলেকজান্ডার! আমি বললাম, কেন? আমরা ভারতীয়। আলেকজান্ডার ভারতে গিয়ে মহারাজ পুরুর সঙ্গে যুদ্ধ করেছিলেন। সেই বীরের প্রতি বীরের মতন ব্যবহার, মনে নেই? ওর নাম সেই পুরু।”

কাকাবাবু বললেন, “পুরু? বেশ ভাল নাম। পুড়ু শুনে ধরতে পারিনি।”

গৌতমকাকু বললেন, “আমরা তো বাঙাল, তাই র আর ড়-এর গোলমাল হয়ে যায়।”

কাকাবাবু বললেন, “তুই বাঙাল হতে পারিস, ও কী করে বাঙাল হবে? ও কি ওসব দেশ দেখেছে?”

গৌতমকাকু বললেন, “রক্তের মধ্যে থেকে যায়।”

কাকাবাবু বললেন, “অধিকাংশ সাহেব ত উচ্চারণ করতে পারে না কেন বুঝি না। তুমি-কে বলে টুমি, আস্তে-কে বলে আস্‌টে! আমরা তো ত আর ট দুটোই বলতে পারি।”

গৌতমকাকু বললেন, “হ্যাঁ, এটাই মজার ব্যাপার। ত বলতে পারে না, থ আর দ পারে, কিন্তু ধ বলতে অসুবিধে হয়। আর চন্দ্রবিন্দু তো একেবারেই অসম্ভব। কোনও সাহেব চাঁদ বলতে পারবে না।”

মিলিকাকিমা বললেন, “বাঙালরাও চাঁদ বলতে পারে না। ফাঁদ বলতে পারে না।”

গৌতমকাকু বললেন, “এই তো আমি বলতে পারি, চাঁদ, চাঁদ, চাঁদ। ফাঁদ, ফাঁদ, ফাঁদ। কাঁদো নদী কাঁদো। বাঁধ ভেঙে দাও, বাঁধ ভেঙে দাও! আমি সব চন্দ্রবিন্দু পারি। আমার ছেলেরও সব উচ্চারণ ঠিক করে দেব!”

এই সময় রঘু দরজার কাছে এসে জিজ্ঞেস করল, “চা-কফি কিছু লাগবে?”

কাকাবাবু বললেন, “হ্যাঁ, লাগবে।”

গৌতমকাকু বললেন, “দাঁড়াও, দাঁড়াও, এ রঘু না? কতকালের পুরনো লোক। কী রঘু, আমায় চিনতে পারছ?”

রঘু বলল, “কেন পারব না। আপনি তো সেই গোবর্ধন দাদাবাবু।”

সবাই হেসে উঠল। শুধু মিলিকাকিমা ঠোঁট উলটে বললেন, “বাবা রে বাবা!”

পুরু এমন একমনে কম্পিউটার দেখে যাচ্ছে যে, অন্য কিছু যেন শুনছেই না।

গৌতমকাকু বললেন, “রঘু, ছোটবেলায় আমি যখন এ-বাড়িতে আসতাম, তখন এ-পাড়ার একটা দোকানে খুব ভাল শিঙাড়া পাওয়া যেত, ভেতরে কিশমিশ দেওয়া। সেই শিঙাড়া খাওয়াবে?”

রঘু একগাল হেসে বলল, "সে-দোকানটা কবে উঠে গেছে! এখন সেখানে দরজির দোকান।"

সন্তু বলল, "হাজরার মোড়ে একটা দোকানে ভাল শিঙাড়া পাওয়া যায়, নিয়ে আসব?"

মিলিকাকিমা বললেন, "না না, শিঙাড়া খেতে হবে না। খেলেই ওর পেট খারাপ হবে।"

গৌতমকাকু বললেন, "হোক পেট খারাপ। তবু খাব। কলকাতায় এসে শিঙাড়া না খেলে চলে?"

কাকাবাবু বললেন, "তোদের ওদেশে শিঙাড়া পাওয়া যায় না? আজকাল তো শুনেছি সবই পাওয়া যায়।"

গৌতমকাকু বললেন, "পাওয়া যায় মাঝে-মাঝে। কিন্তু কলকাতার মতন কি স্বাদ হয়? যা তো সন্তু, নিয়ে আয়। পুরুকেও সঙ্গে নিয়ে যা। ও কলকাতার রাস্তাঘাট চিনুক। দোকানে গিয়ে ওকে কথা বলতে দিবি! এই পুরু, ওঠ।"

পুরু বাধ্য ছেলের মতন কম্পিউটার ছেড়ে উঠে এল।

গৌতমকাকু বললেন, "দোকানে গিয়ে পনেরোটা শিঙাড়া কিনবি। কী বলবি?"

পুরু বলল, "পনেরো মানে হাউ মেনি?"

গৌতমকাকু বললেন, "পনেরো মানে পনেরো। ফিফ্‌টিন। তোকে বাংলা এক-দুই শিখিয়েছিলাম, ভুলে গেছিস? সন্তু তোকে ভাল করে বাংলা শিখিয়ে দেবে।"

সন্তু পুরুকে নিয়ে বেরিয়ে গেল।

কাকাবাবু তাঁর বন্ধুকে জিজ্ঞেস করলেন, "তোরা এখন কোথায় থাকিস?"

গৌতমকাকু বললেন, "কানেটিকাট। বাংলায় যাকে বলে কানেকটিকাট। নিউ ইয়র্কের পাশেই।"

কাকাবাবু বললেন, "তোরা তা হলে ওদেশেই থেকে গেলি, আর ফিরবি না?"

গৌতমকাকু বললেন, "আর কি ফেরা হবে? ছেলেটা ওদেশে পড়ছে। এখন এখানে এলে পড়াশুনোয় সুবিধে করতে পারবে না। মিলি আর আমি হয়তো বুড়ো বয়েসে ফিরে আসব। পুরু ওদেশে থেকে গেলেও ও যাতে বাঙালি পরিচয়টা ভুলে না যায়, সে চেষ্টা করে যাচ্ছি। ওকে আমি বাংলাটা ভাল করে শেখাবই। বাংলা বইটই পড়তে পারে।"

মিলিকাকিমা বললেন, "বাবা রে বাবা! তুমি এক-একসময় এত বাড়াবাড়ি করো। ছেলেটা বাংলা কথা খুঁজে না পেয়ে হাঁসফাঁস করে।"

গৌতমকাকু বললেন, "আর একটা বছর চাপে রাখলেই ও সব শিখে যাবে। তোমাকে বারণ করেছি না, ওর সঙ্গে কক্ষনও ইংরিজিতে কথা বলবে না!"

কাকাবাবু বললেন, "শুধু বই পড়ে কি বাংলা শেখা যায়? দেশটাকেও চেনাতে হয়। তুই নিজেও তো পশ্চিমবাংলার অনেক কিছুই দেখিসনি।"

গৌতমকাকু বললেন, "দেখব কী করে? উনিশ বছর বয়েসে বিদেশে চলে গেছি। মিলির বাপের বাড়ি কানপুরে, ও কলকাতা ছাড়া আর কিছুই চেনে না। কলকাতার এত কাছে সুন্দরবন, তাও কখনও যাওয়া হয়নি।"

কাকাবাবু জিজ্ঞেস করলেন, "চা বাগান দেখেছিস?"

মিলিকাকিমা বললেন, "শুধু ছবিতে দেখেছি। বিদেশেও দার্জিলিং-এর চায়ের খুব নাম। অনেক সাহেব-মেমও জিজ্ঞেস করে, এ তো তোমাদের দেশের চা, তোমরা সে চা-বাগান দ্যাখোনি?"

কাকাবাবু বললেন, "উত্তরবঙ্গ ভর্তি চা-বাগান। সেখানে অনেক জঙ্গলও আছে। আর কালিম্পং থেকে কাঞ্চনজঙ্ঘার দৃশ্য কী অপূর্ব। আরও কত ভাল ভাল জায়গা আছে।"

গৌতমকাকু বললেন, "রাজা, তা হলে এক কাজ করা যাক। তোর হাতে কি এখন খুব কাজ আছে? না থাকলে, চল না, সবাই মিলে কোনও একটা জায়গা থেকে বেড়িয়ে আসি কয়েকদিনের জন্য। তুই যে-জায়গা ঠিক করবি, আমরা সেখানেই যাব।"

মিলিকাকিমা বললেন, "তা হলে খুব ভাল হয়। চলুন না, প্লিজ চলুন। আমার চা-বাগান দেখারই খুব ইচ্ছে।"

॥ ২ ॥

পুরু এ-বাড়িতেই থেকে গেছে। সন্তুর কাছে সে ভাল করে বাংলা শিখবে।

পুরু কোনওদিন ট্রামে চাপেনি। ভিড়ের বাস দেখলে সে আঁতকে ওঠে। রাস্তা পার হওয়ার সময় সে সন্তুর হাত চেপে ধরে থাকে।

সন্তু জিজ্ঞেস করে, "তোমাদের দেশেও তো অনেক গাড়ি। সেখানে রাস্তা পার হও কী করে?"

পুরু হাসে। রাস্তায় সে তো গাড়িতেই থাকে। ওদের ওখানে রাস্তা দিয়ে বিশেষ কেউ হাঁটে না। সবাই গাড়ি চেপে পার্কে গিয়ে সেখানে হাঁটে কিংবা দৌড়য়।

সন্তু বলে, "তার মানে, তোমাদের দেশে পথিক নেই?"

বুঝতে না পেরে পুরু জিজ্ঞেস করে, "হোয়াট ইজ পথিক?"

সন্তু বলে, "রাস্তার আর-একটা নাম পথ। পথ দিয়ে যারা হাঁটে, তারা পথিক। তুমি আর আমি এখন পথিক।"

পুরু বলে, "পথিক। পথিক। বাঃ। আই অ্যাম আ পথিক। সাউন্ডস গুড!

সন্তু বলে, "উঁহুঃ, অত ইংরিজি বললে তো চলবে না। তোমার বাবা বারণ করেছেন। সাউন্ডস গুড, বাংলায় কী হবে?"

পুরু বলল, "ভাল শব্দ হয়।"

সন্তু বলল, "না, ঠিক হল না। শুনতে ভাল লাগে।"

পুরু জিজ্ঞেস করল, "ওই লোকটি কী সেল করছে?"

"সেল নয়। বিক্রি। ও ফুচকা বিক্রি করছে।"

"পুচকা?"

"পুচকা নয়, ফুচকা।"

"ফুসকা?"

"ফুসকা শুনলে মনে হবে ফোসকা! ফোসকা নয়, ফুচকা, খাবার জিনিস।"

"আমি কেতে পারি?"

"কেতে নয়, খেতে। আমরা তো খুব খাই। তুমি খেলে যদি তোমার পেটের অসুখ হয়? তোমাদের তো রাস্তায় জল খাওয়া বারণ।"

"তবু খেয়ে ডেকটে চাই।"

"ডেকটে নয়, দেখতে। ঠিক আছে, একটা মোটে খাও।"

একটা ফুচকা খাওয়ার পর পুরু বলল, "ডেলিশাস। ভাল, খুব ভাল।" পর পর চারটে ফুচকা খেয়ে ফেলল পুরু।

পেছন থেকে সন্তুর পিঠে চাপড় মেরে একজন বলল, "কী রে, একা-একা ফুচকা খাওয়া হচ্ছে?"

মুখ ফিরিয়ে সন্তু বলল, "জোজো! আমরা তো তোর বাড়িতেই যাচ্ছিলাম। একা নয় রে, এই আমাদের নতুন বন্ধু, এর নাম পুরু। আলেকজান্ডারের দেশ গ্রিসে ওর জন্ম।"

জোজো সঙ্গে-সঙ্গে বলল, "আমারও জন্ম নেপোলিয়ানের দেশ কার্সিকায়। তাই আমার আর-একটা নাম কৌশিক।"

সন্তু বলল, "ওরা এখন আমেরিকার কানেটিকাটে থাকে।"

জোজো বলল, "আমিও কানেটিকাটে থেকেছি। বাবা যেবারে আমেরিকার প্রেসিডেন্টের ভূতের ভয়ের চিকিৎসা করতে গেলেন, তখন প্রেসিডেন্ট সাহেব চুপি চুপি কানেটিকাটের একটা বাড়িতে আসতেন। কাছেই তো সমুদ্র, তাই না?"

পুরু অবাক হয়ে দেখছে জোজোকে।

সন্তু বলল, "পুরু আগে কখনও ফুচকা খায়নি।"

জোজো বলল, "কেন, আমেরিকাতেও তো ফুচকা পাওয়া যায়। তবে, ওখানে তেঁতুল জলের বদলে ভেতরে আইসক্রিম ভরে দেয়।"

পুরু এবার জিজ্ঞেস করল, "হোয়াট ইজ টেঁটুল?"

সন্তু বলল, "তেঁতুল, একরকমের টক টক ফল।"

পুরু জিজ্ঞেস করল, "কোন গাছে হয়?"

জোজো বলল, "অদ্ভুত প্রশ্ন। আম কোন গাছে হয়? আম গাছে। জাম কোন গাছে হয়? জাম গাছে। তেমনি তেঁতুলও হয় তেঁতুল গাছে। ফলের নামেই গাছের নাম। কিংবা গাছের নামে ফলের নাম।"

সন্তু বলল, "ও তো অত কিছু জানে না। তেঁতুল গাছ কখনও দেখেইনি।"

জোজো বলল, "আমিও তো আখরোট গাছ দেখিনি। তা বলে কি ভাবব, আখরোট হয় কলা গাছে?"

সন্তু এবার হেসে ফেলে বলল, "তুই দেখিসনি, এমন কিছু কি আছে পৃথিবীতে? সত্যিই তুই আখরোট গাছ দেখিসনি?"

জোজো বলল, "একবার মাত্র দেখেছি, ম্যাডাগাস্কারে। ভাল মনে নেই।"

পুরু আস্তে-আস্তে বলল, "আমি একটা টেঁটুল গাস দেকব!"

জোজো ভুরু তুলে বলল, "টেঁটুল আবার কী? গাস?"

সন্তু বলল, "ও ভাল বাংলা জানে না।"

জোজো বলল, "তা বলে গাছকে গাস বলবে? ঘাস খায় নাকি? এ জংলি ভূতটাকে কোথায় পেলি রে সন্তু?"

সন্তু বলল, "জংলি ভূত কী বলছিস। ও আমেরিকায় থাকে।"

জোজো বলল, "আমেরিকায় বুঝি জংলি ভূত নেই? অনেক আছে।"

সন্তু বলল, "আর কতক্ষণ এরকম চালাবি রে জোজো?"

তারপর পুরুর দিকে ফিরে বলল, "তুমি কিছু মনে কোরো না। কারও সঙ্গে প্রথম আলাপে জোজো এইরকম ইয়ার্কি-ঠাট্টা করে।"

জোজো এবার হাত বাড়িয়ে পুরুর একটা হাত ধরে বলল, "গ্ল্যাড টু মিট ইউ। আমার নাম জোজো।"

সন্তু বলল, "ওর সঙ্গে ইংরিজি বলবি না। ও বাংলা শিখছে।"

জোজো বলল, "কোনও চিন্তা নেই। আমি সাতদিনে ওকে এমন বাংলা শিখিয়ে দেব— ও নিজেই অবাক হয়ে যাবে। প্রথমেই ওকে একটা তেঁতুল গাছ দেখাতে হবে। ন্যাশনাল লাইব্রেরির কাছে একটা বড় ঝাঁকড়া তেঁতুল গাছ আছে, চল সেখানে যাই।"

সন্তু বলল, "দাঁড়া, এখন যাব না। একটা কাজের কথা আছে। পরশুদিন আমরা একটা জায়গায় বেড়াতে যাচ্ছি। তুই যাবি তো?"

জোজো বলল, "কোথায়?"

সন্তু বলল, "উত্তরবঙ্গে। এখান থেকে ট্রেনে করে যাব, তারপর নিউ জলপাইগুড়ি থেকে গাড়িতে— একটা জঙ্গলের মধ্যে গিয়ে থাকব। ফরেস্ট বাংলো রিজার্ভ করা আছে।"

পুরু বলল, "এই, টোমরা এত ইংলিশ বলছ কেন? ট্রেনে, ফরেস্ট বাংলো, রিজার্ভ।"

জোজো বলল, "আমরা কিছু কিছু ইংরিজি শব্দ বলি, সেগুলোও বাংলা হয়ে গেছে। চেয়ার, টেবিল, আলমারি এগুলোর বাংলাই হয় না। ট্রেন, হ্যাঁ, ট্রেনও বাংলা।"

সন্তু বলল, "বইতে পড়েছি, আগে লোকেরা রেলগাড়ি বলত। এখন আর কেউ বলে না।"

পুরু বলল, "কোনটা কোনটা ইংরিজিটা বাংলা হবে না, হাউ ডু ইউ, মানে কী করে বুঝা যাবে?"

জোজো বলল, "শুনতে শুনতে বুঝে যাবে।"

পুরু বলল, "ফরেস্ট মানে তো ঝংগল।"

জোজো বলল, "ঝংগল নয়, জঙ্গল। বনজঙ্গল। সবসময় আমরা ফরেস্ট বলি না, বন কিংবা জঙ্গলই বলি। ফরেস্ট বাংলোটাও বন-বাংলো হতে পারে। তবে বাংলোটা বাংলোই।"

সন্তু বলল, "জোজো, পরশুদিন ঠিক সন্ধে সাতটায় তোকে আমরা বাড়ি থেকে তুলে নেব!"

জোজো বলল, "পরশুদিন? এই রে! পরশুদিন তো যেতে পারব না।"

সন্তু বলল, "কেন?"

জোজো বলল, "তোরা আর দু'-একদিন পরে যেতে পারিস না?"

সন্তু বলল, "ট্রেনের টিকিট কেনা হয়ে গেছে। তোরও টিকিট আছে। বাংলো ঠিক করা আছে। পুরুরা বেশিদিন থাকবে না। আর তো পেছোনো যাবে না।"

পুরু বলল, "টিকেট?"

সন্তু বলল, "তোমরা বলো টিকেট, আমরা বাংলায় বলি টিকিট। টিকেটও চলতে পারে, তার আর বাংলা করার দরকার নেই।"

জোজো বলল, "পরশুদিনই আমার এক মাসির বিয়ে। সেদিন আমায় থাকতেই হবে। মা কিছুতেই ছাড়বে না।"

সন্তু বলল, "তা হলে তুই পরের দিন চলে আয়। কিংবা তার পরের দিন।"

জোজো বলল, "আমি একলা একলা কী করে যাব?"

সন্তু বলল, "ট্রেনের টিকিটটা বদলে নিলেই হবে। ওখানকার ডিস্ট্রিক্ট ম্যাজিস্ট্রেট, মানে জেলাশাসক, কাকাবাবুর খুব চেনা। তাঁর কাছে খোঁজ করলেই তিনি তোকে পৌঁছে দেওয়ার ব্যবস্থা করবেন।"

জোজো ঠোঁট উলটে বলল, "একা একা কি আর যেতে ইচ্ছে করবে?"

পুরু বলল, "আমি একা বস্টনে যেতে পারি।"

জোজো বলল, "বস্টনে যাওয়া আর জঙ্গলে যাওয়া কি এক, বল ভাই?"

সন্তু বলল, "চলে আয়, চলে আয়।"

জোজো বলল, "তুই আমাকে নিয়ে যেতে চাস না।"

সন্তু বলল, "সে কী রে? তোর টিকিট পর্যন্ত কাটা হয়ে গেছে। এর মধ্যে হঠাৎ তোর মাসির বিয়ে হবে, তা কী করে জানব? তোর কত মাসি রে?"

জোজো বলল, "পঁচানব্বইজন।"

সন্তু বলল, "মোটে? আরও পাঁচজন বেশি হওয়া উচিত ছিল।"

॥ ৩ ॥

নিউ জলপাইগুড়ি স্টেশনে ট্রেন পৌঁছল সকালবেলা।

কলকাতার তুলনায় এখানে শীত একটু বেশি। মেঘ নেই, ঝকঝক করছে নীল আকাশ।

স্টেশনের বাইরে এসে গৌতমকাকু জোরে জোরে শ্বাস নিয়ে বললেন, "বাঃ, এখানকার বাতাস অনেক টাটকা। পলিউশান ফ্রি!"

পুরু বলল, "ড্যাড, টুমি ইংরাজি বলছ?"

গৌতমকাকু বললেন, "ওঃ হো। পলিউশানের বাংলা কী হবে রে, রাজা?"

কাকাবাবু বললেন, "পলিউশান, সবাই তো পলিউশানই বলে। বাংলা আছে। কী বল তো সন্তু?"

সন্তু বলল, "দূষণ।"

কাকাবাবু বললেন, "হ্যাঁ, হ্যাঁ, দূষণ। বায়ু দূষণ, শব্দ দূষণ।"

মিলিকাকিমা বললেন, "বাবা রে বাবা! আমি অত শক্ত শক্ত বাংলা বলতে পারব না।"

আগেই ঠিক হয়েছে, এখানে যে-ক'টা দিন থাকা হবে, তখন কেউ ইংরেজি বলতে পারবে না। পুরুকে বাংলা শেখাতে হবে তো! একটা ইংরেজি শব্দ বললেই জরিমানা হবে। ছোটদের দশ পয়সা, বড়দের এক টাকা।

গৌতমকাকু বললেন, "ঠিক আছে, আমার এক টাকা জরিমানা হল। সন্তু, হিসেব রাখিস। আর পুরু, তোরও দশ পয়সা।"

পুরু অবাক হয়ে বলল, "কেন, আমার কেন?"

গৌতমকাকু বললেন, "তুই যে ড্যাড বললি! এখানে বাবা বলতে হবে!"

একজন গাড়ির ড্রাইভার হাতে একটা বোর্ড নিয়ে দাঁড়িয়ে আছে। তাতে লেখা, রাজা রায়চৌধুরী।

সেই গাড়ির দিকে এগোতে এগোতে কাকাবাবু বললেন, "প্রথমে আমাদের যেতে হবে জলপাইগুড়ি সার্কিট হাউসে। এই রে, সার্কিট হাউসের বাংলা তো জানি না। এটা বাদ দাও। যেমন, হোটেলেরও বাংলা করার দরকার নেই, এখানকার ইয়ে, মানে জেলাশাসক আমার এক বন্ধুর ছেলে। সে বিশেষ অনুরোধ করেছে, দুপুরে ওখানে খেয়ে যেতে হবে। তারপর বন বাংলোয় পৌঁছে দেবে।"

গৌতমকাকু বললেন, "তা বেশ তো! সারারাত ট্রেনজার্নি করে এসে ওখানে স্নানটানও করে নেওয়া যাবে!"

সন্তু বলল, "আপনার দু' টাকা।"

গৌতমকাকু বললেন, "কেন? ও, ট্রেনজার্নি বলেছি। কী হবে, ট্রেনযাত্রা?"

মিলিকাকিমা বললেন, "বাবা রে বাবা! সবাই ট্রেনজার্নি বলে!"

গাড়িতে উঠে কাকাবাবু বললেন, "আর একবার বিজয়নগরে যাওয়ার পথে

আমরা এই বাংলা-বাংলা খেলেছিলাম, ওই যে রঞ্জন আর রিঙ্কু আমাদের সঙ্গে ছিল, সেবারে কে জিতেছিল রে সন্তু?"

সেবারে সন্তুই জিতেছিল। কিন্তু সে-কথা না জানিয়ে সে বলল, "ঠিক মনে নেই।"

সার্কিট হাউজে পৌঁছতে প্রায় ঘণ্টাখানেক লাগল।

মস্তবড় বাড়ি। সামনে চমৎকার বাগান। অনেকগুলি বড় বড় ঘর।

গৌতমকাকু যা দেখেন, তাতেই খুশি হয়ে ওঠেন। তিনি বললেন, "বাঃ, বেশ পরিষ্কার-পরিচ্ছন্ন তো।"

ঘরে গিয়ে বসতে-না-বসতেই চা-জলখাবার এসে গেল। আর একটু পরেই এলেন জেলাশাসক রণবীর গুপ্ত। বয়েস খুব বেশি নয়, অত্যন্ত সুপুরুষ। তিনি প্রথমেই কাকাবাবুর পায়ে হাত দিয়ে প্রণাম করে বললেন, "কাকাবাবু, আমার বাবাকেও সঙ্গে নিয়ে এলেন না কেন?"

কাকাবাবু বললেন, "তোমার বাবা সোমনাথকে টেলিফোন করেছিলাম। সে বলল, তার হাঁটুতে ব্যথা, তাই আসতে পারবে না।"

রণবীর বললেন, "বাবা কিছুতেই আসতে চান না। কলকাতা থেকে বেরুতেই চান না।"

কাকাবাবু বললেন, "তোমার বাবা পড়াশুনো নিয়েই ব্যস্ত থাকে। একবার জোর করে ধরে নিয়ে এসো।"

তারপর তিনি অন্যদের সঙ্গে রণবীরের আলাপ করিয়ে দিলেন।

রণবীর সন্তুর পিঠ চাপড়ে বললেন, "কী হে সন্তু মাস্টার, এখানেও কোনও অ্যাডভেঞ্চার হবে নাকি? অন্ধকার গুহার মধ্যে গুপ্তধন পাহারা দিচ্ছে ময়াল সাপ, দস্যু সর্দার মোহন সিং, হাতির পাল গাড়ি উলটে দিল!"

সন্তু লাজুকভাবে বলল, "না, এখানে তো শুধু বেড়াতে এসেছি।"

রণবীর বললেন, "এখানেও কিন্তু ওরকম অনেক কিছু আছে। পরশুই তো জঙ্গল থেকে মস্ত বড় একটা পাইথন ধরে এনেছে, প্রায় দশ হাত লম্বা!"

মিলিকাকিমা বললেন, "ওরে বাবা, এখানে পাইথন আছে?"

কাকাবাবু বললেন, "অত ভয় পাওয়ার কিছু নেই। পাইথন তেড়ে এসে মানুষকে কামড়ায় না।"

মিলিকাকিমা বললেন, "হরিণ গিলে ফেলে শুনেছি।"

কাকাবাবু বললেন, "চেষ্টা করে, সবসময় পারে না। বেচারারা বোকা হয়। আমি মধ্যপ্রদেশে একবার দেখেছিলাম, একটা বড় পাইথন একটা শিংওয়ালা মস্ত হরিণকে গেলার চেষ্টা করছিল। শিং-এর কাছে এসে আটকে গেছে। বড় ধারালো শিং তো আর গিলতে পারে না, ওগরাতেও পারছে না। দেখে মনে হচ্ছিল একটা শিংওয়ালা সাপ! সে বেচারা মরেই গেল শেষ পর্যন্ত।"

মিলিকাকিমা বললেন, "আমি পাইথন সাপ দেখতে চাই না, আমি চা-বাগান দেখতে চাই।"

রণবীর বললেন, "চা-বাগান অনেক দেখতে পাবেন। যাওয়ার পথেই। কোনও চা-বাগানের ম্যানেজারকে বলে দিতে পারি, আপনাদের ভেতরে নিয়ে গিয়ে ঘুরিয়ে দেখিয়ে দেবে।"

পুরুকে তিনি বললেন, "তুমি চুপ করে বসে আছ। ইজ দিস ইয়োর ফার্স্ট টাইম ইন নর্থ বেঙ্গল?"

পুরু বলল, "ইয়েস, ফার্স্ট টাইম।"

কেউ ইংরেজিতে কিছু জিজ্ঞেস করলে স্বাভাবিকভাবেই তার মুখ দিয়ে ইংরেজি বেরিয়ে আসবে।

তবু বলে ফেলে সে অপরাধীর মতন অন্যদের দিকে তাকাল।

কাকাবাবু হেসে মাথাটা একটু ঝোঁকালেন। অর্থাৎ বুঝিয়ে দিলেন, ঠিক আছে।

রণবীর আরও কিছুক্ষণ ইংরেজি বললেন পুরুর সঙ্গে।

কাকাবাবু জিজ্ঞেস করলেন, "তুমি আমাদের জন্য কোন বাংলোয় থাকার ব্যবস্থা করেছ, রণবীর?"

রণবীর বললেন, "আপনারা তো নিরিবিলিতে থাকতে চান। এখানকার সবচেয়ে নামকরা বাংলো হচ্ছে হলং। কিন্তু সেখানে খুব লোকজনের ভিড়, প্রতিদিন অনেক লোক আসে। আমার খুব ভাল লাগে চাপড়ামারি। একেবারে নির্জন। চতুর্দিকে জঙ্গল। বাংলোটাও সুন্দর। বারান্দায় বসে-বসেই অনেক জন্তু-জানোয়ার দেখতে পাবেন।"

কাকাবাবু বললেন, "গোরুমারা বাংলোটাও তো বেশ ভাল।"

রণবীর বললেন, "হ্যাঁ, ওটাও ভাল। কিন্তু একটা সিনেমা পার্টি ওখানে শুটিং করছে, আরও দিনসাতেক থাকবে।"

গৌতমকাকু বললেন, "না, না, আমরা সিনেমা পার্টির ধারেকাছে যেতে চাই না।"

মিলিকাকিমা বললেন, "আমরা শুটিং দেখতে পারব না?"

রণবীর বললেন, "হ্যাঁ, তা দেখতে পারেন, গিয়ে আবার ফিরে আসবেন।"

কাকাবাবু বললেন, "তা হলে চাপড়ামারিই ভাল।"

রণবীর বললেন, "ওখানে পুরো বাংলোটাই আপনাদের থাকবে। কেউ বিরক্ত করবে না। তবে, কয়েকজন পুলিশকে আপনাদের সঙ্গে দিয়ে দেব।"

কাকাবাবু বললেন, "পুলিশ? পুলিশ যাবে কেন?"

রণবীর বললেন, "কাকাবাবু, আপনার তো শত্রুর অভাব নেই। পুলিশ আপনাদের পাহারা দেবে সবসময়।"

কাকাবাবু বললেন, "না, না, কোনও দরকার নেই। আমরা যে এখানে এসেছি, তা তো কেউ জানেই না।"

গৌতমকাকু বললেন, "জঙ্গলে বেড়াতে যাব পুলিশ সঙ্গে নিয়ে? এ কী অদ্ভুত কথা।"

কাকাবাবু বললেন, “রণবীর, তুমি বরং একটা গাড়ির ব্যবস্থা করে দিয়ো। এখানে-সেখানে ঘুরতে যাব।”

রণবীর বললেন, “গাড়ি তো থাকবেই। একজন অন্তত আর্মড গার্ড দিয়ে দিই, আপনাদের প্রোটেকশানের জন্য।”

কাকাবাবু বললেন, “তাও লাগবে না। আমরা পাঁচজন, ড্রাইভার থাকবে, গাড়িতে আর জায়গা হবে কী করে?”

রণবীর বললেন, “আপনাদের কিছু খাবারদাবার সঙ্গে দিয়ে দিচ্ছি। জঙ্গলে কিছু পাওয়া যাবে না। অনেক দূরে দোকান, বাংলোয় অবশ্য রান্না করার লোক আছে।”

রণবীর সব ব্যবস্থা করতে উঠে গেলেন।

পুরু সঙ্গে-সঙ্গে বলল, “এই ভদ্রলোক অনেক ইংরাজি শব্দ বলেন। আর্মড গার্ড, প্রোটেকশান—”

কাকাবাবু বললেন, “হ্যাঁ, আমরা অনেক ইংরেজি শব্দ ব্যবহার করি। তা আর কী করা যাবে।”

গৌতমকাকু বললেন, “যারা লেখাপড়া জানে না, তারাও অনেক ইংরেজি বলে। আমার মামাবাড়িতে যে মেয়েটি বাসন মাজে, সেও বলে, আমার টাইম নেই, ট্রেন লেট ছিল।”

দুপুরে খাওয়াদাওয়ার পর যাত্রা শুরু হল। গাড়ির ড্রাইভারের নাম রতন, সে জঙ্গলের রাস্তাটাস্তা সব চেনে।

শহর ছেড়ে খানিকটা যাওয়ার পরই চোখে পড়ল, রাস্তার দু’ধারে চা-বাগান।

মিলিকাকিমা বললেন, “ওমা, চা গাছ এরকম হয় বুঝি? ছবিতে দেখে ঠিক বুঝিনি। যতদূর দেখা যায়, সব গাছ সমান। চা গাছ বড় হয় না?”

কাকাবাবু বললেন, “সমান করে ছেঁটে রাখে। চায়ের পাতা তো হাত দিয়ে ছিঁড়ে ছিঁড়ে ঝুরিতে ভরতে হয়, বেশি লম্বা হয়ে গেলে হাত পাওয়া যাবে না। তা ছাড়া গাছ বড় হলে বোধ হয় চায়ের স্বাদও ভাল হয় না। সব পাতা দিয়ে চা হয় না। শুধু ডগার কচি পাতা।”

সন্তু বলল, “দুটি পাতা একটি কুঁড়ি।”

গৌতমকাকু বললেন, “হ্যাঁ, হ্যাঁ, এই নামে একটা বই পড়েছিলাম ছেলেবেলায়, চা-বাগানের কুলিদের নিয়ে লেখা। চা-গাছ ঠিক গাছের মতন দেখতে নয়, ঝোপ বলাই উচিত।”

পুরু জিজ্ঞেস করল, “বাবা, ঝোপ মানে কী?”

গৌতমকাকু বললেন, “ঝোপ মানে, ঝোপ মানে, ইয়ে, সন্তু, বুঝিয়ে দে তো!”

সন্তু পুরুর দিকে তাকিয়ে বলল, “আমেরিকার প্রে...প্রে...প্রে... রাষ্ট্রপতির নাম কী?”

পুরু বলল, “জর্জ বুশ।”

সন্তু বলল, "ঝোপ হচ্ছে ওই রাষ্ট্রপতির যা পদবি!"

গৌতমকাকু হেসে বললেন, "সন্তুর সঙ্গে আমরা পারব না। ও নিজের মুখে ইংরেজি কথাটা উচ্চারণ করল না। মহা চালু!"

কাকাবাবু বললেন, "অনেক সময় ইংরিজি শব্দ দিয়ে বাংলা মানে বোঝাতে হয়।"

মিলিকাকিমা বললেন, "মাঝে-মাঝে এক-একটা গাছ যে লম্বা হয়ে গেছে?"

কাকাবাবু বললেন, "ওগুলো চা গাছ নয়। ওগুলো রেখেছে ছায়ার জন্য।"

মিলিকাকিমা বললেন, "কুলিরা ওই গাছের ছায়ায় জিরিয়ে নেয়?"

কাকাবাবু বললেন, "না, না, কুলিদের আরামের কথা কেউ ভাবে না। চায়ের ঝোপেরই ছায়া দরকার। কটকটে রোদ চায়ের পক্ষে ভাল নয়।"

রতন বলল, "ওগুলো স্যার শেড ট্রি।"

কাকাবাবু বললেন, "ছায়া-গাছ।"

মিলিকাকিমা বললেন, "সব বাগান খালি। কেউ তো কাজ করছে না।"

কাকাবাবু বললেন, "এখন বোধ হয় পাতা তোলার সময় নয়।"

রতন হাত দিয়ে ডান দিকটা দেখিয়ে বলল, "এই গার্ডেনটায় গত শনিবার ডাকাতি হয়ে গেছে।"

মিলিকাকিমা চমকে উঠে বললেন, "অ্যাঁ, ডাকাতি! এখানেও ডাকাতি?"

গৌতমকাকু বললেন, "ডাকাতি কোথায় না হয়? আমেরিকাতে হয় না?"

রতন বলল, "ডাকাতরা একজন গার্ডকে গুলি করে মেরেছে। আর ম্যানেজারবাবুকে ধরে নিয়ে গেছে! ওরা দশ-বারোজন ছিল।"

মিলিকাকিমার মুখখানা ফ্যাকাসে হয়ে গেল। তিনি আস্তে-আস্তে বললেন, "আমরা জঙ্গলের মধ্যে একলা একলা থাকব।"

কাকাবাবু বললেন, "একলা কোথায়? আমরা পাঁচ-ছ'জন। তা ছাড়া ডাকাতরা আমাদের কাছে আসবে কেন? আমাদের সঙ্গে তো টাকাপয়সা বেশি নেই। ওরা আগে থেকে খবর নিয়ে আসে।"

গৌতমকাকু বললেন, "রাস্তাটা তো বেশ ভালই দেখছি। ভাঙা নেই, গর্ত নেই। দু'পাশের চা-বাগান একেবারে সবুজ, ভারী সুন্দর, মনে হয় কী পিসফুল জায়গা। এর মধ্যেও চোর-ডাকাত!"

সন্তু বলল, "গৌতমকাকু, তোমার এক নম্বর বাড়ল।"

গৌতমকাকু বললেন, "ও, পিসফুল বলে ফেলেছি। শান্তিময়, শান্তিময়।"

কাকাবাবু বললেন, "গৌতম, তুইও ডাকাতির কথা শুনে ভয় পেয়ে গেলি নাকি? ওরকম ভয় পেলে তো কোনও জায়গায় বেড়াতে যাওয়াই যায় না।"

গৌতমকাকু বললেন, "না, না, ভয় পাইনি। সিনসিনাটিতে তো একদিন আমার চোখের সামনেই ব্যাঙ্ক-ডাকাতি হয়ে গেল। সন্তু, ব্যাঙ্ক বলতে পারি তো?"

সন্তু বলল, "হ্যাঁ, ব্যাঙ্কের বাংলা নেই। আপনি ডাকাতদের দেখতে পেলেন?"

গৌতমকাকু বললেন, "হ্যাঁ, আমিও তো তখন সেই ব্যাঙ্কে টাকা তুলতে গেছি। ওরা মাত্র তিনজন, কালো মুখোশ পরে ছিল, বন্দুক তুলে আমাদের সবাইকে হাত তুলে দাঁড়াতে বলল। তারপর দু' মিনিটের মধ্যে টাকাফাকা সব নিয়ে বেরুতে যাবে, এর মধ্যে এসে পড়ল পুলিশ, দু'দিক থেকেই গুলি চলতে লাগল, আমি তো ভয়ে একেবারে কাঁটা। ওরা কিন্তু পালিয়ে গেল ঠিকই। ওরা ব্যাঙ্কের একটা মেয়েকে ধরে সামনে দাঁড় করিয়ে পুলিশকে বলল, গুলি চালানো বন্ধ করো, নইলে মেয়েটা আগে মরবে। পুলিশরা থেমে গেল। ওরা মেয়েটাকে সুদ্ধু একটা গাড়িতে চেপে ভোঁ-ভাঁ।"

সন্তু বলল, "সিনেমায় এরকম দেখা যায়।"

রতন বলল, "ফালাকাটাতে একটা ব্যাঙ্ক ডাকাতি হয়েছিল, সেখানে কিন্তু একজন ডাকাত ধরা পড়ে গেছে।"

মিলিকাকিমা বললেন, "বাবা রে বাবা! থাক, আর ডাকাতের গল্প করতে হবে না।"

গৌতমকাকু বললেন, "ফালাকাটা। অদ্ভুত নাম। আরও কত নাম শুনেছি, গোরুমারা, চাপড়ামারি—"

কাকাবাবু বললেন, "আর একটা জায়গার নাম আরও অদ্ভুত। রাজা-ভাত-খাওয়া!"

গৌতমকাকু বললেন, "বাংলাতে এগুলিকে অসমাপিকা ক্রিয়া বলে না?"

কাকাবাবু বললেন, "কী জানি, আমি অত গ্রামার জানি না। সন্তু বলতে পারবে।"

সন্তু বলল, "কাকাবাবু, তোমার এক নম্বর বাড়ল। গ্রামার নয়, ব্যাকরণ।"

পুরু আপনমনে হেসে উঠল।

মিলিকাকিমা বললেন, "হাসলি কেন রে?"

পুরু বলল, "টোমরা সবাই ইংরাজি বলো। আমি বললেই ডোস?"

মিলিকাকিমা বললেন, "ডোস নয়, দোষ!"

সন্তু বলল, "এই তো একটা তেঁতুল গাছ। গাড়িটা একটু থামান তো। পুরুকে দেখাব।"

রতন গাড়িটা থামিয়ে দিল।

গৌতমকাকু বললেন, "তেঁতুল গাছ আবার দেখবার কী আছে?"

সন্তু বলল, "তেঁতুল কেমন দেখতে হয়, তা পুরু জানে না। এ-গাছটায় অনেক তেঁতুল হয়ে আছে। ওকে একটা কাঁচা তেঁতুল খাইয়ে দিলে ও আর কখনও ভুলবে না।"

মিলিকাকিমা বললেন, "তেঁতুলের টক আমার খুব ফেভারিট। রাস্তার ধারের গাছ। এ গাছ থেকে কয়েকটা তেঁতুল পেড়ে নিলে কেউ কিছু বলবে?"

গৌতমকাকু বললেন, "ফেভারিট? ফেভারিট জিনিস খেতে হলে দিতে হবে

এক টাকা। সন্তু, লিখে রাখ।"

মিলিকাকিমা বললেন, "বাবা রে বাবা, সবসময় কি মনে থাকে! দেব এক টাকা ফাইন।"

সন্তু বলল, "এক টাকা নয়, দু' টাকা। ফাইন বলেছেন। আমরা বলছি জরিমানা।"

গাছটায় অনেক তেঁতুল ফলে আছে বটে, কিন্তু হাতের নাগাল পাওয়া যায় না। রতন ঢিল ছুড়ে ছুড়ে তেঁতুল পাড়ার চেষ্টা করল।

সন্তু বলল, "ওভাবে হবে না। আমি গাছে উঠতে পারি।"

সন্তু তরতর করে গাছের গুঁড়ি বেয়ে ওপরে উঠে গেল। একটা ডালে দাঁড়িয়ে পটাপট করে তেঁতুল ছিঁড়ে ছিঁড়ে ফেলতে লাগল নীচে।

মিলিকাকিমা বললেন, "সন্তু পড়ে যাবে না তো? আরও ওপরে উঠছে কেন?"

কাকাবাবু বললেন, "না, কেন? ব্যস, ব্যস, অনেক হয়েছে, এবার নেমে আয় সন্তু।"

সন্তু নেমে এসে পুরুকে বলল, "এই দ্যাখো, তেঁতুল পাতা। খুব ছোট ছোট হয়।"

গৌতমকাকু বললেন, "বাংলায় একটা কথা আছে না, 'যদি হয় সুজন, তেঁতুল পাতায় ন'জন।' ভারী সুন্দর কথাটা।"

সন্তু বলল, "তেঁতুল পাতাও খাওয়া যায়, বেশ টক টক লাগে।"

তারপর একটা তেঁতুল ভেঙে আধখানা পুরুকে দিয়ে বলল, "তুমি টক খেতে পারো তো? চেখে দ্যাখো!"

মিলিকাকিমা খুশিমনে বললেন, "বিনি পয়সায় এত তেঁতুল পাওয়া যায়? আজ আমি তেঁতুলের টক রান্না করব।"

পুরু তেঁতুলের ভাঙা দিকটায় জিভ ছুঁইয়ে বলল, "ভাল খেটে। এটা টেটুল?"

সন্তু বলল, "টেটুল নয়, তেঁতুল।"

পুরু বলল, "টেনটুল?"

সন্তু বলল, "উঁহুঁ হল না। টেনটুল নয়, বলো, ত, ত, তেঁতুল!"

পুরু বলল, "ট, ট।"

কাকাবাবু বললেন, "আর দেরি কোরো না, সবাই গাড়িতে ওঠো!"

সন্তু বলল, "একবার যদি ও তেঁতুল বলতে পারে, তা হলে অনেক কিছু শিখে যাবে। তুমিকে টুমি বলবে না। খেতে-কে খেটে বলবে না।"

গাড়ি চলতে শুরু করার পর পুরু বারবার বলতে লাগল, "টেনটুল, টেটুল।" আর তাকে শুধরে দিতে লাগল সন্তু।

॥ ৪ ॥

বড় রাস্তা ছেড়ে জঙ্গলে ঢোকার পর এঁকেবেঁকে অনেকখানি গিয়ে তারপর চোখে পড়ল চাপড়ামারি বনবাংলো। বিকেল প্রায় শেষ হয়ে এসেছে, পড়ন্ত রোদ্দুরে একটু-একটু লালচে দেখাচ্ছে গাছের পাতা। একসঙ্গে অনেক পাখি ডাকছে। ওরা ঘুমোতে যাওয়ার আগে প্রাণভরে ডেকে নেয়।

দূরে শোনা গেল একটা ময়ূরের ডাক।

চৌকিদারকে আগেই খবর দেওয়া ছিল, গাড়ির শব্দ পেয়ে সে এসে গেট খুলে দিল। তেইশ-চব্বিশ বছর বয়েস, ছোটখাটো চেহারা, তার নাম যতীন। মুখখানা বেশ হাসিমাখা।

কাঠের বাড়ি। একতলায় খাবার ঘর, বসবার ঘর, সামনে চওড়া বারান্দা। ওপরে দু'খানা শয়নকক্ষ, সেখানেও একটি বড় বারান্দা।

মিলিকাকিমা ওপরে এসে প্রথমেই বাথরুমে উঁকি দিয়ে বললেন, "বাঃ, বেশ পরিষ্কার আছে। বিছানাও সুন্দর।"

কাকাবাবু ক্রাচ বগলে নিয়ে দোতলায় উঠে বললেন, "তোমার পছন্দ হয়েছে তো মিলি?"

মিলিকাকিমা বললেন, "খুব সুন্দর। কোনও আওয়াজ নেই। কলকাতায় বড্ড কান ঝালাপালা হয়ে যায়।"

একটা চেয়ার টেনে বসে কাকাবাবু বললেন, "ওহে যতীন, আমাদের আরও একটু চা খাওয়াও।"

যতীন বলল, "চা-চিনি-দুধ এনেছেন তো? আর চাল-ডাল? আমি রান্না করে দেব। কিন্তু আমার কাছে ওসব কিছু নেই।"

কাকাবাবু বললেন, "রণবীর কীসব দিয়ে দিয়েছে, দ্যাখো তো।"

একটা প্যাকেটে রণবীর চা, চিনি, দুধ, পাউরুটি, মাখন, কেক, ডিম এইসব অনেক কিছুই দিয়ে দিয়েছে।

সব দেখে গৌতমকাকু বললেন, "আজ আমরা ডিম-পাউরুটি খেয়ে নেব। কাল সকালে বাজার করে আনব। শুনেছি তো দশ-বারো মাইল দূরেই একটা বাজার আছে। সেখানে সবকিছু পাওয়া যায়?"

যতীন বলল, "হ্যাঁ স্যার। মাছ পাবেন, মুরগি পাবেন।"

মিলিকাকিমা জিজ্ঞেস করলেন, "কুমড়ো ফুল পাওয়া যায় না? অনেকদিন কুমড়ো ফুল ভাজা খাইনি।"

যতীন বলল, "তাও এক-একদিন পাওয়া যায়। ফুলকপি, বাঁধাকপি এসব পাবেন।"

গৌতমকাকু বললেন, "না, না, ওসব চাই না। আমেরিকাতে ওসব খেতে খেতে

মুখ পচে গেছে। এখানে খুঁজব ভাল পটল, ঝিঙে, কলমিশাক, আর মুরগির বদলে কচি পাঁঠার মাংস!”

কাকাবাবু বললেন, “ওসব কলকাতায় গিয়ে খেয়ো। এখানে যা পাবে তাই-ই খেতে হবে।”

বাংলোর সামনে একটা উঁচুমতন বাঁধ, তার ওপাশে একটা পুকুর। ঠিক গোল বা চৌকো নয়, অনেকখানি ছড়ানো, মাঝখানে একটা ছোট দ্বীপের মতন। তারপর শুধু জঙ্গল।

মিলিকাকিমা বারান্দার ধারে দাঁড়িয়ে বললেন, “ওই পুকুরে বুঝি সবাই চান করে?”

কাকাবাবু বলে উঠলেন, “না, না, না, ওখানে যাওয়াই নিষেধ। তোমরা কেউ এই বাংলোর চৌহদ্দির বাইরে হেঁটে যাবে না। যে-কোনও সময় কোনও জন্তু-জানোয়ার এসে পড়তে পারে। সব সময় গাড়িতে যেতে হবে।”

যতীন বলল, “ওই পুকুরে জন্তু-জানোয়াররা জল খেতে আসে। হাতিরা জলে নেমে অনেকক্ষণ খেলা করে।”

গৌতমকাকু বললেন, “এই বারান্দায় বসেই হাতিদের জলক্রীড়া দেখা যাবে?”

যতীন বলল, “হ্যাঁ, স্যার, হাতি তো দেখতে পাবেনই, তা ছাড়া বাইসন, লেপার্ড, বুনো শুয়োর, হঠাৎ কখনও-কখনও টাইগারও চলে আসে। ওই দেখুন না, এখনই দুটো পি-কাক দেখা যাচ্ছে।”

গৌতমকাকু বললেন, “পি-কাক? সেটা আবার কী ধরনের জন্তু?”

কাকাবাবু বললেন, “ও বলতে চাইছে পিকক, ময়ূর। কোথায় ময়ূর?”

যতীন বলল, “ওই যে ঝোপটার পাশে।”

সবাই ভাল করে দেখার চেষ্টা করল। ঠিক বোঝা যাচ্ছে না। এক মিনিট পরেই ঝোপের আড়াল থেকে বেরিয়ে এল একটা ময়ূর, মস্ত বড় লেজ, আর কী সুন্দর গায়ের রং।

সন্তু পুরুকে জিজ্ঞেস করল, “দেখতে পেয়েছ?”

পুরু মাথা নেড়ে বলল, “এই প্রঠম আমি বনের ময়ূর ডেকলাম।”

কাকাবাবু বললেন, “বাঃ, নিখুঁত বাংলা বলছে।”

সন্তু বলল, “প্রঠম নয় প্রথম। ডেকলাম না, দেখলাম।”

যতীন বলল, “পুকুরটার ওপারে দেখুন খানিকটা সাদা পাথরের মতন। ওটা সল্ট লিক।”

কাকাবাবু বললেন, “ওখানে অনেকটা করে নুন দিয়ে আসতে হয় মাঝে-মাঝে। জন্তুরা ওই নুন চাটতে আসে। মানুষের মতন জন্তু-জানোয়ারদেরও নুন খাওয়ার দরকার হয়।”

মিলিকাকিমা বললেন, “এত কাছে জন্তুরা আসে। ওরা এই বাংলোর মধ্যে ঢুকে পড়তে পারে না?”

যতীন অম্লান বদনে বলল, "হ্যাঁ মেমসাহেব, এই পরশুদিনই তো রাত্তিরে একটা লেপার্ড ঢুকে পড়েছিল।"

মিলিকাকিমা বললেন, "আমি মোটেই মেমসাহেব নই। আমাকে দিদি কিংবা বউদি বলবে। তা লেপার্ডটা ঢুকে পড়ার পর কী করল?"

যতীন অবজ্ঞার সঙ্গে বলল, "কী আর করবে, কিছুক্ষণ হাউ হাউ করে ডেকে চলে গেল। ও আমাদের অভ্যেস হয়ে গেছে।"

কাকাবাবু বললেন, "বেশিরভাগ জন্তুই সন্ধের পর বেরোয়। তখন এখানে দরজা-জানলা বন্ধ করে রাখতে হয়। তা হলে তো ওরা আর কিছু করতে পারে না। ঘুরেটুরে চলে যায়। একমাত্র ভয় হাতির পালকে। ওরা ঘর-বাড়ি ভেঙে দিতে পারে।"

মিলিকাকিমা বললেন, "ওরে বাবা, তা হলে যদি হাতি এসে পড়ে?"

কাকাবাবু হেসে বললেন, "ভাল করে দেখো, এই বাংলোর চার পাশে একটা পরিখা কাটা আছে।"

মিলিকাকিমা বললেন, "পরিখা কী?"

কাকাবাবু বললেন, "অনেকটা সরু খালের মতন। হাতি আর সব পারে, শুধু লাফাতে পারে না অত বড় শরীর নিয়ে। তাই হাতি ভেতরে আসতে পারে না।"

যতীন বলল, "গেটের কাছেও কাঠের পাটাতন। রাত্তিরবেলা ওটা কপিকল দিয়ে টেনে তোলা যায়। ওখান দিয়েও হাতি ঢুকতে পারে না।"

পুরু হঠাৎ উত্তেজিত হয়ে বলল, "ওই দ্যাকো, ওই দ্যাকো, কতকগুলো বাফেলো।"

সন্তু বলল, "বাফেলো নয়, বাইসন। বাফেলোর বাংলা মোষ। কিন্তু বাইসনের বাংলা নেই।"

কাকাবাবু বললেন, "মোষের মতন দেখতে হলেও বাইসন আলাদা। লক্ষ করে দেখো, ওদের পায়ের তলাটা সাদা, ঠিক যেন সাদা মোজা পরে আছে। ওরা খুবই হিংস্র প্রাণী। দল বেঁধে থাকলে বাঘও ভয় পায়। ধারালো শিং দিয়ে পেট ফুটো করে দেয়।"

সন্তু বলল, "এক, দুই...মোট সাতটা।"

সবাই দাঁড়িয়ে পড়ে বাইসন দেখতে লাগল। সন্তু আগে অনেক জঙ্গলে গেছে, কিন্তু পুরুর কাছে এসবই প্রথম, সবই নতুন।

সন্তু ভাবল, "ইস, জোজো এবার এল না। জোজো থাকলে এতক্ষণে কত মজার মজার কথা বলত।"

সন্ধে হতে-না-হতেই খুব তাড়াতাড়ি ঘুটঘুটে অন্ধকার হয়ে গেল। জঙ্গলের মতন এমন গাঢ় অন্ধকার শহরে দেখা যায় না। রাত্তির হলেই জঙ্গল রহস্যময় মনে হয়। কোনও শব্দ নেই, তবু যে-কোনও দিকে তাকালেই মনে হয় যেন কোনও হিংস্র জানোয়ার সেখানে লুকিয়ে আছে। মাঝে-মাঝে জোনাকি দেখা যাচ্ছে।

সবগুলোই জোনাকি না কোনও পশুর চোখ, তা বোঝার উপায় নেই। সব পশুর চোখই রাত্তিরে জ্বলজ্বল করে।

বারান্দা ছেড়ে কেউ আর ঘরে গেল না। রাত্তিরের খাওয়াদাওয়াও হল ওখানে বসে। মাঝে-মাঝে জঙ্গলে নানারকম শব্দ পাওয়া যাচ্ছে, কিন্তু অন্য কিছু দেখা যাচ্ছে না। দুটো বড়-বড় সার্চলাইট রয়েছে। সেগুলো জ্বাললে শুধু বাইসনদেরই দেখা যাচ্ছে, ওরা জায়গা ছেড়ে নড়ছে না।

হঠাৎ জঙ্গলের মধ্যে যেন তাণ্ডব শুরু হল। গাছের ডাল ভাঙতে ভাঙতে হাজির হল একপাল হাতি। তারা হুড়মুড় করে নেমে গেল জলে। সার্চলাইটে স্পষ্ট দেখা গেল, ছ'টা বড় হাতি আর দুটো বাচ্চা। তারা শুঁড়ে করে জল ছেটাচ্ছে এ ওর গায়ে। যেন খেলা করছে।

হাতিরা আসার পর বাইসনগুলো সরে গেছে। কিন্তু দুটো হরিণ একটু দূরে এসে জল খেতে লাগল।

গৌতমকাকু বললেন, "সত্যি, এরকম দৃশ্য আগে কখনও দেখিনি। রাজা, ভাগ্যিস তুমি আমাদের এখানে নিয়ে এলে! আমাদের বাংলায় যে এরকম জঙ্গল আছে জানতুমই না। তোর কেমন লাগছে রে পুরু?"

পুরু বলল, "ফ্যানটাসটিক! মানে, সমৎকার!"

সন্তু বলল, "এক নম্বর। আর সমৎকার নয়, চমৎকার!"

মিলিকাকিমা বললেন, "যাই বলো, আমার একটু ভয় ভয় লাগছে।"

গৌতমকাকু বললেন, "চলো, বাংলোর বাইরে গিয়ে একটু দাঁড়াই, তা হলে তোমার ভয় ভেঙে যাবে।।"

মিলিকাকিমা বললেন, "মাথা খারাপ!"

পুরু বলল, "মাতা কারাপ না, মাতা বালো!"

এই সময় যেন খুব কাছেই শোনা গেল বাঘের গর্জন!

মিলিকাকিমা কেঁপে উঠে বললেন, "ওরে বাবা রে! ওরে বাবা রে!"

॥ ৫ ॥

সবারই ঘুম ভাঙল অনেক দেরিতে।

রাত প্রায় দুটো পর্যন্ত জেগে দেখা হয়েছে জঙ্গলের রাত্রির দৃশ্য। বাঘটার ডাকই শোনা গেছে কয়েকবার। কিন্তু সার্চলাইট ফেলেও সেটাকে দেখা যায়নি।

কাকাবাবুর অবশ্য ধারণা, বাঘ একটা নয়, দুটো। ওরা হাতির পাল দেখে রেগে রেগে ডাকছিল। হাতিদের জন্যই জল খেতে আসতে পারছিল না। হাতি আর বাঘ কাছাকাছি থাকে না। হাতিরা অবশ্য বাঘের গর্জন গ্রাহ্যও করেনি। অনেকক্ষণ খেলা করেছে জলে।

সকালবেলা শুধু শোনা যাচ্ছে অসংখ্য পাখির ডাক। কিছু পাখি দেখা যাচ্ছে, কিছু পাখি পাতার আড়ালে অদৃশ্য হয়ে থাকে।

চা খাওয়ার পরই গৌতমকাকু সন্তু আর পুরুকে সঙ্গে নিয়ে গাড়িতে চলে গেছেন বাজার করে আনতে।

কাকাবাবু একটা ইজিচেয়ারে বসে বই খুলে পড়তে লাগলেন।

মিলিকাকিমা স্নানটান সেরে এসে বললেন, "আপনার বন্ধু এই যে বাজারে গেল, কখন আসবে তার ঠিক নেই। দেখবেন, ও রাজ্যের জিনিস কিনে আনবে, সব খাওয়াই হবে না, ফেলে দিতে হবে!"

কাকাবাবু বললেন, "এখানে বাজারে গেলে ওর সবকিছুই খুব সস্তা মনে হয়, তাই না! ডলারের সঙ্গে তুলনা করলে সস্তাই তো বটে!"

মিলিকাকিমা বললেন, "এখানে একজোড়া ডিম মোটে পাঁচ টাকা, আমরা ওখানে ভাবতেই পারি না। আমাদের হিসেবে নব্বই-একশো টাকা তো হবেই!"

কাকাবাবু বললেন, "শুধু সস্তা নয়। সবকিছুই টাটকা। অবশ্য পাঁচটা টাকাও এখানকার অনেক লোকের কাছে বেশি। কত গরিব লোক ডিম খেতেই পায় না।"

মিলিকাকিমা বারান্দার ধারে গিয়ে দাঁড়িয়ে বললেন, "হুঁঃ। মাঝে-মাঝে আমার এত কষ্ট হয়। আমরা যারা বিদেশে থাকি, আমাদের সবার উচিত প্রত্যেক মাসে কিছু কিছু টাকা এদেশের গরিবদের জন্য পাঠানো।"

তারপর বললেন, "কাল রাত্রে কি গন্ডার এসেছিল?"

কাকাবাবু বললেন, "না। গন্ডার চট করে দেখা যায় না।"

"এদেশে গন্ডার নেই?"

"থাকবে না কেন? আসামে অনেক গন্ডার আছে। পশ্চিম বাংলাতেও আছে। এখানে জঙ্গলগুলো তো ভাগ ভাগ করা। জলদাপাড়া অভয়ারণ্যেও বেশ কিছু গন্ডার আছে, কিন্তু তারা বিশেষ অন্য জঙ্গলে আসে না, হঠাৎ দু'-একটা ছিটকে চলে আসতে পারে।"

"আমি কখনও গন্ডার দেখিনি।"

"চিড়িয়াখানাতেও দ্যাখোনি? কলকাতার চিড়িয়াখানায় আছে।"

"না, কলকাতার চিড়িয়াখানায় আবার গেলাম কবে? শুধু সিনেমায় দেখেছি।"

"ঠিক আছে, আমরা গন্ডার দেখতে যাব। হলং গেলে দেখা যেতে পারে। অবশ্য যদি তোমার ভাগ্যে থাকে।"

গৌতমকাকু ফিরে এলেন প্রায় আড়াই ঘণ্টা পরে।

সত্যি তিনি গাড়িভর্তি করে যেন গোটা বাজারটাই তুলে এনেছেন। নানারকমের তরকারি। শাক-সব্জি, মাছ, মাংস, মুরগি। এতসব সাতদিনেও খেয়ে শেষ করা যাবে না। ওঁদের এখানে থাকার কথা মাত্র তিনদিন।

এর পর মিলিকাকিমা আর গৌতমকাকু যতীনের সঙ্গে হাত মিলিয়ে রান্নায় মেতে উঠলেন। ড্রাইভার রতনেরও এ-ব্যাপারে খুব উৎসাহ আছে।

সন্তু অবিরাম চেষ্টা করে যেতে লাগল পুরুকে বাংলা শেখাতে।

পুরু এখন গাস-এর বদলে গাছ বলতে পারছে। দেকতে নয়, দেখতে। মাতা নয়, মাথা। বালো নয়, ভাল।

কিন্তু তেঁতুল বলতে পারছে না কিছুতেই।

টেনটুল আর টেটুল বলতে বলতে একবার সে বলে ফেলল, "টেনতুল!"

সন্তু বলল, "বাঃ, এই তো অনেকটা হয়েছে। টেন নয়, বলো তেঁ, তেঁ, তেঁ।"

পুরু বলল, "টেন, টেন, টেন।"

সন্তু বলল, "ভাল করে শোনো। টেন নয়, এর মধ্যে ন নেই, চন্দ্র বিন্দু। আর ট-এর বদলে ত। ত তো আবার বললে! বলো, ত, ত, ত।"

পুরু বলল, "ত, ত, ত। তেনতুল!"

সন্তু বলল, "আবার ন বলছ! শুধু বলো তেঁতুল।"

পুরু বলল, "তেতুল।"

কাকাবাবু বই থেকে মুখ তুলে বললেন, "ওই তো হয়েছে। তেতুল পর্যন্ত বলেছে। চন্দ্রবিন্দুটা পরে হবে। ত বলতে পেরেছে তো!"

সন্তু বলল, "তা হলে এখন তুমি, তোমাকে, তালগাছ, তখন, তারপর, তুলতুলে, তপন, তাড়াতাড়ি, এইসবই পারবে।"

পুরু চেষ্টা করে ঠিকঠাকই বলে যেতে লাগল, শুধু একবার বলে ফেলল, টালগাছ। আর তপনকে কিছুতেই টপন ছাড়া অন্য কিছু বলতে পারে না। তার এক মামাতো ভাইয়ের নাম তপন, তাকে টপন বলাটাই অভ্যেস হয়ে গেছে।

সব রান্না শেষ হলে খেতে খেতে বেলা সাড়ে তিনটে বেজে গেল।

মিলিকাকিমা মনের সাধ মিটিয়ে কাঁচা তেঁতুলের টক রান্না করেছেন।

তাতে এক চুমুক দিয়ে পুরু বলল, "মা, আমি তেতুল বলটে পারি!"

মিলিকাকিমা বললেন, "তোর বাবা যে বাঙাল, তাই তুই তেতুল পর্যন্ত পেরেছিস। চন্দ্রবিন্দু আর হবে না!"

গৌতমকাকু বললেন, "নিশ্চয়ই পারবে। আমি তো পারি। তেঁতুল! বল, তেঁতুল!"

এবারে পুরু বলল, "তেঁতুল!"

কাকাবাবু বললেন, "বাঃ, এ তো দারুণ ইমপ্রুভমেন্ট! একবেলার মধ্যে..."

সন্তু গম্ভীরভাবে মাস্টারমশাইয়ের মতন বলল, "কাকাবাবু, তোমার এক নম্বর। আর পুরু, তুমি তেঁতুল ঠিক বললে, কিন্তু আবার বলটে হয়ে গেল কেন? বলতে বলতে পারো না?"

একটু পরেই বিকেল হয়ে যাবে, আজ আর বেরোনো হল না।

সন্ধে হতে-না-হতেই আবার দেখা গেল হাতির পাল। অনেক হরিণ। বারবার শোনা গেল ময়ূরের ডাক।

আজও দু'বার শোনা গেল বাঘের গর্জন।

পরদিন সকালে কাকাবাবু সবাইকে বললেন, "তোমরা তাড়াতাড়ি তৈরি হয়ে নাও, আজ জলদাপাড়া যাব। মিলিকে গন্ডার দেখাতে হবে।"

পুরু জিজ্ঞেস করল, "গন্ডার কী?"

সন্তু বলল, "তোমাকে ইংরেজি নামটা বলব না। তা হলেই আমার এক পয়েন্ট হয়ে যাবে। সেটা এমন একটা প্রাণী, মোষের চেয়ে একটু বড়, হাতির থেকে ছোট, আর গায়ের চামড়া খুব পুরু।"

কাকাবাবু বললেন, "গন্ডারকে আজ যদি কাতুকুতু দাও, সাতদিন পরে হাসবে।"

সবাই হেসে উঠল, শুধু অসহায় ভাবে তাকিয়ে রইল পুরু। সে বেচারি কাতুকুতু মানেও জানে না।"

গৌতমকাকু বললেন, "বুঝলি না তো! জন্তুটাকে যদি দেখতে পাস, তা হলে ঠিক চিনতে পারবি!"

সবাই মিলে গাড়িতে ওঠার পর হলং বাংলোতে পৌঁছতে ঘণ্টা দুয়েক লেগে গেল। এখানকার গেট দিয়ে ঢোকার ব্যাপারে কড়াকড়ি আছে, কিন্তু কাকাবাবুর নাম শুনে ছেড়ে দিল। ডি এম সাহেব ফোন করে জানিয়ে রেখেছিলেন।

ভেতরে আসার পর এক ভদ্রলোক এগিয়ে এসে কাকাবাবুকে বললেন, "আমি এখানকার ফরেস্ট রেঞ্জার, আমার নাম আমজাদ আলি। আপনিই তো কাকাবাবু? ডি এম সাহেব আপনাদের কথা বলেছেন। আমি কালকেও আপনাদের জন্য অপেক্ষা করেছিলাম।"

কাকাবাবু বললেন, "হ্যাঁ, কাল আর আসা হয়নি।"

আমজাদ আলি বললেন, "আপনাদের জন্য দুটো ঘরের ব্যবস্থা করা আছে। আজ রাত্তিরে এখানে থাকবেন তো?

কাকাবাবু বললেন, "না, আমাদের সব জিনিসপত্র চাপড়ামারিতে আছে। আমরা এখানকার জঙ্গলটা একটু ঘুরে দেখে যেতে চাই। আলিসাহেব, গন্ডার দেখা যেতে পারে কি?"

আমজাদ আলি বললেন, "গন্ডার দেখতে হয় ভোরবেলা হাতির পিঠে চেপে। দুপুরবেলা তো জঙ্গলে ঢোকার নিয়ম নেই। তা আপনাদের জন্য আলাদা ব্যবস্থা করা যেতেই পারে। সবাই হাতির পিঠে চাপবেন তো?"

গৌতমকাকু বললেন, "হ্যাঁ, হ্যাঁ, খুব ভাল হবে।"

পুরুর দিকে ফিরে বললেন, "আমরা এলিফ্যান্ট রাইড নেব, বুঝলি। দারুণ থ্রিলিং হবে।"

সন্তু বলল, "গৌতমকাকু, আপনার দুই!"

মিলিকাকিমা বললেন, "আমি বাপু হাতির পিঠে চাপতে পারব না। আমার ভয় করবে!"

কাকাবাবু বললেন, "ঠিক আছে, মিলি আর আমি গাড়িতেই যাব। একটা

হাতির পিঠে সবাই মিলে চাপাও যাবে না।”

আমজাদ আলি বললেন, “দুটো হাতির ব্যবস্থা করা যেতে পারে। তবে, আপনারা উঠতে না চাইলে জিপগাড়িতে যেতে পারেন, আপনাদের গাড়ি ভেতরের রাস্তায় চলতে পারবে না।”

গৌতমকাকুর সঙ্গে সন্তু আর পুরু চাপল হাতির পিঠে। আমজাদ আলির নিজস্ব জিপে উঠলেন কাকাবাবু আর মিলিকাকিমা।

জঙ্গলের মধ্যে খুবই এবড়োখেবড়ো রাস্তা। জিপগাড়িটা চলছে লাফিয়ে লাফিয়ে। হাতির কোনও অসুবিধে নেই, সে চলেছে দুলকি চালে।

কাকাবাবু জিজ্ঞেস করলেন, “আলিসাহেব, আপনার বাড়ি কোথায়?”

আমজাদ আলি বললেন, “আমাকে স্যার তুমি বলবেন। সাহেবটাহেব কিছু নয়, শুধু আমজাদ। আমার বাড়ি মালদায়। এখানে আছি অনেকদিন। জঙ্গল আমার ভাল লাগে। তবে, এবারে ট্রান্সফার নেওয়ার চেষ্টা করছি।”

“কেন?”

“আগে এ-অঞ্চলটা খুবই ভাল ছিল। খুব শান্তিপূর্ণ। কিন্তু এখন সময় খুব খারাপ হয়ে গেছে। কয়েকদিন আগেই আমার একজন ফরেস্ট গার্ড মারা পড়েছে।”

“কোনও জানোয়ারের হাতে মারা পড়ল?”

“না, স্যার। আমাদের ট্রেনিং নেওয়া আছে। জন্তু-জানোয়ারের হাত থেকে কী করে বাঁচতে হয়, তা আমরা জানি। ফরেস্ট গার্ডকে ওরা গুলি করে মেরেছে।”

“ওরা মানে কারা?”

“সবার পরিচয় কী আর জানি! নানারকম অপরাধীরা এই জঙ্গলের মধ্যে লুকিয়ে থাকে। জঙ্গলে লুকিয়ে থাকা তো খুব সহজ। বাইরের লোক আসতে পারে না। পুলিশও আসে না। শুধু আমরা কয়েকজন ফরেস্ট ডিপার্টমেন্টের লোক। আমাদের কাছে তো তেমন অস্ত্রশস্ত্র নেই। ওদের কাছে অতি আধুনিক মারাত্মক সব অস্ত্র আছে। যখন-তখন আমাদের মুখোমুখি হলেই মেরে দেয়।”

মিলিকাকিমা বললেন, “বাবা রে বাবা, জঙ্গলের মধ্যেও শান্তি নেই?”

আমজাদ আলি বললেন, “দিদি, মানুষের মতন হিংস্র জন্তু কি আর আছে? এই জঙ্গলে হাতি, বাঘ, গন্ডার আছে বটে, কিন্তু গত তিন বছরের মধ্যে আমাদের একজন লোকও কোনও জানোয়ারের আক্রমণে মরেনি। কিন্তু মানুষের হাতে মরেছে তিনজন। বিনা দোষে। শুধু তাদের দেখে ফেলাটাই অপরাধ।”

মিলিকাকিমা বললেন, “এই রে, এখন যদি আমরা ওদের কারুকে দেখে ফেলি?”

আমজাদ আলি বললেন, “আমরা খুব গভীর জঙ্গলে যাব না। তা ছাড়া দিনের বেলা ওরা লুকিয়ে থাকে।”

মিলিকাকিমা বললেন, “কাজ নেই বাপু গন্ডার দেখে। চলুন, আমরা ফিরে যাই।”

আমজাদ আলি বললেন, "ওই দেখুন, একপাল শম্বর!"

মিলিকাকিমা কই কই বলে এদিক-ওদিক তাকিয়ে, তারপর দেখতে পেয়ে বললেন, "বাঃ, ভারী সুন্দর তো। বড় বড় হরিণকে বুঝি শম্বর বলে?"

আমজাদ আলি বললেন, "এখানে নানারকম হরিণ দেখতে পাবেন। হরিণ প্রচুর বেড়েছে। আমরা এই জঙ্গলটার খুব যত্ন করে জন্তু-জানোয়ারের সংখ্যা অনেক বাড়িয়েছি, কিন্তু মানুষের হিংস্রতার জন্য সব নষ্ট হয়ে যাচ্ছে!"

কাকাবাবু বললেন, "এইসব সংরক্ষিত অরণ্যে নানা ধরনের অপরাধীদের লুকিয়ে থাকা সহজ। সরকার কি তা বোঝে না? সরকার কোনও ব্যবস্থা নেয় না?"

আমজাদ আলি মুখখানা মলিন করে বললেন, "সে আমি কী করে বলব বলুন! আমি এখন এখান থেকে চলে যেতে পারলে বাঁচি।"

আরও পাল পাল হরিণ দেখা যাচ্ছে। নানান জাতের হরিণ।

হাতির ওপর বসে গৌতমকাকু বললেন, "কই হে, এ জঙ্গলে কি হরিণ ছাড়া আর কিছু নেই? ওহে মাহুত, এখানে বাঘ নেই?"

মাহুত বলল, "হ্যায় হুজুর।"

গৌতমকাকু বললেন, "বাইসন, হাতিও তো দেখা যাচ্ছে না।"

মাহুত বলল, "কাল সুবে সুবে আসবেন। তখন বহুৎ কিছু দেখতে পাবেন।"

গৌতমকাকু একদিকে হাত দেখিয়ে বললেন, "ওই যে একটা ময়ূর। যাক, তবু একটা ময়ূর দেখা গেল।"

পুরু অন্যদিকে হাত দেখিয়ে উত্তেজিতভাবে বলল, "রাইনো, রাইনো!"

সত্যি, ডান দিকের একটা ফাঁকা জায়গায় দাঁড়িয়ে আছে দুটো গন্ডার। পাশাপাশি। দেখে মনে হয়, এক্ষুনি দৌড় শুরু করবে।

গৌতমকাকু ক্যামেরা বার করে ছবি তুলতে লাগলেন।

সন্তু পুরুকে বলল, "এবার তো বুঝলে গন্ডার কাকে বলে?"

পুরু বলল, "হ্যাঁ, রাইনো। বাবা যে বলছিল। কাটাকুটু দেবে, তার মানে কী?"

সন্তু বলল, "কাটাকুটু নয়, কাতুকুতু! ঠিকমতন তুমি যদি উচ্চারণ করতে পারো, তা হলে মানে বলে দেব?"

পুরু বলল, "কাতাকুতু? কাতুকুতু?"

সন্তু বলল, "এবার ঠিক হয়েছে।"

তারপরই সে পুরুর বগলের তলায় হাত দিয়ে কাতুকুতু দিয়ে দিল। সঙ্গে সঙ্গে হাসিতে ছটফট করে উঠল পুরু। সরে গেল দূরে।

সন্তু বলল, "এই হচ্ছে কাতুকুতু!"

পুরু জিজ্ঞেস করল, "গন্ডার সাতদিন পরে হাসে কেন?"

সন্তু বলল, "গন্ডারের চামড়া এতই পুরু যে, সুড়সুড়িটা ভেতরে পৌঁছতে অনেক সময় লাগে।"

পুরু জিজ্ঞেস করল, "সুড়সুড়ি মানে?"

গৌতমকাকু বললেন, "থাক, যথেষ্ট হয়েছে আজকের মতন। ওই দ্যাখ গন্ডার দুটো দৌড়চ্ছে। এসব তো আর দেখতে পাবি না। বাংলা পরে শিখলেও চলবে।"

গন্ডারদুটো দৌড়ে জঙ্গলের মধ্যে অদৃশ্য হয়ে গেল।

ওরা যে হাতিটায় চেপেছে, সেটা হঠাৎ শুঁড় তুলে ডেকে উঠল।

মাহুত বলল, "শের হ্যায়। বাঘ দেখলে হাতি রাগ করে।"

সবাই ব্যগ্রভাবে বাঘ দেখার চেষ্টা করল। কিন্তু সেটাকে দেখা গেল না।

এর পর আর অনেকক্ষণ হরিণের দৌড়নো ছাড়া আর দেখা গেল না কিছুই।

কাকাবাবুর নির্দেশে সবাই ফিরে এল হলং বাংলোয়।

আমজাদ আলি ওঁদের না খাইয়ে ছাড়লেন না। খাওয়া শেষ করতে করতে গড়িয়ে গেল দুপুর।

কাকাবাবু বললেন, "এবার আমাদের রওনা হওয়া উচিত। সন্ধের আগে চাপড়ামারি পৌঁছলে ভাল হয়।"

আমজাদ আলি বললেন, "হ্যাঁ, ঠিক বলেছেন, সন্ধে হয়ে গেলে আর বাংলো থেকে বেরোবেন না। দিনকাল ভাল নয়।"

তখনই হলং ছেড়ে বেরিয়ে পড়লেও চাপড়ামারি পৌঁছতে বেশ দেরি হয়ে গেল। রাস্তায় একটা ট্রাকের সঙ্গে একটা জিপগাড়ির অ্যাকসিডেন্ট হয়েছে, তাই দারুণ জ্যাম।

এর মধ্যে সন্ধে হয়ে এসেছে। বাংলোয় পৌঁছেই কাকাবাবু বললেন, "যতীন কোথায়, চা বানাও, চা বানাও, বিকেলের চা খাওয়া হয়নি।"

গৌতমকাকু বললেন, "জ্যামের জন্য যখন গাড়ি থেমে ছিল, তখন দেখি যে রাস্তার পাশে একটা দোকানে শিঙাড়া ভাজছে। গরম গরম শিঙাড়া কিনে এনেছি, চায়ের সঙ্গে জমবে!"

মিলিকাকিমা বললেন, "বাবা রে বাবা, শিঙাড়া দেখলে তুমি আর লোভ সামলাতে পারো না। যখন পেট খারাপ হবে, তখন বুঝবে।"

গৌতমকাকু বললেন, "এখানকার জল খুব ভাল। আমি পাথর খেয়েও হজম করতে পারব!"

দোতলার বারান্দায় বসে সবেমাত্র চা পান শুরু হয়েছে, তখনই একটা জিপগাড়ি এসে থামল গেটের বাইরে। তার থেকে ঝপাঝপ করে নেমে পড়ল তিনজন পুলিশ।

কাকাবাবু উঁকি দিয়ে দেখে ভুরু কুঁচকে বললেন, "আবার পুলিশ কেন? ওদের আসতে বারণ করে দিলাম।"

পুলিশ তিনজন গটগট করে কাঠের সিঁড়ি দিয়ে উঠে এল ওপরে। তাদের একজনের হাতে একটা স্টেনগান।

তাদের মধ্যে একজন সামনে এগিয়ে এসে কাকাবাবুর দিকে তাকিয়ে বলল, "মিস্টার রায়চৌধুরী, চা খাচ্ছেন? ঠিক আছে, শেষ করে নিন।"

কাকাবাবু বললেন, "কী ব্যাপার?"

পুলিশটি বলল, "ব্যাপার কিছুই নয়। আপনাকে আমাদের সঙ্গে যেতে হবে।"

কাকাবাবু বললেন, "যেতে হবে মানে? কোথায় যাব? আপনাদের কে পাঠিয়েছে?"

লোকটি হাসিমুখে বলল, "কেউ পাঠায়নি। আমি নিজেই এসেছি।"

কাকাবাবু সঙ্গে-সঙ্গে বুঝে গেলেন, এরা আসল পুলিশ নয়। তিনি হাতের চায়ের কাপটা টেবিলে নামিয়ে রাখতেই সেই লোকটি বলল, "আমি জানি, আপনার সঙ্গে একটা রিভলভার থাকে। সেটা বার করার চেষ্টা করবেন না। আপনি দু'হাত ওপরে তুলে থাকুন।"

গৌতমকাকু কিছু বুঝতে না পেরে বললেন, "পুলিশের লোক এরকম ব্যবহার করছে কেন? আপনারা রাজা রায়চৌধুরীকে চেনেন না? এখানকার ডি এম সাহেবের উনি কাকা হন।"

সেই লোকটি এক ধমক দিয়ে বলল, "শাট আপ! আর কেউ একটাও কথা বলবে না। আমি অকারণ রক্তারক্তি পছন্দ করি না।"

সে এগিয়ে এসে কাকাবাবুর গা চাপড়ে কোটের ভেতরের পকেট থেকে রিভলভারটা বার করে নিয়ে নিজের কোমরে গুঁজল।

তারপর বলল, "এঁকে চিনব না কেন? রাজা রায়চৌধুরী কাকাবাবু নামেই বেশি বিখ্যাত। বিখ্যাত বলেই তো এঁকে নিয়ে যেতে এসেছি। আমার নাম শঙ্কর রায়বর্মন। আমিও কম বিখ্যাত নই। এ-তল্লাটে অনেকেই আমার নাম শুনলে ভয়ে কাঁপে। নিন, চটপট চা-টা শেষ করে নিন।"

কাকাবাবু শান্তভাবে বললেন, "আপনার নাম আমি শুনেছি। আরও চা আছে। আপনি চা খাবেন?"

শঙ্কর রায়বর্মন বলল, "না, আমি চা খাব না। তবে একটা শিঙাড়া খেতে পারি।"

গৌতমকাকু বললেন, "এরা আসল পুলিশ নয় বুঝি?"

সন্তু মাথা নাড়ল।

কাকাবাবু বললেন, "শঙ্কর রায়বর্মন, আপনি যে উদ্দেশ্যে আমাকে ধরে নিয়ে যেতে চাইছেন, তা সফল হবে না।"

শঙ্কর রায়বর্মন হেসে বলল, "আমি কী উদ্দেশ্যে এসেছি, তা আপনি এর মধ্যেই বুঝে গেছেন? তা পারবেন না কেন, আপনি বুদ্ধিমান লোক। আপনার মাথার দাম আমি ঠিক করেছি, কুড়ি লক্ষ টাকা। সেই টাকাটা পেলেই আপনাকে ছেড়ে দেব।"

কাকাবাবু বললেন, "এর আগেও কয়েকবার আমাকে এই অবস্থায় পড়তে হয়েছে। কোনওবারই কেউ শেষপর্যন্ত আমাকে ধরে রাখতে পারেনি। টাকাও পায়নি।"

শঙ্কর রায়বর্মন বলল, "আপনার অনেক অভিযানের কাহিনী আমি পড়েছি। যারা আগে কয়েকবার আপনাকে আটকে রেখেছিল, তারা সব বোকা! আমার হাত থেকে আপনি কিছুতেই পালাতে পারবেন না। পুলিশ আমার টিকিটিও ছুঁতে পারবে না। এই আমার চ্যালেঞ্জ রইল।"

কাকাবাবু বললেন, "কিন্তু আমার জন্য কুড়ি লক্ষ টাকা কে দেবে? আমার অত টাকা নেই, আমার দাদাও অত টাকা দিতে পারবেন না।"

শঙ্কর রায়বর্মন বলল, "আপনাদের তো কলকাতায় একটা বাড়ি আছে, সেটা বিক্রি করে দেবেন। কিংবা, এরা ফিরে গিয়ে আর যে-কোনওভাবে হোক, টাকার জোগাড় করুক।"

কাকাবাবু বললেন, "টাকা দিতে না পারলে কী হবে?"

শঙ্কর রায়বর্মন বলল, "দেবে, দেবে, ঠিকই দেবে। আর বেশি ত্যাণ্ডাই ম্যাণ্ডাই করলে—"

কাকাবাবু বললেন, "আমাকে মেরে ফেলবেন, এই তো!"

শঙ্কর রায়বর্মন বলল, "না, না, সোনার হাঁসকে কি কেউ প্রথমেই মারে? দরকার হলে একটু একটু করে, যেমন ধরুন, প্রথমে আপনার ডান হাতের পাঞ্জাটা কেটে আপনার দাদার কাছে পাঠিয়ে দেব!"

কাকাবাবু বললেন, "ওরে বাবা, প্রথমেই ডান হাত? তা হলে আর রইলটা কী? সেই যে গান আছে, মুণ্ডু গেলে খাবোটা কী?"

শঙ্কর রায়বর্মন এবার হিংস্র মুখ করে বলল, "আপনি আমার সঙ্গে রসিকতা করছেন? আমাকে এখনও চেনেন না।"

সে কাকাবাবুর গালে ঠাস করে এক চড় কষাল।

গৌতমকাকু আঁতকে উঠে বললেন, "এই, এই, ওর গায়ে হাত তুলছ!"

শঙ্কর রায়বর্মন ওঁর দিকে ফিরে বলল, "আপনি কে? আপনার নামটা শুনি? আপনার পরিচয় কী?"

গৌতমকাকু বললেন, "আমার নাম ডাক্তার গৌতম হালদার, আমি এখানে থাকি না। আমেরিকায়..."

কাকাবাবু ওঁকে বাধা দিয়ে বললেন, "এই গৌতম—"

ততক্ষণে গৌতমকাকু বলে ফেলেছেন, "আমেরিকায় আছি বহু বছর..."

শঙ্কর রায়বর্মন শিস দিয়ে বলল, "আপনি আমেরিকায় থাকেন, ডাক্তার? দেন ইউ আর এ বিগার ফিশ। আপনাকেই বা ছাড়ি কেন? আপনার মাথার দাম অন্তত পঞ্চাশ লাখ তো হবেই। আপনাকেও যেতে হবে আমাদের সঙ্গে। এই জটা, এর হাতদুটো পিছমোড়া করে বেঁধে ফেল।"

ওর একজন সঙ্গী এল গৌতমকাকুর হাত বাঁধতে।

কাকাবাবু বললেন, "ওকে নিলে কিন্তু আপনার বিপদ হবে। আমার জন্য কেউ মাথা ঘামাবে না। আমি মরি কি বাঁচি, তাতে কারও কিছু যায় আসে না। কিন্তু

আমার এই বন্ধু আমেরিকার নাগরিক। ওকে ধরে রাখলে আমেরিকার সরকার এ-দেশের সরকারকে চাপ দেবে।”

শঙ্কর রায়বর্মন অবজ্ঞার সঙ্গে বলল, “ওসব আমেরিকা ফ্যামেরিকা আমাকে দেখাবেন না। আমি গ্রাহ্য করি না। কী করে টাকা আদায় করতে হয়, আমি জানি।”

কাকাবাবু বললেন, “এটা কিন্তু তুমি বেশি বাড়াবাড়ি করে ফেলছ!”

শঙ্কর রায়বর্মন হুঙ্কার দিয়ে বলল, “তুমি? আমাকে তুমি বলার অধিকার তোমাকে কে দিয়েছে?”

আবার সে কাকাবাবুর গালে একটা চড় কষাল।

সন্তু এবার ছেলেমানুষের মতন ভেউ ভেউ করে কেঁদে উঠল। দু'হাতে মুখ চাপা দিয়ে হাঁটু গেড়ে বসে পড়ে কাঁদতে কাঁদতে বলতে লাগল, “কাকাবাবুকে মারছে! কাকাবাবুকে মারছে!”

শঙ্কর রায়বর্মন সন্তুকে পা দিয়ে এক ধাক্কা দিয়ে বলল, “এই ছোঁড়া, চুপ কর! এতবড় ধেড়ে ছেলে, কাঁদছে দ্যাখ!”

সেই পায়ের ধাক্কায় সন্তু গড়িয়ে পড়ল মাটিতে।

সঙ্গে সঙ্গে সে একজন নকল পুলিশের পা ধরে হ্যাঁচকা টান দিল। সেই লোকটার হাতেই স্টেনগান।

সে তাল সামলাতে না পেরে পড়ে যেতেই সন্তু তার হাত থেকে স্টেনগানটা ছিনিয়ে নিয়ে তড়াক করে উঠে দাঁড়াল।

গম্ভীর গলায় বলল, “এবারে তিনজনে পাশাপাশি দাঁড়িয়ে যান। এদিক-ওদিক করলেই আমি গুলি চালাব। শঙ্কর রায়বর্মন, আপনার হাতের রিভলভারটা টেবিলের ওপর রাখুন।”

শঙ্কর রায়বর্মন কাকাবাবুর সামনে থেকে নড়ল না।

সন্তুর দিয়ে চেয়ে বলল, “এ ছোঁড়ার এলেম আছে তো দেখছি! এর নাম সন্তু, তাই না? ওর কথা আমার আগেই ভাবা উচিত ছিল। তা তুই কী করবি? কী করে ওটা চালাতে হয় জানিস?”

কাকাবাবু বললেন, “সন্তু কিন্তু সবরকম ফায়ার আর্মস চালাতে জানে।”

শঙ্কর রায়বর্মন বলল, “তাই নাকি? মানুষ মারার অভ্যেসও আছে, দেখি কেমন পারিস?”

কাকাবাবু বললেন, “প্রাণে না মারলেও ও পায়ে গুলি চালাবে।”

শঙ্কর রায়বর্মন সিনেমার ভিলেনের মতন হা-হা করে হেসে উঠল।

তারপর বলল “ফক্কা! ফক্কা! ওটার মধ্যে গুলি নেই। আর্মির কাছ থেকে দুটো এ কে ফরটি সেভেন কেড়ে নিয়েছি, কিন্তু গুলি পাইনি। তবে, শুধু ওগুলো দেখলেই সবাই ভয় পেয়ে যায়। গুলির অর্ডার দিয়েছি, এসে যাবে।”

তার হাতে কাকাবাবুর রিভলভার। নিজের কোমর থেকে আর একটা

রিভলভার বার করে বলল, "এই দুটোতে কিন্তু গুলি আছে। মানুষ মারতে আমার একটুও হাত কাঁপে না। এই ছোঁড়া, তুই অস্তরটা ফেরত দিবি, না গুলি খেতে চাস।"

কাকাবাবু বললেন, "ওটা ফেরত দে, সন্তু!"

সন্তু সেটা পায়ের কাছে নামিয়ে রাখল।

শঙ্কর রায়বর্মন তার কাছে গিয়ে প্রথমে কাঁধ চাপড়ে বলল, "গুড অ্যাটেম্‌ট মাই বয়!"

তারপর সন্তুকেও সে একখানা থাপ্পড় মারল খুব জোরে। দাঁতে দাঁত চেপে বলল, "ফের যদি পাকামি করিস, তোর কাকাবাবুর মতন তুইও খোঁড়া হবি! এটা ছেলেখেলা নয়, যুদ্ধ। আমি যুদ্ধ ঘোষণা করেছি! আমি এখানকার রাজা!"

কাকাবাবুর দিকে ফিরে বলল, "আর দেরি নয়, রাজা-রায়চৌধুরী, উঠে পড়ো। ক্রাচ বগলে নাও। তোমার এই আমেরিকান ডাক্তার বন্ধুটিও আমাদের সঙ্গে যাবে।"

মিলিকাকিমা এতক্ষণ থ হয়ে দাঁড়িয়ে ছিলেন। এবার তিনি বলে উঠলেন, "ওকে কোথায় নিয়ে যাচ্ছেন? আমিও সঙ্গে যাব।"

শঙ্কর রায়বর্মন বলল, "না, না, আমরা মহিলাদের গায়ে হাত ছোঁয়াই না। আপনারা কলকাতায় ফিরে যান, টাকার জোগাড় করুন গিয়ে। ছোট ছেলেদেরও আমরা ধরে রাখি না।"

মিলিকাকিমা ছুটে এসে তাঁর স্বামীকে আড়াল করে দাঁড়িয়ে বললেন, "আমি কিছুতেই ওঁকে একা যেতে দেব না!"

শঙ্কর রায়বর্মন বলল, "এইমাত্র বললাম, আমরা মেয়েদের গায়ে হাত দিই না। কিন্তু আপনি এরকম করলে ধাক্কা দিয়ে সরিয়ে দিতে বাধ্য হব। শেষ পর্যন্ত দরকার হলে গুলিও চালাব। কোনও লাভ নেই, সরে যান। ও ডাক্তারমশাই, আপনার বউকে সরে যেতে বলুন।"

গৌতমকাকু বললেন, "মিলি সরে যাও।"

মিলিকাকিমা বললেন, "না, আমি কিছুতেই তোমাকে এই বিপদের মুখে যেতে দেব না!"

শঙ্কর রায়বর্মন মিলিকাকিমাকে সরিয়ে দেওয়ার জন্য হাত তুলতেই পুরু দৌড়ে এসে বলল, "ডোন্ট টাচ মাই মাদার!"

শঙ্কর রায়বর্মন বলল, "দেন আস্ক ইয়োর মাদার টু স্টেপ অ্যাসাইড।"

তারপর সে মিলিকাকিমাকে বলল, "শুনুন, আপনার স্বামীর কোনও বিপদ হবে না। ভালই খাওয়াদাওয়া আর শোয়ার জায়গা দেব। দশদিন সময়। এর মধ্যে টাকাটা জোগাড় করুন। টাকা পেলেই সুস্থভাবে ফিরিয়ে দেব। টাকা না পেলে অবশ্য একটা-একটা করে অঙ্গপ্রত্যঙ্গ ফেরত যাবে।"

মিলিকাকিমা বললেন, "আপনার কথা শুনে মনে হয়, আপনি লেখাপড়া

জানেন। আপনি এরকম নিষ্ঠুরের মতন কথা বলছেন—?”

শঙ্কর রায়বর্মন বলল, “লেখাপড়া জানলেই কি নিজের অধিকার ছেড়ে দিতে হবে? আমি যে-কারণে যুদ্ধ ঘোষণা করেছি, তার জন্য আমার অনেক টাকার দরকার। টাকার জন্য আমি সবকিছু করতে পারি। আমেরিকায় থাকেন। পঞ্চাশ লাখ টাকা আর আপনাদের কাছে এমন কী ব্যাপার! এক কোটি, দু'কোটি তো চাইনি! তাও চাইতে পারতাম!”

এর পর সে কাকাবাবুর গায়ে রিভলভারের খোঁচা দিয়ে বলল, “আর দেরি নয়!”

কাকাবাবু আর গৌতমকাকুকে নিয়ে ওরা নীচে নেমে গেল। তার পরেই তাঁদের তুলে নিয়ে জিপগাড়িটা মিলিয়ে গেল জঙ্গলের অন্ধকারে।

মিলিকাকিমা ধপাস করে একটা চেয়ারে বসে পড়ে বললেন, “ধরে নিয়ে গেল? সত্যিই ধরে নিয়ে গেল? অ্যাঁ! এখন কী হবে?”

পুরু বলল, “কিডন্যাপিং! অ্যাবডাকশান! উই মাস্ট ইনফর্ম দা পুলিশ রাইট নাও! হোয়ার দা হেল উই দেন ফাইন্ড আ টেলিফোন, সন্তু?”

তার এখন একটাও বাংলা কথা মনে পড়ছে না।

॥ ৬ ॥

বিয়েবাড়ির উৎসবের মধ্যেও জোজোর একেবারে মন টিকছে না।

একটা মস্ত বড় বাড়িতে একসঙ্গে দুটো বিয়ে হচ্ছে। একতলায় অন্য দল, জোজোর মাসির বিয়ে দোতলায়। জোজোর ওপরে দায়িত্ব পড়েছে গেটের সামনে দাঁড়িয়ে শুধু তাদের অতিথিদের দোতলার সিঁড়ি দেখিয়ে দেওয়া।

দু'দিকে দুটো গেট, সিঁড়িও আলাদা। ফুল দিয়ে দু'জোড়া বর-কনের নাম লেখা আছে দু'দিকের গেটে। বারবার সিঁড়ি দিয়ে ওঠা-নামা করতে করতে জোজোর পা ব্যথা হয়ে গেছে।

তার বারবার মনে পড়ছে, সন্তু-কাকাবাবুরা এই সময় জঙ্গলে গিয়ে কতরকম মজা করছে, আর সে একা-একা পড়ে আছে কলকাতায়। এই পুরু নামের ছেলেটার সঙ্গে সন্তুর বেশি বন্ধুত্ব হয়ে যাবে?

কাকাবাবু হঠাৎ উত্তরবাংলার জঙ্গলে গেলেন কেন? শুধু বেড়াতে? না কি ওখানে কোনও গুপ্তধনের সন্ধান পেয়েছেন? কিংবা ওখানে পড়ে আছে কোনও উল্কার টুকরো? কিংবা ইয়েতির মতন অদ্ভুত কোনও প্রাণীর দেখা পাওয়া গেছে ওখানে?

জোজোর মাসির তিনজন বান্ধবী ভুল করে ঢুকে যাচ্ছে একতলার বিয়েবাড়ির দিকে। জোজো ওদের চেনে, তবু এগিয়ে গিয়ে কিছু বলল না। যাক না ওদিকে! সব বিয়েবাড়িতে কত লোকজন আসে। সবাই তো সবাইকে চেনে না। কেউ কিছু

বলবে না। ওরা ভেতরে গিয়ে বিয়ের কনেকে দেখে লজ্জা পেয়ে যাবে।

একতলার বিয়েবাড়িতে কী কী খাওয়াচ্ছে? ওদের কি আইসক্রিম আছে? জোজো একবার ভাবল, ওদিকটায় গিয়ে একবার দেখে আসবে।

সেই তিনটি মেয়ে ফিরে আসছে।

তারা জোজোকে দেখতে পেয়ে কিছু বলার আগেই জোজো বলল "ওমা প্রিয়াঙ্কামাসি, তোমরা ওদিকে খেয়ে এলে বুঝি? এবার এদিকে খাবে?"

প্রিয়াঙ্কা নামে মেয়েটি বলল, "এই পাজি ছেলে, তুই আমাদের দেখতে পাসনি? আমরা ওদিকের মেয়েটাকে উপহারটা প্রায় দিয়ে ফেলছিলুম আর একটু হলে। এমন লজ্জায় পড়তে হল!"

জোজো নিরীহ মুখ করে বলল, "আমি তোমাদের ডাকবার আগেই তো তোমরা ওদিকে হড়বড় করে ঢুকে পড়লে। আমি ভাবলুম, তোমরা বুঝি ওদেরও চেনো!"

আবার একদল এসে পড়ায় জোজো তাদের দিকে চলে গেল।

বিয়ের উৎসব আর খাওয়াদাওয়া চুকতে চুকতে বেজে গেল রাত একটা। দোতলায় অনেক ঘর, অনেকে আজ রাতটা সেখানেই কাটাবে। জোজোর ঘুম এল না কিছুতেই। চোখ বুজলেই সে দেখতে পাচ্ছে একটা ঘন জঙ্গল। কিং কঙের মতন একটা গোরিলা ঘুরে বেড়াচ্ছে সেই জঙ্গলে। এদেশে তো গোরিলা নেই। তবে ওটা এল কোথা থেকে? অন্য গ্রহ থেকে আসেনি তো?

ভোর হতে না হতেই সে মাকে বলল, "মা, আমি সন্তু-কাকাবাবুদের কাছে যাচ্ছি। কয়েকদিন পরে ফিরব।"

মা বললেন, "সে কী! তুই বউভাতের দিন থাকবি না?"

জোজো বলল, "আমার তো বিয়ের দিন শুধু ডিউটি ছিল। বউভাতে তো কিছু করবার নেই।"

মা তবু আপত্তি করলেও, জোজো অনেক বুঝিয়েসুঝিয়ে রাজি করল। তারপর বাড়ি গিয়ে একটা ব্যাগ গুছিয়ে নিয়ে সোজা চলে এল হাওড়া স্টেশন।

এক ঘণ্টা পরেই একটা ট্রেন আছে উত্তরবাংলার। টিকিট কেটে উঠে পড়ল সেই ট্রেনে।

জোজো মুখে যতই বড় বড় কথা বলুক, একা একা কোথাও যাওয়ার অভ্যেস নেই তার। দিনের বেলার ট্রেনে খুব ভিড়। তবু জোজো একটা কামরায় কোনওরকমে চেপেচুপে জায়গা পেয়ে গেল।

ট্রেনে উঠলেই জোজোর খিদে পায়। যদিও রাত্তিরবেলা বিয়ে বাড়ির খাওয়া খেয়েছে, কিন্তু একটু পরেই তার মন আনচান করতে লাগল। প্রথমে সে ঝালমুড়ি কিনল এক ঠোঙা। কয়েক স্টেশন পরে আলু-পরোটা আর কফি খেয়ে নিল। তারপর কিনে ফেলল অনেকখানি বাদাম। এইগুলো শেষ করতে করতে অনেকটা সময় কেটে যাবে। এইজন্যই চিনেবাদামের নতুন নাম হয়েছে টাইম-পাস!

জোজোর পাশে বসেছে একজন মাঝবয়েসি লোক, তার মুখ ভর্তি দাড়ি কিন্তু মাথাজোড়া টাক।

জোজো ভাবল, অনেক লোকের মাথার চুল উঠে গিয়ে টাক পড়ে, কিন্তু দাড়ি কেন উঠে যায় না? আজ পর্যন্ত দাড়িতে টাক পড়া কোনও লোক তো সে দেখেনি!

অন্য যাত্রীরা চেঁচিয়ে চেঁচিয়ে নানান গল্প করছে। প্রথমে সিনেমার গল্প দিয়ে আরম্ভ হয়েছিল, এখন চলছে ডাকাতের গল্প।

পাশের দাড়িওয়ালা লোকটি একটা কৌটো থেকে কয়েকটা শোনপাপড়ি বার করে বলল, "একটা খাবে নাকি ভাই? এটা বাড়িতে তৈরি ভাল জিনিস! ভেজাল নেই।"

কয়েকদিন ধরে কাগজে বিজ্ঞাপন দিচ্ছে, ট্রেনের কোনও সহযাত্রী আপনাকে কিছু খাবার জিনিস দিলে খাবেন না। সেইসব খাবারে অনেক সময় ঘুমের ওষুধ মেশানো থাকে। ঘুম থেকে জেগে উঠে দেখবেন, আপনার জিনিসপত্র সব উধাও হয়ে গেছে!

জোজো এই বিজ্ঞাপন পড়েছে। কিন্তু এমন টাটকা শোনপাপড়ি, সুন্দর গন্ধ বেরিয়েছে, এ কি প্রত্যাখ্যান করা যায়? দাড়িওয়ালা লোকটিকে ঠিক চোর-ডাকাত মনে হয় না।

একটা শোনপাপড়ি তুলে নিয়ে জোজো বলল, "আপনিও আমার বাদাম খান।"

কথায় কথায় এই লোকটির সঙ্গে বেশ আলাপ হয়ে গেল। তার নাম বাবুল আহমেদ। তার তালপাতার পাখা তৈরির ব্যবসা। বাড়ি কুচবিহার। প্রায়ই কলকাতায় যাওয়া-আসা করতে হয়।

একটা শোনপাপড়ি শেষ হওয়ার পর সে জিজ্ঞেস করল, "ভাল লেগেছে? তা হলে আর একটা খাও না। অনেক রয়েছে। দুটোও নিতে পারো।"

এরকম অনুরোধ উপেক্ষা করা যায় না। জোজো দুটো শোনপাপড়ি নিয়ে নিল। সত্যি ভারী অপূর্ব স্বাদ।

এদিকে ডাকাতির গল্প চলছেই। প্রত্যেকেই যেন একটা-না-একটা ডাকাতির গল্প জানে।

বাবুল আহমেদ জোজোকে নিচু গলায় বলল, "তোমাকে একটা জিনিস শিখিয়ে দিই। উত্তরবাংলায় যাচ্ছ তো। যদি কখনও চোর-ডাকাতদের পাল্লায় পড়ো, বাঁচবার একটা সহজ উপায় আছে। চোর-ডাকাতদের সামনে বুক ফুলিয়ে বলবে, আমি কে জানো? আমি শঙ্কর রায়বর্মনের দলের লোক। দেখবে, অমনই ম্যাজিকের মতন কাজ হবে। চোর-ডাকাতরা দৌড়ে পালাবে।"

জোজো জিজ্ঞেস করল, "শঙ্কর রায়বর্মন কে?"

বাবুল আহমেদ বলল, "তা তোমার জানার দরকার নেই। শুধু নামটা বলতে পারলেই হল। চোর-ডাকাতরা ওই নামটাকে যমের মতন ভয় পায়। আমি দু'বার এইভাবে রক্ষা পেয়েছি। নামটা মুখস্থ করে নাও!"

জোজো দু'বার বলল, "শঙ্কর রায়বর্মন, শঙ্কর রায়বর্মন!"

বাদামগুলো শেষ করতে পারল না জোজো। তার আগেই তার ঘুম এসে গেল। একেবারে গভীর ঘুম।

এক সময় একজন কেউ তাকে ঠেলাঠেলি করে বলতে লাগল, "ও ভাই ওঠো! ওঠো! নিউ জলপাইগুড়ি এসে গেছে!"

জোজো ধড়মড় করে উঠে পড়ে বলল, "অ্যাঁ? কী হয়েছে? আমি ঘুমিয়ে পড়েছিলাম? আমার ব্যাগ কোথায়? ব্যাগ? শোনপাপড়ি, শোনপাপড়িতে ঘুমের ওষুধ ছিল! আমার ব্যাগ! যাঃ, চুরি হয়ে গেছে! সেই লোকটা, সেই লোকটা...।"

লোকটি বলল, "কী আবোল তাবোল বলছ! ওই তো সিটের নীচে তোমার ব্যাগ রয়েছে। তোমার পাশের লোকটি এক স্টেশন আগে নেমে গেল।"

সত্যিই তাই, ব্যাগটা চুরি যায়নি। কিছুই হয়নি।

এবার জোজো ধাতস্থ হল। আগের রাত্তিরে সে একটুও ঘুমোয়নি, তাই এত ঘুম পেয়েছিল। ঘুমের ওষুধটষুধ কিছু না, বাবুল আহমেদ ভালবেসেই তাকে শোনপাপড়ি খেতে দিয়েছিল।

এই তো হয়, একজন-দু'জন চোর-ডাকাতের জন্য সব অচেনা লোককেই সন্দেহ করতে হয়।

ব্যাগটা নিয়ে নেমে পড়ল জোজো। জলপাইগুড়ির ডি এম সাহেবের কাছে খোঁজ করতে হবে, সন্তু বলে দিয়েছিল, সেটা মনে আছে। কিন্তু সেখানে কী করে যাওয়া যাবে।

স্টেশনের বাইরে এসে দেখল, ট্যাক্সি আছে বটে, কিন্তু অনেক ভাড়া লাগবে। অত টাকা জোজো দিতে পারবে না। তবে, জলপাইগুড়ি পর্যন্ত শেয়ারের ট্যাক্সি যায়, তাতে অনেক কম খরচ।

সে একটা শেয়ারের ট্যাক্সিতেই উঠে বসল।

জলপাইগুড়িতে এসে নামার পর লোকজনকে জিজ্ঞেস করে জানল যে, ডি এম সাহেবের বাংলো পর্যন্ত হেঁটে যাওয়া যাবে না। সাইকেল রিকশা নিতে হবে!

এর মধ্যে রাত হয়ে গেছে। এরকম অচেনা জায়গায় একা একা সাইকেল রিকশায় চেপে জোজো আগে কখনও যায়নি। হঠাৎ তার মাথায় একটা দুশ্চিন্তা এসে গেল। যদি ডি এম সাহেব এখন বাড়িতে না থাকেন? যদি তিনি অফিসের কাজে অন্য কোথাও যান? তা হলে জোজোকে তো এখানে কেউ চিনবে না। তা হলে সে রাত্তিরে থাকবে কোথায়? হোটেলে থাকার মতন অত টাকাও তার সঙ্গে নেই। তার বয়েসি ছেলেকে কি একা কোনও হোটেলে থাকতে দেয়?

এর মধ্যেই রাস্তা একেবারে নির্জন। গাড়িও বিশেষ নেই। ট্রেনে অনেক ডাকাতির গল্প শুনে জোজোর খালি মনে হচ্ছে, এই সময় হঠাৎ যদি কোনও ডাকাত এসে ধরে? তা হলে কী যেন একটা নাম বলতে হবে? শঙ্কর রায়বর্মন, শঙ্কর রায়বর্মন! জোজো মনে মনে বারবার সেই নামটা বলতে লাগল!

সাইকেল রিকশাওলা তাকে নামিয়ে দিল ডি এম সাহেবের বাংলোর সামনে।

গেটের কাছে একজন বন্দুকধারী পাহারাদার। সে জোজোকে দেখেও কিছু বলল না। জোজো এগিয়ে গিয়ে সদর দরজার বেল টিপল।

দরজা খুলে দিল একজন আর্দালি। কে জিজ্ঞেস করল, "কী চাই?"

জোজো বলল, "ডি এম সাহেব আছেন?"

আর্দালিটি বলল, "আছেন। কিন্তু এখন দেখা হবে না।"

জোজো বলল, "আমার বিশেষ দরকার!"

আর্দালিটি বলল, "আটটা বেজে গেছে। এর পর আর তিনি কারুর সঙ্গে দেখা করেন না। হুকুম নেই।"

আর্দালিটি দরজা বন্ধ করে দিতে যাচ্ছিল, জোজো বলল, "ওঁকে গিয়ে বলো, আমি শঙ্কর রায়বর্মনের লোক। তা হলে উনি ঠিক দেখা করবেন।"

সঙ্গে সঙ্গে ভয়ে আর্দালিটির মুখ শুকিয়ে গেল। কাঁপতে কাঁপতে সে বলে উঠল, "অ্যাঁ? অ্যাঁ? ওরে বাবা রে, গার্ড, গার্ড শিগগির ইধার আও! স্যার, সাহেব, এসে গেছে! ওদের লোক।"

গেটের পাহারাদারটি ছুটে এসে রাইফেল বাগিয়ে ধরল জোজোর দিকে। ভেতরের সিঁড়িতে দুমদাম পায়ের আওয়াজ হল। রণবীর গুপ্ত এগিয়ে এলেন, হাতে রিভলভার।

তিনি কড়া গলায় বললেন, "তুমি কে? চিঠি এনেছ?"

জোজো বলল, "চিঠি তো আনিনি। আমি, মানে..."

রণবীর গুপ্ত বললেন, "তা হলে কেন এসেছ?"

জোজো বলল, "কাকাবাবুরা কোথায় আছেন, সেখানে আমাকে যদি পৌঁছে দেন।"

রণবীর গুপ্ত বললেন, "সেখানে আমি তোমাকে পৌঁছে দেব?"

জোজো বলল, "আমি সন্তুর বন্ধু। কাকাবাবু আমাকে চেনেন। সন্তুই আমাকে আসতে বলেছে।"

রণবীর গুপ্ত বললেন, "সন্তু তোমাকে আসতে বলেছে? তা হলে তুমি প্রথমে এসে কার নাম বললে?"

জোজো এবার জিভ কেটে ফেলে বলল, "এই যাঃ! ভুল করে বলে ফেলেছি!"

রণবীর গুপ্ত বললেন, "এখন উলটোপালটা কথা বলা হচ্ছে। যেখানে দাঁড়িয়ে আছো, এক পাও এগোবে না।"

তিনি আর্দালিকে বললেন, "ওর বডি সার্চ করে দেখো তো, বোমা টোমা লুকিয়ে রেখেছে কি না!"

আর্দালি কাঁচুমাচু ভাবে বলল, "স্যার, গায়ে হাত দিলে যদি বোমা ফেটে যায়?"

রণবীর গুপ্ত বললেন, "ঠিক বলেছ। ওহে ছোকরা, তোমার ব্যাগে যা

জিনিসপত্র আছে, সব বার করে দেখাও। তারপর তুমি মাটিতে শুয়ে দু'বার গড়াগড়ি দাও, দেখতে চাই তোমার গায়ে বোমা বাঁধা আছে কি না।"

জোজো বলল, "বিশ্বাস করুন, আমি সন্তুর খুব বন্ধু। সন্তু আমাকে দেখলেই..."

রণবীর গুপ্ত বললেন, "তা হলে তুমি আগে অন্য নাম বললে কেন? কোনও কথা শুনতে চাই না, মাটিতে শুয়ে গড়াগড়ি দাও, নইলে আমি গুলি করব।"

অগত্যা জোজোকে নিজের ব্যাগটা খুলে উলটে দিতে হল। নিজে শুয়ে পড়ল মাটিতে।

গার্ড, আর্দালি, রণবীর গুপ্ত নিজেও খানিকটা দূরে সরে গেলেন।

দু'বার গড়াগড়ি দেওয়ার পর উঠে দাঁড়িয়ে ধুলো ঝাড়তে ঝাড়তে জোজো বলল, "দেখলেন, দেখলেন! কিছু নেই!"

রণবীর তবুও সন্তুষ্ট না হয়ে বললেন, "তোমার ব্যাগের জিনিসপত্রের মধ্যে ওই চৌকোমতন জিনিসটা কী?"

জোজো বলল, "বোমা! আরে না, না, কী যে ভুল হয়ে যাচ্ছে। বলতে চাইছি, বোমা নয়, রসগোল্লা। বিয়েবাড়ির। অনেক রসগোল্লা বেশি হয়ে গিয়েছিল তো, তাই একটা টিনের কৌটোয় করে কাপড় দিয়ে বেঁধে এনেছি আপনাদের জন্য!"

রণবীর গুপ্ত বললেন, "ওটা খুলে দেখাও!"

জোজো খোলার চেষ্টা করেও খুলতে পারছে না, সে নিজেই এত শক্ত করে গিঁট বেঁধেছে যে, দারুণ আঁট হয়ে গেছে।

আর্দালিটি বলল, "স্যার, আমার মনে হচ্ছে, ওটার মধ্যেই...."

রণবীর গুপ্ত রিভলভার তাক করে আছেন। কড়া গলায় বললেন, "কোনওরকম চালাকির চেষ্টা কোরো না।"

ঠিক এই সময় একটা গাড়ি এসে থামল। তার থেকে নেমে এল সন্তু আর পুরু।

তাদের দেখে একগাল হেসে জোজো বলল, "কী রে, সন্তু, দ্যাখ, আমি ঠিক এসে গেছি।"

জোজোকে দেখে সন্তুর মুখে কোনও খুশির ভাব ফুটল না। সে ফ্যাকাশে গলায় শুধু বলল, "তুই এসেছিস?"

জোজো বলল, "হ্যাঁ, আসব না মানে? তোর মুখখানা এমন আমসির মতন হয়ে আছে কেন? সারাদিন কিছু খাসনি বুঝি? নে, রসগোল্লা খা। ছোটমাসির বিয়ের রসগোল্লা!"

এর মধ্যে গিঁট খুলে ফেলেছে জোজো। প্রথমে রণবীর গুপ্তর কাছে কৌটোটা নিয়ে গিয়ে বলল, "নিন, আপনি আগে খেয়ে দেখুন! কলকাতার বেস্ট রসগোল্লা!"

রণবীর গুপ্ত সন্তুকে জিজ্ঞেস করলেন, "এ তোমার বন্ধু?"

সন্তু বলল, "হ্যাঁ, এর নাম জোজো। এর নানারকম কাণ্ডকারখানার কথা শোনেননি আপনি?"

রণবীর গুপ্ত এবার হো-হো করে হেসে উঠলেন।

গার্ড, আর্দালিরাও হাসতে লাগল। তারপর সবাই মিলে খেতে লাগল রসগোল্লা।

সন্তু জোজোকে বলল, "চল, আমার ঘরে চল। অনেক কথা আছে। এর মধ্যে সাঙ্ঘাতিক কাণ্ড ঘটে গেছে।"

পুরুকে নিয়ে ওরা চলে গেল ওপরে। সার্কিট হাউজের বদলে ওরা এখন ডি এম সাহেবের বাংলোতে রয়েছে। মিলিকাকিমা অনবরত কাঁদছেন, নিজের বিছানা ছেড়ে উঠছেনই না। তিনি কিছুতেই কলকাতায় ফিরে যেতেও রাজি নন।

ঘরের মধ্যে এসে জোজো বলল, "আগে এক গেলাস জল খাওয়া তো সন্তু!"

সন্তু জিজ্ঞেস করল, "এ কী, তোর জামায় এত ধুলো কাদা লাগল কী করে? আছাড় খেয়ে পড়ে গিয়েছিলি?"

জোজো বলল, "না, না, তোরা বাড়ি ছিলি না, ততক্ষণ আমি ডি এম সাহেবকে ম্যাজিক দেখাচ্ছিলাম।"

"ম্যাজিক?"

"হ্যাঁ, এটা আমি যেবার হনুলুলু যাই, সেখানে শিখেছি। সেখানে একজন ম্যাজিশিয়ান ছিল, তার নাম আলাপাগোস, দুর্দান্ত সব খেলা জানে। সে আমাকে এটা শিখিয়ে দিয়েছিল।"

"কীরকম ম্যাজিক?"

জোজো একগাল হেসে বলল, "তোরা পারবি না। প্রথমে মাটিতে শুয়ে পড়তে হবে। ঘরের মধ্যে হবে না, বাইরে খোলা জায়গায়। তারপর দু'বার গড়াগড়ি দিলেই পেটটা ফুলতে শুরু করবে। ঠিক যেন বেলুনের মতন, ফুলতে ফুলতে এত বড় হবে যে, মনে হবে এক্ষুনি ফেটে যাবে! তারপর নিজেই দুম ফটাস আওয়াজ করলে সবাই চমকে যাবে। তখন দেখা যাবে, পেটটা একই রকম আছে!"

॥ ৭ ॥

জিপগাড়িতে ওঠার পর কাকাবাবু আর গৌতমকাকুর চোখ বেঁধে দেওয়া হয়েছে।

কাকাবাবু গৌতমকাকুকে বললেন, "বাধা দিয়ো না। দ্যাখোই না কী হয়। ভয়ের কিছু নেই।"

গৌতমকাকু বললেন, "আমি মোটেই ভয় পাইনি। তুই তো সঙ্গে আছিস!"

কাকাবাবু মুখ ফিরিয়ে বললেন, "মিস্টার শঙ্কর রায়বর্মন, আপনাকে দু'-একটা প্রশ্ন করতে পারি কি? আপনাকে কী বলে ডাকব?"

শঙ্কর রায়বর্মন বলল, "হ্যাঁ, যা খুশি জিজ্ঞেস করতে পারেন। আসলে মিস্টার বলার দরকার নেই। হয় রাজাবাবু বলবেন, অথবা পুরোপুরি নাম, শঙ্কর রায়বর্মন! শঙ্করবাবুটাই চলবে না।"

কাকাবাবু বললেন, "তা হলে প্রথমটা জানতে পারি কি, কেন আপনার নাম রাজাবাবু?"

"আমার নাম রাজাবাবু নয়। রাজাকে তো সবাই রাজাই বলবে। আমি এখানকার রাজা। আমি দলিলপত্র দেখিয়ে প্রমাণ করে দিতে পারি যে, আমার পূর্বপুরুষ এই জঙ্গল মহলের রাজা ছিল। ইংরেজরা জোর করে সেটা দখল করে নিয়েছিল, এখন আমি ভারত সরকারের কাছ থেকে সেই রাজত্ব ফেরত চাই।"

"এখনকার দিনে কি রাজা কিংবা রাজত্ব বলে কিছু আছে? সবই তো স্বাধীন ভারতের অংশ।"

"বাজে কথা! নেপাল, ভুটান, এইসব দেশে রাজা নেই? আমার এই জঙ্গল মহলও সেরকম আলাদা রাজত্ব হবে।"

"নেপাল আর ভুটান তো ভারতের মধ্যে ছিল না কখনও। কিন্তু কুচবিহার কিংবা ত্রিপুরা ভারতে ঢুকে গেছে।"

"তর্ক করবেন না, তর্ক করবেন না। কুচবিহার, ত্রিপুরার রাজারা ভিতু ছিল, লড়াই করেনি। আমি যুদ্ধ করে জিতে নেব। সেইজন্যই সৈন্যবাহিনী তৈরি করছি। আমার অনেক টাকা চাই।"

"আমাদের মতন নিরীহ মানুষদের ধরে রেখে টাকা আদায় করবেন? আমরা তো অত টাকা দিতে পারব না।"

"তা হলে আপনাদের মতন ক'টাকে মেরে ফেলতে হবে। হাত-পা কেটে, মুণ্ডু কেটে বাইরে ফেলে দিয়ে আসব। তা হলেই অন্যরা ভয়ে টাকা দেবে! আপনাকে পেয়ে আমার দারুণ লাভ হল।"

"কেন, আমি তো আগেই বলেছি, আমি টাকা দিতে পারব না।"

"টাকা না পেলেও চলবে। সবাই জানে, রাজা রায়চৌধুরী, সবাই যাকে কাকাবাবু বলে জানে, তার দারুণ বুদ্ধি, সব বিপদ থেকে উদ্ধার পায়। কিন্তু আমার হাত থেকে আপনি কিছুতেই পালাতে পারবেন না। আপনাকে টুকরো-টুকরো করে কেটে ফেললে সবাই বুঝবে, আমার কতখানি শক্তি!"

"আমি খোঁড়া মানুষ, দৌড়ে পালাতে পারি না। আমাকে মেরে ফেলা তো খুব সহজ। কিন্তু এই সহজ কাজটাও কিন্তু এ পর্যন্ত কেউ পারেনি।"

"এবার দেখুন। দশদিন অপেক্ষা করব। গভর্নমেন্ট বা অন্য কেউ যদি আপনার হয়ে বিশ লাখ টাকা দেয়, তা হলে আর মারব না। কিন্তু সেটাও তো আপনার পরাজয় হবে, তাই না?"

"তা বটে কিন্তু কেউ অত টাকা দেবে না।"

"আপনার বন্ধুটি তো আমেরিকার ডাক্তার। ওদের অনেক টাকা। ওকে বলুন, আপনাদের দু'জনের টাকা দিয়ে দিতে।"

গৌতমকাকু বললেন, "আমেরিকায় টাকা গাছে ফলে না। অনেক পরিশ্রম করে রোজগার করতে হয়। আমার পরিশ্রমের টাকা আমি যাকে-তাকে দেব কেন?"

শঙ্কর রায়বর্মন বলল, "যাকে-তাকে? হুঃ, ক'টা দিন যাক, তারপর এই তেজ কোথায় থাকে, দেখব!"

খানিক পরে জিপগাড়িটা থেমে গেল।

তখনও কাকাবাবুদের চোখের বাঁধন না খুলে হাঁটিয়ে নিয়ে যাওয়া হল কিছুদূর। সেখানে ঠিক কোনও রাস্তা নেই, এগোতে হচ্ছে ঝোপ জঙ্গলের মধ্য দিয়ে। ক্রাচ নিয়ে হাঁটতে অসুবিধে হচ্ছে কাকাবাবুর।

একবার তিনি হুমড়ি খেয়ে পড়ে গেলেন।

শঙ্কর রায়বর্মন তাঁর কোটের কলার ধরে টেনে তুলে বলল, "চালাকি করার চেষ্টা করছেন নাকি? কোনও লাভ নেই।"

কাকাবাবু বললেন, "আমার ক্রাচ একটা লতায় জড়িয়ে গিয়েছিল। এর মধ্যে চালাকির কী আছে?"

গৌতমকাকু বললেন, "আপনি মশাই নিজেকে রাজা বলছেন। ওর নামও রাজা। রাজার প্রতি রাজার মতন ব্যবহার করুন।"

শঙ্কর রায়বর্মন বলল, "শাট আপ!"

একটু পরে একটা খাটিয়ার ওপর ওদের বসিয়ে দিয়ে খুলে দেওয়া হল চোখের বাঁধন।

কাকাবাবু ঘাড় ঘুরিয়ে চারপাশটা দেখলেন।

জায়গাটা নিবিড় জঙ্গলের মধ্যে। নিরেট অন্ধকারের মধ্যে শুধু একটা মশাল জ্বলছে দাউ দাউ করে। ঘরটর কিছু নেই, শুধু ফাঁকা জায়গায় কয়েকটা খাটিয়া পাতা।

আর একটা খাটিয়ায় একজন প্যান্ট-কোট পরা লোক দু' হাতে মুখ ঢেকে বসে আছে।

শঙ্কর রায়বর্মন তাকে দেখিয়ে বলল, "একে চেনেন? এর নাম প্রমথ বসু, একটা চা-বাগানের ম্যানেজার। কালকে ওর জন্য কুড়ি লাখ টাকা পৌঁছে দেওয়ার শেষ দিন। টাকাটা যদি কাল সূর্যাস্তের মধ্যে না আসে, তা হলে দেখবেন, আপনাদের চোখের সামনে ওর একটা হাত কেটে ফেলা হবে।"

সে-কথা শুনেও প্রমথ বসু মুখ থেকে হাত সরালেন না।

জঙ্গলের ভেতর থেকে টর্চ হাতে এগিয়ে এল একজন। কাছে আসতে বোঝা গেল, সে একজন মহিলা। তিরিশ-বত্রিশ বছর বয়েস, মুখখানা সুন্দর, একটা কালো কাপড় পরা।

সে শঙ্কর রায়বর্মনকে জিজ্ঞেস করল, "কাকাবাবুকে ধরতে পেরেছ? কোনজন গো কাকাবাবু?"

শঙ্কর রায়বর্মন বলল, "ওই যে গোঁফওয়ালা ভদ্রলোক। ওকে ধরতে গিয়ে আর-একটি রাঘব বোয়ালও পেয়েছি। এর মাথার দাম মিনিমাম পঞ্চাশ লাখ।"

মহিলাটি বলল, "গ্র্যান্ড, গ্র্যান্ড!"

তারপর কাকাবাবুর সামনে দাঁড়িয়ে বলল, "আপনার তো খুব বুদ্ধি শুনেছি। আপনি আমাদের চোখে ধুলো দিয়ে এখান থেকে পালাতে পারবেন?"

কাকাবাবু হাসলেন।

মহিলাটি কাকাবাবুর গায়ে টর্চের খোঁচা দিয়ে বলল, "চুপ করে রইলেন কেন? উত্তর দিন!"

কাকাবাবু বললেন, "শুধু বুদ্ধি দিয়ে কি আর পালানো যায়? পালাতে গেলে দৌড়োতে হয়। আমার তো দৌড়োবার ক্ষমতাই নেই!"

মহিলাটি বলল, "আমি শঙ্করের সঙ্গে বাজি ফেলেছি। কী বাজি তা বলব না। ও যদি আপনার ডান হাতটা কেটে ফেলতে পারে, তা হলেই আমি ওর কাছে বাজি হেরে যাব।"

শঙ্কর রায়বর্মন বলল, "আমি তো এক্ষুনি কেটে ফেলতে পারি। দেখবে?"

মহিলাটি বলল, "যাঃ, তা হলে আর মজা রইল কী। ওঁকে কয়েকটা দিন অন্তত পালাবার সুযোগ দাও!"

শঙ্কর রায়বর্মন বলল, "আমার সেনাবাহিনীটা এখনও তেমন বড় নয়। কিন্তু যে-ক'জন আছে, তারা প্রত্যেকে আমার জন্য জান লড়িয়ে দিতে পারে। এই জায়গাটা ঘিরে দশজন পাহারা দিচ্ছে। তাদের নজর এড়িয়ে কাকপক্ষীটিও ঢুকতে বা বেরোতে পারবে না।"

মহিলাটি বলল, "এখানে কোনওদিন পুলিশও আসতে পারবে না। যদি ভাবেন যে, পুলিশ এসে আপনাদের উদ্ধার করবে, তা হলে সে গুড়ে বালি। শুনুন কাকাবাবু, আমার নাম মহাদেবী। আপনি পালাবার চেষ্টা করে আমাকে বাজিতে জিতিয়ে দিন না! অবশ্য আমি আপনাকে কোনওরকম সাহায্য করব না।"

শঙ্কর রায়বর্মন বলল, "আমার সঙ্গে বাজিতে জেতা অত সহজ নয়, বুঝলে মহাদেবী! কুড়ি লাখ টাকা কিংবা ডান হাত কাটা, আমার যে-কোনও একটা চাই! খিদে পেয়ে গেছে, কিছু খাবারটাবারের ব্যবস্থা করো!"

রাত্তিরের খাবার শুধু কয়েকখানা রুটি আর খানিকটা গুড়। আর এক জাগ জল।

মহাদেবী আর শঙ্কর রায়বর্মন অন্য কোথাও চলে গেছে। পাশাপাশি দুটো খাটিয়ায় শুয়ে পড়লেন কাকাবাবু আর গৌতমকাকু। অন্য একটা খাটিয়ায় প্রমথ বসু। বাকি খাটিয়াগুলো ফাঁকা, এখানে কেউ পাহারা দিচ্ছে না।

কাকাবাবুদের হাত-পাও বাঁধা নয়।

কিন্তু এত গভীর রাতে নিরস্ত্র অবস্থায় পালাবারও প্রশ্ন নেই। তা ছাড়া নিশ্চয়ই ওরা দূর থেকে নজর রেখেছে।

একটু পরে প্রমথ বসু হঠাৎ ফুঁপিয়ে কেঁদে উঠলেন। কাঁদতে-কাঁদতেই আপনমনে বলতে লাগলেন, 'আমার মেয়ের বয়েস মাত্র তিন বছর। সে তার বাবাকে আর দেখবে না। আমার স্ত্রী, আমার মা, আমার মা এখনও বেঁচে আছেন...'

গৌতমকাকু ফিসফিস করে বললেন, "সত্যি সত্যি মেরে ফেলবে নাকি?"

কাকাবাবু বললেন, "এরা সাধারণ ডাকাত নয়। শঙ্কর রায়বর্মন আর ওই মহাদেবী নামের মহিলাটি, দু'জনকেই মনে হয় শিক্ষিত। অথচ কত অবলীলাক্রমে হাত-পা কেটে ফেলার কথা বলছে! মানুষ কত নিষ্ঠুর হয়ে গেছে।"

গৌতমকাকু বললেন, "ওই শঙ্কর রায়বর্মনটা তো পাগল। পাগল না হলে কেউ এ যুগে রাজ্য উদ্ধার করে রাজা হতে চায়? কিছুদিন এই ভাবে চালাবে, তারপর গভর্নমেন্ট নিশ্চয়ই আর্মি পাঠিয়ে ওদের শেষ করে দেবে!"

কাকাবাবু বললেন, "আমারও ওকে একধরনের পাগল বলেই মনে হয়েছে।"

গৌতমকাকু বললেন, "এই ধরনের পাগলরা বেশি বিপজ্জনক। কখন যে কী করবে ঠিক নেই। হাসতে-হাসতে বুকে ছুরি বসিয়ে দিতে পারে। রাজা, আমাদের কী হবে, সত্যি এখান থেকে প্রাণে বেঁচে ফিরতে পারব?"

কাকাবাবু বললেন, "দশদিন সময় দিয়েছে। প্রথম দু'-একদিন অবস্থাটা ভাল করে বুঝে নিই! তোদের এখানে এনে দারুণ বিপদের মধ্যে ফেলে দিলাম!"

গৌতমকাকু বললেন, "আমরা তো ইচ্ছে করেই এসেছি। সত্যি যে এরকম হবে, ভাবতে পারিনি। তোর ওপর আমার ভরসা আছে। একটা কিছু হবেই!"

খানিকটা পরে ঘুমিয়ে পড়লেন দু'জনেই। প্রমথ বসু কেঁদেই চলেছেন।

ভোরবেলা দারুণ চ্যাঁচামেচি শুনে ঘুম ভেঙে গেল।

দূর থেকে হেঁটে আসছে শঙ্কর রায়বর্মন, তার পোশাক আজ অন্যরকম। পাজামার ওপর একটা জরি-বসানো আলখাল্লা পরা, মাথায় একটা লাল ফেট্টিতে পালক গোঁজা। অনেকটা রাজা-রাজা ভাব।

তাকে ঘিরে ধরে লাফাতে লাফাতে আসছে তার অনুচরেরা। একজন একটা বাঁশি বাজাচ্ছে।

গৌতমকাকু জিজ্ঞেস করলেন, "আজ এদের উৎসব আছে নাকি?"

কাকাবাবু বললেন, "দ্যাখোই না কী হয়!"

শঙ্কর রায়বর্মন কাছাকাছি এসে দাঁড়াবার পর তার অনুচররা মাটিতে শুয়ে পড়ে পায়ে হাত দিয়ে প্রণাম করতে লাগল।

অন্য একদিক থেকে মহাদেবী এসে চিৎকার করে বলল, "আজ আমাদের তিন নম্বর জয় হল! চা-বাগানের ম্যানেজারের নামে কুড়ি লাখ টাকা আজ ভোরবেলাই পৌঁছে গেছে! ম্যানেজার, তুমি আজ ছুটি পাবে!"

প্রমথ বসুও উঠে বসেছেন। মাথার চুল উশকোখুশকো। তিনি ভ্যাবাচ্যাকা ভাবে এদিক-ওদিক তাকাচ্ছেন, যেন তাঁর মুক্তির কথা বিশ্বাস করতে পারছেন না।

মহাদেবী তাঁর পাশে গিয়ে বলল, "নিন, উঠে পড়ুন। রাজাকে প্রণাম করুন। আপনার ডান হাতখানা একটুর জন্য বেঁচে গেল। আর একটু দেরি হলেই—"

প্রমথ বসু উঠে দাঁড়ালেন। দু'জন লোক তাঁকে ঠেলতে ঠেলতে নিয়ে গেল

শঙ্কর রায়বর্মনের কাছে। হাঁটু গেড়ে বসে শঙ্কর রায়বর্মনের পায়ে হাত দিলেন।

মহাদেবী তখন কাকাবাবুদের দিকে ফিরে বলল, "যান, আপনারাও গিয়ে প্রণাম করুন।"

গৌতমকাকু বললেন, "আমরা কেন প্রণাম করতে যাব? আমাদের থেকে বয়েসে ছোট!"

ভীমের মতন চেহারার একজন লোক ওঁদের পেছনে দাঁড়িয়ে বলল, "উঠুন, উঠুন!"

গৌতমকাকু বললেন, "না, আমি যাব না!"

সেই লোকটা হাঁটু দিয়ে গৌতমকাকুর পিঠে একটা ধাক্কা দিল।

কাকাবাবু বললেন, "চলো গৌতম, এরা যা বলছে করতেই হবে। শুধু শুধু মার খেয়ে লাভ নেই।"

দু'জনে উঠে দাঁড়িয়ে এগোতে লাগলেন শঙ্কর রায়বর্মনের দিকে।

কাকাবাবু ফিসফিস করে বললেন, "যদি বেঁচে থাকি, এর প্রত্যেকটি ব্যাপারের প্রতিশোধ নেব!"

॥ ৮ ॥

পুলিশ মহলে হুড়োহুড়ি পড়ে গেছে। স্বয়ং মুখ্যমন্ত্রী নির্দেশ দিয়েছেন, যেমন ভাবেই হোক, কাকাবাবু আর তাঁর বন্ধুকে উদ্ধার করতেই হবে। কিন্তু ওঁদের যাতে কোনও ক্ষতি না হয়, তাও দেখতে হবে।

কলকাতা থেকে অনেক বড় বড় পুলিশ অফিসার এসে গেছেন। ঘন ঘন মিটিং বসছে। জঙ্গলের মধ্যে শঙ্কর রায়বর্মনের ডেরা খুঁজে বার করা হয়তো খুব শক্ত নয়। কিন্তু লোকটা দারুণ নিষ্ঠুর। কাছাকাছি পুলিশ এলেই বন্দিদের হাত-পা কেটে ফেলার ভয় দেখায়। এর আগে সত্যিই একজন সরকারি অফিসারের ডান হাত কেটে পাঠিয়েছিল।

তা ছাড়া বিভিন্ন জায়গায় শঙ্কর রায়বর্মনের স্পাই আছে। পুলিশ কখন্ কোন দিকে যাচ্ছে, তা আগে থেকেই তারা শঙ্কর রায়বর্মনকে জানিয়ে দেয়। পুলিশের মধ্যেও তাদের স্পাই থাকতে পারে। গ্রামের লোকেরা ভয়ে শঙ্কর রায়বর্মন সম্পর্কে কোনও কথাই বলতে চায় না।

হলং থেকে আমজাদ আলিকে ডেকে আনা হয়েছে।

শঙ্কর রায়বর্মনকে যে ঠিক কীরকম দেখতে, তা অনেকেই জানে না। সে নাকি নানারকম ছদ্মবেশে থাকে। কখনও সে পুলিশের মতন, কখনও ডিমওয়ালা, কখনও থুত্থুরে বুড়ো। এরকম ছদ্মবেশে সে মাঝে-মাঝে জঙ্গল ছেড়ে জলপাইগুড়ি, শিলিগুড়ি শহরেও আসে।

আমজাদ আলি তাকে দু'বার দেখেছেন। ঠিক মুখোমুখি নয়, খানিকটা দূর

থেকে। আমজাদ আলি হয়তো শঙ্কর রায়বর্মনকে চিনতে পারবেন।

সন্তুর কাছ থেকেও একটা গুরুত্বপূর্ণ ঘটনা জানা গেছে। শঙ্কর রায়বর্মন আর তার সঙ্গীদের কাছে দুটো এ কে ফরটি সেভেনের মতন সাঙ্ঘাতিক অস্ত্র আছে বটে, কিন্তু তার গুলি নেই। ও দুটো দিয়ে লোকদের ভয় দেখায়। ওদের আছে শুধু কয়েকটা রিভলভার আর কয়েকটা তলোয়ার, এই দিয়েই এত কাণ্ড চালিয়ে যাচ্ছে। সুতরাং একবার ওদের ঘিরে ফেলতে পারলে কাবু করে ফেলা যাবে সহজেই।

কিন্তু তার আগে নিশ্চিত হতে হবে, যাতে কাকাবাবু ও গৌতম হালদারের কোনও ক্ষতি না হয়।

কলকাতা থেকে অতনু সরকার নামে যে ডি আই জি এসেছেন, তিনি বললেন, ওই লোকটা কাকাবাবুর হাত-পা কেটে ফেলবে। তা আমি বিশ্বাস করি না। এ পর্যন্ত কেউ পারেনি। কাকাবাবু ঠিক যে-ভাবেই হোক ওর চোখে ধুলো দেবেন।

রণবীর গুপ্ত বললেন, "এ পর্যন্ত কেউ পারেনি বলে যে এবারেও পারবে না, তার কি কোনও মানে আছে? এই ঝুঁকি নেওয়া যায় না।"

এস পি সাহেব জাহাঙ্গির চৌধুরী বললেন, "কাকাবাবু এই ধরনের অপরাধী অনেক দেখেছেন। কিন্তু ওঁর বন্ধুর তো এসব অভিজ্ঞতা নেই। তা ছাড়া উনি আমেরিকার নাগরিক। ওঁর কোনও ক্ষতি হলে আমাদের দেশেরই দারুণ বদনাম হয়ে যাবে!"

রণবীর গুপ্ত বললেন, "গৌতমবাবুর স্ত্রী টাকা দিতে রাজি আছেন। কুড়ি-পঁচিশ লাখ উনি এদেশ থেকেই জোগাড় করতে পারবেন। একটু দরাদরি করলে পঞ্চাশ লাখ থেকে কমিয়ে বোধ হয় কুড়ি-পঁচিশ লাখে রাজি করানো যেতে পারে শঙ্কর রায়বর্মনকে।"

অতনু সরকার বললেন, "আমরা সরকারি লোক হয়ে তো টাকা দেওয়ার ব্যাপারটায় অংশ নিতে পারি না। আমাদের কিছু না-জানার ভান করতে হবে।"

রণবীর গুপ্ত বললেন, "একবার টাকা পেলে শঙ্কর রায়বর্মন কিছুতেই কাকাবাবুকে এমনি এমনি ছাড়বে না। কাকাবাবুর টাকা কে দেবে?"

অতনু সরকার জিজ্ঞেস করলেন, "একজন চা-বাগানের ম্যানেজারকেও তো ধরে রেখেছে। রায় বর্মনের কাছ থেকে চিঠিপত্র নিয়ে আসে কে?"

জাহাঙ্গির চৌধুরী বললেন, "একজন লোককে পাঠায়। সে বোবা আর কালা। তার কাছ থেকে তো কোনও কথাই জানার উপায় নেই। তাকে অনুসরণ করেও কোনও লাভ হয় না। সে নিউ জলপাইগুড়ি রেল স্টেশনের প্ল্যাটফর্মে শুয়ে থাকে। অত যাত্রীদের মধ্যে কে যে কখন ওর কাছে চিঠি দিয়ে যায়, তা বোঝা যায় না।"

অতনু সরকার বললেন, "ওই বোবা-কালা লোকটাকে একবার দেখলে হয়। অনেক বোবা-কালা কিন্তু আসলে কথা বলতে পারে, একটু হুড়কো দিলেই মুখ ছুটবে।"

জাহাঙ্গির চৌধুরী বললেন, "লোকটাকে ধরে আনা যায়, কিন্তু..."

রণবীর গুপ্ত বললেন, "শঙ্কর রায়বর্মনের প্রত্যেক চিঠিতে লেখা থাকে, আমার দূতের ওপর যদি কোনও অত্যাচার করা হয়, তা হলে আমি সঙ্গে সঙ্গে বদলা নেব। বন্দিদের একজনের হাত কিংবা পা কেটে পাঠাব। একবার যে সত্যি একটা হাত কেটে পাঠিয়েছিল। লোকটা ঠিক খবর পেয়ে যায়।"

জাহাঙ্গির চৌধুরী বললেন, "লোকটা লেখাপড়া জানে। ইংরিজিতে চিঠি লেখে, ভাল ইংরিজি।"

অতনু সরকার বললেন, "লেখাপড়া-জানা ডাকাত!"

জাহাঙ্গির চৌধুরী বললেন, "ও তো নিজেকে বলে রাজা। কিং অব তরাই!"

অতনু সরকার বললেন, "হুঃ, রাজা না গজা। ওকে যেদিন ধরব, সেদিন কড়াইতে গরম তেলে ভাজব! এখন এক কাজ করুন, সরাসরি পুলিশ অ্যাকশান শুরু না করে আট-দশজন ইনফরমার ছড়িয়ে দিন চতুর্দিকে। তারা ওর গতিবিধির সন্ধান জানুক। ও তো মাঝে-মাঝে শহরে আসে বললেন, সেই অবস্থায় ওকে ধরতে হবে। এর মধ্যে টাকা নিয়ে দরাদরি শুরু করুন, তাতে ও ভাববে ভয় পেয়ে আমরা ওকে টাকা দিতেই চাই। ফরেস্ট অফিসার আমজাদ আলিকেও কাজে লাগান। সে-ই তো লোকটার আসল চেহারাটা চেনে। আর একটা ব্যাপারে সাবধান করে দিচ্ছি। ওই যে কাকাবাবুর ভাইপো সন্তু, ওকে চোখে চোখে রাখবেন। ও যে কখন দারুণ দুঃসাহস দেখিয়ে কী কাণ্ড করে বসবে, তার ঠিক নেই।"

সন্তু আর জোজো তখন সার্কিট হাউজের দোতলার বারান্দায় বসে গল্প করছে আমজাদ আলির সঙ্গে।

আমজাদ আলির মতন সন্তুও তো দেখেছে শঙ্কর রায়বর্মনকে। কিন্তু দু'জনের বর্ণনা মিলছে না।

শঙ্কর রায়বর্মন পুলিশের ছদ্মবেশে কাকাবাবুদের ধরে নিয়ে যেতে এসেছিল। জাঁদরেল পুলিশ অফিসারের মতন তার মুখে মস্ত বড় গোঁফ।

আমজাদ আলি বললেন, "আমি যখন ওকে দেখেছি, তখন ওর কোনওরকম গোঁফই ছিল না।"

সন্তু বলল, "থুতনির কাছে একটা কাটা দাগ।"

আমজাদ আলি বললেন, "আমি থুতনিতে কাটা দাগ দেখিনি, ঠোঁটে ছিল শ্বেতির মতন সাদা সাদা দাগ, আর নাকের ওপর আঁচিল।"

সন্তু বলল, "একবার মাথার টুপি খুলেছিল। মাঝখানে গোল টাক।"

আমজাদ আলি বললেন, "আমি দেখেছি, কপালের দিকে একটুখানি টাক, কিন্তু মাঝখানে তো অনেক চুল ছিল।"

জোজো বলল, "যেমন টাকের ওপর পরচুলা পরে অনেকে, তেমনই টাকওয়ালা পরচুলাও কিনতে পাওয়া যায়। থিয়েটারের লোকেরা পরে। আসল

কথা হল নাক। বেশ খাড়া নাক নয়, বোঁচা নাক। নাক দিয়েই লোক চেনা যায়।"

সন্তু বলল, "খাড়া, টিকলো নাক।"

আমজাদ আলি বললেন, "আমি তো দেখেছি, খাড়াও নয়, বোঁচাও নয়, মাঝারি।"

জোজো বলল, "এই মাঝারি নাক নিয়েই খুব মুশকিল। মেক আপ দিয়ে মাঝারি নাককে টিকলো করা যায়, আবার বোঁচা বোঁচাও দেখানো যায়। কিন্তু সত্যিকারের টিকলো নাককে বোঁচা করা যায় না। ভুরু কীরকম?"

সন্তু বলল, "প্রায় যেন জোড়া।"

আমজাদ আলি বললেন, "আমি তো দেখেছি ফাঁক ফাঁক। আমাদেরই মতন।"

জোজো বলল, "সাদা কিংবা কালো রং দিয়ে দু'রকমই করা যায়।"

আমজাদ আলি বললেন, "সন্তু, তোমাদের কাছে শঙ্কর রায়বর্মন এসেছিল পুলিশের ছদ্মবেশে। তখন নিশ্চয়ই গোঁফ লাগিয়ে নানারকম মেক আপ নিয়ে এসেছিল। আমি জঙ্গলের মধ্যে যখন দেখেছি, তখন ওর ছদ্মবেশ ধরার কথা নয়। সেটাই ওর আসল চেহারা।"

জোজো বলল, "তার কোনও মানে নেই। সবসময়েই ও অনেকরকম ছদ্মবেশে ঘোরাঘুরি করতে পারে। যাতে ওর নিজের লোকও ওর আসল চেহারাটা জানতে পারবে না। কেউ ওকে বিশ্বাসঘাতকতা করে ধরিয়ে দিতে পারবে না।"

আমজাদ আলি বললেন, "তাও হয়তো ঠিক। আমার ধারণা, লোকটা সবসময় জঙ্গলে থাকে না। মাঝে-মাঝে সাধারণ লোকের মতন শহরে এসে থাকে। হয়তো শহরে ওর বাড়িও আছে। আমার একটা সন্দেহ হয়, সে-কথা কাউকে বলিনি, কারণ সেটা ভুলও হতে পারে।"

সন্তু বলল, "আমাদের বলুন!"

আমজাদ আলি বললেন, "জলপাইগুড়ি শহরে একজন ভদ্রলোক আছেন, তাঁকে দেখলেই আমার শঙ্কর রায়বর্মনের কথা মনে পড়ে। অথচ চেহারা কিংবা মুখের মিল নেই। তবু কিছু একটা যেন মিল আছে।"

জোজো বলল, "ভদ্রলোকের কী নাম? কী করেন তিনি?"

আমজাদ আলি বললেন, "ওঁর নাম নীলকণ্ঠ মজুমদার। একটা বইয়ের দোকানের মালিক। শান্তমতন লোক। আমি বই কিনতে গিয়ে কয়েকবার দেখেছি। কেন যে ওঁকে দেখলে শঙ্কর রায়বর্মনের কথা মনে পড়ে, তা আমি নিজেই বুঝি না!"

সন্তু বলল, "হয়তো ওঁরা দুই ভাই। নামের তো মিল আছে, শঙ্কর আর নীলকণ্ঠ তো একই। দুটোই শিবের নাম। আর পদবিটা ইচ্ছে মতন পালটে ফেলা যায়।"

জোজো বলল, "চলুন তো, লোকটাকে আমায় একবার দেখিয়ে দিন। আমি দেখলেই বুঝতে পারব সে-ই আসল লোক কি না!"

আমজাদ আলি বললেন, "তুমি কী করে বুঝবে? তুমি তো একবারও আসল

লোকটিকে দেখোইনি।”

জোজো অবহেলার সঙ্গে ঠোঁট উলটে বলল, “এসব আমার কাছে জলভাত। আমার একটা স্পেশ্যাল পাওয়ার আছে। কেউ মিথ্যে কথা বললেই আমি তার গন্ধ পাই। ওর আসল নাম নীলকণ্ঠ মজুমদার কি না, তা আমি একবার শুনলেই বুঝতে পারব। একবার কী হয়েছিল জানেন?”

সন্তু বলল, “তোর গল্পটা পরে শুনব। চল, বেরিয়ে পড়ি। লোকটাকে দেখে আসি।”

আমজাদ আলির জিপে ওরা সার্কিট হাউসের গেট দিয়ে বাঁ দিকে চলে গেল। একটু পরেই অন্যদিক দিয়ে পুলিশের লোক ডাকতে এল আমজাদ আলিকে। দেখা পেল না।

জিপে যেতে যেতে জোজো বলল, “আলিসাহেব, আপনি চার্লস শোভরাজের নাম শুনেছেন?”

আমজাদ আলি বললেন, “সে তো একজন মহাধুরন্ধর খুনি আর ঠকবাজ।”

জোজো বলল, “সেবারে আমরা গোয়ায় বেড়াতে গেছি, সন্ধেবেলা একটা রেস্টুরেন্টে গল্‌দা চিংড়ি খাচ্ছি। ওখানকার চিংড়ি খুব বিখ্যাত। একজন লোক আমাদের পাশের টেবিলে বসে কয়েকজন মহিলার সঙ্গে জমিয়ে গল্প করছিল, লোকটির যেমন সুন্দর চেহারা, তেমনই শৌখিন পোশাক। দেখলে মনে হয় সাহেব, অথচ কথা বলছে হিন্দিতে, এক প্যাকেট তাস নিয়ে ম্যাজিক দেখাচ্ছে নানারকম।

“হঠাৎ কয়েকজন পুলিশ এসে রেস্টুরেন্টটা ঘিরে ধরল।

“কীসের জন্য তারা এসেছে তা তো আমরা জানি না। একজন পুলিশ অফিসার খুব ভদ্রভাবে বললেন, ‘আপনাদের আমরা ডিসটার্ব করতে চাই না। শুধু এখানকার প্রত্যেকের নামগুলো লিখে নিয়ে যেতে চাই। আর কে কোন হোটেলে উঠেছেন। কেউ যদি পরিচয়পত্র দেখাতে পারেন, তবে তো ভালই। না হলে পরে আমরা গিয়ে দেখে আসব।’

“সবাই নাম বলছে, আর পুলিশরা একটা খাতায় লিখে নিচ্ছে। সকলে তো আর কোনওরকম আইডেনটিটি কার্ড নিয়ে ঘুরে বেড়ায় না। শুধু নাম, অনেকেই তো ইচ্ছে করলে অন্য নাম বলতে পারে, তাই না?”

আমজাদ আলি বললেন, “তা তো পারেই। হোটেলের নামও ভুল বলতে পারে।”

জোজো বলল, “আমি তখন বাবাকে বললাম, আমাদের পাশেই একটা বাজে গন্ধ পাচ্ছি। আগে তো এই গন্ধটা ছিল না! বাবা বললেন, ঠিক বলেছিস তো জোজো। একটা কিছু গণ্ডগোল আছে। বাবা তখন পুলিশ অফিসারটিকে ডেকে জিজ্ঞেস করলেন, আপনি কি বিশেষ কাউকে খুঁজছেন? আমি বোধ হয় আপনাকে সাহায্য করতে পারি। প্রত্যেককে আর একবার বেশ জোরে জোরে নিজের নাম বলতে বলুন তো!

"পুলিশের অনুরোধে সবাই আবার নাম বলতে লাগল। আমাদের পাশের সেই সুন্দর চেহারার লোকটির নাম মোহন দারুওয়ালা। সে যেই নিজের নাম বলল, অমনই তার গা থেকে একটা বিশ্রী গন্ধ বেরুতে লাগল। আমি তখন লোকটার দিকে আঙুল দেখাতেই সে ফস করে একটা রিভলভার বার করে ফেলল। কিন্তু সেটা ওপরে তোলবার আগেই দু'জন পুলিশ জাপটে ধরল তাকে। তারপর তাকে সার্চ করে দেখা গেল, সে-ই পলাতক আসামি চার্লস শোভরাজ!"

আমজাদ আলি বললেন, "তুমিই চার্লস শোভরাজকে ধরিয়ে দিয়েছ! দারুণ ব্যাপার!"

জোজো বলল, "আমি যে মিথ্যে কথার গন্ধ পাই।"

সন্তু বলল, "গন্ধটা ঠিক কীরকম রে? আমরা তো নানারকম গন্ধ পাই, তার মধ্যে কোনটা মিথ্যে কথার গন্ধ বুঝব কী করে?"

জোজো বলল, "পচা মাছের গন্ধের সঙ্গে ভালুকের হিসির গন্ধ মিশলে যেমন হয়।"

সন্তু হঠাৎ হাসতে শুরু করে দিল।

জোজো গম্ভীরভাবে বলল, "হাসছিস যে? এতে হাসির কী আছে?"

সন্তু হাসতে হাসতেই বলল, "ভালুকের হিসির গন্ধ! চিনব কী করে? আমজাদসাহেব, আপনি চেনেন?"

আমজাদ আলি বললেন, "না, আমিও চিনি না! আমাদের এখানে ভালুক নেই।"

জোজো বলল, "আমরা যখন গাংরিপোতায় থাকতাম, সেখানে রাশি রাশি ভালুক। বেড়াল-কুকুরের মতন ঘুরে বেড়াত রাস্তা দিয়ে আর আমাদের বাংলোর পাশে হিসি করে যেত!"

সন্তু বলল, "এইবার আমি যেন সেই গন্ধটা পাচ্ছি!"

জিপটা এসে থামল বইয়ের দোকানের সামনে।

দোকানটা বেশ বড়ই। অনেকরকম গল্পের বই। স্কুল-কলেজের বই ছাড়াও কলম, পেনসিল, প্যাড সবই পাওয়া যায়।

ভেতরে বেশ কয়েকজন খদ্দের রয়েছে, তিনজন কর্মচারীও আছে। পেছন দিকে একটা টেবিল ও চেয়ার, সেখানে কেউ নেই।

আমজাদ আলি বললেন, "ওইখানে মালিক বসেন। কিন্তু এখন তো দেখছি না।"

সন্তু আর জোজো ঘুরে ঘুরে বই দেখতে লাগল। বাংলা বই আর কিছু ইংরেজি গল্পের বইও আছে। হ্যারি পটারের বইও এখানে পৌঁছে গেছে।

জোজো একটা বই খুলে নাকের কাছে নিয়ে বলল, "নতুন বইয়ের গন্ধ ভারী ভাল লাগে।"

আমজাদ আলি বললেন, "কিন্তু ভাই, সব গল্পের বইতেই তো অনেক মিথ্যে

কথা থাকে।”

জোজো বলল, “মোটেই না। কোনও বইতেই মিথ্যে কথা থাকে না। যা থাকে, তাকে বলে কল্পনা। কল্পনা আর মিথ্যে কথা এক নয়।”

আমজাদ আলি বললেন, “তা ঠিক। তা ঠিক।”

সন্তু বলল, “জোজো যেমন মিথ্যে কথা বলে না, সবই ওর কল্পনা!”

আমজাদ আলি একজন কর্মচারীকে জিজ্ঞেস করলেন, “ভাই, নীলকণ্ঠবাবুর সঙ্গে দেখা হতে পারে কি? উনি কখন আসবেন?”

কর্মচারীটি এক কোণের একটা দরজা দেখিয়ে দিয়ে বলল, “ওই ঘরে রয়েছেন। চলে যান!”

আমজাদ আলি ফিসফিস করে জোজোকে বললেন, “কী ছুতোয় দেখা করব? কিছু একটা মিথ্যে কথা তো বলতেই হবে।”

জোজো বলল, “আমার ওপর ছেড়ে দিন। আমি ম্যানেজ করব।”

কোণের দরজাটা ঠেলে একটু ফাঁক করে জোজো জিজ্ঞেস করল, “ভেতরে আসতে পারি?”

সেখানে আর একটা ছোট ঘর। একটা টেবিলে অনেকখানি ঝুঁকে একজন লোক কী যেন লিখছে মন দিয়ে। লোকটি মাঝবয়েসি, নাকের নীচে মোটা গোঁফ, মাথার মাঝখানে অল্প একটু টাক। ধুতি, সাদা পাঞ্জাবি পরা।

লোকটি মুখ তুলে বলল, “কী চাই?”

জোজো বলল, “আপনি কি নীলকণ্ঠবাবু?”

লোকটি বলল, “হ্যাঁ, আমি নীলকণ্ঠ মজুমদার।”

জোজো সন্তুর দিকে তাকিয়ে একদিকের ভুরু কাঁপাল। তার ঠিক মানে সন্তু বুঝল না। ঘরে কোনও গন্ধও সে পেল না।

ভেতরে এসে জোজো বলল, “অনির্বাণ সরকার আমাদের পাঠিয়েছেন। আপনি তাঁর নাম শুনেছেন নিশ্চয়ই?”

নীলকণ্ঠ মজুমদার বলল, “অনির্বাণ সরকার, মানে, লেখক? তাঁর তো অনেক বই আমার দোকান থেকে বিক্রি হয়।”

জোজো বলল, “হ্যাঁ, আমরা রিপোর্ট পেয়েছি, উত্তরবঙ্গেই তাঁর বই সবচেয়ে বেশি বিক্রি হয়। তার বেশিরভাগই আপনার দোকান থেকে। তাই তিনি আপনার কাছে একটা প্রস্তাব পাঠিয়েছেন।”

নীলকণ্ঠ মজুমদার কৌতুহলী চোখে বললেন, “অত বড় নামকরা লেখক, আমার কাছে প্রস্তাব পাঠাবেন? কী ব্যাপার শুনি?”

জোজো বলল, “ব্যাপারটা এখনও গোপন। অনেকেই জানে না। অনির্বাণ সরকার ঠিক করেছেন, তিনি তাঁর বই আর কোনও পাবলিশারকে দেবেন না। এখন থেকে তাঁর সব বই নিজেই প্রকাশ করবেন। তিনি উত্তরবাংলার বিক্রির সব দায়িত্ব আপনাকে দিতে চান।”

ব্যাপারটা বুঝে নিয়ে আমজাদ আলি বললেন, "আপনি কমিশন অনেক বেশি পাবেন।"

নীলকণ্ঠ মজুমদার ফাঁকা চেয়ার দেখিয়ে বলল, "আপনারা বসুন। এ তো খুব ভাল প্রস্তাব।"

জোজো বলল, "তিনি নিজেও উত্তরবঙ্গে একবার আসতে চান। আপনার দোকানে বসে পাঠকদের জন্য বই সই করবেন।"

সন্তু বলল, "এখানে ওঁর একজন বন্ধু আছে। শঙ্কর রায়বর্মন।"

নীলকণ্ঠ মজুমদার বলল, "শঙ্কর রায়বর্মন? সে আবার কে?"

সন্তু বলল, "আপনি তাঁর নাম শোনেননি। তিনি তো এখানকার রাজা। অনির্বাণ সরকারের পরের উপন্যাসটা শঙ্কর রায়বর্মনকে নিয়েই তো লেখা হচ্ছে।"

নীলকণ্ঠ মজুমদার বলল, "তাই নাকি? এখানকার রাজা? আজকাল অনেকেই নিজেদের রাজা বলতে শুরু করেছে!"

তারপর উঠে দাঁড়িয়ে বলল, "অনির্বাণ সরকার একবার আমাকে একটা চিঠি লিখেছিলেন। চিঠিটা বোধ হয় এই আলমারিতে আছে।"

দেওয়ালের গায়ে একটা আলমারি খুলে চিঠির বদলে টপ করে টেনে বার করল একটা অদ্ভুত ধরনের অস্ত্র।

ঠোঁট বেঁকিয়ে হেসে বলল, "অনির্বাণ সরকার পাঠিয়েছে? অনির্বাণ সরকার মারা গেছে এক বছর আগে। শঙ্কর রায়বর্মন তার বন্ধু? ঘুঘু দেখেছ, ফাঁদ দেখোনি! তোমরা নিজেরা এসে ফাঁদে পা দিয়েছ!"

সন্তু এতক্ষণ দাঁড়িয়ে ছিল, এবার একটা চেয়ারে বসে পড়ে হেসে বলল, "আপনার কাছেও একটা এ কে ফরটি সেভেন আছে দেখছি! বইয়ের দোকানে অস্ত্র? কিন্তু ওটা দিয়ে তো আমাদের ভয় দেখাতে পারবেন না। আমি জানি, ওটাতে গুলি নেই!"

নীলকণ্ঠ মজুমদার বলল, "গুলি নেই? দেখবে তোমাদের ঝাঁঝরা করে দেব?"

সন্তু বলল, "গুলি থাকলেও তা পারতেন না। দিনের বেলা, দোকানে কত লোক, রাস্তায় কত লোক, প্রচণ্ড শব্দ হবে, আপনি পালাবেন কী করে?"

নীলকণ্ঠ মজুমদার বলল, "সে চিন্তা তোমায় করতে হবে না। এই লোকটা তো আমজাদ আলি, তাই না? ওকে আমাদের দরকার ছিল!"

হাতের বড় অস্ত্রটা নামিয়ে রেখে তিনি ড্রয়ার থেকে বার করলেন একটা লম্বা ধরনের রিভলভার।

সেটা তুলে বলল, "আগেরটা দেখে ভয় পাওনি, এটা সম্পর্কে কিন্তু ভুল কোরো না। এতে সত্যি গুলি আছে, আর সাইলেন্সার লাগানো। কোনও শব্দ হবে না।"

সন্তু জিজ্ঞেস করল, "আপনি কে? আপনি কি সত্যিই নীলকণ্ঠ মজুমদার?"

লোকটি বলল, "আমি আপাতত তোমাদের যম। এ আমজাদ আলিকে আজ

রাত্তিরের মধ্যেই খতম করে দেওয়ার কথা ছিল, ও একজন সাক্ষী। ওকে এখানেই শেষ করব।"

জোজো বলল, "আমরা কিন্তু শঙ্কর রায়বর্মনের লোক!"

লোকটি হেসে বলল, "তাই নাকি? তা হলে আমি কার লোক? আমি আমার নিজেরই লোক। তোমরা সরে দাঁড়াও!"

আমজাদ আলির মুখখানা বিবর্ণ হয়ে গেছে।

সন্তু আর জোজো একসঙ্গে উঠে এসে আমজাদ আলিকে আড়াল করে দাঁড়াল।

লোকটি ধমক দিয়ে বলল, "বললাম না, সরে দাঁড়াও। আমরা ছোট ছেলেদের মারি না!"

জোজো বলল, "ছোট মানে? আমরা মোটেই ছোট নই, কলেজে পড়ি।"

সন্তু বলল, "আমাদের না মেরে কিছুতেই ওঁকে মারতে পারবেন না।"

লোকটি বলল, "আমি ঠিক তিন গুনব। এক... দুই..."

তক্ষুনি দরজাটা খুলে গেল।

॥ ৯ ॥

দুপুরবেলা খেতে দেওয়া হল দু'খানা করে মোটাসোটা রুটি, আর খানিকটা বেগুন পোড়া।

গৌতমকাকু বললেন, "এরা কি রোজ নিরামিষ খায়? চেহারাগুলো তো ভালই দেখছি।"

কাকাবাবু বললেন, "নিজেরা মাছ-মাংস খায় বোধ হয়। আমরা তো বন্দি, আমাদের তা দেবে কেন?"

গৌতমকাকু বললেন, "নিরামিষ খাওয়া অবশ্য ভালই। বেগুন পোড়াটার স্বাদ চমৎকার হয়েছে। আর একখানা রুটি পেলে বেশ হত। এখনও একটু খিদে রয়ে গেছে।"

দূরে একজনকে দেখে হেঁকে বললেন, "এই যে ভাই, শোনো, আর একখানা রুটি পেতে পারি কি?"

লোকটি দু'দিকে ঘাড় নেড়ে চলে গেল।

গৌতমকাকু বললেন, "এরা তো ভারী চশমখোর। কুড়ি লাখ, পঞ্চাশ লাখ টাকা করে মুক্তিপণ চাইছে, অথচ ভাল করে খেতেও দেবে না!"

কাকাবাবু হাসতে হাসতে বললেন, "গোবর্ধন, তুই কি ভাবছিস, এরা আমাদের হোটেলে রেখেছে? এদের কোনও দয়ামায়া নেই।"

গৌতমকাকু বললেন, "ওদিকে এতক্ষণ কী হচ্ছে কে জানে। মিলি নিশ্চয়ই কেঁদে ভাসাচ্ছে। ছেলেটাও ঘাবড়ে গেছে।"

কাকাবাবু বললেন, "সন্তু ওদের সঙ্গে আছে। সন্তু কিছুটা সামলাবে।"

একটা ঝোপের আড়াল থেকে বেরিয়ে এল মহাদেবী। তার মাথায় একটা পালকের মুকুট, হাতে একটা খোলা তলোয়ার। বেশ দেখাচ্ছে ভালই।"

সে কাছে এসে তীক্ষ্ণ গলায় জিজ্ঞেস করল, "আপনারা আরও রুটি চাইছিলেন? লজ্জা করে না? এ কি মামাবাড়ির আবদার পেয়েছেন? এখানে কি আমাদের অফুরন্ত খাবার আছে? চারখানা রুটি খেলে যথেষ্ট পেট ভরে যায়।"

গৌতমকাকু বললেন, "চারখানা! আমাদের তো মোটে দু'খানা করে রুটি খেতে দেওয়া হয়েছে!"

মহাদেবী ভুরু কুঁচকে বলল, "দু'খানা? সত্যি কথা বলছেন?"

কাকাবাবু হেসে বললেন, "আমার এই বন্ধুটি আমেরিকায় বহু টাকা রোজগার করে। সে মাত্র দু'খানা রুটির জন্য মিথ্যে কথা বলবে?"

মহাদেবী বলল, "চারখানা করে রুটি দেওয়ার কথা। শম্ভুটা নিশ্চয়ই চুরি করেছে। সঙ্গে আর কী দিয়েছিল?"

"বেগুনপোড়া।"

"ডিমসেদ্ধ দেয়নি?"

"না।"

"বন মুরগির ডিম পাওয়া গেছে অনেক। শম্ভু তার থেকেও সরিয়েছে। এই তোরা শম্ভুকে এখানে ধরে নিয়ে আয় তো!"

কাকাবাবুদের দিকে ফিরে সে আবার বলল, "আই অ্যাম সরি। আমরা খুব একটা ভাল খাবার দিতে পারি না, তা বলে বন্দিদের আধ পেটা খাইয়েও রাখতে চাই না। এবার দেখুন, আমরা চোরদের কীরকম শাস্তি দিই!"

কয়েকজন লোক টানতে টানতে নিয়ে এল শম্ভুকে। সে শুধু লুঙ্গির ওপর একটা গেঞ্জি পরে আছে। গেঞ্জিতে হলুদের দাগ।

একজন তাকে ধাক্কা মেরে ফেলে দিল মহাদেবীর পায়ের কাছে।

মহাদেবী তার বুকের ওপর একটা পা তুলে দিয়ে কর্কশ গলায় জিজ্ঞেস করল, "এই হারামজাদা, তুই কবে থেকে রুটি চুরি করছিস?"

শম্ভু হাউ হাউ করে কাঁদতে কাঁদতে বলল, "আমি কিছু করিনি। আমি কিছু করিনি।"

মহাদেবী বলল, "বাকি রুটি কোথায় গেল? এঁদের ডিম দিসনি কেন?"

অন্য লোকদের মধ্যে কয়েকজন বলল, "আমরাও আজ ডিম পাইনি।" দু'জন বলল, "আমাদের মাত্র তিনখানা করে রুটি দিয়েছে।"

মহাদেবী বলল, "আজ কুড়িটা ডিম রান্না হয়েছে। আমায় দুটো দিয়েছিল, একটা ফেরত দিয়েছি। তোমাদের রাজা ডিমই খান না। তা হলে কেন সবাই পাবে না? তুই বাকি ডিম বিক্রি করে দিস?"

শম্ভু বলল, "আমি কিছু করি না। নিতাই আমার কাছ থেকে জোর করে নিয়ে

যায়।”

দলের মধ্য থেকে একজন চিৎকার করে বলল, “না, না, না, ও আমার নামে মিথ্যে কথা বলছে!”

মহাদেবী মুখ তুলে বলল, “নিতাই, এদিকে আয়!”

অন্যরা এবার টেনে এনে নিতাইকেও ফেলে দিল মহাদেবীর পায়ের কাছে। শম্ভুর তুলনায় নিতাই বেশ গাঁট্টাগোট্টা, ধুতির ওপরে সে একটা খদ্দরের কোট পরে আছে।

মহাদেবী এবার বক্তৃতার ঢঙে বলতে লাগল, “আমরা এখানে স্বাধীন রাজ্য প্রতিষ্ঠা করব, তোমরা সবাই তার সৈনিক। আমাদের রাজ্যে কেউ চুরি করবে না, কেউ মিথ্যে কথা বলবে না, কেউ অন্যকে ঠকাবে না। এখন থেকেই সেই শিক্ষা নিতে হবে। নিতাই, তুমি জানো, শাস্তি তোমাকে পেতেই হবে। তুমি এখন যত বেশি মিথ্যে কথা বলবে, তত তোমার শাস্তি বাড়বে। তুমি একজন অত্যন্ত সাহসী সৈনিক, রাজা তোমার ওপরে অনেকখানি নির্ভর করেন। তোমাকে আমি প্রাণদণ্ড দিতে চাই না। কী অন্যায় করেছ, খুলে বলো!”

নিতাই কিন্তু শম্ভুর মতন কাঁদেনি। সে শান্ত গলায় বলল, “হ্যাঁ, মহাদেবী, আমি দোষ করেছি। আপনার যা শাস্তি দিতে ইচ্ছে হয়, দিন। আসল কথাটা হল, চারখানা রুটি খেয়েও আমার পেট ভরে না। গায়ে শক্তি পাই না। তাই শম্ভুর কাছ থেকে আমি জোর করে, ভয় দেখিয়ে বেশি রুটি নিই।”

“ক’খানা রুটি খেলে তোমার পেট ভরে?”

“অন্তত দশ-বারোখানা?”

“ক’টা ডিম?”

“যত দেবেন। কুড়িটা ডিম আমি একাই খেয়ে হজম করতে পারি।”

“অন্যরা কেউ খাবে না। তুমি একাই সব খাবে?”

“সেটাই আমার অপরাধ হয়েছে। ভবিষ্যতে আর কোনওদিন এরকম করব না। আর যদি আমাকে মেরে ফেলতে চান, আমি ঘাড় পেতে দিচ্ছি।”

নিতাই মহাদেবীর পায়ের কাছে মাথাটা নুইয়ে রাখল।

মহাদেবী বলল, “সব মানুষের খিদে সমান হয় না। কেউ বেশি খায়, কেউ কম খায়। তোমাদের রাজা যেমন খুবই কম খাওয়া পছন্দ করেন। এখানে নিশ্চয়ই আরও অনেকের চারখানা রুটিতে পেট ভরে না। তার মানে, আমাদের খাদ্য বাড়াতে হবে। নিতাই, তুমি দশখানা রুটিই পাবে। আর অন্যরা, কার ক’খানা রুটি লাগবে, আজই জানিয়ে দাও। নিতাই, তুমি সত্যি কথা বলেছ তাই তোমার শাস্তি মকুব করা হল। কিন্তু শম্ভুকে ক্ষমা করা হবে না। সে-ই আসল দোষী। সে কেন নিতাইকে ভয় পাবে, সে কেন সব কথা আগেই আমাকে কিংবা রাজাকে জানায়নি? রাজা যদি রাজ্যের সব কথা না জানে, তা হলে সে কীসের রাজা? চুরি করা ডিম-রুটি শম্ভুও নিশ্চয়ই খায়, কিন্তু সে কথা সে বলেনি। তা হলে কি শম্ভুর একটা হাত কেটে নেওয়া হবে?”

সবাই একসঙ্গে বলে উঠল, “হ্যাঁ, হ্যাঁ, হ্যাঁ।”

মহাদেবী হুকুম করল, “শম্ভু, ডান হাতটা মাটিতে পেতে রাখো!”

সে তলোয়ার তুলতেই গৌতমকাকু বললেন, “আরে আরে, সত্যি লোকটার হাত কেটে ফেলা হবে নাকি? সামান্য অপরাধে এমন শাস্তি? ওকে মাফ করে দিন!”

শঙ্কর রায়বর্মন কখন পেছনে এসে দাঁড়িয়েছে, বোঝা যায়নি। এবার সে বলল, “ইউ প্লিজ শাট আপ! আমাদের ব্যাপারে নাক গলাবেন না।”

কাকাবাবু বললেন, “ওকে অন্য শাস্তি দিন। হাত কেটে ফেলাটা বর্বর ব্যাপার!”

শঙ্কর রায়বর্মন আবার বলল, “বলছি না, শাট আপ!”

মহাদেবী শঙ্কর রায়বর্মনের দিকে ফিরে বলল, “কী রাজা, এর শাস্তি ঠিক আছে? তুমি কাটবে, না আমি কাটব?”

শঙ্কর রায়বর্মন বলল, “প্রথম অপরাধের জন্য ওর শাস্তিটা একটু কমিয়ে দিতে পারো। পুরো হাতটা কাটার বদলে ডান হাতের কড়ে আঙুলটা কেটে দাও!”

শম্ভু এবার বাঁ হাতের উলটো পিঠ দিয়ে চোখ মুছে বলল, “আমার অপরাধের জন্য এত কম শাস্তি দিচ্ছেন, এজন্য আপনাদের কাছে চিরকৃতজ্ঞ থাকব। আর কখনও লোভ করব না। শুধু আর একটু যদি দয়া করেন, ডান হাতের বদলে বাঁ হাতের একটা আঙুল নিয়ে নিন।”

মহাদেবী বলল, “বেশ, তাই হোক।”

নিতাই মাথা তুলে বলল, “মহাদেবী, শম্ভুর বদলে আমার আঙুল কাটুন। শম্ভু রোগা দুব্‌লা লোক, আমার একটা আঙুল গেলে কোনও ক্ষতি হবে না।”

শম্ভু জোর দিয়ে বলল, “না, না, আমার পাপের শাস্তি আমাকে পেতেই হবে। সারাজীবন আমি কাটা আঙুলটার দিকে তাকিয়ে ভাবব, আমি মহাদেবীর কাছে মিথ্যে কথা বলেছি। আর বলব না।”

এবার অন্য একটি ছেলে এগিয়ে এসে বলল, “মহাদেবী, ওদের দু'জনকে ছেড়ে দিন, শাস্তি দিন আমাকে।”

মহাদেবী বলল, “কেন?”

ছেলেটি বলল, “ওই শম্ভু আমার কাকা। ছোলেবেলায় আমার বাবা মারা গেছেন, উনি আমাকে নিজের ছেলের মতন মানুষ করেছেন। কাকার বদলে আমার একটা আঙুল নিন। আমিও দু'-একদিন চুরি করা ডিম খেয়েছি।”

মহাদেবী বলল, “তা হলে তো দেখছি তিনজনেরই আঙুল কাটতে হয়। আমাদের দলে এত আঙুল-কাটা সৈন্য থাকলে তো চলবে না। তোমাদের আরও অনেক লড়াই করতে হবে। শম্ভুকেই একা শাস্তি দেব। শম্ভু, মাটিতে হাত পাতো।”

শম্ভু বাঁ হাতটা মাটির ওপর পাততেই মহাদেবী তার কড়ে আঙুলে তলোয়ারটা রেখে চাপ দিল। চামড়া কেটে বেরোতে লাগল রক্ত।

শম্ভু একটুও মুখ বিকৃত করল না, ব্যথার শব্দও করল না।

মহাদেবী নরম গলায় বলল, "ওরে, তোদের শাস্তি দিতে কি আমার ভাল লাগে? তোরা তো সবাই আমার ভাইয়ের মতন। স্বাধীন রাজ্য পাওয়ার পর তোরাই তো সেটা চালাবি।"

তলোয়ারটা তুলে নিয়ে সে আবার বলল, "রক্ত বেরিয়েছে, তাই যথেষ্ট। আঙুলটা আর কাটলাম না।"

সবাই একসঙ্গে চিৎকার করে উঠল, "জয় জয় মহাদেবী! জয় জয় রাজা!"

মহাদেবী কাকাবাবুদের দিকে ফিরে বলল, "আমরা কিন্তু বন্দিদের প্রতি একটুও দয়ামায়া দেখাই না। এক কোপে হাত কেটে উড়িয়ে দিই!"

শঙ্কর রায়বর্মন এগিয়ে এসে বলল, "সবাই শোনো, একটা ঘোষণা আছে। তোমরা জানো যে, একটা বন্দি-মুক্তিপণের টাকা পাওয়া গেছে। এই দু'জনের জন্যও টাকা পাবই। এর বেশিরভাগ টাকাই অস্ত্র কেনার জন্য খরচ হবে। তবে তোমরা সবাই একপ্রস্থ নতুন জামাকাপড় পাবে। খাবারদাবারও বাড়িয়ে দেওয়া হবে আজ থেকে।"

সবাই আবার চেঁচিয়ে উঠল, "জয় জয় রাজা, জয় জয় মহাদেবী!"

শঙ্কর রায়বর্মন তারপর বলল, "শম্ভু, যাও, বন্দিদের জন্য আরও রুটি আর ডিমসেদ্ধ নিয়ে এসো!"

কাকাবাবু বললেন, "না থাক। যা কাণ্ড হল, এর পর আর এখন আমাদের কিছু খাওয়ার রুচি নেই।"

শঙ্কর রায়বর্মন বলল, "ঠিক আছে, এবারে চলুন আমার সঙ্গে।"

মহাদেবীকে সে জিজ্ঞেস করল, "তুমি যাবে নাকি আমাদের সঙ্গে? আমরা রাজপুরীতে যাচ্ছি।"

মহাদেবী বলল, "না, তুমি যাও, আমার অন্য কাজ আছে।"

কাকাবাবুর দিকে তাকিয়ে সে মুচকি হেসে বলল, "এবার পালাবার চেষ্টা করবেন নাকি? করে দেখুন না! আমাকে বাজিটা জিতিয়ে দিন।"

কাকাবাবু বললেন, "কী বাজি, তা তো এখনও শুনিনি। শুনলে না হয় চেষ্টা করা যেত।"

মহাদেবী বলল, "সেটা জানানো হবে না!"

শঙ্কর রায়বর্মন ওঁদের হাঁটিয়ে নিয়ে চলল ঝোপজঙ্গলের মধ্য দিয়ে। আজ আর চোখ বাঁধেনি।

ক্রাচ বগলে নিয়ে ঝোপ ঠেলে যেতে কাকাবাবুর অসুবিধে হচ্ছে। কোনও কোনও গাছে বেশ কাঁটা আছে। আবার ভারী সুন্দর দেখতে ফুলও ফুটে আছে অনেক। মাথার ওপর দিয়ে ডাকতে ডাকতে উড়ে যাচ্ছে টিয়াপাখির ঝাঁক।

খানিকটা দূরে ফাঁকা জায়গায় দাঁড়িয়ে আছে জিপগাড়িটা।

সেটাতে ওঠার পর শঙ্কর রায়বর্মন নিজে বসল ড্রাইভারের জায়গায়। তার

পাশে একজন মাত্র গার্ড, তার হাতে একটা বর্শা।

জিপটা চালাতে চালাতে শঙ্কর রায়বর্মন গৌতমকাকুকে বলল, "আপনার স্ত্রী কুড়ি লাখ টাকা পর্যন্ত দিতে রাজি হয়েছেন। তবে শর্ত দিয়েছেন, ওই টাকায় দু'জনকেই ছেড়ে দিতে হবে। আমার পক্ষে তা মেনে নেওয়ার প্রশ্নই ওঠে না। খবর পাঠিয়েছি, সত্তর লাখ থেকে বড় জোর পাঁচ লাখ কমাতে পারি।"

গৌতমকাকু বললেন, "মিলি অত টাকা পাবে কোথায়?"

কাকাবাবু হঠাৎ রেগে উঠে বললেন, "গৌতম, মিলিকে চিঠি লিখে দে, আমার জন্য যেন এক পয়সাও না দেয়। তোকে টাকা দিয়ে ছাড়াতে চায় তো ছাড়াক!"

শঙ্কর রায়বর্মন বলল, "বেশ তো, পঁয়তাল্লিশ লাখ পাঠাতে বলুন, আমেরিকান বাবুটিকে ছেড়ে দেব। রাজা রায়চৌধুরী এখানে থাকবেন।"

গৌতমকাকু বললেন, "পঁয়তাল্লিশ লাখ! জোগাড় করা অসম্ভব ব্যাপার!"

শঙ্কর রায়বর্মন বলল, "গয়না বিক্রি করতে বলুন। আপনার স্ত্রীর নিশ্চয়ই অনেক গয়না আছে। ডাক্তারের বউদের খুব গয়না থাকে।"

গৌতমকাকু বললেন, "আমেরিকায় মেয়েরা বেশি গয়না পরে না।"

শঙ্কর রায়বর্মন বলল, "আমেরিকায় বড়লোকের বউরা দামি দামি হিরের গয়না পরে না? আমাকে আমেরিকা শেখাচ্ছেন? সেসব এক-একটা গয়নারই দাম পঁচিশ-তিরিশ লাখ টাকা!"

গৌতমকাকু জিজ্ঞেস করলেন, "আপনি কখনও আমেরিকায় ছিলেন?"

শঙ্কর রায়বর্মন বলল, "ছিলাম তো। অন্তত সাত-আট বছর।"

"ফিরে এলেন কেন?"

"নিজের রাজ্য উদ্ধার করতে। এখানে স্বাধীনভাবে থাকব। আমেরিকায় গোলামি করতে যাব কেন?"

"ওদেশ ছেড়ে এসে এরকম বনজঙ্গলের মধ্যে থাকা, সত্যি আপনার দারুণ জেদ আছে, স্বীকার করতেই হবে। তবে, আমাদের মতন কয়েকজনকে ধরে টাকা আদায় করে কত টাকাই বা তুলতে পারবেন! তাতে কি একটা রাজ্য পাওয়া যায়?"

"সে-ব্যাপারে আমার নিজস্ব প্ল্যান আছে। আপনাদের ধরে রাখতে হচ্ছে, এমনি এমনি চাইলে কি টাকা দিতেন?"

"সে আপনার যাই-ই প্ল্যান থাক। একটা কথা জেনে রাখুন, আমার এই বন্ধুকে ছেড়ে আমি কিছুতেই একা মুক্তি পেতে চাই না। আমাদের যত বেশিদিন ধরে রাখবেন, ততই আপনার বিপদ বাড়বে।"

এ-কথার উত্তর না দিয়ে শঙ্কর রায়বর্মন হা- হা করে হেসে উঠল।

আরও কিছুক্ষণ পরে জিপটা থামল এক জায়গায়।

বিকেল হয়ে এসেছে। আকাশে মেঘ জমেছে বেশ। যে-কোনও সময় বৃষ্টি হতে পারে।

এখানেও জঙ্গলের মধ্যে খানিকটা জায়গা ফাঁকা। দেখা যাচ্ছে কয়েকটা ভাঙা ঘরবাড়ি। অনেককালের পুরনো, প্রায় ধ্বংসস্তূপ বলা যায়, প্রায় কোনও ঘরেরই ছাদ আস্ত নেই। একপাশে একটা মন্দিরও আছে, সেটা একটা অশ্বত্থ গাছের মোটা মোটা শেকড়ে ঢাকা।

শঙ্কর রায়বর্মন বলল, "এইখানে ছিল আমাদের বংশের রাজধানী। এটা আবার নতুন করে গড়া হবে।"

কাকাবাবু বললেন, "এখানে একসময় কিছু লোকজনের বসতি ছিল বোঝা যাচ্ছে। হয়তো তখন এত ঘন জঙ্গল ছিল না। এককালে এখানে অনেক ছোট ছোট জমিদারি ছিল, তারা নিজেদের বলত রাজা। কিন্তু এটা যে আপনাদেরই ছিল, তা বোঝা যাবে কী করে?"

শঙ্কর রায়বর্মন বলল, "আমার কাছে দলিল আছে এ জায়গার। বংশলতিকা করা আছে। আমিই শেষ উত্তরাধিকারী।"

কাকাবাবু বললেন, "সেসব দলিল দেখিয়ে কি পুরনো জমিদারি ফেরত পাওয়া যায়? জমিদারি প্রথাই তো উঠে গেছে।"

শঙ্কর রায়বর্মন সগর্বে বলল, "জমিদারি নয়, স্বাধীন রাজ্য। ইংরেজরা কেড়ে নিয়েছিল। এখন ভারত সরকারের কাছ থেকে আদায় করে নেব।"

এক জায়গায় অনেকখানি পাথরের বাঁধানো চাতাল, তার এক পাশে কয়েকটা ঘরের দেওয়াল।

কাকাবাবু কয়েক ধাপ সিঁড়ি দিয়ে সেই চাতালে উঠে দেওয়ালের ইট পরীক্ষা করে বললেন, "মনে হচ্ছে, প্রায় দু'শো বছরের পুরনো।"

শঙ্কর রায়বর্মন বলল, "ভেতরে যাবেন না। ওখানে দুটো ময়াল সাপ থাকে। ওরা অবশ্য আমাকে কিছু বলে না, কিন্তু বাইরের লোক দেখলে তাড়া করে।"

গৌতমকাকু বললেন, "সাপও মানুষ চেনে বুঝি?"

কাকাবাবু চাতালের অন্য একদিকে গিয়ে বললেন, "এর মধ্যে এটা নতুন করে গড়ার কাজ শুরু হয়ে গেছে?"

শঙ্কর রায়বর্মন বলল, "না, এখনও শুরু হয়নি। নকশা তৈরি হয়ে গেছে।"

কাকাবাবু বললেন, "তা হলে যে দেখছি, এখানে একটা জায়গা নতুন করে খোঁড়া হয়েছে।"

শঙ্কর রায়বর্মন কাকাবাবুর কাছে গিয়ে ভুরু কুঁচকে বলল, "তাই তো, এটা তো আগে ছিল না।"

গার্ডকে ডেকে জিজ্ঞেস করল, "মাল্লু, এখানে কে খুঁড়েছে?"

মাল্লু বলল, "জানি না তো স্যার। আগে দেখিনি।"

শঙ্কর রায়বর্মন বলল, "আমি দিনসাতেক আগে এসেছিলাম, তখন গর্ত ছিল না। আমার এলাকার মধ্যে আমাকে না জানিয়ে কে এসে গর্ত খুঁড়বে?"

কাছে গিয়ে দেখা গেল, শুধু এক জায়গায় গর্ত নয়। মাটি খুঁড়ে খুঁড়ে লম্বা

একটা নালার মতন কাটা হয়েছে। কোথাও-কোথাও সেটার ওপর আবার মাটি চাপা দেওয়া হয়েছে। কোথাও কোথাও পুরোপুরি ভরেনি।

কাকাবাবু এক জায়গায় বসে পড়ে সেই নালার মধ্যে হাত ঢুকিয়ে দিলেন।

তারপর মুখ তুলে বললেন, "মোটা মোটা তার রয়েছে এর ভেতরে।"

গৌতমকাকু বললেন, "এখানে কেউ ইলেকট্রিকের লাইন টানছে?"

শঙ্কর রায়বর্মন বলল, "এই জঙ্গলে কে ইলেকট্রিক আনবে? প্রথমত, সেটা বেআইনি। তা ছাড়া কোনও লোক ভয়ে এখানে আসে না।"

কাকাবাবু সেই নালার ধার দিয়ে দিয়ে হাঁটতে লাগলেন।

সেটা চলেছে তো চলেইছে। এক-এক জায়গায় গাছপালা কেটে খোঁড়া হয়েছে সেই নালা।

প্রায় পনেরো মিনিট যাওয়ার পর কাকাবাবু হাত তুলে অন্যদের থামতে বললেন।

এখানেও খানিকটা ফাঁকা জায়গায় রয়েছে দু'খানা তাঁবু। ছোট ছোট গাছের ডাল কেটে সেই তাঁবুর ওপর এমনভাবে ছড়িয়ে দেওয়া হয়েছে যে, দূর থেকে ঠিক বোঝা যাবে না।

গৌতমকাকু বললেন, "এখানে আর্মি ক্যাম্প করেছে?"

শঙ্কর রায়বর্মন প্রবলভাবে মাথা নেড়ে বলল, "হতেই পারে না। আর্মি মুভমেন্টের খবর আমি সবসময় পাই। আর্মির মধ্যেও আমাদের বংশের লোক আছে। তা ছাড়া, আর্মি ক্যাম্প করতে গেলে আগে রাস্তা বানাবে। এখানে কোনও রাস্তা নেই। গাড়িও নেই।"

গৌতমকাকু বললেন, "যদি কমান্ডো হয়? একটা তাঁবুর পাশে কয়েকটা সাইকেল রয়েছে।"

কাকাবাবু বললেন, "জঙ্গলের মধ্যে নিঃশব্দে চলাফেরার সব চেয়ে ভাল উপায় হচ্ছে সাইকেল। তাঁবু যখন আছে, তখন মানুষও আছে নিশ্চয়ই। তাদের চেহারাটা দেখা দরকার। আমার একটা সন্দেহ হচ্ছে।"

এর মধ্যে বৃষ্টি নেমে গেল ঝিরঝির করে।

শঙ্কর রায়বর্মন বলল, "এখানে বৃষ্টির মধ্যে দাঁড়িয়ে থেকে কী হবে? আমার ডেরায় ফিরে যেতে হবে। আমার লোকজনদের ডেকে এনে এসব তাঁবু ফাঁবু ভেঙে উড়িয়ে দেব।"

কাকাবাবু বললেন, "ওদের কাছে কী ধরনের অস্ত্র আছে, তা জানতে হবে না? আপনার তো সম্বল দুটো-একটা রিভলভার। বড় বড় অস্ত্রগুলোর গুলিই নেই।"

"আমার কুড়িজন লোক এনে একসঙ্গে ওদের ওপর ঝাঁপিয়ে পড়ব।"

"ওদের যদি একটা লাইট মেশিনগান থাকে, তা হলে সেটার সামনে কুড়িজন লোক পোকামাকড়ের মতন শেষ হয়ে যাবে। তার আগে জানতে হবে, ওরা কারা? যদি আমাদের দেশের আর্মি হয়, তাদের সঙ্গে লড়াই করার প্রশ্নই ওঠে

না।”

“আমার এলাকার মধ্যে আমি আর্মিকেও আসতে দেব না! আমি এখানকার রাজা।”

“আপনার রাজত্বটা আগে স্বাধীন হোক! এখনও তো হয়নি।”

গৌতমকাকু বললেন, “এখানে বৃষ্টির মধ্যে কতক্ষণ ভিজব? শীত করছে!”

কাকাবাবু বললেন “ভিজতেই হবে। আমার যেটা সন্দেহ হচ্ছে, সেটা সত্যি কিনা জানা দরকার।”

মাল্লু বলল, “স্যার, আমি চুপি চুপি পেছন দিক দিয়ে গিয়ে দেখে আসব!”

শঙ্কর রায়বর্মন বলল, “যা তো, দেখে আয়।”

কাকাবাবু বললেন, “না, তুমি একা যাবে না।”

ঠিক তখনই দুটো লোক একটা তাঁবু থেকে বেরিয়ে দৌড়ে অন্য তাঁবুটাতে ঢুকে গেল।

লোকদুটো কালো রঙের টাইট প্যান্ট পরা, কালো জামা, মুখেও কালো মুখোশ। শুধু নাক আর চোখ দুটো খোলা আছে।

কাকাবাবু ফিসফিস করে বললেন, “ব্ল্যাক প্যান্থার! আমি ঠিকই সন্দেহ করেছিলাম।”

গৌতমকাকু বললেন, “ব্ল্যাক প্যান্থার মানে?”

কাকাবাবু বললেন, “কিছুদিন আগেই একটা গোপন রিপোর্ট এসেছিল, কোনও শত্রু-দেশ থেকে এই ব্ল্যাক প্যান্থার বাহিনীকে আমাদের দেশের বিভিন্ন জায়গায় প্যারাশুটে নামিয়ে দেবে। তারপর তারা আমাদের এয়ারপোর্ট, রেল স্টেশন ধ্বংস করবে। গত বছর আমি এরকম একটা দলকে ধরে ফেলেছিলাম। এবার আবার শুরু করেছে। মাটি খুঁড়ে যে তার টেনে নিয়ে গেছে, নিশ্চয়ই সেরকম কোনও উদ্দেশ্য আছে। এদিকে কোথাও এয়ার ফোর্সের বেস আছে।”

গৌতমকাকু বললেন, “কিন্তু দুটো তাঁবুতে আর কত লোক থাকবে! আমাদের পুলিশ বা আর্মি খবর পেয়ে গেলে ওরা নিজের দেশে পালাবে কী করে?”

কাকাবাবু বললেন, “ওরা পালাতে চায় না। এখন সব সুইসাইড স্কোয়াড শুরু হয়েছে জানিস না? ওরা মরবে জেনেই এসেছে। তাই সাঙ্ঘাতিক বেপরোয়া হতে পারে।”

শঙ্কর রায়বর্মন বলল, “ধুত! ব্ল্যাক প্যান্থার না ছাই! এমনি কোনও ডাকাতের দল কালো পোশাক পরে ভড়কি দিচ্ছে। ওরা বোধ হয় জানে না যে, আমার এলাকায় ঢুকে পড়েছে। আমার নাম শুনলেই ওরা ভয় পাবে! মাল্লু, তুই যা তো, জিজ্ঞেস করে আয়, এখানে কেন তাঁবু গেড়েছে?”

কাকাবাবু বললেন, “না, না।”

শঙ্কর রায়বর্মন বলল, “শাট আপ! আমার হুকুমের ওপর কথা বলবেন না। আর একবার মুখ খুললেই একটা থাপ্পড় কষাব!”

তারপর এক পা এগোতে গিয়ে একটা লতায় পা জড়িয়ে ঘুরে পড়ে যেতে লাগল সে। কোনওক্রমে একটা গাছের সরু ডাল ধরল, সে ডালটাও ভেঙে গেল।

সঙ্গে সঙ্গে তাঁবুর আড়াল থেকে সামনে এসে একজন ব্ল্যাক প্যান্থার এল এম জি থেকে গুলি চালাল। একঝাঁক গুলি।

কাকাবাবু তাঁর বন্ধুর হাত ধরে হ্যাঁচকা টান দিয়ে শুয়ে পড়লেন মাটিতে।

বিরাট জোরে মেঘ ডেকে উঠল, হয়তো বাজ পড়ল কাছাকাছি। বৃষ্টিও পড়ছে প্রবল তোড়ে। বৃষ্টির জন্যই সব দিক অন্ধকার হয়ে গেছে।

একটু পরে মুখ তুলে কাকাবাবু জিজ্ঞেস করলেন, "গৌতম, তুই ঠিক আছিস?"

গৌতমকাকু বললেন, "হ্যাঁ, আমি ঠিক আছি। কিন্তু শঙ্করের বোধ হয় গুলি লেগেছে। নড়ছেটড়ছে না।"

কাকাবাবু বললেন, "এক্ষুনি এখান থেকে সরে পড়তে হবে। ওরা নিশ্চয়ই খুঁজতে আসবে। আমি শঙ্করের একটা দিক ধরছি, তুই অন্য দিকটা ধরে ওকে টেনে নিয়ে চল।"

গৌতমকাকু বললেন, "ইস, এর বুক রক্তে ভেসে যাচ্ছে।"

দু'জনে মিলে প্রায় ছ্যাঁচড়াতে-ছ্যাঁচড়াতে শঙ্করকে নিয়ে দৌড়োলেন বনবাদাড় ঠেলে। এদিক-ওদিক তাকিয়েও ওঁরা মাল্লুকে দেখতে পেলেন না।

কোনওরকমে ওঁরা পৌঁছে গেলেন জিপটার কাছে। কেউ তাড়া করে আসছে কিনা এখনও বোঝা যাচ্ছে না। শঙ্করকে তোলা হল জিপে।

কাকাবাবু বললেন, "আমি জিপটা চালাচ্ছি। গৌতম, তুই দ্যাখ এ-লোকটা বেঁচে আছে কি না। কিংবা যদি বাঁচানো যায়!"

॥ ১০ ॥

কাকাবাবু জঙ্গলের রাস্তাও চেনেন না, এখন আর কিছু দেখাও যাচ্ছে না। তবু কাকাবাবু এলোমেলোভাবে গাড়ি চালিয়ে জায়গাটা থেকে সরে যেতে চাইলেন।

খানিক বাদে জিপটা থামিয়ে কান পেতে শুনলেন। পেছনে কোনও শব্দ নেই, কেউ তাড়া করে আসছে না।

তিনি জিজ্ঞেস করলেন, "গৌতম, কী দেখলি? লোকটা বেঁচে আছে?"

গৌতমকাকু বললেন, "হ্যাঁ, বেঁচে আছে এখনও। বুকে লাগেনি, গুলি লেগেছে কাঁধে। প্রচুর রক্ত বেরিয়েছে। রক্ত বন্ধ করতে না পারলে বাঁচানো যাবে না। জায়গাটা বাঁধব কী দিয়ে?"

কাকাবাবু ড্যাশবোর্ড খুলে দেখলেন, সেখানে একটা টর্চ রয়েছে। সেটা জ্বেলে গাড়িটার সব জায়গা দেখতে দেখতে পেছনের সিটের তলায় পেয়ে গেলেন একটা চৌকো বাক্স আর একটা পলিথিনের বালতি।

বাক্সটা খুলে তিনি বললেন, "লোকটার ভাগ্য ভাল, এটাতে ফার্স্ট এডের জিনিসপত্র রয়েছে। তুলো, গজ-ব্যান্ডেজ, বেঞ্জিন।"

গাড়ি থেকে নামিয়ে শঙ্কর রায়বর্মনকে শুইয়ে দেওয়া হল মাটিতে।

কাছেই জলের কলকল শব্দ শোনা যাচ্ছে। কোনও ঝরনা বা ছোট নদী আছে।

গৌতমকাকু বললেন, "একটা গুলি গেঁথে আছে। ওটাকে এক্ষুনি বের করে ফেলা দরকার। রাজা, তুই এক কাজ কর, খানিকটা জল নিয়ে আয়। দেখি, কতটা কী করা যায়!"

কাকাবাবু জল আনার পর শঙ্কর রায়বর্মনের ক্ষতটা পরিষ্কার করতে করতে গৌতমকাকু বললেন, "ওরা গুলি চালিয়েই থেমে গেল, তেড়ে এল না কেন?"

কাকাবাবু বললেন, "খুব সম্ভবত আমাদের দেখতে পায়নি, শুধু আওয়াজ শুনেছে। তা ছাড়া, এত বৃষ্টি, বৃষ্টিই আমাদের বাঁচিয়ে দিয়েছে বলতে পারিস।"

গৌতমকাকু জিজ্ঞেস করলেন, "তোর আর একটা ক্রাচ কোথায়? তুই একটা নিয়ে দৌড়োলি কী করে?"

কাকাবাবু বললেন, "একটা ফেলে এসেছি। দুটো থাকলে শঙ্করকে ধরতাম কী করে! একটা নিয়ে দৌড়োতে খুবই কষ্ট হয়, কিন্তু বিপদের সময় কষ্টের কথা মনে থাকে না।"

শঙ্কর রায়বর্মন অজ্ঞান হয়ে রয়েছে। তার ক্ষতস্থানে খানিকটা বেঞ্জিন ছোঁয়াতেই সে যন্ত্রণায় উঃ আঃ করে ছটফটিয়ে উঠল।

ছোট ছেলেকে ধমক দেওয়ার মতন গৌতমকাকু বললেন, "চুপ করে শুয়ে থাকো। নড়াচড়া করবে না।"

সে ধড়মড় করে উঠে বসবার চেষ্টা করতেই গৌতমকাকু আবার বকুনি দিয়ে বললেন, "বললাম না, ছটফট করবে না।"

কাকাবাবুও অন্যদিকে তাকিয়ে তাকে জোর করে চেপে ধরে রইলেন।

শঙ্কর রায়বর্মন চোখ মেলে জিজ্ঞেস করল, "আমার কী হয়েছে? আমি কোথায়?"

কাকাবাবু বললেন, "তোমার কাঁধে গুলি লেগেছে। আমরা তোমাকে নিয়ে কোনওরকমে পালিয়ে এসেছি।"

গৌতমকাকু বললেন, "গুলিটা যদি আর একটু নীচে, তোমার বুকে লাগত, তা হলে আর কিছু করার থাকত না। আশা করি তোমায় বাঁচিয়ে তুলতে পারব। তবে, বাঁ হাতটা অনেকদিন ব্যবহার করতে পারবে না।"

একটুক্ষণ চুপ করে থেকে শঙ্কর রায়বর্মন জিজ্ঞেস করল, "মাল্লু কোথায়?"

কাকাবাবু বললেন, "জানি না। তাকে আর দেখতে পাইনি, দৌড়ে পালিয়েছে, না গুলি খেয়েছে, কে জানে! ওখানে ওকে দেখতে পাইনি।"

শঙ্কর রায়বর্মন বলল, "মাল্লু নেই। আমি গুলি খেয়ে অজ্ঞান হয়ে ছিলাম, আপনারা সেই সুযোগে পালালেন না কেন?"

কাকাবাবু বললেন, "মানুষকে বিপদে ফেলে পালাবার অভ্যেস আমাদের নেই।"

শঙ্কর রায়বর্মন আবার বলল, "গৌতমবাবু, আপনাদের আমি বন্দি করে এনেছি, চড় মেরেছি, তবুও আপনি আমাকে বাঁচাবার চেষ্টা করলেন কেন?"

গৌতমকাকু বললেন, "আমি ডাক্তার, আমাদের কাছে শত্রু-মিত্র কিছু নেই। যে-কোনও অসুস্থ লোককে চিকিৎসা করার শপথ নিতে হয় আমাদের। একটু ডান পাশে ফেরো তো!"

শঙ্কর রায়বর্মন বলল, "আমার রিভলভারটা কোথায়?"

কাকাবাবু বললেন, "সেটা আমার কাছে রেখেছি। ওরা তাড়া করে এলে আত্মরক্ষার চেষ্টা করতে হত তো!"

আবার একটুক্ষণ চুপ করে থেকে শঙ্কর রায়বর্মন আপন মনে বলতে লাগল, "আমার কাছে রিভলভার নেই, মাল্লু কোথায় কে জানে, এখন আপনারা প্রতিশোধ নিতে পারেন, আমাকে পুলিশে ধরিয়ে দিতে পারেন।"

কাকাবাবু বললেন, "তোমাকে পুলিশে ধরাবার ব্যাপারে আমাদের মাথাব্যথা নেই। তার চেয়ে অনেক জরুরি কাজ আছে। আমাদের এক্ষুনি ওই তাঁবুর কাছে আর একবার ফিরে যেতে হবে।"

গৌতমকাকু দারুণ অবাক হয়ে বললেন, "ওখানে ফিরে যেতে হবে? কেন?"

কাকাবাবু বললেন, "বিদেশি কমান্ডোরা এসে আমাদের এখানে গোপন ঘাঁটি গেড়েছে। তারা কী মতলবে এসেছে, কোথায় কী ধ্বংস করতে চায়, তা জানতে হবে না?"

গৌতমকাকু বললেন, "আমরা কী করে জানব? দেখলিই তো, ওদের কাছে লাইট মেশিনগান আছে, কাছে গেলে ঝাঁঝরা করে দেবে। বরং কাল সকালে পুলিশকে খবর দিলে, তারাই ব্যবস্থা করবে।"

কাকাবাবু বললেন, "এইসব ব্যাপারে কাল পর্যন্ত অপেক্ষা করা যায় না। যদি আজ রাত্তিরেই ওরা কিছু শুরু করে দেয়? মাটি খুঁড়ে বহুদূর পর্যন্ত তার বসিয়েছে, নিশ্চয়ই কোনও একটা গুরুত্বপূর্ণ জায়গা উড়িয়ে দিতে চায়। মনে কর, আজ রাত্তিরেই যদি ওরা একটা এয়ারপোর্ট ধ্বংস করে দিতে পারে, তা হলে কাল আমাদের আপশোশের শেষ থাকবে? নিজেদেরই দায়ী মনে হবে না?"

গৌতমকাকু বললেন, "কিন্তু আমরা তো হঠাৎ দেখে ফেলেছি। ভাঙা বাড়িটার কাছে যদি না যেতাম—"

কাকাবাবু বললেন, "একবার দেখে ফেললে আর দায়িত্ব এড়ানো যায় না। আমাকে যেতেই হবে।"

তারপর তিনি শঙ্কর রায়বর্মনের দিকে ফিরে বললেন, "শোনো শঙ্কর, তুমি তোমার এলাকা স্বাধীন রাজ্য করতে চাও, তা তুমি পারবে কি পারবে না, তা আমরা জানি না। সেটা তোমার ব্যাপার। কিন্তু একটা কোনও বিদেশি শক্তি যদি

আমাদের দেশের ক্ষতি করতে চায়, তখন তুমি কী করবে? তাদের সাহায্য করবে?"

শঙ্কর রায়বর্মন বলল, "মোটেই না। আমি তখন ভারতীয় হিসেবে লড়ব!"

কাকাবাবু বললেন, "বাঃ! তা হলে এখন আমরা সবাই এক দলে!"

গৌতমকাকু বললেন, "কিন্তু রাজা, আমরা মাত্র তিনজন মিলে কী করে ওদের আটকাব?"

কাকাবাবু বললেন, "তিনজনও লাগবে না। আমি একাই যাব। তোরা দু'জন একটু দূরে দাঁড়িয়ে লক্ষ করবি।"

গৌতমকাকু বললেন, "একা? তোর কি মাথাখারাপ হয়ে গেছে?"

কাকাবাবু বললেন, "না, আমার মাথা যেমন ছিল তেমনই আছে। তোর কতদূর হল?"

শঙ্কর রায়বর্মনের কাঁধ থেকে গুলিটা বার করে ফেলা হয়েছে। তুলো আর ওষুধ দিয়ে একটা ব্যান্ডেজও বেঁধে ফেলেছেন গৌতমকাকু। শঙ্কর রায়বর্মনের মাথায় হাত রেখে বললেন, "এ ছেলেটার মনের জোর আছে। ব্যথা লেগেছে খুবই, কিন্তু একটুও চ্যাঁচামেচি করেনি। কী, এখন উঠে দাঁড়াতে পারবে?"

শঙ্কর রায়বর্মন বলল, "পারব।"

কাকাবাবু বললেন, "সবাই জিপে ওঠো। আমি চালাব। শঙ্কর, তুমি এ-জায়গাটা চিনতে পারছ? ওই তাঁবুর দিকে ফেরার রাস্তা তুমি বলে দিতে পারবে তো? একেবারে কাছে যেতে হবে না। খানিকটা দূরে নামব।"

শঙ্কর রায়বর্মনের নির্দেশ অনুযায়ী কিছুক্ষণ গাড়ি চালাবার পর সে বলল, "তাঁবু দুটো এরই কাছাকাছি থাকার কথা। কিন্তু আলোটালো তো জ্বলছে না।"

কাকাবাবু বললেন, "বড় আলো জ্বালবে না। ঠিক আছে, তোমরা গাড়িতেই বোসো। আমি নেমে দেখছি।"

গৌতমকাকু কাকাবাবুর একটা হাত চেপে ধরে বললেন, "রাজা, তোকে আমি একা যেতে দেব না!"

কাকাবাবু বললেন, "এইসব জায়গায় অনেক লোকের বদলে একজনই যাওয়া সুবিধেজনক। তাতে লুকিয়ে থাকা যায়।"

গৌতমকাকু বললেন, "আমি তোর সঙ্গে যাব। এই বিপদের মধ্যে আমি তোকে কিছুতেই একা যেতে দেব না।"

কাকাবাবু বললেন, "শোন, আমার জীবনের কোনও দাম নেই। দেশের কাজের জন্য যদি আমি মরেও যাই, তাতে কিছু যায় আসে না। তোর বউ-ছেলে আছে, অনেক দায়িত্ব আছে, আমার সেসব কিছু নেই।"

শঙ্কর রায়বর্মন বলল, "তা হলে আমি যাব আপনার সঙ্গে।"

কাকাবাবু বললেন, "তুমি এই অবস্থায় যাবে কী করে? তোমাকে নিয়েই আমি মুশকিলে পড়ব। শোনো, যা করবার খুব তাড়াতাড়ি সারতে হবে। তোমরা এখানে

ঠিক আধঘণ্টা অপেক্ষা করবে আমার জন্য। তার মধ্যে আমি ফিরবই। যদি না ফিরি, শঙ্কর, তুমি যেমন করেই হোক গৌতমকে কাছাকাছি কোনও থানায় পৌঁছে দেবে। গৌতম সব জানাবে ডিস্ট্রিক্ট ম্যাজিস্ট্রেটকে।"

একটামাত্র ক্রাচ নিয়ে কাকাবাবু নেমে পড়লেন জিপ থেকে।

গাছের আড়াল দিয়ে দিয়ে খানিকটা এগিয়ে অস্পষ্টভাবে দেখতে পেলেন তাঁবু দুটো। এর মধ্যে খানিকটা জ্যোৎস্না ফুটেছে। বৃষ্টি থেমে গেলেও এখনও মেঘ আছে আকাশে। মেঘের ফাঁক দিয়ে মাঝে মাঝে বেরিয়ে পড়ছে চাঁদ।

এবার কাকাবাবু মাটিতে শুয়ে পড়ে বুকে হাঁটতে লাগলেন কচ্ছপের গতিতে। ছাত্র বয়েসে এন সি সি-তে এসব ট্রেনিং নিয়েছিলেন, এখন কাজে লেগে গেল।

আর একটু কাছে গিয়ে দেখলেন, তাঁবুর মধ্যে খুব মৃদু কোনও আলো জ্বলছে। একজন কালো পোশাক পরা লোক হাতে একটা স্টেনগান নিয়ে দুটো তাঁবুর চারপাশ ঘুরে আসছে।

সে চোখের আড়ালে গেলে আরও খানিকটা এগিয়ে গেলেন কাকাবাবু। এইভাবে তিনি একটা তাঁবুর কাছে গিয়ে দাঁড়িয়ে পড়লেন। এই লোকটাই বোধ হয় আগে গুলি চালিয়েছে। কিন্তু এখন সে খুব একটা মনোযোগ দিচ্ছে না, হাতের অস্ত্রটা নীচের দিকে করে হাঁটছে আর গুনগুন করে গান গাইছে।

লোকটি একবার কাকাবাবুর কাছাকাছি এসেও কিছু দেখতে পেল না। সে একটু এগিয়ে যেতেই কাকাবাবু এক লাফে গিয়ে হাতের ক্রাচ দিয়ে প্রচণ্ড জোরে মারলেন তার মাথায়।

প্রায় কোনও শব্দই হল না, লোকটি ঝুপ করে পড়ে গেল। কাকাবাবু তার স্টেনগানটা তুলে নিলেন।

এই অস্ত্র তিনি আগে কখনও ব্যবহার করেননি। ঘুরিয়ে ফিরিয়ে দেখে বুঝলেন, ব্যবহার করা এমন কিছু শক্ত নয়। অতি মারাত্মক অস্ত্র। বৃষ্টির মতন গুলি বেরোয়।

প্রথম তাঁবুটার একটা জানলা আছে। খুব সাবধানে সেখান দিয়ে উঁকি মেরে কাকাবাবু দেখলেন, কয়েকজন লোক মাটিতে শুয়ে কম্বল চাপা দিয়ে ঘুমোচ্ছে। আর দু'জন লোক মোমবাতি জ্বালিয়ে তাস খেলছে।

কাকাবাবু একবার ভাবলেন, জানলা দিয়ে বন্দুকটা গলিয়ে একবারেই সবক'টা লোককে মেরে ফেলা খুবই সহজ।

তারপরই মনে হল, শত্রুপক্ষ হোক আর যা-ই হোক, মানুষ তো। মানুষকে এমনভাবে মারা যায়?

কিন্তু মুশকিল হচ্ছে, এদের যে কোনও দয়ামায়া নেই। এদের মাথার মধ্যে এমন সব ভুল শিক্ষা ঢুকিয়ে দেওয়া হয়েছে যে, এরা ছোট ছোট ছেলেমেয়েদেরও মেরে ফেলতে দ্বিধা করে না। এরা সুযোগ পেলে একসঙ্গে কয়েকশো বা কয়েক হাজার লোককেও মেরে ফেলতে পারে। এদের নিজেদেরও প্রাণের ভয় মুছে দেওয়া হয়েছে।

তবু কাকাবাবু গুলি চালালেন না।

অস্ত্রটা খুব ভারী, তাই দু'হাতে ধরতে হয়। ক্রাচটা ফেলে দিয়ে কাকাবাবু অন্য তাঁবুটার কাছে গেলেন। তার ভেতরটা একেবারে অন্ধকার। কাকাবাবু সেটার পেছন দিকে গিয়ে জানলায় টর্চ জ্বেলে দেখলেন, ভেতরে রয়েছে নানারকম বাক্স ও টিনের কৌটো। কোনও লোক নেই।

কাকাবাবু কৌতূহল দমন করতে পারলেন না। ঢুকে পড়লেন সেই তাঁবুর মধ্যে।

টর্চ জ্বেলে দেখতে লাগলেন সেই বাক্স ও কৌটোগুলো। তাতে রয়েছে প্রচুর ডিনামাইট, বোমা ও অন্য সব মারাত্মক অস্ত্র। এতসব বিস্ফোরক দিয়ে অনেক সেতু, রেল স্টেশন, বিমানবন্দর উড়িয়ে দিতে পারে।

কাকাবাবু একটা দীর্ঘশ্বাস ফেললেন। মানুষ কত কষ্ট করে, কত টাকা খরচ করে এসব বানায়, আবার একদল মানুষই সেসব ধ্বংস করে। পৃথিবীতে সব দেশের মানুষ কি হিংসা ভুলে শান্তিতে থাকতে পারবে না কোনওদিন?

এক জায়গায় একটা পেট্রলের টিন দেখতে পেয়ে কাকাবাবু সেটা নিয়ে চলে এলেন বাইরে।

পাশের তাঁবুতে এখনও কোনও সাড়াশব্দ নেই। সেই কিছু টের পায়নি। অস্পষ্ট জ্যোৎস্নায় কাকাবাবু হাতের ঘড়ি দেখলেন। এর মধ্যে কুড়ি মিনিট কেটে গেছে।

স্টেনগানটা নামিয়ে রেখে তিনি পেট্রল ছড়াতে লাগলেন দুই তাঁবুর মাঝখানের জায়গাটায়। একদিক থেকে আর একদিকে এসে প্রথম তাঁবুটার সামনে ঢেলে দিলেন বাকি সব পেট্রল।

তারপর তিনি ঘুরে দাঁড়াতেই দেখলেন একজন লোক বেরিয়ে আসছে প্রথম তাঁবু থেকে। লোকটা হয়তো বাথরুমের জন্য বেরিয়েছিল, কাকাবাবু লুকোবার চেষ্টা করেও লুকোতে পারলেন না।

লোকটি একটা দুর্বোধ চিৎকার করে তেড়ে এসে কাকাবাবুর গলা চেপে ধরল।

কাকাবাবু স্টেনগানটা রেখেছেন খানিকটা দূরে। সেটা যে-কোনও উপায়ে হাতে নিতেই হবে। তিনি লোকটির বুকে একটু ঘুসি কষাতেই সে ছিটকে গেল।

কিন্তু সে-লোকটিরও গায়ের জোর কম নয়। সে আবার এসে ঝাঁপিয়ে পড়ার চেষ্টা করতেই কাকাবাবু একপাশে সরে গিয়ে দৌড় লাগালেন।

লোকটাও স্টেনগানটা দেখতে পেয়ে গেছে। সেও ছুটে গেল সেদিকে। কাকাবাবু খোঁড়া পায়ে দৌড়োচ্ছেন, তাঁর আগেই লোকটা প্রায় পৌঁছে গেল স্টেনগানটার কাছে। শেষ চেষ্টা হিসেবে কাকাবাবু পা দিয়ে স্টেনগানটা ঠেলে দিলেন। কিন্তু এক পায়ে তাল সামলাতে না পেরে পড়ে গেলেন মাটিতে।

লোকটা স্টেনগানটার ওপর হুমড়ি খেয়ে পড়েছে। সেটা হাতে নিয়ে তার উঠে দাঁড়াতে যেটুকু সময় লাগল, তার মধ্যেই কাকাবাবু দ্রুত চিন্তা করলেন, এবার কী করবেন? তাঁর কাছে রিভলভারটা রয়েছে, তিনি লোকটাকে গুলি করতে পারেন।

কিন্তু গুলির শব্দে তাঁবুর ভেতরের লোকগুলো বেরিয়ে আসবে। ওরা সবাই মিলে গুলি চালালে তিনি একা সামলাতে পারবেন কি? এদিকে এই লোকটাকে এক্ষুনি গুলি না করেও উপায় নেই।

তিনি রিভলভারটা বার করার আগেই একজন লোক ছুটে এসে একটা বড় ছুরি বসিয়ে দিল লোকটির ঘাড়ে।

লোকটি বিকট চিৎকার করে মাটিতে পড়ে গেল।

কাকাবাবু দেখলেন, ছুরি মেরেছে শঙ্কর রায়বর্মন।

তিনি লাফিয়ে এপাশে চলে এসে স্টেনগানটা নিজের হাতে নিয়ে রিভলভারটা দিলেন শঙ্কর রায়বর্মনের হাতে। বললেন, "আমাদের এক্ষুনি পালাতে হবে। ওর চিৎকার শুনে অন্যরা বেরিয়ে আসবে। বেরোলেই তুমি গুলি চালাবে—"

কাকাবাবু গোলা-বারুদ-ভরা তাঁবুটার দিকে গুলিবর্ষণ শুরু করে দিলেন।

সঙ্গে-সঙ্গে বিস্ফোরণ শুরু হল, পেট্রলের আগুন এগোতে লাগল দ্বিতীয় তাঁবুটার দিকে। অন্য লোকগুলো অস্ত্র হাতে নিয়ে বেরোবার আগেই কাকাবাবু চেঁচিয়ে বললেন, "শঙ্কর, দৌড়োও!"

শঙ্কর রায়বর্মন তবু দাঁড়িয়ে পড়ে গুলি চালাচ্ছিল, কাকাবাবু তার হাত ধরে একটা হ্যাঁচকা টান দিলেন। তারপর ছুটতে লাগলেন পেছন দিকে।

গৌতমকাকুও নেমে এসেছেন গাড়ি থেকে।

কাকাবাবু বললেন, "শিগগির ফিরে চল, গৌতম। আমাদের কাজ হয়ে গেছে। গাড়ি স্টার্ট কর।"

শঙ্কর রায়বর্মন ছুটতে গিয়ে হোঁচট খেয়ে পড়ে গেছে। গৌতমকাকু তাঁকে তুলে কাঁধের ওপর নিয়ে পৌঁছে গেলেন জিপটার কাছে। কাকাবাবু উঠে বসলেন পেছনের সিটে।

কানফাটানো শব্দে গোলাগুলি ফাটছে, আগুনে দাউ দাউ করে জ্বলছে দুটো তাঁবু। এক-একটা আগুনের হলকা হাউইয়ের মতন উঠে যাচ্ছে আকাশের দিকে।

গাড়িটা চালাতে-চালাতে গৌতমকাকু বললেন, "আমি এর মধ্যে একটা কাজ করেছি। মাটিতে নালা খুঁড়ে ওরা যে তার বসিয়েছিল, সে তার আমি কেটে দিয়েছি।"

কাকাবাবু বললেন, "খুব ভাল করেছিস। ওটা আগেই করা উচিত ছিল, আমার মনে পড়েনি। যাই হোক, ওরা আর কোনও ক্ষতি করতে পারবে না।"

গৌতমকাকু বললেন, "শঙ্কর ছেলেটার সাহস আছে। ঠিক আধ ঘণ্টা হতে-না-হতেই ও এই অবস্থাতেও গাড়ি থেকে নেমে তোকে খুঁজতে গেল। হাতে শুধু একটা ছুরি।"

কাকাবাবু বললেন, ঠিক সময়ে গিয়ে এক হিসেবে ও আমার প্রাণ বাঁচিয়েছে। আমার একটা প্রধান দুর্বলতা, আমি সামনাসামনি কাউকে গুলি করে মারতে পারি না। আমার হাত কাঁপে। ওই লোকটা স্টেনগানটা তুলে নিলে আমায় শেষ করে

দিত। তবে ওরা আজ খানিকটা অসাবধান ছিল, একে তো খুব বৃষ্টি হয়েছে, তার ওপর দারুণ শীত, গায়ে কম্বল জড়িয়ে ছিল। এইরকম রাতে কেউ ওদের আক্রমণ করবে, ওরা কল্পনাই করেনি।

গৌতমকাকু জিজ্ঞেস করলেন, "ওদের সবক'টা কি আগুনে পুড়ে মরবে?"

কাকাবাবু বললেন, "তা নিশ্চয়ই না। এদিক-ওদিক পালাবে। তবে ওদের গোলাবারুদ শেষ। এখন ওদের খুঁজে বার করার দায়িত্ব পুলিশ বা আর্মির।"

গৌতমকাকু বললেন, "সামনে কিছুটা দূরে আলো দেখতে পাচ্ছি। মনে হচ্ছে, গাড়ির আলো। একটা না, কয়েকটা।"

কাকাবাবু বললেন, "বিস্ফোরণের আওয়াজ বহুদূর পৌঁছেছে বোধ হয়। নিশ্চয়ই পুলিশের গাড়ি।"

শঙ্কর রায়বর্মন বলল, "পুলিশের গাড়ি যদি হয়... আমাকে এখানে নামিয়ে দেবেন?"

কাকাবাবু বললেন, "তোমাকে এখানে নামিয়ে দেব মানে? অসম্ভব!"

শঙ্কর রায়বর্মন বলল, "আমাকে পুলিশের কাছে ধরিয়ে দিতে চান?"

গৌতমকাকু বললেন, "পুলিশের কাছে নিজেই ধরা দাও না বাপু! তা হলে কম শাস্তি হবে। কতদিন আর রাজাগিরি চালাবে। শেষে একদিন বেঘোরে মরবে।"

শঙ্কর রায়বর্মন বলল, "কিছুতেই না। আমি জান দেব, তবু পুলিশের কাছে ধরা দেব না।"

ফস করে সে রিভলভারটা বার করে গৌতমকাকুর গলায় ঠেকিয়ে বলল, "গাড়ি থামান।"

কাকাবাবুর দিকে ফিরে বলল, "খবরদার, স্টেনগানটায় হাত দেবেন না। আমি গুলি চালাব।"

গৌতমকাকু ফ্যাকাসে গলায় বললেন, "এ কী, তুমি এখনও আমাদের মারতে চাও!"

শঙ্কর রায়বর্মন বলল, "দরকার হলে মারতেই হবে!"

কাকাবাবু হেসে উঠে বললেন, "গুলি চালাবে? তখন এলোমেলো ভাবে ক'টা গুলি চালিয়েছ, তা গুনেছ? চেম্বারে আর গুলি নেই। নতুন গুলি ভরতে হবে না? এই জ্ঞান নিয়ে তুমি যুদ্ধ করবে?"

শঙ্কর রায়বর্মন দারুণ অবাকভাবে বলল, "গুলি নেই?"

সে রিভলভারটা জানলার বাইরের দিকে ফিরিয়ে ট্রিগার টিপে পরীক্ষা করতে গেল। দারুণ শব্দে বেরিয়ে গেল একটা গুলি।

ততক্ষণে পেছন দিক থেকে কাকাবাবু সাঁড়াশির মতন দু' হাতে তার গলা টিপে ধরে বললেন, "ওই একটা বাকি ছিল। এবার রিভলভারটা পায়ের কাছে ফেলে দাও!"

গৌতমকাকু বললেন, "বাপ রে বাপ! ওর মধ্যে একটা গুলি আছে জেনেও

রাজা তুই ওকে ধোঁকা দিতে পারলি? আমার তো এই শীতের মধ্যেও ঘাম বেরিয়ে গেছে!"

কাকাবাবু বললেন, "লড়াইয়ের নিয়মকানুন শিখতে ওর আরও অনেকদিন লাগবে। ওহে রাজামশাই, তোমাকে জিপ থেকে নামিয়ে দিতে চাইনি, কারণ, তুমি আহত শরীর নিয়ে হেঁটে হেঁটে কতদূর যাবে? তোমাকে পুলিশের হাতেও তুলে দিতে চাই না, কারণ দেশের শত্রুদের সঙ্গে লড়াইয়ের সময় তুমি আমাদের পাশে থেকেছ। আমরা নেমে পড়ে, এই জিপটাই তোমাকে দিয়ে দিচ্ছি। তুমি এবার পালাতে পারো তো পালাও। গৌতম, গাড়ি থামা, আমরাই বরং নেমে পড়ে পুলিশের জন্য অপেক্ষা করি!"

শঙ্কর রায়বর্মন একেবারে ভ্যাবাচ্যাকা খেয়ে গেছে। ফিসফিস করে বলল, "আমি আপনাকে মারতে চেয়েছিলাম, তবু আপনারা আমাকে ছেড়ে দিচ্ছেন? গাড়িটাও দিচ্ছেন?"

গৌতমকাকু বললেন, "শোনো, শোনো। মানুষকে কী করে ক্ষমা করতে হয় শেখো। তবে এমনি এমনি ছাড়া হবে না। তুমি আমাদের তোমার পায়ে হাত দিয়ে প্রণাম করতে বাধ্য করেছিলে। এখন চটপট আমার আর রাজার পা ছুঁয়ে প্রণাম করো।"

শঙ্কর রায়বর্মন ঝপ করে নেমে এসে দু'জনের পায়ে হাত দিল।

কাকাবাবু বললেন, "তোমার কয়েকটা থাপ্পড়ও পাওনা ছিল। এবারের মতো ছেড়ে দিলাম। মহাদেবীকে গিয়ে বোলো, তুমি বাজি হেরে গেছ। কী বাজি ছিল?"

শঙ্কর রায়বর্মন মাথা নিচু করে বলল, "সে আপনাদের বলা যাবে না।"

কাকাবাবু বললেন, "বলে ফেলো, বলে ফেলো। লজ্জা কী? দেরি কোরো না, পুলিশের গাড়ি আর বেশি দূরে নেই।"

শঙ্কর রায়বর্মন বলল, "বাজি হয়েছিল, কাকাবাবু যদি পালাতে পারে, তা হলে আমাকে মহাদেবীর পা ধোয়া জল খেতে হবে।"

গৌতমকাকু হো-হো করে হেসে উঠলেন।

কাকাবাবু বললেন, "আগেকার দিনে বউরা স্বামীদের পা ধোয়া জল খেত। একালে তুমি না হয় স্বামী হয়ে তোমার বউয়ের পা ধোয়া জল খাবে একদিন। মন্দ কী! নাও, এবার পালাও!"

শঙ্কর রায়বর্মন জিপে উঠেই স্টার্ট দিয়ে সেটা ঘুরিয়ে নিল। তারপর মিলিয়ে গেল জঙ্গলে।

কাকাবাবুর দুটি ক্রাচই গেছে। স্টেনগানটা পিঠে ঝুলিয়ে নিয়ে বন্ধুর কাঁধে ভর দিয়ে খোঁড়াতে খোঁড়াতে গিয়ে রাস্তায় দাঁড়ালেন।

তিনখানা গাড়ি হেডলাইট জ্বেলে এগিয়ে আসছে এদিকে।

প্রথম গাড়িতেই ম্যাজিস্ট্রেট সাহেবের সঙ্গে সন্তু, জোজো আর আমজাদ আলি।

আর হাতকড়া বাঁধা নীলকণ্ঠ মজুমদার।

সার্কিট হাউসে সন্তুদের না দেখে পুলিশ সঙ্গে সঙ্গে খোঁজ নিতে শুরু করেছিল। শহরের মধ্যে বইয়ের দোকানের সামনে আমজাদ আলির জিপটা দেখেই তারা চিনতে পারে। ঠিক যখন নীলকণ্ঠ মজুমদার আমজাদ আলিকে গুলি করতে যাবে, ঠিক সেই মুহূর্তে ভেতরের ঘরটায় হুড়মুড় করে ঢুকে পড়ে পুলিশ।

জেরার চোটে নীলকণ্ঠ মজুমদার সব স্বীকার করেছে। সে সত্যিই শঙ্কর রায়বর্মনের ভাই। শহরে বসে, বইয়ের দোকানের মালিক সেজে সে গুপ্তচর চক্র চালায় আর অস্ত্র সংগ্রহ করে।

তাকে নিয়ে আসা হচ্ছিল শঙ্কর রায়বর্মনের জঙ্গলের ডেরা চিনিয়ে দেওয়ার জন্য। নীলকণ্ঠ মজুমদারকে ধরে রাখা হয়েছে জানলে শঙ্কর রায়বর্মন বন্দিদের কোনও ক্ষতি করতে পারবে না। ভাইকে সে সত্যি ভালবাসে।

দু' গাড়ি পুলিশ সমেত ম্যাজিস্ট্রেটের গাড়িটা অন্যদিকে যাচ্ছিল, বিস্ফোরণের শব্দ শুনে এদিকে ঘুরে এসেছে।

কাকাবাবু আর গৌতমকাকু দাঁড়িয়ে আছেন রাস্তার মাঝখানে।

তাঁরা দু' হাত তুলে গাড়ি থামালেন। সন্তু আর জোজো তড়াক করে নেমে ছুটে এল। কাকাবাবু ওদের দু'জনের কাঁধে হাত রেখে বললেন, "দ্যাখো, এবারেও মরিনি। কী করে যে বেঁচে যাই, কে জানে! আমাকে ধরে ধরে নিয়ে চলো। পায়ে বড্ড ব্যথা!"

রণবীর গুপ্তও নেমে এসে বললেন, "কাকাবাবু, কাকাবাবু, আপনার কোনও ক্ষতি হয়নি তো? জঙ্গলের মধ্যে দারুণ আগুন জ্বলছে, বোমা ফাটছে, এসব কী ব্যাপার? এও কি শঙ্কর রায়বর্মনের কীর্তি নাকি?"

কাকাবাবু বললেন, "না। সেসব অনেক কথা, পরে বলব। পেছনের গাড়ির লোকদের বলো, যদি আগুন নেভাবার ব্যবস্থা করতে পারে। আজ আর কাউকে ধরা যাবে বলে মনে হয় না। আমাদের কোনও বাংলোয় নিয়ে চলো। বিকেল থেকে এক কাপ চা পর্যন্ত খাওয়া হয়নি। এখন একটু চা খেতে হবে।"

গৌতমকাকু বললেন, "এত রাতে তুই চা খাবি রাজা? আমার দারুণ খিদে পেয়েছে। আমি ভাত খেতে চাই। ক'দিন ধরে শুধু রুটি আর রুটি খাইয়েছে। এখন আমার খেতে ইচ্ছে করছে, গরম গরম ভাত আর ডাল আর বেগুন ভাজা..."

কাকাবাবু ও আশ্চর্য দ্বীপ

দু'হাত ছড়িয়ে কাকাবাবু বললেন, "আঃ, কী আরাম! চোখ একেবারে জুড়িয়ে গেল। মাথার মধ্যেও কী শান্তি। জানিস সন্তু, এমন সুন্দর দৃশ্যও তেমন ভাল লাগে না, যদি মনের মধ্যে কোনও দুশ্চিন্তা থাকে। এবারে সব ঝামেলা চুকে গেছে, আর কোথাও দৌড়োদৌড়ি করতে হবে না!"

সন্তুও মুগ্ধ হয়ে তাকিয়ে আছে সামনের দিকে। এক-একটা জায়গায় এসে মনে হয়, এমন চমৎকার দৃশ্য যেন পৃথিবীর আর কোথাও নেই। পাহাড়ের চূড়ায় লাইট হাউজ, আর ঠিক যেন পায়ের নীচেই সমুদ্র। পাহাড় এখানে খাড়া নেমে গেছে। সমুদ্র এখানে একেবারে গাঢ় নীল, যতদূর দেখা যায় আকাশ আর সমুদ্র, শুধু অনেক দূরে একটা সাদা রঙের জাহাজ, এখান থেকে দেখাচ্ছে ছোট্ট, খেলনার মতন।

জোজো বসে আছে একটা পাথরের ওপর। তার বেশ শীত করছে। শহরের মধ্যে এখন বেশ গরম, কিন্তু এখানে হুহু করছে হাওয়া, তাতে কাঁপুনি লাগে। জোজো এমনিতেই শীতকাতুরে, তার এখন সমুদ্র দেখার মন নেই। সে ভাবছে, কতক্ষণে হোটেলে ফিরে যাবে।

এই লাইট হাউজ পাহাড়ে প্রত্যেকদিন সাধারণ মানুষদের আসতে দেওয়া হয় না। কাকাবাবুর জন্য বিশেষ অনুমতি দেওয়া হয়েছে। বেশি লোকজন এসে হল্লা করলে এমন সুন্দর জায়গাটা এত ভাল লাগত না।

কাকাবাবু বললেন, "বিশাখাপত্তনম জায়গাটা এইজন্য আমার খুব পছন্দ, এখানে পাহাড় আর সমুদ্র একসঙ্গে দেখা যায়। ভারতে এরকম জায়গা আর নেই।"

সন্তু বলল, "এত উঁচু থেকে আগে কখনও সমুদ্র দেখিনি। ঠিক যেন প্লেন থেকে দেখা।"

কাকাবাবু জোজোর দিকে তাকিয়ে বললেন, "আমাদের জোজো এত চুপচাপ কেন?"

সন্তু জিজ্ঞেস করল, "কী রে জোজো, তুই এরকম পাহাড়ের ওপর থেকে সমুদ্র দেখেছিস আগে?"

জোজো বলল, "অনেকবার।"

জোজো এত সংক্ষেপে কোনও প্রশ্নের উত্তর দেয় না। সন্তু ভেবেছিল, জোজো বোধ হয় কামস্কাটকা কিংবা উলান বাতোর এই ধরনের কোনও জায়গার নাম বলবে। সে একটু অবাক হল।

কাকাবাবু বললেন, "আমরা এখন ভূগোল পড়ে জেনে গেছি, পৃথিবীতে কত সমুদ্র আছে, কোন সমুদ্র কত বড়। তবু, এরকম সমুদ্রের ধারে দাঁড়ালে মনে হয়, এর যেন শেষ নেই। আদিকালের মানুষদের তো গোটা পৃথিবী সম্পর্কে কোনও ধারণাই ছিল না। কলের জাহাজও আবিষ্কার হয়নি, তখনও যারা নৌকোয় চেপে সমুদ্রে ভেসে পড়েছিল, তারা কত সাহসী ছিল!"

সন্তু জিজ্ঞেস করল, "কাকাবাবু, রামায়ণে যে পুষ্পকরথের কথা আছে, সেটা নিশ্চয়ই কল্পনা?"

কাকাবাবু বললেন, "কল্পনা তো নিশ্চয়ই। পুষ্পকরথ মানে তো এরোপ্লেন। তার আবিষ্কার হয়েছে বলতে গেলে এই তো সেদিন! তার আগে আকাশে ওড়ার কোনও উপায়ই মানুষের জানা ছিল না। তবে কল্পনায় সব সময়েই মানুষ যেখানে ইচ্ছে উড়ে যেতে পারে।"

সন্তু বলল, "তা হলে বাল্মীকি কী করে আকাশ থেকে সমুদ্র দেখার বর্ণনা লিখলেন?"

কাকাবাবু বললেন, "বড় বড় কবিরা কল্পনায় অনেক কিছু দেখতে পান। সত্যি, রাম যখন লঙ্কা থেকে সীতাকে নিয়ে পুষ্পকরথে ফিরছেন, তখন আকাশ থেকে সমুদ্রের যা বর্ণনা দিয়েছেন, তাতে সত্যিই যেন মনে হয়, তিনি নিজের চোখে দেখেছেন।"

জোজো উঠে দাঁড়িয়ে বলল, "সন্তু, দ্যাখ তো আমার জ্বর এসেছে কি না।"

সন্তু জোজোর কপালে হাত দিল, বুকে হাত দিল। তারপর বলল, "কই, না তো!"

জোজো বলল, "তবে আমার এত শীত করছে কেন?"

সন্তু বলল, "তোর শীত করছে? বাতাস একটু ঠাণ্ডা ঠাণ্ডা, আমার তো চমৎকার লাগছে! জুড়িয়ে যাচ্ছে শরীর।"

জোজো বলল, "তা হলে বোধ হয় আমার খুব খিদে পেয়েছে!"

কাকাবাবু হেসে বললেন, "বোধ হয়! আমাদের খিদের সময় সত্যি সত্যি খিদে পায়। আর জোজোর 'বোধ হয়' খিদে পায়। তা হলে চলো, ফেরা যাক। সন্ধেও হয়ে আসছে।"

সন্তু বলল, "একটু আগেই তো আমরা চারখানা করে কচুরি ও জিলিপি খেলাম।"

কাকাবাবু বললেন, "সমুদ্রের হাওয়ায় তাড়াতাড়ি হজম হয়ে যায়।"

তারপর তিনি সামনের দিকে তাকিয়ে আপন মনে বললেন :

"'দু'দিকে ছড়িয়ে আছে দুই কালো সাগরের ঢেউ

মাঝখানে আজ এই সময়ের ক্ষণিকের আলো... ...' দ্যাখ নীল সমুদ্রের রং এর মধ্যেই কীরকম কালো হয়ে আসছে। আর সেই জাহাজটা, এখন ঝলমল করছে আলোয়।"

সন্তু জিজ্ঞেস করল, "এটা কার কবিতা?"

কাকাবাবু বললেন, "জীবনানন্দ দাশ। তোরা পড়িসনি বোধ হয়। পড়ে দেখিস, তোদের এই বয়েসটাই তো কবিতা পড়ার সময়।"

লাইট হাউজের কর্মচারীদের কাছ থেকে বিদায় নিয়ে কাকাবাবু ফেরার পথ ধরলেন।

রাস্তাটা পাহাড়ের গা দিয়ে ঘুরে ঘুরে গেছে। এক দিকে আলো-জ্বলা শহর, অন্যদিকে অন্ধকার সমুদ্র।

কাকাবাবু বললেন, "আমাদের জোজোসাহেবের মেজাজ খারাপ, সত্যিই খুব খিদে পেয়েছে বুঝতে পারছি। রাত্তিরে প্রফেসর ভার্গবের বাড়িতে নেমন্তন্ন, ভালই খাওয়াবে মনে হয়।"

সন্তু বলল, "নিরামিষ?"

কাকাবাবু একটু চিন্তা করে বললেন, "হ্যাঁ, আমি আগে দু'বার খেয়েছি, ওরা মাছ-মাংস খায় না। তা নিরামিষই বা খারাপ কী? নিরামিষেও অনেক ভাল খাবার হয়, অনেকরকম মিষ্টি!"

সন্তু বলল, "যতই ভাল ভাল নিরামিষ খাবার থাকুক, একটু মাছ বা মাংস না থাকলে ঠিক যেন জিভের স্বাদ মেটে না।"

কাকাবাবু বললেন, "ওসব নিছক অভ্যেসের ব্যাপার। ইচ্ছে করলেই অভ্যেস বদলানো যায়। এখন থেকে আমি শুধু নিরামিষই খাব ভাবছি।"

হঠাৎ কাকাবাবু হোঁচট খেয়ে পড়ে যাচ্ছিলেন, জোজো তাঁকে ধরে ফেলল। ক্রাচ নিয়ে পাহাড়ের ওপরে ওঠা যেমন শক্ত, নামাও মোটেই সহজ নয়। অবশ্য পুরোটা নামতে হবে না, কাছেই একটা সমতল জায়গায় গাড়ি রাখা আছে।

কাকাবাবু জিজ্ঞেস করলেন, "সন্তু টর্চ আনিসনি?"

সন্তু বলল, "এই রে, সেই সকালবেলা বেরিয়েছি, টর্চ আনার কথা মনে পড়েনি।"

ঠিক তখনই সামনের দিকে দুটি জোরালো টর্চ জ্বলে উঠল।

একজন কেউ বলে উঠল, "হল্ট! রেইজ ইয়োর হ্যান্ডস!"

কাকাবাবু বললেন, "এ আবার কে?"

যার হাতে টর্চ থাকে তাকে দেখা যায় না। শুধু একটা কালো ছায়ামূর্তি। সে কয়েক পা এগিয়ে এসে ইংরিজিতে বলল, "মিস্টার রাজা রায়চৌধুরী, মাথার

ওপর হাত তুলে দাঁড়াও। তোমার সঙ্গের ছেলে দুটিকেও তাই করতে বলো!”

কাকাবাবু বললেন, “কেন, হাত তুলে গৌরাঙ্গ হতে হবে কেন? আমি ক্রাচ নিয়ে চলি। দু'হাত তুললে ক্রাচ ধরব কী করে?”

লোকটি এবার ধমকের সুরে বলল, “ক্রাচ ফেলে দিয়ে এক পায়ে দাঁড়াও। তোমার দিকে রিভলভার তাক করা আছে। যা বলছি চটপট শোনো!”

কাকাবাবু বিরক্তির সঙ্গে বললেন, “এ কী উটকো ঝামেলা! তুমি কে? তোমার সঙ্গে আমার কীসের শত্রুতা?”

লোকটি বলল, “হাত তুলতে আর দেরি করলে আমি গুলি চালাব।”

কাকাবাবু বললেন, “সন্তু, জোজো, হাত তুলেই ফেল! এত করে যখন বলছে!”

তিনি ক্রাচ দুটো মাটিতে ফেলে দিলেন।

লোকটি বলল, “রাজা রায়চৌধুরী, আমি তোমাদের এখনই কোনও ক্ষতি করব না। তবে তোমাকে একটি কাজ করতে হবে। পিন্টু ডিমেলোকে পুলিশের হাত থেকে তোমাকে ছাড়িয়ে আনতে হবে।”

কাকাবাবু যেন আকাশ থেকে পড়লেন। দারুণ অবাক হয়ে বললেন, “পিন্টু ডিমেলো? সে আবার কে? এইরকম কারুকে আমি চিনি না, নামও শুনিনি!”

লোকটি বলল, “তুমি তার নাম শোনোনি? তুমি ধুমল কোলকে তো জানো? তুমি তাকে অ্যারেস্ট করে জেলে ভরিয়ে দিয়েছ। সেই সূত্রে কাল পিন্টু ডিমেলোও ধরা পড়েছে।”

কাকাবাবু বললেন, “আমি কারুকে অ্যারেস্ট করব কী করে? আমি কি পুলিশ নাকি? ধুমল কোল... মানে যে লোকটা মুঘল বাদশাহদের আমলের টাকা জাল করে? এক-একটা টাকার দাম দশ-পনেরো লাখ টাকা, এটা একটা দারুণ বড় ব্যবসা! আমি জাল টাকাগুলো ধরে ফেলে ধুমল কোলের ডেরার সন্ধান দিয়ে দিয়েছি সরকারকে। তারপর পুলিশের কাজ পুলিশ করেছে। ধুমলের দলে কে যে ছিল, আমি তা জানব কী করে?”

লোকটি বলল, “ধুমলটা একটা বাজে লোক। ওকে সারাজীবন জেলে ভরে রাখো কিংবা ফাঁসি দাও, যা খুশি করো। কিন্তু পিন্টু ডিমেলোকে ছেড়ে দিতেই হবে। আর সে দায়িত্ব নিতে হবে তোমাকে।”

কাকাবাবু বললেন, “আমি দায়িত্ব নেব? আমি ছেড়ে দিতে বললেও পুলিশ ছাড়বে কেন?”

লোকটি বলল, “কেসটা তো টাকা জাল করার। তুমি বলবে, ডিমেলোর নামে কোনও চার্জ নেই। ওসব বাজে কাজ ডিমেলো করে না। ডিমেলো ইচ্ছে করলে ওরকম পাঁচটা ধুমলকে কিনে আবার বিক্রি করে দিতে পারে। ধুমলটা নিজের দোষ ঢাকার জন্য ডিমেলোর নাম বলে দিয়েছে। পুলিশ যখন আসে তখন ডিমেলো ঘুমিয়ে ছিল, তাই পালাতে পারেনি।”

কাকাবাবু বললেন, "খুবই আপশোশের কথা। পুলিশের আগে থেকে খবর দিয়ে আসা উচিত ছিল।"

লোকটা বলল, "পুলিশ এর আগেও একবার হঠাৎ ডিমেলোকে ধরেছিল। সেবার ওর নামে পাঁচটা খুনের চার্জ দিয়েছিল। একেবারে ফল্‌স চার্জ। আমাদের লাইনে সবাই জানে। ডিমেলো এ-পর্যন্ত নিজের হাতে মাত্র দুটো মার্ডার করেছে। পাঁচটা হতে এখনও দেরি আছে। পুলিশ সে দুটোরও প্রমাণ পায়নি।"

কাকাবাবু বললেন, "দুটো মার্ডার তো অতি সামান্য ব্যাপার। অন্তত পাঁচটা না হলে শাস্তির প্রশ্নই ওঠে না!"

জোজো আর সন্তু চুপ করে সব শুনছে, এই সময় জোজো হুহু করে হেসে উঠল।

লোকটি তার দিকে ফিরে বলল, "শাট আপ!"

কাকাবাবু বললেন, "আমি তো চোর-ডাকাত কিংবা খুনিদের নিয়ে কারবার করি না। ওসব আমার এক্তিয়ারের বাইরে। তুমি ডিমেলোকে ছাড়াবার জন্য আমার কাছে এসেছ কেন? বরং কোনও মন্ত্রীর কাছে গেলে—"

লোকটি বলল, "এখন অন্য পার্টির সরকার। মন্ত্রীটন্ত্রিতে সুবিধে হবে না। পুলিশের বড়কর্তারা সবাই তোমার কথা শোনে। এখনও কেস ওঠেনি, তুমি বললে ছেড়ে দেবে। আমরা ওকে চুপচাপ ছাড়িয়ে নিতে চাই।"

কাকাবাবু বললেন, "প্রথম কথা, পুলিশের কর্তারা আমার এ অন্যায় অনুরোধ শুনবেন না। দ্বিতীয় কথা, আমি এরকম অন্যায় অনুরোধ করতে যাবই বা কেন?"

লোকটি বলল, "অন্যায় আবার কী? টাকা জাল করার কেসের সঙ্গে ডিমেলোর কোনও সম্পর্ক নেই। ধুমল কোল ইচ্ছে করে তাকে জড়িয়েছে। তুমি টাকা জাল করার ব্যাপারটা ধরতে এসেছ। তুমি বলবে, ডিমেলো তোমার কেসের বাইরে।"

কাকাবাবু বললেন, "এসব কোর্টেই প্রমাণ হবে, তোমার বা আমার মুখের কথার কোনও মূল্য নেই।"

লোকটি এবার বিরক্তভাবে বলল, "বললাম না, কেসটা কোর্টে ওঠার আগেই সব ব্যবস্থা করতে হবে। কালকের মধ্যেই..."

তারপর সে হাঁক পাড়ল, "ভিকো, ভিকো..."

এবার দেখা গেল অন্ধকারে আর একটি লোক দাঁড়িয়ে আছে। সে এগিয়ে এল।

এরই মধ্যে একটু একটু চাঁদের আলো ফুটেছে। তাতে দেখা যাচ্ছে, যার হাতে টর্চ আর রিভলভার, সে লম্বা ছিপছিপে। আর ভিকো নামে লোকটি গাঁট্টাগোট্টা।

লম্বা লোকটি বলল, "রায়চৌধুরী, তোমার সঙ্গের একটি ছেলেকে আমি সঙ্গে নিয়ে যাব। ডিমেলো ছাড়া না পেলে সে মুক্তি পাবে না। তবে ওর ক্ষতি করা হবে না।"

কাকাবাবু এখনও হালকাভাবে বললেন, "ওদের একজনকে নিয়ে যাবে? সর্বনাশ! ওরা দারুণ বিচ্ছু ছেলে। তোমাকে একেবারে জ্বালাতন করে মারবে।"

লোকটি কোনও রসিকতার ধার ধারে না। গম্ভীরভাবে বলল, "সে আমি বুঝব। ভিকো, এই ছেলেটাকে ধরো।"

সে টর্চের আলো ফেলল জোজোর মুখে।

সন্তু সঙ্গে সঙ্গে বলে উঠল, "ওকে নয়, ওকে নয়, ওর বদলে আমাকে নিন।"

জোজো বলল, "না, না, আমাকে বলেছে।"

সন্তু বলল, "না, জোজো, উনি দু'জনের একজনকে বলেছেন, আমিই যাচ্ছি..."

জোজো বলল, "তুই অত হিংসুটেপনা করছিস কেন রে। আমার কথা আগে বলেছে, আমার ফার্স্ট চান্স।"

সন্তু বলল, "তুই খিদে সহ্য করে থাকতে পারবি না!"

জোজো বলল, "কে বলেছে পারব না? আমি একবার রকি অ্যান্ডিজে আটকা পড়ে তেরো দিন না খেয়ে ছিলাম। দরকার হলে আমি সব পারি।"

লম্বা লোকটি বলল, "অত কথা কীসের। ভিকো, ওই ছেলেটাকেই ধরে নিয়ে চলো।"

ভিকো জোজোর কাঁধে হাত দিয়ে জামার কলারটা খিমচে ধরল।

এইবার কাকাবাবু গর্জে উঠে বললেন, "খবরদার, ওর গায়ে হাত দেবে না। আমার সঙ্গে এখনও কথা শেষ হয়নি।"

তিনি জোজোকে আড়াল করার জন্য এগিয়ে আসতে গেলেন। আবার একটা পাথরে পা লেগে আছাড় খেয়ে পড়লেন। খুব জোরে মাথা ঠুকে গেল।

তারপর তিনি আর কোনও শব্দও করলেন না, উঠেও বসলেন না।

লম্বা লোকটি টর্চ ফেলল কাকাবাবুর মুখে। কাকাবাবু চিত হয়ে পড়ে আছেন হাত-পা ছড়িয়ে। চোখের পাতা খোলা, চোখের মণি স্থির।

সন্তু হাঁটু গেড়ে পাশে বসে পড়ে ডাকতে লাগল, "কাকাবাবু, কাকাবাবু!"

কোনও সাড়া নেই। সন্তু কাকাবাবুর বুকে মাথা রেখে হৃৎস্পন্দন শোনার চেষ্টা করল।

লম্বা লোকটি জিজ্ঞেস করল, "কী হল? অজ্ঞান হয়ে গেছে?"

সন্তু অদ্ভুত ফ্যাকাসে গলায় বলল, "বুঝতে পারছি না। মনে হচ্ছে, হার্ট বিট নেই।"

জোজো চেঁচিয়ে বলল, "কী বলছিস সন্তু! নাকের কাছে হাত নিয়ে দ্যাখ।"

লম্বা লোকটি বলল, "হার্ট বিট নেই মানে? বললেই হল! একটা আছাড় খেয়েই... ওসব ভড়ং আমার কাছে খাটবে না। তুমি সরে যাও, আমি দেখছি!"

সে টর্চটা ভিকোর হাতে দিয়ে হাঁটু গেড়ে বসল কাকাবাবুর পাশে।

তারপর কড়া গলায় বলল, "রায়চৌধুরী, আমার সঙ্গে চালাকি করে লাভ নেই। উঠে বোসো!"

কাকাবাবু একইভাবে পড়ে রইলেন।

লোকটি কাকাবাবুর দু'গালে ছোট ছোট থাপ্পড় মারতে লাগল। নাকের তলায় আঙুল রেখে দেখল, দু'তিনবার চাপ দিল বুকে।

রীতিমতন ঘাবড়ে গিয়ে সে বলল, "মাই গড! সত্যি মরে গেল নাকি লোকটা? কিছুই তো পাওয়া যাচ্ছে না। আমার বস্‌দের কী কৈফিয়ত দেব? তারা ভাববে, আমিই মেরে ফেলেছি!"

পাশে দাঁড়ানো সন্তুকে সে জিজ্ঞেস করল, "এর হার্টের অসুখ ছিল?"

সন্তু মুখ নিচু করে চোখ মুছছে। মাথা নেড়ে জানাল, "না।"

লোকটি কাকাবাবুর বুকে কান ঠেকিয়ে শব্দ শোনার চেষ্টা করল। আর তক্ষুনি 'মৃত' কাকাবাবু বেঁচে উঠলেন। লোহার মতন দু'হাতের মুঠোয় লোকটির গলা চেপে ধরলেন প্রচণ্ড শক্তিতে। লোকটা শুধু একবার শব্দ করল, "আঁক!"

সন্তু সঙ্গে সঙ্গে লোকটির রিভলভার ধরা হাতটায় একটা ক্যারাটের লাথি কষাল।

রিভলভারটা উঠে গেল শূন্যে, জোজো আর ভিকো দু'জনেই ছুটে গেল সেটা ধরতে। জোজোর পাতলা চেহারা। সে উঁচুতে লাফিয়ে ক্যাচ করে ফেলল। সেটা সে নিজের কাছে না রেখে সঙ্গে সঙ্গে ছুড়ে দিল সন্তুর দিকে।

সন্তু সেটা লুফে নিয়েই ভিকোকে বলল, "পিছু হঠো, পিছু হঠো।"

লম্বা লোকটা এর মধ্যে অজ্ঞান হয়ে গেছে।

কাকাবাবু তাকে পাশে নামিয়ে রেখে নিজে উঠে বসলেন। কোটের ধুলো ঝাড়তে ঝাড়তে বললেন, "রাবিশ! আজকালকার গুন্ডা বদমাশগুলো কোনও ট্রেনিং নেয় না। ভাবে যে হাতে একটা রিভলভার পেলেই সব কিছু জয় করে ফেলবে। রিভলভার ধরাটাও তো শিখতে হয়। ওর উচিত ছিল, রিভলভারটা আমার কপালে ঠেকিয়ে তারপর আমাকে পরীক্ষা করে দেখা।"

সন্তু বলল, "কাকাবাবু, তোমার হার্ট বিট বন্ধ হয়ে গিয়েছিল?"

কাকাবাবু বললেন, "দূর পাগল। হার্ট বিট বন্ধ হয়ে গেলে কি মানুষ বাঁচে নাকি? বড় জোর তিরিশ সেকেন্ড। ইচ্ছে করলে, মানে শিখলে, কয়েক মিনিট নিশ্বাস বন্ধ করে থাকা যায়।"

সন্তু বলল, "আমি তোমার বুকে কোনও শব্দ পাইনি।"

কাকাবাবু হেসে ফেলে বললেন, "তুই ভয় পেয়ে গিয়েছিলি নাকি রে? আমি তো ভেবেছিলাম, তুই অভিনয় করছিস।"

জোজো বলল, "আমি ভয় পাইনি। আমি জানতুম, তুমি কিছু একটা ম্যাজিক দেখাচ্ছ।"

কাকাবাবু বললেন, "ঠিক ম্যাজিক নয়। যোগব্যায়াম করে এটা শিখেছি। মাঝে-মাঝে হৃৎপিণ্ডটাকে একটু বিশ্রাম দেবার জন্য আস্তে করে দেওয়া যায়। তখনও চলে ঠিকই, তবে আস্তে। ঘুমের মধ্যে যেমন হয়। বাইরে থেকে সহজে বোঝা যায় না।'

জোজো বলল, "আমি রিভলভারটা কীরকম ক্যাচ ধরলুম দেখলেন? ওটা যদি এই ভিকো ধরে নিত, তা হলে সবকিছু আবার অন্যরকম হয়ে যেত, তাই না?"

কাকাবাবু বললেন, "ততক্ষণে আমি আমারটা বার করে ফেলতাম। তবু যা হোক, তুমি দারুণ ক্যাচ ধরেছ ঠিকই।"

জোজো বলল, "আমি ক্রিকেটে উইকেট কিপার হয়ে খেলেছি।"

কাকাবাবু বললেন, "তুমি অনায়াসে রঞ্জি ট্রফিতে খেলতে পারো।"

জোজো তাচ্ছিল্যের সঙ্গে বলল, "মোহনবাগান ক্লাব থেকে আমাকে কতবার ডেকেছে। কিন্তু আমি ক্রিকেট খেলা ছেড়ে দিয়েছি, এখন পিয়ানো শিখছি।"

সন্তু রিভলভারটা তাক করে আছে ভিকোর দিকে। সে দু'হাত তুলে আছে। এ পর্যন্ত সে একটাও কথা বলেনি। বোবা কি না কে জানে!

কাকাবাবু লম্বা লোকটার গলায় হাত বুলিয়ে বললেন, "বেশ ফুলে গেছে। তবে ওর জ্ঞান ফিরে আসবে একটু বাদেই। কিন্তু ততক্ষণ কি আমরা এখানে বসে থাকব?"

ভিকোর দিকে তাকিয়ে তিনি বললেন, "ওহে, একে নিয়ে যাও। নীচে গিয়ে মুখে জলের ছিটেটিটে দাও।"

ভিকো এগিয়ে এসে লম্বা লোকটাকে কাঁধে তুলে নেওয়ার চেষ্টা করতেই সে উঃ আঃ করে উঠল। তার জ্ঞান ফিরে আসছে।

সে আচ্ছন্নভাবে বলল, "কেয়া হুয়া?"

জোজো বলল, "হুক্কা হুয়া!"

কাকাবাবু জিজ্ঞেস করলেন, "তুমি আমার নাম ধরে ডাকছিলে, তুমি আমাকে চেন?"

লোকটি কোনও উত্তর দিল না।

কাকাবাবু আবার জিজ্ঞেস করলেন, "তোমার নামটা কী, তা তো জানা হল না।"

লোকটি তার উত্তর না দিয়ে জিজ্ঞেস করল, "মাই গান, হোয়ার ইজ মাই গান?"

কাকাবাবু বললেন, "ওটা তুমি ফেরত পাবে না। পুলিশের কাছে জমা দেব। যদি তোমার লাইসেন্স থাকে, সেখান থেকে ফেরত নিয়ো!"

লোকটি এবার বলল, "রাজা রায়চৌধুরী, এর শাস্তি তুমি পাবে। তোমাকে এমন শাস্তি দেওয়া হবে—"

কাকাবাবু তাকে থামিয়ে দিয়ে বললেন, "যাও যাও, এখন বাড়ি যাও! গলায় গরম গরম সেঁক দাও, না হলে আরও ফুলে যাবে।"

এবারে ভিকো তাকে টানতে টানতে নিয়ে গেল।

ওরা অন্ধকারে মিলিয়ে যাবার পর কাকাবাবু উঠে দাঁড়িয়ে বললেন, "চল, আমাদের হোটেলে ফিরতে হবে তাড়াতাড়ি। জামাটামা বদলে বেরুতে হবে আবার। রাত্তিরে নেমন্তন্ন আছে না?"

॥ ২ ॥

অধ্যাপক ভার্গবের বাড়িটি একটি টিলার ওপরে। এখান থেকেও সমুদ্র দেখা যায়। বাড়ির সামনে অনেকখানি বাগান, গেটের সামনে দু'জন বন্দুকধারী গার্ড। একবার অধ্যাপক ভার্গবের ওপর গুন্ডারা হামলা করেছিল। তারপর থেকেই এরকম পাহারার ব্যবস্থা হয়েছে।

কাকাবাবুদের গাড়িটা থামতেই একজন গার্ড এগিয়ে এল পরিচয় জানবার জন্য। কিন্তু কাকাবাবুকে দেখেই চিনতে পেরে সে স্যালুট দিয়ে বলল, "আসুন স্যার।"

গাড়ি থেকে নেমে জোজো বলল, "কী সুন্দর জায়গায় বাড়িটা। ইতালিতে এরকম একটা বাড়িতে আমি থেকেছি।"

সন্তু জিজ্ঞেস করল, "সেটা কার বাড়ি ছিল?"

জোজো বলল, "এক সময় সে বাড়ি ছিল লিওনার্দো দা ভিঞ্চির। নাম শুনেছিস তো? তারপর সেই বাড়িটা নিয়ে নেয় মুসোলিনি। এর নাম শুনেছিস?"

সন্তু দু'বারই মাথা নাড়ল দেখে জোজো বলল, "খুব তো মাথা নেড়ে যাচ্ছিস। সত্যি সত্যি চিনিস? বল তো—"

সন্তু বলল, "মোনালিসা নামের বিখ্যাত ছবিটা এঁকেছিলেন মুসোলিনি, আর লিওনার্দো দা ভিঞ্চি ছিলেন হিটলারের চামচে!"

কাকাবাবু হেসে ফেললেন।

জোজো বলল, "ইয়ার্কি হচ্ছে আমার সঙ্গে?"

সন্তু বলল, "আমি ভুল না বললে তুই ঠিক করে দিবি কী করে? সেইজন্য উলটে দিয়েছি।"

কাকাবাবু জিজ্ঞেস করলেন, "জোজো, তুই যখন বাড়িটাতে ছিলি, তখন তার মালিক কে?"

জোজো বলল, "কাউন্ট কুইজারলিং। আপনি এর নাম শুনেছেন?"

কাকাবাবু বললেন, "কাউন্ট কুইজারলিং? না, এ নাম তো শুনিনি!"

জোজো বলল, "ইনি তিমি মাছের গান রেকর্ড করে বিখ্যাত হয়েছেন। আমার বাবার শিষ্য ছিলেন।"

কাকাবাবু সিঁড়ি দিয়ে উঠতে উঠতে বললেন, "হ্যাঁ, তিমিও গান গায়, কোথায় যেন পড়েছি। তুই শুনেছিস সেই গানের রেকর্ড?"

জোজো বলল, "অনেকবার। তিমি মাছের গলার আওয়াজ অনেকটা ভীমসেন যোশীর মতন। ওই বাড়িটাতে আবার ভূত ছিল। খুব জ্বালাতন করত।"

সন্তু বলল, "তাই নাকি? তুই ভূতও দেখেছিস?"

জোজো বলল, "সবাই দেখেছে। খাবার টেবিলের পাশে দাঁড়িয়ে থাকত হ্যাংলার মতন। কার ভূত জানিস? মুসোলিনির। সেই ভূত তাড়াবার জন্যই তো বাবাকে ডেকে নিয়ে যাওয়া হয়েছিল।"

সন্তু বলল, "উনি কী করে ভূত তাড়ালেন?"

জোজো বলল, "বাবা তিব্বত থেকে একটা মন্ত্র শিখে এসেছিলেন, যাতে ভূতদের ছোট করে ফেলা যায়। মনে কর, ভূতটার সাইজ ছ' ফুট, সেটা হয়ে গেল ছ' ইঞ্চি। তারপর বাবা সেই ছ' ইঞ্চি ভূতটাকে পুরে ফেললেন একটা কাচের বোতলে। ভূতরা জানিস তো দেওয়াল ভেদ করে চলে যেতে পারে, লোহার দরজাও ভেদ করে যেতে পারে, কিন্তু কাচকে ভয় পায়। নিজের ছায়া দেখতে পায় তো!"

কাকাবাবু বললেন, "এটাও একটা নতুন খবর। ভূতরা যে কাচের দেওয়াল ভেদ করতে পারে না, এটা আগে জানা ছিল না।"

সন্তু জিজ্ঞেস করল, "তারপর সেই বোতলটা কী হল?"

জোজো বলল, "সেটা রোমের ন্যাশনাল মিউজিয়ামে রাখা আছে। যে কেউ গিয়ে দেখে আসতে পারে।"

কাকাবাবু বললেন, "একবার গিয়ে দেখতে হবে তো। জোজোর কাছ থেকে কত কিছু শেখা যায়।"

সন্তু বলল, "'মুসোলিনির ভূত' নাম দিয়ে তুই একটা গল্প লিখে ফেললে পারিস!"

জোজো বলল, "লিখব, লিখব। যেদিন আমি লিখতে শুরু করব, দেখবি তখন অন্য সব লেখকরা ফ্ল্যাট হয়ে যাবে!"

কাকাবাবু দরজায় বেল টিপলেন। স্বয়ং প্রফেসর ভার্গব খুলে দিলেন দরজা।

প্রফেসর ভার্গবের ছোট্টখাট্টো চেহারা। মাথায় টাক, মুখে সাদা দাড়ি। হলুদ রঙের একটা সিল্কের আলখাল্লা পরে আছেন। কাকাবাবুকে দেখেই তিনি উচ্ছ্বসিতভাবে বললেন, "আসুন, আসুন, ওঃ, রায়চৌধুরী, এই নিয়ে দু'বার আপনি আমাকে বাঁচালেন। আমার মানসম্মান সব যেতে বসেছিল।"

কাকাবাবু বললেন, "আরে না, না, আমি আর এমন কী করেছি!"

প্রফেসর ভার্গব কাকাবাবুকে জড়িয়ে ধরে কেঁদে ফেললেন।

ঘরের মধ্যে অনেক পুরনো আমলের পাথরের মূর্তি সাজানো রয়েছে। দেওয়ালের গায়ে কাচের আলমারিতেও বিভিন্ন যুগের মাটির বাসনপত্র আর ছোটখাটো জিনিস। যেন মিউজিয়ামের একখানা ঘর।

অবশ্য সোফাসেট আর চেয়ারও আছে। তাতে বসে আছেন আরও পাঁচ-ছ'জন মানুষ। এঁরাও নিমন্ত্রিত। একজনকে কাকাবাবু চিনলেন। পুলিশ কমিশনার পদ্মনাভন। অন্য সবাই ইতিহাসের পণ্ডিত।

আর একজন লম্বা, ছিপছিপে লোক এদিকে পেছন ফিরে দেওয়ালের আলমারির জিনিসগুলো খুঁটিয়ে খুঁটিয়ে দেখছিলেন। তিনি এবার মুখ ফিরিয়ে বললেন, "আমার সঙ্গে আলাপ করিয়ে দিলেন না?"

কাকাবাবু খুব অবাক হয়ে বললেন, "আরে নরেন্দ্র, তুমি হঠাৎ এখানে এলে কী করে?"

নরেন্দ্র ভার্মা হেসে বললেন, "কেন, তুমি নেমন্তন্ন পেতে পারো, আর আমাকে বুঝি প্রফেসর ভার্গব নেমন্তন্ন করতে পারেন না?"

কাকাবাবু বললেন, "কিন্তু তুমি এ-সময় ভাইজাগে এসেছ, সেটাই তো জানি না। সুকুমার রায়ের লেখা তো পড়োনি, পড়লে তোমায় বলতাম, গেছো দাদা! কখন যে কোথায় থাকো, তার ঠিক নেই!"

নরেন্দ্র ভার্মা বললেন, "হায়দরাবাদে এসেছিলাম একটা কাজে। খবরের কাগজে দেখলাম, তুমি এই শহরে আছ। তাই চলে এলাম তোমাকে একটা সারপ্রাইজ দিতে! এখানে এসে পড়েছি গেট ক্র্যাশ করে।"

প্রফেসর ভার্গব বললেন, "নরেন্দ্রজি, এবার মিস্টার রাজা রায়চৌধুরী কীভাবে আমাকে বাঁচিয়েছেন, তা সবটা শুনেছেন?"

নরেন্দ্র ভার্মা বললেন, "খবরের কাগজে যেটুকু পড়েছি।"

নিমন্ত্রিতদের মধ্যে একজন ইতিহাসের অধ্যাপক বললেন, "আমরাও সবটা জানি না। বলুন না, শুনি, শুনি!"

প্রফেসর ভার্গব বিস্তারিতভাবে বলতে শুরু করলেন।

ভার্গব এক সময় ইতিহাসের অধ্যাপক ছিলেন, রিটায়ার করেছেন অনেক দিন আগে। এখনও তিনি বহু মূর্তি সংগ্রহ করেন, বহু পুরনো আমলের ছবি, মুদ্রা, অস্ত্রও আছে তাঁর কাছে। এসবের কিছু কিছু তিনি মাঝে-মাঝে বিক্রিও করেন। মাসখানেক আগে একজন খুব বড় ব্যবসায়ী তাঁর কাছ থেকে সম্রাট শাহজাহানের আমলের পাঁচটি স্বর্ণমুদ্রা কিনেছিলেন সাড়ে সাত লক্ষ টাকা দিয়ে। কয়েকদিন পরেই সেই ব্যবসায়ীটি থানায় ডায়েরি করলেন যে, ওই পাঁচটা কয়েনই নকল, প্রফেসর ভার্গব জেনেশুনে তাঁকে জাল জিনিস বিক্রি করেছেন!

পুলিশ যখন খোঁজ নিতে এল, তখন প্রফেসর ভার্গব তো খুবই অবাক হলেন। তিনি ওই কয়েনগুলো সংগ্রহ করেছিলেন রাজস্থানের এক রাজার বংশধরের কাছ থেকে। তিনি নিজে একজন বিশেষজ্ঞ, কেনার সময় তিনি ভাল করে পরীক্ষা করে দেখে নিয়েছিলেন, ওগুলো জাল হতেই পারে না।

সেই ব্যবসায়ীটির কাছ থেকে পাঁচখানা মুদ্রা নিয়ে যাচাই করতে দেওয়া হল। তাঁরা তিনজনই জানালেন যে, মুদ্রাগুলি সত্যিই জাল, শাহজাহানের আমল তো দূরের কথা, ওগুলো বানানো হয়েছে হাল আমলে। প্রফেসর ভার্গব রাজস্থানের যে রাজার নাম বলেছিলেন, পুলিশ খোঁজ নিয়ে দেখল, রাজস্থানে ওই নামে কোনও রাজা বা রাজকুমার কখনও ছিল না, সে নামটাও জাল।

এর মধ্যেই আর একজন ব্যবসায়ী থানায় অভিযোগ জানাল যে সেও প্রফেসর ভার্গবের কাছ থেকে তিনটি আকবরি মোহর কিনেছিল, সেগুলোও জাল।

এর পর প্রফেসর ভার্গবকে গ্রেফতার করা ছাড়া পুলিশের আর কোনও উপায় নেই।

ইতিহাসের অধ্যাপক সুভাষ রাও বললেন, "আমরা খুব অবাক হয়ে

গিয়েছিলাম। প্রফেসর ভার্গব এতবড় পণ্ডিত, তিনি মুদ্রাগুলো আসল না নকল তা চিনবেন না, এমন তো হতে পারে না। অথচ তাঁর কাছ থেকেই লোকে এগুলো কিনেছে।”

পুলিশ কমিশনার পদ্মনাভন বললেন, “আমি ভার্গবকে অনেকদিন ধরে চিনি, শ্রদ্ধা করি। অথচ আমারই আদেশ নিয়ে ওকে গ্রেফতার করতে হল। অবশ্য কোর্টে ওর জামিন পাওয়া নিয়ে আমরা আপত্তি করিনি।”

ভার্গব বললেন, “জামিনে ছাড়া পেলাম তো বটে, কিন্তু তারপর মামলা চলবে। আমার দারুণ বদনাম রটে গেল। কেউ আমার কথা বিশ্বাস করে না। আমার তখন দিশাহারার মতন অবস্থা। তাই একদিন রায়চৌধুরীকে ফোন করে পরামর্শ চাইলাম।”

পদ্মনাভন বললেন, “রায়চৌধুরী, এর পরের অংশটা আপনি বলুন!”

কাকাবাবু বললেন, “অপরাধ জগৎ নিয়ে তো আমার কারবার নয়। আমি রহস্যসন্ধানী। ভার্গব আমার অনেক দিনের বন্ধু, আমিও ইতিহাসের ভক্ত। পুরনো আমলের মুদ্রা নিয়ে কিছু নাড়াচাড়া করেছি এক সময়। যাদের আমি বন্ধু বলে মেনে নিই, তাদের আমি একশো ভাগ বিশ্বাস করি। সুতরাং আমি ধরেই নিলাম, ভার্গবের পক্ষে জাল মুদ্রা বিক্রি করা একেবারেই সম্ভব নয়। নিশ্চয়ই এর মধ্যে কোনও ষড়যন্ত্র আছে।”

পদ্মনাভন বললেন, “এমনিতে পঞ্চাশ টাকা—একশো টাকার নোট কেউ কেউ জাল করে, ধরাও পড়ে যায়। কিন্তু ইতিহাসের আমলের কয়েনও যে জাল হয়, সে কথা আগে শুনিনি।”

কাকাবাবু বললেন, “এটা একটা খুব লাভজনক ব্যবসা, সারা পৃথিবীতেই চলে। ভার্গবের ফোন পেয়ে ভাবলাম, গিয়ে দেখাই যাক ব্যাপারটা। ভার্গবকে বললাম, আমি ভাইজাগ যাচ্ছি, কিন্তু তোমার বাড়িতে উঠব না। আমার কথা কখনও জানাবারও দরকার নেই। তাই আমার দুই চেলা, সন্তু আর জোজোকে নিয়ে এসে উঠলাম একটা হোটেলে, যেন বেড়াতে এসেছি।”

ভার্গব বলল, “আশ্চর্য ব্যাপার, মাত্র তিনদিনের মধ্যে রায়চৌধুরী ওদের ধরিয়ে দিতে পারলেন!”

পদ্মনাভন বললেন, “সত্যি, আপনি আমাদেরও তাক লাগিয়ে দিয়েছেন।”

কাকাবাবু বললেন, “ব্যাপারটা তো খুব সোজা। আপনারা যদি দৃঢ় ভাবে বিশ্বাস করতেন যে ভার্গবের পক্ষে এ কাজ করা সম্ভবই নয়, তা হলেই উলটো দিকটা দেখতে পেতেন। তা নয়, আপনারা ভেবেছিলেন, হলেও হতে পারে। মানুষকে চেনা শক্ত। ভার্গবকে দেখে ভাল মানুষটি মনে হয়, কিন্তু সে-ই গোপনে দু'নম্বর কারবার করে।”

ইতিহাসের অধ্যাপকরা মাথা নিচু করলেন। পদ্মনাভন বললেন, “সত্যিই আমাদের তাই মনে হয়েছিল। সেজন্য আমি ক্ষমা চাইছি।”

কাকাবাবু বললেন, "উলটো দিকটা হচ্ছে এই, কিছু লোক এসে ভার্গবের কাছ থেকে অনেক টাকা দিয়ে কিছু দুর্লভ মুদ্রা কিনে নিয়ে গেছে। তারপর সেগুলোকে চটপট জাল করে সেই জাল টাকাই জমা দিয়েছে থানায়। দোষ চাপিয়েছে ভার্গবের ঘাড়ে। এবার তারা ভার্গবের কাছ থেকে টাকা ফেরত আদায় করবে, আর আসল মুদ্রাগুলো বিক্রি করে দেবে অন্য জায়গায়। যদি বিদেশে চালান করে দিতে পারে, তাতে অনেক বেশি লাভ!"

জোজো বলল, "এবারেই প্রথম কাকাবাবুকে ছদ্মবেশ ধরতে দেখেছি।"

কাকাবাবু হেসে বললেন, "আমি খোঁড়া মানুষ, আমার পক্ষে ছদ্মবেশ ধরা বেশ শক্ত। আমার চেহারাটা অনেকেই চেনে, আর খোঁড়া পা-টা তো লুকোতে পারব না। তাই একটা হুইল চেয়ার ভাড়া করে আরও বুড়ো সাজলাম। থুত্থুড়ে বুড়ো আর দু'টো পা-ই অচল। সেই হুইল চেয়ার নিয়ে ঘোরাঘুরি করতে লাগলাম কয়েকটা দোকানে। প্রত্যেক শহরেই কিছু অ্যান্টিক জিনিসপত্রের দোকান থাকে। মূর্তি, ভাস, কয়েন, ছবি এইসব পাওয়া যায়। বিখ্যাত জিনিসগুলো এদেশের কোথায়, কার কাছে আছে, ওরা সব খবর রাখে। আমার পরিচয় হল পাতিয়ালার মহারাজার কাকা। পাতিয়ালার মহারাজের সত্যিই একজন কাকা আছেন, যাঁর শখ হচ্ছে খুব দামি দামি পুরনো জিনিস সংগ্রহ করা। এখানে একটা বড় অ্যান্টিকের দোকানে গিয়ে বললাম, আমার কয়েকখানা আকবরি মোহর চাই, যত টাকা লাগে দেব। প্রথমে ওরা বলল, ওদের স্টকে ওরকম জিনিস নেই। দ্বিতীয় দিন গিয়ে বললাম, যেখান থেকে পারো জোগাড় করে দাও। এক-একটা মোহরের দাম দেব দশ লাখ টাকা। অত টাকার লোভ ওরা সামলাতে পারল না। এক দোকানদার বলল, আপনি সন্ধের পর আসুন। গেলাম সাড়ে সাতটার সময়। এবারে প্রথম থেকেই সন্তুকে সঙ্গে নিইনি, ওকেও কেউ কেউ চিনে ফেলতে পারে, শুধু জোজো আমার হুইল চেয়ার ঠেলে নিয়ে যায়। অবশ্য ওকেও দাড়ি-গোঁফ লাগিয়ে বয়স্ক সাজিয়ে ছিলাম।"

জোজো বলল, "বাকিটা আমি বলব? দোকানদারটা আমাদের নিয়ে গেল ডলফিন্‌স নোজ পাহাড়ের কাছে একটা বাড়িতে। সে-বাড়ির মাটির তলায় ঘর আছে। দু'জন লোক বসে ছিল সেখানে, তাদের একজন বলল, আপনি আকবরি মোহর খুঁজছেন? দিতে পারি, ক্যাশ টাকা এনেছেন? কাকাবাবু বললেন, লাখ লাখ টাকা কি সঙ্গে আনা যায়? সে তো বিরাট বোঝা। আমার কাছে ডলার আছে। ডলার শুনে ওদের লোভ আরও বেড়ে গেল। তারপর কাকাবাবু বললেন, আমি বুড়ো হয়েছি বলে আমার চোখকে ফাঁকি দিতে পারবে না। নকল চালাবার চেষ্টা কোরো না। প্রত্যেকটা কয়েন আমি পরীক্ষা করে দেখে নেব। এবার ওরা একটা ভেলভেটের বাক্স নিয়ে এল, তার মধ্যে রয়েছে সেই তিনটে সোনার টাকা। কাকাবাবু বললেন, মোটে তিনটে? আর নেই?

"ওরা আরও তিনটে এনে দিল।

"কাকাবাবু দু'খানা মোহরই ডান হাতের তালুতে রেখে পরীক্ষা করতে লাগলেন, তারপর সেগুলোর মধ্য থেকে তিনখানা বেছে নিয়ে মাটিতে ফেলে দিয়ে বললেন, এগুলো ঝুটো মাল! শোনো, সারা পৃথিবীর যারা কয়েন এক্সপার্ট তারা আমাকে চেনে। আজ পর্যন্ত আমাকে কেউ ঠকাতে পারেনি। আসল মাল মোটে তিনটের বেশি নেই, তা বললেই পারতে!

"ওদের একজন বলল, আমরা তো স্যার এত বুঝি না। দালালদের কাছ থেকে কিনি। মুঘল আমলের অন্য কয়েন চলবে? শাজাহানের মোহর।

"কাকাবাবু বললেন, শাজাহানের আমলের মোহর আমার নিজের কালেকশানে বেশ কয়েকটা আছে। তবু নিয়ে এসো তো দেখি।

"এবার ওরা নিয়ে এল আরও কয়েকটা ভেলভেটের বাক্স। তার একটা খুলেই কাকাবাবু আমার দিকে ফিরে বললেন, মোহন সিং, এখন ক'টা বাজে? ঠিক ন'টার মধ্যে আমাকে ডিনার খাওয়ার জন্য ফিরে যেতে হবে।

"এই 'ক'টা বাজে' ছিল আমাদের আগে থেকে ঠিক করা কোড। আমি ঘড়ি দেখে সময় বলে দিয়ে ওদের জিজ্ঞেস করলুম বাথরুমটা কোথায়? আমার আজ দুপুর থেকে পেট খারাপ।

"আমি পেটটা চেপে ধরতেই ওরা আমাকে একটা বাথরুম দেখিয়ে দিল। তার ভেতরে ঢুকে দরজা বন্ধ করে আমি মোবাইল ফোনে খবর দিলুম পুলিশ কমিশনারের অফিসে। সেটাও কাকাবাবু আগে থেকেই ঠিক করে রেখেছিলেন। দশ মিনিটের মধ্যে কাছাকাছি থানা থেকে পুলিশ এসে গেল। তখনও কাকাবাবু ম্যাগনিফাইং গ্লাস দিয়ে মোহরগুলো পরীক্ষা করছেন।"

"কাকাবাবু বললেন, এতে বোঝা গেল মোবাইল ফোনের উপকারিতা। গোপনে খবর দেওয়ার খুব সুবিধে। পুরো দলটাই ধরা পড়ে গেল।"

প্রোফেসর ভার্গব বললেন, "আসল কয়েনগুলো উদ্ধার হল বলেই আমি বেঁচে গেলাম।"

সুভাষ রাও বললেন, "রোমহর্ষক কাহিনী। তবু একটা কথা জিজ্ঞেস করব রায়চৌধুরীসাহেব? আপনি বুড়ো মানুষ, সঙ্গে মাত্র এই ছেলেটি। ওই গুন্ডাদের ডেরায় ঢুকেছিলেন, যদি আপনাদের খুন করে সব টাকা পয়সা কেড়ে নিত! ওরা নিশ্চয়ই ভেবেছিল, আপনার কাছে অনেক ডলার আছে। এখানে তো যখন-তখন খুন হয়।"

কাকাবাবু বললেন, "অপরাধ জগতেও নানারকম শ্রেণী ভেদ আছে। যারা জালিয়াত, তারা সাধারণত খুনজখমের মধ্যে যায় না। স্মাগ্‌লাররা যেমন ডাকাতি করে না। তা ছাড়া, একজন সাধারণ লোককে খুন করতে পারে, কিন্তু পাতিয়ালার মহারাজার কাকাকে খুন করলে যে খুব হইচই পড়ে যাবে, তা ওরা জানে। আর আমি বুড়ো সাজলেও তেমন বুড়ো তো নই, আমার একখানা থাপ্পড় অনেকেই সহ্য করতে পারে না। তা ছাড়া আমার কাছে রিভলভার ছিল, একবার সেটা হাতে

নিলে অন্তত দু'-চারজন লোক সামনে দাঁড়াতে পারবে না।"

সুভাষ রাও বললেন, "তবু আপনার সাহস আছে বটে। বাপ রে!"

জোজো বলল, "আজকেই তো সন্ধের সময়..."

পদ্মনাভন বললেন, "আজ আবার সন্ধেবেলা কী হয়েছিল?"

কাকাবাবু তার উত্তর না দিয়ে জিজ্ঞেস করলেন, "পিণ্টু ডিমেলো কে বলুন তো?"

পদ্মনাভন বললেন, "আরে সে এক মজার ব্যাপার। এই মুদ্রা জালিয়াতির যে প্রধান পাণ্ডা তার নাম ধুমল কোল। রায়চৌধুরী, আপনি তো তাকে ধরিয়ে দিলেন। তারপর তাকে জেরা করতে করতে সে এক সময় ওদের দলের একজন হিসেবে পিণ্টু ডিমেলোর নাম ধাম বলে দিল। এই ডিমেলো লোকটা অনেক বড় ক্রিমিনাল, ওকে আমরা অনেকদিন থেকে খুঁজছি, বেশ কয়েকবার আমাদের হাত পিছলে পালিয়েছে। এবার ও ধরা পড়ে গেল, এটা বিনা ক্যাচ বলা যেতে পারে। ধুমলের সঙ্গে বোধহয় ওর শত্রুতা আছে। সে ওকে ইচ্ছে করে ধরিয়ে দিয়েছে।"

কাকাবাবু বললেন, "সাবধান, ও যেন পালিয়ে না যায়। আজ সন্ধেবেলাতেই সে রকম একটা চেষ্টা হয়েছিল। জোজোই ঘটনাটা বলুক। না থাক, জোজো বেশি লম্বা করে ফেলবে। এখন খেতে হবে। সন্তু বলুক।"

সন্তু সংক্ষেপে ঘটনাটা জানাল।

প্রোফেসর ভার্গব বললেন, "উঃ বাপ রে বাবা। আবার আজই এরকম কাণ্ড হয়েছে। রায়চৌধুরী, আপনাকে আমি যত দেখি ততই অবাক হয়ে যাই। আপনার তো যে-কোনও সময় সাংঘাতিক একটা কিছু হয়ে যেতে পারে।"

কাকাবাবু বললেন, "এটা এক ধরনের খেলা। একদিন-না-একদিন তো মরতেই হবে। আমি মৃত্যু নিয়ে খেলা করতে ভালবাসি। এপর্যন্ত তো এ খেলায় হারিনি।"

পদ্মনাভন বললেন, "ওরা ধরা পড়লেও সব ব্যাপারটা এখনও মেটেনি বোঝা যাচ্ছে। আরও অনেক কিছু ঘটবে। ডিমেলোর দল সহজে ছাড়বে না।"

কাকাবাবু বললেন, "সেসব সামলাবার দায়িত্ব আপনাদের পুলিশের ব্যাপার। আমি আর এর মধ্যে নেই। আমি প্রোফেসর ভার্গবকে যথাসাধ্য সাহায্য করেছি মাত্র। এখন খাবার দেওয়া হবে না?"

এবার সবাইকে যেতে হল পাশের লম্বা হল ঘরে।

সেখানে বড় টেবিলের ওপর অনেকরকম খাবার সাজানো। মাছ-মাংস নেই বটে। কিন্তু নিরামিষ পদই তেরো-চোদ্দোরকম। আর পাঁচরকমের মিষ্টি।

নরেন্দ্র ভার্মা মুদ্রা-জালিয়াতি বিষয়ে কোনও আগ্রহ দেখাননি। এতক্ষণ একটা প্রশ্নও করেননি। এখন খাবারের প্লেট নিয়ে কাকাবাবুর পাশে এসে দাঁড়িয়ে বললেন নরেন্দ্র, "তুমি তো ভার্গবের কেসটা মিটিয়ে দিয়েছ, এখন কী করবে? ফিরে যাবে কলকাতায়?"

কাকাবাবু বললেন, "হ্যাঁ, ফিরে যাব। আমাদের পশ্চিম বাংলায় এর মধ্যে বর্ষা শুরু হয়ে গেছে। এই সময় শান্তিনিকেতনে থাকতে খুব ভাল লাগে।"

নরেন্দ্র ভার্মা বললেন, "হ্যাঁ, আমিও একবার শান্তিনিকেতনের বর্ষা দেখতে যাব। তুমি এখানে আরও দিনসাতেক থেকে যাও না। দু'জনে মিলে সমুদ্রে সাঁতার কাটব। এক সময় গোয়ার বিচে দু'জনে অনেক সাঁতার কেটেছি মনে আছে?"

কাকাবাবু বললেন, "তখন আমার পা খোঁড়া ছিল না। তখন কমপিটিশানে তুমি আমার সঙ্গে পারতে না।"

নরেন্দ্র ভার্মা বললেন, "সাঁতারের সঙ্গে খোঁড়া পায়ের কী সম্পর্ক? মাসুদুর রহমান নামে একটি ছেলের দু'টো পা-ই কাটা। সেও তো সাঁতারে ইংলিশ চ্যানেল ক্রস করেছে। এসো, আবার তোমার সঙ্গে একবার কমপিটিশানে নামা যাক।"

কাকাবাবু বললেন, "ভাইজাগের সমুদ্রে তো সাঁতার কাটাই যায় না শুনেছি।"

নরেন্দ্র ভার্মা বললেন, "এখানে অনেক ডুবো পাথর আছে, তাই বিপজ্জনক। তবে এখান থেকে খানিকটা দূরে ঋষিকোণ্ডা নামে একটা জায়গা আছে। ভারী চমৎকার, নিরিবিলি, আর সাঁতারও কাটা যায়। ছেলে দুটিকে কলকাতায় পাঠিয়ে দিয়ে, তুমি আরও সাতদিন থেকে যাও।"

সন্তু কাছেই দাঁড়িয়ে খাবার খাচ্ছে। সে শুনতে পেয়ে বলল, "মোটেই আমরা ফিরে যেতে চাই না। আমাদের এখন ছুটি।"

নরেন্দ্র ভার্মা জিজ্ঞেস বলেন, "তুমি সাঁতার জানো, সন্তু?"

সন্তু বলল, "মোটামুটি জানি।"

কাকাবাবু বললেন, "আছে নরেন্দ্র, তুমি জানো না, সন্তু তো সাঁতারে চাম্পিয়ন। অনেক পুরস্কার-টুরস্কার পেয়েছে।"

নরেন্দ্র বললেন, "ও, তাই বুঝি? আর জোজো?"

এই একটা ব্যাপারে বাক্যবাগীশ জোজো একেবারে চুপ করে যায়। সে জলকে ভয় পায়। সন্তু অনেক চেষ্টা করেও জোজোকে সাঁতার শেখাতে পারেনি।

॥ ৩ ॥

ঋষিকোণ্ডায় যে গেস্ট হাউজে নরেন্দ্র ভার্মা থাকার ব্যবস্থা করেছেন, তার কাছাকাছি আর কোনও বাড়ি নেই। বেলাভূমি একেবারে ফাঁকা। সমুদ্র আর আকাশ ছাড়া এখানে আর কিছু নেই। হ্যাঁ, কিছু সি-গাল পাখি আছে। এখানে বালির রং হলুদ, আকাশ আর সমুদ্র গাঢ় নীল, আর পাখিগুলো ধপধপে সাদা।

কাকাবাবু, নরেন্দ্র ভার্মা আর সন্তু সকালবেলা অনেকক্ষণ সাঁতার কাটল সমুদ্রে, প্রায় এক ঘণ্টারও বেশি। জোজো বসে রইল পাড়ে। নরেন্দ্র ভার্মা অনেকবার বলেছিলেন, "খানিকটা নামো, আমরা তোমাকে ধরে থাকব, কোনও ভয় নেই।" জোজো কিছুতেই রাজি হয়নি।

এখানে বাতাস বেশ স্নিগ্ধ, শীতও নেই, গরমও নেই। জোজো দেখল, বড় বড় ঢেউ ভাঙতে ভাঙতে সন্তু অনেকটা এগিয়ে গেছে, তাকে ছোট্ট একটা বিন্দুর মতন দেখাচ্ছে। সেদিকে তাকাতেই জোজোর বুকটা শিরশির করে ওঠে, যদি সন্তু আর ফিরে আসতে না পারে?

কত সময় যে কেটে যাচ্ছে, তা ওদের খেয়ালই নেই। জলের মধ্যে থাকতে মানুষের এত ভাল লাগে?

জোজো মনে মনে কবিতা বানাবার চেষ্টা করতে লাগল।

আকাশের কোনও সীমানা থাকে না
সমুদ্র অতলান্ত...

এবার অতলান্তের সঙ্গে কী মিল দেওয়া যায়? শান্ত, ভ্রান্ত, না ক্লান্ত? আরও হতে পারে, আন তো, জানত ক্ষান্ত...। কবিতা কি আগে থেকে এরকম মিলের তালিকা করে রাখে? অবশ্য আর একরকম কবিতাও লেখা হয়, তাতে মিল থাকে না।

পরের লাইন আর কিছুতেই মাথায় আসছে না। জোজো বিড়বিড় করতে লাগল, আকাশের কোনও সীমানা থাকে না, সমুদ্র অতলান্ত, মানুষের তবু ভয়ডর নেই, মানুষের তবু ভয়ডর নেই, এমনই সে দুর্দান্ত!

জোজো নিজেই নিজের কাঁধ চাপড়ে দিল। অতলান্ত-এর সঙ্গে দুর্দান্ত, এই মিল ভাল হয়নি? দুর্দান্ত! এটা সন্তুকে শোনাতে হবে। সন্তু অবশ্য ভাববে, আমি অন্য কারও লেখা থেকে মুখস্থ বলছি। ও আমার কোনও কথাই বিশ্বাস করতে চায় না।

হঠাৎ ডানদিকে চোখ পড়তেই জোজো চমকে উঠল। সেদিকে একটা বালির স্তূপ, তার আড়াল থেকে একটা জুতো পরা মানুষের পা দেখা যাচ্ছে।

প্রথমে জোজো ভাবল, "ওখানে কি কোনও মৃতদেহ পড়ে আছে?"

তারপর ভাবল, অনেক লোক সমুদ্রের ধারে বালির ওপর চিৎপাত হয়ে রোদ পোহায়, সেরকমও কেউ হতে পারে। কিন্তু এদিকে তো কোনও লোককে আসতে দেখা যায়নি, আর গেস্ট হাউজেও অন্য কোনও অতিথি নেই।

আর একটা কথা ভেবে ভয়ে সন্তুর বুক কেঁপে উঠল। যদি কোনও শত্রুপক্ষের লোক হয়? ডিমেলোর দলের সেই লম্বা লোকটা বসেছিল, সন্তু কিংবা তাকে ধরে নিয়ে গিয়ে আটকে রাখবে।

এখন যদি জোজোকে ধরে নিয়ে যেতে চায়, তা হলে তো কাকাবাবুরা টেরও পাবেন না। জোজো একা বাধা দেবে কী করে? এমন যে বিপদ হতে পারে, সে কথা কাকাবাবুর মনে পড়েনি।

ওরা তিনজন সাঁতার কাটছে, ওদের কাছে কোনও অস্ত্রশস্ত্র নেই। যখন ওপরে উঠে আসবে, তখন যদি কেউ গুলি করে? সাবধান করে দেওয়াও তো জোজোর পক্ষে সম্ভব নয়।

জোজো কি একদৌড়ে গেস্ট হাউজে চলে যাবে? কিন্তু ওই লোকটা যদি গুলি করতে চায়, জোজো দৌড়ে পালাতে পারবে না।

বালিয়াড়ির আড়াল থেকে শুধু একটা জুতো পরা পা-ই দেখা যাচ্ছে। যদি জোজোকে ধরে নিয়ে যাওয়ার মতলব থাকে, তা হলে এতক্ষণ অপেক্ষা করবে কেন?

এক-একসময় মানুষ হঠাৎ সাহসী হয়ে ওঠে। ওখানে কে লুকিয়ে আছে, তা জোজোকে দেখতেই হবে।

সে বালির ওপর পা টিপে টিপে এগিয়ে গেল। তারপর উঁকি মেরে আরও অবাক হল।

একটা খুব গাঁট্টাগোট্টা চেহারার লোক, তার মুখ ভরতি দাড়ি, বসে আছে সেখানে পা ছড়িয়ে। তার পাশে একটা রাইফেল। লোকটি ঘুমে ঢুলে ঢুলে পড়ছে।

একটুক্ষণ তাকিয়ে থাকার পর জোজোর ঠোঁটে হাসির ঝিলিক খেলে গেল। এইবার সে বুঝেছে। যারা গুন্ডা-বদমাশ, তারা কখনও কাজে এসে ঘুমোয় না। ঘুমোয় কারা? যারা পাহারা দেয়। পুলিশ ঘুমোয়, কারখানার দারোয়ান ঘুমোয়। কয়েকদিন আগেই তো কলকাতায় একটা ব্যাঙ্কের এক বন্দুকধারী গার্ড ঝিমোচ্ছিল, কয়েকটা বাচ্চা বাচ্চা ডাকাত তার বন্দুকটা কেড়ে নেয়।

এই লোকটাকে তা হলে পাহারা দেওয়ার জন্যই রাখা হয়েছে। জোজো ভাবল, এর রাইফেলটাও সরিয়ে রাখলে কেমন হয়!

লোকটির ঘুম একেবারে কুম্ভকর্ণের মতন। জোজো কাছে গিয়ে রাইফেলটা তুলে নিল, এমনকী একবার গলা খাঁকারি দিল, তবু সে জাগল না।

জোজো কখনও রাইফেল চালায়নি। সন্তু রিভলভার চালাতে ভালই পারে, কিন্তু সেও রাইফেল শেখেনি। হাতে এত বড় একটা অস্ত্র থাকলে নিজেকে খুব হিরো হিরো মনে হয়। জোজো এমনভাবে রাইফেলটাকে তাক করল, যেন তার সামনে রয়েছে একদল শত্রু, সে সবাইকে খতম করে দিচ্ছে। র‍্যাট-ট্যাট-ট্যাট-ট্যাট-ট্যাট...

সেফ্‌টি ক্যাচ সরে যেতেই দারুণ শব্দে একটা গুলি বেরিয়ে গেল। ভাগ্যিস, রাইফেলের নলটা ছিল আকাশের দিকে। ভালভাবে ধরতে জানে না বলে বাঁটের পেছন দিকটায় একটা ধাক্কা লাগল জোজোর বুকে।

এবার দাড়ি-গোঁফওয়ালা লোকটির ঘুম ভাঙতে বাধ্য। সে জোজোর হাতে রাইফেল দেখে এমনই ঘাবড়ে গেল যে, কী একটা দুর্বোধ্য চিৎকার করে দাঁড়িয়ে পড়ল মাথার ওপর হাত তুলে।

হঠাৎ গুলি বেরিয়ে যাওয়ায় জোজোও বেশ ঘাবড়ে গেছে। কিন্তু লোকটির ভয় পাওয়া মুখ দেখে হাসিও পেল তার। এই নাকি পাহারাদার?

গুলির শব্দ সন্তুরাও শুনতে পেয়েছে। তিনজনই উঠে এল পাড়ে। নরেন্দ্র ভার্মা আগে দৌড়ে এসে জিজ্ঞেস করলেন, "কী ব্যাপার জোজো? এ লোকটা কে?"

জোজো বলল, "আপনি ওকে পাহারা দেওয়ার জন্য রেখে গিয়েছিলেন, আর ও নাক ডাকিয়ে ঘুমোচ্ছিল।"

নরেন্দ্র ভার্মা বললেন, "আমি তো পাহারাদার রাখিনি।"

জোজো বলল, "তাই বলুন! আমারও প্রথম থেকেই সন্দেহ হয়েছিল। ও নিশ্চয়ই কাকাবাবুকে মারতে এসেছে। তাই আমি ওর রাইফেলটা কেড়ে নিয়েছি। ওর গায়ের জোর বেশি হতে পারে, কিন্তু আমি এমন একটা ক্যারাটের প্যাঁচ মারলুম..."

এর মধ্যে কাকাবাবু এসে গেলেন এক পায়ে লাফাতে লাফাতে। ক্রাচ দুটো তুলে নেওয়ার পর বললেন, "একে তো দেখেই বোঝা যাচ্ছে পুলিশ। পুলিশদের চেহারা দেখলেই চেনা যায়।"

লোকটি এবার দু'দিকে মাথা নাড়তে নাড়তে বলল, "পুলিশ, পুলিশ!"

লোকটি ইংরিজি কিংবা হিন্দি জানে না। নরেন্দ্র ভার্মা ওর সঙ্গে তেলুগু ভাষায় কয়েকটা কথা বলার পর কাকাবাবুর দিকে ফিরে বললেন, "তুমি ঠিকই ধরেছ, রাজা। পুলিশ কমিশনার পদ্মনাভন ওকে পাঠিয়েছেন আমাদের দেখাশুনো করার জন্য। এ যা দেখছি, একেই পাহারা দেওয়া দরকার।"

কাকাবাবু বললেন, "আহা বেচারা, ঘুমিয়ে পড়েছিল। নিশ্চয়ই রাত্তিরে ঘুম হয়নি। ওকে বকাঝকা কোরো না।"

সন্তু জিজ্ঞেস করল, "হ্যাঁ রে জোজো, তুই সত্যিই ওর কাছ থেকে রাইফেলটা কেড়ে নিয়েছিস?"

জোজো বলল, "ম্যাজিক, ম্যাজিক! আমি হুকুম করলুম, অমনি রাইফেলটা ওর হাত থেকে চলে এল আমার হাতে।"

গেস্ট হাউজের দিকে ফিরে যেতে যেতে নরেন্দ্র ভার্মা বললেন, "আমরা এতক্ষণ মজা করে সমুদ্রে সাঁতার কাটলাম, আর জোজো বেচারা একা একা তীরে বসে রইল। ওকে একটা কিছু প্রাইজ দেওয়া দরকার।"

কাকাবাবু বললেন, "জোজো, তুই এবার একটু কষ্ট করে সাঁতারটা শিখে নে।"

জোজো বলল, "এবারে পুজোর ছুটির সময় বাবার সঙ্গে ব্রাজিল যাচ্ছি, ওখানে ঠিক সাঁতার শিখে নেব।"

সন্তু বলল, "সাঁতার শেখার জন্য ব্রাজিল যেতে হবে? কেন, এ দেশে সাঁতার শেখা যায় না?"

জোজো বলল, "বাঃ, ব্রাজিলের জল খুব হালকা। সাঁতার শিখতে মাত্র দু'দিন লাগে, তুই জানিস না?"

সন্তু তবু বলল, "জল আবার হালকা আর ভারী হয় নাকি?"

জোজো বলল, "বাঃ, হয় না? সব সমুদ্রের জল কি একরকম? এমন সমুদ্রও আছে যাতে মানুষ পড়ে গেলেও ডুববে না! ব্ল্যাক সি?"

নরেন্দ্র ভার্মা বললেন, "তা ঠিকই বলেছে। জোজো অনেক কিছু জানে। শোনো

জোজো, আজ খাওয়াদাওয়ার পর তোমাকে এমন একটা জিনিস দেখাব, যা তুমি সারা জীবনেও ভুলবে না।"

সন্তু জিজ্ঞেস করল, "শুধু জোজোকে দেখাবেন?"

নরেন্দ্র ভার্মা মুচকি হেসে বললেন, "হ্যাঁ।"

খাওয়ার পর একটুক্ষণ বিশ্রাম নিয়ে আবার বেরিয়ে পড়া হল। রাইফেলধারী পুলিশটিকে ছুটি দেওয়া হলেও সে ছুটি নিতে চায় না। বারবার কান মুলে বলতে লাগল, "সে আর ঘুমোবে না।"

তবু নরেন্দ্র ভার্মা তাকে বোঝালেন যে তার নামে নালিশ করা হবে না। এখন সত্যিই তাকে দরকার নেই।

নরেন্দ্র ভার্মাকে সমুদ্রের দিকেই এগোতে দেখে জোজো সন্দিগ্ধভাবে বলল, "আপনি আমাকে কী যেন দেখাবেন বললেন, তা হলে সমুদ্রের দিকে যাচ্ছেন কেন?"

নরেন্দ্র ভার্মা বললেন, "কেন, সমুদ্রে বুঝি কিছু দেখার নেই?"

জোজো থমকে দাঁড়িয়ে পড়ে বলল, "আমি জলে নামব না।"

নরেন্দ্র ভার্মা তার কাঁধে হাত দিয়ে বললেন, "তোমাকে জলে নামতে হবে না। জলে পা না ভিজিয়েও তো সমুদ্রে ঘোরা যায়।"

ওরা বেলাভূমিতে এসে দাঁড়াতেই দূর থেকে ভটভট শব্দ করতে করতে একটা মোটরবোট এসে গেল কাছে।

তাতে উঠতে উঠতে কাকাবাবু বললেন, "আজ সমুদ্র বেশ শান্ত।"

নরেন্দ্র ভার্মা বললেন, "আমরা খুব লাকি। যা দেখতে যাচ্ছি, এইসব দিনেই তা দেখা যায় ভাল করে।"

মোটরবোটে একজন চালক রয়েছে। তার সঙ্গে আলাপ করিয়ে দেওয়া হল, তার নাম ফ্রেড। তিরিশের কাছাকাছি বয়েস, জিনসের প্যান্টশার্ট পরা, থুতনিতে অল্প দাড়ি।

বোটটা চলতে লাগল বেশ জোরে। চারদিকেই সমুদ্র। জোজো মনে মনে ভাবল, সমুদ্র তো একই রকম, এতে বিশেষ কিছু দেখবার কী থাকতে পারে? কিছু সিন্ধুসারস বা সি-গাল পাখি ওড়াউড়ি করছে, আর শুধু ছোট ছোট ঢেউ।

প্রায় আধঘণ্টা চলার পর দেখা গেল, সমুদ্রের বুকে কিছু গাছপালা।

কাকাবাবু বললেন, "ওখানে বুঝি একটা দ্বীপ আছে?"

নরেন্দ্র ভার্মা বললেন, "হ্যাঁ, ওখানেই আমরা যাব।"

ফ্রেডের কাছ থেকে একটা দূরবিন চেয়ে নিয়ে তিনি দ্বীপটা দেখতে লাগলেন। সেটা ক্রমশ কাছে এগিয়ে এল, গাছপালাগুলো বড় হয়ে গেল। মনে হতে লাগল যেন সেই দ্বীপে একটা ভাঙাচোরা বাড়িও রয়েছে।

সন্তু জিজ্ঞেস করল, "এই দ্বীপটার নাম কী?"

নরেন্দ্র ভার্মা বললেন, "ম্যাপে এই দ্বীপের নাম নেই। খুবই ছোট, অনেকখানি

আবার জোয়ারের সময় ডুবেও যায়। যারা সমুদ্রে মাছ ধরে, তারা ছাড়া আর বিশেষ কেউ এই দ্বীপের কথা জানে না। সেই জেলেরা বলে রাবার দ্বীপ। রাবার আয়ল্যান্ড!"

সন্তু বলল, "রাবার? এরকম অদ্ভুত নাম কেন?"

নরেন্দ্র ভার্মা বললেন, "লোকের মুখে মুখে নাম বদলে যায়। রবার্ট নামে এক সাহেব এই দ্বীপে একটা বাড়ি বানিয়েছিল অনেক কাল আগে। সেই রবার্ট সাহেবের দ্বীপ হিসেবে এর নাম ছিল রবার্টস আয়ল্যান্ড। তাই থেকে এখন রাবার দ্বীপ।"

কাকাবাবু বললেন, "হ্যাঁ, এরকম বদলায়। রবীন্দ্রনাথদের জমিদারি ছিল যে শিলাইদহে, সেই শিলাই আসলে শেলি নামে একজন সাহেবের নাম থেকে হয়েছে।"

নরেন্দ্র ভার্মা কৌতূহলী হয়ে জিজ্ঞেস করলেন, "কবি শেলি? তিনি বেঙ্গলে এসেছিলেন নাকি?"

কাকাবাবু বললেন, "না, না, এ অন্য শেলি। বোধহয় নীলকর সাহেব।"

বোটটা কিন্তু দ্বীপটার তীর পর্যন্ত গেল না, একটু দূরে থেমে গেল।

নরেন্দ্র ভার্মা বললেন, "এবার সবাই পা তুলে বসো। নীচের দিকে তাকিয়ে দ্যাখো!"

সন্তু দারুণ অবাক হয়ে বলল, "আরেঃ!"

এতক্ষণ বোঝা যায়নি, এখন দেখা গেল বোটের তলার দিকটা এক ধরনের স্বচ্ছ কাচের তৈরি। জলের নীচে অনেকখানি দেখা যায়।

সেখান দিয়ে দেখা যাচ্ছে অসংখ্য রঙিন মাছ। ছোট, বড়, নানা ধরনের।

কাকাবাবু বললেন, "গ্লাস বটম বোট! এটা কি কোরাল রিফ?"

নরেন্দ্র ভার্মা বললেন, "হ্যাঁ, তলার পাথরগুলো দ্যাখো। কত রং, ওর মধ্যে কিছু কিছু পাথর কিন্তু জ্যান্ত!"

সন্তু বলল, "অপূর্ব দৃশ্য! ডিসকভারি চ্যানেলেই শুধু এরকম প্রবাল দ্বীপ দেখেছি। এত কাছ থেকে, নিজের চোখে দেখা।"

সবাই মুগ্ধ হয়ে দেখল কিছুক্ষণ।

এক সময় মুখ তুলে সন্তু জিজ্ঞেস করল, "নরেনকাকা, তুমি তখন বললে, শুধু জোজোকেই অপূর্ব কিছু দেখাবে। এখন তো আমরা সবাই দেখছি।"

নরেন্দ্র ভার্মা বললেন, "তুমি আর রাজা নিজেরাই দেখতে পারো। ইচ্ছে করলে জলে নেমে গিয়ে একেবারে কাছ থেকে। জোজো তো তা পারবে না, ওকে দেখাতে হবে।"

জোজো বলল, "এই তো আমি নিজে নিজেই দেখছি।"

যেন তার কথা শুনতেই পেলেন না, এইভাবে নরেন্দ্র ভার্মা সন্তুকে বললেন, "তোমরা সাঁতার জানো, তোমরা স্কুবা ডাইভিং করতে পারো, সব জিনিসপত্র

রেডি আছে। একেবারে নীচে গিয়ে হাত দিয়ে অনুভব না করলে এর সৌন্দর্য অনেকটা অনুভব করা যায় না।”

কাকাবাবু এর মধ্যেই কোট খুলে ফেলেছেন। প্যান্টও খুলতে খুলতে বললেন, “জলে তো নামব নিশ্চয়ই।”

নরেন্দ্র ভার্মা বললেন, “তোমরা আগে নামো। তারপর আমি আর জোজো নামব একসঙ্গে।”

জোজো চেঁচিয়ে উঠে বলল, “না, না, আমি জলে নামব না! আমি এখান থেকেই ভাল দেখতে পাচ্ছি।”

নরেন্দ্র ভার্মা বললেন, “শোনো, ওরা করবে স্কুবা ডাইভিং, আর আমরা করব স্নরকেলিং। তাতে সাঁতার না জানলেও চলে। তোমার কোনও ভয় নেই, আমি তোমায় ধরে থাকব।”

জোজো তবু চেঁচিয়ে বলল, “না, না, আমার কোনও দরকার নেই!”

নরেন্দ্র ভার্মা বোটের চালককে জিজ্ঞেস করলেন, “ফ্রেড, তোমার কাছে স্নরকেলিং-এর জন্য চশমা আর মুখোশ-টুখোশ আছে তো?”

ফ্রেড বলল, “ইয়েস স্যার।”

নরেন্দ্র ভার্মা জোজোকে বললেন, “তুমি জামা-প্যান্ট খুলবে? না সবকিছু ভেজাবে? ভেতরে জাঙিয়া আছে নিশ্চয়ই।”

জোজো বলল, “বলছি তো আমি জলে নামব না। কেন বারবার বলছেন?”

কাকাবাবু বললেন, “সন্তু, তোর বন্ধুকে ধাক্কা দিয়ে জলে ফেলে দে তো! নইলে ওর জলের ভয় কাটবে না। স্নরকেলিং-এ তো ইচ্ছে করলেও ডুবতে পারবে না। রবারের টায়ার ওকে বাঁচিয়ে রাখবে!”

জোজোর মুখের চেহারা একেবারে কাঁদো কাঁদো হয়ে গেল।

সন্তু বলল, “জামা খুলে ফেল জোজো।”

স্পিড বোটের পাটাতনের নীচে অনেক কিছু রাখা আছে। ফ্রেড সেখান থেকে বার করে আনল অনেক সরঞ্জাম।

নরেন্দ্র ভার্মা জোজোকে বুঝিয়ে দিলেন, “এই দ্যাখো, এই রবারের বেলুনের মতন জামা তোমাকে পরিয়ে দেব, তুমি কিছুতেই ডুববে না। আর এই মুখোশের মতন জিনিসটা থেকে একটা নল বেরিয়ে থাকবে জলের ওপরে, তার থেকে হাওয়া আসবে। তুমি নিশ্বাস নিতে পারবে, আর এই যে বড় বড় গগ্‌লসের মতন চশমা, এদিয়ে জলের মধ্যেও স্পষ্ট দেখা যায়।”

ওইসব জিনিস জোজোকে পরাতে সাহায্য করল সন্তু। সে নিজে আগেই পিঠে অক্সিজেন সিলিন্ডার বেঁধে নিয়েছে।

নরেন্দ্র ভার্মা জোজোর হাত ধরে বললেন, “শোনো জোজোবাবু, এর পরেও যদি ভয় করে, আমার হাত ছাড়বে না। আমার লাইফ সেভিং সার্টিফিকেট আছে।’

জোজোকে নিয়ে তিনি ঝাঁপ দিলেন সমুদ্রে।

কাকাবাবু আর সন্তু নেমে গেল অনেক নীচে। জোজো আর নরেন্দ্র ভার্মা ভাসতে লাগল, চোখ জলের মধ্যে। জল এখানে পাতলা নীল রঙের আর খুব পরিষ্কার, দেখা যাচ্ছে অসংখ্য রঙিন মাছ। ছোটগুলো ঝাঁক ঝাঁক, আর কয়েকটা বেশ বড়ও আছে।

কোরাল রিফ বা প্রবালের দেওয়ালের দিকে তাকিয়ে আর চোখ ফেরানো যায় না। কী অপূর্ব তার গড়ন, কোথাও অনেকটা ছড়ানো ফুলের মতন, কোথাও যেন গাছ, কোথাও যেন ঝাড়লণ্ঠন, কোথাও পাথরের ছবি। কতরকম রং আর সেসব রঙই খুব স্নিগ্ধ। চোখ জুড়িয়ে যায়। যেন স্বর্গের কোনও দৃশ্য। জলের নীচে যে এমন একটা জগৎ আছে, তা চোখে না দেখলে বিশ্বাসই হত না।

এক-একবার নরেন্দ্র ভার্মা জোজোকে একটু টান মেরে খানিকটা ডুবিয়ে দিচ্ছেন জোর করে। জোজো ভয় পেয়ে আঁকুপাকু করে উঠতেই তিনি আবার ভেসে উঠে বললেন, "ভয় পেয়ো না। তোমার নাকের সঙ্গে যে নলটা লাগানো আছে, সেটা বেশি ডুবে গেলে সেটা থেকে হাওয়া আসার বদলে জল ঢুকে যাবে। তাই আমি তোমাকে একটুখানি নীচে নিয়ে যাচ্ছি। ভয় পাওয়ার বদলে তুমি কোরালগুলোকে একটু হাত দিয়ে ছুঁয়ে দ্যাখো।"

বিস্ময়ের পর বিস্ময়! যে রঙিন জিনিসগুলো মনে হচ্ছিল পাথরের তৈরি, সেগুলোর গায়ে হাত ছোঁয়াতেই এক-একটা খানিকটা গুটিয়ে যাচ্ছে। অর্থাৎ ওরা জীবন্ত! কিন্তু ভয়ের কিছু নেই। ওরা কামড়ায় না। এমনকী যে মাছগুলো গা ঘেঁষে চলে যাচ্ছে, তারাও মানুষকে গ্রাহ্যও করে না।

এক সময় নরেন্দ্র ভার্মা বললেন, "এবার উঠতে হবে।" তখন জোজোই বলল, "না, না, এখন উঠতে ইচ্ছে করছে না! আর একটু থাকব।"

আকাশে মেঘ ঘনিয়ে এসেছে। সমুদ্রের সব কিছুই আকাশের ওপর নির্ভর করে। আকাশ মেঘলা হলে সমুদ্রের জলও ঘোলাটে হয়ে যায়। আকাশে ঝড় উঠলে সমুদ্রও উত্তাল হয়।

মেঘের জন্য বিকেল ফুরিয়ে গেল। এখন আর কিছু দেখা যাবে না। সন্তু আর কাকাবাবু ফিরে এলেন। ফ্রেড এতক্ষণ একলা বসে অনবরত চুরুট টেনে যাচ্ছিল, এবার সে বলল, "উই শুড গো ব্যাক নাউ।"

সে কয়েকখানা শুকনো তোয়ালে দিল সবার গা মোছার জন্য।

জোজো বলল, "কাকাবাবু, তুমি ভাগ্যিস আমাকে বললে! আমার জলের ভয় কেটে গেছে। ওঃ, কী দৃশ্য দেখলুম, জন্ম-জন্মান্তরেও ভুলব না!"

সন্তু বলল, "একেবারে নীচে গেলে, বুঝলি জোজো, মনে হবে যেন পৃথিবীর বাইরে অন্য কোথাও এসেছি। এরকম রঙের গোলা আগে কখনও দেখিনি। আমি কোরাল রিফ ধরে প্রায় এক কিলোমিটার দূরে চলে গিয়েছিলুম।"

জোজো বলল, "আমি কলকাতা ফিরেই সাঁতারের ক্লাসে ভরতি হব। ব্রাজিল যাওয়ার তো অনেক দেরি আছে।"

নরেন্দ্র ভার্মা বোটচালককে বললেন, "ফ্রেড, তুমি ফ্লাস্কে কফি আনোনি? একটু একটু শীত করছে, এখন একটু কফি পেলে মন্দ হত না।"

ফ্রেড বলল, "স্যার, আমার কাছে স্পিরিট ল্যাম্প, কফিটফি সবই আছে। তবে আমার মনে হয়, এখন আমাদের ফিরে যাওয়াই উচিত।"

নরেন্দ্র ভার্মা বললেন, "একটু কফি খেয়ে নিই। এক্ষুনি ফিরতে ইচ্ছে করছে না।"

কাকাবাবু ভিজে পোশাক বদলে ফেলেছেন, কিন্তু এতক্ষণ একটা কথাও বলেননি। তাঁর ভুরু দুটো কোঁচকানো, কী যেন চিন্তা করছেন।

নরেন্দ্র ভার্মা বললেন, "রাজা, তোমার কী ব্যাপার, গম্ভীর হয়ে আছ? তোমার ভাল লাগেনি? তুমি বোধ হয় স্কুবা ডাইভিং আগেও করেছ?"

কাকাবাবু বললেন, "ভাল লাগবে না কেন? ফ্যানটাস্টিক! আগে এরকম দেখেছি আন্দামানে, তবে এখানে কোরাল রিফ যেন আরও বড়। খালি একটা ব্যাপারে খটকা লাগছে, নরেন্দ্র কীসের সঙ্গে যেন আমার একবার ধাক্কা লাগল। খুব জোরে। জলের মধ্যে কোনও আঘাতই জোর হয় না। কিন্তু আমার মাথাটা ঝিমঝিম করে উঠেছিল।

নরেন্দ্র ভার্মা বললেন, "রাজা, সমুদ্রের তলায় সাঁতার কাটতে গেলে খুব সাবধানে থাকতে হয়। কত রকমের ডুবো পাথর থাকে, বোঝাই যায় না। তা ছাড়া হাঙর এসে পড়তে পারে। অবশ্য সাধারণত হাঙররা ..."

কাকাবাবু একটু রেগে গিয়ে বললেন, "তুমি আমাকে উপদেশ দিচ্ছ নরেন্দ্র। তোমার থেকে বোধহয় অনেক বেশিবার আমি সমুদ্রের তলায় স্কুবা ডাইভিং করেছি একসময়। আমি সাবধানই ছিলাম। দ্বীপটিপের এত কাছে হাঙর আসে না। পাথরও ছিল না! কিছুই দেখতে পাইনি।"

তারপরই নিজেকে সামলে নিয়ে কাকাবাবু বললেন, "আই অ্যাম সরি নরেন্দ্র। হয়তো আমারই ভুল। তুমি এই জায়গাটায় আমাদের নিয়ে এলে, সেজন্য তোমাকে ধন্যবাদ।"

নরেন্দ্র ভার্মা মিটিমিটি হাসছেন। তিনি কাকাবাবুর এমনই বন্ধু যে বকুনি খেলেও রাগ করেন না। অবশ্য তিনিও অন্য সময় বকুনি দিতে ছাড়েন না।

কাকাবাবু বললেন, "বেশ লাগছে। আমাকে আর একটু কফি দাও তো, আছে?"

ফ্রেড কাকাবাবুর কাপে আর একটু কফি ঢেলে দিল।

আকাশে মেঘ ঘোরাফেরা শুরু করেছে। বাতাসও ফিনফিনে।

কাকাবাবু বললেন, "দ্বীপের মধ্যে ওই যে বাড়িটা, ওখানে একবার যাওয়া যায় না? নরেন্দ্র, তুমি কখনও ওই বাড়িটার মধ্যে গিয়ে দেখেছ?"

নরেন্দ্র ভার্মা বললেন, "এখান থেকে দ্বীপে ওঠার ব্যবস্থা নেই। খানিকটা ঘুরে যেতে হবে।"

তিনি বোটচালককে জিজ্ঞেস করলেন, "ফ্রেড, চলো, আমরা আয়ল্যান্ডটা

একবার ঘুরে যাই।"

ফ্রেড বলল, "দ্যাট ইজ ইমপসিব্‌ল স্যার!"

নরেন্দ্র ভার্মা বললেন, "কেন ইমপসিব্‌ল? ওদিকে জেটি আছে।"

ফ্রেড বলল, "একটু পরেই সন্ধে হয়ে যাবে। তারপর ওখানে যাওয়ার কোনও প্রশ্নই ওঠে না, তা আপনি স্যার ভালই জানেন। আমাকে এখন ফিরতে হবেই।"

নরেন্দ্র ভার্মা বললেন, "ফ্রেড, তোমাকে যদি ফিরতেই হয়, তুমি আমাদের ওখানে নামিয়ে দাও। আমরা আজকের রাতটা অ্যাডভেঞ্চার করি। তুমি কাল সকালে এসে আমাদের ফেরত নিয়ে যেয়ো।"

ফ্রেড কয়েক মুহূর্ত রাগ-রাগ চোখে তাকিয়ে রইল নরেন্দ্র ভার্মার দিকে।

তারপর তিক্ত গলায় বলল, "স্যার আপনি যা বলছেন, তা আমার পক্ষে মানা সম্ভব নয়।"

নরেন্দ্র ভার্মা বললেন, "ফ্রেড, এই বোটটা আমি ভাড়া নিয়েছি। আমি যা অর্ডার করেছি, তা মানতে তুমি বাধ্য।"

ফ্রেড দু'কাঁধ ঝাঁকাল।

তারপর সে চালু করে দিল ইঞ্জিন। একটু পরেই বোঝা গেল, সে নরেন্দ্র ভার্মার হুকুম একেবারে অগ্রাহ্য করেছে।

বোটটা ক্রমশ চলে যাচ্ছে দ্বীপ থেকে অনেক দূরে।

॥ ৪ ॥

রাত্তিরে খাওয়া-দাওয়ার পর সবাই বসেছে অতিথি ভবনের ছাদে।

সন্ধেবেলা আকাশে অত মেঘ ঘনিয়ে এলেও তেমন ঝড়-বৃষ্টি হয়নি। তবে এখনও এদিকে ফিনফিনে বাতাস বইছে।

এখান থেকে সমুদ্র দেখা যায়, ঢেউয়ের শব্দও শোনা যায়। সমুদ্র এখন কালো। আকাশে চাঁদের সঙ্গে মেঘের লুকোচুরি খেলা চলছে।

কাকাবাবু এখনও গম্ভীর হয়ে আছেন। কেমন যেন অন্যমনস্ক।

এর মধ্যে জোজো একটা লম্বা, রোমহর্ষক গল্প শোনাল, তাতেও কাকাবাবু কোনও মন্তব্য করলেন না।

নরেন্দ্র ভার্মা কৌতূহলী চোখে লক্ষ করছেন কাকাবাবুকে। এক সময় তিনি বললেন, "রাজা, তুমি কী চিন্তা করছ জানি না। তোমাকে একটা খুব সরল, সাধারণ প্রশ্ন করতে পারি?"

কাকাবাবু বললেন, "তোমার আবার প্রশ্ন করার জন্য অনুমতি লাগে নাকি? বলে ফেলো!"

নরেন্দ্র ভার্মা বললেন, "তুমি ভূত বিশ্বাস করো?"

কাকাবাবু হঠাৎ রেগে গিয়ে ধমক দিয়ে বললেন, "নরেন্দ্র, তুমি আমার সঙ্গে

এতদিন ধরে মিশছ, তবু তুমি আমাকে চেনো না? এটা কি একটা প্রশ্ন হল? ছেলেমানুষি করছ আমার সঙ্গে?"

নরেন্দ্র ভার্মা বললেন, "এইজন্যই ভয় পাচ্ছিলাম। এ সম্পর্কে তোমার মত আমি জানি। কিন্তু বয়েসের সঙ্গে সঙ্গে মানুষের কিছু-কিছু মত তো বদলায়।"

"তা বলে বিজ্ঞানের প্রতিষ্ঠিত সত্য বদলে যাবে নাকি?"

"তাও কিছু কিছু বদলায়। একটা সহজ উদাহরণ দিচ্ছি। আগে ডাক্তাররা বলতেন, ছোট ছোট মাছ খাবে। বড় বড় চর্বিওয়ালা মাছ শরীরের পক্ষে ক্ষতিকর। এখন সেই মতটা উলটে গেছে। সব ডাক্তার বলছেন, মাছের চর্বিই আসলে খুব উপকারী। তেলালো মাছ, চর্বিওয়ালা মাছই খেতে হবে। তাতে নাকি মনও ভাল হয়ে যায়।"

জোজো বলল, "সেইজন্যই তো ইলিশ মাছ খেতে এত ভাল লাগে। পুঁটিমাছ ভাল লাগে না।"

কাকাবাবু তবু রাগ রাগ ভাব করে বললেন, "কী আজেবাজে কথা বলছ নরেন্দ্র? একবার বলছ ভূত, একবার বলছ মাছ ..."

নরেন্দ্র ভার্মা বললেন, "আহা, রাগ করছ কেন? আমি তোমার সঙ্গে মজা করছি না। বিশেষ কারণ আছে। ফ্রেড নামের বোটচালকটি আমার আদেশ অগ্রাহ্য করেও কেন দ্বীপটি ছেড়ে চলে এল জানো?"

কাকাবাবু বললেন, "সন্ধে হয়ে আসছিল। রাত্তিরে ও বোট চালাতে রাজি নয়। তা ছাড়া ঝড়-বৃষ্টি ..."

"আমি তো বলেছিলাম, আমাদের নামিয়ে দিয়ে ও চলে আসতে পারে।"

"তাতে আমাদের বিপদের আশঙ্কা ছিল। ও ঝুঁকি নিতে চায়নি।"

"সেটাও আসল কারণ নয়। ওর ধারণা, দ্বীপের মধ্যে ওই বাড়িটা ভূতের বাড়ি।"

"ওঃ, কোনও ফাঁকা মাঠের মধ্যে পুরনো ভাঙাচোরা বাড়ি দেখলেই অনেকে বলে ভূতের বাড়ি। আসলে সেগুলো চোর-ডাকাতের আড্ডা। তারাই ভয় দেখায়।"

"পাঁচজন বৈজ্ঞানিকের একটা টিম ওই বাড়িতে রাত কাটিয়ে এসেছেন। তাঁরা ভূত দেখতে পাননি বটে, কিন্তু কিছু ছবি তুলে এনেছেন, যার কোনও ব্যাখ্যা পাওয়া যাচ্ছে না। সেই ছবিগুলো আমার কাছে আছে। দেখবে? চলো, নীচে আমার ঘরে চলো—।"

"নরেন্দ্র, তুমি থাকো দিল্লিতে। তোমার বাড়ি আম্বালায়। তুমি এই দক্ষিণ ভারতের সমুদ্রে একটা নগণ্য দ্বীপের পোড়োবাড়ি নিয়ে এত মাথা ঘামাচ্ছ কেন বলো তো?"

"দিল্লি থেকে আমাকে ওই বাড়িটার ব্যাপারেই পাঠানো হয়েছে। ওখানে একটা কিছু ঘটছে। এর মধ্যে তোমাকেও জড়িয়ে নিতে চাই। তোমাদের যে কোরাল

রিফ দেখাতে নিয়ে গেলাম, তা কি এমনি এমনি? যদি বলতাম, চলো একটা ভূতের বাড়ি দেখে আসি, তা হলে তুমি মোটেই যেতে রাজি হতে না।"

"ও জায়গাটায় আমার আবার যাবার ইচ্ছে আছে।"

সন্তু আর জোজো বলে উঠল, "আমরাও আবার যাব।"

কাকাবাবু বললেন, "ভূতের বাড়ির যদি ব্যাপার হয়, তা হলে জোজোকে বলো। ও ভূতের এক্সপার্ট। এমনকী, ভূত ধরে বোতলে বন্দি করেও রাখতে পারে।"

ছাদ থেকে নেমে এসে বসা হল নরেন্দ্র ভার্মার ঘরে। তিনি একটা অ্যাটাচি কেস খুলে একটা খালি খাম বার করলেন। তার মধ্যে চারখানা ছবি। বেশ বড় বড় প্রিন্ট, খাতার পাতার মতন।

নরেন্দ্র ভার্মা বললেন, "যে বিজ্ঞানীদের টিমটা ওখানে গিয়েছিল, তাঁরা সন্দেহজনক কিছু দেখতে পাননি, কোনও আওয়াজ শোনেননি, চোর-ডাকাতদেরও আড্ডা হওয়ার কোনও চিহ্ন নেই। শুধু এই ব্যাপারটা দেখেছেন।"

প্রথম ছবিটা রাত্তিরবেলা তোলা। পুরোটাই অন্ধকার, শুধু মাঝখানে তিনটে সাদা ছোপ।

দ্বিতীয় ছবিটাও প্রায় একই, তবে সাদা ছোপ তিনটের জায়গায় চারটে।

কাকাবাবু জিজ্ঞেস করলেন, "এগুলো কী? মশাল?"

নরেন্দ্র ভার্মা বললেন, "তা হতেও পারে। বৈজ্ঞানিকরা তাঁদের রিপোর্টে বলেছেন, রাত্তিরবেলা অনেক দূরে তাঁরা জানলা দিয়ে এগুলো দেখেছেন। মশালের মতনই মনে হয়। তবে দাউ দাউ করে জ্বলেনি।"

কাকাবাবু বললেন, "কোথায় দেখেছে, জলের ওপর?"

নরেন্দ্র ভার্মা বললেন, "তা ঠিক বলা যায় না। ওই বাড়িটার পেছন দিকে অনেকখানি জায়গা পড়ে আছে, সেখানে কোনও গাছপালা নেই, জোয়ারের সময় জল উঠে আসে, অন্য সময় কাদা কাদা হয়ে থাকে। সে সময় জোয়ার ছিল কি না, তা বোঝা যায়নি!"

"ওঁরা কাছে গিয়ে দেখলেন না কেন? এ ছবি তো মনে হচ্ছে টেলিফোটো লেন্সে অনেক দূর থেকে তোলা।"

"রাত্তিরবেলা ওঁরা বাইরে বেরুবেন না, এটা আগে থেকেই ঠিক করা ছিল। বিপদটিপদের কথাও তো চিন্তা করতে হবে। ওঁদের সঙ্গে অবশ্য আর্মড গার্ড ছিল।"

"তা ঠিক, বিপদের কথা চিন্তা করতেই হবে। অত নির্জন জায়গা।"

"ওই আলোগুলো দেখা গেছে মাত্র কয়েক মিনিট। তারপর আবার সব অন্ধকার।"

জোজো জিজ্ঞেস করল, "কারা ওই মশাল নিয়ে যাচ্ছিল?"

নরেন্দ্র ভার্মা বললেন, "দ্যাট ইজ আ মিলিয়ান ডলার কোয়েশ্চেন। ছবিগুলো

ভাল করে দ্যাখো, কোনও মানুষ দেখা যাচ্ছে না। যতই অন্ধকার হোক, মশালের আলোতে মানুষের অস্পষ্ট চেহারা তো অন্তত ফুটে উঠবে? ওঁদের ক্যামেরায় খুব শক্তিশালী লেন্স, এরকম ছবি তুলেছেন প্রায় পঞ্চাশ-ষাটটা। সবই প্রায় একই রকম বলে আমি মাত্র চারটে এনেছি।"

সন্তু বলল, "যদি কেউ সম্পূর্ণ কালো পোশাক পরে থাকে, আর মুখেও কালো রং মাখে, তা হলে রাত্তিরবেলা তার ছবি উঠবে না।"

জোজো বলল, "সকালবেলা সেই জায়গাটায় গিয়ে কারও পায়ের চিহ্নটিহ্ন দেখা যায়নি?"

নরেন্দ্র ভার্মা বললেন, "রোজই সকালবেলা সেখানে জোয়ারের জল আসে। তখন কিছুই বোঝার উপায় নেই।"

কাকাবাবু বললেন, "আর কোনও রহস্যময় ব্যাপার সেখানে ছিল না? শুধু গভীর রাতে কয়েকটা মশালের মতন আলো, কোনও লোক দেখা যাচ্ছে না। এর একটা সহজ ব্যাখ্যা দেওয়া যেতে পারে, তবে নিজের চোখে না দেখে কিছু বলা উচিত নয়।"

নরেন্দ্র ভার্মা বললেন, "চতুর্থ ছবিটা দ্যাখো। এটা দিনের বেলা তোলা। এখানেও দুটো মশাল দেখা যাচ্ছে, কিন্তু কোনও লোক নেই। ঠিক যেন শূন্যে ঝুলছে।"

কাকাবাবু ভুরু কুঁচকে আপন মনে বললেন, "দিনের বেলা মশাল?"

নরেন্দ্র ভার্মা বললেন, "প্রশ্ন তিনটে। কেন শুধু শুধু মশাল জ্বলে। কেন একটাও লোক দেখা যায় না। মশাল জ্বাললে মানুষ থাকবেই, তারা কোথায় লুকোয়? তাদের কেন ছবি ওঠে না?"

কাকাবাবু বললেন, "আমার তা হলে এখুনি কলকাতায় ফেরা হবে না। ওই দ্বীপে গিয়ে ঘাঁটি গাড়তে হবে।"

নরেন্দ্র ভার্মা একগাল হেসে বললেন, "আমিও তো সেটাই ভেবে এসেছি। অন্তত দুটো রাত যদি থাকা যায়।"

কাকাবাবু বললেন, "কিন্তু কী করে যাওয়া হবে। তোমার ওই অবাধ্য বোটচালককে দিয়ে কাজ চলবে না।"

নরেন্দ্র ভার্মা বললেন, "না, না, অন্য বোট জোগাড় করতে হবে। সঙ্গে খাবারদাবারের বন্দোবস্ত থাকবে।"

শেষ রাত থেকেই তুমুল বৃষ্টি নামল।

পরদিন অনেক বেলা পর্যন্ত চলল সেই বৃষ্টি একটানা। এর মধ্যে বেরোবার কোনও উপায় নেই। কোনও বোটচালকই এসব দুর্যোগের মধ্যে সমুদ্রে বোট চালাতে রাজি হবে না।

"সেই রাইফেলধারী পাহারাদারকে নেওয়া হবে কি হবে না?"

নরেন্দ্র ভার্মা বললেন, "আমরা চারজন, বোটচালককে ধরলে পাঁচ, এর পর

ওকে নিলে চাপাচাপি হয়ে যাবে।"

কাকাবাবু বললেন, "দ্বীপে একজন অতিরিক্ত লোক কাজে লাগতে পারে। ও বেচারা পাহারা দিতে এসেছে।"

নরেন্দ্র ভার্মা বললেন, "ওই দ্বীপে পাহারা দেওয়ার দরকার হবে না। বিজ্ঞানীরা বলেছেন, ওখানে কিছু অদ্ভুত ব্যাপার ঘটলেও বিপদের নামগন্ধ নেই। তা ছাড়া, তোমার আর আমার কাছে অস্ত্র থাকছে।"

কাকাবাবু বললেন, "আচ্ছা, ওর সঙ্গে কথা বলে দেখা যাক।"

পুলিশটির নাম লছমন রাও। সে আর রাইফেলটা হাতছাড়া করে না। সব সময় কাঁধে রাখে।

সে আসবার পর কাকাবাবু হিন্দিতে জিজ্ঞেস করলেন, "তোমার বাড়ি কোথায় ভাই?"

সে নরেন্দ্র ভার্মার মুখের দিকে তাকাল। সে তো হিন্দি বোঝে না।

কাকাবাবু বললেন, "এই তো মুশকিল, নরেন্দ্র, তুমিই ওর বাড়ির খোঁজখবর নাও। তারপর জিজ্ঞেস করো, ও রান্না করতে জানে কি না।"

শেষ প্রশ্নটা শুনে লোকটি জোরে জোরে দু'দিকে মাথা দোলাতে লাগল। আমরা মাথা নেড়ে যেভাবে না বলি, সেটাই ওদের হ্যাঁ।

কাকাবাবু বললেন, "নরেন্দ্র, জিজ্ঞেস করো, কী কী রাঁধতে পারে।"

লছমন রাও বলল, "ইডলি, ধোসা, সম্ভরম।"

কাকাবাবু বললেন, "বাঃ, সে তো খুবই ভাল। সাধারণ ভাত, রুটি বানাতে পারো না?"

লছমন রাও জানাল যে, সে ওসবও পারে। এমনকী ঢ্যাঁড়স সেদ্ধ, আলু ভাজাও পারে।

কাকাবাবু বললেন, "তা হলে ওকে নিয়ে যাওয়া হোক, পাহারা দেওয়ার দরকার নেই, দু'বেলা রান্নার কাজ তো অন্তত করে দিতে পারবে!"

সে চলে যাওয়ার পর নরেন্দ্র ভার্মা বললেন, "রাজা, ওকে যে নিয়ে যাচ্ছ, ওর চেহারাটা দেখেছ? ও নিজেই তো আমাদের চেয়ে অনেক বেশি খেয়ে নেবে।"

কাকাবাবু বললেন, "আহা, তাতে আর কী হবে! বেশি করে চাল-ডাল নিয়ে নেবে।"

বৃষ্টির বেগ একটু কমল বিকেলের দিকে। একটু পরেই সন্ধে হয়ে যাবে। আজ আর বেরোবার কোনও মানে হয় না। একটা দিন নষ্ট। নরেন্দ্র ভার্মা একটার পর একটা ফোন করে সময় কাটালেন।

পরদিন সকালবেলা তিনি বললেন, "সবাই তৈরি হয়ে নাও। আমি সব ব্যবস্থা করে ফেলেছি, ঠিক দশটার সময় বোট আসবে। চাল-ডাল, খাবার-দাবার সে-ই হিসেব করে নিয়ে আসবে। এখানে তো কোনও দোকান নেই।"

সন্তু আর জোজো দশটা বাজার অনেক আগেই রেডি।

সন্তু বলল, "আমার ভূতটুত নিয়ে কোনও আগ্রহ নেই। আমি গিয়েই জলে নামব।"

জোজো বলল, "ভূত যদি থাকে, তাতে কোনও প্রবলেম নেই। আমি একটা খালি কাচের বোতল নিয়ে যাচ্ছি। ওর মধ্যে ভূতটাকে ঠিক ঢুকিয়ে দেব। মন্ত্রটাও মনে পড়ে গেছে।"

সন্তু বলল, "একটা মোটে বোতল নিচ্ছিস? যদি অনেক ভূত থাকে?"

জোজো অবজ্ঞার সঙ্গে ঠোঁট উলটে বলল, "একগাদা ভূত নিয়ে কী করব? একটাকে ধরলেই অন্যগুলো পালাবে ভয় পেয়ে।"

সন্তু বলল, "ভূতরাও মানুষকে ভয় পায়?"

জোজো বলল, "তেমন তেমন মানুষের পাল্লায় পড়লে হাউ মাউ করে কাঁদে। মুসোলিনির ভূতটা তো আমার বাবার পা ধরে ক্ষমা চেয়েছিল।"

সন্তু বলল, "ভূতরা তো আসলে মানুষকে ভয় দেখাতে চায়। সেটাই তাদের একমাত্র কাজ। কিন্তু ওই নির্জন দ্বীপে, যেখানে জনমনুষ্য নেই, সহজে কেউ যেতেও চায় না, সেখানে ভূতেরা কী করে?"

জোজো বলল, "সেটা আমি ওদের এক ব্যাটাকে ধরে জেরা করে সব জেনে নেব।"

সন্তু বলল, "তুই ওসব করিস। আমি যতক্ষণ পারি সমুদ্রে ডুব দিয়ে কোরাল রিফ দেখব। আঃ, অপূর্ব, অপূর্ব! জলের তলায় কী করে এত রকম রং থাকে?"

জোজো বলল, "দিনের বেলায় আমিও দেখব। জলে নামার ভয় আমার কেটে গেছে।"

আজ বৃষ্টি পড়ছে না বটে, কিন্তু আকাশ মেঘলা।

বোটটা চলে এল ঠিক সময়। এটা কালকের চেয়ে একটু বড়। মাঝখানে একটা ছোট ঘর আছে, বৃষ্টি পড়লে ওটার মধ্যে আশ্রয় নেওয়া যাবে।

আজকের বোটচালকের নাম সিরাজুদ্দিন তারিক। মাঝবয়েসি মানুষ, চোখে চশমা, কুর্তা-পাজামা পরা।

নরেন্দ্র ভার্মা জিজ্ঞেস করলেন, "তারিকসাহেব, সব জিনিসপত্র এনেছেন তো?"

তারিক বললেন, "হ্যাঁ, স্যার। অর্কিড লজের ম্যানেজারকে আপনি ফোন করেছিলেন, তিনদিনের জন্য খাবার-দাবার যা লাগতে পারে, সব গুছিয়ে দিয়েছেন।"

কাকাবাবু বললেন, "আমরা দু'দিনের বেশি থাকব না। ওতেই হয়ে যাবে। তারিকসাহেব, আপনি রবার্ট আয়ল্যান্ডে গেছেন আগে?"

তারিক বললেন, "পাশ দিয়ে গেছি কয়েকবার। তবে দ্বীপে নামিনি কখনও।"

কাকাবাবু জিজ্ঞেস করলেন, "আপনি ওই দ্বীপটা সম্পর্কে শুনেছেন কিছু?"

তারিক বললেন, "লোকে তো নানারকম কথাই বলে। ভূত-প্রেত আছে নাকি!"

"আপনি ওই দ্বীপে কখনও নামেননি কেন?"

"শুধু শুধু নামতে যাব কেন? ওই দ্বীপে তো একটা সেকেলে ভাঙা বাড়ি ছাড়া আর কিছুই নেই। সাপটাপ থাকতে পারে।"

"আপনি ভূত-প্রেতের ভয় পান?"

"না, স্যার। আমি ওসব নিয়ে মাথা ঘামাই না। বিশ্বাসই যদি না থাকে, তা হলে আর ভয় পাব কেন?"

"ঠিক বলেছেন। আচ্ছা তারিকসাহেব, আপনি কি আমাদের পৌঁছে দিয়ে ফিরে আসবেন, আবার দু'দিন পর আসবেন? নাকি এই দু'দিন থাকবেন আমাদের সঙ্গে। থাকলে ভাল হয়। হয়তো আমরা এদিক-ওদিক যেতে পারি।"

"না, না, আমি থেকে যাব। সেরকমই বলা হয়েছে। আপনাদের সঙ্গে দুটো দিন কাটাব, এ তো আমার সৌভাগ্য। আমি আপনার কথা শুনেছি স্যার। অর্কিড লজের ম্যানেজার বললেন, রাজা রায়চৌধুরী ইজ আ ভেরি ফেমাস ম্যান! আমি স্যার ভাল রান্না করতে পারি, আপনাদের রেঁধে খাওয়াব, আলাদা মশলা এনেছি।"

নরেন্দ্র ভার্মা বললেন, "আঃ, তা হলে তো পিকনিক বেশ ভালই জমবে মনে হচ্ছে! চলো, সবাই উঠে পড়ো।"

বোটে উঠে সন্তু জোজোকে ফিসফিস করে বলল, আমাদের এই অভিযানটা নিয়ে যদি একটা গল্প লেখা যায়, তবে তার নাম হওয়া উচিত, 'ভূতের সঙ্গে পিকনিক'।"

জোজো বলল, "গল্প লেখার আগেই নাম দিতে নেই। দ্যাখ, আগে ওখানে কত কী ঘটে। হয়তো ভূতের বদলে দেখা গেল জলদানব।"

সন্তু বলল, "কিংবা এমনও হতে পারে, আজ গিয়ে দেখা গেল দ্বীপটা ওখানে নেই। জলের তলায় চলে গেছে!"

জোজো বলল, "কিংবা সেখানে একটা মস্ত বড় জাহাজ দাঁড়িয়ে আছে। কিন্তু তার সব লোক অজ্ঞান।"

এইরকম গল্পে গল্পে সময় কাটতে লাগল।

আজ বেশ ঢেউ আছে, বোটটা লাফিয়ে উঠছে মাঝে-মাঝে।

সিরাজুদ্দিন তারিক অল্পবয়েসি দু'জনের দিকে হাত তুলে বললেন, "ভয় নেই, এ বোট কখনও ডোবে না।"

নরেন্দ্র ভার্মা বললেন, "দূরে আর একটা বোট দেখা যাচ্ছে।"

সিরাজুদ্দিন তারিক বললেন, "অনেক সময় মাছ ধরার বোট দেখা যায়।"

সেই বোটটা ক্রমশ কাছে আসছে। দেখা গেল, দু'জন লোক দাঁড়িয়ে আছে, তাদের গায়ে খাকি পোশাক।

নরেন্দ্র ভার্মা ভুরু কুঁচকে বললেন, "পুলিশের বোট নাকি? সেরকমই মনে হচ্ছে।"

কাকাবাবু বললেন, "পদ্মনাভন আমাদের পাহারা দেওয়ার জন্য এদেরও

পাঠিয়ে দিয়েছে নাকি? সেটা বড্ড বাড়াবাড়ি হয়ে যাবে। অধিক সন্ন্যাসীতে গাজন নষ্ট?"

নরেন্দ্র ভার্মা বললেন, "সেরকম হলে আমি ওদের জোর করে ফিরিয়ে দেব!"

অন্য বোটটা একেবারে এই বোটের গায়ে গায়ে লাগল। একজন তারিকের দিকে তাকিয়ে গম্ভীর গলায় বলল, "আমরা পুলিশ। তোমার স্টার্ট বন্ধ করে দাও!"

নরেন্দ্র ভার্মা জিজ্ঞেস করলেন, "আপনাদের কে পাঠিয়েছে?"

পুলিশটি নরেন্দ্র ভার্মাকে বলল, "আপনার কোনও প্রশ্ন করার রাইট নেই। আমরা যা জিজ্ঞেস করব, তার উত্তর দেবেন। এই বোটে গাঁজা আছে?"

নরেন্দ্র ভার্মা হাসিমুখে বললেন, "এ আবার কী ব্যাপার? না, এখানকার কেউ গাঁজা খায় না।"

পুলিশটি বলল, "আমাদের কাছে খবর আছে, এই বোটে গাঁজা স্মাগ্‌ল করা হচ্ছে।"

নরেন্দ্র ভার্মা বললেন, "কী অদ্ভুত কথা! আমরা আমাদের পরিচয় দিচ্ছি, আমার নাম নরেন্দ্র ভার্মা, দিল্লির সি বি আই-এর জয়েন্ট ডিরেক্টর, আর উনি রাজা রায়চৌধুরী, সরকারি মহলে সবাই ওঁকে চেনে।"

জোজো সন্তুকে চুপিচুপি বলল, "গাঁজাখুরি ব্যাপার!"

পুলিশটি গোঁয়ারের মতন নরেন্দ্র ভার্মার কথা গ্রাহ্যই করল না। সে আবার বলল, "আমরা এ বোট সার্চ করে দেখব।"

দু'জনেই চলে এল এই বোটে।

লছমন রাও-ও যদিও পুলিশ, কিন্তু তার সাদা পোশাক। সে নিজের ভাষায় কিছু বলল, তার উত্তরে ওদের একজন বলল, "শাট আপ!"

নরেন্দ্র ভার্মা এবার রেগে গিয়ে বললেন, "আপনারা এ কীরকম ব্যবহার করছেন! আপনাদের আইডেনটিটি দেখান!"

"এই যে দেখাচ্ছি", বলেই ওদের একজন একটা রিভলবার বার করে সোজা গুলি চালাল নরেন্দ্র ভার্মার দিকে।

আর একজন একটা রিভলভার ঠেকাল কাকাবাবুর কপালে।

অন্য বোটের তলার দিকে আর একজন লুকিয়েছিল। সে এবার উঠে দাঁড়িয়ে বলল, "রাজা রায়চৌধুরী, আর একটা অস্ত্রও তোমার দিকে তাক করা আছে। চুপ করে দাঁড়িয়ে থাকো, একদম নড়বে না।"

এ সেই ডিমেলোর সহচর লম্বা লোকটি। সন্তুরা তাকে দেখামাত্র চিনে গেল।

যে-লোকটি নরেন্দ্র ভার্মাকে গুলি করেছে, সে রিভলভার উঁচিয়ে লছমান রাওয়ের রাইফেলটা কেড়ে নিয়ে ফেলে দিল সমুদ্রের জলে। তারপর সে তাকাল সন্তু আর জোজোর দিকে।

চেঁচিয়ে জিজ্ঞেস করল, "হুইচ ওয়ান?"

লম্বা লোকটিও সন্তু আর জোজোর দিকে দ্রুত চোখ বুলিয়ে জোজোকেই বেছে নিল। সে নির্দেশ দিল, "দ্যাট ওয়ান উইথ ইয়েলো শার্ট!"

কাকাবাবু নিজের রিভলভার বার করার সময়ই পাননি। তিনি ভাবছেন নরেন্দ্র ভার্মার কথা। তিনি গুলি লাগার পর কোনও সাড়াশব্দই করলেন না। মরেই গেলেন নাকি? তা কি সম্ভব? কাকাবাবুর সঙ্গে তিনি কতবার কত জায়গায় গেছেন, এর চেয়েও অনেক বেশি বিপদে পড়েছেন, প্রত্যেকবার বেঁচে গেছেন। আর এখন এমন সামান্য কারণে প্রাণ দেবেন?

নরেন্দ্র ভার্মার চিন্তায় তিনি আর অত কিছুই ভাবতে পারছেন না।

লম্বা লোকটি বলল, "রাজা রায়চৌধুরী, তোমাকে আমরা মারব না। এই ছেলেটিকে নিয়ে যাচ্ছি। যেমনভাবে পারো, ডিমেলোকে পুলিশের কাছ থেকে ছাড়াবার ব্যবস্থা করো, ঠিক তিনদিন সময়, তার মধ্যে আমাদের কথা মতন কাজ না হলে, এ ছেলেটির মৃতদেহ তোমার দরজার কাছে পৌঁছে দেব। তারপর তুমি যাবে!"

ওরা জোজোর কলার চেপে নিজেদের বোটে নিয়ে যাওয়ার চেষ্টা করতেই সন্তু বলল, "আমিও যাব, আমিও যাব।"

একজন রিভলভারের বাঁট দিয়ে মারল সন্তুর মাথায়। সে ঢলে পড়ে গেল জ্ঞান হারিয়ে।

॥ ৫ ॥

ওরা অন্য বোটে জোজোকে নিয়ে এসেই তার চোখ বেঁধে ফেলল। তারপর তাকে নীচে শুইয়ে ফেলে একজন তার দুটো পা চাপিয়ে রাখল জোজোর বুকের ওপর।

এদের এত সাংঘাতিক নিষ্ঠুরতা দেখে জোজো একেবারে হতবাক হয়ে গেছে। নরেন্দ্র আংক্‌লকে মেরেই ফেলল? কাকাবাবু অনেক সময় গুন্ডা-বদমাশদের সামনেও ঠাট্টা ইয়ার্কি করে, কিন্তু এ একেবারে জীবন-মরণের ব্যাপার।

জোজো ভাবল, এরা হয়তো তাকেও মেরে ফেলবে। কাকাবাবু যদ্দিন ডিমেলোকে ছেড়ে দেওয়ার ব্যবস্থা করতে না পারেন ... এরা তিনদিন সময় দিয়েছে। তা হলে আর তিনদিন অন্তত জোজোর আয়ু আছে। তিনদিন মানে বাহাত্তর ঘণ্টা, এর মধ্যে জোজো একটুও ঘুমোবে না। তার আয়ুর একটা মিনিটও সে নষ্ট করতে চায় না।

লোকগুলো নিজেদের মধ্যে যে-ভাষায় কথা বলছে, তা কিছুই বুঝতে পারছে না জোজো। কতক্ষণ ধরে বোটটা চলছে, তাও সে আন্দাজ করতে পারছে না। এইরকম সময়ে এক-একটা মুহূর্তকেও খুব লম্বা মনে হয়।

সে মনে মনে এক, দুই গুনতে লাগল। গুনতে গুনতে এক হাজার হয়ে গেল। তার মানে ষোলো মিনিট, চল্লিশ সেকেন্ড। এখনও বোট চলছে। সে আবার গুনতে

শুরু করল এক থেকে। এইভাবে সময় কাটবে। আর ওরা তাকে কতটা দূরে নিয়ে যাবে, তাও আন্দাজ করা যাবে।

তার বুকের ওপর পা রেখেছে, ক্রমশই তা বিষম ভারী লাগছে। এরা যদি তিনদিন বাদে খুন করেই ফেলতে চায়, তা হলে কীভাবে মারবে? গুলি করে, না গলা টিপে? গুলিই ভাল, তাতে বেশি ব্যথা লাগবে না, তারপরই সে মনে মনে আর্তনাদ করে উঠল, "না, না, না, আমি মরতে চাই না। কিছুতেই মরব না। আমাকে পালাতে হবে। সন্তু আর কাকাবাবু নিশ্চয়ই আমাকে বাঁচিয়ে দেবেন।"

সে আবার এক, দুই গুনতে শুরু করল।

প্রায় আড়াই হাজার গোনার পর বোটটা থেমে গেল। জোজো ভাবল, এবার তাদের নামতে হবে।

কিন্তু নামার কোনও লক্ষণ দেখা গেল না। লোকগুলো উত্তেজিতভাবে কী যেন বলাবলি করছে।

বোটটা থেমে থাকলে তো সময়ের দূরত্ব বোঝা যাবে না। আর গুনে লাভ নেই।

খানিক বাদে বোটটা আবার চলতে শুরু করল। বোধহয় ওরা দিক ভুল করেছিল।

আরও প্রায় আধঘণ্টা বাদে বোটটা থামল আবার। এবার ওদের একজন জোজোর জামার কলার ধরে দাঁড় করিয়ে দিয়েই মাথার ওপর দিয়ে একটা প্লাস্টিকের থলে গলিয়ে দিল।

জোজো কিছুই দেখতে পাবে না।

বোট থেকে যেখানে নামতে হল, সেখানে হাঁটুজল। জোজোর জুতো আর প্যান্ট ভিজে গেল খানিকটা।

খানিকটা জল ভেঙে পাড়ে উঠে আবার হাঁটতে হল কয়েক মিনিট। জোজো অন্ধের মতন হাঁটছে, একজন তার কাঁধ ধরে আছে।

এক জায়গায় তার মাথা ঠুকে গেল। সেটা কোনও গাছের সঙ্গে না কীসের সঙ্গে, তা বোঝা গেল না।

তারপর এক জায়গায় থেমে জোজোর মাথা থেকে প্ল্যাস্টিকের ব্যাগটা তুলে নেওয়া হল।

আগের দিন দেখা সেই লম্বা লোকটিই সম্ভবত এদের মধ্যে মোটামুটি ইংরিজি জানে।

সে জোজোকে বলল, "ওরে ছেলে, তুমি এই ঘরে থাকবে, তোমার হাত ও মুখ বাঁধা থাকবে। খাওয়ার সময় খুলে দেওয়া হবে। এ বাড়ির বাইরে দুটো ডোবারম্যান কুকুর ছাড়া থাকে। পালাবার চেষ্টা করলে টুকরো টুকরো হয়ে যাবে।"

সবাই বেরিয়ে গিয়ে দরজাটা বন্ধ করে দিল বাইরে থেকে।

প্রথমেই একটা ব্যাপারে জোজো নিশ্চিন্ত হল। এরা খাবার খেতে দেবে। সে খিদে সহ্য করতে পারে না। খুব ভাল করে ব্রেকফাস্ট খেয়ে বেরুনো হয়েছিল, এখনও অবশ্য তার খিদে পায়নি।

ঘরটাও খারাপ নয়।

সাধারণত অন্ধকার কুঠুরিতে বন্দিদের আটকে রাখা হয়। এ ঘরে বেশ আলো-হাওয়া আছে। পুরনো আমলের বাড়ি, ওপরের দিকে রয়েছে স্কাইলাইট। একটা জানলা খোলা। সেটা দিয়ে দেখা যাচ্ছে বড় বড় গাছ। নারকোল গাছই বেশি।

জোজো একটা দীর্ঘশ্বাস ফেলে ভাবল, এই ঘরেই তাকে থাকতে হবে কিছুদিন। সন্তুও আসতে চেয়েছিল, ইস, কেন যে ওরা সন্তুকে আসতে দিল না। দু'জনে থাকলে বেশ সময় কেটে যেত।

ঘরের মধ্যে একটা খাট আছে, আলমারি আছে। কিন্তু চেয়ার-টেবিল নেই। জোজো খোলা জানলাটার কাছে দাঁড়িয়ে রইল। আরও দুটো জানলা আছে। বন্ধ।

বাইরে কুকুরের গম্ভীর ডাক শোনা গেল একবার, কিন্তু কুকুরটাকে দেখা গেল না।

গাছগুলোর তলায় অনেক শুকনো পাতা খসে পড়ে আছে, অনেকদিন পরিষ্কার করা হয়নি। তাই দেখে জোজোর মনে হল, ওটা বাগান, না জঙ্গল? যদি বাগান হয়, তা হলে কেউ ব্যবহার করে না।

এবার সে ঘরটার চারদিকে চোখ বুলিয়ে দেখল, ওপরের দিকে কোণে কোণে ঝুল জমে আছে। বিছানায় যে চাদরটা পাতা, তার ওপরেও ধুলো। এ ঘরটাতেও কেউ অনেকদিন থাকেনি।

তা হলে কি এটা একটা খালি বাড়ি?

অন্য দুটো জানলার ছিটকিনি এত টাইট হয়ে আছে যে, জোজো অনেক চেষ্টা করেও খুলতে পারল না। তার হাত বাঁধা, বেশি জোর দিতেও পারছে না। সরু লোহার চেন দিয়ে হাত বেঁধেছে, কুকুরের গলার চেনের মতন।

দাঁত দিয়ে সেই বাঁধন খোলার চেষ্টা করেও বুঝল, লাভ নেই। একটা ছোট্ট তালা লাগানো আছে।

কখন খেতে দেবে?

বাইরের দিকে রোদের রং দেখলে মনে হয়, একটা-দেড়টা বাজে। এতক্ষণে তাদের রাবার দ্বীপে পৌঁছে যাওয়ার কথা ছিল। লছমন রাও আর তারিক আলি মিলে অনেক কিছু রান্না করত।

কাঠের আলমারিটায় তালা নেই, একটু টানাটানি করতেই সেটা খুলে গেল। ভেতরে প্রায় কিছুই নেই। তলার দুটো তাকে কয়েকটা কম্বল আর বালিশ, ওপরে দিকে কয়েকটা গেলাস আর প্লাস্টিকের থালা আর খালি সোডার বোতল।

একটাও বই নেই? কাউকে আটকে রাখতে অন্তত কয়েকখানা বই পড়তে

দেওয়া উচিত। জোজো শুনেছে, জেলের কয়েদিদেরও পড়ার জন্য বই দেওয়া হয়। কেউ কেউ তো জেলে থাকতে থাকতেই পরীক্ষায় পাশ করে।

একটা গাড়ির আওয়াজ পেতেই জোজো ছুটে গেল জানলার কাছে।

জঙ্গলের ভেতর দিয়ে একটা নীল রঙের মারুতি ভ্যান এই দিকেই আসছে। এ বাড়ির কাছাকাছি এসে থামল।

সে গাড়ি থেকে প্রথমে নামলেন একজন বৃদ্ধ লোক, তারপর ষোলো-সতেরো বছর বয়েসি একটি মেয়ে। বৃদ্ধটি সুটপরা, চোখে কালো চশমা। আর মেয়েটির মাথায় কোঁকড়া কোঁকড়া চুল, পরে আছে শালোয়ার-কামিজ।

ওদের দু'জনকে দেখলে গুন্ডা-ডাকাতদের দলের লোক বলে মনেই হয় না। জোজো জানলার গ্রিলে মুখটা চেপে ধরল। তার তো শব্দ করার উপায় নেই, জানলার বাইরে হাত বার করতেও পারবে না।

যদি ওরা তাকে দেখতে পায়।

মেয়েটি এদিকে তাকাল না, বৃদ্ধটির সঙ্গে কথা বলতে বলতে এগিয়ে গেল।

হাত বাঁধার চেয়েও মুখ বাঁধার জন্য জোজোর কষ্ট হচ্ছে বেশি। কতক্ষণ সে একটাও কথা বলতে পারেনি। কথা বলার সঙ্গী না পেলেও সে গুন গুন করে গান গাইতে তো পারত।

সারাটা দুপুর কেটে গেল, তবু খাবার এল না। এখন জোজোর পেটের মধ্যে যেন আগুন জ্বলছে। এ কী, লম্বা লোকটা যে বলে গেল, খাবার সময় হাত আর মুখ খুলে দেবে? ভুলে গেল নাকি!

খাটটা ছাড়া আর বসার কোনও জায়গা নেই। এক সময় জোজো বসল, খিদেতে অবসন্ন হয়ে তার শুয়ে পড়তে ইচ্ছে হল।

জোজো এক মিনিটও ঘুমোবে না ভেবেছিল, এরই মধ্যে ঘুম এসে গেল তার।

কুকুরের ডাকে তার ঘুম ভাঙল। ধড়মড় করে উঠে বসে জানলা দিয়ে দেখল, বাইরে অন্ধকার ঘনিয়ে এসেছে। সন্ধে হয়ে এল, অর্থাৎ সারাদিন সে খায়নি। খিদেটা বেড়ে গেল আরও।

কুকুরের ডাকটা কাছে এগিয়ে আসছে। এবার কেউ চাবি দিয়ে দরজা খুলল।

লোকটিকে চিনতে পারল জোজো। এ সেই ভিকো। লম্বা লোকটির সঙ্গে ছিল। তবে এ লোকটি কোনও কথা বলে না।

ভিকোর হাতে কোনও অস্ত্র নেই। একটা বড় বাটি আর জলের বোতল। কুকুরটাকে বসিয়ে রাখল ঠিক দরজার পাশে।

জোজো এমনিতেই কুকুরকে ভয় পায়। এই কুকুরটার হিংস্র মুখ দেখেই ভয়ে তার বুক ঢিপ ঢিপ করতে লাগল। কুকুরটা গ-র-র-গ-র-র শব্দ করল দু'বার।

ভিকো ঘরের মধ্যে বাটি আর জলের বোতল মেঝেতে নামিয়ে রেখে জোজোর একটা হাত আর মুখের বাঁধন খুলে দিল।

মুখটা খোলার সঙ্গে সঙ্গে জোজো বলল, "উঃ বাঁচলুম। থ্যাঙ্ক ইউ, থ্যাঙ্ক ইউ!

ভাই, তোমরা তো এ ঘরের দরজাই বন্ধ করে রাখছ, তা হলে শুধু শুধু হাত আর মুখ বাঁধার দরকার কী?"

ভিকো তার কথা বুঝল কি না কে জানে, একটুক্ষণ জোজোর দিকে তাকিয়ে থেকে আঙুল দিয়ে বাটিটা দেখাল।

তার মানে, জোজোকে ওর সামনেই এখুনি খেয়ে নিতে হবে। তারপর সে বাটিটা নিয়ে যাবে। আবার হাত, মুখ বাঁধবে বোধহয়।

জোজো বলল, "বাথরুম! একবার বাথরুম যাব।"

লোকটি সে কথাও গ্রাহ্য না করে আবার আঙুল দেখাল বাটিটার দিকে।

জোজো বলল, "হাত না ধুয়ে খাব কী করে? তা ছাড়া খুব হিসি পেয়েছে!"

এবারও ভিকো তার কথায় পাত্তা দিল না দেখে জোজো পেট ধরে উঃ উঃ শব্দ করল। হাত দিয়ে বাইরেটা দেখাল।

এবার ভিকো বুঝল। জোজোর এক হাতে তখনও চেন বাঁধা, সেটা ধরে টেনে জোজোকে ঘরের বাইরে নিয়ে এল। কুকুরটার পাশ দিয়েই বেরোতে হল জোজোকে, সেটা গর গ-র-র গ-র-র করে উঠল আবার। ভয়ে চোখ বুজে ফেলল জোজো।

পালাবার চেষ্টা করার কোনও প্রশ্নই ওঠে না। কুকুরটা এক মিনিটের মধ্যে তাকে কামড়ে দিয়ে শেষ করে দিতে পারে। আর ভিকোর যা চেহারা সে তুলে আছাড় দিতে পারে জোজোকে।

বাইরে একটা লম্বা বারান্দা। পাশে একটা উঠোন, সেখানে অনেকগুলো টবে আগে ফুলগাছ ছিল, এখন সব ক'টা গাছ মরে গেছে।

বারান্দার মাঝখান দিয়ে একটা সিঁড়ি উঠে গেছে দোতলায়, সেখানে একটা আলো জ্বলছে।

বারান্দায় শেষ প্রান্তে বাথরুম। তার মধ্যে জোজোকে ঢুকিয়ে দিয়ে ভিকো দাঁড়িয়ে রইল বাইরে।

বাথরুমটা বেশি বড় নয়, একটা মাত্র জানলা। এ জানলায় গ্রিল নেই, বহু পুরনো আমলের মোটা মোটা গরাদ। জোজো হাত দিয়ে দেখল, কোনও সাধারণ মানুষ সে গরাদ ভাঙতে পারবে না। এখান থেকেও পালাবার সাধ্য তার নেই।

একটু দেরি হতেই দরজায় ধাক্কা দিতে লাগল ভিকো।

বেরিয়ে আসার পর ঘরের দিকে যেতেই পায়ের শব্দ শোনা গেল সিঁড়িতে। সেই বৃদ্ধ আর কিশোরী মেয়েটি নেমে আসছে। ওরা এ বাড়িতেই থাকে নাকি?

এবার মেয়েটির সঙ্গে চোখাচোখি হল জোজোর।

মেয়েটির চোখে যেন অবাক অবাক ভাব। বৃদ্ধটিও থমকে দাঁড়িয়ে জোজোকে দেখতে লাগলেন।

ওরা কি জানে না যে জোজোর মতন একজনকে বন্দি করে রাখা হয়েছে এ বাড়িতে? গুন্ডাদের সঙ্গে এদের কী সম্পর্ক?

জোজো হঠাৎ চেঁচিয়ে নিজের নামটা জানাতে গেল। কিন্তু "মাই নেম ইজ" বলার পরেই সে কাঁধের ওপর একটা বিরাট রদ্দা খেয়ে চুপ করে গেল। দু'পা গিয়ে আবার সে চিৎকার করল, "আই অ্যাম আ প্রি—" আবার রদ্দা।

এবারের রদ্দায় চোখে সর্ষে ফুল দেখে জোজো মাথা ঘুরে পড়েই যাচ্ছিল, ভিকো তাকে টানতে টানতে নিয়ে এল ঘরের মধ্যে। ভেজিয়ে দিল দরজাটা।

এরপর সে জোজোকে জোর করে বসিয়ে দিল বাটিটার সামনে।

অর্থাৎ এখন খেতেই হবে।

বাটিটা অ্যালুমিনিয়াম ফয়েল দিয়ে মোড়া। সেটা খুলতে দেখা গেল, তার মধ্যে রয়েছে ছ'খানা হাতে গড়া রুটি আর খানিকটা ঢ্যাঁড়সের ঘ্যাঁট আর কয়েকখানা আলু ভাজার মতন কিছু। সেগুলো মোটাসোটা, আসলে আলু নয়, কাঁচকলা ভাজা।

ব্যস, এই খাবার? এরা এত কৃপণ কেন? গুন্ডামি-ডাকাতি করে তো অনেক টাকা রোজগার করে, বন্দিদের একটু ভাল খেতে দিতে পারে না?

সে ভিকোর দিকে একবার তাকাল। একে কিছু বলে লাভ নেই। কোনও উত্তর দেবে না। সত্যিই বোবা কি না কে জানে!

কাকাবাবু অনেকবার বলেছেন, হাতের সামনে খাবার পেলে অবহেলা করবে না। যা খাবারই হোক পেট ভরে খেয়ে নিতে হয়। কেন না, পরে আবার কিছু খাওয়া যাবে কি না কে জানে!

সাড়ে চারখানা রুটির বেশি খেতে পারল না জোজো। ঢ্যাঁড়সের তরকারির স্বাদটা টকটক, খেতে মন্দ নয়, কিন্তু কাঁচকলা ভাজা মোটেই মুখে রুচল না জোজোর।

বোতলের একটু জল খরচ করে সে হাত ধুয়ে নিল।

ভিকো আবার তার মুখ ও হাত বেঁধে দিল আগের মতন। কুকুরটা সব দেখছে!

আবার দরজা বন্ধ হওয়ার পর জোজো দৌড়ে গিয়ে দরজায় কান পেতে শোনার চেষ্টা করল, কেউ কিছু বলছে কি না।

সেই বৃদ্ধ আর কিশোরী মেয়েটি তাকে দেখেও কোনও সাড়াশব্দ করল না। তার হাত চেন দিয়ে বাঁধা, দৈত্যের মতন চেহারা ভিকোর, তার কাঁধে অত জোরে ঘুসি মারল, তবু বাধা দিল না একটুও। তার মানে, ওরাও এই দলেরই।

বৃদ্ধটির বেশ ব্যক্তিত্ব আছে, মনে হয় সমাজের উঁচু মহলের মানুষ। আর মেয়েটি কী সুন্দর, ফরসা মুখখানিতে সারল্য মাখা, এরাও গুন্ডা-বদমাশদের সঙ্গে যুক্ত থাকে? ছিঃ!

এরকম সন্ধেবেলা খাবার আনার মানেটাও জোজোর কাছে স্পষ্ট হয়ে গেল। রাত্তিরে আর কিছু দেবে না। সারাদিনে একবেলা খাবার। সত্যি, এরা এত কৃপণ! নিজেরা নিশ্চয়ই দু'বেলাই খায়।

আচ্ছা, এখানে তার বদলে যদি সন্তু থাকত, তা হলে সে কী করত?

সন্তু আগেও কয়েকবার বন্দি হয়েছে, নিজে নিজেই ঠিক বেরিয়ে এসেছে। কাকাবাবু বলেন, "সন্তুকে ধরে রাখার সাধ্য কারুর নেই।"

এখান থেকে কী ভাবে বেরোত সন্তু?

সন্তু অবশ্য কুকুর দেখলে ভয় পায় না। তা হলেও, এরা কুকুরদের ট্রেনিং দিয়ে রাখে, কারুর দিকে লেলিয়ে দিলে কুকুর তো তাকে কামড়াবেই।

খাওয়ার সময়ই একমাত্র দরজা খোলে। এই দরজা কিংবা জানলা ভাঙার ক্ষমতা সন্তুরও হত না। তা হলে?

সন্তু কিছু-না-কিছু চেষ্টা করতই।

সন্তু ক্যারাটে জানে। ভিকো নামের লোকটার গায়ে যতই জোর থাক, আচমকা ক্যারাটের প্যাঁচ মারলে ভিকোও ঘায়েল হয়ে যাবে। আর কুকুরটার দিকে যদি খাবারের বাটিটা এগিয়ে দেওয়া হয়? কুকুরটা তখন খাবার খেতেই ব্যস্ত থাকবে। ডোবারম্যান কুকুর কি নিরামিষ খায়? সেই না কথায় আছে, খিদে পেলে বাঘেও ঘাস খায়। সুতরাং কুকুরটার কতটা খিদে পেটে থাকে, তার ওপর অনেক কিছু নির্ভর করছে।

জোজো সন্তুর মতন ক্যারাটে জানে না বটে, কিন্তু জোজোর জলের বোতলটা দিয়ে ভিকোর মাথায় মারলে নিশ্চয়ই সে অজ্ঞান হয়ে যাবে।

তারপরেই তার খেয়াল হল, জলের বোতলটা কাচের নয়, প্লাস্টিকের। এটা দিয়ে মারলে এমন কিছু লাগবে না।

নাঃ, অপেক্ষা করা ছাড়া জোজোর আর কিছুই করার নেই।

চুপ করে বসে বসে আর কতক্ষণ অপেক্ষা করা যায়? জোজো কখন ঘুমিয়ে পড়ল তার খেয়াল নেই।

তার ঘুম ভাঙল মেঘের ডাক শুনে।

রাত্রে নিশ্চয়ই বৃষ্টি হয়েছে, জানলা দিয়ে জলের ছাঁট এসে পড়েছে মেঝেতে। তাতেও জোজোর ঘুম ভাঙেনি। এখন আবার বৃষ্টি নামবে মনে হয়।

খাট থেকে নেমে জোজো জানলার কাছে গিয়ে একবার দেখল। বাইরে গাড়িটা এখনও দাঁড়িয়ে আছে।

জোজোর মনে পড়ল, একটা দিন খরচ হয়ে গেল। আর মাত্র দু'দিন। তারপর কী হবে?

এরা সকালে কিছু খেতে দেবে না? জলও তো লাগবে, এক বোতল মাত্র জল, কাল রাত্রেই ফুরিয়ে গেছে। তা ছাড়া হিসিটিসি কোথায় করবে? এ কী অন্যায় কথা। কাউকে বন্দি করে রাখবে বলে কি সাধারণ সুযোগ-সুবিধেগুলোও দেবে না।

জোজো গিয়ে দরজার গায়ে জোরে জোরে ধাক্কা মারতে লাগল। প্রথমে কোনও সাড়াশব্দই পাওয়া গেল না। যেন কাছাকাছি আর কেউ নেই। কিন্তু ডাকতে তো হবেই। ধাক্কা দিতে দিতে জোজোর কাঁধ ব্যথা হয়ে গেল।

মিনিটদশেক বাদে খুলে গেল দরজাটা। সেখানে দাঁড়িয়ে আছে সেই সুন্দরী কিশোরীটি। কোঁকড়া কোঁকড়া চুল ঘেরা তার ফরসা মুখখানিতে তখনও যেন ঘুম মাখা।

সে জোজোর দিকে তাকিয়ে তেলুগু ভাষায় কী যেন বলে গেল, জোজো তার এক বর্ণ বুঝল না।

বুঝলেও তো সে উত্তর দিতে পারত না।

মেয়েটি এবার ইংরেজিতে জিজ্ঞেস করল, "হু আর ইউ!"

রাগে জোজোর গা জ্বলে গেল। তার যে মুখ বাঁধা, তা দেখতে পাচ্ছে না মেয়েটা? ন্যাকা না হাবাগোবা? মনে মনে সে বলল, "আমি যে জন্তু নয়, একজন মানুষ, তাও বুঝতে পারছ না?"

এরপর মেয়েটি পরিষ্কার বাংলায় বলল, "তোমাকে দেখে বাঙালি মনে হচ্ছে!"

মেয়েটির মুখে বাংলা কথা শুনে দারুণ চমকে উঠল জোজো। এই শত্রুপুরীতে বাংলা বলা?

তারপরই জোজোর বুকের মধ্যে যেন লাফিয়ে উঠল হৃৎপিণ্ডটা। আরে, এ তো রাধা! আগেরবার দেখা হয়েছিল। ও বাঙালি নয়, কিন্তু বাংলা জানে। এই দু'-তিন বছরের মধ্যে ও অনেকটা বড় হয়ে গেছে, তাই ঠিক চিনতে পারেনি।

রাধাও তাকে চিনতে পারছে না কেন? একদিন অনেকক্ষণ কথা হয়েছিল। অবশ্য রাত্তিরবেলা। এর মধ্যে জোজোর চেহারার কি কিছু পরিবর্তন হয়েছে? শুধু নাকের নীচে গোঁফের আভাস দেখা দিয়েছে, সেও কাকাবাবুর মতন গোঁফ রাখবে ঠিক করেছে।

মেয়েটির সঙ্গে কথা বলার উপায় নেই। সে মনে মনে চিৎকার করে বলতে লাগল, "রাধা, রাধা, তুমি আমায় চিনতে পারছ না? আমি জোজো, সেই যে কাকাবাবুর সঙ্গে, সমুদ্রের ধারে—"

বড় হয়ে এ মেয়েটি ডাকাতদের দলে যোগ দিয়েছে? নইলে ও জোজোর মুখের বাঁধন খুলে দিচ্ছে না কেন?

রাধাও শেষ পর্যন্ত ডাকাত? ছি ছি ছি ছি।

এই সময় আবার কুকুরের ডাক শোনা গেল। কুকুরের চেন ধরে নিয়ে আসছে ভিকো। তার আগেই আর একজন মহিলা চলে এলেন। এর বয়েস অনেক বেশি, অন্তত পঞ্চাশ তো হবেই, সকালবেলাতেই খুব সাজগোজ করা, ঠোঁটে লিপস্টিক।

সেই মহিলা এসে নিজেদের ভাষায় কী যেন বকুনি দিল রাধাকে। রাধাও উত্তর দিল তেড়েফুঁড়ে। শুরু হয়ে গেল দু'জনের ঝগড়া।

কুকুরটা স্থির দৃষ্টিতে চেয়ে আছে জোজোর দিকে। জোজো এক পাও এগোতে সাহস করল না।

হঠাৎ ঝগড়া থামিয়ে মহিলাটি ভিকোকে কী যেন আদেশ করলেন।

ভিকো অমনি জোজোর কাঁধ ধরে টানতে টানতে নিয়ে চলল। এক জায়গায়

নামতে হল সিঁড়ি দিয়ে। মাটির তলাতেও ঘর আছে মনে হয়। একটা সুড়ঙ্গের মধ্য দিয়ে অনেকখানি টেনে নিয়ে গিয়ে ভিকো ওকে ঠেলে দিল একটা ছোট্ট ঘরের মধ্যে।

এ জায়গাটা একেবারে ঘুটঘুটে অন্ধকার। ঠিক আসল বন্দিশালার মতন।

॥ ৬ ॥

এরকম আগে কখনও হয়নি যে, কাকাবাবুর সামনেই কেউ গুলি চালাল, অথচ কোনও বাধা দিতে পারলেন না। জোজোকে ধরে নিয়ে গেল, অথচ সন্তু আটকাবার কোনও চেষ্টাই করতে পারল না, এরকমও আগে হয়নি।

নরেন্দ্র ভার্মার গায়ে গুলি লাগার পর তিনি মারা গেছেন কি না, এই চিন্তাই তখন কাকাবাবুর কাছে প্রধান। তিনি দেখলেন, নরেন্দ্র ভার্মা কাত হয়ে পড়ে আছেন, তাঁর সারা বুক রক্তে ভেসে যাচ্ছে। সন্তুও অজ্ঞান।

অন্য বোটটা জোজোকে নিয়ে চলে যাচ্ছে, কাকাবাবু সেদিকে দেখলেনই না। তিনি সঙ্গে সঙ্গে গিয়ে নরেন্দ্র ভার্মার পাশে বসে পড়ে সিরাজুদ্দিনকে বললেন, "শিগগির চলুন। যত তাড়াতাড়ি সম্ভব, হাসপাতালে, কোনও ডাক্তারের কাছে..."

বিশাখাপত্তনমে একটা নার্সিং হোম একেবারে শ্রীরামকৃষ্ণ বিচের ওপরেই। সেখানে পৌঁছতে পঞ্চাশ মিনিট লেগে গেল। এর মধ্যে সন্তুর জ্ঞান ফিরে এসেছে, কিন্তু নরেন্দ্র ভার্মার শরীরে কোনও সাড় নেই, বেঁচে আছেন কি না বোঝা যাচ্ছে না।

কাকাবাবু বারবার ডাকছেন, "নরেন্দ্র, নরেন্দ্র!" আর হাউ হাউ করে কাঁদছেন ছেলেমানুষের মতন।

নার্সিংহোমের ডাক্তার বললেন, "অনেক রক্ত বেরিয়ে গেছে, আর বেশি দেরি হলে বাঁচানো যেত না। দু' বোতল রক্ত দিতে হবে।"

কাকাবাবু ডাক্তারের হাত জড়িয়ে ধরে বললেন, "আমি রক্ত দেব। সন্তু রক্ত দেবে, যে-কোনও উপায়ে হোক, আমার বন্ধুকে বাঁচান।"

ডাক্তার কাকাবাবুকে বললেন, "আপনি অত বিচলিত হবেন না। সবার রক্ত তো নেওয়া যায় না। ব্লাড গ্রুপ পরীক্ষা করে দেখছি। আপনি শান্ত হয়ে বসুন। আমরা ওঁকে অপারেশন টেবিলে নিয়ে যাচ্ছি।"

এর মধ্যে খবর পেয়ে চলে এলেন পুলিশ কমিশনার ও আরও অনেকে।

নরেন্দ্র ভার্মার ভাগ্যটা ভাল বলতে হবে। দুটো গুলিই লেগেছে তাঁর বাঁ কাঁধের ঠিক নীচে। আরও একটু নীচে লাগলে আর চিকিৎসার কোনও সুযোগই পাওয়া যেত না।

অপারেশন করে গুলি দুটো বার করা গেল, কিন্তু জ্ঞান ফিরে না-আসা পর্যন্ত বিপদ কাটে না। কাকাবাবু সর্বক্ষণ বসে রইলেন সে নার্সিং হোমে, তিনি কিছু

খেলেন না, কিছুতেই তাঁকে বিশ্রাম নিতে পাঠানো গেল না।

সন্তুর মাথাতেও অনেকখানি গর্ত হয়ে গেছে, সেলাই করতে হল চারটে, তাকে একটা বেডে শুইয়ে রাখা হল প্রায় জোর করে।

রাত দেড়টায় নরেন্দ্র ভার্মার জ্ঞান ফিরল, তিনি জল খেতে চাইলেন। এখনও তাঁর সঙ্গে অন্য কারও কথা বলা নিষেধ, কাকাবাবু শুধু ক্যাবিনের দরজার কাছে দাঁড়িয়ে দেখলেন বন্ধুকে। দু' জনের চোখাচোখি হল।

অত রাতে কাকাবাবু পুলিশ কমিশনার পদ্মনাভনকে ফোন করে জিজ্ঞেস করলেন, "আমি কি এখন আপনার বাড়িতে গিয়ে এক কাপ কফি খেতে পারি?"

পদ্মনাভন বললেন, "হ্যাঁ, অবশ্যই আসতে পারেন। আমার বাড়িতে সারা রাতই কফির ব্যবস্থা থাকে। তবে, ট্যাক্সি করে আসবেন না। নার্সিংহোমের বাইরে একটা পুলিশের গাড়ি দাঁড়িয়ে আছে, সেই গাড়ি আপনাকে পৌঁছে দেবে।"

সন্তু এর মধ্যে ঘুমিয়ে পড়েছে, তাকে আর ডাকলেন না কাকাবাবু।

পদ্মনাভনের বাড়ির সামনে ও ভেতরে জ্বলছে অনেক আলো, ঘোরাফেরা করছে কিছু লোক, এত রাত বলে মনেই হয় না।

কাকাবাবুকে দোতলায় নিয়ে বসিয়ে পদ্মনাভন বললেন, "আমি জানি, সারাদিন আপনার পেটে একটা দানাও পড়েনি। কফির সঙ্গে গরম গরম দুটো চিংড়ির কাটলেট খান।"

কাকাবাবু বললেন, "এত রাতে গরম গরম চিংড়ির কাটলেট? আপনার ঘুম নষ্ট করার জন্য আমার আসতে লজ্জা করছিল। কিন্তু আমার হাতে বেশি সময় নেই—"

পদ্মনাভন বললেন, "আপনার লজ্জা পাবার কোনও কারণ নেই। প্রায় প্রতি রাত্রে আমাদের বাড়িতে এই রকম চলে।"

"সে কী? আপনার স্ত্রী আপত্তি করেন না?"

"আমার স্ত্রী তো এখানে থাকেন না। তিনি হায়দরাবাদের একটা কলেজে পড়ান। তবে এখানে থাকলেও আপত্তি করতেন না। তিনি আমার স্বভাব জানেন। অফিসে তো সর্বক্ষণ বাইরের লোক আসে কিংবা মিনিস্টারদের ফোনের কথা শুনতে হয়। আমার অফিসারদের সঙ্গে সব জরুরি কাজের কথা হয় এই সময়ে।"

"আপনি ঘুমোন কখন?"

"পুলিশের লোকদের কম ঘুমোনো শিখতে হয়। আমি ঘুমোই ঠিক রাত সাড়ে তিনটে থেকে সকালে সাড়ে সাতটা। ওই সময়টাতে দেখবেন, পৃথিবীতে কেউ ডিস্টার্ব করে না।"

"মাত্র চার ঘণ্টা ঘুম? ব্যস?"

"নেপোলিয়নও শুনেছি চার ঘণ্টা ঘুমোতেন। তবে তিনি নাকি ঘোড়ার পিঠে যেতে যেতেও ঘুমিয়ে নিতেন। সেটা আমি পারি না।"

"আমি কেন এত রাতে এসেছি বুঝতে পারছেন? প্রত্যেকটি ঘণ্টা মূল্যবান।

ওরা মাত্র তিন দিন সময় দিয়েছে। তার মধ্যে ডিমেলোকে মুক্তি না দিলে ওরা জোজোর মুণ্ডু কেটে আমার দোরগোড়ায় রেখে যাবে বলেছে।"

পদ্মনাভন গম্ভীর হয়ে গিয়ে নিজের চিবুক চুলকোতে লাগলেন।

কাকাবাবু কফির কাপ হাতে নিয়ে ভুলে গেলেন চুমুক দিতে।

একটু পরে একটা দীর্ঘশ্বাস ফেলে পদ্মনাভন বললেন, "আমি সব শুনেছি। কিন্তু রায়চৌধুরী সাহেব, আমাদের হাত-পা যে বাঁধা। কেন্দ্রীয় সরকারের নির্দেশ আছে, অপহরণকারীদের কোনও দাবিই মানা হবে না। না হলে দিন দিন ওদের দাবি বেড়েই চলবে। অপহরণও দিন দিন বেড়েই চলেছে। যেমন করে হোক, ওদের ঠান্ডা করতেই হবে।"

কাকাবাবু বললেন, "অপহরণ করে তো খুনও হচ্ছে। ওদের দাবি না মানলে ওরা জোজোকে খুন করে ফেলতে পারে।"

পদ্মনাভন বললেন, "তা অসম্ভব নয়। এরা অতি নৃশংস। ডিমেলোকে ধরার জন্য হইচই পড়ে গেছে। অনেকগুলো কেস আছে তার নামে। আমরা খবর নিয়েছি, যে-লম্বা লোকটির কথা আপনি বলেছেন, তার নাম রকেট। ওই নামেই সবাই তাকে জানে। এই রকেট হচ্ছে ডিমেলোর ডান হাত। ওদের দলে একজন মহিলাও আছে, তার আর রকেটের ক্ষমতা প্রায় সমান সমান। পুলিশ ওদের খুঁজে পাচ্ছে না কিছুতেই।"

কাকাবাবু সামনের কাচের টেবিলে প্রচণ্ড জোরে একটা কিল মেরে চিৎকার করে বললেন, "আপনি ভেবেছেন কী? আমরা এখানে বসে অকারণ কথা বলে যাব, আর ওরা জোজোকে খুন করে ফেলবে? কিছুতেই না, কিছুতেই না। একটা ব্যবস্থা করতেই হবে।"

কাচের টেবিলটা ফেটে গেছে। কাকাবাবুর চিৎকার শুনে পাশের ঘর থেকে কয়েকজন ছুটে এল।

পদ্মনাভন বললেন, "রায়চৌধুরী সাহেব, আপনি শান্ত হন। আমরা সবরকম চেষ্টা করবই।"

অন্য একজনের দিকে তাকিয়ে তিনি বললেন, "বেংকট, তুমি তো কেসটা সব জানো। ডিমেলোকে ছেড়ে দেওয়ার কোনও উপায় আছে?"

বেংকট বলল, "একমাত্র মুখ্যমন্ত্রী ছাড়া আর কেউ সে অর্ডার দিতে পারেন না।"

কাকাবাবুর উত্তেজনা এখনও কমেনি। তিনি আবার চেঁচিয়ে বললেন, "আমি মুখ্যমন্ত্রীর সঙ্গে দেখা করতে যাব। এক্ষুনি!"

বেংকট বলল, "স্যার, মুখ্যমন্ত্রী জাপান গেছেন। চারদিন পরে ফিরবেন। ওই ডিমেলোর দলবলের ডেরা খুঁজে বার করা ছাড়া উপায় নেই।"

পদ্মনাভন বললেন, "মুশকিল হচ্ছে, ওরা ঘন ঘন ডেরা বদলায়। আর এখানে সমুদ্রে অনেক ছোট ছোট দ্বীপ আছে, তার কোনও একটায় যদি লুকিয়ে থাকে...

সবগুলো দ্বীপ খুঁজতে অনেক সময় লেগে যাবে—"

বেংকট বলল, "ওই ডিমেলোকে যদি আরও জেরা করা যায়, সে হয়তো জানবে।"

কাকাবাবু উঠে দাঁড়িয়ে বললেন, "চলুন, আমি ডিমেলোকে নিজে জেরা করব। চলুন, চলুন।"

পদ্মনাভন বললেন, "এত রাতে কি জেলখানায় যাওয়া সম্ভব? আপনি একটু ঘুমিয়ে নিন। হয়তো ঘুম আসবে না, তবু শুয়ে থাকুন, তাতেও বিশ্রাম হবে। ঠিক সকাল ন'টায় আমি আপনাকে নিয়ে যাব।"

জেলের মধ্যে গিয়ে কারও সঙ্গে দেখা করা সহজ নয়, অনেক নিয়মকানুন মানতে হয়। কারামন্ত্রী নিরঞ্জন ওসমানের সঙ্গে যোগাযোগ করে পদ্মনাভন সে ব্যবস্থা করে ফেললেন।

পদ্মনাভন ঠিকই বলেছিলেন, হোটেলের বিছানায় শুয়ে এক মিনিটও ঘুমোতে পারেননি কাকাবাবু। সন্তুকে ওরা ধরে নিয়ে গেলে তিনি এত চিন্তা করতেন না।

সকাল হতেই স্নানটান সেরে নিয়ে কাকাবাবু চলে এলেন নার্সিং হোমে। সন্তু দাঁড়িয়ে আছে বাইরে। তার মাথায় সেলাই হয়েছে বটে, কিন্তু তার জন্য সে শুয়ে থাকতে চায় না। এর মধ্যেই অস্থির হয়ে উঠেছে।

নরেন্দ্র ভার্মার কাঁধ আর বুক জোড়া মস্ত বড় ব্যান্ডেজ। তাঁর বিপদ কেটে গেছে বটে কিন্তু এখনও কথা বলা নিষেধ।

একজন নার্স তাঁকে চা খাইয়ে দিচ্ছে।

কাকাবাবু তাঁর পাশে এসে বললেন, "নরেন্দ্র, তোমাকে কথা বলতে হবে না। এখানকার পুলিশ আমাকে সবরকম সাহায্য করছে। একটু পরেই আমি ডিমেলোর সঙ্গে দেখা করতে যাচ্ছি জেলখানায়। আবার দুপুরে আসব তোমার কাছে।"

ডাক্তারের নির্দেশ অগ্রাহ্য করে নরেন্দ্র ভার্মা বললেন, "তা হলে এবারেও আমি বেঁচে গেলাম, কী বলো?"

কাকাবাবু বললেন, "হ্যাঁ, আর কোনও ভয় নেই। তবে, আমি প্রথমে খুব ভয় পেয়ে গিয়েছিলাম।"

নরেন্দ্র ভার্মা বললেন, "রাজা, তুমি নাকি কাঁদছিলে? অ্যাঁ? বলো কী, তুমি কাঁদতে পারো? আমি তো আর পারি না।"

নার্সটি বললেন, "আপনি কথা বলবেন না প্লিজ!"

নরেন্দ্র ভার্মা সে কথাও না শুনে সন্তুকে জিজ্ঞেস করলেন, "জোজো কোথায়?"

সন্তু আমতা আমতা করে বলল, "আছে, জোজো ভাল আছে।"

নরেন্দ্র ভার্মা বললেন, "ওরা পুলিশ সেজে এসেছিল বলে আমরা প্রথমে কিছু সন্দেহ করিনি। কিন্তু উচিত ছিল, প্রথম থেকেই আমাদের সতর্ক থাকা উচিত ছিল।"

কাকাবাবু বললেন, "ঠিক আছে নরেন্দ্র। আমরা এখন আসছি।"

নরেন্দ্র ভার্মা বললেন, "আমাদের আর সেই দ্বীপে ভূত দেখতে যাওয়া হল না। তবে যাব, ঠিকই যাব, একটু সেরে উঠি—।"

কাকাবাবু ঝুঁকে নরেন্দ্র ভার্মার কপালে একটু হাত রেখে বললেন, "নিশ্চয়ই যাব!"

পদ্মনাভন গাড়ি পাঠিয়ে দিয়েছেন, তাঁর সঙ্গে দেখা হল জেলের গেটের কাছে। কারামন্ত্রী নিরঞ্জন ওসমান নিজেও সেখানে উপস্থিত হয়েছেন।

তিনি কাকাবাবুর হাতে হাত মিলিয়ে বললেন, "আমি আপনার কথা জানি। সেই যে আগে একবার আরাকু ভ্যালিতে একটা সাংঘাতিক স্মাগলারদের গ্যাংকে ধরিয়ে দিয়েছিলেন।"

কাকাবাবু বললেন, "তাতে আমার বিশেষ কিছু কৃতিত্ব ছিল না। যা কিছু এই ছেলেটিই করেছে। হ্যান্ড গ্রেনেডগুলি সব ধ্বংস করে দিয়েছিল।"

তিনি সন্তুর কাঁধে হাত দিলেন।

সন্তু লজ্জায় মুখ নিচু করে ফেলল।

ওসমান বললেন, "আপনার ডিমেলোকে জেরা করে দেখুন, কিছু বার করতে পারেন কি না। এর মধ্যে মুখ্যমন্ত্রীর সঙ্গে আমার টেলিফোনে কথা হয়েছে। তিনি আপনাদের জানাতে বলেছেন যে ডিমেলোকে তো একেবারে মুক্তি দেওয়া যাবে না, তবে বাবা-মায়ের অসুখ বা মেয়ের বিয়ের নামে দু'-এক দিনের জন্য ছেড়ে দেওয়া যেতে পারে। অবশ্য জামিন রাখতে হবে।"

এই জেলটি অনেক পুরনো আমলের। আগাগোড়া পাথরের তৈরি। বাইরের থেকে দুর্গ বলে মনে হয়।

সুপারের ঘরটি সুন্দরভাবে সাজানো-গোছানো। একটা টেবিলকে ঘিরে অনেকগুলি চামড়ামোড়া চেয়ার। দেওয়ালে গাঁধীজি, নেতাজি, নেহরুজি, রাষ্ট্রপতি রাধাকৃষ্ণন এরকম অনেকের ছবি।

ডিমেলোকে আনা হল সেই ঘরে।

প্রায় ছ' ফুট লম্বা, মাথার চুল খুব ছোট করে ছাঁটা। মুখখানা চৌকো ধরনের, চোখ দুটো ছোট ছোট। কয়েদির পোশাক নয়, সাধারণ প্যান্ট-শার্ট পরা।

ঘরে ঢুকেই সে বলল, "আমি আপনাদের সঙ্গে কোনও কথাই বলব না। আমার একজন উকিল চাই।"

জেল সুপার অরবিন্দন বললেন, "উকিল পরে হবে। এখন আমরা যা বলতে চাই, শোনো।"

কাকাবাবু অরবিন্দনকে বললেন, "ওকে বসতে বলুন।"

অরবিন্দন বললেন, "কয়েদিদের বসবার নিয়ম নেই। দাঁড়িয়েই থাকুক।"

কাকাবাবু বললেন, "ইনি তো এখনও কয়েদি নন। বিচার হয়নি। আদালত

থেকে ওঁকে জেল কাস্টোডিতে রাখতে বলা হয়েছে। বিচারের শাস্তি না হলে অপরাধী বলা যায় না।"

ডিমেলো কাকাবাবুর দিকে মুখ ফিরিয়ে তাকাল। তারপর নিজেই বসে পড়ল একটা চেয়ার টেনে।

কাকাবাবু তাকে বললেন, "মিস্টার ডিমেলো, পুলিশ আপনাকে সন্দেহের বশে গ্রেফতার করেছে। বিচারে যদি আপনাকে দোষী প্রমাণিত না করা যায়, তা হলেই আপনি মুক্তি পাবেন। তার আগেই আপনি ছাড়া পেতে চাইছেন, আপনি অনেকদিন এ লাইনে আছেন, তা যে সম্ভব নয়, তা কি আপনি জানেন না?"

ডিমেলো বলল, "কে বলল সম্ভব নয়? জামিনে ছেড়ে দেওয়া যায়। টাকা নকল করার কাজে আমি মোটেই যুক্ত নই, তা পুলিশ ভালভাবেই জানে। ওই স্কাউন্ড্রেল ধুমলটা বদমাইশি করে আমাকে ধরিয়ে দিয়েছে।"

পদ্মনাভন বললেন, "তোমার নামে আরও তিনটে বড় বড় কেস আছে। তখন তোমাকে ধরা যায়নি।"

ডিমেলো বলল, "ওসব কথা বাদ দিন। টাকা জাল করার কেসে ধরেছেন, সে কাজ আমি করিনি, তা হলে কেন ধরে রাখবেন?"

পদ্মনাভন বললেন, "এ তো অদ্ভুত কথা। ছিঁচকে চুরির অভিযোগে একজনকে ধরা হল। তারপর ইনভেস্টিগেশানে দেখা গেল, ওই চুরিটা সে করেনি বটে, কিন্তু আগে দুটো খুন আর ডাকাতি করেছে। তবু তাকে ছেড়ে দেওয়া হবে?"

ডিমেলো বলল, "হ্যাঁ। এই কেসটা ফল্‌স, সে জন্য আমাকে ছেড়ে দিতে হবে। পুরনো কেসগুলোর জন্য যদি আপনাদের হিম্মত থাকে আমাকে আবার ধরার চেষ্টা করুন।"

কাকাবাবু বললেন, "এ যে দেখছি চোর-পুলিশ খেলা। এর মধ্যে আমাদের জড়াচ্ছেন কেন? একটা ছোট ছেলেকে ধরে রেখেছেন।"

ডিমেলো বলল, "হ্যাঁ, বদলা নেওয়ার ভয় তো দেখাতেই হবে। নইলে পুলিশ কি এমনি এমনি আমাকে ছাড়বে নাকি? তিন দিনের মধ্যে আমি মুক্তি না পেলে, শুধু ভয় দেখানো নয়, সত্যি ওই ছেলেটি খুন হয়ে যাবে। তারপর ধরা হবে আর একজনকে।"

কাকাবাবু জিজ্ঞেস করলেন, "খুন হয়ে যাবে?"

ডিমেলো দু' কাঁধ ঝাঁকিয়ে বলল, "একেবারে হান্ড্রেড পার্সেন্ট সত্যি!"

কাকাবাবু এতক্ষণ শান্তভাবে কথা বলছিলেন, এবার ঠান্ডা, কঠিন গলায় বললেন, "শোনো ডিমেলো, ওই জোজো নামের ছেলেটির জীবনের দাম আমার চেয়েও বেশি। আমার অনেক বয়েস হয়ে গেছে, ওই জোজোর যদি কোনও ক্ষতি হয়, তা হলে আমি নিজে তোমাকে গুলি করে মারব। তারপর আমার ফাঁসি হয় তো হবে!"

ডিমেলো বলল, "আমাকে ওসব ভয় দেখিয়ে কোনও লাভ নেই। আমাকে একবার জেল থেকে বেরুতেই হবে।"

পদ্মনাভনের পকেটে সেল ফোন বেজে উঠল।

তিনি উঠে গিয়ে একটু দূরে দাঁড়িয়ে সেটাতে কথা বলতে বলতে কাকাবাবুকে হাতছানি দিয়ে কাছে ডাকলেন।

কাকাবাবু যেতেই তিনি বললেন, "মিস্টার রায়চৌধুরী, আমার অফিস থেকে ফোন করছে। একজন মহিলা বার বার ফোনে আপনার ঠিকানা জানতে চাইছে। তিনি বললেন, তাঁর খুব জরুরি দরকার।"

কাকাবাবু ভুরু কুঁচকে বললেন, "একজন মহিলা? আমার তো এখানে সে রকম কেউ চেনা নেই।"

পদ্মনাভন বললেন, "তিনি তার নাম জানাতে চান না। তিনি আজই আপনার সঙ্গে কোনও কারণে দেখা করতে চান। আপনার হোটেলের নাম তো হুট করে সবাইকে এখন জানানো যায় না! কার কী মতলব থাকে কে জানে।"

কাকাবাবু বললেন, "শেষ পর্যন্ত কি একজন মহিলাকেও ভয় পেতে হবে নাকি?"

পদ্মনাভন বললেন, "আপনি জানেন না, আজকাল মেয়েরাও কত দুঃসাহসের কাজ করে। এই ডিমেলোর মতন লোকদের দলে সব সময় দু'তিনজন নারীও থাকে।"

কাকাবাবু বললেন, "মহিলাটি যদি আবার ফোন করে, তাকে জানিয়ে দেওয়া হোক, আপনার অফিসে এসে দেখা করতে। সেখানে আমি থাকব।"

পদ্মনাভন বললেন, "সে কথা জানানো হয়েছিল। মহিলাটি থানায় আসতে রাজি নয়। সে একা একা আপনার সঙ্গে দেখা করে কিছু বলবে।"

কাকাবাবু বললেন, "আমার কৌতূহল হচ্ছে। তা হলে আমার হোটেলের নামই জানিয়ে দিন। দুপুরবেলা বারোটা থেকে একটা পর্যন্ত আমি সেখানে থাকব। কী আর হবে।"

পদ্মনাভন বললেন, "ডিমেলোর পেট থেকে কোনও কথা বার করা যাবে বলে মনে হয় না। মুশকিল হচ্ছে, অনেক চেষ্টা করেও ওর আস্তানাগুলো আমরা কিছুতেই খুঁজে বার করতে পারিনি।"

কাকাবাবু বললেন, "ওকে যদি আজই ছেড়ে দেওয়া হয়। ও কোথায় যাবে?"

পদ্মনাভন বললেন, "আমার ধারণা, ও সোজা কোনও হোটেলে গিয়ে উঠবে। সেখান থেকে আমাদের চোখে ধুলো দিয়ে পালাবে। জোজোকে যেখানে লুকিয়ে রেখেছে, সে জায়গাটা নিশ্চয়ই আমাদের দেখিয়ে দেবে না। এই কিডন্যাপিং-এর কেসগুলোয় পুলিশ প্রায় অসহায়।"

চেয়ারে ফিরে এসে কাকাবাবু সোজা ডিমেলার চোখের দিকে তাকিয়ে রইলেন, ডিমেলোও চোখ সরিয়ে নিল না। খানিক বাদে কাকাবাবু বললেন, "জোজোকে যদি ছেড়ে দাও, তা হলে আমরা ভাইজাগ ছেড়ে চলে যাব কলকাতায়। তোমাদের কোনও ব্যাপারে মাথা গলাব না। আর যদি জোজোকে না

ছাড়তে চাও, তা হলে আমি তোমার নামে যত অভিযোগ আছে, তার সব প্রমাণ জোগাড় করে দেব। তোমাদের দলের সর্বনাশ করে দেব, কেউ বাইরে থাকবে না।"

ডিমেলো বলল, "ঠিক আছে, চ্যালেঞ্জ রইল। আমাকে বিনা শর্তে মুক্তি না দিলে ওই ছেলেটি বাঁচবে না, এই আমার শেষ কথা।"

জেলখানা থেকে বেরিয়ে এসে পদ্মনাভন বললেন, "দেখলেন তো, হার্ড নাট টু ক্র্যাক। ডিমেলোকে মারধর করলেও ওর পেট থেকে কোনও কথা বার করা যাবে না।"

কাকাবাবু বললেন, "পেট থেকে না বেরুলেও মাথা থেকে বার করার উপায় আছে। আজকের দিনটা অন্যভাবে চেষ্টা করা যাক। যদি জোজোর খোঁজ না পাই, তা হলে কাল এসে আমি ডিমেলোকে আমার দায়িত্বে জেলের বাইরে নিয়ে যাব।"

সন্তু বলল, "কাকাবাবু, আমাদের বোট যিনি চালাচ্ছিলেন, তার নাম সিরাজুদ্দিন তারিক। তিনি হয়তো অন্য বোটটার চালককে চিনতে পারেন। যদি তাকে খুঁজে বার করা যায়।"

পদ্মনাভন বললেন, "তারিককে কালই জেরা করা হয়েছে। অন্য বোটের চালককে সে চেনে না। তবে আবার দেখলে চিনতে পারবে।"

কাকাবাবু বললেন, "এদিকে যতগুলি মোটর বোট আছে, তাদের মালিক আর চালকদের তালিকা করুন। বিকেলের মধ্যে তাদের সকলের সঙ্গে যোগাযোগ করতে হবে। ফ্রেড নামে একজন চালকের সঙ্গে অবশ্যই কথা বলতে হবে। তার আগে এই মহিলাটি আমাকে কী জানাতে চায়, সেটা দেখা দরকার।

॥ ৭ ॥

পদ্মনাভন ফিরে গেলেন তাঁর অফিসে। সন্তু আর কাকাবাবু হোটেলে এসে ঘরে না গিয়ে নীচের লবিতেই বসে রইলেন।

ঘড়িতে ঠিক বারোটা বাজে। অনেক লোক যাচ্ছে, আসছে। বারোটায় অনেকে হোটেল ছেড়ে চলে যায়। এই হোটেলের এক তলায় একটা রেস্তরাঁ আছে, অনেক বাইরের লোকও খেতে আসে সেখানে।

হঠাৎ সন্তু এক সময় বলে উঠল, "রাধা!"

কাকাবাবু বললেন, "রাধা? কোন রাধা? কোথায়?"

সন্তু বলল, "বাঃ, তোমার মনে নেই, অন্ধ্রের মেয়ে, এক সময় কলকাতায় থাকত। বাংলা জানে, আগেরবার দেখা হয়েছিল।"

কাকাবাবু বললেন, "রাধা, মানে সেই রাধা, রাধা গোমেজ। পিটার গোমেজের মেয়ে? সে কোথায়?"

সন্তু বলল, "এইমাত্র এসে কাউন্টারে দাঁড়াল। দ্যাখো।"

কাউন্টারে দাঁড়িয়ে আছে শাড়িপরা একটি ছিপছিপে চেহারার মেয়ে। মাথায় ফুল গোঁজা, চোখে কালো রোদচশমা।

কাকাবাবু ভুরু কুঁচকে বললেন, "এই সেই রাধা? এত বড় হয়ে গেছে? দু'-তিন বছর আগে যাকে দেখেছি। সে তো ছিল একটা বাচ্চা মেয়ে?"

সন্তু বলল, "যারা ছোট থাকে, তারা কি বড় হয় না, আমিও তো বড় হয়েছি। ও বোধহয় আমাদের দেখতে পায়নি।"

উঠে গিয়ে কাউন্টারের কাছে গিয়ে ইংরিজিতে বলল, "যদি ভুল হয়, মাপ করবেন, আপনি কি রাধা গোমেজ?"

মেয়েটি সন্তুর দিকে মুখ না ফিরিয়ে কাঁপা গলায় বলল, "সন্তুদাদা, আমি তোমাদের সঙ্গেই দেখা করতে এসেছি। কিন্তু এখানে কথা বলা যাবে না। তোমরা নিজেদের ঘরে চলে যাও, আমি একটু পরে যাচ্ছি।"

সন্তু কাউন্টার থেকে চাবি চেয়ে নিয়ে ইঙ্গিত করল কাকাবাবুর দিকে। তারপর লিফটের কাছে গিয়ে দাঁড়াল।

রাধা এসে পৌঁছল ঠিক পাঁচ মিনিট পরে।

নিজেই ঘরের দরজা বন্ধ করে দিয়ে রাধা বলল, "আমি ওদের চোখে ধুলো দিয়ে অনেক ঘোরাপথে এসেছি। তবু বলা যায় না। যদি টের পায় যে আমি তোমাদের কাছে এসেছি, তা হলে আমার মা আমাকে মেরে ফেলবে।"

কাকাবাবু বললেন, "আগে বোসো। জল খাও। সন্তু জল দে। কেন রাধা, তোমার মা তোমাকে মেরে ফেলবে কেন? মা কি কখনও মেয়েকে মেরে ফেলে?"

রাধা বলল, "কাকাবাবু, তোমার মনে নেই আমার মায়ের কথা? আমার নিজের মা নয়। নতুন মা, সবাই যাকে মঞ্চাম্মা বলে। তোমাকেও তো সে মেরে ফেলতে গিয়েছিল সেবার।"

কাকাবাবু বললেন, "হ্যাঁ, এবার মনে পড়েছে। খুব দুর্দান্ত মহিলা। পুলিশ অবশ্য ওর বিরুদ্ধে কিছু প্রমাণ করতে পারেনি। তোমার বাবা তো জেল খাটছে, নাকি জেল থেকে পালিয়েছে।"

রাধা বলল, "না, না, পালায়নি। দশ বছরের জেল। ভাল হয়েছে জেল খাটছে। আমার বাবা খুব খারাপ হয়ে গিয়েছিল। স্মাগলিং-এর দল তৈরি করেছিল, মানুষ মারত। আমি শুধু আপনাকে অনুরোধ করেছিলাম, যাতে ফাঁসি না হয়।"

কাকাবাবু বললেন, "পিটার গোমেজ মানুষটা একেবারে নষ্ট হয়ে গিয়েছিল। তোমার মতন এমন একটা সুন্দর মেয়ের বাবা হয়ে...তোমার মা নিশ্চয়ই খুব ভাল ছিলেন।"

রাধা বলল, "আমার মা ছিলেন, আপনারা বাংলায় যেমন বলেন, লক্ষ্মী।"

সন্তু বলল, "তোমার বাবা জেলে, তুমি কোথায় থাকো?"

রাধা বলল, "আমার তো সতেরো বছর বয়েস, তাই আমি একলা থাকতে পারি না। আমার এক মামা আমার গার্জেন, তাঁর কাছেই থাকি। আমার মামা খুব নামকরা লোক, এক সময় হাইকোর্টের জজ ছিলেন।"

কাকাবাবু খানিকটা অস্থিরভাবে বললেন, "রাধা, তোমার বাকি সব কথা পরে শুনব। এখন বলো তো, তুমি আমাদের কী খবর দিতে এসেছ?"

রাধা বলল, "জোজোদা কোথায়? সে কি এবারে আপনাদের সঙ্গে আসেনি?"

সন্তু বলল, "জোজোকে একদল গুন্ডা ধরে নিয়ে গেছে। আর দু'দিনের মধ্যে তাকে খুঁজে বার করতেই হবে!"

রাধা বলল, "আমি তাকে দেখেছি। প্রথমে আমিও তাকে চিনতে পারিনি। বড় বড় চুল রেখেছে, অনেকটা লম্বা হয়ে গেছে। তারপর মুখটা দেখে মনে হল—"

কাকাবাবু জিজ্ঞেস করল, "তুমি জোজোকে কোথায় দেখলে?"

রাধা বলল, "আমাদের বাড়িতে।"

কাকাবাবু আর সন্তু একসঙ্গে বলে উঠল, "তোমাদের বাড়িতে?"

রাধা বলল, "হ্যাঁ। আমি তার সঙ্গে কথা বলার চেষ্টাও করেছি। পারিনি। আমার বাবা তো জেলে, আমার মা কিন্তু এখনও বদমাশ লোকদের সঙ্গে কাজকর্ম চালিয়ে যাচ্ছে। আমাদের বাড়িটাকে করে ফেলেছে ডাকাতদের আড্ডা। ওই বাড়িটাতে তো আমারও ভাগ আছে, আমার এই মা আমাকে বঞ্চিত করার চেষ্টা করেছিল। আমার মামা চেপে ধরেছেন। আমার মামাকে অনেকেই ভয় পায়। মামাই বলেছেন, মাঝে-মাঝে আমরা ওই বাড়ি দেখতে যাব। কয়েকখানা ঘরে তালা দিয়ে রাখব, টাকা-পয়সার হিসেব নেব। কালকে গিয়ে দেখি—"

কাকাবাবু চেঁচিয়ে বলে উঠলেন, "কী দেখলে? জোজোকে ওরা মেরেছে?"

রাধা বলল, "তা বুঝতে পারিনি। তবে মুখ বাঁধা ছিল!"

কাকাবাবু উঠে দাঁড়িয়ে বললেন, "চলো, এক্ষুনি সেখানে যেতে হবে। একদম সময় নষ্ট করা যাবে না।"

তিনি সন্তুর দিকে তাকিয়ে বললেন, "তোর মাথায় সেলাই করা হয়েছে। তোর যাওয়ার দরকার নেই। তোকে বিশ্রাম নিতে হবে।"

সন্তু বলল, "আমার একটুও ব্যথা নেই। আমি জোজোর কাছে যাব।"

কাকাবাবু কোট পরে নিতে নিতে রাধাকে জিজ্ঞেস করলেন, "জোজোকে পাহারা দিচ্ছে ক'জন? শুধু ওই মঞ্চাম্মা?"

রাধা বলল, "আমাদের কয়েকজন পুরনো কাজের লোক আছে। তারা মঞ্চাম্মার ভয়ে চুপ করে থাকে। মঞ্চাম্মার বন্ধু হয়েছে রকেট নামে একটা লোক, সে ডিমেলোর দলের একজন পাণ্ডা। ওরা প্রায়ই আসে। চার-পাঁচজন।"

কাকাবাবু কোটের ভেতরের পকেটে রিভলভারটা একবার দেখে নিয়ে সন্তুকে বললেন, "কী রে, ওরা যদি চার-পাঁচজন হয়, তা হলে তুই আর আমি সামলাতে পারব?"

সন্তু রাধার দিকে ফিরে বলল, "তোমাকে একটা কথা জিজ্ঞেস করব? তুমি নিজের থেকে আমাদের কাছে এসেছ, না কেউ তোমাকে পাঠিয়েছে?"

রাধা খুব অবাক হয়ে বলল, "আমাকে কে পাঠাবে? আমি যে তোমাদের কাছে এসেছি, তাই তো কেউ জানে না।"

সন্তু বলল, "বলা তো যায় না। কেউ হয়তো তোমার মামাকে আটকে রেখেছে। তারপর তোমাকে এখানে পাঠিয়েছে, আমাদের ডেকে নিয়ে গিয়ে ফাঁদে ফেলতে চায়।"

রাধা হঠাৎ দু'হাতে মুখ চাপা দিয়ে ফুঁপিয়ে ফুঁপিয়ে কেঁদে উঠল।

কাকাবাবু বললেন, "যাঃ, তুই কী বলছিস সন্তু! রাধা খুব সরল আর ভাল মেয়ে। ও কখনও এমন কাজ করতে পারে?"

তিনি উঠে এসে রাধার পিঠে হাত দিয়ে নরম গলায় বললেন, "তুমি কিছু মনে কোরো না! আসলে ব্যাপার কী জানো, জোজোকে হারিয়ে আমার মাথা খারাপ হওয়ার উপক্রম। কিন্তু তোমাকে আমরা মোটেই অবিশ্বাস করি না। কেঁদো না লক্ষ্মীটি!"

রাধা তার ব্যাগ খুলে একটা ছোট্ট রুমাল দিয়ে চোখ মুছে বলল, "কাকাবাবু, জোজোর যদি কোনও ক্ষতি হয়, তা হলে আপনারা আমাকে মেরে ফেলবেন। মঞ্চাম্মা এমনিতেই আর আমাকে বাঁচতে দেবে না।"

কাকাবাবু বললেন, "তোমার মঞ্চাম্মা যদি জোজোকে আটকে রাখার জন্য দায়ী হয়। তবে তাতেও এবার জেল খাটতে হবে। চলো, চলো, তোমাদের সেই বাড়িটা কোথায়?"

রাধা বলল, "ঋষিকোণ্ডার কাছেই। পর্তুগিজদের একটা পুরনো বাড়ি, বাবা সারিয়ে নিয়েছিল। অনেক ঘর।"

কাকাবাবু বললেন, "চলো, বেরিয়ে পড়ি। পদ্মনাভনকে বোধহয় একবার জানিয়ে রাখা দরকার।"

তিনি পুলিশ কমিশনারকে ফোন করলেন।

তিনি খবর শুনে উত্তেজিত হয়ে বললেন, "পিটার গোমেজের বাড়ি? সে জেলে আছে বলে ওবাড়ি আমরা সার্চ করার কথা চিন্তা করিনি। রাজাবাবু, আপনি কিছুতেই সেখানে একলা যাবেন না। শহরের বাইরে আমার এলাকা নয়। না হলে আমি নিজেই আপনার সঙ্গে যেতাম। আমি ডি জি সাহেবকে জানাচ্ছি। বাছাই করা একগাড়ি পুলিশ আপনার সঙ্গে যাবে। আপনি আধঘণ্টা অপেক্ষা করুন প্লিজ।"

আধঘণ্টাও লাগল না, পঁচিশ মিনিটের মধ্যে এসে গেল পুলিশ। একটা বড় স্টেশন ওয়াগান এনেছে, দেখতে পুলিশের গাড়ি বলে মনে হয় না।

সবাই একসঙ্গে উঠে বসল সেই গাড়িতে।

আজ সকাল থেকেই আকাশ মেঘলা, রোদ ওঠেইনি। শহর ছাড়িয়ে খানিকটা

বাদেই চলতে লাগল সমুদ্রের ধার দিয়ে। দু'দিকের দৃশ্য ভারী সুন্দর, কিন্তু তা দেখার মন নেই, কাকাবাবু ও সন্তু দু'জনেই বসে আছে চুপ করে।

এক সময় গাড়িটা ঢুকে পড়ল জঙ্গলের মধ্যে। জঙ্গল মানে শুধুই নারকোল গাছ। তার মধ্যেও রাস্তা আছে। একটা জায়গায় জেলেদের গ্রাম, সেখানে শুঁটকি মাছের তীব্র গন্ধ।

গাড়িটা এসে থামল একটি বাড়ির সামনে।

গেটের কাছে দাঁড়িয়ে আছে একজন খাকি পোশাক পরা পাহারাদার। তার কোমরে রিভলভার।

রাধা ফিসফিস করে কাকাবাবুকে বলল, "এইরকম পাহারাদার কিন্তু আগে ছিল না।"

পুলিশ বাহিনীর নেতৃত্ব দিচ্ছেন সেলিম নামে একজন অফিসার। তিনি গাড়ি থেকে নেমেই পাহারাদারটির কাছে গিয়ে নিজের ব্যাজ দেখিয়ে বললেন, "পুলিশ, আমরা এই বাড়ি সার্চ করব।"

লোকটির কোমর থেকে রিভলভারটি তুলে নিয়ে সেলিম বললেন, "এটা আপাতত আমায় কাছে রইল, পরে ফেরত দেব।"

গাড়ি থেকে আরও পুলিশদের নামতে দেখে লোকটি বাধা দেওয়ার কোনও চেষ্টা করল না।

বাড়ির থেকে টুং টাং পিয়ানোর আওয়াজ ভেসে আসছে। কেউ তার সঙ্গে গান গাইছে খুব চাপা গলায়।

দরজা খুলে দিল একজন বৃদ্ধ কাজের লোক।

রাধা তাকে নিজেদের ভাষায় কিছু বলল, লোকটি উত্তর দিল না।

বারান্দার পাশে বসবার ঘরের দরজাটা খোলা। পিয়ানোর আওয়াজ আসছে সেখানে থেকেই।

কাকাবাবুরা ঘরে ঢুকে দেখলেন, এক কোণে পিয়ানোর সামনে বসে আছেন এক মাঝবয়েসি মহিলা। তার পরনে লাল-পাড় সাদা শাড়ি। চুল খোলা পিঠের ওপরে। হাতে কিংবা কানে কোনও গয়না নেই।

কাকাবাবু চিনতে পারলেন, এই সেই ডাকাত দলের নেত্রী মঞ্চাম্মা। অতি নিষ্ঠুর, একবার কাকাবাবুকে গুলি করে খুন করতে চেয়েছিল ঠান্ডা মাথায়। এখন দেখে মনে হচ্ছে যেন খুবই ভক্তিমতী মহিলা। জীবনে কখনও বন্দুক-পিস্তল দেখেইনি।

এই দলটিকে দেখে বাজনা থামিয়ে জিজ্ঞেস করল, "আপনারা কে?"

সেলিম বললেন, "আমরা পুলিশ থেকে আসছি।"

মঞ্চাম্মা বলল, "আবার পুলিশ? আমার কাছে? আপনারা অন্যায়ভাবে আমার স্বামীকে জেলে দশ বছরের শাস্তি দিয়েছেন। এখন আমি একা একা থাকি, আপনমনে গান-বাজনা করি, তাও আবার আপনারা আমাকে জ্বালাতে এসেছেন?"

সেলিম বললেন, "আমাদের কাছে খবর আছে, জোজো নামে একটি ছেলেকে আটকে রাখা হয়েছে।"

মঞ্চাম্মা বলল, "এখানে আমি কাউকে আটকে রাখব কেন? আমার নিজেরই এখন রান্নার লোক নেই। কে আপনাদের এই আজগুবি খবর দিয়েছে।"

রাধা এক পা এগিয়ে জোর দিয়ে বলল "আমি! আজ ভোরবেলাই আমি ছেলেটিকে দেখে গেছি!"

মঞ্চাম্মা কাকাবাবুর দিকে তাকালই না। সেলিমকে বলল, "আপনারা এর কথায় বিশ্বাস করে এতদূর ছুটে এসেছেন? জানেন না, এর মাথা খারাপ? এই মেয়েই তো ওর বাবাকে পুলিশের হাতে ধরিয়ে দিয়েছে।"

সেলিম তাকাল কাকাবাবুর দিকে।

কাকাবাবু বললেন, "বাজে কথা। ও মোটেই ওর বাবাকে ধরিয়ে দেয়নি, সে ধরা পড়েছে নিজের দোষে। রাধার জন্যই ওর বাবা ফাঁসির দড়ি থেকে বেঁচে গেছে। এই মহিলাটিরই আসলে মাথা খারাপ। নইলে, একবারে শিক্ষা হয়নি। আমার ডিমেলোর দলে যোগ দিয়ে এইসব কাজ করছে।"

মঞ্চাম্মা বলল "ডিমেলো আবার কে? কখনও তার নামই শুনিনি।"

কাকাবাবু বললেন, "আমরা এই বাড়িটা সার্চ করব।"

মঞ্চাম্মা বলল, "আপনাদের কী অধিকার আছে? সার্চ ওয়ারেন্ট এনেছেন?"

কাকাবাবু রেগে গিয়ে বললেন, "সার্চ ওয়ারেন্টের নিকুচি করেছে। সেলিমসাহেব, আর দেরি করে লাভ কী?"

একতলায় যে-ঘরে জোজো ছিল, সেখানে কেউ নেই। দোতলার সব ক'টি ঘর ফাঁকা।

রাধা বলল, 'এ বাড়িতে একটা সুড়ঙ্গ আছে, আমি জানি। সেখানেই নিশ্চয়ই লুকিয়ে রেখেছে।"

মঞ্চাম্মা হা-হা করে হেসে উঠল।

সুড়ঙ্গের মধ্যে একটি মাত্র ঘর। শেষে কঠিন পাথরের দেওয়াল। সেই ঘরটিতেও জোজোর কোনও চিহ্ন পাওয়া গেল না।

সেলিমসাহেব বললেন, "পাখি উড়ে গেছে। কিংবা, এই মেয়েটি যে খবর দিয়েছে তা কি পাকা খবর?"

রাধা বলল, "আমি নিজের চোখে দেখেছি।"

সন্তু বলল, "এই ঘরে কিছুক্ষণ আগেও কেউ ছিল, তার প্রমাণ আছে।"

সেলিম জিজ্ঞেস করলেন, "কী প্রমাণ?"

ঘরের এককোণ থেকে একটা বাটি তুলে এনে সন্তু বলল, "এতে একটু একটু তরকারির ঝোল লেগে আছে। হাত দিয়ে দেখুন, টাটকা।"

সেলিম বলল, "বাপ রে! তুমি দেখছি শার্লক হোম্‌সের মতন! সত্যিই তো, গতকালের হলে শুকিয়ে যেত!"

কাকাবাবুর দিকে ফিরে জিজ্ঞেস করলেন, "এবার কী করা হবে?"

কাকাবাবু বললেন, "এখানে দেরি করে আর লাভ নেই। জোজোকে ওরা আজই সরিয়ে নিয়ে গেছে, হয়তো খুব দূরে যেতে পারেনি।"

সেলিমের পকেটের সেল ফোনে 'সারে জাঁহা সে আচ্ছা', গানের সুর বেজে উঠল।

সেলিম সেটা কানের কাছে নিয়ে ভাল শুনতে না পেয়ে 'অ্যাঁ অ্যাঁ অ্যাঁ কী' বলতে বলতে দৌড়ে বেরিয়ে গেলেন সুড়ঙ্গ থেকে।

কাকাবাবুও বেরিয়ে এলেন সন্তুকে নিয়ে। তাঁর মুখখানা বিরক্তিতে ভরা। এত দূরে এসেও, জোজোকে পাওয়া গেল না! আর একটু আগে যদি আসা যেত।

জোজোকে কোথায় নিয়ে যাওয়া হয়েছে, তা এই মঞ্চাম্মা খুব সম্ভবত জানে। কিন্তু এ অতি কঠিন মহিলা, এর পেট থেকে কথা বার করা শক্ত।

সেলিম ফোন বন্ধ করে বললেন, "পুলিশ কমিশনার জানতে চাইছিলেন, এখানে ছেলেটিকে পাওয়া গেল কি না।"

কাকাবাবু মুখখানা গোমড়া করে রইলেন।

সেলিম আবার বললেন, "এখানে আমরা ব্যর্থ হয়েছি জেনে উনি বললেন, এখুনি ফিরে গিয়ে ওঁর সঙ্গে দেখা করতে। উনি একজন বোটচালকের সন্ধান পেয়েছেন।"

কাকাবাবু বললেন, "তা হলে চলুন, চলুন।"

নিজেই আগে আগে ক্রাচ নিয়ে খানিকটা এগিয়ে আবার থেমে গিয়ে বললেন, "আমার কারুকে অ্যারেস্ট করার অধিকার নেই। কিন্তু সেলিমসাহেব, আপনি কি এই মহিলাকে থানায় নিয়ে যেতে পারেন? ওকে অন্তত একদিন আটকে রাখা দরকার। জোজোর নিরাপত্তার জন্য এই মহিলাটিকেও আটক রাখা দরকার।"

সেলিম বলল, "হ্যাঁ পারব না কেন?"

মঞ্চাম্মার দিকে সে ফিরে বললেন, "আপনাকে আমাদের সঙ্গে যেতে হবে। আপনি যদি জিনিসপত্র গুছিয়ে নিতে চান, খুব তাড়াতাড়ি—"

মঞ্চাম্মা মুখে তাচ্ছিল্যের হাসি ফুটে উঠল। দু'দিকে মাথা নেড়ে বলল, "আমি যাব না!"

সেলিম বললেন, "আপনাকে যেতেই হবে।"

মঞ্চাম্মার বলল, "অত সহজ? অ্যারেস্ট ওয়ারেন্ট কোথায়? আমার বিরুদ্ধে কোনও অভিযোগের প্রমাণ নেই।"

সেলিম বললেন, "প্রমাণ আছে কি নেই, সে আমরা বুঝব। কারুর ওপর সন্দেহ হলেও তাকে থানায় নিয়ে গিয়ে জেরা করা যেতে পারে।"

মঞ্চাম্মা বলল, "আমি যাব না, ব্যস! জোর করে ধরে নিয়ে যাবেন? মেয়ে-পুলিশ কোথায়? পুরুষ-পুলিশ আমার গায়ে হাত দিলে আমি কেস করে দেব!"

সেলিম একটু অসহায়ভাবে তাকালেন কাকাবাবুর দিকে। বললেন, "মহিলাদের গায়ে হাত দেবার নিয়ম নেই আমাদের। এই রাধা কি পারবে; রাধা যদি জোর করে ওকে টেনে নিয়ে একবার গাড়িতে তুলতে পারে—"

জোজোকে পাওয়া যায়নি বলে রাধা একেবারে ম্রিয়মাণ হয়ে গেছে। মুখ নিচু করে আছে।

কাকাবাবু বললেন, "না থাক। মেয়েকে দিয়ে তার মাকে ধরে নিয়ে যাওয়া মোটেই উচিত নয়। নিজের মা না হোক, তবু তো সম্পর্কে মা!"

সেলিম বললেন, "দু'জন পুলিশকে এখানে বাইরে পাহারায় রেখে যাচ্ছি, পরে মেয়ে-পুলিশ পাঠব।"

আবার গাড়িতে ওঠার পর সেলিম বললেন, "এ মহিলার সাংঘাতিক মনের জোর, পুলিশ দেখে একটুও ঘাবড়ায়নি। রাধা, তুমি এর সঙ্গে থাকো কী করে?"

রাধা বলল, "আমি এখানে থাকি না। মামার বাড়িতে থাকি।"

কাকাবাবু বললেন, "এই মঞ্চাম্মার কিছুতেই শিক্ষা হয় না। আগেরবারই ওকে জেলে পাঠানো যেত, আমাকে গুলি করে মারতে চেয়েছিল, কিন্তু আমি কোনও অভিযোগ করিনি। এখন ভালভাবে বাঁচতে পারত, তা নয়, আবার খারাপ লোকেদের সঙ্গে মিশে এই সব কাজ করছে!"

সেলিম বললেন, "এবার জেলে ভরে দিতে হবে।"

বিশাখাপত্তনমে ফিরে এবার পুলিশ কমিশনারের অফিসের বদলে যাওয়া হল সুরেশ নাইডুর অফিসে। তিনি জল-পুলিশের একজন বড় কর্তা।

তিনি বললেন, "আমি পদ্মনাভনের কাছ থেকে সব শুনেছি। আমাদের এই এলাকায় যতগুলো মোটর বোট আছে তার চালকদের ছবি আর পরিচয়পত্র আমাদের কাছে থাকে। তারিককে সেইসব ছবি দেখাবার পর সে একজনকে চিনতে পেরেছে। সে হলফ করে বলেছে যে, জোজোকে ধরে নিয়ে গিয়ে যে-বোটে তোলা হয়, সেই বোট চালাচ্ছিল এই লোকটি। এর নাম ফ্রেড।"

কাকাবাবু বললেন, "ফ্রেড? আমাদের একদিন একটা বোটে করে একটা দ্বীপে নিয়ে গিয়েছিল, সেই চালকের নামও ছিল ফ্রেড। একই লোক হতে পারে?"

সুরেশ নাইডু বললেন, "হতেও পারে, নাও হতে পারে। ফ্রেড খুব কমন নাম। আর নাম শুনে কিন্তু বোঝা যাবে না, এরা ক্রিশ্চান না হিন্দু। এ লোকটির পুরো নাম ফ্রেড গোয়েল।"

কাকাবাবু বললেন, "আমি ছবিটা একবার দেখতে পারি?"

সুরেশ নাইডু বেল টিপে একজনকে আনতে বললেন ছবিগুলো। তারপর বললেন, "এর মধ্যে আমরা ফ্রেডের বাড়িতেও খোঁজ করেছি। মোটর বোটের মালিকও সে নিজেই। আজ সকালেই সে বেরিয়ে গেছে বোট নিয়ে। কোথায় গেছে, তা অবশ্য তার বাড়ির লোক জানে না।"

কাকাবাবু বললেন, "জানলেও বলবে না। জোজোকে যদি অন্য কোনও

বাড়িতে সরিয়ে ফেলতে চায়, তা হলে গাড়িতেই নিতে পারত। মোটর বোটে যদি নিয়ে যায়, তা হলে কি কোনও দ্বীপে নিয়ে গেছে?"

সুরেশ নাইডু বললেন, "হতেও পারে। কিংবা সমুদ্রের ধারেই যদি অন্য কোনও দূরের শহরে নিয়ে যেতে চায়, তা হলে মোটর বোটেই সুবিধে, কেউ সহজে পিছু তাড়া করতে পারবে না।

একজন কর্মচারী ছবির ফাইলগুলো নিয়ে এলেন। কাকাবাবু আর সন্তু ফ্রেডের ছবিটা দেখামাত্র চিনতে পেরে বললেন, এই তো!

কাকাবাবু বললেন, "যে-কোনও উপায়ে হোক, এই ফ্রেডকে এখন খুঁজে বার করা দরকার। সে রকেট নামে লম্বা লোকটাকে চেনে। ফ্রেডের কাছ থেকে রকেটের সন্ধান পাওয়া যেতে পারে।"

সুরেশ নাইডু বললেন, "রকেট হায়দরাবাদি? সেও এর মধ্যে আছে নাকি? তাকে একবার আমরা প্রায় ধরে ফেলেছিলাম, একটা দ্বীপে পালিয়ে ছিল, সেখান থেকে নিয়ে আসার সময় লঞ্চ থেকে ঝাঁপিয়ে পড়ল। আর খুঁজে পাওয়া গেল না। আমরা ধরেই নিয়েছিলাম, সে আর বেঁচে নেই।"

কাকাবাবু সোজা হয়ে বসে বললেন, "দ্বীপ? কোন দ্বীপ? এখানকার দ্বীপগুলোতে লুকিয়ে থাকা যায়? আপনাদের কাছে দ্বীপগুলোর ম্যাপ আছে।"

সুরেশ নাইডু বললেন, "তা অবশ্যই আছে। কিছু ছোট ছোট দ্বীপ কিছুদিন দেখা যায়, আবার জল বাড়লে ডুবে যায়। বুঝতেই পারছেন, সেগুলোতে কোনও গাছপালাও জন্মাতে পারে না। মোট চারটে দ্বীপ আছে, কিছুটা বড়। তার মধ্যে দুটোতে কোনও কনস্ট্রাকশান নেই, মানে বাড়ি-ঘর কিছু নেই। একেবারে ন্যাড়া। সেখানে কেউ বেশিক্ষণ থাকতে পারবে না। বিশেষত এখন ঝড় বৃষ্টির সময়, কখনও টানা চব্বিশ ঘণ্টাও বৃষ্টি হয়। আর দুটো দ্বীপের নাম রবার্টস আয়ল্যান্ড আর কিউকাম্বার কোভ। এই দুটোতে সাহেবি আমলের ভাঙাচোরা বাড়ি আছে। এর মধ্যে কিউকাম্বার কোভ দ্বীপটার আকৃতি শশার মতন, তাই লোকে বলে শশা দ্বীপ, রবার্টস সাহেবের নামের দ্বীপটা হয়েছে রাবার দ্বীপ। কিছু লোকের ধারণা, ওই রবার্টস আয়ল্যান্ডে ভূত আছে। আমি নিজে সেখানে গেছি। কিছু দেখিনি। কিছুদিন আগে একদল বৈজ্ঞানিক গিয়েছিলেন, তাঁরাও কিছু আবিষ্কার করতে পারেননি।"

সন্তু কিছু বলতে যাচ্ছিল, কাকাবাবু তাকে চাপা দিয়ে বললেন, "খুনে-গুন্ডারা ভূতের ভয় পায় না। তারা ওই রাবার দ্বীপে আড্ডা গাড়তে পারে না? এক হিসেবে তাদের পক্ষে ভালই, অন্য কেউ সেখানে ভয়ে যাবে না।"

সুরেশ নাইডু বললেন, "আপনি ঠিকই বলেছেন। গুন্ডাশ্রেণীর লোকেরা ভূতের ভয় পায় না। কিন্তু যে-কোনও কারণেই হোক, এই রবার্টস আয়ল্যান্ড তারা এড়িয়ে যায়। আমাদের লঞ্চ ওখানে গিয়ে নিয়মিত চেক করে, কারুর থাকার প্রমাণ পাওয়া যায়নি। কিউকাম্বার কোভের কাছের দিকটায় মাঝে-মাঝে পিকনিক

পার্টি যায়। আর একেবারে শেষ প্রান্তে আছে একটা টালির বাড়ি।”

কাকাবাবু বললেন, “আমার মনে হয়, জোজোকে ওরা খুব দূরে নিয়ে যাবে না। তিনদিন মাত্র সময়। তার মধ্যে প্রায় দেড় দিন তো কেটেই গেল! চলুন, আমরা ওই দ্বীপ দুটোই আগে গিয়ে দেখি।”

সুরেশ নাইডু বললেন, “চলুন। আমাদের ঢাকা লঞ্চ আছে। বৃষ্টি হলে অসুবিধে হবে না। আমিও যাব আপনাদের সঙ্গে।”

॥ ৮ ॥

এই বোটটা বেশ বড় আর সুসজ্জিত। বসবার জায়গা বেশ আরামদায়ক আর ঠাণ্ডা, একটা ছোট রান্নাঘরও আছে।

সকাল থেকে প্রায় কিছুই খাওয়া হয়নি। যাত্রা করার সময় কিছু পাউরুটি, ডিম আর কফি তুলে নেওয়া হয়েছে। সন্তু আর রাধা দু'জনে মিলে টোস্ট আর ডিমসেদ্ধ বানিয়ে ফেলল, তবু খাওয়াটা ঠিক জমল না। এই মিনি কিচেনে নুন নেই, নুন আনার কথাও কারুর মনে পড়েনি। নুন ছাড়া ডিমে কি স্বাদ হয়!

কফিতে চুমুক দিতে দিতে কাকাবাবু সুরেশ নাইডুকে জিজ্ঞেস করলেন, “নাইডুসাহেব আপনি রবার্টস আয়ল্যান্ডে ভূতের ব্যাপারে কী শুনেছেন?”

নাইডু বললেন, “শোনা যায় তো অনেকরকম গল্প। একবার কোনও গল্প ছড়াতে শুরু করলে তাতে নানারকম রং চড়তে থাকে। দেখুন, শুধু অফিসে বসে কাজ করতে আমার ভাল লাগে না। আমি এই বোটে কিংবা আরও বড় লঞ্চে প্রায়ই সমুদ্রের বুকে ঘুরে বেড়াই। এদিকে তো খুব স্মাগলারদের উপদ্রব, তাই টহল-দেওয়াটাও আমাদের কাজ। ওই দ্বীপে আমি নিজে অন্তত তিনবার গেছি, কিছুই দেখিনি।”

সেলিম বললেন, “স্যার, আমিও একবার আপনাদের সঙ্গে এসেছি, আপনার মনে আছে?”

নাইডু বললেন, 'হ্যাঁ। সেবারে শুধু একটা কচ্ছপ ধরা পড়েছিল, তাই না? অতবড় কচ্ছপ আমি আগে দেখিনি।”

সন্তু জিজ্ঞেস করল, “সেই কচ্ছপের মাংস আপনারা খেয়ে ফেললেন? খেতে কেমন?”

নাইডু বললেন, “না, না, সেটাকে আমরা আবার জলে ছেড়ে দিলাম। কচ্ছপ মারা এখন নিষেধ। তবে, ছোটবেলায় আমি কচ্ছপের মাংস খেয়েছি, খুবই ভাল স্বাদ। সেলিম, তুমি খেয়েছ?”

সেলিম বলল, “না, আমাদের পরিবারে কেউ কচ্ছপ খায়নি কখনও। তবে ছোটবেলায় আমিও দেখেছি, বাজারে কচ্ছপ বিক্রি হত।”

কাকাবাবু বললেন, “সমুদ্রে খুব বড় বড় কচ্ছপ থাকে। তবে প্রকৃতি ওদের

ওপর বড্ড অবিচার করেছে। ও রকম একটা শক্তপোক্ত প্রাণী, কিন্তু ওদের মারা কত সহজ। একবার ধরে উলটে দিতে পারলেই হয়, আর পালাতে পারে না।"

রাধা জিজ্ঞেস করল, "কচ্ছপ কী?"

কাকাবাবুরা কথা বলছেন ইংরিজিতে। ওঁরা তো কচ্ছপ বলেননি, বলেছেন টরটস্, রাধা তাও বুঝতে পারেনি।

নাইডু বললেন, "তুমি দ্যাখোনি কখনও? জ্যান্ত না দেখলেও ছবিতে? সেই যে কচ্ছপ আর খরগোশের দৌড় প্রতিযোগিতার গল্প আছে?"

রাধা বলল, "ও টারট্‌ল! পিঠটা খুব শক্ত...।"

কাকাবাবু বললেন, "ঠিক, আমরা পুরনো ইংরিজি বলি। এখন টারট্‌লই বলে, বিশেষত সমুদ্রের কচ্ছপকে। যাই হোক সেই কচ্ছপ ছাড়া আর কিছু দেখেননি? রাত্তিরেও ছিলেন?"

সেলিম বললেন, "হ্যাঁ, এক রাত কাটিয়েছি। তবে এত চমৎকার হাওয়া দেয়। সন্ধে হতে না হতেই ঘুমে চোখ টেনে আসে। এক ঘুমে রাত কাবার। সারা রাত কোনও শব্দ হয়নি। ভূতেরা তাণ্ডব করে ঘুম ভাঙায়নি। আমার মতে, ওই দ্বীপে খুব ভাল টুরিস্ট সেন্টার হতে পারে।"

নাইডু বললেন, "তা সম্ভব নয়। দশ-বারো বছর আগে পুরো দ্বীপটা ডুবে গিয়েছিল কয়েক দিনের মতো। সেরকম আবার হতে পারে যে-কোনও সময়। যে রবার্ট সাহেব ওই দ্বীপে বাড়ি বানিয়েছিলেন, তিনি নাকি জলে ডুবেই মারা যান! সে অনেকদিন আগেকার কথা। তবু, জেলেরা কেউ কেউ নাকি মাঝে মাঝে রবার্ট সাহেবকে দেখেছে। তিনি জলের ওপর দিয়ে হেঁটে যান। বিশাল চেহারা।"

সন্তু বললেন, "জলে ডুবে মারা যাবার পর ভূত হয়ে জলের ওপর দিয়ে হাঁটতে শিখলেন!"

রাধা বলল, "ভূতদের তো ওজন থাকে না!"

সন্তু জিজ্ঞেস করল, "রাধা তুমি কখনও ভূত দেখেছ?"

রাধা সঙ্গে সঙ্গে বলল, "হ্যাঁ, দেখেছি। অনেকবার। সিনেমায়।"

সবাই হেসে উঠল।

সন্তু বলল, "দূরে একটা লঞ্চ দেখা যাচ্ছে।"

নাইডু একটা দূরবিন বার করে দেখতে দেখতে বললেন, "মনে হচ্ছে মাছ ধরা ট্রলার। তবু আমরা চেক করব, পাশ দিয়ে যাব।"

এই বোটচালকের পাশে চারজন কমান্ডো বসে আছে। তিনজনের কাছে অটোমেটিক রাইফেল আর একজনের হাতে সাব মেশিনগান। যে-কোনও ডাকাতের দলের সঙ্গেই ওরা মোকাবিলা করতে পারবে।

কাছে গিয়ে দেখা গেল, সেটা সত্যিই মাছ ধরার ট্রলার। অনেক মাছ পেয়েছে। বেশির ভাগই ম্যাকারেল আর পমফ্রেট। একটা বড় মাছ খুব অদ্ভুত ধরনের। সেটার কেউ নাম জানে না।

আর একটু যাওয়ার পর চোখে পড়ল দু'-একটা গাছ।

নাইডু বললেন, "ওই যে শশা দ্বীপ।"

এর মধ্যে বিকেল হয়ে এসেছে। গুঁড়ি গুঁড়ি বৃষ্টি পড়ছে বলে আলোও কম। দ্বীপটার কাছের দিকে কেউ নেই।

নাইডু বললেন, "মাঝে-মাঝে এখানে পিকনিক পার্টি আসে, আজ কেউ আসেনি। অবশ্য কেউই সন্ধে পর্যন্ত থাকে না।"

দ্বীপের অন্য অংশের দিকে যেতেই দেখা গেল, সেখানে আগুন জ্বলছে, কয়েকজন লোকও ঘোরাফেরা করছে।

নাইডু কমান্ডোদের সতর্ক হতে বলে রাধা সন্তুকে বললেন, "তোমরা শুয়ে পড়ো। ওরা যদি ডাকাত হয়, গুলি চালাতে পারে।"

ঠিক তাই, এই বোটটা আর একটু কাছে যেতেই পর পর দুটো গুলির আওয়াজ শোনা গেল।

কাকাবাবু উত্তেজিতভাবে বললেন, "ওরা আমাদের ভয় দেখাচ্ছে? ওরা ক'জন হতে পারে? আমাদের চারজন কমান্ডো, আর আমরা তিনজন, সবাই দ্বীপে নেমে ওদের ঘিরে ধরব।"

নাইডু বললেন, "দাঁড়ান, ব্যস্ত হবেন না। কোনও পিকনিক পার্টি এত দূর চলে এলে গুলির আওয়াজ শুনলেই ভয়ে পালিয়ে যাবে। ওরা বোধহয় সেইরকমই ভেবেছে। দাঁড়ান, আগে ব্যাপারটা বুঝে নিই।"

তিনি মিলিটারি কমান্ডারের ভঙ্গিতে কমান্ডো চারজনকে বললেন, "ফায়ার!"

তারা ঠিক চার রাউন্ড গুলি চালাবার পরই তিনি হাত তুলে বললেন, "স্টপ!"

তারপর লাউড স্পিকারের চোঙা তুলে নিয়ে তিনি বলতে লাগলেন, "পুলিশ! আমরা দ্বীপটা সার্চ করতে এসেছি। তোমরা যে-ই হও, সারেন্ডার করো। তোমরা লড়াই করার চেষ্টা করলে কেউ বাঁচবে না। সারেন্ডার!"

ওদিক থেকে কোনও সাড়াশব্দ পাওয়া গেল না।

নাইডু এবার যে কমান্ডোর হাতে সাব মেশিনগান, শুধু তাকে বললেন, "ফায়ার!"

সে একঝাঁক গুলি চালিয়ে দিল।

এবার ওদের একজন এগিয়ে এল জলের ধারে। তার হাতের বন্দুকটা মাথার ওপর তোলা।

নাইডু হুকুম দিলেন, 'ড্রপ দা গান।"

সে অস্ত্রটা ফেলে দিল মাটিতে।

নাইডু বললেন, "আর ক'জন আছে? সবাই জলের ধারে এসে লাইন করে দাঁড়াও!"

মোট চারজন এসে দাঁড়াল। আরও একজনের হাতে বন্দুক।

কাকাবাবু বললেন, "এদের বোট কোথায়? সেটা তো দেখা যাচ্ছে না।"

সেলিম বলল, "এদের নামিয়ে দিয়ে হয়তো কিছু জিনিসপত্র আনতে গেছে।"

নাইডু এ বোটটা কাছে নিয়ে যেতে বললেন। এখানে একটা জেটিও করা আছে।

বোটটা জেটিতে লাগবার আগেই সন্তু এক লাফে নেমে পড়ে ছুটে গেল একটা ঘরের দিকে।

শুধু একটা টালির চালের ঘর। আর কিছু নেই। ঠেলা দিয়ে ঘরের দরজাটা খুলে ফেলে সন্তু চেঁচিয়ে উঠল। "জোজো!"

ঘরের মধ্যে কেউ নেই।

ঘরে একটা খাটিয়া ছাড়া আর কোনও আসবাবও নেই। সন্তু খাটিয়ার তলায় উঁকি মেরে দেখল, সেখানে গোটাচারেক কচ্ছপ বেঁধে রাখা রয়েছে।

ঘর থেকে বেরিয়ে দারুণ হতাশায় সন্তু আকাশ ফাটিয়ে চিৎকার করে উঠল, "কাকাবাবু, জোজো এখানে নেই।"

বাইরে আরও কয়েকটা কচ্ছপকে উলটে রাখা রয়েছে, তাদের পাশে পড়ে আছে অনেকগুলো ডিম।

কাকাবাবুরাও নীচে নেমে এসে সব দেখলেন।

সেলিম বলল, "কচ্ছপরা এখানে ডিম পাড়তে আসে। এই লোকগুলো ঠিক সময় বুঝে এসে সেগুলোকে ধরে। এই সব কচ্ছপ বিদেশে চালান দেয় লুকিয়ে লুকিয়ে।"

কাকাবাবুও হতাশা লুকোতে পারলেন না। মাথা নাড়তে নাড়তে বললেন, "ইস, এখানেও জোজোকে পাওয়া গেল না? এরা তো পেটি ক্রিমিনাল, এরাও বন্দুক রাখে?"

নাইডু বললেন, "এখন সবাই বন্দুক-পিস্তল রাখে। বেশ শস্তায় কিনতে পাওয়া যায়।"

কাকাবাবু বললেন, "এখন এদের নিয়ে কী করবেন? আমাদের বোটে তো এত লোকের জায়গা হবে না।"

নাইডু বললেন, "নাঃ, এদের নিয়ে যাওয়া যাবে না। আপাতত বন্দুক দুটো বাজেয়াপ্ত করা যাক।"

তিনি সেই চারজনকেই হুকুম করলেন, "সব ক'টা কচ্ছপকে বাঁধন খুলে জলে ছেড়ে দাও! এক্ষুনি, আমার সামনে। আমি কাল আবার আসব, তখনও যদি তোমাদের এখানে দেখি, একেবারে জেলে ভরে দেব!"

লোকগুলোর মুখে কোনও কথা নেই। এক এক করে সব ক'টা কচ্ছপকে ছেড়ে দিল সমুদ্রে। তারপর তাদের দাঁড় করিয়ে রেখে পুলিশের বোটটা আবার স্টার্ট দিল।

নাইডু বললেন, "সন্ধে হয়ে আসছে। এখন কি আর রবার্টস আয়ল্যান্ডে যাবেন?"

কাকাবাবু বললেন, "যাব না মানে? সে জায়গাটা চেক করে দেখতেই হবে।

একটুও সময় নষ্ট করার উপায় নেই।”

নাইডু বললেন, “সন্ধের পর আমরা সাধারণত সমুদ্রে থাকি না। বোট চালাতে অসুবিধে হয়, মাঝে-মাঝে উঁচু পাথর আছে।”

সেলিম বললেন, “স্যার, তা হলেও ওই দ্বীপটা একবার দেখে যাওয়া দরকার। এতদূর যখন এসেছি, আর বড় জোর আধঘণ্টা যেতে হবে। সেখানেও পাওয়া না গেলে বুঝতে হবে, সমুদ্রে ওরা নেই। খুঁজতে হবে পাড় ধরে ধরে।”

নাইডু বললেন, “চলুন তা হলে!”

রাধা বলল, “ওই লোকগুলো রাত্তিরবেলা দ্বীপে থাকবে, ওদের যদি হাঙরে খেয়ে ফেলে?”

নাইডু বললেন, “হাঙর তো পাড়ে ওঠে না। হাঙরের ঝাঁক আসে বটে মাঝে-মাঝে। কুমির থাকলে ওপরে উঠে আসতে পারত, কিন্তু এ সমুদ্রে কুমির দেখা যায় না।”

রাধা বলল, “আর সাপ?”

সেলিম বললেন, “সাপ আছে, খুবই বিষধর, তবে সাপ তো মানুষকে তেড়ে এসে কামড়ায় না। মানুষ সাপের খাদ্য নয়।”

সন্তু আর কাকাবাবু কোনও কথা বলছেন না। এর পরের দ্বীপটাতেও জোজোকে পাওয়া না গেলে আর কোথায় খোঁজা হবে? রাত্তিরবেলা আর কোথাও যাওয়া যাবে না। ওরা মাত্র তিনদিন সময় দিয়েছে, বাকি থাকবে শুধু কালকের দিনটা।

রাধা বলল, “আমার একটা দ্বীপে থাকতে ইচ্ছে করে।”

সেলিম বললেন, “তোমাকে রাবার দ্বীপে আমরা রেখে আসব। তুমি একা থাকতে পারবে?”

রাধা অনেকখানি ঘাড় হেলিয়ে বলল, “হ্যাঁ।”

সন্তু বলল, “যখন খিদে পাবে, তখন কী করবে?”

রাধা একটু চিন্তা করে বলল, “একটা না একটা জাহাজ তো যাবে পাশ দিয়ে, সেই জাহাজকে ডাকব।”

নাইডু বললেন, “জাহাজের লোকগুলো ভাববে, আকাশ থেকে একটা পরী নেমে এসেছে এই দ্বীপে।”

হঠাৎ রাধা বলল, “দূরে ওটা কী? তিমি মাছ?”

চোখে দূরবিন লাগিয়ে নাইডু বললেন, “না ওটাই সেই রবার্টস আয়ল্যান্ড।”

আরও কাছে যাওয়ার পর দ্বীপটাকে ভাল করে দেখা গেল। আকাশের একদিক এর মধ্যে অন্ধকার হয়ে গেছে, অন্যদিকে আগুনের মতন লাল রেখা।

দ্বীপের কাছেই রয়েছে একটা বোট, সেটা ঢেউ লেগে দুলছে। বোটের মাঝখানে অস্পষ্টভাবে দেখা যাচ্ছে দু'জন লোককে।

নাইডু নিজেদের বোটটা থামিয়ে দিতে বললেন।

কাকাবাবু রিভলভার বার করে বললেন, "খুব সাবধানে এগোতে হবে। ওরা চোখের নিমেষে গুলি চালিয়ে দেয়। নিশ্চয়ই আমাদের বোট দেখতে পেয়েছে।"

কমান্ডোরা অস্ত্র হাতে নিয়ে তৈরি হয়ে নিল।

নাইডু লাউড স্পিকারের চোঙাটা নিয়ে ঘোষণা করলেন, "আমরা পুলিশ থেকে বলছি। পুলিশ। বোটটা একবার সার্চ করে দেখব!"

কাকাবাবু আপন মনে বললেন, "জোজোকে যখন ধরে নিয়ে যায়, তখন নকল পুলিশ সেজে ওরাই এই কথা বলেছিল।"

নাইডুর দু'বারের ঘোষণাতেও কোনও সাড়া পাওয়া গেল না।

সেলিম বললেন, "স্যার, খুব জোর হাওয়া বইছে, আমাদের বোটটাও অনেকটা দূরে, ওরা বোধহয় শুনতে পাচ্ছে না।"

নাইডু চালককে বললেন, "আরও একটু এগিয়ে চলো তো। বেশি না। সন্তু আর রাধা, তোমরা শুয়ে পড়ো, নইলে গুলি লাগতে পারে।"

বোটটা খানিকটা এগিয়ে গিয়ে থামল। খুব তাড়াতাড়ি আকাশের আলো মিলিয়ে যাচ্ছে, তবু অস্পষ্ট হলেও বোঝা গেল, অন্য বোটটাতে মানুষ রয়েছে।

কাকাবাবু দ্বীপটার দিকে দেখলেন ভাল করে। সেখানে কোনও মানুষজন দেখা যাচ্ছে না।

নাইডু আরও তিনবার একই ভাবে মুখে চোঙা দিয়ে ঘোষণা করলেন। কোনও সাড়াশব্দ পাওয়া গেল না।

তিনি আবার বললেন, "বোটের চালককে বলছি, মাথার ওপর হাত তুলে উঠে দাঁড়াও।"

কেউ উঠে দাঁড়াল না।

এবার এই বোটের জোরালো সার্চ লাইট ফেলা হল অন্য বোটে।

এবার দেখা গেল, কয়েকজন লোক পাশাপাশি শুয়ে আছে। মনে হয় যেন ঘুমন্ত। এই সন্ধেবেলা সবাই মিলে ঘুমিয়ে পড়বে, তাও তো বিশ্বাসযোগ্য মনে হয় না।

সেলিম বলল, "মটকা মেরে শুয়ে আছে। নিশ্চয়ই কোনও মতলব আছে।"

নাইডু একজন কমান্ডোকে শূন্যে একবার গুলি চালাতে বললেন।

সেই গুলির আওয়াজে, ওদিক থেকে সাড়াশব্দ পাওয়া গেল না। সবাই শুয়ে রইল একভাবে।

সেলিম বললেন, "আরও একটু কাছে গিয়ে দেখা হবে?"

কাকাবাবু চিন্তিতভাবে বললেন, "খানিকটা অপেক্ষা করে দেখা যাক। ওরা নিশ্চয়ই চাইছে আমরা আরও কাছে যাই। তারপর একটা কিছু করবে। আমি একা ওদের বোটের কাছে যেতে পারলে ভাল হত। কিন্তু তার তো উপায় নেই।"

নাইডু বিস্মিতভাবে বললেন, "কেন, আপনি একা যেতে চাইছেন কেন? ওরা এত সাঙ্ঘাতিক লোক..."

কাকাবাবু বললেন, "ওরা তো আমাকে মারবে না। আমাকে দিয়েই তো ডিমেলোকে ছাড়াতে চাইছে। আমাকে মারলে ওদের কোনও লাভ হবে না।"

হঠাৎ জলে একটা শব্দ হল।

জুতো আর প্যান্ট খুলে সন্তু সমুদ্রে নেমে পড়েছে।

নাইডু চেঁচিয়ে উঠলেন, "এ কী, এ কী!"

ততক্ষণে সন্তু ডুবসাঁতার দিয়েছে?

কাকাবাবু বললেন, "সন্তু খুব ভাল সাঁতার জানে। ও অন্ধকারের সুযোগ নিয়ে চুপিচুপি ওই বোটের কাছে গিয়ে দেখতে চায় আসল ব্যাপারটা।"

সেলিম বললেন, "এটা তো ডেঞ্জারাস। ওরা নিশ্চয়ই নজর রাখছে।"

কাকাবাবু বললেন, "সন্তুকে বারণ করেও লাভ হত না। ও জোজোকে এত ভালবাসে।"

সবাই ব্যগ্রভাবে তাকিয়ে রইলেন।

এখানে বেশি ঢেউ নেই। তবে বাতাসে ছলচ্ছল শব্দ হচ্ছে। সন্তু এক-একবার মাথা তুলছে, আবার ডুবে যাচ্ছে। একটু পরেই তাকে আর দেখা গেল না।

কাকাবাবু নাইডুকে বললেন, "সার্চ লাইটটা অফ করে দিন।"

নাইডু চোখে দূরবিন লাগিয়ে দেখার চেষ্টা করলেন। কিন্তু অন্ধকারে সবই কালো হয়ে গেছে।

একটু বাদে রাধা প্রথমে বলল, "কীসের একটা আওয়াজ শোনা গেল না ও মানুষের গলা!"

সেলিম বললেন, 'হ্যাঁ। কেউ আর্ত চিৎকার করছে। সন্তু ধরা পড়ে গেছে?"

কাকাবাবু বোটচালককে বললেন, "শিগগির ওই বোটের কাছে চলো।"

আবার জ্বালানো হল সার্চ লাইট। ওই বোটের ওপর দেখা গেল সন্তুকে। আর একটু কাছে যেতে শোনা গেল তার কথা। সে চেঁচিয়ে ডাকছে, "কাকাবাবু, কাকাবাবু, এদিকে চলে এসো—।"

অন্য বোটের কাছে পৌঁছতেই কাকাবাবুর বুকটা ধস করে উঠল।

এখানে-সেখানে শুয়ে আছে চারজন। তাদের মধ্যে জোজোও আছে, কেউ নড়ছে না।

সবাই মরে গেছে?

সেলিম এক লাফে অন্য বোটটায় গিয়ে বসলেন, "সবাই কী করে একসঙ্গে মরে গেল?"

সন্তু বলল, "একজনও মরেনি। আমি জোজোর নাকের কাছে হাত দিয়ে দেখেছি, নিশ্বাস পড়ছে।"

এর পর নাইডু আর কাকাবাবুও চলে এলেন এই বোটে। প্রত্যেককেই পরীক্ষা করে দেখা হল। কেউই মৃত নয়। অজ্ঞান হয়ে আছে।

নাইডু বললেন, "এ তো ভারী আশ্চর্যের ব্যাপার। কারুর গায়ে আঘাতের চিহ্ন নেই। মারামারি হয়নি বোঝা যাচ্ছে। তবু অজ্ঞান হল কী করে?"

কাকাবাবু বললেন, "এটা আমিও বুঝতে পারছি না।"

সেলিম বললেন, "আমরা আশঙ্কা করছিলাম গোলাগুলি চলবে। তার কিছুই হল না। জোজোকেও খুঁজে পাওয়া গেছে। বাকি লোকগুলোকেও হাতকড়া পরিয়ে ধরে নিয়ে যেতে পারি। এত সহজে সব হয়ে গেল?"

কাকাবাবু বললেন, "ঘুমন্ত অবস্থায় কারুর হাত বাঁধা কি উচিত। দেখুন না চেষ্টা করে, এদের জাগানো যায় কি না!"

সন্তু এর মধ্যে জোজোর হাত আর মুখের বাঁধন খুলে দিয়েছে। তার গালে ছোট ছোট চাপড় মেরে ডাকতে লাগল, "জোজো, এই জোজো!"

একটু বাদেই জোজো চোখ মেলে চাইল। ধড়মড় করে উঠে বসে বলল, "সন্তু কখন এলি?"

সন্তু বলল, "এই তো এক্ষুনি। তোর কী হয়েছিল?"

জোজো বলল, "কিছু হয়নি তো।"

ঘাড় ঘুরিয়ে অন্যদের দেখে বলল, "জানিস সন্তু, এই লম্বা লোকটার নাম রকেট। আর ও হচ্ছে ভিকো। অতি খারাপ লোক। আর বোট চালাচ্ছে, আমাদের সেই ফ্রেড।"

কাকাবাবু বললেন, "জোজো, এরা সবাই এই সন্ধেবেলা ঘুমিয়ে আছে কেন?"

জোজো বলল, "তা তো জানি না। আমার খুব ঘুম পেয়েছিল। মুখ বাঁধা থাকলে কথা বলা যায় না, তখন তো জেগে থাকার বদলে ঘুমিয়ে পড়াই ভাল।"

নাইডু সেলিমকে বললেন, "এই বোট থেকে সব অস্ত্রগুলো সরিয়ে ফেলুন আগে।"

তারপর তিনি রকেট হায়দরাবাদির গালে চাপড় মারতে লাগলেন।

সেও জেগে গেল একটু পরেই।

নাইডু তার কপালে রিভলভার ঠেকিয়ে বললেন, "রকেট হায়দরাবাদি, তোমাকে গ্রেফতার করা হল। বাধা দেবার চেষ্টা করে লাভ নেই।"

রকেটের দু'চোখে হাজার বিস্ময়।

সে আমতা আমতা করে বলল, "আপনারা... আপনারা কখন এলেন? আমাদের কী হয়েছিল?"

নাইডু বললেন, "তোমরা ধরা দেবার জন্য অপেক্ষা করে করে ঘুমিয়ে পড়েছিলে ক্লান্ত হয়ে।"

খপ করে তার হাত দুটি ধরে হ্যান্ডকাপ পরিয়ে দেওয়া হল। সে এমন ভ্যাবাচ্যাকা খেয়ে গেছে যে, আর কোনও কথা বলতে পারছে না।

সেলিম বললেন, "আমি এত বছর পুলিশে চাকরি করছি, কখনও এমন

অভিজ্ঞতা হয়নি। কালপ্রিটরা ঘুমিয়ে ঘুমিয়ে ধরা দিল! আমাদের কিছুই করতে হল না?"

কাকাবাবু বললেন, "এরকম অভিজ্ঞতা আমারও প্রথম হল।"

অন্যদের একই রকমভাবে জাগিয়ে হাতকড়া পড়িয়ে দিলেন নাইডু।

ভিকো শুধু প্রথমে জোরাজুরি করার চেষ্টা করল, সেলিম তার দিকে রিভলভার তুলে বললেন, "গুলি খেয়ে মরতে চাও?"

ভিকো তখন উঠে দাঁড়িয়ে হু-আ-হা-হা, হু-আ-হা-হা করে চিৎকার করে উঠল আকাশ ফাটিয়ে।

জোজো বলল, "কী করছে? কারুকে ডাকছে নাকি!"

সন্তু বলল, "এখানে কে ওর ডাক শুনতে পাবে?"

সেলিম বললেন, "এটা ওর কান্না। এমনি এমনি ধরা পড়েছে তো তাই ওর অপমান হয়েছে।"

সত্যিই ভিকোর দু'চোখ দিয়ে জল পড়ছে। রকেট বসে আছে হাঁটুতে মাথা গুঁজে।

নাইডু বললেন, "আর দেরি করে লাভ কী? এবার গেলেই হয়। কিন্তু একটা মুশকিল হচ্ছে, এই বোটটা চালাবে কে? এ লোকটাকে বিশ্বাস করা যায় না।"

ফ্রেড বলল, "আমি কী দোষ করেছি? আমার বোট কেউ ভাড়া নিলে সে যেখানে যেতে বলবে, সেখানে যাব।"

সেলিম বললেন, "চোপ! তুমি একটাও কথা বলবে না।"

নাইডু বললেন, "আমাদের একটা বোটে তো এত লোক ধরবে না। সেলিম, তুমি বোট চালাতে জানো?"

সেলিম বললেন, "না স্যার।"

কাকাবাবু বললেন, "আমি জানি। কিন্তু আমি একটা অন্য কথা ভাবছি। এ বোটটা আপাতত এখানে থাক। আমি আর সন্তু এই দ্বীপে থেকে যাচ্ছি, আপনারা ওদের নিয়ে একটা বোটে চলে যান।"

নাইডু অবিশ্বাসের সুরে বললেন, "আপনারা এই দ্বীপে থেকে যাবেন মানে? কেন?"

কাকাবাবু বললেন, "এখন তো আর কোনও বিপদের ভয় নেই। আমরা তো এই দ্বীপে রাত কাটাব বলেই যাত্রা করেছিলাম।"

নাইডু বললেন, "না, না। এখন তার দরকার নেই। সবাই মিলে গাদাগাদি করে হয়ে যাবে। মিস্টার রায়চৌধুরী, ফিরে চলুন।"

কাকাবাবু বললেন, "আপনি চিন্তা করবেন না। আমি এখানে থাকব বলেই ঠিক করেছি।"

কাকাবাবুর গলার আওয়াজ শুনেই বোঝা যায়, তিনি মত বদলাবেন না।

জোজো বলল, "আমিও থাকব।"

কাকাবাবু বললেন, "তোর ওপর এত ধকল গেছে। তুই বরং শহরে গিয়ে বিশ্রাম নে। যদি ডাক্তার দেখাতে হয়..."

জোজো বলল, "মোটেই ডাক্তার দেখাতে হবে না। এক ঘণ্টা ধ্যান করব, তাতেই সব ঠিক হয়ে যাবে। কিন্তু কাকাবাবু, আমরা রাত্তিরে কী খাব?"

কাকাবাবু বললেন, "সে একটা ব্যবস্থা হয়ে যাবে। আমাদের বোটে ডিম আর পাউরুটি আছে, সেগুলো রেখে দেব। এই বোটে কিছু আছে কি না দ্যাখ তো!"

এই বোটেও রয়েছে কিছু ডিম আর পাউরুটি, আর দু'প্যাকেট খেজুর আর পেস্তাবাদাম। কফি আর গুঁড়ো দুধ।

কাকাবাবু বললেন, "বাঃ, চমৎকার খাওয়া হবে।"

সন্তু বলল, "এই জোজো, দ্যাখ তো নুন আছে কি না। নুন ছাড়া ডিম খাওয়া যায় না।"

শুধু নুন নয়, পাওয়া গেল গোলমরিচের গুঁড়োও।

নাইডু বললেন, "মিস্টার রায়চৌধুরী, আপনি সত্যি থেকে যাবেন, এই ছোট ছেলেদুটিকে নিয়ে?"

সেলিম বললেন, "আমারও থেকে যেতে ইচ্ছে করছে। আমিও তা হলে থাকি স্যার?"

নাইডু বললেন, "সেলিম, তুমিও পাগল হলে নাকি?"

সেলিম বললেন, "এই দ্বীপটা সম্পর্কে কতরকম গল্প শুনেছি। খুব কৌতূহল হচ্ছে।"

রাধা এবার বলল, "আর আমি কী করব?"

নাইডু বললেন, "তুমি তো অবশ্যই আমাদের সঙ্গে ফিরে যাবে। তোমার থাকার প্রশ্নই ওঠে না।"

রাধা বলল, "মোটেই না, মোটেই না। আমি কাকাবাবুর সঙ্গে থাকব।"

অনেক চেষ্টা করেও রাধাকে বোঝানো গেল না। সে কাকাবাবুর কোটটা চেপে ধরে রইল।

শেষ পর্যন্ত কাকাবাবুর দলটা বেশ বড়ই হয়ে গেল।

সন্তু, জোজো, রাধা, সেলিম আর একজন কমান্ডো। নাইডু জোর করে রাখতে চাইলেন তাকে। তার হাতে লাইট মেশিনগান।

বন্দিদের অন্য বোটে তোলবার পর নাইডু বললেন, "আমাকে তো আজই ওদের নিয়ে গিয়ে থানায় জমা দিতে হবে। কাল দুপুরের মধ্যেই আমি আপনাদের এখানে ফিরে আসছি।"

সেলিম বললেন, "সেই ভাল স্যার। আসবার সময় বেশি করে খাবার নিয়ে আসবেন।"

জোজো বলল, "মশলা ধোসা আনতে পারবেন না? ডিম-পাউরুটি আর কতবার খাওয়া যায়?"

নাইডুদের লঞ্চটা ছেড়ে যাওয়ার পর কাকাবাবু এই লঞ্চটার চালকের আসনে বসলেন।

অনেকদিন অভ্যেস নেই, বেশ কয়েক মিনিট স্টার্ট দিতে অসুবিধে হল।

কাকাবাবু সন্তুর দিকে তাকিয়ে বললেন, "কী রে, এটা চলবে না নাকি?"

সঙ্গে সঙ্গে ধক ধক শব্দ করে উঠল ইঞ্জিন।

॥ ৯ ॥

সন্ধের একটু পরেই আকাশের অন্ধকার কাটিয়ে চাঁদ উঠল। এখন আর মেঘও নেই। ফুরফুরে হাওয়ায় ঠান্ডা হবে।

এই দ্বীপের জেটিটা একেবারে ভাঙা। কাকাবাবু খুব কায়দা করে বোটটা সেখানে ভেড়ালেন। তবু খানিকটা জলে পা দিয়েই নামতে হল।

ওপরে এসেই রাধা জিজ্ঞেস করল, "এখানে কচ্ছপ নেই?"

সেলিম বললেন, "খুঁজে দেখতে হবে। তবে সব জায়গায় কচ্ছপ আসে না। ওদের স্বভাবই হচ্ছে, প্রতি বছর ঠিক এক জায়গায় ডিম পাড়তে আসে।"

সন্তু জিজ্ঞেস করল, "কচ্ছপের ডিম খাওয়াও কি নিষেধ?"

কাকাবাবু বললেন, "সঙ্গে এত হাঁস-মুরগির ডিম আছে, এর ওপর আবার কচ্ছপের ডিম খেতে চাস?"

জোজো বলল, "আমি একটা টেস্ট করে দেখব। কচ্ছপের ডিম পিং পং বলের মতন, তাই নয়?"

জিনিসপত্রগুলো সব নামানো হল বোট থেকে। মোট দুটো টর্চও আছে দলটির সঙ্গে।

কমান্ডোটির নাম প্রসন্ন। সেলিম তাকে আগে আগে যেতে বললেন।

ওপরের মাটি ভিজে ভিজে। কাকাবাবু টর্চ জ্বেলে দেখতে লাগলেন মাটি। কারুর পায়ের ছাপ কিংবা কোনও কিছু টেনে নিয়ে যাওয়ার দাগ নেই।

ভাঙা বাড়িটার কাছে পৌঁছতে বেশিক্ষণ লাগল না।

বাইরে দাঁড়িয়ে সেলিম চিৎকার করে বললেন, "আমরা পুলিশের লোক। ভেতরে কেউ থাকলে বেরিয়ে এসো।"

এরকম তিনবার বলার পরেও কোনও সাড়া পাওয়া গেল না।

সেলিম এবার সামনের দরজাটা জোরে ঠেলতেই সেটা খুলে গেল। ভেতরে টর্চ ফেলে বললেন, "কেউ নেই। মেঝেতে ধুলো জমে আছে। কোনও জীবজন্তু ঢোকেনি।"

এবার সবাই ঢুকে পড়লেন ভেতরে।

বাড়িটি একসময় দোতলা ছিল, কিন্তু ওপরের ঘরগুলো এখন একেবারেই

ভাঙা। কোনওটার ছাদ নেই, কোনওটার দেওয়াল ধসে গেছে। তবে নীচে প্রায় চারখানা ঘর ব্যবহার করা যায়।

কাকাবাবু বললেন, "মেজেতেই শুতে হবে। ধুলোটুলোর কথা চিন্তা করলে চলবে না।"

সন্তু বলল, "এখানে গরমও নেই। ঠান্ডাও নেই। আমরা বাইরে মাঠে শুতে পারি না?"

সেলিম বললেন, "তোমার দেখছি খুব সাহস। তবে প্রথম রাতটাতেই বাইরে শোওয়া ঠিক হবে না।"

কাকাবাবু বললেন, "যখন-তখন বৃষ্টি আসতে পারে। সেইজন্যই ঘরে শুতে হবে। রবার্টসাহেব বাড়িটা বেশ যত্ন করেই বানিয়েছিলেন। বড় বড় জানলা, সব কাচ ভেঙে গেছে অবশ্য।"

সেলিম বললেন, "নিশ্চয়ই পাগলাটে লোক ছিলেন। নইলে এরকম নির্জন দ্বীপে এত খরচ করে কেউ বাড়ি বানায়? তাও বাড়িসুদ্ধ পুরো দ্বীপটাই যে চলে যেতে পারে জলের তলায়, সে কথাও ভাবেননি। এ-বাড়িটা যে একবার ডুবে গিয়েছিল, তার প্রমাণ দেখুন না, দেওয়ালে শ্যাওলা লেগে আছে।"

রাধা বলল, "আজ রাত্তিরে যদি আবার ডুবে যায়?"

কাকাবাবু বললেন, "তা তো যেতেই পারে। তুমি একটা দ্বীপে থাকতে চেয়েছিলে। অনেক দ্বীপই ডুবে যায়। তুমি সাঁতার জানো?"

রাধা বলল, "হ্যাঁ, খুব ভাল জানি।"

সন্তু বলল, "জোজোকে নিয়েই মুশকিল হবে। জোজো সাঁতার শেখেনি।"

জোজো বলল, "তাতে মুশকিলের কী আছে। জল আসছে দেখলেই দৌড়ে গিয়ে বোটে উঠে পড়ব। বোট তো আর ডুবছে না। তোমাদের খিদে পায়নি?"

কাকাবাবু বললেন, "হ্যাঁ, খাওয়ার ব্যাপারটা তাড়াতাড়িই সেরে নেওয়া যাক।"

সেলিম বললেন, "একটা খুব বোকামি হয়ে গেছে। আমাদের সঙ্গে মাত্র দু'বোতল জল আছে। এতে আর কতক্ষণ চলবে এতগুলো মানুষের? চারদিকে এত বড় সমুদ্র, কিন্তু তার জল তো খাওয়া যায় না। সেই যে কোলরিজের কবিতা আছে, Water, water every where, not a drop to drink."

জোজো বলল, "আমাদের বোটে অনেক খাবার জল আছে। অন্তত এক ডজন বোতল।"

কাকাবাবু বললেন, "খানিকবাদে বোট থেকে জল নিয়ে আসতে হবে। এখন তো চলুন।"

সেলিম বললেন, "ডিম তো কাঁচা খাওয়া যাবে না। সেদ্ধ বা ভাজা করতে হবে। তা কী করে হবে?"

কাকাবাবু বললেন, "এ-বাড়িতে তো রীতিমতন রান্নাঘর আছে। একসময় একটা বিজ্ঞানীর দল এসে এখানে থেকেছে, তারা নিশ্চয়ই রান্না করে খেয়েছে।

চলো, সেটা দেখা যাক।"

জোজো বললেন, "আমি কাঁচা ডিমও খেতে পারি। একবার বালাতোন লেকের ধারে ভূমিকম্পে আটকা পড়ে গিয়েছিলুম। তখন চারদিন শুধু কাঁচা ডিম খেয়ে কাটিয়েছি।"

রাধা জিজ্ঞেস করল, "বালাতোন লেক কোথায়?"

জোজো বলল, "হাঙারিতে। তাও জানো না?"

সন্তু খুব অবাক হবার ভান করে জিজ্ঞেস করল, "ভূমিকম্পে আটকা পড়ে গিয়েছিলি? অনেক বাড়িঘর ভেঙে গিয়েছিল?"

জোজো বলল, "অনেক, অনেক। আমরা একটা ভাঙা বাড়ির তলায় আটকা পড়ে গিয়েছিলাম, দু' বছর আগে ওখানে কী দারুণ ভূমিকম্প হয়েছিল, কাগজে পড়িসনি?"

সন্তু বলল, "অত বাড়িঘর ভাঙল, আর ডিমগুলো ভাঙল না।"

হো হো করে হেসে উঠলেন সেলিম। কাকাবাবুও মুচকি হাসলেন।

জোজো এতে দমবার পাত্র নয়। সে জোর দিয়ে সন্তুকে বললেন, "ভাঙবে না কেন? কয়েক হাজার ডিম ভেঙে নষ্ট হয়ে গিয়েছিল, তার মধ্যেও কিছু আস্ত ছিল, সেগুলো বেছে বেছে তুলতে হয়েছে। সে বাড়িটা কী ছিল জানিস? একটা হাঁস-মুরগির ফার্ম! হাঁসগুলো সব লেকের জলে ঝাঁপ দিয়েছিল আর মুরগিগুলো পালিয়ে গিয়েছিল জঙ্গলে।"

রান্নাঘরে এসে দেখা গেল একটা পাথরের তৈরি উনুন বানানো আছে আর এককোণে পড়ে আছে কিছু কাঠকুটো। সেগুলো একটু ভিজে ভিজে। তবু সেগুলো দিয়েই অতি কষ্টে ধরানো হল উনুন, চায়ের কেটলিতে ফুটিয়ে নেওয়া হল কয়েকটা ডিম।

তারপর ডিম-পাউরুটি আর খেজুর-বাদাম দিয়ে বেশ ভালই খাওয়া হল।

কোনও ঘরেই কোনও খাট কিংবা চেয়ার নেই। তবে জানলাগুলোর সঙ্গে অনেকটা জায়গা, সেখানে উঠে বসা যায়।

কাকাবাবু একটা জানলার ধারে বসে তাকিয়ে আছেন বাইরের দিকে। এ-বাড়িটা সমুদ্রের বেশ কাছে, তারপরে অনেকখানি খোলা জায়গা। দ্বীপের অন্য প্রান্তটা দেখা যায় না।

কাকাবাবু একসময় বললেন, "অশান্ত সমুদ্রের আওয়াজ ছাড়া আর কোনও শব্দ নেই।"

নাইডুর দূরবিনটা সেলিম রেখে দিয়েছেন, সেটা দিয়ে দেখতে দেখতে বললেন, "দূরে কিছু একটা দেখা যাচ্ছে। রায়চৌধুরী সাহেব, আপনি দেখবেন?"

কাকাবাবু দূরবিনটা তার কাছ থেকে নিয়ে চোখে লাগালেন। কয়েক মিনিট ধরে দেখে তিনি বললেন, "হ্যাঁ, দেখতে পাচ্ছি। ওটা কী বলে মনে হয় আপনার?"

সেলিম বললেন, "মশাল হতে পারে না?"

কাকাবাবু বললেন, "ওটা এক জায়গায় নেই। সরে সরে যাচ্ছে।"

সেলিম বললেন, "মশাল হাতে নিয়ে যদি কেউ দৌড়য়, তা হলে ওই রকমই মনে হতে পারে।"

আর একটু দেখে কাকাবাবু বললেন, "মশাল নিয়ে কে দৌড়বে? কেন দৌড়বে?"

সন্তু বলল, "আমি ওখানে গিয়ে দেখে আসব?"

সেলিম বললেন, "না। প্রথম রাত্তিরটা বাইরে বেরুবার দরকার নেই। আগে সব কিছু বুঝে নেওয়া যাক। পালা করে রাত জেগে পাহারাও দিতে হবে।"

রাধা এরই মধ্যে ঘুমিয়ে পড়েছে। জোজোরও চোখ জুড়ে আসছে।

কাকাবাবু বললেন, "ওই অস্পষ্ট আলোটা যদি মশাল হয়, তা হলে কেউ একটা ছোট্ট জায়গায় ওটা নিয়ে একবার এদিক একবার ওদিক যাচ্ছে। ব্যায়াম করছে নাকি?"

সেলিম বললেন, "একটা আলো তো দেখা যাচ্ছে ঠিকই।"

কাকাবাবু বললেন, "অন্ধকার রাত্তিরে যদি সমুদ্রের ধারে বসে থাকেন, তা হলে দেখতে পাবেন, একসময় দূরের ঢেউগুলোর ওপর আলো রয়েছে। ঠিক যেন আলোর মালা।"

সেলিম বলল, "জানি, ওগুলো ফসফরাস। সমুদ্রের জলে খুব বেশি থাকে, অন্ধকারে জ্বলজ্বল করে। কিন্তু এটা তো জলে নয়, মাটিতে, একটু উঁচুতে।"

কাকাবাবু জিজ্ঞেস করলেন, "আপনি উইল-ও-দা-উইস্‌প কাকে বলে জানেন? কিংবা জ্যাক-ও-ল্যানটার্ন?"

সেলিম বললেন, "না, জানি না তো?"

কাকাবাবু বললেন, "আমরা বাংলায় একে বলি আলেয়া। অগভীর জলাভূমি, যেখানে মানুষজন বেশি যায় না, সেখানে এই আলেয়া দেখা যায়। নির্জন মাঠের মধ্যে অনেকে এই দেখে ভূতের ভয় পায়। কেউ ভাবে ঘোমটা দেওয়া পেত্নি, কেউ ভাবে মানুষ নেই, তবু শূন্যে মশাল জ্বলছে। কেউ বা সাহস করে ওটাকে ধরতে যায়। কিন্তু ওটাকে ধরা তো যায়ই না। ওর দিকে এগোলেই দূরে সরে যায়। যেমন সমুদ্রের ঢেউয়ের মাথায় ফসফরাসের আলো কি ধরা যায়? এই আলোও আসলে ফসফরাস, তার সঙ্গে হাইড্রোজেন মিশে যে গ্যাস হয়, সেই গ্যাসটাকেই এক-এক সময় আলোর মতন মনে হয়। সেই আলোটা লাফায়, ঠিক যেন মনে হয় নাচছে, কিংবা মানুষের মতন দৌড়োচ্ছে। নির্জন রাত্রিতে তা দেখে ভয় লাগতেই পারে। প্রকৃতির কত বিচিত্র রূপ।"

দূরবিন দিয়ে আর একবার দেখে নিয়ে কাকাবাবু আবার বললেন, "অবশ্য এই আলোটা আলেয়া নাও হতে পারে। কাল দিনের বেলা জায়গাটা পরীক্ষা করে দেখতে হবে। আপনি আর আমি যাব।"

সেলিমের কাছ থেকে কোনও সাড়াশব্দ না পেয়ে কাকাবাবু তাকিয়ে দেখলেন।

সেলিম দেওয়ালে হেলান দিয়ে ঘুমিয়ে পড়েছেন। সন্তু জোজো সবাই শুয়ে পড়েছে মাটিতে।

কাকাবাবুর একবার হাই উঠল।

তিনি অবাক হয়ে ভাবলেন, এত তাড়াতাড়ি ঘুমিয়ে পড়ল সবাই? রাত তো বেশি হয়নি।

হাওয়ার তেজ বেড়েছে, শোঁ শোঁ শব্দ হচ্ছে।

কমান্ডোটি বাইরে বসে আছে। কাকাবাবু একবার ভাবলেন, তার সঙ্গে কথা বলবেন।

কিন্তু তাঁরও খুব ক্লান্ত লাগল। সারাদিন কম ধকল তো যায়নি। তা ছাড়া দুশ্চিন্তা ছিল খুব। সেসব মিটে গেছে বলেই শরীরটা বিশ্রাম নিতে চাইছে।

কাকাবাবু ভাবলেন, কিছুক্ষণ ঘুমিয়ে নেওয়া যাক। প্রতি রাত্তিরেই তাঁর দু'-তিনবার ঘুম ভাঙে। মাঝরাতে উঠে কমান্ডোকে ছুটি দিয়ে তিনি পাহারা দেবেন।

সেই জানালার রেলিং-এ হেলান দিয়েই ঘুমিয়ে পড়লেন কাকাবাবু।

সকালের আলো চোখে লাগবার পর তাঁর ঘুম ভাঙল।

প্রথমেই তাঁর লজ্জা হল। রাত্তিরে একবারও জাগেননি, কমান্ডোকে ছুটি দেওয়া হয়নি।

সন্তুরা সবাই এখনও ঘুমিয়ে আছে।

কাকাবাবু তাড়াতাড়ি বাইরে এসে দেখলেন, অস্ত্রটা পাশে রেখে কমান্ডোও দিব্যি ঘুমোচ্ছে নাক ডাকিয়ে। এই তার পাহারা দেওয়ার ছিরি।

রাত্তিরে অবশ্য কিছুই ঘটেনি। দিনের আলোয় পুরো দ্বীপটা খালি পড়ে আছে, কোনও জনপ্রাণীর চিহ্ন নেই। দূরে দেখা যাচ্ছে সমুদ্র।

ঘরে এসে কাকাবাবু সন্তুর নাম ধরে ডাকতেই সে উঠে বলল। দু' হাতে চোখ মুছতে মুছতে বলল, "এ কী, সকাল হয়ে গেছে!"

কাকাবাবু বললেন, "খুব ঘুমিয়েছিস!"

সন্তু বলল, "কখন যে ঘুমিয়ে পড়লুম, টেরই পাইনি।"

সন্তু ডেকে তুলল জোজোকে, একে একে সবাই উঠল।

সেলিমও খুব লজ্জা পেয়ে গেছেন। ক্ষমা চাইবার ভঙ্গিতে কাকাবাবুকে বললেন, "ছি ছি ছি, আমারও পাহারা দেবার কথা ছিল, শরীরটা যে এত ক্লান্ত হয়ে পড়েছিল, বুঝতে পারিনি। আপনি অনেকক্ষণ জেগেছিলেন, তাই না?"

কাকাবাবু বললেন, "আমিও একটানা ঘুমিয়েছি। আপনার লজ্জা পাওয়ার কিছু নেই।"

সেলিম চলে গেলেন চা বানাতে। অন্যরাও রান্নাঘরে গিয়ে ভিড় করল, শুধু কাকাবাবু বসে রইলেন জানালার বেদিতে। তাঁর কপাল কুঁচকে গেছে।

চা এল কাগজের গেলাসে। তাতে চুমুক দিতে দিতে সেলিম বললেন, "যাই

বলুন, এমন চমৎকার গাঢ় ঘুম বহুদিন হয়নি। শরীরটা বেশ ঝরঝরে লাগছে।"

কাকাবাবু বললেন, "ঘুমের ওষুধ খেয়ে ঘুমোবার মতন, তাই না?"

সেলিম বললেন, "ঠিক বলেছেন। প্রায় অজ্ঞান হওয়ার মতন ঘুম।"

কাকাবাবু গম্ভীরভাবে বললেন, "অথচ আমরা কেউই ঘুমের ওষুধ খাইনি। সবাই মিলে একসঙ্গে ঘুমিয়ে পড়াটা মোটেই স্বাভাবিক নয়। যতই ক্লান্তি থাক, আমি কখনও সারা রাত একটানা ঘুমোতে পারি না। অথচ কাল একবারও জাগিনি। এটা জোজোদের বোটের মতন ব্যাপার নয়।"

সেলিম বিস্মিতভাবে বললেন, "সবাই একসঙ্গে একটানা ঘুমিয়েছি? কী করে এমন হল?"

কাকাবাবু বললেন, "তা আমিও জানি না।"

সন্তু জিজ্ঞেস করল, "কাকাবাবু, তুমি একটা বাঁশির আওয়াজ শুনেছিলে?"

কাকাবাবু বললেন, "বাঁশির আওয়াজ? না শুনিনি।"

সন্তু বলল, "সত্যি শুনেছি, না স্বপ্ন দেখেছি, তা জানি না। তবে মনে হচ্ছিল, হাওয়ার শব্দের সঙ্গে খুব মৃদুভাবে বাঁশির মতন একটা কিছু বাজছে।"

রাধা বলল, "আমিও শুনেছি বাঁশির আওয়াজ।"

সন্তু বলল, "দু'জনে একই জিনিস শুনলে তো তা স্বপ্ন হতে পারে না।"

কাকাবাবু বললেন, "কে বাঁশি বাজাবে? কেউ তো ছিল না?"

জোজো বলল, "অনেকে মনে করে, ভূতেরা বাঁশি বাজাতে পারে না। কিন্তু জার্মানিতে একটা ভূতের বাড়িতে আমি নিজের কানে শুনেছি। সে বাঁশি শুনলেই ঘুম পায়।"

জোজোর কথায় পাত্তা না দিয়ে সেলিম বললেন, "বাঁশি বাজুক আর না বাজুক আমরা একসঙ্গে ঘুমিয়ে পড়েছি, এটা একটা রহস্যময় ব্যাপার। চলুন, কাকাবাবু, আগে আমরা কাল রাতের সেই আলেয়ার জায়গাটা দেখে আসি।"

মুখটুখ ধুয়ে তৈরি হয়ে সবাই মিলে গোটা দ্বীপটাই ঘুরে দেখা হল। কোথাও মানুষ থাকার কোনও চিহ্ন নেই। এক জায়গায় কিছু গাছপালা আছে, সেখানে কিছু কিছু পুরনো গাছের ডাল মাটিতে পড়ে পচেছে। সেখানকার মাটি বেশ ভিজে ও মাঝে-মাঝে গর্ত, সেই গর্তে জল ভরতি, অর্থাৎ দ্বীপের এই দিকটায় মাঝে-মাঝেই সমুদ্রের জল উঠে আসে। কয়েকটা মরা মাছও দেখা গেল।

নরম মাটিতে কাকাবাবুর ক্রাচ গেঁথে গেঁথে যাচ্ছে। তাঁর অসুবিধে হচ্ছে হাঁটা-চলায়।

সন্তু বলল, "কাকাবাবু, আমি আর জোজো একটু এগিয়ে যাব। সমুদ্রে স্নান করে আসব।"

কাকাবাবু বললেন, "যা, জোজোর হাত ধরে থাকিস। তবে, সেই চশমা তো নেই, স্নরকেলিং করার সুবিধে হবে না।"

রাধাও চলে গেল ওদের সঙ্গে।

সেলিম বললেন, "এই ঘুমের ব্যাপারটা বেশ ভাবিয়ে তুলল। যদি কেউ আমাদের ঘুম পাড়িয়ে থাকে, তবে তার উদ্দেশ্য কী? আমাদের তো কোনও ক্ষতি করেনি।"

কোনও মন্তব্য না করে কাকাবাবু বললেন, "হুঁ।"

সেলিম বললেন, "এমনও হতে পারে। এখানকার বাতাসে কোনও জীবাণু বা বীজাণু আছে, কোনও ভাইরাস, তাতে বেশিক্ষণ নিশ্বাস নিলেই ঘুম পায়।"

কাকাবাবু বললেন, "এমন কোনও ভাইরাসের কথা আমি কখনও শুনিনি।"

সেলিম বললেন, "হয়তো আর কোথাও নেই, শুধু এখানেই আছে। এই কথাটা একবার রটে গেলে এখানে ঝাঁকে ঝাঁকে টুরিস্ট ছুটে আসবে। শুধু ভাল করে ঘুমোবার জন্য।"

কাকাবাবু বললেন, "সেটা খুব ভাল হবে না। এখানে কোরাল রিফ আছে আপনি জানেন? বেশি লোক এলে তা নষ্ট হয়ে যাবে!"

সেলিম বললেন, "কোরাল রিফের কথা শুনিনি তো?"

কাকাবাবু বললেন, "দুপুরের দিকে আমিও সমুদ্রে নামব। তখন আপনাকে দেখাব।"

বাড়িটাতে ফিরে এসে কাকাবাবু বললেন, "আর একবার চা কিংবা কফি খেলে হয় না? এবার আপনি বসুন, আমি বানিয়ে আনছি।"

সেলিম বললেন, "না, না, রান্নাটা আমার দায়িত্ব। আপনি বসুন।"

আকাশ পরিষ্কার ছিল, হঠাৎ ঘনিয়ে এল মেঘ। তারপরই ঝড় উঠল। সমুদ্রে এরকম যখন তখন ঝড়বৃষ্টি হয়। কিন্তু এখানে মেঘ যেন দৌড়োচ্ছে, এক এক জায়গায় মেঘের মধ্যে ঝড়ের তোলপাড় হচ্ছে, এ দৃশ্য সব সময় দেখা যায় না।

একবারও মেঘের গর্জনও শোনা গেল না, দেখা গেল না বিদ্যুতের ঝলক।

এরকম ঝড় বোধহয় শুধু সমুদ্রের মধ্যে কোনও দ্বীপে বসেই দেখা যায়।

কাকাবাবু সন্তুদের জন্য চিন্তিত হয়ে পড়লেন। ওরা এখনও জলের মধ্যে থাকলে এই ঝড় ওদের অনেক দূরে টেনে নিয়ে যেতে পারে। তিনি জানলার দিকে চেয়ে রইলেন।

সেলিমও বললেন, "ছেলে-মেয়েরা সমুদ্রে গেল...এই ঝড়ের মধ্যে..."

সন্তুরা প্রায় তখনই ফিরে এল দৌড়োতে দৌড়োতে।

কাকাবাবু স্বস্তির নিশ্বাস ফেললেন।

রাধা বলল, "আকাশের অবস্থা দেখে আমি কিন্তু জলে নামিইনি।"

জোজো বলল, "ঝড়ের সময় সমুদ্রে স্রোত খুব বেড়ে যায়। আমাদের আর একটু হলে স্রোতের টানে ভেসে যেতে হত। আমি এর মধ্যেই অনেকটা সাঁতার শিখে গেছি।"

সন্তু একেবারে গম্ভীর। কোনও কথাই বলছে না।

একটু পরে কাকাবাবু জিজ্ঞেস করলেন, "তোর কী হয়েছে রে সন্তু?"

সন্তু কেমন যেন ফ্যাল-ফ্যাল করে চেয়ে রইল। তারপর আস্তে আস্তে বলল, "কাকাবাবু, আমি তোমাকে একটা কথা বলব। এখানে না। তুমি একটু পাশের ঘরে আসবে?"

কাকাবাবু একটু অবাক হয়ে বললেন, "কেন, পাশের ঘরে যেতে হবে কেন? যা বলবার, এখানে বল না!"

সন্তু তবু চুপ করে রইল।

কাকাবাবু সেলিমের দিকে তাকিয়ে বললেন, "লোকজনের সামনে কানে কানে কথা বলা কিংবা একপাশে ডেকে গোপন কথা বলা খুবই অভদ্রতা। আমি একদম পছন্দ করি না। সন্তু তা জানে। তবু যখন ও জোর করছে, নিশ্চয়ই কোনও কারণ আছে। কিছু মনে করবেন না।"

তিনি সন্তুকে নিয়ে পাশের ঘরে চলে গেলেন।

সন্তু মুখ নিচু করে বলল, "ওদের সামনে কিছু বলতে চাইনি, কেউ বিশ্বাস করবে না, শুনে হয়তো হাসবে। তুমিও বিশ্বাস করবে কি না জানি না!"

কাকাবাবু সন্তুর কাঁধে হাত দিয়ে নরম গলায় বললেন, "আমি কি তোর কোনও কথায় অবিশ্বাস করতে পারি?"

সন্তু বলল, "আমি জলে ডুব দিয়ে কোরালগুলো দেখছিলাম, হঠাৎ একটা ব্যাপার হল। আমি তার কোনও মানেই বুঝতে পারছি না। ডুবসাঁতার কাটছি, এক জায়গায় কীসের সঙ্গে যেন খুব জোরে আমার মাথা ঠুকে গেল। অথচ সেখানে কিছু নেই। পাথর নেই, এমনকী কোনও মাছও নেই, শুধু জল। সেই জলই যেন পাথরের মতন কঠিন। আমি আবার সেখানটায় যেতেই আবার ধাক্কা, এবার ছিটকে গেলাম দূরে, মাথায় বেশ লেগেছে। যেন একটা পাথরের দেওয়ালের সঙ্গে...অথচ দেওয়াল-টেওয়াল কিছু নেই।"

সন্তু কপালের এক পাশে হাত দিয়ে দেখিয়ে বলল, "এইখানটায় খুব লেগেছে!"

কাকাবাবু দেখলেন, সন্তুর কপালের সেইখানটা ফুলে গেছে, রক্ত জমে কালচে দেখাচ্ছে।

সন্তু জিজ্ঞেস করল, "জল তো পাথরের মতন শক্ত হতে পারে না। তবে কি আমার মনের ভুল?"

কাকাবাবু বললেন, "মনের ভুল হলে কপাল ফুলে যায় না। শোন সন্তু, আমারও ঠিক এইরকম হয়েছিল। আগের দিন, জলের নীচে কিছুর সঙ্গে আমারও জোর ধাক্কা লেগেছিল, কিন্তু সেখানে পাথরটাথর কিছু ছিল না। শুধু জল। আমারও একবার খটকা লেগেছিল। জল যদি বরফ হয়ে জমে যায়, তাতে ধাক্কা লাগতে পারে, বরফ অনেক সময় পাথরের মতনই শক্ত হয়, কিন্তু বরফটরফ কিছু ছিল না।"

সন্তু যেন খানিকটা স্বস্তি পেয়ে বলল, "তোমারও এরকম হয়েছিল। সত্যি? কী করে হয় এমন?"

কাকাবাবু বললেন, "আমিও বুঝতে পারছি না। সেদিন থেকে ভেবে চলেছি। আবার ঠিক ওই জায়গাটায় নেমে দেখতে হবে।"

সন্তু বলল, "কাকাবাবু, দ্বিতীয়বার আমার মনে হয়েছিল, শুধু ধাক্কা লাগেনি। কেউ বা কিছু আমাকে ঠেলে দিল। জ্যান্ত কিছু। অথচ দেখা যাচ্ছে না। অদৃশ্য কোনও প্রাণী হতে পারে?"

কাকাবাবু বললেন, "পৃথিবীতে অদৃশ্য কোনও প্রাণী আছে বলে তো শোনা যায়নি। অদৃশ্য শক্তি আছে। যেমন ধর ইলেকট্রিসিটি। যেমন মাধ্যাকর্ষণ। চুম্বকের টানও এইরকম। জলের মধ্যে ইলেকট্রিক ফিল্ড তৈরি হতে পারে কিনা, তা জানি না। কোনও বিজ্ঞানীকে জিজ্ঞেস করতে হবে। তার আগে আমি ওই জায়গাটায় গিয়ে দেখব।"

সন্তুর হাত ধরে সামনের ঘরে নিয়ে এসে কাকাবাবু বললেন, "সেলিমসাহেব, সন্তু আপনাদের সামনে কথাটা বলতে চায়নি, কারণ আপনারা হয়তো বিশ্বাস করতেন না। তবু আপনাদের জানা উচিত। জলের অনেকটা নীচে সন্তুর গায়ে কোনও একটা কঠিন জিনিসের সঙ্গে ধাক্কা লেগেছিল, অথচ সেখানে কিছুই ছিল না, জল ছাড়া। সন্তু এটা বানায়নি। এরকম অভিজ্ঞতা আমারও হয়েছে।"

জোজো বলল, "ও বুঝেছি। ইলেকট্রিক ফিশ। এক ধরনের ইল মাছ। কাছাকাছি গেলেই কারেন্ট মারে।"

সন্তু বলল, "সেখানে কোনও মাছই ছিল না। ইল মাছ কি অদৃশ্য হতে পারে নাকি?"

জোজো বলল, "হ্যাঁ, পারে। ইল মাছ নিজেই নিজের শক খেয়ে মাঝে মাঝে অদৃশ্য হয়ে যায়। একবার বারমুডা ট্রায়াঙ্গলের কাছে পাঁচজন নাবিক ইলেকট্রিক শক খেয়ে অজ্ঞান হয়ে গিয়েছিল, অথচ সেখানে কিছুই ছিল না। পরে, জানা গেল, ওটা অদৃশ্য ইল মাছের কাণ্ড।"

রাধা দু'দিকে মাথা দুলিয়ে বলল, "না, ভাই, আমি বইতে পড়েছি, ইল মাছ নিজে কখনও শক খায় না। মাকড়সা যেমন নিজের জালের আঠায় আটকা পড়ে না। আর শক খেলেও কেউ অদৃশ্য হতে পারে না। কোনও প্রাণীর পক্ষে সম্ভব নয়।"

জোজো বলল, "হ্যাঁ, সম্ভব। অনেক প্রাণীই অদৃশ্য হতে পারে। যেমন জোনাকি, যেমন মশা, যেমন চোখ গেল পাখি, আর ভূত হলে তো কথাই নেই। মাছেরাও, মানে খুব বড় মাছও মরে গেলে ভূত হয়। একবার সিডনিতে..."

সন্তু বলল, "বারমুডা ট্রায়াঙ্গলের সব গল্পই বানানো। আর জোজো, তোর মাছ-ভূতের গল্পও আমরা এখন শুনতে চাই না। এটা সিরিয়াস ব্যাপার।"

সেলিম মুগ্ধ দৃষ্টিতে জোজোর দিকে তাকিয়ে বললেন, "এ ছেলেটির তো দারুণ ক্ষমতা। চোখের নিমেষে গল্প বানাতে পারে।"

কাকাবাবু বললেন, "ঝড় থামলে আমি ওখানকার জলে নেমে দেখব।"

সেলিম বাইরের দিকে তাকিয়ে বললেন, "এ ঝড় থামবার তো কোনও লক্ষণই নেই।"

কাকাবাবু বললেন, "তবু কমে আসছে।"

সন্তু বলল, "কারা যেন আসছে এদিকে।"

দরজার বাইরে দাঁড়ানো কমান্ডোটিও বলল, "কিছু লোক আসছে। ফায়ার করব?"

কাকাবাবু বললেন, "না, না, আগেই গুলি ছুড়ো না। কাছে আসুক একটু।"

ঝড়ের মধ্যে কোনওরকম মাথা ঢাকা দিয়ে দুলে দুলে আসছে দু'জন। তাদের মুখ দেখা যাচ্ছে না।

কাকাবাবু আর সেলিমও রিভলভার বার করে জানলাটার দু'পাশে দাঁড়িয়ে পড়লেন।

আর একটু কাছে আসার পর সেই আগন্তুকদের একজন চেঁচিয়ে জিজ্ঞেস করল, "এনিবডি হোম? এনিবডি?"

কাকাবাবু অবাক হয়ে বললেন, "এ কী, এ তো আমার বন্ধু নরেন্দ্র ভার্মার গলা। সে দারুণ অসুস্থ, সে আসবে কী করে?"

জোজো বলল, "অন্য কেউ নরেন্দ্রকাকার গলা নকল করতে পারে। আমি তো আমাদের প্রধানমন্ত্রীরও গলা নকল করতে পারি।"

কাকাবাবুও চেঁচিয়ে বললেন, "আপনারা কে? মাথার ওপর হাত তুলে এগিয়ে আসুন।"

ওদের একজন বলল, "আমি দুঃখিত। আমার পক্ষে হাত তোলা সম্ভব নয়!"

তারপর হেসে উঠল হা-হা করে।

এবার দেখা গেল, সত্যিই নরেন্দ্র ভার্মা আর তাঁর সঙ্গে নাইডু। নরেন্দ্র ভার্মার একটা হাত নিয়ে কাঁধ ও বুকজোড়া মস্ত ব্যান্ডেজ। নাইডুর হাতে একটা রাইফেল।

কাকাবাবু এখনই অবিশ্বাসের সুরে বললেন, "নরেন্দ্র, তুমি! এই অবস্থায় এলে কী করে?"

নরেন্দ্র ঘরের মধ্যে এসে বললেন, "কেমন আছ তোমরা সবাই দেখতে এলাম। রাজা, আমার হাতে গুলি লেগেছে। পায়ে তো কিছু হয়নি। আর বাঁ হাত দিয়েও আমি রিভলভার চালাতে পারি।"

কাকাবাবু নাইডুর দিকে তাকিয়ে বললেন, "এই ঝড়ের মধ্যে আপনারা বোট চালিয়ে এলেন কী করে?"

নাইডু বললেন, "একটা অদ্ভুত ব্যাপার ঘটছে। আমরা এতখানি বোট চালিয়ে এলাম, সমুদ্রে কোথাও ঝড়-বৃষ্টি নেই। শুধু এত ঝড় এই দ্বীপটায়। এটা কী করে সম্ভব?"

নরেন্দ্র বললেন, "হতে পারে। প্রকৃতির মধ্যে এখনও এমন অনেক কিছু হয়,

যার আমরা ব্যাখ্যা জানি না। রাজা, শোনো, একটা ভাল খবর আছে। তোমরা রকেট হায়দরাবাদি আর অন্যদের গ্রেফতার করেছ, দারুণ সাহস দেখিয়েছ।"

কাকাবাবু বললেন, "আমরা কিছুই করিনি। ওরা ঘুমিয়ে ঘুমিয়ে ধরা দিয়েছে।"

নরেন্দ্র বললেন, "শোনোই না। ওদের আসল উদ্দেশ্য ছিল অন্য। জোজোকে তুলে নিয়ে গিয়ে ওরা আমাদের দৃষ্টি এদিকে ফিরিয়ে রাখতে চেয়েছিল। আর দলের অন্য লোক প্ল্যান করেছিল, জেল থেকে ডিমেলোকে উদ্ধার করে নিয়ে যাবে। এটা একটা পুরনো কায়দা। অনেক জায়গাতেই ক্রিমিনালরা একদিকে নজর ঘুরিয়ে রেখে অন্য দিকে একটা বড় কাণ্ড করে। সেইটা আঁচ করে কাল একটা ফাঁদ পাতা হয়েছিল। ডিমেলোকে জেল থেকে কোর্টে নিয়ে যাওয়া হচ্ছিল, একটা গাড়িতে, সঙ্গে একজন মাত্র গার্ড। ঠিক এক জায়গায় অন্য একটা গাড়ি এসে পাঁচজন বন্দুকধারী ডিমেলোকে উদ্ধার করতে গেল। পুলিশ কমিশনার দু'গাড়ি পুলিশ নিয়ে তৈরি ছিলেন, সব ক'টাকে জালে তোলা হয়েছে। ওদের পুরো দলটাই এখন শেষ! রাজা, এর জন্য তোমার কৃতিত্ব অনেকখানি!"

কাকাবাবু বিরক্তভাবে বললেন, "ধ্যাত। লোকে শুনে বিশ্বাস করবে যে কয়েকটা সাংঘাতিক ক্রিমিনাল সন্ধে হতে-না-হতেই ঘুমিয়ে পড়েছিল, আর আমরা তাদের হাতে হাতকড়া পরিয়ে দিয়েছি। একথা শুনলে লোকে হাসবে। আসল রহস্যটা কিছুই বোঝা যাচ্ছে না।"

নরেন্দ্র বললেন, "তোমরা কাল রাত্তিরে কী দেখলে বলো। নতুন কিছু ঘটেছে?"

সেলিম বললেন, "আমরা দূরে কয়েকটা আলো দেখেছি মাত্র। আর কিছুই না। কোনও শব্দ শুনিনি। কেউ আমাদের ঘুমের ব্যাঘাত করেনি।"

কাকাবাবু বললেন, "কেন আমরা সাত তাড়াতাড়ি এক সঙ্গে ঘুমিয়ে পড়লাম, সেটা বলুন! সেটা মোটেই স্বাভাবিক নয়।"

রাধা বলল, "আর সেই বাঁশির শব্দ?"

নরেন্দ্র বললেন, "বাঁশি? বাঁশি কে বাজাল?"

কাকাবাবু বললেন, "তা জানি না। ঝড়ের শব্দও হতে পারে। তা ছাড়া, এখানে জলের তলাতেও এমন কিছু ঘটেছে—"

নাইডু এবার বললেন, "মিস্টার রায়চৌধুরী, ওসব কথা পরে শুনব। আমাদের মন্ত্রীমশাই আমার ওপর খুব রাগ করেছেন। দুটি অল্পবয়োস ছেলে, একটি মেয়ে, তা ছাড়া আপনি, মানে, আপনার একটা পা ভাঙা, আপনাদের আমি এই দ্বীপে রেখে গেছি শুধু সেলিমের ভরসায়, এটা খুবই অন্যায় হয়েছে। যদি আপনাদের কোনও বিপদ হয়, তা হলে সবাই আমাদের সরকারকে দোষ দেবে। তাই আমার ওপর অর্ডার হয়েছে, আপনাদের যত তাড়াতাড়ি সম্ভব ফিরিয়ে নিয়ে যেতে হবে। তৈরি হয়ে নিন, আমরা এক্ষুনি যাব।"

কাকাবাবু বললেন, "বিপদ তো কিছু হয়নি। এত ভয়ের কী আছে?"

নাইডু বললেন, "বিপদ হলে তো মুখ দেখাবার উপায় থাকবে না? এখানে যা যা ঘটছে, তা তো স্বাভাবিক নয় মোটেই! আমাকে গভর্নমেন্টের অর্ডার মানতেই হবে।"

কাকাবাবু বললেন, "এই ঝড়ের মধ্যে যাবে কী করে। এখন বোট চালানোও তো বিপজ্জনক।"

নরেন্দ্র ভার্মা বললেন, "এই ঝড়টাও তো অদ্ভুত। বোটে চেপে একটুখানি গেলেই আর ঝড় নেই।"

কাকাবাবু বললেন, "আমার এখন যাবার ইচ্ছে নেই।"

নরেন্দ্র বললেন, "রাজা, তুমি না গেলে সন্তু আর জোজোও যেতে চাইবে না আমি জানি। শোনো, তুমি আর আমি বিপদ নিয়ে খেলা করতে পারি। কিন্তু ওদের জীবনের ঝুঁকি নেওয়া চলে না। বিশেষত যে বিপদকে চোখে দেখা যাচ্ছে না।"

কাকাবাবু বুঝলেন, আর তর্ক করে লাভ নেই।

সব জিনিসপত্র গুছিয়ে নিয়ে কয়েক মিনিটের মধ্যেই বেরিয়ে পড়া গেল।

ঝড় এখনও চলছে। সঙ্গে সামান্য বৃষ্টি, তবে বড় বড় ফোঁটা। মেঘের কোনও শব্দ নেই।

ওঁরা লাইন বেঁধে এগোচ্ছেন বোটের দিকে, একেবারে সামনে কমান্ডো আর পেছনে সেলিম।

হঠাৎ এক জায়গায় দপ করে আলো জ্বলে উঠল। খুব বেশি দূরে নয়। এত ঝড়ের মধ্যেও মশালের মতন আলো। একটু একটু কাঁপছে মাত্র। সাধারণ মশাল হলে নিভে যেত। আবার একটা আলো জ্বলে উঠল। আরও একটা।

সব মিলিয়ে প্রায় ন'দশটা মশালের মতন। কারা যেন হাতে নিয়ে চলেছে, অথচ কাউকেই দেখা যাচ্ছে না।

এই দলটি থমকে দাঁড়িয়ে পড়ল।

সেলিম ফিসফিস করে জিজ্ঞেস করল, "কাকাবাবু, এই কি আপনার সেই আলেয়া হতে পারে?"

কাকাবাবু দু'দিকে মাথা নেড়ে বললেন, "না। অন্য কিছু।"

নাইডু বলে উঠলেন, "স্ট্রেঞ্জ! স্ট্রেঞ্জ! ওদিকে দেখুন।"

সেই আলোগুলো পর পর নেমে গেল সমুদ্রে, আবার সমুদ্র থেকে উঠে আসতে লাগল আলো।

নরেন্দ্র বললেন, "এ আলোতে আগুন নেই। জলেও নেভে না।"

জল থেকে উঠে এসে কয়েকটা আলো পরপর সার বেঁধে দাঁড়িয়ে গেল। মাটি থেকে খানিকটা উঁচুতে। ঠিক যেন মনে হয়, কয়েকজন সেই মশাল ধরে আছে।

নরেন্দ্র বললেন, "আমার কেমন যেন অনুভূতি হচ্ছে যে কয়েকজন মানুষ আমাদের দেখছে। অথচ আমরা দেখতে পাচ্ছি না। রাজা, কোনও মানুষ কি সত্যিই অদৃশ্য হতে পারে?"

কাকাবাবু আস্তে-আস্তে মাথা নেড়ে বললেন, "না। আমরা দেখতে না পেলেও তাকে অদৃশ্য বলা যায় না। যেমন জলের রঙের মধ্যে সাতটা রং লুকিয়ে থাকে, তা কি আমরা সব সময় দেখতে পাই? রামধনু উঠলে দেখি। তেমনি অন্য কোনও রঙের মধ্য দিয়ে দেখলে হয়তো দেখা যেত। ওখানে সত্যিই কিছু মানুষ কিংবা অন্য কোনও প্রাণী ওই মশাল ধরে দাঁড়িয়ে আছে।"

নরেন্দ্র বললেন, "তোমারও মনে হচ্ছে কেউ দাঁড়িয়ে আছে? আমাদের দেখছে?"

কাকাবাবু বললেন, "হ্যাঁ। কিন্তু কোনও শব্দ করছে না।"

রাধা কাকাবাবুর গা ঘেঁষে দাঁড়াল। তার মুখে ভয়ের ছাপ।

জোজো বলল, "আমি দেখতে পাচ্ছি। অন্য গ্রহের প্রাণী। অনেকটা মানুষেরই মতন।"

নরেন্দ্র বললেন, "জোজো, এখন চুপ করো।"

হঠাৎ সন্তু ছুটে গেল সেই মশালগুলোর দিকে।

নরেন্দ্র চেঁচিয়ে বললেন, "এই সন্তু, যেয়ো না, যেয়ো না!"

সন্তু শুনল না। সে দৌড়ে গিয়ে একটা মশাল ধরতে গেল।

সঙ্গে সঙ্গে মশালটা উঠে গেল একটু ওপরে।

সন্তু লাফিয়ে লাফিয়ে সেটাকে ধরার চেষ্টা করল।

তারপরই কে যেন এক ধাক্কা দিয়ে সরিয়ে দিল সন্তুকে। সে মাটিতে ছিটকে পড়ে গেল।

নরেন্দ্র বললেন, "রাজা আমার কোটের ডান পকেটে একটা সান গ্লাস আছে। সেটা বার করে দেখো তো। কোনও সুবিধে হয় কি না।"

কাকাবাবু নরেন্দ্রর সান গ্লাসটা চোখে লাগিয়েই উত্তেজিতভাবে বললেন, "হ্যাঁ, দেখতে পাচ্ছি, খুবই অস্পষ্ট। অন্য কোনও রঙের কাচ হলে আরও সুবিধে হত বোধহয়। এখন যা দেখছি, ঠিক যেন কোনও আকার নেই, ঠিক জলের মতন, বরফ না হয়েও যেন জল জমে গেছে, চোখমুখ বোঝা যাচ্ছে না।"

নরেন্দ্র বললেন, "দেখি, দেখি আমাকে একবার দাও তো।"

তিনি নেওয়ার আগেই জোজো একটা কাণ্ড করল। সে দু'পা সরে গিয়ে মুখ দিয়ে বিকট শব্দ করতে লাগল আর খুব জোরে জোরে ঝাঁকাতে লাগল মাথা। যেন সে পাগল হয়ে গেছে!

নরেন্দ্র বিরক্ত হয়ে বললেন, "এখন জোজোর এই সব দুষ্টুমি আমার মোটেই ভাল লাগছে না!"

জোজো এত জোরে মাথা ঝাঁকাচ্ছে, যেন তার মাথাটা ছিঁড়ে যাবে। আর এমন সব অদ্ভুত আওয়াজ করছে, টিভি'র চ্যানেল গোলমাল হলে যেমন আওয়াজ হয়, সেইরকম।

সন্তু উঠে এসে জোজোকে ধরতে যেতে যেতে বলল, "এই জোজো। এখন কী ছেলেমানুষি করছিস?"

জোজো সরে গেল আরও খানিকটা। কাকাবাবু তার দিকে একদৃষ্টিতে তাকিয়ে থেকে বললেন, "ওকে ছেড়ে দে সন্তু!"

জোজো এবার গলা দিয়ে একবার ঘড়ঘড় শব্দ করেই একেবারে স্বাভাবিক গলায় বলল, "আমরা তোমাদের কোনও ক্ষতি করব না।"

জোজো এই কথাটাই বলতে লাগল বারবার।

কাকাবাবু জিজ্ঞেস করলেন, "আপনারা কে? কোথা থেকে আসছেন?"

জোজো বলল, "আমরা আকাশে অনেক দূরে থাকি। আমরা আকাশে অনেক দূরে থাকি। আমরা আকাশে অনেক দূরে থাকি। তোমাদের ভাষা জানি না। তাই এই ছেলেটির মনের মধ্যে ঢুকে কথা বলছি। আমরা এখান থেকে কিছু কিছু জিনিসের নমুনা নিতে এসেছি। জলের তলায় এখানে অনেক কিছু থাকে, আমাদের ওখানে সেসব নেই।"

কাকাবাবু বললেন, "আপনাদের পরিচয় আর একটু ভাল করে বলবেন?"

জোজো বলল, "বিদায়, বিদায়, বিদায়।"

সঙ্গে সঙ্গে শোনা গেল খুব হালকা একটা বাঁশির শব্দ। ভারী মিষ্টি আওয়াজ।

কয়েক মুহূর্তের মধ্যে এরা ধপাধপ শুয়ে পড়তে লাগল মাটিতে। তারপরই ঘুমে আচ্ছন্ন।

কাকাবাবুও মাটিতে পড়ে গিয়ে অতি কষ্টে চোখ খুলে দেখতে চাইলেন। দেখলেন, মশালের মতন আলোগুলো ক্রমেই উঠে যাচ্ছে ওপরে।

তারপর ঘুমিয়ে পড়লেন তিনি।

সবারই প্রায় ঘুম ভাঙল একসঙ্গে। বিকেলের দিকে। ঝড় থেমে গেছে। আকাশ পরিষ্কার, ঝকঝকে নীল।

একে একে উঠে বসলেন, কাকাবাবু, নরেন্দ্র, সেলিমরা।

কাকাবাবু প্রথমেই বললেন, "জোজোর কোনও ক্ষতি হয়নি তো। জোজো, শোনো—"

জোজো খুব স্বাভাবিক গলায় বলল, "কেন ক্ষতি হবে?"

সন্তু বলল, "কাকাবাবু, জোজো যা করছিল, তা কি সত্যি? জোজো নানা রকম অভিনয় করতে পারে!"

জোজো বলল, "কী অভিনয় করেছি রে সন্তু আমার কিছু মনে পড়ছে না কেন?"

নাইডু বলল, "এরকম একটা অভিজ্ঞতা, জীবনে ভুলব না। কী যে ব্যাপার হল। হঠাৎ ঘুমিয়ে পড়লাম কেন?"

সেলিম বলল, "স্যার, সব ব্যাপারটাই রহস্যময়। কিন্তু এমন চমৎকার ঘুম কিন্তু আমার কখনও হয়নি। শরীরটা খুব ঝরঝরে আর মনটা ফুরফুরে লাগছে।"

নাইডু বললেন, "তা ঠিক।"

জোজো উঠে দাঁড়িয়ে বলল, "তোমাদের কারুর খিদে পায়নি? সবচেয়ে

রহস্যময় ব্যাপার কী জানিস সন্তু, ঠিক সময়ে কেন খিদে পায়? আর পাউরুটি নেই? আগে তো খানিকটা খেয়ে নিই, তারপর অন্য রহস্যের কথা ভাবা যাবে।"

সে কাঁধের ব্যাগ খুলে বলল, "আরে, গোটাকতক খেজুরও রয়ে গেছে। চমৎকার।"

সে টপাটপ খেজুর খেতে লাগল।

গ্রন্থ-পরিচয়

কাকাবাবু ও চন্দনদস্যু। প্রথম সংস্করণ: জানুয়ারি ১৯৯৯।
আনন্দ পাবলিশার্স প্রাইভেট লিমিটেড, কলকাতা ৯। পৃ. ১৩৪। মূল্য ৪৫.০০
প্রচ্ছদ ও অলংকরণ: সুব্রত গঙ্গোপাধ্যায়।
উৎসর্গ: স্নেহের মৌরি/প্রতীক/আর প্যাবলো-কে।

কাকাবাবু ও এক ছদ্মবেশী। প্রথম সংস্করণ: জানুয়ারি ২০০০।
আনন্দ পাবলিশার্স প্রাইভেট লিমিটেড, কলকাতা ৯। পৃ. ১২৬। মূল্য ৫০.০০
প্রচ্ছদ ও অলংকরণ: সুব্রত গঙ্গোপাধ্যায়।
উৎসর্গ: বাংলা যারা পড়ে/ সেইসব কিশোর বন্ধুদের।

কাকাবাবু ও শিশুচোরের দল। প্রথম সংস্করণ: জানুয়ারি ২০০১।
আনন্দ পাবলিশার্স প্রাইভেট লিমিটেড, কলকাতা ৯। পৃ. ১১২। মূল্য ৫০.০০
প্রচ্ছদ ও অলংকরণ: সুব্রত গঙ্গোপাধ্যায়।
উৎসর্গ: বইমেলার সেই মেয়েটিকে।

কাকাবাবু ও মরণফাঁদ। প্রথম সংস্করণ: জানুয়ারি ২০০২।
আনন্দ পাবলিশার্স প্রাইভেট লিমিটেড, কলকাতা ৯। পৃ. ১৩৬। মূল্য ৬০.০০
প্রচ্ছদ ও অলংকরণ: সুব্রত গঙ্গোপাধ্যায়।
উৎসর্গ: শ্রীযুক্ত উৎপল নস্কর-কে।

কাকাবাবু ও ব্ল্যাক প্যান্থার। প্রথম সংস্করণ: জানুয়ারি ২০০৩।
আনন্দ পাবলিশার্স প্রাইভেট লিমিটেড, কলকাতা ৯। পৃ. ১২০। মূল্য ৬০.০০
প্রচ্ছদ ও অলংকরণ: সুব্রত গঙ্গোপাধ্যায়।

কাকাবাবু ও আশ্চর্য দ্বীপ। প্রথম সংস্করণ: জানুয়ারি ২০০৪।
আনন্দ পাবলিশার্স প্রাইভেট লিমিটেড, কলকাতা ৯। পৃ. ১৩৬। মূল্য ৬০.০০
প্রচ্ছদ ও অলংকরণ: সুব্রত গঙ্গোপাধ্যায়।
উৎসর্গ: মুনিয়া ও গৌতমের মেয়ে উমাকে।